荆楚全書·第一輯

黄鶴樓集

（明）孫承榮 纂輯 王啓興 張 虹 張金海 陳順智 校注

長江出版傳媒
湖北人民出版社

圖書在版編目（CIP）數據

黃鶴樓集 / (明) 孫承榮纂輯；王啓興等校注. —武漢：
湖北人民出版社, 2023.12
ISBN 978-7-216-10593-4

Ⅰ. ①黃… Ⅱ. ①孫… ②王… Ⅲ. ①古典詩歌 – 詩
集 – 中國 – 明代 Ⅳ. ①I207.22

中國國家版本館CIP數據核字（2023）第019305號

責任編輯：高承秀
　　　　　劉婉玲
封面設計：劉舒揚
責任校對：范承勇
責任印製：肖迎軍

出版發行：湖北人民出版社　　　　　地址：武漢市雄楚大道268號
印刷：武漢郵科印務有限公司　　　　郵編：430070
開本：787毫米×1092毫米　1/16　　印張：31.25
字數：523千字　　　　　　　　　　插頁：1
版次：2023年12月第1版　　　　　　印次：2023年12月第1次印刷
書號：ISBN 978-7-216-10593-4　　　定價：68.00元

本社網址：http://www.hbpp.com.cn
本社旗艦店：http://hbrmcbs.tmall.com
讀者服務部電話：027-87679656
投訴舉報電話：027-87679757
（圖書如出現印裝質量問題，由本社負責調換）

代　序

　　《黃鶴樓集》三卷，初由明武昌府知府孫承榮等博收有關黃鶴樓之詩、賦、文，旁采雜記，編次爲上、下兩卷，後在萬曆年間，任家相等又補輯一卷，由武昌府署刊印，流傳不廣，迄今僅存孤本，爲湖北省圖書館珍藏。現湖北人民出版社據以影印出版，將使之重顯於世，廣遠流傳。回溯黃鶴樓始建於三國吳黃武二年（223），自南朝已著，其後屢毀屢建，興廢無常。清光緒十年（1884）毀於火後，黃遵憲在光緒二十五年所寫《己亥雜詩》中，曾致慨於"黃鶴高樓又搥碎，我來無壁可題詩"；其詩中"擎天鐵柱終虛語，空累尚書兩鬢絲"二句，則諷張之洞曾有"將來煉鐵有效，當改造鐵壁，庶免火災"等語。今距黃遵憲寫此詩，又已八十五年，人民江山，終於三十五年前重歸人民。人民自是擎天鐵柱。斯樓重建即將竣工，將見崇樓杰構、煥彩流丹，與長江大橋巍然并峙，而此集與斯樓兩相輝映，共爲江山生色。爰題數語以志余喜。一九八四年三月。

趙樸初書

　　附注：此序係趙樸初先生为湖北人民出版社出版《明刻黃鶴樓集》所書前言。

目　録

黄鶴樓集卷上

黄鹤楼集卷中

七言律

王世贞

黃鶴樓集卷下

黃鶴樓集補

五言古

黄鶴樓集卷上

五言古

鮑　照

　　鮑照（414？——466），字明遠，南朝宋東海（今江蘇漣水縣北）人。孝武帝初，任中書舍人。臨海王劉子頊鎮荆州，鮑照爲前軍參軍。明帝時子頊作亂，鮑照爲亂軍所殺。

　　鮑照與謝靈運、顔延之合稱“元嘉三大家”。其詩多抒發慷慨不平之情，勁健遒舉，對唐代詩人很有影響。有《鮑參軍集》。

登黄鵠磯〔1〕

木落江渡寒，〔2〕雁横風送秋。〔3〕臨流斷商弦，〔4〕瞰川悲棹謳。〔5〕適郢無東轅，〔6〕還夏有西浮。〔7〕三崖隱丹磴，〔8〕九派引滄流。〔9〕泪竹感湘別，〔10〕弄珠懷漢游。〔11〕豈伊藥餌泰，得奪旅人憂。〔12〕

【校注】

〔1〕《鮑參軍集》題作“登黄鶴磯”，《藝文類聚》作“登黄鵠圻”。黄鵠，即天鵝。朱駿聲《説文通訓定聲·孚部》云：“鵠，形似鶴，色蒼黄，亦有白者，其翔極高，一名天鵝。”黄鵠磯在黄鶴山（一稱黄鵠山，今湖北武漢市蛇山）西北，

磯頭有黄鶴樓，蓋因磯爲樓，故名。

〔2〕江渡寒：《古詩選》聞人倓注：“言寒氣渡江而來也。”

〔3〕雁横：鮑集作“雁還”。

〔4〕商弦：商爲五音之一。陰陽五行之説，商於四時屬秋，故秋用商弦。《淮南子·覽冥》：“蟁虻絲而商弦絶。”高誘注：“商於五音最細而急，故絶也。”

〔5〕瞰：俯視。棹謳：即棹歌，舟子船女之歌。棹，船槳。

〔6〕郢：春秋時楚都，晋宋時爲荆州刺史治所。今湖北江陵。轅：代指車。郢在武昌之西，車由武昌啓行，故謂東轅。

〔7〕還夏：《類聚》作“過夏”。夏指夏口，今湖北武漢市。漢水下游古稱夏水，此處爲夏水與長江交匯之處，故稱夏口。《讀史方輿紀要·湖廣一》：“其重險則有夏口。夏口在今武昌府城西，今府城即古夏口城也。亦曰沔口，亦曰漢口，亦曰魯口，或以夏水名，或以漢水名，或以對岸魯山爲名，實一處也。”浮：借指泛行之舟。夏口在武昌西，故謂西浮。

〔8〕三崖：《鮑參軍集注》錢仲聯補注：“三山似指江寧三山而言，地隔已遠，故隱没不見也。”三山在江寧府（今江蘇南京市）西南長江東岸，三峰排列，下臨大江，三山蓋以三峰得名。丹磴：指三山上的紅色石級。

〔9〕九派：長江至湖北、江西一帶，支流甚多，因有九派之稱。《文選·郭璞〈江賦〉》：“流九派乎潯陽。”滄流：江水。《類聚》作“蒼流”。

〔10〕泪竹句：《竹譜詳録》云：“泪竹生全湘九疑山中……《述異記》云：‘舜南巡，葬於蒼梧，堯二女娥皇、女英泪下沾竹，文悉爲之斑。’亦名湘妃竹。”

〔11〕弄珠句：弄珠，《類聚》作“荆珠”。《文選·張衡〈南都賦〉》：“游女弄珠於漢皋之曲。”李善注引《韓詩外傳》：“鄭交甫將南適楚，遵彼漢皋臺下，乃遇二女，佩兩珠，大如荆鷄之卵。”鄭交甫，周時人。漢皋，又名萬山，今湖北襄陽市北。

〔12〕豈伊二句：藥餌，《鮑參軍集注》黄節補注：“或作樂餌。樂謂音樂，即前所言商弦、棹謳。餌謂食物。”《老子》第三十五章：“樂與餌，過客止。”此二句詩蓋本此，謂商弦棹謳之樂，猶如美味，令旅人忘憂。

此詩爲宋孝武帝大明六年（462）鮑照赴荆州途經武昌所作。詩人於秋風中登黃鶴磯俯瞰遠眺，既感旅途之遥，又懷傷別之情，幸有棹歌可聽，得解旅人之憂。

李　白

李白（701—762），字太白，號青蓮居士。出生於唐安西都護府所轄碎葉城（今吉爾吉斯共和國境内），後移居蜀中。二十五歲出蜀，漫游於安陸、任城等地。安史之亂起，李白被召入永王璘幕府。永王兵敗，李白流放夜郎，中途遇赦得還。

李白詩歌豪邁奔放，如長江大河一瀉千里，是屈原之後杰出的浪漫主義詩人。有《李太白全集》。

望黃鶴山 [1]

東望黃鶴山，[2] 雄雄半空出。四面生白雲，中峰倚紅日。[3] 岩巒行穹跨，[4] 峰嶂亦冥密。[5] 頗聞列仙人，於此學飛術。一朝向蓬海，[6] 千載空石室。金竈生烟埃，[7] 玉潭秘清謐。[8] 地古遺草木，庭寒老芝术。[9] 蹇予羡攀躋，[10] 因欲保閑逸。觀奇遍諸岳，兹嶺不可匹。結心寄青松，[11] 永悟客情畢。[12]

【校注】

〔1〕題原作“望黃鶴樓”，《李太白全集》題作“望黃鶴山”，注云：“蕭本作樓，誤。”據改。

〔2〕黃鶴山：又名黃鵠山，亦名蛇山。《湖廣武昌府志·山川》：“黃鵠山自東南蜿蜒亘城中，故俗名蛇山。俯瞰大江，有磯曰黃鵠，在城西。”

〔3〕中峰：指黃鶴山中峰高觀山。《武昌府志·山川》：“高觀山，黃鵠脊。”

〔4〕穹跨：指天。鮑照《登香爐峰》："青冥搖烟樹，穹跨負天石。"

〔5〕冥密：深密貌。陳子昂《感遇三十八首》之六："石林何冥密，幽洞無留行。"

〔6〕蓬海：海中蓬萊仙島，傳説中仙人所居。

〔7〕金竈：仙人煉丹的爐竈。

〔8〕清謐：清静。

〔9〕芝术：皆藥草名，古以爲仙草。

〔10〕羍：發語辭，無義。攀躋：謂攀登黄鶴山，兼喻登仙之意。

〔11〕結心句：謂與松柏共結同心。

〔12〕客情：羈旅情懷。

此詩與作者另一首《鸚鵡洲》當作於同時。後詩有"遷客此時徒極目"之句，此詩復有"觀奇遍諸岳，兹嶺不可匹。結心寄青松，永悟客情畢"等語，流露了作者飽經滄桑，尋求永久安寧的暮年情懷。故此詩當爲乾元三年（760）遇赦後自零陵歸至江夏時作。

江夏送友人〔1〕

雪點翠雲裘，〔2〕送君黄鶴樓。〔3〕黄鶴振玉羽，〔4〕西飛帝王州。〔5〕鳳無琅玕實，〔6〕何以贈遠游？徘徊相顧影，泪下漢江流。〔7〕

【校注】

〔1〕題原作"江上送友人"，據《全集》改。江夏：古縣名。本漢沙羨地，屬江夏郡。三國吳孫權自公安徙都於鄂，分置江夏縣，屬武昌郡。唐爲鄂州治。故治在今湖北武漢市。

〔2〕翠雲裘：綉有碧雲紋飾的皮衣，爲貴者之服。

〔3〕黄鶴樓：故址在黄鵠磯頭，始建於三國吳黄武二年（223），歷代屢

毀屢建，現已重建，爲游覽名勝。黃鶴樓爲歷代覽勝之處，傳說其多。《武昌府志·古迹》載："黃鶴樓在黃鵠磯上，世傳仙人王子安乘鶴過此。又云費文偉登仙，駕黃鶴憩此。一說，辛氏沽酒，有道士數詣，辛氏不計酬。道士臨別，取肴核中桔皮，即畫鶴於壁，曰：'客至拍手引之，鶴當飛舞以侑觴。'辛遂致富。一日道士復至，取所佩鐵笛，吹數弄，白雲自空飛來，鶴亦飛下，道士飄然乘鶴去。辛氏即其地建樓。唐閻伯理作郢記，以文偉事爲信。或又引梁任昉謂駕鶴者乃荀瓌字叔偉所遇虹裳羽衣客，而非文偉也。宋張杭亦辯其非。"

〔4〕玉羽：謂鶴羽色白如玉。鮑照《舞鶴賦》："疊霜毛而弄影，振玉羽而臨霞。"

〔5〕帝王州：指長安，爲友人所赴之地。

〔6〕琅玕實：琅玕，傳說中瓊樹名。琅玕實即瓊樹所結的果實，爲鳳凰之食。《藝文類聚·鳥部上》引《莊子》曰："老子嘆曰：'吾聞南方有鳥，其名爲鳳，所居積石千里。天爲生食，其樹名瓊枝，高百仞，以璆琳琅玕爲食……'"江淹《雜體詩三十首》之八："靈鳳振羽儀，戢景西海濱。朝食琅玕實，夕飲玉池津。"

〔7〕漢江：漢水入長江處，即指長江。

此詩乃作者留居安陸時漫游江夏所作。"鳳無琅玕實"一句，道出了詩人失意孤寂的心情。詩中以黃鶴振羽爲喻，表達了作者對友人仕途通達的欣羡之情。

王 維

王維（701—761），字摩詰，唐代太原祁（今山西祁縣）人。後徙蒲（今山西永濟市）。開元十九年（731）進士。歷任右拾遺、監察御史、吏部郎中諸職。安史之亂，曾爲叛軍所俘。後歷任中書舍人、給事中。官終尚書右丞，世稱王右丞。

王維中年以後，過着亦官亦隱的生活，先後隱居於終南山和藍田輞川，寫了許多山水詩，形象鮮明，意境高遠，是唐代著名的山水田園派詩人。有《王右丞集》。

送康太守〔1〕

城下滄江水，〔2〕高高黃鶴樓。〔3〕朱欄將粉堞，〔4〕江水映悠悠。鐃吹發夏口，〔5〕使君居上頭。〔6〕郭門隱楓岸，候吏趨蘆洲。〔7〕何异臨川郡，〔8〕還勞康樂侯。〔9〕

【校注】

〔1〕康太守：不詳。太守，唐代爲州刺史別稱。

〔2〕城下：城，指古夏口城，在黃鶴山上，三國吳黃武二年（223）築。唐代爲鄂州治所。《元和郡縣志》云：“鄂州城本夏口城，吳黃武二年，城江夏以安屯戍地也。城西臨大江，西南角因磯爲樓，名黃鶴樓。”滄江：指長江。

〔3〕高高：《王右丞集》作“江邊”。

〔4〕將：與，和。張相《詩詞曲語辭彙釋》卷三：“將，猶與也。”粉堞：城頭的白色女墙。

〔5〕鐃吹：即軍樂，又謂之鐃歌，爲鼓吹樂的一部，於馬上奏之。唐制，大員出行，例備鐃吹。

〔6〕使君：刺史的尊稱。上頭，前列。古樂府《陌上桑》：“東方千餘騎，夫婿居上頭。”

〔7〕候吏：主候望及迎送賓客的小吏。《後漢書·王霸傳》：“及至滹沱河，候吏還白。”蘆洲：古地名，距武昌縣三十里。故地在今湖北鄂州市西。《讀史方輿紀要》云：“蘆洲，在縣西三十里，與黃子磯相接，一名羅洲，亦曰邏洲，又名伍洲。”按，此處乃泛指沙洲。

〔8〕臨川郡：三國吳置，唐爲撫州，治臨汝（今江西撫州市西）。

〔9〕還勞：《王右丞集》作“還來”。康樂侯：指南朝宋著名詩人謝靈運。

謝靈運襲封康樂公，世稱謝康樂。入宋，降爲康樂侯。曾任臨川內史。靈運性耽山水，出守永嘉、臨川諸郡，縱情游邀，所至輒爲詩咏。

開元二十八年（740）秋，王維以殿中侍御史知南選赴嶺南，此詩當爲過江夏時所作。康太守時爲鄂州刺史，於黃鶴樓宴集後返回任所，王維遂作此詩贈別。這是一首應酬之作。詩中描寫了太守出游的盛況，以謝靈運在郡寄情山水比喻康太守的逸情高致，稱頌亦爲得體。

孟浩然

孟浩然（689—740），唐代襄州襄陽（今湖北襄陽市）人。以字行，名不詳。早年隱居鹿門山。後應試不第，曾漫游吳越一帶。張九齡貶荊州長史，招孟浩然入幕，不久便辭職回鄉，以布衣終老。

孟浩然的詩意境沖淡，樸素自然。他和王維同爲唐代山水田園詩派的代表，世稱“王孟”。有《孟浩然集》。

江夏送客 [1]

以我越鄉客，[2] 逢知謫官者。[3] 分飛黃鶴樓，流落蒼梧野。[4] 驛使乘雲去，[5] 征帆沿溜下。[6] 不知從此分，[7] 別袂何時把。[8]

【校注】

〔1〕《全唐詩》題作“江上別流人”。

〔2〕越鄉客：原作“越鄉人”，據《全唐詩》改。越，今浙江一帶。

〔3〕逢知句：《全唐詩》作“逢君謫居者”。

〔4〕蒼梧野：《禮記·檀弓》：“舜葬於蒼梧之野。”蒼梧，即九疑山，在湖南東南靠近廣西邊界。此處當指湖南、廣西交界一帶，爲友人謫居之地。

〔5〕驛使：此處指投遞謫官文書的使者。乘雲：駕雲。

〔6〕溜：指江流。

〔7〕分：原作“待”，據《全唐詩》改。

〔8〕別袂：《全唐詩》作“還袂”。袂，衣袖。

開元十八年（730），作者離鄉赴吳越一帶漫游，二十一年返襄陽，前後達四年，所以詩中自稱“越鄉客”。這首詩是作者自吳越還鄉過江夏時所作。作者以樸實平易的語言，表達了對友人遠謫邊地的深切同情，也流露出自己仕途失意的感傷情懷。

沈如筠

沈如筠，唐代句容（今屬江蘇）人。曾任橫陽主簿。《全唐詩》存其詩四首。

望黃鶴山張君〔1〕

寂歷遠山意，〔2〕微杳半空碧。〔3〕綠蘿無春冬，〔4〕彩烟照朝夕。〔5〕張子海內奇，久爲岩中客。〔6〕聖君多夢想，〔7〕安得老松石。〔8〕

【校注】

〔1〕《全唐詩》題作“寄張徵古”。張徵古，黃鶴山隱士，餘不詳。

〔2〕寂歷：空曠寂静之境。

〔3〕微杳：《全唐詩》作“微冥”。

〔4〕綠蘿：綠色的蔦蘿。爲蔓草類植物，纏繞他物而蔓延生長。春冬：《全唐詩》作“冬春”。

〔5〕彩烟句：《全唐詩》作“彩雲竟朝夕”。

〔6〕久爲句：原作“文爲岩廊客”，據《全唐詩》改。按，前者指張子隱居山岩，後者謂其文足以立身廊廟，乃從不同角度而言，其意則一。

〔7〕多：《全唐詩》作“當”，注云：“一作勞。”

〔8〕老松石：謂終老松石之間。

詩中描寫了黃鶴山空曠恬静的景色，從作者遠眺遐想中寫出，更給人以空靈縹紗之感，從中可以想見張子的風貌神韻。結尾兩句希望張子出仕，一方面是對張子才名的敬重，同時也是作者汲汲於仕進的心情的流露。

徐學謨

徐學謨，字叔明，明代嘉定（今屬江蘇）人。嘉靖進士。歷任禮部主事、郎中。出知荆州府。遷副使，擢僉都御史，撫鄖陽。終禮部尚書。有《徐氏海隅集》《歸有園稿》。

將適鄖城三司諸公飲餞余於黃鶴樓作〔1〕

兹樓匪往覯，〔2〕冉冉驚代移。〔3〕黃鶴戀舊堵，〔4〕飛甍復參差。〔5〕余亦縻尺組，〔6〕歷稔欣來斯。〔7〕山川曠疇昔，〔8〕超忽紆襟期。〔9〕於時及春霽，澄景麗以披。〔10〕英僚集時彦，〔11〕芳宴挹華滋。〔12〕行杯展悁勤，〔13〕振轡枉追隨。〔14〕轉睇多因宿，〔15〕慰情在新知。迢迢漢陽郭，〔16〕隔岸紛旌麾。〔17〕雲水入夕陰，遲我以驅馳。眷焉蒙惠盼，〔18〕扳賞未云疲。〔19〕班馬方蕭蕭，〔20〕沈湑臨路岐。〔21〕猥忝句宣寄，〔22〕空藉歲月私。悠悠逐物役，〔23〕未遑詢悽嫠。〔24〕

【校注】

〔1〕郢城：今湖北江陵，明代爲荆州府治。三司：明代以各省的都指揮使司、布政使司、按察使司，合稱三司。三司分掌軍事、民政、刑法等職。

〔2〕匪：同"非"。觀：通"構"。

〔3〕冉冉：喻歲月緩緩流逝。代移：黃鶴樓歷代屢毀屢建，無復舊觀，故有此二句。

〔4〕舊堵：猶舊址。

〔5〕飛甍：高樓的飛脊。鮑照《咏史》："飛甍各鱗次。"此句意同。原作"飛薨"，誤。

〔6〕縻尺組：意謂爲官職所羈絆。尺組，尺指尺板，亦稱笏，官員朝見時所執；組指佩印的絲帶。

〔7〕歷稔：歷年。謂居官有年。

〔8〕疇昔：往昔，指古代。

〔9〕超忽：精神昂揚。皮日休《太湖桃花塢》："窮深到兹塢，逸興轉超忽。"紆：當爲"紓"字之誤，舒展之意。襟期：情懷。

〔10〕披：即披離，草木枝葉散亂之貌。《方言·六》："披，散也。"

〔11〕時彦：當代名流。

〔12〕挹：取。華滋：盛開的花。《古詩十九首》之八："庭中有奇樹，綠葉發華滋。"此處亦指酒筵豐盛。

〔13〕悁勤：離別的憂思。悁、勤皆有憂思之義。

〔14〕振轡句：謂臨別振轡，賓主依依不捨。

〔15〕轉睞：顧盼留連。宿：指舊友。

〔16〕漢陽：今湖北省武漢市漢陽區，在黃鶴樓西，隔江相對。

〔17〕旌麾：旌旗儀仗，古代朝廷大員出巡，以爲前導。

〔18〕眷焉：留連回顧。《荀子·宥坐》："眷焉顧之，潸焉出涕。"

〔19〕扳賞：猶云攀賞，攀玩。扳，通"攀"。《廣韵·删韵》："扳，又音攀。同攀。"

〔20〕班馬：離隊之馬，因指離人所乘馬。李白《送友人》：“揮手自茲去，蕭蕭班馬鳴。”

〔21〕沆瀁：江水浩渺無際。

〔22〕旬宣：奉天子之命巡視四方，宣示王命。指作者出知荆州。《詩·大雅·江漢》：“王命召虎，來旬來宣。”旬，今作“徇”，巡視。寄：委托。

〔23〕物役：本指爲外物所役使，此處謂爲官事所累。

〔24〕惸嫠：本指無兄弟者及寡婦，泛指民間孤苦伶仃的人。

作者先後出鎮荆州、郧陽，并曾修《萬曆湖廣總志》，可見在湖廣爲官時間很長。此詩是作者出知荆州府過江夏作，時間約在嘉靖四十年（1561）以前。初登黃鶴樓，襟懷爲之一展；舊雨新知，纔聚又別，不覺留連到傍晚。最後以官場客套語作結，亦是應酬之作的通例。

俞允文

俞允文，字仲蔚，明代昆山（今屬江蘇）人。有詩名。年未四十，辭去諸生，專力於詩文書法。與王世貞友善，爲嘉靖廣五子之一。《明詩綜》引王元美云：“仲蔚五言古詩，調殊不卑，所乏精思。”有《俞仲蔚集》。

題黃鶴樓寄徐子興按察〔1〕

昔聞兹樓峻，飛甍麗城闉。〔2〕仙事久蕪絶，江流空自紆。〔3〕旁矚俯漢沔，〔4〕周覽辨荆巫。〔5〕浩汗積氣中，〔6〕恍若泠虛無。〔7〕想像臨眺美，惟應人境殊。〔8〕徐侯卓才杰，〔9〕訟平多嘆譽。于焉葺頹圮，〔10〕百栱矜扶疏。〔11〕欲暢萬古歡，邀我以游娛。逶迤路修迥，恨無雙飛鳧。〔12〕矯首白雲外，〔13〕遥心落天隅。〔14〕

【校注】

〔1〕徐子與按察：徐子與，即明代徐中行（？—1578），曾任湖廣僉事。原作“子與”，誤。

〔2〕飛甍：見《將適郢城三司諸公飲餞余於黃鶴樓作》注〔5〕。麗：連接。城闉：城門上的望臺。《爾雅·釋宮》：“闉謂之臺。”此處指古夏口城，城西南角即黃鶴樓。

〔3〕紆：縈繞。

〔4〕漢沔：漢水通稱沔水，於古夏口（今武漢市）入江後，亦稱夏口以下的長江爲沔水。黃鶴樓西臨漢水長江匯合處，故統稱漢沔。

〔5〕荆巫：荆山與巫山。荆山，在湖北省西部漢水西岸。巫山，在重慶湖北邊境，長江穿流其中，形成三峽。

〔6〕浩汗：亦作“浩瀚”，江水寬廣無涯。此處指自然景物氣勢壯闊。氣中：猶胸中。

〔7〕泠：原作“冷”，誤。朱駿聲《説文通訓定聲·坤部》：“泠，假借爲零。”墜入。虛無：太空，虛空之境。《漢書·司馬相如傳》：“乘虛亡而上遐兮，超無有而獨存。”

〔8〕人境殊：作者以布衣隱遁山林，自處於人境之外，故有此語。

〔9〕徐侯：徐中行當以湖廣按察使司僉事分司武昌道，掌管一方，故尊稱爲侯。

〔10〕于焉：于此。頹圮：指黃鶴樓頹壞坍塌的舊址。

〔11〕百栱：言黃鶴樓中斗栱衆多。王僧孺《中寺碑》：“萬楹百栱，合沓相持。”矜：莊嚴地。扶疏：分布其間。

〔12〕雙飛鳧：鳧，野鴨。《後漢書·王喬傳》：“喬有神術，每月朔望，常自縣詣臺朝，帝怪其來數而不見車騎，密令太史伺望之，言其臨至，輒有雙鳧從東南飛來。於是候鳧至，舉羅張之，但得一隻鳥焉。”

〔13〕矯首：舉首。

〔14〕天隅：天邊，指江夏之地。

　　徐中行同王世貞等號稱"後七子"，與俞允文也是詩文之交。徐中行在湖廣僉事任上曾主持修繕黃鶴樓，并邀俞允文前來一游。作者自吳中寫了這首詩寄給徐中行，感謝他的盛情邀請。作者在詩中描繪出想象中黃鶴樓的宏偉氣勢，表達了無限向往之情。

七言古

李　白

江夏贈韋南陵冰[1]

　　胡驕馬驚沙塵起，[2]胡雛飲馬天津水。[3]君爲張掖近酒泉，[4]我竄三巴九千里。[5]天地再造法令寬，[6]夜郎遷客帶霜寒。[7]西憶故人不可見，東風吹夢到長安。寧期此地忽相遇，驚喜茫如墮烟霧。玉簫金管喧四筵，苦心不得申一句。[8]昨日綉衣傾渌尊，[9]病如桃李竟何言。[10]昔騎天子大宛馬，[11]今乘款段諸侯門。[12]賴遇南平豁方寸，[13]復兼夫子持清論。[14]有似山開萬里雲，四望青天解人悶。[15]人悶還心悶，苦辛長苦辛。愁來飲酒二千石，[16]寒灰重暖生陽春。[17]山公醉後能騎馬，別是風流賢主人。[18]頭陀雲外多僧氣，[19]山水何曾稱人意。不然鳴笳按鼓戲滄流，[20]呼取江南兒女歌棹謳。[21]我且爲君搥碎黃鶴樓，君亦爲吾倒却鸚鵡洲。[22]赤壁爭雄如夢裏，[23]且須歌舞寬離憂。[24]

【校注】

〔1〕江夏：今屬湖北武漢市。南陵：唐代宣城郡有南陵縣，今屬安徽。韋冰，

唐代京兆萬年（今陝西西安市）人。韋堅之弟，曾任南陵地方官，故稱韋南陵。

〔2〕胡驕句：指安史之亂。安禄山爲胡人。《漢書·匈奴傳》："胡者，天之驕子也。"

〔3〕胡雛：《晉書·石勒載記上》云："石勒年十四，隨邑人行販洛陽，倚嘯上東門。王衍見而异之，顧謂左右曰：'向者胡雛，吾觀其聲視有奇志，恐將爲天下之患。'"此處指安禄山叛軍。天津：隋代於洛水上建浮橋，稱天津橋。唐太宗時改建爲石礎橋。故址在今洛陽市西南。

〔4〕張掖：唐代改甘州爲張掖郡，治所在張掖（今屬甘肅）。酒泉：唐代改肅州爲酒泉郡，治所在酒泉（今屬甘肅）。張掖西至酒泉四百餘里，俱屬隴右道，據《新唐書》，韋冰爲鄠縣令，坐兄韋堅事被謫，蓋即遠貶張掖。

〔5〕三巴：原誤作"二巴"，據《李太白全集》改。唐代巴郡、巴東、巴西三郡合稱三巴。其地爲今四川東部一帶。乾元元年（758），李白因永王璘事流放夜郎，次年行至三巴，遇赦得還。

〔6〕再造：李白集作"再新"。

〔7〕遷客：貶謫在外的人，李白自指。以上兩句述遇赦一事。

〔8〕一句：李白集作"長句"。以上兩句謂筵間喧雜，不得與故人暢叙離情。

〔9〕綉衣：《漢書·百官公卿表》云："侍御史有綉衣直指，出討奸滑，治大獄。武帝所制，不常置。"後遂以綉衣爲侍御史尊稱。禄尊：李白集作"緑尊"。

〔10〕病如句：《史記·李將軍列傳贊》云："諺曰，桃李不言，下自成蹊。"筵間詩人與侍御史等官高爵顯者共飲，深爲自己在政治上被弃置而不平，故悶悶不語。

〔11〕大苑：古西域國，以産名馬著稱。其地在今中亞的費爾干納盆地一帶。

〔12〕款段：本喻馬行遲緩，後遂指駑馬。《後漢書·馬援傳》："士生一世，但取衣食裁足，乘下澤車，御款段馬，爲郡掾吏，守墳墓，鄉里稱善人，斯可矣。"諸侯：指地方長官。

〔13〕南平：指李白從弟南平太守李之遥。李白有《贈從弟南平太守李之遥》二首，與此詩作於同時。南平，本名渝州，唐玄宗天寶元年更名，屬劍南道，

治巴縣（今重慶市）。豁方寸：心胸豁達。

〔14〕夫子：指韋冰。原作"王子"，誤，據李白集改。

〔15〕有似二句：《世說新語·賞譽下》："衛伯玉（瓘）爲尚書令，見樂廣與中朝名士談議，奇之曰：'自昔諸人歿已來，常恐微言將絕，今乃復聞斯言於君矣！'命子弟造之，曰：'此人人之水鏡也，見之若披雲霧睹青天。'"

〔16〕二千石：漢代自九卿至郡守，俸禄均爲二千石，後遂尊稱郡守、知府爲二千石。此處指李之遙、韋冰。

〔17〕寒灰句：《史記·韓長孺列傳》："其後（韓）安國坐法抵罪，蒙獄吏田甲辱安國，安國曰：'死灰獨不復燃乎？'"李白《書懷贈江夏韋太守良宰》詩云："傳聞赦書至，却放夜郎回。暖氣變寒谷，炎烟生死灰。"與此同意。

〔18〕山公二句：山公，晋代山簡，字季倫。《世說新語·任誕》："山季倫爲荆州，時出酣暢，人爲之歌曰：'山公時一醉，徑造高陽池。日暮倒載歸，酩酊無所知。復能乘駿馬，倒着白接䍦。……'"以上二句喻李、韋二人的風流曠達。

〔19〕頭陀：即頭陀寺，故址在黃鶴樓西南。《武昌府志·壇祠》："頭陀寺，黃鶴磯邊。齊王筠有記。今觀音閣相傳即頭陀寺也。"《元和郡縣圖志》則云在江夏縣東南二里。寺建於劉宋大明五年（461），南齊王巾之有《頭陀寺碑記》記其事。雲外：李白集作"雲月"。

〔20〕按鼓：擊鼓。

〔21〕兒女：李白集作"女兒"。

〔22〕我且二句：首句喻鼓聲之急，似欲捶碎黃鶴樓。次句喻酒興之豪，似欲倒却鸚鵡洲江水，傾注杯中。鸚鵡洲，故地在今武昌西南長江中。《元和郡縣圖志》卷二十七："鸚鵡洲，在（江夏）縣西南二里。"相傳東漢禰衡曾於此作《鸚鵡賦》，故以此得名。明季没於江中。

〔23〕赤壁爭雄：指三國時著名的赤壁之戰。赤壁，故地在今湖北赤壁。《武昌府志·古迹》："赤壁，縣西南八十里，與烏林相對。相傳周瑜敗曹操故處。削壁面西，上有赤壁二字，不知何年刻。"

〔24〕離憂：原作“離愁”，據李白集改。

這首詩是乾元二年（759）李白遇赦後在江夏所作。韋冰是李白的好友，李白尚有《寄韋南陵冰，余江上乘興訪之，遇尋顏尚書，笑有此贈》一詩，亦作於同時。詩人在戰亂中與故人分別，又在遇赦得還的途中重逢，驚喜之情，溢於言外。友人的宏談清論，驅散了詩人内心的鬱悶與不平，詩人又焕發出慷慨豪放的激情。捶碎黃鶴樓，倒却鸚鵡洲，也就成爲千古傳誦的名句。

醉後答丁十八以詩譏余捶碎黄鶴樓〔1〕

黃鶴高樓已捶碎，黃鶴仙人無所依。黃鶴上天訴玉帝，却放黃鶴江南歸。神明太守再雕飾，〔2〕新圖粉壁還芳菲。一州笑我爲狂客，少年往往來相譏。君平簾下誰家子，〔3〕云是遼東丁令威。〔4〕作詩調我驚逸興，〔5〕白雲繞筆窗前飛。待取明朝酒醒罷，〔6〕與君爛熳尋春暉。〔7〕

【校注】

〔1〕丁十八：名不詳，十八爲排行。其詩已佚。譏余捶碎黄鶴樓：指李白《江夏贈韋南陵冰》一詩。

〔2〕神明太守：指江夏太守。《漢書·黃霸傳》云，霸爲潁川太守，料事如神，“吏民不知所出，咸稱神明”。

〔3〕君平簾下：嚴君平，名遵，西漢蜀人。《漢書·王吉傳序》：“君平卜筮于成都市……裁日閲數人，得百錢足自養，則閉肆下簾而授《老子》。”後遂以此指高人隱士。此處乃指丁十八爲卜筮者流。

〔4〕丁令威：《搜神後記》卷一云：“丁令威，本遼東人，學道於靈虚山。後化鶴歸遼，集城門華表柱……今遼東諸丁云其先世有升仙者，但不知名字耳。”此處喻丁十八爲仙人之後，乃戲語。

〔5〕調：嘲弄。

〔6〕待取：待得。張相《詩詞曲語辭彙釋》卷三：“取，語助辭，猶着也；得也。”

〔7〕爛熳：放浪形骸，無拘無束。

　　這首詩與前一首當爲先後所作。明代楊慎曾疑爲僞作，清王琦已辨其非。丁十八大概是作者的青年朋友，與作者過從甚密，可惜他讚李白的詩没有流傳下來。在這首詩裏，詩人浮想聯翩，設想黄鶴樓被捶碎又修復的情景，富有浪漫主義色彩，表現出詩人歷盡坎坷而依舊熱愛生活，充滿豪情。

劉禹錫

　　劉禹錫（772—842），字夢得，唐代洛陽人。貞元九年（793）進士。曾任淮南節度使杜佑幕掌書記，擢監察御史。坐王叔文事貶朗州司馬達十年之久。元和十年（815）召還，先後出任蘇州、汝州刺史。改授太子賓客，分司東都洛陽。世稱“劉賓客”。

　　劉禹錫是中唐著名詩人，在詩歌創作中有意向民歌學習，詩風清新平易，語言通俗流暢。與柳宗元、白居易友善，世常以“劉柳”“劉白”并稱。有《劉夢得文集》。

武昌老人説笛歌〔1〕

　　武昌老人七十餘，手把庾令相問書。〔2〕自言少小學吹笛，早事曹王曾賞激。〔3〕往年鎮戍到蘄州，〔4〕楚山蕭蕭笛竹秋。〔5〕當時買材恣搜索，〔6〕典却身上烏貂裘。古苔蒼蒼封老節〔7〕，石上孤生飽風雪。商聲五音隨指發，水中龍應行雲絶。〔8〕曾將黄鶴樓上吹，〔9〕一聲占斷秋江月。〔10〕如今老去興猶遲，〔11〕音韵高低耳不知。〔12〕氣力已無心尚切，〔13〕時時一曲夢中吹。

【校注】

〔1〕武昌老人：武昌，今湖北省鄂州市，唐時屬江夏郡。人，《全唐詩》注：“一作將。”

〔2〕庾令：指東晋庾亮。亮於成帝時爲中書令，蘇峻亂平，鎮守武昌。此處借指武昌軍節度使。相問：原作“相聞”，據《全唐詩》改。

〔3〕曹王：指唐太宗裔孫曹王李皋。德宗時，官湖南觀察使，以戰功遷荆南節度使，鎮山南東道。賞激：賞識。

〔4〕往年句：原作“往來征鎮戍蘄州”，據《全唐詩》改。蘄州，唐代州名，治蘄春（今屬湖北）。德宗建中二年（781），李希烈反，李皋引兵艦自江西溯江而上，打敗叛軍，取蘄州，平黃州。武昌老人即參加此次戰役。

〔5〕楚山：指蘄州之山。笛竹：《群芳譜·竹一》：“蘄竹，出黃州府蘄州，以色瑩者爲簟，節疏者爲笛，帶須者爲杖。”韓愈《鄭群贈簟》：“蘄州笛竹天下知，鄭君所寶尤瓌奇。”

〔6〕買材：材，原作“林”，據《全唐詩》改。材，指笛竹。

〔7〕老節：竹節之老者。

〔8〕龍應：李白《宮中行樂詞》云：“笛奏龍吟水。”行雲絕：《列子·湯問》云：“扶節悲歌，聲振林木，響遏行雲。”

〔9〕將：携帶。

〔10〕占斷：《全唐詩》作“占盡”。

〔11〕興猶遲：《全唐詩》作“語猶遲”。

〔12〕耳不知：耳聾。

〔13〕氣力句：《全唐詩》作“氣力已微心尚在”。

一位久經沙場的老將，自述早年買竹製笛的經過，回憶當時自己的高超演技博得曹王賞識的情景，字裏行間，不勝今昔之嘆，興亡之感，從一個側面反映了中、晚唐時期動亂的社會現實。這首詩當作於晚年，也是詩人飽經滄桑心情的自然流露。

蘇　軾

　　蘇軾（1036—1101），字子瞻，北宋時眉山（今屬四川）人。嘉祐二年（1057）進士。歷官杭州、湖州等地。以詩遭謗，貶黃州團練副使。築室東坡，自號東坡居士。哲宗時召還，累遷翰林學士。出知杭州、潁州。官至禮部尚書，復貶惠州、瓊州。遇赦還，卒於常州。

　　蘇軾是北宋著名文學家，與父洵、弟轍合稱“三蘇”。他的散文有很高成就，爲唐宋八大家之一。詞開豪放一派，詞家多以蘇、辛（弃疾）并稱。其詩風氣象宏闊，變幻多端，表現出獨特而多樣化的風格。有《東坡全集》。

李公擇求黃鶴樓詩，因記舊所聞於馮當世者[1]

黃鶴樓前月滿川，抱關老卒飢不眠。[2]夜聞三人笑語言，羽衣著屐響空山，[3]非鬼非人意其仙。石扉三扣聲清圓，洞中鏗鈜落門關，[4]縹緲入石如飛烟。雞鳴月落風馭還，[5]迎拜稽首願執鞭，汝非其人骨腥膻。[6]黃金乞得重莫肩，[7]持歸包裹敝席氈。夜穿茅屋光射天，里閭來觀已變遷，[8]似石非石鉛非鉛。或取而有衆囂喧，[9]訟歸有司今幾年。無功暴得喜欲顛，神人戲汝真可憐。願君爲考然不然，此語可信馮公傳。

【校注】

〔1〕李公擇：名常，建昌（今江西南城）人。神宗時，曾知鄂州。哲宗時，官御史中丞。貶鄧州，徙成都，途中暴卒，年六十六。馮當世：名京（1020—1094），江夏人。神宗時，官御史中丞，擢樞密副使，參知政事。哲宗時，以

太子少師致仕。

〔2〕抱關老卒：守城門的老兵。《荀子·榮辱》：“或監門御旅，抱關擊柝。”

〔3〕羽衣：仙人之服。

〔4〕洞中：指黃鶴樓前呂公洞。《武昌府志·古迹》：“呂公洞，大江濱有石，刻呂公洞三字，左右有石勒……今皆亡矣。”鏗鈜：象聲詞。此處指開門聲。

〔5〕風馭還：謂仙人乘風歸去。

〔6〕迎拜二句：首句指老卒，次句乃仙人答語，謂老卒無仙骨，不能登仙。

〔7〕肩：承受。《爾雅·釋詁》：“肩，勝也。”

〔8〕里閭：鄰里。來觀：原作“未觀”，誤，據《東坡全集》改。變遷：指黃金化爲鉛石。

〔9〕囂喧：《東坡全集》作“忿喧”。

本書《黃鶴樓雜記》引《南遷錄》云：“江夏呂公洞前，有軍巡夜，見三人衣冠甚古，遺黃金數片，携以歸。光發，人爭取之，訟於官，金遂化爲石，藏軍資庫。東坡鶴樓詩，全用此事。”

一個關於黃鶴樓的簡單傳說，在詩人筆下，却編織成一個迷離恍惚的動人故事。詩中寫仙人，虛無縹緲，變幻莫測；寫凡夫俗子，於詼諧之中含有善意的諷刺。雖是游戲筆墨，却寫得委婉有致。

此詩當作於貶黃州時。李公擇是作者好友，蘇集中有不少贈李公擇的詩。

何喬新

何喬新（1476—1502），字廷秀，明代江西廣昌人。景泰五年（1454）進士。官南京禮部主事，改刑部主事，歷廣東司郎中。成化四年（1468），遷福建副使，歷任河南按察使、湖廣右布政使，所至皆有政績。十六年，擢右副都御史，巡撫山西。復進左副都御史，召拜刑部右侍郎。孝宗立，喬新以剛正爲人所忌，出爲南京刑部尚書。尋召爲刑部尚書，復以事被誣，致仕歸。有《椒丘文集》。

寄懷黃鶴樓[1]

黃鶴高樓渺烟霧，黃鶴飄飄不知處。我曾凌風登此樓，但見蒼茫漢陽樹。[2]我聞羽士徐佐卿，[3]化爲黃鶴朝太清。[4]雲衢偶爾中金鏃，[5]戞然驚飛入杳冥。錦袍仙人昔曾到，[6]醉眼摩挲睨晴昊。[7]倚欄招鶴鶴不來，捶碎瓊樓委荒草。[8]樓前大別高崔嵬，[9]樓下長江滾滾來。[10]仲謀孟德今何在，[11]空遺陳迹後人哀。[12]我本芙蓉城裏客，[13]謫在塵寰歸未得。月明黃鶴倘來翔，[14]便欲乘之溯空碧。[15]

【校注】

〔1〕《椒丘文集》爲《十樓懷古》之四，題作“黃鶴樓”，下注云：“在武昌。”

〔2〕漢陽樹：漢陽，明代爲漢陽府治，今武漢三鎮之一。地當長江漢水合流處，東與武昌隔江相望，北與漢口隔漢水相對。有龜山，與黃鶴磯東西相峙。崔顥《黃鶴樓》詩云：“晴川歷歷漢陽樹，芳草萋萋鸚鵡洲。”

〔3〕羽士：指道士或傳說中的仙人。徐佐卿：唐代道教傳說中人物。據《集異記》卷一載：天寶十三載重陽日，明皇獵於沙苑，有孤鶴雲間徊翔，明皇一箭射中，鶴帶箭向西南飛逝，益州城外有明月觀，自稱青城道士徐佐卿者，常栖息於此。一日自外歸，謂人云：“吾行山中，偶爲飛矢所加，尋已無恙矣。然此箭非人間所有，吾留之於壁上，後年箭主到此，即宜付之，慎無墜失。”及玄宗避亂至蜀，偶游明月觀，忽睹挂箭，乃沙苑射鶴者，遂收而藏之。

〔4〕太清：道家謂人天兩界之外，別有三清，即玉清、太清、上清，爲神仙所居。

〔5〕雲衢：雲間。金鏃：金箭。

〔6〕錦袍仙人：指詩人李白。《舊唐書·文苑傳》："時侍御史崔宗之謫官金陵，與白詩酒唱和。嘗月夜乘舟，自采石達金陵，白衣宮錦袍，于舟中顧瞻笑傲，旁若無人。初，賀知章見白，賞之曰：'此天上謫仙人也。'"

〔7〕摩挲：此處指撫摩欄杆。睨：斜視。晴昊：晴空。

〔8〕倚欄二句：李白《江夏贈韋南陵冰》云："我且爲君捶碎黄鶴樓，君亦爲吾倒却鸚鵡洲。"《醉後答丁十八以詩譏余捶碎黄鶴樓》云："黄鶴高樓已捶碎，黄鶴仙人無所依。黄鶴上天訴玉帝，却放黄鶴江南歸。"以上二句詩本此。

〔9〕大別：大別山，又名魯山，即龜山。在今武漢市漢陽東北。《讀史方輿紀要·湖廣二·漢陽府》："大別山在府城東北，漢江之右。一名魯山。"

〔10〕樓下句：杜甫《登高》云："不盡長江滾滾來。"

〔11〕仲謀：三國吳孫權之字。孟德：三國魏曹操之字。

〔12〕空遺句：指三國赤壁之戰遺迹。

〔13〕芙蓉城：宋代傳説中有芙蓉城，爲仙人所居。相傳石曼卿、丁度死後成仙，爲芙蓉城主。王子高亦有夢游芙蓉城遇鬼仙故事。

〔14〕來翔：《椒丘文集》作"來歸"。

〔15〕空碧：猶碧空。

作者於成化中任湖廣右布政使，曾多次登黄鶴樓覽勝。此詩當爲作者遭讒致仕後所作。明孝宗嗣位，萬安、劉吉等用事，忌喬新剛正，出爲南京刑部尚書，後又勒令致仕。在這首寄懷之作中，作者緬懷羽化登仙的徐佐卿和被譽爲謫仙的詩人李白，渴望像他們那樣遨游世外、遠離塵世，反映了作者對官場污濁、宦途險惡的感慨與不平。

成始終

成始終，字敬之，明代無錫人。正統四年（1439）進士。授行人，拜監察御史。土木之變，以戰功擢湖廣按察使司僉事。後因觸犯當權者辭官回鄉。

登黄鶴樓

　　我生願登黄鶴樓，偶見黄鶴舊磯頭。高樓已廢黄鶴去，江山寂寂令人愁。吕仙欲覓知何處，[1]祇有空亭瑣烟霧。[2]鳳凰山繞武昌城，[3]鸚鵡洲連漢陽樹。當年禰衡真可哀，[4]作賦自恃多奇才。[5]書生氣高不慎重，徒使珠玉埋蒿萊。[6]江山不改太古色，虎鬥龍争遺舊迹。[7]東風何幸便周郎，[8]昔日曹瞞雄計失。[9]赤壁於今無舳艫，[10]桃花春水涵青蒲。[11]江漢千頃拖素練，[12]君山一點浮青鳧。[13]登臨吊古江頭路，[14]萋萋芳草夕陽暮。[15]冤魂哽咽逐寒潮，[16]夜深流下瀟湘去。[17]湖湘勝概天下奇，[18]結巢栖隱非爲遲。乾坤清氣吾飽蓄，[19]三伏炎蒸吾未知。元龍久坐芙蓉幕，[20]同鄉識我金閨客。[21]興來共醉玉壺春，[22]洞簫吹起青山月。明朝挂席游洞庭，[23]宦情離思愁難醒。相思極目江南北，白雲渺渺山青青。

【校注】

　　〔1〕吕仙：傳説中仙人吕洞賓。相傳洞賓名岩，唐代京兆（今陜西西安市）人。舉進士不第，遂浪游江湖。初居終南山，後歷江淮湘鄂兩浙間，不知所終。世稱八仙之一。

　　〔2〕空亭：指黄鶴樓舊址以東的吕仙亭。《武昌府志・古迹》："吕仙亭即仙棗亭遺址，明景泰四年重建。相傳亭前棗樹未嘗實，忽有實如瓜，太守令小吏往視，小吏竊啖之，遂仙去。後人因亭焉。在黄鶴樓東。"按，吕仙亭創自元代，宋民望《仙棗亭記》云："按，郡志，黄鶴樓左舊有石鏡、仙棗二亭。今鏡雖昏而棗尚存。吕仙亭者，二亭遺址也。"今已不存。瑣：通"鎖"。

　　〔3〕鳳凰山：在今武漢市武昌北。《讀史方輿紀要・湖廣二・武昌府》："又鳳凰山在郡治北二里。吴黄龍初，有鳳凰見此，因名。"

　　〔4〕禰衡（173—198）：字正平，東漢平原般（今山東臨邑）人。有文才，而性高傲。與孔融友善，因薦於曹操，禰衡托病不往。曹操召爲鼓吏，想當衆羞辱他，結果反爲所辱，乃遣送劉表。後因侮慢劉表，表不能容，又送於江夏

太守黄祖。終以出言不遜，爲黄祖所殺。

〔5〕作賦句：黄祖長子射爲章陵太守，於鸚鵡洲大宴賓客。有獻鸚鵡者，禰衡乃作《鸚鵡賦》，洲亦因以得名。

〔6〕徒使句：相傳禰衡爲黄祖所殺，即葬於鸚鵡洲中。

〔7〕虎鬥句：此句及以下乃述赤壁之戰。

〔8〕東風句：周郎，即三國吳周瑜。《三國志·吳志·周瑜傳》裴松之注引《江表傳》述赤壁之戰云："至戰日，（黄）蓋先取輕利艦十舫，載燥荻枯柴積其中，灌以魚膏，赤幔覆之，建旌旗龍幡於艦上。時東南風急，因以十艦最著前，中江舉帆……去北軍二里餘，同時發火，火烈風猛，往船如箭，飛埃艳爛，燒盡北船，延及岸邊營寨。瑜等率輕銳尋繼其後，雷鼓大進，北軍大壞，曹公退走。"杜牧《赤壁》："東風不與周郎便，銅雀春深鎖二喬。"

〔9〕曹瞞：即曹操，小字阿瞞。

〔10〕舳艫：舳，船尾；艫，船頭。泛指船隻首尾相連。《漢書·武帝紀》："舳艫千里。"

〔11〕桃花春水：即春汛，亦稱桃汛、桃花訊，約在農曆二、三月間。《漢書·溝洫志》："來春桃花水盛，必羡溢，有填淤反壤之害。"顏師古注："《月令》：'仲春之月，始雨水，桃始華。'蓋桃方華時，既有雨水，山谷冰泮，衆流猥集，波瀾盛長，故謂之桃花水耳。"青蒲：即蒲草，莖葉細長，生於水中。蒲葉可以編織器物。

〔12〕素練：白色絹帛。謝朓《晚登三山還望京邑》："餘霞散成綺，澄江静如練。"

〔13〕君山：在今湖南岳陽市西南洞庭湖中。一名湘山，又名洞庭山。《水經注·湘水》："是山湘君之所游處，故曰君山矣。"浮青鳧：謂遥望君山一點，如青色野鴨浮於水面。

〔14〕江頭路：杜甫有《哀江頭》詩，爲感懷戰亂之作。

〔15〕萋萋句：《楚辭·淮南小山〈招隱士〉》云："王孫游兮不歸，芳草生兮萋萋。"杜牧《長安送友人游湖南》："山密夕陽多，人稀芳草遠。"

〔16〕冤魂：指歷代戰亂中死去的亡靈。

〔17〕瀟湘：湘江的別稱，以水清深得名。《水經注・湘水》："瀟者，水清深也。"湘江源出廣西，東北流經湖南東部入洞庭湖。

〔18〕湖湘：洞庭湖與湘水的合稱。湖湘一帶景色優美，歷代爲游覽勝地。勝概：勝景。

〔19〕乾坤清氣：古指天地間清朗之氣。貫休《古意》："乾坤有清氣，散入詩人脾。"此句及下句謂湖湘一帶氣候涼爽，不知炎熱，乃避暑之地。

〔20〕元龍：陳登之字。登，東漢下邳（今江蘇睢寧）人。曾任廣陵太守，以功加伏波將軍。《三國志・魏志・陳登傳》："（劉）表與（劉）備共論天下人，（許）汜曰：'陳元龍湖海之士，豪氣未除。'"此乃作者自喻。芙蓉幕：大臣的幕府，亦稱蓮幕。趙嘏《十無詩寄桂府楊中丞》："一從開署芙蓉幕，曾向風前記得無？"作者時任湖廣僉事，爲按察使屬官，故有此語。

〔21〕金閨客：金閨本指漢宮金馬門，後遂爲朝廷的代稱。金閨客指朝廷官員。《文選・江淹〈別賦〉》："金閨之諸彥，蘭臺之群英。"按，明代僉事爲正五品，故作者以此自稱。

〔22〕玉壺春：酒名。

〔23〕挂席：揚帆。

這首詩爲作者任湖廣僉事時所作，時間當在景泰以後。詩中多以傳説、史實點綴其間，同時表達了作者的宦情鄉愁和栖隱之念。看來，作者此時已對仕途感到厭倦，他後來"以戆直忤當道乞歸"（《明詩綜》卷二十），也就不是偶然的了。

李東陽

李東陽（1447—1516），字賓之，號西涯，明代湖廣茶陵（今屬湖南）人。天順八年（1464）進士。授編修，累遷侍講學士。弘治五年（1492），進太常少卿，擢禮部右侍郎。八年，直文淵閣，參預機務。官至禮部尚書兼文淵閣大學士。武宗立，劉瑾用事，東陽周旋其間，頗爲時人所非議。劉瑾誅，東陽以老病乞休。正德七年（1512）致仕。

　　成化、弘治年間，李東陽作爲臺閣大臣領導詩壇，有很高的聲望。以他爲首的茶陵詩派，主張宗法杜甫，開前後七子創作主張的先河。他的詩歌則多爲應酬題贈之作，詞氣安閑，雍容典雅，未擺脱臺閣體的影響。有《懷麓堂集》。

寄題黃鶴樓簡秦開府[1]

扁舟我憶江頭泊，曾上高樓訪黃鶴。仙踪恍惚不足論，俯視淵澄仰寥廓。[2]石根嵯岈若天鑿，[3]棟宇參差連地絡。斷岸秋橫赤壁磯，[4]驚流夜濺觀音閣。[5]衡岳雲開鴻雁峰，[6]洞庭水落魚龍宫。使槎賈舶日來往，[7]其上或與銀河通。[8]鵠飛已識圓方勢，[9]鵬擊似起扶摇風。[10]舊游仿佛不再到，[11]前日少年今老翁。[12]江東才子中臺彦，[13]萬里乾坤迹應半。碧嵩青岱幾停車，[14]楚水荆山一揮翰。[15]登斯樓也記須成，[16]望美人兮君不見。[17]晝日偏明豸綉衣，[18]炎天不改冰霜面。[19]憑將激濁揚清手，[20]坐使澄江静如練。[21]歸雲倦鳥亦何心，目送高飛入霄漢。

【校注】

〔1〕簡：以書簡寄與。秦開府：指秦金。開府，開建府署，辟置僚屬。漢魏三公及將軍得開府，晋以後州刺史多以將軍開府，後世亦稱外省督撫爲開府。正德九年（1514），秦金以右副都御史巡撫湖廣，故稱開府。

〔2〕淵澄：江水深而清澈。

〔3〕嵯岈：山石高峻。

〔4〕赤壁磯：即今武漢市武昌東南的赤壁山。《讀史方輿紀要·湖廣二·武

昌府》：“赤壁山，城東南九十里，一作赤圻，一曰赤磯。俗以爲周瑜破曹操處，誤也。”

〔5〕觀音閣：故址在黄鶴磯頭，即古代頭陀寺。

〔6〕衡岳：南岳衡山，在湖南省境。鴻雁峰：衡岳七十二峰之一，相傳雁飛至此峰而止。《廣輿記·湖廣》：“回雁峰，在衡州府城南，雁至衡陽則不過，遇春而回。或曰，峰勢如雁之回，故名。”

〔7〕使槎：使者所乘之舟。杜甫《秋興八首》之二：“奉使虛隨八月槎。”賈舶：商船。

〔8〕銀河：《武昌府志·藝文》作“銀漢”。

〔9〕圓方勢：古指天圓地方之勢。《楚辭·惜誓》：“黄鵠之一舉兮，知山川之紆曲；再舉兮，睹天地之圓方。”

〔10〕扶摇風：從下盤旋而上的暴風，亦謂之飆。《說文·風部》：“飆，扶摇風也。”《莊子·逍遥游》：“鵬之徙於南冥也，水擊三千里，搏扶摇而上者九萬里。”

〔11〕仿佛：依稀可憶。

〔12〕前日句：成化八年（1472）春，李東陽返茶陵掃墓，過武昌，有《登武昌觀音閣》詩，時年二十五歲，距本詩寫作時間，已四十餘年，故有此嘆。

〔13〕江東才子句：指秦金。秦金爲無錫人，古屬吴地，史亦稱江東。中臺：官名。爲三臺之一。《文選·陳琳〈爲袁紹檄豫州〉》：“坐領三臺，專制朝政。”李善注引《漢官儀》曰：“尚書爲中臺，御史爲憲臺，謁者爲外臺。”秦金官右副都御史，應爲憲臺，以中臺爲三臺之首，故尊稱之。

〔14〕碧嵩句：碧嵩指中岳嵩山，在河南境。青岱指東岳泰山，在山東境。秦金於正德初曾任河南提學副使，山東布政使等職，故有“幾停車”之語。

〔15〕楚水荆山：泛指湖廣地區的山水。

〔16〕記須成：謂秦金等登黄鶴樓，當有記事的詩文。

〔17〕美人：指秦金。古代詩歌中常以美人喻所懷念的君子。蘇軾《前赤壁賦》：“渺渺兮余懷，望美人兮天一方。”

〔18〕豸繡衣：豸冠繡衣，御史之服。《後漢書·輿服志下》：“法冠……

或謂之獬豸冠。獬豸，神羊，能別曲直，楚王嘗獲之，故以爲冠。"《唐會要》卷六一："乾元二年四月六日，敕御史臺，所欲彈事，不須先進狀，仍服豸冠。"《漢書·百官公卿表上》："侍御史有綉衣直指。"

〔19〕冰霜面：《海録碎事·臣職·臺官》："唐御史官糾察群司，衆呼爲冷峭御史。"

〔20〕憑將：憑着。張相《詩詞曲語辭彙釋》卷三："將，語助辭，用於動詞之後。"激濁揚清：懲惡獎善。《晉書·武帝紀》："揚清激濁，舉善彈違，此朕所以垂拱總綱，責成於良二千石也。"漢制，九卿至郡守俸禄均爲二千石。

〔21〕坐使句：謝朓詩云："澄江静如練。"此處喻吏治清明，國家穩定。

正德九年，秦金巡撫湖廣，這首詩亦當作於這一時期。

作者青年時曾登臨黄鶴樓。四十多年後描繪當年登樓覽勝的情景，仍然顯得氣勢宏大，景象壯闊。詩的後半部贊揚秦金的政績，揄揚得體，不失閣老氣度。全詩從内容到風格，都體現了臺閣體的特色。此詩一出，唱和者甚衆，但大都爲等而下之之作，未能突破這首詩的路數和格局。

秦　金

秦金（1466—1544），字國聲，明代無錫人。弘治六年（1493）進士。授户部主事，歷郎中。正德初，遷河南提學副使，改右參政。歷山東左、右布政使。正德九年（1514），擢右副都御史，巡撫湖廣。曾多次平定河南、湖廣等地民變，并隨王守仁討平江西寧王宸濠之亂。召爲户部右侍郎。嘉靖初，累官户部尚書。嘉靖六年（1527）致仕。五年後召還，改任工部尚書。尋改南京兵部，逾年致仕歸。有《秦端敏公集》。

次李西涯閣老韵見寄[1]

　　高樓枕江江岸泊，樓外橫空有孤鶴。[2]萬里乾坤一望中，景象蒼茫胸次廓。[3]古洞嵁岈猶鬼鑿，[4]朱簾捲映青絲絡。[5]鸚鵡洲寒月滿臺，漢陽樹暝雲連閣。[6]烟嵐翠濕芙蓉峰，[7]蓬瀛飛墮神仙宫。[8]翻書無塵白日靜，乘槎有路青霄通。神游八極匪汗漫，[9]毛骨颯爽凌天風。瀟湘逶迤悲帝子，[10]樊口幽絶留坡翁。[11]題名總是金閨彦，[12]個中風月平分半。[13]雲雀誰降絶代詞，[14]龍蛇或去驚人翰。[15]句宣塞我來何遲，[16]突兀燕樓駭新見。[17]憂樂常關范老情，[18]霜鐵寧慚趙公面。[19]天開圖畫真奇哉，失却丹青披素練。[20]北望君門思渺然，[21]萬古朝宗此江漢。[22]

【校注】

　　〔1〕次韵：和人之詩并依原詩韵脚次序，稱次韵，亦稱步韵。此首及以下各首均次韵李東陽《寄懷黄鶴樓簡秦開府》詩而作，當作於同時或稍後。西涯：李東陽之號。閣老：明代不設宰相，置諸殿閣大學士，稱内閣。李東陽曾官文淵閣大學士，故尊稱閣老。

　　〔2〕樓外句：蘇軾《後赤壁賦》云：“適有孤鶴，橫江東來。”

　　〔3〕胸次廓：胸際開闊。

　　〔4〕嵁岈：《玉篇·山部》：“嵁岈，山深狀。”

　　〔5〕青絲絡：指繫朱簾的青絲繩。

　　〔6〕雲連閣：原作“連雲閣”，據《武昌府志》改。

　　〔7〕烟嵐：山間雲氣。芙蓉峰：泛指黄鶴樓四周翠緑的山峰。

　　〔8〕蓬瀛：蓬萊、瀛洲，神話傳説中的海中仙山。

　　〔9〕八極：天邊極遠之地。《淮南子·地形》：“天地之間，九州八極。”高誘注：“八極，八方之極也。”匪：非。汗漫：無稽之談。《淮南子·道應》：“吾與汗漫期於九垓之外。”高誘注：“汗漫，不可知之也。”

　　〔10〕帝子：指帝堯之二女，舜之二妃。《水經注·湘水》：“（二妃）

神游洞庭之淵，出入瀟湘之浦。"謝朓《新亭渚別范零陵》："洞庭張樂地，瀟湘帝子游。"

〔11〕樊口：在今湖北鄂州市西北，位於樊山之麓，爲樊港入長江之口，故稱樊口。坡翁：蘇軾居黃州時，自號東坡居士，世亦稱坡翁。其《武昌西山》詩序云："軾謫居黃岡，與武昌相望，亦常往來溪山間。"詩云："春江淥漲蒲萄醅，武昌官柳知誰栽。憶從樊口載春酒，步上西山尋野梅。"

〔12〕題名：指黃鶴樓題咏。

〔13〕個中：其中。風月：風光，風景。

〔14〕絕代詞：指李東陽《寄懷黃鶴樓簡秦開府》一詩。

〔15〕龍蛇：形容東陽的詩章筆勢飛動，如走龍蛇。李白《草書歌行》："恍恍如聞神鬼驚，時時衹見龍蛇走。"

〔16〕旬宣：秦金自謂巡撫湖廣。蹇：語助詞，無義。

〔17〕突兀：高聳貌。岑參《與高適薛據同登慈恩寺浮圖》："突兀壓神州，崢嶸如鬼工。"燕樓：即黃鶴樓。駭：驚奇。

〔18〕憂樂句：范老，即范仲淹，宋仁宗朝拜樞密副使，參知政事。未仕時，即以天下爲己任，曾言"士當先天下之憂而憂，後天下之樂而樂"。此處乃以范老喻東陽。

〔19〕霜鐵句：趙公，指趙忭，宋神宗時任參知政事，以太子少保致仕。《宋史·趙忭傳》："（忭）爲殿中侍御史，彈劾不避權倖，京師目爲鐵面御史。"寧慚：乃慚。《經傳釋詞》卷六："寧，猶乃也。"此句乃秦金自謙之詞。

〔20〕失却句：謂黃鶴樓風光好像未着丹青的天然畫圖。素練：指長江。

〔21〕君門：都門。

〔22〕萬古句：朝宗，謂百川歸海，如諸侯朝見天子。江漢：長江漢水。《書·禹貢》："江漢朝宗於海。"

觀詩中有"旬宣蹇我來何遲，突兀燕樓駭新見"之句，則東陽贈詩及這首唱和之作當作於秦金蒞任後不久。詩的前半部分境界闊大，一洗塵俗；後半部分頌揚東陽，亦符合其閣老宰臣的身份。結尾用江漢朝宗之典，也是臺閣體不可缺少的格局。

毛伯溫

　　毛伯溫（？—1544），字汝厲，明代吉水（今屬江西）人。正德三年（1508）進士。授紹興府推官，擢御史，歷按福建、河南。嘉靖初，擢右僉都御史，巡撫寧夏，以事奪職歸。後起官，進左副都御史，復以事奪職。十五年冬起官，累官兵部尚書兼右都御史，總督宣府、大同、山西軍務，邊防賴以安定。十八年秋奉命南征，以招撫安南有功，加太子太保。二十一年初還朝。二十三年，以邊防事被杖，削籍歸，疽發背，卒。《四庫全書總目提要》謂其"文格頗疏暢，詩則所造不深，詞多淺易"。有《毛襄懋集》。

次中丞秦公和西涯閣老韵[1]

　　扁舟昨向城西泊，縹緲飛樓表黃鶴。[2]仙踪杳杳不可尋，萬里清風振寥廓。濱江石壁本天鑿，內方大別相聯絡。[3]春濤帶雨濺漁磯，[4]秋月搖波明佛閣。[5]縱觀八極展眉峰，朗吟一曲諧商宮。[6]烟開芳樹鸚洲出，[7]雲没飛甍鳥道通。[8]高明豈在壯形勝，[9]虛曠時復觀民風。長衢花柳走稚子，[10]破屋蓬蒿坐老翁。今古登臨總英彥，東西南北平分半。江湖廊廟感希文，[11]蒓菜鱸魚思張翰。[12]鳳山先生天下豪，[13]平生仰止今方見。[14]青天白日照丹心，[15]窮谷深山驚鐵面。[16]文章孔氏得其傳，[17]法律漢庭稱老練。[18]甘棠幾樹直樓陰，[19]霜幹虬枝拂層漢。[20]

【校注】

〔1〕中丞秦公：即秦金。中丞爲御史臺長官，明代改置都察院，以副都

御史巡撫各省，亦稱中丞。

〔2〕表黃鶴：矗立於黃鶴山頂。

〔3〕內方、大別：皆山名。內方，即章山，在今湖北鍾祥縣西南。《書·禹貢》："導嶓冢至於荆山，內方至於大別。"

〔4〕漁磯：即黃鶴磯。

〔5〕佛閣：即觀音閣。

〔6〕商宮：即宮商，泛指音律。

〔7〕鸚洲：即鸚鵡洲。

〔8〕飛甍：指黃鶴樓高聳入雲的飛脊。高聳的屋脊。鳥道通：謂樓閣高聳入雲，飛鳥可以從中穿過。

〔9〕高明：高而明亮的處所，指樓觀。《禮記·月令》："仲夏之月……可以居高明，可以遠眺望。"鄭玄注："高明，謂樓觀也。"此處指黃鶴樓。

〔10〕長衢：長街。

〔11〕江湖句：范仲淹《岳陽樓記》："居廟堂之高，則憂其民；處江湖之遠，則憂其君。"希文，范仲淹之字。借指李東陽。

〔12〕蒓菜：一名水葵，生於江南水鄉，莖及葉柄可食。鱸魚：產於近海，體扁頭大，巨口細鱗。張翰：字季鷹，晉吳郡吳縣（今江蘇蘇州市）人。曾在齊王司馬冏幕任大司馬東曹掾。《晉書·張翰傳》："因見秋風起，乃思吳中菰菜、蒓羹、鱸魚膾，曰：'人生貴得適志，何能羈宦數千里以要名爵乎？'遂命駕而歸。"

〔13〕鳳山先生：秦金之號。

〔14〕仰止：仰慕。《詩·小雅·車舝》："高山仰止，景行行止。"

〔15〕青天白日：喻爲人清明，心地明達。《朱子全書·諸子》："若孟子則如青天白日，無垢可洗，無瘢可索。"

〔16〕鐵面：即宋代鐵面御史趙忭，借指秦金。

〔17〕孔氏：孔子。

〔18〕法律句：漢律爲歷代所尊崇，故以此頌揚秦金。

〔19〕甘棠句：甘棠即棠梨樹，本爲《詩·召南》篇名。相傳周武王時，召伯巡視南方，曾於甘棠樹下裁決民訟，民衆賦《甘棠》一詩贊美他。後世遂

用來稱頌地方官的德政。直，同"值"。當，臨。

〔20〕虬枝：指甘棠老樹盤屈的枝幹。層漢：重霄，高空。

　　這是作者爲秦金次韵李東陽詩作的和詩，當作於任御史時。作者同秦金在黃鶴樓初次會見，讀到了東陽寄懷之作及秦金的和詩，故而步韵與秦金唱酬。詩中既感念李東陽的功成身退，又以更多的篇幅，贊揚秦金的文才和德政，可謂稱頌得體，恰如其分。

聶　賢

　　聶賢，字承之，明代長壽（今屬四川）人。弘治五年（1492）進士。歷任知縣、武昌府知府。拜御史，有清操。嘉靖中歷副都御史，以彈劾武定侯郭勛事奪官。五年後薦爲工部尚書，改刑部尚書致仕。

次中丞秦公和西涯閣老韵

　　天地孤舟此漂泊，[1]江樓百尺摽黃鶴。[2]感舊重臨興亦豪，[3]心神灑灑翔寥廓。[4]何年鬼工挾斧鑿，[5]超然棟宇飛塵落。繁星出井畫簷垂，靈暉晚向朱甍閣。[6]開窗恰對祝融峰，[7]隱隱似見蒼龍宮。[8]洞庭君山含遠眺，洪波碧樹秋雲通。倚檻凌霄俯人世，衣裳淅淅生涼風。我欲乘風駕黃鶴，逍遥遠揖淮南翁。[9]暇日追游後群彥，山川踪迹應强半。攬轡直慚汝下潡，[10]思蒓久慕江東翰。[11]文章幸接大中丞，[12]筆翻風雨龍蛇見。[13]群吏誰當庾府才，[14]蒼生再睹羊公面。[15]崔李詩名伯仲間，[16]蕭曹畫法仍精練。[17]讀罷長沙寄遠辭，[18]飄飄黃鶴回江漢。

【校注】

〔1〕天地句：指作者遠游湖廣。

〔2〕摽：高聳貌。

〔3〕感舊句：作者曾任武昌知府，此次乃舊地重游。

〔4〕灑灑：奔放。

〔5〕鬼丁：即五丁。神話傳説中的五個力士。《水經注·沔水》："秦惠王欲伐蜀而不知道，作五石牛，以金置尾下，言能屎金。蜀王負力，令五丁引之成道。"

〔6〕靈暉：神奇的光輝。《文選·王儉〈褚淵碑文〉》："稟山岳之靈暉。"

〔7〕祝融峰：南岳衡山最高之峰。

〔8〕蒼龍宮：指洞庭湖。神話傳説中有洞庭龍宮。

〔9〕淮南翁：即漢代淮南王劉安。劉安爲漢高祖之孫，好神仙之術，故有白日升天的傳説。葛洪《神仙傳》云："安臨去時，餘藥器置在中庭，鷄犬舐啄之，盡得升天。"

〔10〕攬轡句：攬轡喻出仕。汝下滂，指東漢范滂。滂爲汝南征羌（今河南郾城東南）人。《後漢書·范滂傳》："時冀州饑荒，盜賊群起，乃以滂爲清詔使，案察之。滂登車攬轡，慨然有澄清天下之志。"

〔11〕江東翰：指晉代張翰。翰爲吳人，古屬江東。

〔12〕接：承。大中丞：指秦金。

〔13〕筆翻句：杜甫《寄李白》云："筆落驚風雨，詩成泣鬼神。"

〔14〕群吏句：指東晉庾亮與幕僚南樓吟咏事，以喻秦金黃鶴樓宴集唱和。《世説新語·容止》："庾太尉在武昌，秋夜氣佳景清，使吏殷浩、王胡之之徒登南樓，理咏，音調始遒，聞函道中屐聲甚厲，定是庾公。俄而率左右十許人步來，諸賢欲起避之，公徐云：'諸君少住，老子於此處興復不淺。'因便據胡床與諸人咏謔，竟坐，甚得任樂。"

〔15〕蒼生句：羊公，指晉代羊祜。羊祜都督荆州諸軍事，鎮守襄陽，有惠政。死後襄陽民衆罷市巷哭，爲之立碑，世稱墮淚碑。此處借喻秦金。

〔16〕崔李句：崔李指崔顥、李白，皆有咏黃鶴樓詩。此喻李東陽、秦金唱和之作。

〔17〕蕭曹句：蕭曹指漢代蕭何曹參。蕭何爲相國，漢律多爲其制定。曹

參繼爲相國，舉事無所變更，一遵蕭何律令。《史記·曹相國世家》：“百姓歌之曰：‘蕭何爲法，顜若畫一。曹參代之，守而無失。’”此以蕭曹喻秦金執法嚴明。

〔18〕長沙：指李東陽。東陽爲湖廣茶陵人，明代屬長沙府。寄遠辭：指李東陽詩。

　　這首詩是作者與秦金等宴集黃鶴樓唱和之作。作者曾任武昌知府，多次登臨黃鶴樓，及拜御史，復有湖廣之行。舊地重游，感慨良多。登樓遠眺，淅淅生風，似欲駕鶴歸去，流露出作者對官場的失望和歸隱之思。

謝廷柱

　　謝廷柱，字邦用，明代長樂（今屬福建）人，謝士元之子。弘治進士。曾任大理寺評事、湖廣按察司僉事等職。

次中丞秦公和西涯閣老韻

　　江樓絕似艨艟泊，〔1〕曾見仙翁跨黃鶴。相傳畫鶴鶴解飛，〔2〕飲罷翱翔上寥廓。千古江樓遂得名，四時風月歸籠絡。〔3〕江漢波隨曲檻回，衡巫山薄危欄閣。〔4〕懸崖削立峙孤峰，黑潭下有蛟龍宮。〔5〕此水疑與弱流接，〔6〕凌風舟楫須臾通。元宰詔章重圭璧，〔7〕都臺節鉞生清風。〔8〕樓開樽俎簫管沸，〔9〕手招鶴背坐仙翁。仙翁本是文章彥，〔10〕詞作金聲落天半。〔11〕飄飄鶴馭久夷猶，〔12〕但見彩雲生羽翰。〔13〕地因人勝古今同，江山長價從茲見。〔14〕欲效浯溪勒偉詞，〔15〕墨汗淋灘灑崖面。〔16〕張皇文事繼仙踪，〔17〕鐵畫銀鈎映江練。〔18〕清霄還擬獨登臨，試看奎光燭霄漢。〔19〕

【校注】

〔1〕艨艟：戰艦。

〔2〕相傳句：指傳說中江夏郡辛氏沽酒，遇道士畫鶴能飛，遂於此修建黄鶴樓的故事。

〔3〕籠絡：囊括。

〔4〕衡巫：衡山及巫山。薄：靠近。危欄：指黄鶴樓高處的欄幹。閣：同“擱”。

〔5〕黑潭：原作“黑澶”，誤。此乃指黄鶴樓前深不可測的江水。

〔6〕弱流：神話傳說中的弱水。《後漢書·西域傳》：“（大秦國）或云其國有弱水流沙，近西王母所居處，幾於日所入也。”

〔7〕元宰句：宰輔位居大臣之首，故稱元宰，亦稱元輔，指李東陽。詔章：指李東陽詩作。圭璧：玉製禮器，喻東陽詩。

〔8〕都臺句：都察院長官稱都臺，指秦金。節鉞：古代天子授大將軍符節、斧鉞，都督中外諸軍事。此乃指秦金受命巡撫湖廣。

〔9〕樓開句：指秦金於黄鶴樓宴集同僚。

〔10〕仙翁句：喻黄鶴樓宴集唱和諸公。

〔11〕金聲：金石之樂，如鐘鎛之類。喻在座諸公唱和之作。

〔12〕鶴馭：即鶴駕。夷猶：亦作夷由，徘徊不進。《楚辭·九歌·湘君》：“君不行兮夷猶，蹇誰留兮中洲。”王逸注：“夷猶，猶豫也。”

〔13〕羽翰：羽翼。鮑照《咏雙燕》：“雙燕戲雲崖，羽翰始參差。”

〔14〕長價：抬高身價。李白《與韓荆州書》：“青萍結緑，長價於薛卞之門。”

〔15〕欲效句：浯溪，水名，在今湖南省祁陽縣西南，唐代詩人元結曾勒銘於此。《浯溪銘序》云：“浯溪在湘水之南，北匯於湘。愛其勝异，遂家溪畔。溪，世無名稱者也，爲自愛之，故命曰浯溪，銘於溪口。”

〔16〕墨汙：墨汁。

〔17〕張皇：發展擴大。《書·康王之誥》：“張皇六師。”蔡沈集傳：“皇，大也。”文事：文章之事。

〔18〕鐵畫銀鈎：謂勒銘的書法筆勢凝重而有活力。《故事成語考·文事》：“鐵畫銀鈎，王羲之筆法。”

〔19〕奎光：奎星爲二十八宿之一。《初學記》卷二十一引《孝經援神契》云："奎主文章……宋均注曰：'奎星屈曲如鈎，似文字之畫。'"後世以奎星光芒四射象徵文運昌隆。燭：照耀。

秦金作爲巡撫湖廣的大臣，在黄鶴樓宴集同僚，賞鑒李東陽的詩簡并進行唱和，這在當時要算一樁文壇盛事。作者時任湖廣按察使司僉事，是秦金的僚屬，躬逢其盛，不可無記。這首詩記叙了黄鶴樓上這次盛會，描繪了簫管鼎沸、詩酒唱酬的情景。結尾歌頌湖廣地區文運昌隆的升平景象，也是這類應酬之作的通例。

陳　金

陳金，字汝礪，明代應城人，後徙武昌（今湖北鄂州市）。成化八年（1472）進士。除婺源知縣，擢南京御史。弘治初，出按浙江、山西，歷雲南左布政使。十三年，拜右副都御史，巡撫雲南。正德初，以右都御史總督兩廣軍務。曾先後平定雲貴、兩廣民變，俘斬甚衆。正德三年（1508），遷南京户部尚書。次年，以母喪歸。六年，江西民變迭起，起官左都御史，總制江西軍務。半年間，剿滅殆盡。因用兵貪殘嗜殺，剽掠甚於盜賊，百姓患之，乃召還，遂請歸終喪。正德十年再起，督兩廣軍務。十四年冬召還，掌都察院事。世宗立，乞致仕歸。

次中丞秦公和西涯閣老韵

畫船時向江頭泊，望裏高樓號黄鶴。[1]鶴乘仙去已無踪，萬里雲山渺空廓。龜蛇雙鎖真如鑿，[2]洞庭彭蠡皆聯絡。[3]奇觀不減鳳凰臺，[4]佳名無愧滕王閣。[5]廬阜森昂五老峰，[6]蜀山高擁青羊宫。[7]舟車水陸頻來往，隆中脉絡誠相通。[8]茫茫烟火千家月，浩浩清波兩岸風。卜居對此歲月久，昔時孺子今皤翁。[9]樓中題咏皆豪彦，歷數存亡各相半。或挾風雨擅才華，[10]或走蚊龍妙揮翰。超然今古并馳聲，[11]崔老秦公剛兩見。[12]與君堅抱歲寒心，[13]眇予幸識清風面。[14]胸中濟世與康民，[15]文思聯翩揮素練。[16]登樓望海即朝宗，不羨滔滔此江漢。

【校注】

〔1〕望裹：視綫所及。指從江上遠望黃鶴樓。

〔2〕龜蛇句：龜指龜山，亦稱大別山。蛇指蛇山，即黃鶴山。二山隔江對峙，故云雙鎖。

〔3〕彭蠡：即今鄱陽湖，在江西境。

〔4〕鳳凰臺：在今江蘇南京市。李白《金陵鳳凰臺》："鳳凰臺上鳳凰游，鳳去臺空江自流。"

〔5〕滕王閣：故址在今江西南昌市。唐高祖子滕王元嬰任洪州都督時所建。唐代詩人王勃曾作《滕王閣序》。

〔6〕廬阜句：廬阜，即廬山。森昂，形容山峰高聳并立。五老峰，爲廬山東南主峰。五峰聳立，形如五老。李白有《登廬山五老峰》詩。

〔7〕蜀山句：蜀山，泛指蜀地之山。青羊宮，亦稱青羊觀，在今四川成都市西南，爲著名道觀。

〔8〕隆中：即隆中山，在今湖北襄陽市西。東漢末諸葛亮曾隱居於此。

〔9〕卜居二句：作者家徙武昌，所居與黃鶴樓遙遙相對，少年時曾登臨游覽。按，作者於成化八年登進士第，終喪家居時當已六十餘歲，故自稱皤翁。

〔10〕或挾句：庾信《謝滕王集序啓》："譬其毫翰，則風雨爭飛；論其文采，則魚龍百戲。"

〔11〕馳聲：聲名遠揚。

〔12〕崔老句：崔老、秦公，指崔顥與秦金。剛，始。

〔13〕歲寒心：《論語·子罕》："歲寒，然後知松柏之後凋也。"

〔14〕眇予：自謙之詞，猶云小子。《書·顧命》："眇眇予末小子。"孔傳：

"言微微我淺末小子。"清風面：喻秦金爲人清和高潔。

〔15〕康民：猶安民。《爾雅·釋詁》："康，安也。"

〔16〕文思句：謂文思連綿不絶，如長江之水。

　　陳金約在正德八年請歸終喪，正德九年秦金巡撫湖廣，於黄鶴樓宴集，陳金亦與盛會，這是他同秦金初次見面。陳金被劾請歸，心情是抑鬱的，所以在詩中發出了今昔存亡的慨嘆。結尾兩句，表達了堅持節操、不與世俗同流合污的意願。其實，陳金爲官貪婪殘忍，并不像他在詩中表白的那樣，這不過是官場應酬詩的粉飾之詞罷了。

王守仁

　　王守仁（1472—1528），字伯安，明代餘姚（今屬浙江）人。嘗築室故鄉陽明洞中，世稱陽明先生。弘治十二年（1499）進士。授刑部主事，改兵部。正德元年（1506）冬，以忤宦官劉瑾，謫貴州龍場驛丞。劉瑾誅，歷任南京刑部主事、太僕寺少卿、鴻臚卿等職。正德十一年，官右僉都御史，巡撫南贛，先後討平各處民變，境内大定。進右副都御史。十四年，平定寧王宸濠之亂。世宗立，封新建伯，拜南京兵部尚書。嘉靖六年（1527），兩廣民變又起，以守仁兼左都御史，總督兩廣。後以病乞歸，途中卒。

　　王守仁是明代著名理學家。他發展了南宋陸九淵的學説，主張以心爲本體，提出"格物致知，自求於心"、以"致良知"爲主的知行合一説，與程朱學派抗衡。後世遂以陸王并稱，亦稱陽明學派。有《王文成公全書》。

夢游黃鶴樓奉答鳳山院長[1]

扁舟隨地成淹泊，[2]夜向磯頭夢黃鶴。黃鶴之樓高入雲，下臨風雨翔寥廓。長江東來開禹鑿，[3]巫峽天邊一絲絡。春陰水闊洞庭野，斜日帆收漢陽閣。參差遥見九疑峰，[4]中有嶕嶤重華宮。[5]蒼梧雲接黃陵雨，[6]千年尚覺精誠通。忽聞孤鶴叫湖水，月明鐵笛橫天風。[7]丹霞閃映雙玉童，醉擁白髮非仙翁。[8]仙翁呼我金閨彦，[9]爾骨癯然仙已半。[10]胡爲尚局風塵中，[11]不屑刀圭生羽翰。[12]覺來枕簟失烟霞，江上青峰人不見。[13]故人仗鉞鎮湖襄，[14]幾歲書來思會面。公餘登眺富詞葩，[15]醉墨頻勞寫絪練。[16]寫情投報愧瓊瑶，[17]皓皓秋陽濯江漢。[18]

【校注】

〔1〕鳳山院長：指秦金。唐代御史臺設三院，御史亦稱院長。明代置都察院，故因襲這一稱謂。

〔2〕淹泊：淹留。

〔3〕長江句：謂長江是夏禹時所鑿水道。

〔4〕九疑峰：即九疑山，又名蒼梧山，在今湖南寧遠縣南，相傳舜葬於此。

〔5〕嶕嶤："高大。亦作"峨嶤"。重華宮：舜的祠宮。舜名重華。《史記·五帝本紀》："虞舜者，名曰重華。"《漢書·五帝紀》："望祀虞舜於九疑。"

〔6〕蒼梧句：蒼梧，即蒼梧山。《禮記·檀弓上》："舜葬於蒼梧之野，蓋三妃未之從也。"陳澔注："今零陵九疑有舜冢云。"黃陵，即黃陵山，在今湖南湘陰北，湘水由此入洞庭湖。傳說舜的二妃娥皇、女英葬於此。《讀史方輿紀要·湖廣·長沙府·湘陰縣》："黃陵山，縣北四十里，上有舜二妃墓。《括地志》謂之青草山，孔穎達以爲湘山也。"

〔7〕忽聞二句：據宋民望《仙棗亭記》，傳說吕洞賓曾於月夜吹鐵笛屢過黃鶴樓。

〔8〕丹霞二句：這兩句形容作者夢中見到吕洞賓，宛如仙翁臨凡。夢中作

者又回到黃鶴樓，故有遇呂仙之事。

〔9〕仙翁句：秦金詩中云：“題名總是金闈彥。”

〔10〕爾骨句：謂作者骨姿清瘦，已具仙骨。癯然：清瘦貌。

〔11〕局：局縮。風塵：塵俗。此處喻仕途。《晉書·虞嘉傳》：“（嘉）虛靜味道，無風塵之志。”

〔12〕不屑句：謂作者熱衷仕途，不屑爲服藥登仙之事。刀圭，傳說中仙家量藥之具，其量甚少，約梧桐子大小。以上皆呂仙語。

〔13〕江上句：錢起《湘靈鼓瑟》云：“曲終人不見，江上數峰青。”

〔14〕故人句：指秦金巡撫湖廣。仗鉞：鎮守一方。湖襄，即湖廣。明代襄陽府屬湖廣布政使司。

〔15〕詞葩：華美的詞章，指秦金詩。

〔16〕醉墨句：言秦金於黃鶴樓醉中賦詩，寫寄王守仁。緗練，亦稱緗素，淡黃色絹帛，古代用以書寫，遂爲紙的代稱。

〔17〕瓊瑤：美玉，象徵珍貴的禮物。《詩·衛風·木瓜》：“投我以木瓜，報之以瓊瑤。”

〔18〕皓皓句：皓皓，原空一字，據《武昌府志》補。《孟子·滕文公上》：“江漢以濯之，秋陽以暴之，皓皓乎不可尚已。”趙岐注：“以爲聖人之潔白，如濯之江漢，暴之秋陽。秋陽，周之秋，夏之五六月，盛陽也。皓皓，白甚也。”此句言秦金的道德文章，不可超越。

詩中云“故人仗鉞鎮湖襄，幾歲書來思會面”，則此詩當爲作者巡撫南贛時作。秦金將黃鶴樓宴集時所寫的《次李西涯閣老韻見寄》一詩寄贈，作者同秦金是好友，便寫下了這首充滿感情的和詩答贈。全詩寫的是一個夢境。夢游黃鶴樓，引出月夜吹笛的呂仙，呂仙在夢中又親與白髮而清癯的作者交談。醒後烟霞頓失，衹留下“曲終人不見，江上數峰青”的悵惘。這首詩構思不凡，情韻雋永，是應酬詩中的佳作。

張 璧

張璧（？—1545），字崇象，明代石首（今屬湖北）人，正德六年（1511）進士。官至禮部尚書、東閣大學士。

寄題黃鶴樓奉次涯翁少師韵[1]

我曾鼓棹江頭泊，[2]樓上仙人夜騎鶴。飄飄玄羽凌太清，褭褭丹梯倚寥廓。[3]山根豈經神斧鑿，鑿破鯨鰲互聯絡。[4]海燕雙飛石鏡亭，[5]江雲半壓松風閣。[6]悄然坐我天柱峰，[7]一杯一曲彈商宮。龍去蒼梧春已遠，[8]雁回岳麓雲相通。[9]天開上方躡南斗，[10]地走濁浪排長風。[11]湘門秋草賈太傅，[12]赤壁洞簫蘇長翁。[13]崔郎謫仙更豪彥，[14]雄楚江山收大半。金鑰開函發秘藏，管城脫帽揮神翰。[15]鳳山先生作樓主，萬古風情今再見。廊廟長懸雲壑心，[16]江湖不改冰霜面。何當從公登此樓，[17]借此并刀裁素練。[18]空江月下片帆秋，一鶴相將眇雲漢。[19]

【校注】

〔1〕涯翁少師：指李東陽。東陽曾官太子少師，這是加給大臣的虛銜。

〔2〕鼓棹：駕舟。

〔3〕丹梯：喻登仙之途。元穎《三嘆》：“願言成羽翼，奪翅凌丹梯。”

〔4〕鑿破句：謂山根鑿破，江海中的鯨、鰲將聯合起來，興風作浪。

〔5〕石鏡亭：《武昌府志·古迹》：“石鏡亭在黃鶴樓西，臨崖舊有石如鏡，宋賀鑄後人爲亭以表之。今亭廢石亡。”按，據宋民望《仙棗亭記》所載，黃鶴樓左舊有石鏡、仙棗二亭，後在二亭遺址建吕仙亭。傳説吕洞賓吹笛過此，曾於石鏡題詩。

〔6〕松風閣：故址在武昌（今湖北鄂州市）城西樊山，松林甚茂，故以名閣。

爲宋代黄庭堅所建。其《武昌松風閣》詩云："依山築閣見平川，夜闌箕斗插屋椽，我來名之意適然。老松魁梧數百年，斧斤所赦今參天。風鳴媧皇五十弦，洗耳不須菩薩泉。"述松風閣命名之由甚詳。

〔7〕天柱峰：指黄鶴山，言其高峻如天柱。此句本杜甫《奉先劉少府新畫山水障歌》："悄然坐我天姥下。"

〔8〕蒼梧：指洞庭湖。

〔9〕岳麓：指南岳衡山山麓。

〔10〕上方：道家指天上仙界，俗謂天宫。《雲笈七籤·天地》："上方九天之上，清陽虚空之内。"南斗：二十八宿之一。

〔11〕地走句：指長江漢水從黄鶴樓前流過。

〔12〕湘門句：賈太傅，即東漢賈誼。賈誼曾爲長沙王太傅，世稱賈太傅。《漢書·賈誼傳》云：誼貶長沙，"意不自得，及度湘水，爲賦以吊屈原"。

〔13〕赤壁句：蘇長翁，即蘇軾。其《前赤壁賦》云："客有吹洞簫者，倚歌而和之。其聲嗚嗚然，如怨如慕，如泣如訴，餘音裊裊，不絕如縷。"

〔14〕崔郎、謫仙：指崔顥、李白。

〔15〕管城句：韓愈《毛穎傳》云："遂獵，圍毛氏之族，拔其豪，載穎而歸。獻俘於章臺宫，聚其族而加束縛焉。秦皇帝使（蒙）恬賜之湯沐，而封諸管城，號曰管城子。"《毛穎傳》通篇以筆爲喻，後世遂以管城子爲筆的別名。管謂筆管。脱帽，脱去筆帽。神翰，神筆。

〔16〕雲壑心：言秦金志在山水。

〔17〕何當：張相《詩詞曲語辭彙釋》卷三："何當，猶云安得也。"

〔18〕借此句：并刀，古代并州（今屬山西）所産剪刀，以鋒利著稱。杜甫《戲題王宰畫山水圖歌》："焉得并州快剪刀，剪取吳淞半江水。"

〔19〕相將：相伴。張相《詩詞曲語辭彙釋》卷三："相將，猶云相與或相共也。"

作者是正德六年進士，踏入仕途不久。他與李東陽、秦金詩簡往還，相互唱酬，可見在當時已有一定聲望。詩中回憶他當年過江夏游黄鶴樓

的情景，贊揚秦金志在山水的情懷，但多徵引故實，缺乏真切感受，這
也是官場應酬之作的通病。

劉　繪

　　劉繪（1505—1573），字子素，一字少質，明代光州（今河南
潢川）人。嘉靖十四年（1535）進士。授行人，改户科給事中。嘉
靖二十、二十一年，兩度彈劾閣臣夏言，出爲重慶知府。有政績，
上司交相推薦，因夏言再次入閣，遂被罷官，家居二十年卒。《四
庫全書總目提要》謂"其詩局度頗宏整，而乏深致"。有《嵩陽集》。

春日黃鶴樓同藩司諸公宴集 [1]

　　江氣靄溟濛，[2] 江波翻泱灇。[3] 三湘帶上流，[4] 七澤絡南壤。[5]
衡巫亘勢雄，荆岳通觀敞。[6] 漢水邈一絲，[7] 方城開如掌。[8] 初上黃
鵠磯，重登黃鶴樓。遠近城臺屏外見，[9] 縱橫花柳鏡中浮。晴雲已捲
披丹嶂，暮雨經過净綠洲。綠洲直接陽臺路，[10] 青湖不散興陵樹。[11]
何處帆檣映羽旌，[12] 一行鶯燕擁笙絲。[13] 地主能酬蘭葉酒，[14] 使君
還唱竹枝詞。[15] 輕英弱絮憐飄泊，[16] 粉堞丹宮還綺錯。[17] 舞袖全
隨碧漢回，[18] 歌聲半向空江落。槿花片片點人衣，[19] 雁叫丁丁入夕
暉。[20] 莫遣四望澹風景，[21] 相逢一笑醉芳菲。君不見章華漠漠埋烟
水，[22] 京囿臺池秋草裏。磯沙崩，黃鶴游，枯楊風動殘鴉起。又不見
當時龍戰走炎靈，[23] 蘆荻灰沉江霧暝。[24] 枝頭已嘆飛烏鵲，[25] 天邊
浪説指黃鶴。[26] 鶴去高樓空自存，萋萋芳草屬王孫。[27] 祇今江上烟
波静，楚岫遥趨帝宅尊。[28]

【校注】

〔1〕藩司：即布政使司，明代爲一省最高行政長官。此處指湖廣布政使司。

〔2〕溟濛：迷濛不清。

〔3〕泱泲：廣闊貌。《後漢書·馮衍傳》："覽河華之泱泲兮，望秦晋之故國。"

〔4〕三湘：湘江支流。湘江會合上游諸水而入洞庭湖。

〔5〕七澤：楚地衆多的湖泊。《史記·司馬相如列傳》引《子虛賦》："臣聞楚有七澤，嘗見其一，未睹其餘也。臣之所見，蓋特其小小者耳，名曰雲夢。"

〔6〕荆岳：明代爲荆州府及岳州府，屬湖廣行省。

〔7〕邈：遠。

〔8〕方城：即方城山，在今湖北竹山市東南。山頂平坦，形如人掌。

〔9〕屏外：屏風以外。

〔10〕陽臺：即陽臺山，在今湖北漢川市南。《太平寰宇記》："陽臺山，在漢水之陽，其形如臺。"《讀史方輿紀要·湖廣二·漢陽府·漢川縣》："陽臺山，縣治南一里，下有陽臺渡。"

〔11〕青湖句：不詳。青湖疑即青草湖，又名巴丘湖，指古雲夢澤至洞庭湖一帶的湖泊。《讀史方輿紀要·湖廣一》："祝穆曰：青草湖一名巴丘湖，北連洞庭，南接瀟湘，東納汨羅之水，昔與洞庭并稱。然而巴丘實爲通稱矣《後漢》志：巴丘，江南之雲夢也。郭璞亦言：雲夢，巴丘湖是也。則巴丘又兼有雲夢之名。"興陵，疑即東陵，其地在今湖南岳陽。《書·禹貢》："過九江至於東陵。"蔡沈傳："東陵，巴陵也。今岳州巴陵縣也。"縣西洞庭湖中有湘山。《史記·秦始皇本紀》："始皇之衡山南郡，浮江至湘山祠，逢大風，幾不得渡。上問博士曰：'湘君何神？'博士對曰：'聞之，堯女，舜之妻，死而葬此。'於是始皇大怒，使刑徒三千皆伐湘山樹，赭其山。"

〔12〕羽旆：飾有鳥羽的旌旗，爲大員出巡的儀仗。

〔13〕鶯燕：指歌妓。楊維楨《西湖》："扇底魚龍吹日影，鏡中鶯燕老年華。"笙絲：笙管及弦樂器。任昉《九日侍宴樂游苑》："一唱華鐘石，再撫被絲笙。"

〔14〕地主：指藩司東道主。蘭葉酒：蘭香馥鬱的美酒。庾信《和樂儀同

苦熱》：“美酒含蘭氣，甘瓜開蜜箭。”

〔15〕使君：指藩司長官。竹枝詞：樂府曲，唐代詩人劉禹錫仿巴渝民歌所制。爲七言絕句格式，多咏民間風土人情。

〔16〕輕英：小花。

〔17〕綺錯：參差交錯。《後漢書·班固傳》引《西都賦》：“周廬千列，徼道綺錯。”李賢注：“綺錯，交錯也。”《文選·何晏〈景福殿賦〉》：“綺錯鱗比。”呂延濟注：“室宇錯雜，如鱗之相比次。”

〔18〕碧漢：碧空。

〔19〕槿花句：槿花，即木槿花，夏秋開花，花有紅、白、紫等色。李賀《莫愁曲》：“今日槿花落，明朝桐樹秋。”杜甫《十二月一日三首》之三：“輕輕柳絮點人衣。”

〔20〕丁丁：鳥鳴聲。杜牧《池州送孟遲先輩》：“好鳥響丁丁。”

〔21〕澹風景：澹，通“淡”。張相《詩詞曲語詞彙釋》卷五：“淡，無聊之義，沒意思之義。”蘇軾《游廬山次韵章傳道》：“莫笑吟詩淡生活，當令阿買爲君書。”

〔22〕章華：即章華臺，春秋時楚靈王離宮。故址在今湖北潛江市西南古華容城內。《左傳》昭公四年：“楚子成章華之臺，願與諸侯落之。”杜預注：“臺今在華容城內。”

〔23〕又不見句：龍戰，喻群雄争戰，指漢末三國鼎立争戰的局面。炎靈，指漢王朝。古代陰陽五行之説，漢以火德王，故稱炎漢、炎劉、炎靈。《文選·謝朓〈和伏武昌登孫權故城〉》：“炎靈遺劍璽，當塗駭龍戰。”李善注：“炎靈，謂漢也。”張銑注：“駭龍戰，謂以干戈圖天下。”

〔24〕蘆荻句：據《三國志·吳志·周瑜傳》載，赤壁之戰，吳軍以“燥荻枯柴”積舟中，火燒曹軍戰船，曹軍大敗。詩句本此。

〔25〕枝頭句：蘇軾《赤壁賦》：“客曰：‘月明星稀，烏鵲南飛。’此非曹孟德之詩乎？西望夏口，東望武昌，山川相繆，鬱乎蒼蒼。此非孟德之困於周郎者乎？方其破荆州，下江陵，順流而東也，舳艫千里，旌旗蔽空，釃酒臨江，橫槊賦詩，固一世之雄也，而今安在哉？”

〔26〕天邊句：蘇軾《後赤壁賦》：“適有孤鶴，橫江東來，翅如車輪，

玄裳縞衣，戞然長鳴，掠予舟而西也。”浪説，空説。

〔27〕萋萋句：《楚辭·淮南小山〈招隱士〉》：“王孫游兮不歸，春草生兮萋萋。”按，黄鶴樓附近有明代楚王宫舊址。

〔28〕楚岫句：楚岫，楚天之雲。帝宅，帝京。楚雲遥趨帝京，亦江漢朝宗之意。

　　這首詩是嘉靖中作者出使湖廣，應布政使司之邀，春日宴集黄鶴樓而作。詩的前半部分寫作者與東道主登臨覽勝，酬酢吟咏；後半部分咏懷古迹，感時抒懷，可以看出，他對當時政治的黑暗，已頗有感觸。

張元忭

　　張元忭，字子藎，別號陽和，明代紹興山陰（今浙江紹興）人。隆慶五年（1571）進士第一，授修撰。萬曆中，官至左諭德直經筵。父天復，曾官雲南副使，隆慶初削籍歸。元忭請復亡父官，不許，遂悒悒得疾而卒。元忭信守王守仁良知之學，强調身體力行，事親至孝，爲時人所重。

雪霽登黄鶴樓 有序

　　予以臘月二十日涉雪入武昌，〔1〕恭致璽書於楚藩，〔2〕有宴。已而赴中丞陳公之招，〔3〕登黄鶴樓，至則張燈矣。中丞公笑曰：“‘昏黑應須到上頭’，〔4〕豈謂今日耶？”明日，雪更甚，藩臬諸大夫復張具樓上，〔5〕而是日以武闈試騎射，〔6〕竟夕未散。予度不可待，乃先挈一壺，偕言生登樓命酌。四望皎潻，〔7〕如坐冰壺。飛禽絶影，惟長江一帶渢渢有聲，〔8〕而帆檣時時往來雪浪中，一奇觀也。比諸大夫至，則又張燈矣。予私念是樓爲楚中大觀，自戊午一登，距今二紀獲再登，[9] 謂有天幸；而同雲累日，[10] 曾未睹晴川之勝，豈呂翁妒我耶？[11]

又明日，且治行，忽朗霽，乃更買輿獨登。[12] 命從人旋呼酒未至。而尚遜、壽泉二宗君爲先君舊好，[13] 并能詩。先是，招予飲不赴，已聞登樓，輒携榼來。[14] 向日布坐，晴波與雪岸交映射，堆玉躍金，[15] 未足爲喻。回視前夕，世界迥別矣。乃大快，擊缶作巴人歌，[16] 不暇避席於崔、李云。[17]

我入武昌祇三日，三度登樓景非一。初來飛雪夜更稠，[18] 昏黑猶然到上頭。明日重登天未暮，樓頭白鶴爲我舞。去去千年今復來，[19] 毛羽翩翩色非故。戍城鼓角聲乍清，[20] 江村兒女嘩新晴。曉起出門雲氣開，須臾紅旭升瑤臺。[21] 游思沸涌不可遏，獨騫雙屨忘尊罍。[22] 朱屋故人亦好事，[23] 青奴擔酒俄然至。[24] 便掃晴窗向日坐，纔傾數盞心先醉。醉眼偏明忽四望，日光雪色連下上。孤峰隔岸玉嶙峋，[25] 一水搖波金蕩漾。歷歷晴川樹作花，[26] 片片風帆錦浪斜。樓東碧瓦參差見，道是雲中帝子家。[27] 楚天多雨向少寒，今年臘雪何漫漫！且共酌酒慶三白，[28] 莫言使者行路難。[29] 但願四海皆豐年，樓臺歌舞人人歡，不獨我爾銜杯賡句相敖殿！[30]

【校注】

〔1〕臘月二十日：萬曆十年臘月二十日。《明史·儒林傳附張元忭傳》："萬曆十年，奉使楚府。"

〔2〕楚藩：楚王。據《明史·諸王傳》，太祖第六子朱楨於洪武三年封楚王，十四年就藩武昌。第七代孫朱華奎於萬曆八年嗣爵。

〔3〕中丞陳公：即陳省。時以都御史巡撫湖廣。

〔4〕昏黑句：杜甫《涪城縣香積寺官閣》云："諸天合在藤蘿外，昏黑應須到上頭。"

〔5〕藩臬：藩，藩司，指湖廣布政使司；臬，臬司，指湖廣按察使司。大夫：

指藩臬二司僚屬。張具: 置辦酒饌。《禮記·内則》: "佐長者視具。"鄭玄注: "具，饌也。"《漢書·何武傳》: "壽爲具召武弟顯。"顔師古注: "具，謂酒食也。"

〔6〕武闈: 科舉中的武舉。明代武舉鄉試三年一次。

〔7〕四望皎澈: 《世説新語·任誕》云: "王子猷居山陰，夜大雪，眠覺。開室命酌酒，四望皎然。"

〔8〕潝潝: 原作"潨潨"，誤。《廣韻·没韻》: "潝，水出聲。"

〔9〕自戊午二句: 戊午爲嘉靖三十七年（1558），距萬曆十年（1582）相隔二十四年。當時作者還是少年。紀，十二年爲一紀。

〔10〕同雲: 雲成一色，故謂同雲，爲將雪之兆。《詩·小雅·信南山》: "上天同雲，雨雪雰雰。"

〔11〕吕翁: 吕洞賓。

〔12〕買興: 乘興。

〔13〕宗君: 同宗的長輩。

〔14〕榼: 酒杯。

〔15〕堆玉躍金: 堆玉指雪，躍金指水波。

〔16〕擊缶: 缶本瓦器，古代亦用作樂器，擊缶以節拍。巴人歌: 民歌俚曲。這是作者對自己所寫詩歌的謙稱。陳基《草堂》: "《竹枝》已聽巴人調，桂樹仍聞楚客歌。"

〔17〕避席: 離座退讓。崔、李: 崔顥、李白。

〔18〕夜更稠: 夜色更濃。

〔19〕去去: 遠去。

〔20〕戍城: 城樓。天晴鼓角之聲清脆，故云"聲乍清"。

〔21〕瑶臺: 指黄鶴樓。

〔22〕褰: 通"褰"，提起；拔起。尊罍: 酒具。罍，尊之大者。

〔23〕朱屋句: 指尚遜、壽泉。朱屋，貴者所居。

〔24〕青奴: 青衣古爲賤者之服，故稱奴僕爲青奴。

〔25〕玉嶙峋: 嶙峋，山峰聳峙。孤峰積雪，其白似玉，故云"玉嶙峋"。

〔26〕歷歷句: 崔顥詩云: "晴川歷歷漢陽樹。"

〔27〕樓東二句：指黃鶴樓東的楚王宮。雲中帝子，謂雲中君，爲雲神。《楚辭·九歌·雲中君》王逸注：“雲神豐隆也。一曰屏翳。”這裏指楚王。

〔28〕三白：連降三次瑞雪。蘇軾《次韵王觀正言喜雪》：“行當見三白，拜舞歡萬歲。”楊萬里《上元前大雪即晴》：“臘前三白已奇絶。”

〔29〕行路難：白居易《太行路》云：“行路難，難於山，險於水。”

〔30〕賡句：以詩句唱和。敖般：游樂。《説文·出部》：“敖，游也。”《爾雅·釋沽》：“般，樂也。”

萬曆十年冬，作者以翰林院修撰奉使入湖廣，送世宗璽書於楚王朱華奎。三日之中三登黃鶴樓，觀賞黃鶴樓雪景。作者游思沸涌，紀之不足，復歌之以詩。詩文相較，序文寫三次登樓的情景，更爲委婉有致。“昏黑應須到上頭”這句杜詩，即景生情，用來恰到好處，襯托出士大夫們的高雅情趣。

陳　省

陳省，明代長樂（今屬福建）人。隆慶、萬曆間以都御史巡撫湖廣。

張太史陽和奉使入楚，[1] 予觴之江樓，別去詩來，蓋紀二日游也。予乃即景而賡其什 [2]

張騫江漢乘槎日，[3] 主人東道我其一。通家傾蓋意何稠，[4] 莫問青絲與白頭。[5] 雪後浮雲天易暮，醉眼依稀黃鶴舞。[6] 黃鶴黃鶴天上來，賓主重登已非故。[7] 張燈促席夜氣清，更卜明朝陰和晴。湘簾畫檻須臾開，[8] 四山雪映陽春臺。[9] 八斗二三君但飲，[10] 不將美酒負尊罍。停杯忽憶當年事，蕉鹿胡盧悲復至。[11] 兩人兀兀坐無言，[12] 相看酩酊非關醉。白眼乍舒俯仰望，青天祇在鶴樓上。[13] 雲臺凌烟空嶙峋，[14] 我心澹蕩

波心漾。〔15〕楚客聽歌陌上花，〔16〕南斗闌干北斗斜。〔17〕俯身欲摘中流影，
但見滄洲不見家。滄洲鷗鳥嘲盟寒，〔18〕匠石徒工畫堊漫。〔19〕人生紅顏
易衰颯，〔20〕合并易知四美難。〔21〕碌碌空催犬馬年，〔22〕與君酌酒暫爲歡，
明日黃冠歸去我也申屠般。〔23〕

【校注】

〔1〕張太史：指張元忭。太史古代爲史官，明代翰林也擔任修史之職，故
稱太史。

〔2〕什：詩文的篇什。

〔3〕張騫（？—前144）：漢代漢中成固（今陝西城固）人。武帝時曾先
後出使西域諸國。此處喻元忭使楚。

〔4〕通家句：通家指世交。作者同元汴的父親張天復大概是好友。傾蓋，
喻初交即一見如故。蓋，車蓋，其制如傘。《孔子家語·致思》：“孔子之鄭，
遭程子於途，傾蓋而語終日，其相親。”

〔5〕莫問句：《史記·鄒陽傳》云：“諺曰：‘有白頭如新，傾蓋如故。’
何則？知與不知也。”按，據《明史》，元汴“十餘歲時，以氣節自負，聞楊
繼盛死，爲文遙誄之，慷慨泣下”。楊繼盛死於嘉靖三十四年（1555），則萬
曆十年元汴還不到四十歲，故作者有青絲白頭之嘆。

〔6〕黃鶴舞：指傳説中辛氏酒肆仙人畫鶴起舞的故事。

〔7〕賓主句：據舊志載，黃鶴樓於嘉靖四十五年毀於火，隆慶四年重修，
已非舊貌。

〔8〕湘簾：斑竹簾。

〔9〕陽春臺：謂樓臺温暖如春。

〔10〕八斗句：佚名《釋常談》云：“文章多，謂之八斗之才。謝靈運嘗曰：‘天
下才有一石，子建獨占八斗，我得一斗，天下共分一斗。’”古代斗亦爲酌酒
之器，八斗二三是説元忭的酒量和才思都遠遠超過八斗。

〔11〕停杯二句：《列子·周穆王》云：“鄭人有薪於野者，遇駭鹿，御而擊之，
斃之。恐人見之也，遽而藏諸隍中，覆之以蕉，不勝其喜。俄而遺其所藏之處，

遂以爲夢焉。順途而咏其事，傍人有聞者，用其言而取之。"後世遂以蕉鹿比喻人生得失無常。胡盧，亦作盧胡，發自喉間的笑聲。《孔叢子‧抗志》："衛君乃胡盧大笑。"這兩句是説回憶當年之事，深感得失難料，人生無常。"當年事"當指張元忭的父親晚年的遭遇而言。

〔12〕兀兀：昏醉之態。白居易《對酒》："所以劉阮輩，終年醉兀兀。"

〔13〕白眼二句：《晋書‧阮籍傳》云："籍又能爲青白眼。見禮俗之士，以白眼對之。"《名義考》卷六："人平視睛圓則青，上視睛藏則白。"杜甫《飲中八仙歌》："舉觴白眼望青天。"

〔14〕雲臺：樓臺高際雲端。《淮南子‧椒真》："雲臺之高，墮者折脊。"凌烟：猶凌雲。

〔15〕澹蕩：蕩漾。

〔16〕陌上花：古代吳越一帶民歌。蘇軾《陌上花三首》序云："游九里山，聞里中兒歌《陌上花》。父老云，吳越王妃每歲春必歸臨安，王以書遺妃云：'陌上花開，可緩緩歸矣。'吳人用其語爲歌，含思婉轉，聽之凄然。"元忭山陰人，古爲吳越之地，故有此語。

〔17〕南斗句：劉方平《夜月》："更深月色半人家，北斗闌干南斗斜。"

〔18〕滄洲句：言歸隱之志未酬。鷗盟，曾與鷗鳥有約；盟寒，背盟，失信於鷗鳥。《左傳》哀公十二年："今吾子必曰尋盟，若可尋也，亦可寒也。"陸游《夙興》："鶴怨憑誰語，鷗盟恐已寒。"

〔19〕匠石句：匠石，古代傳説中的工匠。《莊子‧徐無鬼》："郢人堊慢其鼻端，若蠅翼，使匠石斫之。匠石運斤成風，聽而斫之。盡堊而鼻不傷。"堊漫，也作"堊慢"，用白粉塗飾。這句是説黄鶴樓建築之工巧。

〔20〕衰颯：凋謝；衰老。

〔21〕合并句：《文選‧謝靈運〈擬魏太子鄴中集詩序〉》云："天下良辰、美景、賞心、樂事，四者難并。"

〔22〕犬馬年：對自己年齡的謙稱。曹植《黄初六年令》："將以全陛下厚德，究孤犬馬之年。"

〔23〕黄冠：古代田夫之冠，即箬笠之屬。《禮記‧郊特牲》："野夫黄冠。

黃冠，草服也。"後來遂指歸隱田園。杜甫《遣興五首》之四："上疏乞骸骨，黃冠歸故鄉。"申屠：指東漢人申屠蟠。蟠隱居治學，見漢室衰微，乃隱姓埋名于梁、碭之間，朝廷屢召不出，避世益深。後來董卓爲亂，荀爽、陳紀等高士皆被脅從，獨蟠得免，人皆服其先見。

　　作者同張元忭不僅有賓主之誼，而且是通家之好。兩人初次相見，同游黃鶴樓，作者的心情是複雜的。故人橫遭不白之冤，含恨去世；故人之子雖是海内名士，但十餘年來仕途蹭蹬，未獲升遷。面對良辰美景，却少賞心樂事，兀坐兩無言，白眼望青天，充溢着憤慨不平之情。作者雖然身居要職，但對官場的黑暗早已深感厭惡，表達了避世歸隱的强烈願望。

郭正域

　　郭正域（1554—1612），字美命，明代江夏人。萬曆十一年（1583）進士。授編修，遷庶子，出爲南京國子監祭酒。萬曆三十年，擢禮部侍郎，掌翰林院。次年因捲入楚王嗣君真僞之爭，上疏乞歸。不久，"妖書"事起，傳言神宗欲易太子，正域爲人所誣，亦被牽連。後得免，歸家十年卒。

仙棗行 事見《仙棗亭記》[1]

　　仙棗千年不肯實，一朝結果大如瓜。何來小吏偷啖之，須臾白日飛紫霞。[2]我聞火棗不可得，[3]無乃秦王海中黃布之舊花。[4]不然安期所遺之故核，[5]朱繒紅玉圍青紗。[6]又聞王母降漢室，玉門仙棗紛如麻。[7]蕊珠滿樹皺絳雪，[8]金丸綴葉團丹砂。神仙靈藥各有分，我欲剝棗手難拏。亭子高高摧飛雨，[9]麟甍碧瓦搖風沙。[10]至今岩畔多老棗，殘根剝落纏枯槎。〔11〕蟠嚙古藤走綠蟻，〔12〕蜂飛暗葉藏青蛇。那知不有神仙至，再看老幹生黃芽。安得纍纍撲滿地，飽食江城百萬家。

【校記】

〔1〕《仙棗亭記》：據宋民望《仙棗亭記》，此亭在黃鶴樓左，至元代已歷數百年，元英宗至治二年，與南樓同時重建。後亭廢百餘年，萬曆十六年於故址石亭前重建，郭正域爲作《仙棗亭記》。

〔2〕仙棗四句：郭氏《仙棗亭記》云：“舊志載：武昌黃鵠山故有棗數株，千餘年不實。一日，結實大如瓜，太守以小吏往，竊食之，即日仙去，後人遂亭焉。”

〔3〕火棗：神話傳説中的仙果，食之可羽化飛升。陶弘景《真誥》二：“玉醴金漿，交梨火棗，此則騰飛之藥，不比於金丹也。”

〔4〕無乃句：《晏子春秋》卷八云：“景公謂晏子曰：‘東海之中，有水而赤，其中有棗，華而不實，何也？’晏子對曰：‘昔者秦繆公，乘龍舟而理天下，以黃布裹烝棗，至東海而捐其布。彼黃布，故水赤；烝棗，故華而不實也。’”舊花，舊日棗樹之花。

〔5〕不然句：安期生，古代傳説中的仙人。漢武帝聽信方士李少君之言，遣方士入海求蓬萊仙人安期生之屬。《史記·封禪書》：“少君言上曰：‘……臣嘗游海上，見安期生。安期生食棗，大如瓜。’”後世稱仙棗爲安期棗。

〔6〕朱繒句：棗的外面是紅色，如朱繒紅玉，裏面是青色，如裹青紗。

〔7〕又聞二句：《漢武帝內傳》云：“漢武於七月七日修除宮掖，張雲錦之幃，然九光之燈，列玉門之棗，酌葡萄之醴，以候王母雲駕。”

〔8〕絳雪：古代傳説中的仙丹。《漢武帝內傳》：“仙家上藥，有玄霜絳雪。”此句及下句以仙丹喻仙棗。

〔9〕亭子句：郭氏《仙棗亭記》云：“憑欄而望，萬瓦皆伏，令人有超八瀛而餤靈苗之想。”

〔10〕麟甍：兩端飾以麒麟的屋脊。

〔11〕至今二句：郭氏《仙棗亭記》云：“亭四圍故多老棗，前一株修鱗古幹，半榮半枯，似爲仙靈所鍾。”

〔12〕螬嚙：蟲咬。嚙，原作“齒”，誤。螬，蠐螬，金龜子的幼蟲，居於土中，啃食植物的根和塊莖。

這首詩與《仙棗亭記》同作於萬曆十六年，作者時任翰林編修。仙棗亭於元、明兩代曾兩次重修，均有文人記其盛事。這首詩與記都是根據民間傳說敷演而成，不過詩側重於寫仙棗的傳說和老樹的變遷，記則着重敘述仙棗亭的沿革和重建後的雄姿。作者是江夏人，對故鄉的古迹形勝瞭如指掌，記之不足，故歌咏之。

任家相

任家相，字白甫，明代江夏人。爲諸生時，與郭正域齊名。萬曆十六年（1588）舉人。授婺源教諭，遷翰林院待詔。曾任福王講官。後遷工部司務，卒於官。

仙棗行和郭太史韵

仙人手自種仙棗，森如赤玉甘如瓜。磥磥孤幹排文石，〔1〕簇簇繁枝絢彩霞。〔2〕崚嶒萬歲膏方實，〔3〕海上千秋葉指花。太真玉門食絳雪，〔4〕神女香厨護碧紗。〔5〕半服通靈蛻凡骨，坐看滄海成桑麻。〔6〕小吏豈是東方兒，〔7〕偷啖勝食光明砂。〔8〕仙踪恍惚不可見，惟餘空亭老棗奇樹枝幹相紛挐。〔9〕天風時吹仙籟響，〔10〕月明石鏡映江沙。〔11〕偶披蒙茸據棗下，〔12〕疑泛銀河捫巨槎。莓苔錯落綴星斗，〔13〕根荄盤亘糾龍蛇。〔14〕不逐群菲爭物色，〔15〕潛回春氣努靈芽。〔16〕上林十四株非異，那得移根帝子家。〔17〕

【校記】

〔1〕磊碌：衆石累積。《文選・宋玉〈高唐賦〉》："礫磊碌而相摩兮。"
李善注："磊碌，衆石貌。"文石：瑪瑙的別名，比喻仙棗。

〔2〕纂纂：攢聚。一説棗花。《文選・潘岳〈笙賦〉》："咏園桃之夭夭，
歌棗下之纂纂。"李善注："古《咄唶歌》曰：'棗下何攢攢。'攢，聚貌也。
攢與纂古字通。"張銑注："纂纂，棗花也。"

〔3〕崿嶸句：崿嶸，原作"崿嶁"，誤。《洞冥記》："細棗出崿嶸山，山臨
碧海上，萬年一實，如今之軟棗，咋之有膏，可燃燈。西王母握以獻（漢武）帝。"

〔4〕太真句：太真，女仙的通稱。《藝文類聚》卷八十七引《真人關令尹
喜内傳》："尹喜共老子西游，省太真王母，共食玉門之棗，其實如瓶。"

〔5〕神女句：《藝文類聚》卷八十七引《馬明生別傳》："安期生仙人見神女，
設厨膳。安期曰：'昔與女郎游息於西海之際，食棗异美，此間棗小，不及之，憶此
棗味久，已二千年矣。'神女云：'吾昔與君共食一枚，乃不盡，此間小棗，那可比耶！'"

〔6〕坐看句：《神仙傳》云："麻姑自説云：'接侍以來，已見東海三爲桑田。'"

〔7〕東方兒：指漢代東方朔（前154—前93）。東方朔，字曼倩，平原厭次（今
山東惠民）人。武帝時，爲太中大夫，以詼諧滑稽聞名當時。後世關於他的傳
説很多。《漢武故事》："東郡送一短人，……召東方朔問。朔至，呼短人曰：
'巨靈，汝何故叛來？阿母還未？'短人不對，因指朔謂上曰：'王母種蟠桃，
三千年一作子，此兒不良，已三過偷之矣。'"

〔8〕光明砂：丹砂的一種。《本草》云："石砂十數種，最上者爲光明砂。"

〔9〕紛挐：一作"紛拏"。相互牽引，糾纏在一起。《文選・傅毅〈舞賦〉》：
"簡惰跳踃，相紛挐兮。"李善注："紛挐，相着牽引也。"

〔10〕仙籟：仙音。

〔11〕石鏡：即黄鶴樓西臨江的石鏡亭。

〔12〕蒙茸：一作"蒙戎"，雜亂。原作"蒙葺"，誤。蘇軾《赤壁賦》：
"履巉岩，披蒙茸。"這裏指雜草。

〔13〕莓苔句：這句是説，棗樹上莓苔的斑點像天上的繁星。

〔14〕根荄：指棗樹的根部。《爾雅・釋草》："荄，根。"《韓詩外傳》

二："草木根荄淺，未必撅也。"

〔15〕群菲：群芳。物色：景色。《文選·顏延之〈秋胡詩〉》："日暮行采歸，物色桑榆時。"

〔16〕努靈芽：指仙棗之樹發出新芽。努，向外拱出。

〔17〕上林二句：上林，即上林苑，漢武帝時宮苑。《三輔黃圖》卷四："帝初修上林苑，群臣遠方，各獻名果异卉三千餘種植其中，亦有制爲美名，以標奇異。"《藝文類聚》卷八十七引《晋宮閣名》曰："華林園棗六十二株，王母棗十四株。"

作者與郭正域少時齊名，又是同鄉好友，適逢桑梓盛事，故有唱和之舉。這首詩與上一首作於同時，通篇着眼於仙棗，後半部分描寫亭前的參天棗樹，是那樣古老，而又萌發着春意和生機，意境耐人尋味。

徐日久

徐日久，明代人。曾任江夏縣令。

太白堂詩[1]有序

余以政暇，新構此堂，復酌酒爲詩以落之，[2]千三百餘年以來，[3]差爲太白吐氣，非止爲江山點勝而已。

大江渺渺流不息，黃鵠磯頭一拳石。當時即有崔顥詩，謫仙胡爲道不得？[4]登高朗諷《江上吟》，[5]木蘭之枻來波心。[6]令人吊古倍慷慨，風流千載稱知音。堂開太白何敞豁，四面晴巒相映發。[7]夕陽畫棟栖彩霞，夜半朱簾度明月。山川今古殊荒唐，從來崔李安低昂。[8]玉簫金管侑卮酒，[9]飄然與鶴雙翔翔。[10]

【校注】

〔1〕《武昌府志·古迹》載："太白堂，相傳李青蓮讀崔司空鶴樓詩閣筆之處。明邑令徐日久建。"堂當在黃鶴磯頭，遺址今不存。

〔2〕落：古代宮室建成，舉行祭禮，稱"落"。今謂之落成典禮。《左傳》昭公七年："楚子成章華之臺，願與諸侯落之。"杜預注："宮室始成，祭之爲落。"

〔3〕千三百餘年：李白距明代，不足千年，所記有誤。

〔4〕當時二句：《唐才子傳》卷一云："（顥）後游武昌，登黃鶴樓，感慨賦詩。及李白來，曰：'眼前有景道不得，崔顥題詩在上頭。'無作而去，爲哲匠斂手云。"

〔5〕《江上吟》：李白早年游江夏時所寫的詩篇。

〔6〕木蘭句：《江上吟》云："木蘭之枻沙棠舟。"枻，船槳。又，"載妓隨波任去留"。

〔7〕映發：互相輝映。杜甫《送何侍御歸朝》："山花相映發，水鳥自孤飛。"

〔8〕安低昂：何分高下。

〔9〕玉簫句：《江上吟》云："玉簫金管坐兩頭。"

〔10〕飄然句：《江上吟》云："仙人有待乘黃鶴，海客無心隨白鷗。"

崔顥題詩、太白擱筆這段公案，後世流傳很廣。比較一致的看法是，李白《鸚鵡洲》《登金陵鳳凰臺》等詩，雖然受到崔顥《黃鶴樓》詩的明顯影響，但格調清新，與崔詩不分軒輊。此外，李集中關於黃鶴樓的詩作也很多，可見，"眼前有景道不得"云云，不過是一時推服之語，并未真正擱筆。這首詩的作者以李白千載之下的知音自詡，於黃鶴磯頭傳說李白擱筆之處，新構太白堂，這在當時倒不失爲一樁韵事，起到了爲江山點勝的作用。

五言律

宋之問

　　宋之問（656—712），一名少連，字延清，唐代汾州（今山西汾陽）人。上元二年（675）進士。武后時官尚方監丞、左奉宸内供奉。中宗即位，以媚附張易之貶瀧州。不久逃歸，以出賣友人官至修文閣學士。因受略貶越州刺史。睿宗時，再貶欽州。先天初賜死。

　　宋之問擅長五言律詩，屬對精工，韵律和諧，與沈佺期齊名，號稱“沈宋體”。有《宋之問集》。

漢口宴别 [1]

水廣不分天，[2] 舟移杳若仙。清江浮暖日，[3] 黄鶴弄晴烟。[4] 積水移冠蓋，[5] 遥風逐管弦。[6] 嬉游不知極，[7] 留恨此長川。

【校注】

〔1〕《全唐詩》題作“漢江宴别”。漢口爲長江漢水交匯之處，古稱夏口，後世亦稱漢口。今湖北武漢市。

〔2〕水廣：《全唐詩》作“漢廣”。《詩·周南·漢廣》：“漢之廣矣，不可泳思。江之永矣，不可方思。”以“漢廣”爲是。

〔3〕清江句：《全唐詩》作“秋虹映晚日”。

〔4〕黄鶴：《全唐詩》作“江鶴”。

〔5〕冠蓋：官員。

〔6〕遥風：原作“摇風”，據《全唐詩》改。

〔7〕不知極：《全唐詩》作“不可極”。極，盡興。

　　這首詩通篇流露一種悠然自得的閑適情懷，與後來貶謫之作反映的情緒大不相同，當爲詩人早年奉使南行過江夏所作。詩中展現出一幅水天相接、生動闊遠的境界，詩人與友人流連江上，如在仙境，嬉游忘返。末句抒發別情，但祇是一抹淡淡的離愁而已。全詩描摹細緻，屬對精嚴，很能體現宋之問詩"約句準篇"的特點。

孟浩然

送元公歸鄂渚 [1]

　　桃花春水漲，[2] 之子思乘流。[3] 峴首辭蛟浦，[4] 江邊問鶴樓。[5] 贈君青竹杖，送爾白蘋洲。[6] 應是神仙輩，[7] 相期汗漫游。

【校注】

〔1〕此詩爲孟浩然作，原題李白作，誤。《全唐詩》題作"送元公之鄂渚尋觀主張驂鸞"。元公，名不詳。鄂渚，在今湖北武昌西長江中。《楚辭·九章·涉江》："乘鄂渚而反顧兮。"王逸注："鄂渚，地名。"《輿地紀勝》云："在江夏西黃鵠磯上三百步，隋立鄂州，以渚爲名。"

〔2〕桃花句：指桃花汛，即春汛。

〔3〕之子：指元公。

〔4〕峴首句：辭，原作"臨"，據《全唐詩》改。以"辭"爲勝。峴首，即峴山，在今湖北襄陽市南。蛟浦，漢水之濱。峴山在漢水西。《文選·郭璞〈江賦〉》："感交甫之喪佩。"李善注引《韓詩外傳》："鄭交甫遵彼漢皋臺下，遇二女，與言曰：'願請子之佩。'二女與交甫，交甫受而懷之，超然而去。十步循探之，即亡矣。回顧二女，亦亡矣。"漢皋即襄陽西北的萬山，北臨漢水。

古代傳説中以二女爲蛟人所化，故稱此地爲蛟浦。

〔5〕江邊: 長江邊，指江夏。《全唐詩》作"江中"。

〔6〕白蘋洲: 這裏指漢水之濱。《詩·召南·采蘋》: "于以采蘋，南澗之濱。" 浩然住在襄陽城南的澗南園，位於峴山附近，漢江渡口，故云"送爾白蘋洲"。

〔7〕輩:《全唐詩》作"子"。

這首詩是詩人隱居襄陽時所作。元公也是寄傲林泉的高士一流人物。全詩寫詩人殷勤送別，表現了他與元公之間真摯恬淡的友誼。詩中峴首二句，概括力極強，從漢水浦口的峴首山，到長江之濱的黃鶴樓，一"辭"一"問"，使兩地情懷緊密相連，對仗良然工穩，毫無雕琢之迹。

溯江至武昌〔1〕

家本洞湖上，〔2〕歲時歸思催。〔3〕客心徒欲速，江路苦邅回。〔4〕殘凍因風解，新芳度臘開。〔5〕行看武昌柳，仿佛映樓臺。〔6〕

【校注】

〔1〕原題作"溯江過"，據《全唐詩》改。武昌，今湖北鄂州市。

〔2〕洞湖: 原作"洞庭"，誤。據《全唐詩》改。洞湖，當爲詩人所居澗南園附近的一個湖泊。其《尋張五回夜園作》云: "聞就龐公隱，移居近洞湖。"即指此湖。

〔3〕歲時: 歲暮。楊惲《報孫會宗書》: "歲時伏臘。"

〔4〕江路句: 言江路難行。苦，原作"共"，據《全唐詩》改。邅回，盤旋不前，喻舟行艱難。《楚辭·劉向〈九嘆〉》: "寧浮沅以馳騁兮，下江湘以邅回。"王逸注: "邅回，運轉也。"

〔5〕新芳句: 孟集作"新梅變臘開";《全唐詩》新芳作"新正"。

〔6〕行看二句：《晉書·陶侃傳》載：陶侃鎮武昌，“嘗課諸營種柳，都尉夏施盜官柳，植之於己門。侃後見，駐車問曰：‘此是武昌西門前柳，何因盜來此種？’施惶怖謝罪”。

李白《黃鶴樓送孟浩然之廣陵》詩云：“故人西辭黃鶴樓，烟花三月下揚州。”據李白詩，孟浩然此行當在開元十六年入京應試之前，春暮從江夏至揚州，歲暮由揚州直接溯江還襄陽。這首詩即作於舟次武昌途中。歲時臘月，歸思催人，客心欲速而舟行苦遲，祇好漫賞途中的景色來排遣旅愁。詩中以梅開臘裏，柳泄春光來展現江南春來早的特有景色，清新淡雅，富有情趣。

王貞白

王貞白，字有道，唐代信州永豐（今屬江西）人。乾寧進士。登第後七年，始授校書郎。時值世亂，乃退居著述，不復進取。

王貞白在唐末有詩名，詩風清潤典雅。曾與羅隱、貫休、鄭谷、方干等詩人相唱和。《全唐詩》有詩一卷。

曉泊漢陽渡[1]

落月照古渡，武昌城未開。殘燈明市井，曉色辨樓臺。雲向蒼梧去，水從嶓冢來。[2]芳洲號鸚鵡，[3]用記禰生才。

【校注】

〔1〕漢陽渡：《讀史方輿紀要·湖廣二·漢陽府·漢陽縣》：“今城東有渡，亦曰漢陽渡。”

〔2〕嶓冢：又名嶓山，在今陝西寧強縣北。漢水發源於此。《書·禹貢》：

"嶓冢導漾，東流爲漢。"

〔3〕鵡：原作"武"，誤。

　　詩中寫詩人從漢陽渡東望武昌城，當爲返信州途中所作。全詩緊扣"曉"字，描繪了曙色中眺望武昌城所見景色。末二句雖即景徵引故實，也是有感於禰衡亂世遭禍而發，與身逢末世的詩人自身的心境相吻合。此詩或爲天復初避世還鄉時所作。

龔　弘

　　龔弘，字元之，明代蘇州嘉定(今屬江蘇)人。成化進士。正德中，累官湖廣布政使。黃河泛濫，由應天尹擢右副都御史，總督河道。再遷工部尚書，并領河務，河道設置專官自龔弘始。嘉靖初卒。

登黃鶴樓

天近地逾遠，霞飛拂睫紅。〔1〕高明誰繼武，〔2〕虛曠自生風。世路烟塵底，江山指顧中。〔3〕八窗通鳥道，〔4〕飛翼任西東。

【校注】
〔1〕霞飛句：意謂天邊紅霞拂過眼前。
〔2〕高明句：言黃鶴樓高敞的樓臺建築，後世無法媲美。繼武，繼續。
〔3〕指顧：手指目視，即指點顧盼之意。
〔4〕八窗：古制明堂有八窗。《白虎通·辟雍》："明堂，上圓下方，八窗四闥。"

　　這首詩當爲正德中作者任湖廣布政使時所作。作者運用烘托和對比的手法，極寫黃鶴樓的高敞無匹。霞飛眼底，窗通鳥道，與世路烟塵，江山指顧兩相對比，更顯得天近地遠，雖未直寫黃鶴樓之高曠，讀者自可從想象中得之。

周季鳳

周季鳳，字公儀，明代寧州（今甘肅寧縣）人。歷湖廣左布政使，官至南京刑部侍郎。

登黃鶴樓

獨立千尋渺，[1]危樓四面吞，[2]楚山懸日月，漢水轉乾坤。寂寂虞巡遠，[3]茫茫禹迹存。[4]誰能跨黃鶴，吹笛下天門？

【校注】

〔1〕千尋：古制八尺爲尋，千尋極言黃鶴樓之高渺。庾信《咏畫屏風》："高閣千尋起。"

〔2〕危樓：高樓。

〔3〕虞巡：指虞舜巡狩之地，今湖南洞庭一帶，古爲楚地。《史記·五帝本紀》："（舜）南巡狩，崩於蒼梧之野，葬於江南九疑，是爲零陵。"

〔4〕禹迹：指禹治洪水足迹所至之處。《左傳》襄公四年："茫茫禹迹，畫爲九州。"此處指漢水。《書·禹貢》："嶓冢導漾，東流爲漢。"

本詩亦寫黃鶴樓的高渺，但是從正面展開描繪的。樓高千尋，四面景物盡入眼底，用一"吞"字，更能體現樓勢的高峻雄偉。祇有登上高樓眺望，山河纔會展現出山懸日月、水轉乾坤的壯麗風姿，詩當爲作者任湖廣左布政使時所作。

李 元

李元，字體仁，明代山陽（今江蘇淮安）人。曾任參政。

登黃鶴樓

黃鶴仙人去，清風使節來。百年此高會，[1]一笑且深杯。[2]山遠天開畫，江空地走雷。豪吟興無盡，燈火夜方回。

【校注】

〔1〕百年句：意謂黃鶴樓盛會百年難遇。高會，盛大的宴會。《史記·項羽本紀》："（宋義）乃遣其子宋襄相齊，身送之至無鹽，飲酒高會。"裴駰集解引韋昭曰："皆召尊爵，故云高。"司馬貞索隱引服虔云："高會，大會也。"

〔2〕深杯：大杯。杜甫《樂游園歌》："數莖白髮那拋得，百罰深杯亦不辭。"

詩中"清風使節來"一句，點明黃鶴樓宴集是爲奉使湖廣的使節接風洗塵，作者當時可能正在湖廣爲官。全詩敘述黃鶴樓一日的宴游。"山遠"兩句，描繪遠山如天然畫圖。空江波濤滾滾，如地走雷聲，刻畫較爲別致。

田 登

田登，明代長安人。曾任僉事。

登黄鶴樓

飛閣枕江皋，〔1〕仙靈跨海鰲。〔2〕潮回留岸闊，〔3〕雲去覺天高。〔4〕春色烘晴樹，秋風鼓夜濤。登臨簪組逼，〔5〕徒厭世紛囂。〔6〕

【校注】

〔1〕飛閣：高閣。江皋：江邊。

〔2〕海鰲：神話傳説中的海中大龜。

〔3〕潮回句：王灣《次北固山下》："潮平兩岸闊。"

〔4〕雲去句：杜甫《陪李七司馬皂江上觀造竹橋》："天高雲去盡。"

〔5〕簪組：簪，用以定冠；組，繫冠的帶子。簪組借喻官職或官員。柳宗元《溪居》："久無簪組累，幸此南夷謫。"

〔6〕紛囂：紛擾喧囂。李白《題嵩山》："滅迹遺紛囂，終言本峰壑。"

　　詩中"潮回"兩句，化用唐詩，表現登臨黄鶴樓所見水闊天高景象，頗有氣勢。結尾兩句表明作者仕途并不得意，流露出厭倦和避世的心情。

黄　福

　　黄福（1362—1440），字如錫，明代昌邑（今屬山東）人。洪武中以太學生出仕，超拜工部右侍郎。永樂中遷工部尚書。永樂三年（1405），以事下獄。尋復官，遠鎮交趾，在任十九年。仁宗立，召還。宣德元年（1426），爲行在工部尚書。五年，改南京户部尚書。七年，改官南京，兼掌南京兵部。英宗立，加少保。黄福歷事六朝，深孚時望。

登黄鶴樓

城頭黄鶴樓，城外鸚鵡洲。[1]甋棱出漢表，[2]崖岸分江流。栖棟白雲暮，接天芳草秋。我來吟不盡，沽酒載行舟。

【校注】

〔1〕鵡：原作“武”，誤。

〔2〕甋棱：殿堂最高轉角處的屋脊。王觀國《學林》云：“屋角瓦脊，成方角甋瓣之形，故謂之甋棱。”《文選·班固〈西都賦〉》：“設壁門之鳳闕，上甋棱而栖金爵。”漢表：漢江之濱。

作者於晴朗的秋日初登黄鶴樓，觀賞黄鶴樓及四周景色。這裏本是江漢交匯之處，詩中却以崖岸分流來表現江、漢二水從不同方向流至的情景，構思別致。流連至暮，興猶未盡，繼而泛舟江上，載酒吟詩，爲官場生活增添了雅趣。

沈　鍾

沈鍾，字仲律，明代應天（今江蘇南京市）人，天順四年（1460）進士。弘治中任湖廣提學副使。後上書乞休，遂定居江夏。一室圖書，焚香静坐，不聞世事。年八十三而終。

登黄鶴樓

眷此三湘地，[1]巡行舊已周。[2]品題慚浪費，[3]垂老算方休。把卷山横座，停橈月卧洲。擬招黄鶴下，長日上層樓。[4]

【校注】

〔1〕三湘：湖南爲湘水所經，古稱三湘；因兩湖均屬湖廣，故亦指湖廣之地。

〔2〕巡行句：謂從前任湖廣提學副使時，三湘之地巡游已遍。

〔3〕品題：品評，評點。邵雍《首尾吟》：“雪月風花未品題。”這裏指游覽時的題咏。

〔4〕長日：夏日畫長，故云長日。《唐語林·政事下》引李遠詩：“長日惟消一局棋。”

　　這首詩爲作者晚年定居江夏時所作。作者早年在湖廣爲官，游歷各地，多有題咏，對三湘兩湖滿懷眷念之情。詩中後四句，勾勒出作者晚年“一室圖書，焚香静坐”的隱逸生活，作者獨往獨來、超然物外的恬淡情懷，得到了含蓄而充分的展示。

胡　澧

　　胡澧，明代南海（今屬廣東）人。曾任主事。

登黃鶴樓

　　萬里驅馳客，無孤此上樓。[1] 志堅緣砥柱，[2] 心急見江流。魚鳥歡飛躍，[3] 人民共樂愁。吾君與吾相，[4] 此日慶同游。

【校注】

〔1〕無孤句：意謂非孤身一人，而是偕友朋同登此樓。

〔2〕砥柱：指黃鶴山。

〔3〕魚鳥句：鮑照《河清頌序》：“魚鳥動色，禾雉興讓。”

〔4〕吾君句：指君主與宰相。韓愈《上宰相書》：“孰能長育天下之人材

將非吾君與吾相乎！孰能教育天下之英材，將非吾君與吾相乎！"

　　首句"萬里驅馳客"，點明作者是在往返嶺南的途中，偕友朋同登黃鶴樓覽勝。這一天大概是萬民同歡，君臣同游的節日，所以全詩歌頌太平盛世，顯示出一派升平景象。

孫道言

　　孫道言，明代人。生平不詳。

登黃鶴樓

　　當年駕鶴地，[1]樓觀出蒼岑。衝馭已千載，[2]危樓空百尋。昔人非俗骨，來者甫仙心。[3]莫問登真事，[4]江天雲最深。

【校注】
〔1〕駕鶴：乘鶴。指古代仙人曾乘鶴至此。
〔2〕衝馭：指仙人乘鶴升天。
〔3〕甫：多。《廣韵·麌韵》："甫，衆也。"
〔4〕登真：猶云登仙。元稹《酬樂天早春閑游西湖》："丹井羨登真。"

　　全詩根據黃鶴樓仙人駕鶴升天的古代傳說，表達了作者隱遁雲水，求仙訪道的意願。末句"江天雲最深"取自賈島"衹在此山中，雲深不知處"詩意。

楊　旦

楊旦，明代鄖城（今屬河南）人。曾任主事。

登黄鶴樓四首

徐步凌風磴，[1]飄飄百丈樓。烟花迷去雁，[2]宇宙自輕鷗。[3]簾敞天門近，窗懸海日流。[4]長安看直北，[5]回合五雲稠。[6]

【校注】

〔1〕磴：石階。

〔2〕烟花：春景。李白《黄鶴樓送孟浩然之廣陵》：“故人西辭黄鶴樓，烟花三月下揚州。”

〔3〕宇宙句：杜甫《白帝城樓》：“急急能鳴雁，輕輕不下鷗。”

〔4〕海日：海上的太陽。無名氏《登天壇山望海日初出賦》：“覽烟嵐之忽斂，見海日之初升。”

〔5〕長安句：杜甫《小寒食舟中作》：“雲白山青萬餘里，愁看直北是長安。”直北，正北。按，此處以長安代指京師北京。長安在西北，北京在正北。

〔6〕回合句：回合，環繞，圍合。王維《終南山》：“白雲回望合，青靄入看無。”五雲，五色瑞雲，指帝王所居之處。李白《侍從宜春苑奉詔賦》：“是時君王在鎬京，五雲垂暉耀紫清。”

玩四首詩意，當爲作者任主事時奉使湖廣所作。全詩風格清新，意境闊遠，結尾寓思君之意，亦合使臣身份。

其　二

眺遠宜高會，清虚紫閣遥。[1]不妨黄鶴去，還把白雲招。憲府攢仙珮，[2]薇垣綴錦標。[3]省郎飛動意，[4]身擬在丹霄。[5]

【校注】

〔1〕清虛句：清虛，天宮。譚用之《江邊七夕》："七色花虬一聲鶴，幾時乘興上清虛？"紫閣，傳説中仙人所居。

〔2〕憲府：御史臺。此處指湖廣按察使司。攢：聚。仙珮：指美女。

〔3〕薇垣：又稱薇省、薇署。唐代改中書省爲紫薇省，明代改行中書省爲布政使司，故亦稱薇省或薇垣。此處指湖廣布政使司。錦標：錦旗，用以獎勵競賽優勝者。白居易《和春深二十首》之十五："齊橈爭渡處，一匹錦標斜。"

〔4〕省郎：指朝廷所設各省的屬官，如尚書省、中書省、秘書省等。明代改置六部，省郎即指各部屬官。楊旦時爲主事，乃屬官，故自謂省郎。

〔5〕丹霄：天空。

這首詩記述了作者奉使湖廣，按察使、布政使二司於黃鶴樓盛宴款待的情景。雖是酬酢之作，寫來却超逸不凡，表現了作者身居清職的氣度與風貌。

其　三

四子同清宴，[1]朦騰上紫雲。[2]日烘黃蓋色，[3]霞散綉衣紋。[4]指顧南圖便，[5]瞻依北斗分。[6]相如將白首，[7]何以答明君？

【校注】

〔1〕四子：泛指古代的賢者、名臣。此處指巡撫湖廣的大員。清宴：清雅的宴集。成公綏《延賓賦》："高談清宴，講道研精。"原作"清晏"，誤。

〔2〕朦騰：醉貌。

〔3〕日烘句：謂日染傘蓋成黃色。傘蓋爲大員出巡的儀仗。按，黃蓋乃天子儀仗，詩中應避用，此處疑有誤。

〔4〕綉衣：御史之服。

〔5〕南圖：猶圖南，意謂謀徙於南海。南，南海。《莊子·逍遥游》："有鳥焉，其名爲鵬。背若太山，翼若垂天之雲，摶扶搖羊角而上者九萬里，絶雲氣，負青天，然後圖南。"杜甫《奉送嚴公入朝》："南圖回羽翮，北極捧星辰。"此句及下句化用杜詩詩意。

〔6〕北斗：指朝廷。《論語·爲政》："譬如北辰，居其所而衆星拱之。"

〔7〕相如句：漢代司馬相如，武帝時曾爲孝文園令，後世多以相如喻有才之士仕途失意。

作者在詩中表明自己素懷大鵬之志，希冀朝廷賞識擢用，但白首將至，仍沉於下位，不免興相如之嘆，流露出仕途失意的黯淡心情。結尾兩句，較之孟浩然詩"不才明主弃，多病故人疏"，顯得更爲含蓄委婉。

其　四

江樓雄漢楚，海岳此登臨。[1]宇宙誰青眼，[2]烟霞我素心。[3]紛紛成大夢，[4]浩浩付長吟。[5]百戰曹劉地，[6]空餘古木森。

【校注】

〔1〕海岳句：意謂歷經名山大海，唯登臨此樓最爲壯觀。

〔2〕青眼：垂青。詩用阮籍能爲青白眼之典。

〔3〕素心：本心，素願。

〔4〕紛紛句：意謂世事紛紛，虚幻若夢。《莊子·齊物論》："且有大覺而後知此其大夢也。"李白《春日醉起言志》："處世若大夢，胡爲勞其生？"

〔5〕浩浩：江水寬廣。

〔6〕百戰句：湖廣爲三國時群雄争戰之地，故云。

與前一首相比，這首詩裏有更多的感慨與不平，却以豪放、闊大的境界來表現，一掃含蓄委婉的情韵。末二句以眼前古迹咏懷，也頗有氣勢。

張　楠

張楠，明代滁州（今安徽滁州市）人。生平不詳。

登黄鶴樓 二首

漢樹依川緑，[1]江樓待鶴臨。渚雲留月近，[2]春草入洲深。[3]嶺嶠身如寄，[4]烟嵐病未侵。[5]自憐有仙骨，更得此追尋。

【校注】

〔1〕漢樹句：本崔顥詩"晴川歷歷漢陽樹"。

〔2〕渚雲：水洲上空的雲彩。

〔3〕春草句：本崔顥詩"芳草萋萋鸚鵡洲"。

〔4〕嶺嶠：五嶺，泛指嶺南一帶。高適《餞宋八充彭中丞判官之嶺外》："舉鞭趨嶺嶠，屈指冒炎蒸。"

〔5〕烟嵐：山巒間的雲氣。此處指嶺外烟瘴之氣。

從詩中看，作者當以事遠謫嶺外，幸獲生還，這兩首詩爲歸故里途經江夏時作。

其　二

高城頭上月，乘醉一登樓。任險過湖水，[1]憑虛俯漢流。[2]青眼故人在，白雲歸思浮。[3]夕陽鴉數點，送盡古今愁。

【校注】

〔1〕湖水：指洞庭湖水。作者于歸途曾經過洞庭湖。

〔2〕憑虛：凌空，蘇軾《前赤壁賦》："浩浩乎如馮虛御風，而不知其所止。"

〔3〕青眼二句：王維《贈韋穆十八》："與君青眼客，共有白雲心。"

這首詩寫作者與故人重聚，醉中同登黃鶴樓的情景。回首洞庭，俯瞰漢江，仰望白雲，種種複雜的思緒，一齊浮上心頭。全詩結尾是夕陽，首句又是城月，實際上是指從下午到晚上的整個時間。

陳　豪

陳豪，字志興，明代長樂（今屬福建）人。曾任御史。

和陽翁大宗伯登黃鶴樓韵〔1〕二首

鶴去樓常在，逢人幾白頭。神仙不可到，羈旅亦從游。入望來全楚，〔2〕含情對遠洲。倚闌思不極，何以慰民愁。

【校注】
〔1〕陽翁大宗伯：指李東陽。《周禮·春官》有大宗伯，掌邦國之礼，古爲六卿之一。後世亦稱禮部尚書爲大宗伯。
〔2〕入望句：意謂楚地盡入望中。

兩首詩爲作者陪同李東陽登黃鶴樓步韵而作，時作者任職湖廣。東陽於成化中曾兩度南行，途經江夏。觀其《簡秦開府》詩中有"舊游仿佛不再到，前日少年今老翁"之句，似成化後再未來此。從這兩首詩來看，則後來又確曾舊地重游，不過李集中未收東陽原詩。

其　二

江樓臨漢渚，衡岳共崔嵬。簇擁尚書蓋，〔1〕登歌使府杯。〔2〕晚烟

迷遠棹，斜景倒層臺。〔3〕歲晏蒼茫別，〔4〕臨風定百回。〔5〕

【校注】

〔1〕尚書蓋：指禮部尚書的車蓋儀仗。

〔2〕登歌：升堂演奏，古代用於祭祀及宴享。亦作升歌。《周禮·春官·大師》：“大祭祀，帥瞽登歌，合奏出拊。”鄭玄注引鄭司農曰：“登歌，歌者在堂也。”使府：古代稱州郡長官爲使君，故此處稱湖廣按察、布政使司爲使府。

〔3〕斜景：斜影。景，同“影”。

〔4〕歲晏：歲暮。盧象《送祖咏》：“田家亦伏臘，歲晏子言歸。”

〔5〕百回：頻頻回首。

詩中點明登黃鶴樓是在歲暮。從作者眼中可以看出李東陽對黃鶴樓及湖廣之地的眷念之情。

蕭一中

蕭一中，字執夫，明代華容（今屬湖南）人。正德進士。知新城縣，擢監察御史。嘉靖初，以疏援御史馬錄，謫廣西按察使照磨，遷分宜知縣。累遷南京刑部郎中，復再貶饒州通判。後歷官右副都御史，巡撫四川，未上而卒。

登黃鶴樓

鄂渚秋容暖，〔1〕江城野色華。〔2〕樓臺凌漢起，〔3〕雉堞帶山斜。〔4〕黃鶴空遺迹，仙翁已泛槎。憑闌正愁絕，那忍聽城笳。〔5〕

【校注】

〔1〕鄂渚：古地名，今湖北武昌地。《楚辭·九章·涉江》："乘鄂渚而反顧兮，欸秋冬之緒風。"洪興祖補注："鄂州武昌地是也。隋以鄂渚爲名。"

〔2〕華：美。

〔3〕漢：漢水。

〔4〕雉堞：指夏口古城的城墻。《武昌府志·古迹》："夏口城在城西黄鵠山，孫權所築，城依山負險，周二三里。"

〔5〕城笳：城上所吹胡笳，早晚以報時。笳爲古代胡地樂器，初捲蘆葉吹奏，後改以竹、木管爲之。

　　這首詩當爲作者初登黄鶴樓而作。按，嘉靖六年（1527）秋，作者貶謫廣西按察使照磨，途經江夏，詩或當作於此時。從結尾兩句看，也正符合遠謫萬里的遷客的心情。

羅　鏜

　　羅鏜，字汝鳴，明代江夏人。生平不詳。

登黄鶴樓

　　黄鶴乘仙去，樓仍以鶴名。窗分殘日影，潮送隔簾聲。笛暗江城静，〔1〕山連漢樹明。〔2〕孤吟春共遠，花鳥獨關情。

【校注】

〔1〕笛暗句：此句從李白"黄鶴樓中吹玉笛，江城五月落梅花"詩句中化出。

〔2〕山連句：此句本崔顥《黄鶴樓》詩。

作者生長在江夏，黄鶴樓是他常游之處。春日孤吟樓畔，與花鳥爲友朋，可以想見作者的布衣身份。

許宗魯

許宗魯，字伯誠，一字東侯，明代陝西咸寧人。正德十二年（1517）進士。授監察御史。嘉靖初，歷任湖南按察僉事、副使，視湖廣學政。後以僉都御史、副都御史先後巡撫保定、遼東，致仕歸。《明詩綜》引黄清甫云："許詩字句嚴飭，篇章方整，得古人之格。"有《少華集》。

登黄鶴樓 三首

勝覽臨黄鶴，高才共陸機。[1] 倚樓秋月墮，送酒暮雲飛。江水摇珠殿，[2] 山風動石扉。[3] 重來歌慷慨，[4] 留眺坐忘歸。

【校注】

〔1〕陸機（261—303）：字士衡，吴郡華亭（今上海市松江區）人。西晋著名文學家。鍾嶸《詩品序》稱他爲"太康之英"。此處指同游黄鶴樓的文士。

〔2〕珠殿：指黄鶴樓的大殿。

〔3〕石扉：黄鶴樓側舊有石洞，俗稱吕公洞，以石爲扉。

〔4〕重來句：曹操《短歌行》云："慨當以慷，憂思難忘。何以解憂，唯有杜康。"

作者視湖廣學政時，不止一次登臨黄鶴樓覽勝。嘉靖六年（1527）秋，作者就曾率湖廣鄉試舉子於黄鶴樓勒石題名，并撰《鶴樓題名記》

記其始末。這幾首詩亦爲同文士重游鶴樓而作，故詩中有"高才共陸機"之句。

其 二

短日憑虛閣，[1]長江動遠空。烟開漢水白，霞映楚雲紅。野興觀沙鳥，[2]鄉書望渚鴻。[3]登臨有王粲，[4]詞藻獨稱雄。[5]

【校注】

〔1〕短日：秋冬白晝漸短，故稱短日。此處指秋日。虛閣：高閣。

〔2〕野興：游覽郊野的興致。沙鳥：栖於沙洲的水鳥。

〔3〕渚鴻句：渚鴻，栖於水洲的大雁。作者爲北人，秋雁南歸，故望家書於渚雁。

〔4〕王粲（177—217）：字仲宣，山陽高平（今山東鄒城市西南）人。東漢末著名文學家。著有《登樓賦》，爲歷代傳誦的名篇。

〔5〕詞藻句：王粲在"建安七子"中成就最高，《文心雕龍·才略篇》稱他爲"七子之冠冕"，故有此句。

王粲《登樓賦》寄寓了歷代文士懷土之思。作者在詩中借王粲譽在座的文士，也表達了自己的鄉思。

其 三

石磴仙樓轉，江流楚塞長。[1]翔風喧草樹，[2]南國下烟霜。[3]指顧蒼梧外，瞻依紫極旁。[4]一聞崔顥句，山水借輝光。[5]

【校注】

〔1〕江流句：《文選·江淹〈望荆山詩〉》："奉義至江漢，始知楚塞長。"楚塞，指楚地。

〔2〕翔風：惠風。《論衡·是應》："翔風起，甘露降。"《尸子》："翔

風，瑞風也。一名景風，一名惠風。”

〔3〕南國：古指江漢一帶。《詩·小雅·四月》："滔滔江漢，南國之紀。"烟霜：霜霧。

〔4〕紫極：又稱紫微、紫垣、紫宫等。紫微垣爲星座名，乃三垣之一，傳説中天帝所居，故亦指帝王宫庭或京都。陸機《贈弟士龍》："奕世臺衡，扶帝紫極。"李白《上皇西巡南京歌》："少帝長安開紫極，雙懸日月照乾坤。"

〔5〕輝光：榮光。

三首詩均爲與文士酬唱之作，末一首以思君作結，是這類應酬詩的通例。

汪宗凱

汪宗凱，字子才，明代崇陽（今屬湖北）人。嘉靖十四年（1535）進士。歷官尚寶卿。歸田後手不釋卷，以著述爲事。

登黄鶴樓

昔有清尊約，言登黄鶴樓。[1]鶴樓何縹緲，漢水自悠悠。勝日群仙集，[2]孤槎八月游。[3]憑闌多感慨，時抱范公憂。[4]

【校注】

〔1〕言：助詞，無義。《經傳釋詞》卷五："言，云也；語詞也。"

〔2〕勝日：佳日。

〔3〕孤槎句：孤槎，孤舟。《博物志·雜説下》："舊説云天河與海通。近世柯人居海渚者，年年八月有浮槎去來，不失期。"此句及上句意謂作者應友朋之約，如期泛舟來游。

〔4〕范公憂：范公，指范仲淹。其《岳陽樓記》云："居廟堂之高，則憂其民；處江湖之遠，則憂其君。是進亦憂，退亦憂。然則何時而樂耶？其必曰：先天下之憂而憂，後天下之樂而樂乎。"

這首詩似當爲歸田後作，"處江湖之遠，則憂其君"，故有"時抱范公憂"之嘆。

徐中行

徐中行（？—1578），字子輿，明代長興（今屬浙江）人。嘉靖二十九年（1550）進士。曾入李攀龍、王世貞詩社，爲後七子之一。初授刑部主事，歷員外郎、郎中，遷汀州知府。後以事貶長蘆鹽運判官，復遷湖廣僉事。歷雲南參政、福建按察副使、江西左布政使。萬曆六年卒于官。《明詩綜》引胡元瑞云："子輿宏大雄整，卓然名家，惜少深沉之致。"有《徐龍灣集》。

宴黃鶴樓賦得禰衡二首贈吳生虎臣〔1〕

每懷鸚鵡賦，〔2〕千古氣難平。江漲洲長没，〔3〕春來草不生。〔4〕題詩驚跋扈，〔5〕縱酒喜縱横。〔6〕試問樓中客，何人似禰衡？

【校注】
〔1〕吳虎臣：不詳。
〔2〕鸚鵡：原作鸚武，非。
〔3〕江漲句：明代以來，鸚鵡洲因江水上漲，常被淹没。
〔4〕春來句：此句反用崔顥"芳草萋萋鸚鵡洲"句意。
〔5〕跋扈：倔强剛直，恃才傲物。指禰衡屢辱曹操、黃祖，終被殺。

〔6〕縱橫：奔放不羈。指禰衡當筵裸身擊鼓之事。

　　作者被貶長蘆鹽運判官，約在嘉靖末，遷湖廣僉事當在隆慶初（1567）。這兩首詩即爲遷湖廣僉事赴江夏時作。詩中以禰衡自況，對自己遭貶，頗多不平。

其　二

　　我自三秋至，〔1〕雲今萬里開。〔2〕氣如吞夢澤，〔3〕風忽起蘭臺。〔4〕大別爲詩案，長江作酒杯。笑呼禰豎子，〔5〕狂簡未能裁。〔6〕

【校注】
　〔1〕三秋：農曆九月，作者由長蘆貶所至江夏。
　〔2〕雲今句：李白《江夏贈韋南陵冰》詩云：“有似山開萬里雲，四望青天解人悶。”
　〔3〕氣如句：夢澤，即雲夢澤。《文選・司馬相如〈子虛賦〉》：“秋田乎青丘，彷徨乎海外，吞若雲夢者八九，於其胸中曾不芥蒂。”
　〔4〕風忽句：蘭臺，戰國時楚宮臺名。傳說故址在今湖北鍾祥市東。《文選・宋玉〈風賦〉》：“楚襄王游於蘭臺之宮，宋玉、景差侍。有風颯然而至。王乃披襟而當之曰：‘快哉此風，寡人所與庶人共者耶？’”
　〔5〕禰豎子：指禰衡。豎子，猶稱小子。《史記・平原君列傳》：“白起，小豎子耳！”
　〔6〕狂簡句：狂簡，志大才疏。裁，節制。語出《論語・公冶長》：“吾黨之小子狂簡，斐然成章，不知所以裁之。”

　　詩中化用李白詩句，表現了作者遭貶後重獲升遷，如撥雲霧而睹青天的喜悅心情。全詩氣勢磅礴，一氣呵成，較少有前後七子那種單純摹擬、“痕迹宛露”的弊病。

王 格

　　王格，字汝化，明代京山（今屬湖北）人。嘉靖五年（1526）進士。因忤禮部尚書張璁，出知永興縣。復升刑部主事，調戶部，歷員外、郎中。累遷河南僉事，分巡河北。世宗南巡，行宮火，爲中官所譖，逮獄削籍。穆宗立，授太僕少卿，致仕。有《少泉集》。

聞黃鶴樓再建[1]

　　層樓來自昔，重構屬於今。鳥革凌霄迥，[2]龍磯壓浪深。[3]木經班匠盡，[4]鐵笛呂仙臨。[5]應有千年鶴，盤雲下綠岑。[6]

【校注】

　　[1]《武昌府志·古迹》載：黃鶴樓“明嘉靖末火，隆慶五年（1571）都御史劉慤建，汪道昆爲之記”。湖廣僉事徐中行亦參與其事。

　　[2]鳥革：鳥翼。喻宮室飛檐凌空，莊嚴華美。《詩·小雅·斯干》：“如鳥斯革，如翬斯飛。”朱熹集傳：“其棟宇峻起，如鳥之警而革也；其檐阿華采而軒翔，如翬之飛而矯其翼也。蓋其堂之美如此。”

　　[3]龍磯：指黃鶴磯。

　　[4]木經：書名，宋代著名木工預皓所撰。歐陽修《歸田錄》卷一：“開寶寺塔在京師諸塔中最高，而制度甚精，都料匠預皓所造也。塔成，望之不正而勢傾西北。人怪而問之，皓曰：‘京師地平無山，而多西北風，吹之不百年，當正也。’其用心之精蓋如此。國朝以來木工，一人而已。至今木工皆以預都料爲法。有《木經》三卷行於世。”班、匠：公輸班和匠石，皆古代巧匠。司馬彪《贈山濤》：“班、匠不我顧，牙、曠不我録。”

　　[5]鐵笛句：指傳説中呂洞賓吹鐵笛過黃鶴樓的故事。

　　[6]盤雲：盤旋雲端。緑岑：指黃鶴山。

　　這首詩爲隆慶五年作者致仕家居時作。詩中對重建後的黃鶴樓，極盡贊美之詞。

張　翀

　　張翀，字子儀，號鶴樓，明代柳州馬平（今廣西柳州市）人。嘉靖三十二年（1553）進士。授刑部主事。因劾嚴嵩父子，逮獄考訊，謫貴州都勻。穆宗立，召爲吏部主事，再遷大理寺卿。隆慶二年（1568）春，以右僉都御史巡撫南贛，移撫湖廣。復召拜大理卿，進兵部右侍郎，乞歸侍養。萬曆初，起故官，召爲刑部右侍郎，乞休，卒於家。

登黃鶴樓 二首

檻外寒雲度，凌霄八面開。[1] 長江吳楚甄，[2] 崔顥古今才。[3] 白日空樓閣，青山對酒杯。仙人何處去，芳樹影徘徊。

【校注】
〔1〕八面：即八窗。
〔2〕長江句：長江流經兩湖及江蘇一帶，古爲吳楚之地，故爲吳楚天甄。
〔3〕崔顥：原作“崔灝”，誤。

　　隆慶初，作者由都勻貶所召還京師，過江夏時應都御史陳省之召，登黃鶴樓覽勝，兩首詩即作於此時。這首詩寫白日登樓情景，却表現出一種幽寂、靜謐的意境。

其　二

乘興憑闌處，乾坤亦勝哉。數峰天外出，[1] 孤雁日邊回。郢樹春雲斷，〔2〕江烟晚照開。〔3〕洞庭明月夜，黃鶴定歸來。

【校注】

〔1〕數峰句：崔顥《行經華陰》："天外山峰削不成。"

〔2〕郢樹：泛指楚地之樹。

〔3〕江烟句：意謂江上烟靄爲斜陽所掃除。

這首詩寫傍晚乘興憑闌，即目所見景色，境界較爲開闊。"孤雁日邊回"一句，透露出作者遠謫召還的信息，可謂寓情於景。

陳 省

讀張鶴樓詩有懷敬次其韵〔1〕

江烟凝畫閣，佳氣鬱葱哉。〔2〕有客獨醒去，〔3〕何人放逐回。〔4〕千家春雨霽，八面晚霞開。靈爽應騎鶴，〔5〕馮虛日往來。〔6〕

【校注】

〔1〕指張翀《登黃鶴樓》二首。

〔2〕佳氣句：佳氣，祥瑞之氣。鬱葱，即鬱鬱葱葱，茂盛；濃鬱。《後漢書·光武帝紀》："後望氣者蘇伯阿爲王莽使，至南陽，遥望見春陵郭，唶曰：'氣佳哉，鬱鬱葱葱然！'"

〔3〕有客句：指屈原。《史記·屈原列傳》："舉世混濁而我獨清，衆人皆醉而我獨醒。"

〔4〕何人句：指李白放逐夜郎，途中遇赦得還。

〔5〕靈爽：神靈的神明、精氣。《文選·郭璞〈江賦〉》："奇相得道而

宅神，乃協靈爽於湘娥。"劉良注："奇相者，人也，得道於江，故居江爲神，乃合其精爽與湘娥俱爲神也。"此處指仙人。

〔6〕馮虛：猶憑虛。馮，同憑。

詩中以屈原、李白遭放逐，喻張翀政治上的坎坷失意，寄寓了作者的同情與不平，可見兩人交誼甚厚。

李應祥

李應祥，明代無錫（今屬江蘇）人。曾任僉事。

秋日登樓二首

秋夜登黃鶴，憑闌憶楚天。橫河落漢水，〔1〕新月上晴川。欸乃漁歌遠，〔2〕徘徊雁字蹁。〔3〕長風應可駕，〔4〕何處覓回仙？〔5〕

【校注】

〔1〕橫河：銀河橫空，故稱橫河。

〔2〕欸乃句：欸，原作欵，誤。欸乃爲行船搖櫓之聲，唐元結作《欸乃曲》，遂爲漁歌之名。元結《欸乃曲》序云："大歷丁未中，漫叟結爲道州刺史，以軍事詣都史。還州，逢春水，舟行不進。作《欸乃》五首，令舟子唱之，蓋以取適於道路云。"柳宗元《漁翁》："欸乃一聲春水綠。"

〔3〕蹁：即蹁躚。斜行之貌。

〔4〕長風句：長風，遠處吹來的風。《宋書·宗慤傳》："慤年少時，炳問其志，慤曰：'願乘長風破萬里浪。'"

〔5〕回仙：吕洞賓自稱回道人，故云回仙。

　　兩首詩當爲作者返故里時過江夏所作。此番應是舊地重游，故有“憑闌憶楚天”之句。漁歌雁字，流露出作者的鄉國之思。

其　二

　　去國風塵日，[1]還家烟樹時。勝游踏遍處，何似此樓奇。題詩羨崔顥，揮塵慕元規。[2]徘徊憶今古，惆悵重逗思。

【校注】

　〔1〕去國句：去國，離鄉。風塵，喻宦途奔波。

　〔2〕揮塵句：塵，獸名，俗稱四不象。其尾可製拂塵，故稱拂塵爲塵或塵尾。晋人清談時，常揮動塵尾以爲談助，故亦稱清談爲揮塵。元規，東晋庾亮之字。亮好老莊之學，善談論。鎮守武昌時，常與幕僚高談闊論。

　　首二句概括了作者風塵僕僕的宦途生涯，作者也因此而有機會游覽了各地勝景。結尾二句，失意悵惘之情，溢於言外。

張文光

　　張文光，字公覲，明代江夏人。舉人。餘不詳。

黄鶴樓送吳孝甫還廣陵[1]

　　何辰重款睇，[2]南浦再微言。[3]去去辭黄鶴，行行向白門。[4]九江天際水，[5]兩岸夜深猿。[6]珍重延陵劍，[7]須令友道存。[8]

【校注】

　〔1〕吳孝甫：不詳。孝甫乃其字。廣陵：今江蘇揚州市。

〔2〕何辰句：《文選·江淹〈雜體詩三十首〉》之二十五："款睇在何辰？"款睇，含情相視，即相見之意。何辰，何時。

〔3〕南浦：地名。在武昌城南三里。《太平寰宇記》云："其源出景首山，西入江。春冬涸竭，秋夏泛漲，商旅往來，皆于浦停泊。在郭之南，故名。"《江夏縣志》云："南浦，一名新開港，在縣南五里。"微言：此處爲密語之意，即低聲親切話別。

〔4〕白門：古指金陵，今南京市。廣陵在金陵之東。

〔5〕九江：長江至潯陽分而爲九，史稱九江，即今湖北、安徽交界一帶，爲去廣陵必經水路。

〔6〕兩岸句：李白《下江陵》："兩岸猿聲啼不住，輕舟已過萬重山。"

〔7〕延陵劍：春秋時吳公子季札封於延陵（今江蘇武進），號延陵季子。《史記·吳太伯世家》："季札之初使，北過徐君。徐君好季札劍，口弗敢言；季札心知之，爲使上國未獻。還至徐，徐君已死，於是乃解其寶劍，繫之徐君冢樹而去。"《文選·江淹〈雜詩三十首〉》之五："延陵輕寶劍，季布重然諾。"

〔8〕友道：朋友交往之道。

吳孝甫是廣陵人，同作者當是知交。黃鶴樓一別，不知相會何時，所以詩中充滿了依依惜別之情。末二句有感於世風不振，友道難存，故爲珍重言之。

陶寅齡

陶寅齡，明代會稽（今浙江紹興）人。生平不詳。

登黄鶴樓

　　黄鶴古時樓，江山今宛然。[1]氣吞雲夢澤，烟斷漢陽天。[2]人家星散聚，[3]鳥道水蹣躠。[4]登臨詢風土，[5]客思感流年。

【校注】

〔1〕江山句：意謂江山未改，宛然舊時。

〔2〕烟斷：意謂漢陽一帶爲烟靄所隔。

〔3〕人家句：人家，民家。楊萬里《過臨平蓮蕩》：“人家星散水中央。”

〔4〕鳥道句：鳥道，險峻的山路。蹣躠，回旋之貌。全句謂江水在崇山峻嶺間回旋而流。

〔5〕風土：風俗地理。《後漢書·衛颯傳》：“民居深山，濱溪谷，莫不習其風土。”

　　作者客居在外，登臨黄鶴樓，不免勾起羈旅之思。此詩當爲初過江夏所作，故有“詢風土”之事。

七言律

崔　顥

　　崔顥（？—754），唐代汴州（今河南開封）人。開元十一年（723）進士。天寶中，官尚書司勛員外郎。殷璠《河岳英靈集》謂其“年少爲詩，名陷輕薄。晚節忽變常體，風骨凛然；一窺塞垣，說盡戎旅，……可與鮑照并驅也”。有《崔顥集》。

黃鶴樓[1]

　　昔人已乘黃鶴去，[2]此地空餘黃鶴樓。[3]黃鶴一去不復返，白雲千載空悠悠。[4]晴川歷歷漢陽樹，[5]芳草萋萋鸚鵡洲。[6]日暮鄉關何處是，[7]烟波江上使人愁。

【校注】

　　[1]《國秀集》題作"題黃鶴樓"。《又玄集》題下注："黃鶴乃人名也。"高步瀛《唐宋詩舉要》已辯其非。宋嚴羽《滄浪詩話》："唐人七言律詩，當以崔顥《黃鶴樓》爲第一。"相傳李白至武昌登黃鶴樓見此詩，有"眼前有景道不得，崔顥題詩在上頭"之嘆，無作而去。後至金陵（今江蘇南京），作《登金陵鳳凰臺》以擬之。見李畋《該聞錄》、計有功《唐詩紀事》、劉克莊《後村詩話》、元辛文房《唐才子傳》等。

　　[2]黃鶴：《河岳英靈集》《國秀集》《又玄集》《才調集》及《崔顥集》，皆作"白雲"。現通行作"黃鶴"。

　　[3]此地：《國秀集》作"茲地"。空餘：《才調集》作"空作"。

　　[4]千載：《國秀集》作"千里"。

　　[5]晴川：晴朗的江面。明代於與黃鶴樓隔江相望的漢陽龜山東麓建閣，名以"晴川"，即取本句詩意。歷歷：清晰明了。

　　[6]芳草：《河岳英靈集》《國秀集》《又玄集》《才調集》及《崔顥集》，皆作"春草"。萋萋：茂盛貌。《國秀集》作"青青"。《楚辭·招隱士》："王孫游兮不歸，春草生兮萋萋。"

　　[7]鄉關：故鄉，家鄉。徐陵《勸進表》："瞻望鄉關，誠均休戚。"何處是：《河岳英靈集》作"何處在"。

　　本篇爲詩人進士及第後宦游大江南北時所作。首四句，抒發詩人因憑吊古迹所生的世事茫茫之慨，後四句就登樓所見，結出懷鄉之愁。清沈德潛《唐詩別裁》評此，以爲"意得象先，神行語外，縱筆寫去，遂擅千古之奇”。

白居易

白居易（772—846），字樂天，晚年號香山居士。其先太原（今屬山西）人，後遷居下邽（今陝西渭南東北）。唐貞元十六年（800）進士。官至刑部尚書。早期以諷諭詩著稱，晚年多閑適、感傷之作，風格通俗坦易。有《白居易集》。

盧侍御與崔評事爲予於黃鶴樓致宴，宴罷同望[1]

江邊黃鶴古時樓，勞致華筵待我游。[2]楚思渺茫雲水冷，商聲清脆管弦秋。[3]白花浪濺頭陀寺，[4]紅葉林籠鸚鵡洲。[5]盡是平生未行處，[6]醉來堪賞醒堪愁。

【校注】

〔1〕原題作“赴黃鶴樓崔侍御宴”。據《白居易集》改。致宴：《全唐詩》作“置宴”。盧侍御、崔評事：未詳。二人蓋爲武昌幕府幕僚。唐代幕職，倒帶京銜，侍御、評事，乃以其京銜而稱之。元和十年（815），樂天被貶江州司馬，自長安出武關，道由商山、襄陽，秋經武昌時作此詩。

〔2〕勞致：《全唐詩》作“勞置”。

〔3〕商聲：宮、商、角、徵、羽五音之一。按陰陽五行之説，商屬金，配合四時爲秋。其音凄厲，與秋天肅殺之氣相應，故下云“管弦秋”。

〔4〕頭陀寺：即觀音閣。

〔5〕籠：籠罩，覆蓋。

〔6〕盡是：《白居易集》《全唐詩》皆作“總是”。

首二句寫登覽之由，“楚思”二句言“堪愁”，“白花”二句言“堪賞”，末二句一結，表達出詩人被貶途中登覽名勝所特有的矛盾心情。

行次夏口，先寄李大夫[1]

連山斷處大江流，[2]紅旆逶迤鎮上游。[3]幕下翱翔秦御史，[4]軍前奔走漢諸侯。[5]曾陪劍履升鶯殿，[6]每謁旌幢入鶴樓。[7]假着緋袍君莫笑，[8]恩深方得向忠州。[9]

【校注】

〔1〕次：止，停留。《尚書·泰誓》：“王次於河朔。”夏口：指武昌。原題作“上江夏主人”，據《白居易集》改。元和十三年（818）十二月，樂天由江州司馬遷忠州刺史，自江州浮江而上至忠州，道經夏口作此詩。李大夫：指李程。據《舊唐書·李程傳》，元和十三年六月出爲鄂州刺史、鄂岳觀察使。樂天經夏口時，李程正在任内。

〔2〕連山：武昌與漢陽隔江對峙有蛇山與龜山，大江從中流過，故云“連山斷處大江流”。

〔3〕旆：旗幟的通稱。逶迤：延續不斷貌。晋陶侃都督江、荆等州軍事，鎮武昌，《晋書·陶侃傳》謂其“據上游，握强兵”。晋謝安都督江、荆等州軍事，唐楊巨源《酬盧員外》詩稱：“謝傅旌旗控上游。”此謂李程出鎮武昌。

〔4〕秦御史：秦時無刺史，以御史監郡。此泛指幕下從事。

〔5〕漢諸侯：泛指軍前武將。

〔6〕鶯殿：唐宮殿名，位於大明宮紫宸殿西北，殿與翰林院相接，皇帝召見學士常在此殿。“劍履開殿”，乃封建帝王賜給親信大臣的一種特殊待遇，受賜者朝見皇帝時可以不去劍，不脱履。《史記·蕭相國世家》：高祖“乃令蕭何第一，賜帶劍履上殿，入朝不趨”。據丁居晦《重修承旨學士壁記》，李程於貞元二十年（804）九月二十七日自監察御史充翰林學士，元和三年（808）

始出院，授隨州刺史。白居易元和二年（807）五月召入翰林，與李程同爲翰林學士，故云“曾陪”。《舊唐書·李程傳》載：“順宗即位，（程）爲王叔文所排，罷學士。”蓋誤。《白居易集》另有《重贈李大夫》一詩，詩云：“早接清班登玉陛，同承別詔直金鑾。”亦與丁記相合。

〔7〕每謁：《全唐詩》作“欲謁”。旌幢：旌旗的一種，以羽毛爲飾。《漢書·韓延壽傳》：“建幢棨。”顏師古注引晉灼曰：“幢，旌幢也。”盧綸《送王尊師》：“旌幢天路晚，桃杏海山春。”

〔8〕假：借。緋袍：紅色官服。唐制五品以上着緋。未到五品而特許着緋，稱“借緋”。樂天爲江州司馬，其散官爲將仕郎，依制，從九品下着青衫，所謂“江州司馬青衫濕”（白居易《琵琶行》）是也。是時，樂天由江州司馬移忠州刺史，仍爲從九品下。《唐會要·内外官章服》：“開元八年（720）二月二十日敕，都督刺史品卑者，借緋及魚袋，永爲常式。”故由着青衫改服緋。因屬特許性質，故云“假着緋袍”。至元和十四年（819），樂天召還京師，“明年轉主客郎中、知制誥，加朝散大夫，始着緋”（《舊唐書·白居易傳》），纔不是“假緋”了。

〔9〕方得：《白居易集》《全唐詩》皆作“始得”。

詩前半爲頌揚之辭，後半自嘆憔悴。昔與李程同升鸞殿，今則拜謁旌幢，地位如此懸殊。“假着緋袍”一語，即隱含對自己當時處境和遭際的不滿。

賈　島

賈島（779—843），字閬仙，一作浪仙，唐代范陽（今河北涿州市）人。曾任長江主簿，故稱“賈長江”。其詩多寫荒寂落寞之景，潦倒困頓之情，頗多寒苦之辭；在藝術上則刻苦求工務奇，與孟郊齊名，有“郊寒島瘦”之說，同被視爲中唐“苦吟”詩人。有《長江集》。

黄鶴樓〔1〕

高檻危簷勢若飛，〔2〕孤雲野水共依依。〔3〕青山萬古長如舊，黄鶴何年去不歸。岸映西川城半出，〔4〕烟生南浦樹將微。〔5〕定知羽客無因見，〔6〕空使含情對落暉。

【校注】

〔1〕本篇《長江集》不載。童養年先生據《古今圖書集成·職方典·武昌府部》輯入《全唐詩續補逸》卷八（見《全唐詩外編》）。

〔2〕危：高。

〔3〕依依：此處爲相依相伴之意。

〔4〕西川：即西江，西來的大江，指長江。《全唐詩外編》作"西山"，下注："一作州。"此句言岸映於西川，城影半出於江水之中。

〔5〕南浦：《楚辭·九歌》："子交手兮東行，送美人兮南浦。"

〔6〕羽客：指黄鶴仙人。無因：猶無由，無從。

詩人另有《夏夜登南樓》一詩，當與本詩同爲四十歲左右游襄、荆路經武昌時作。詩以登樓所見孤雲野水、烟樹微茫之景，寫胸中孤寂落寞之情。

羅　隱

羅隱（833—909），字昭諫，唐新城（今浙江富陽）人，一作餘杭（今屬浙江）人，一作新登（今浙江桐廬）人。本名横，以屢試進士不中，遂改名爲隱。晚年投奔吳越王錢鏐，官至諫議大夫。《唐才子傳》謂其"詩文凡以譏刺爲主"。詩多用口語，淺俗易懂，然往往失於粗疏。有《羅隱集》。

黃鶴驛偶題[1]

野雲芳草繞離鞭，[2]敢對青樓倚少年？[3]秋色未催榆塞雁，[4]客心先下洞庭船。[5]高歌酒市非狂者，[6]大嚼屠門亦偶然。[7]車馬同歸莫同恨，昔人頭白盡林泉。[8]

【校注】

〔1〕驛：驛站。唐制，三十里一驛。原題作“黃鶴樓寓題”。《四部叢刊》本《甲乙集》作“黃鶴驛寓題”。中華書局1983版《羅隱集》據清張瓚瑞榴堂本《羅昭諫集》改，茲從之。

〔2〕野雲、離鞭：原作“驛雲”“籬邊”，據《羅隱集》改。張本《羅昭諫集》“離鞭”亦作“籬邊”。

〔3〕敢對青樓：原作“勿向東流”。據《羅隱集》改。青樓，指顯貴家之閨閣。曹植《美女篇》：“青樓臨大路，高門結重關。”

〔4〕未催：《甲乙集》作“來催”。榆塞：《漢書·韓安國傳》：“累石爲城，樹榆爲塞。”顏師古注引如淳曰：“塞上種榆也。”塞上種榆自漢代始，後以榆塞爲邊塞的通稱。此句言秋尚未到，邊雁尚未南飛，而自己却已獨自奔波在南去途中。

〔5〕客心：《羅隱集》作“人心”。

〔6〕高歌句：《史記·刺客列傳》：“荊軻嗜酒，日與狗屠及高漸離飲於燕市，酒酣以往，高漸離擊筑，荊軻和而歌於市中，相樂也，已而相泣，旁若無人者。”酒市：賣酒之市。

〔7〕大嚼句：屠門，肉鋪，宰牲之所。嚼，原作“爵”，據《羅隱集》改。曹植《與吳季重書》：“過屠門而大嚼，雖不得肉，貴且快意。”

〔8〕車馬二句：潘岳《金谷集作》詩云：“投分寄石友（崇），白首同所歸。”《世說新語·仇隙》：“孫秀既恨石崇不與綠珠，又憾潘岳昔遇之不以禮。後秀爲中書令……收石崇、歐陽堅石（建），同日收岳。石先送市，亦不相知。潘後至。石謂潘曰：‘安仁，卿亦復爾邪？’潘曰：‘可謂白首同所歸。’岳《金

谷集詩》乃成其讖。"此二句言市朝之人，車馬喧赫，終不免於禍，同歸一死，不如效法昔賢高士，避世而隱，終老林泉。

　　詩當爲詩人早年從事湖南，途經武昌時所作。詩人另有《游江夏口》詩，詩云："黃祖不能容賤客，禰衡終是負仙才。平生膽氣平生恨，今日江邊首懶回。"又曾以"一個禰衡容不得，思量黃祖謾英雄"標於夏口詩卷末（見《吳越備史》），與本詩所云，皆表明其早年仕宦不得意之情，有消沉，亦有憤激不滿。

盧　郢

　　盧郢，金陵（今江蘇南京）人。南唐後主時，試賦擢第一。後歸宋，累官至南全守，有治績。

黃鶴樓[1]

　　黃鶴何年去杳冥，[2]高樓千載倚江城。[3]碧雲朝捲四山景，流水夜傳三峽聲。[4]柳暗西州供騁望，[5]草芳南浦遍離情。[6]登臨一晌須回首，[7]看却鄉心萬感生。[8]

【校注】

　　[1]本詩《全唐詩》未收。童養年先生據《古今圖書集成·職方典·武昌府部》輯入《全唐詩續補逸》卷十五（見《全唐詩外編》），題下注："《宋詩紀事》亦未收。"

　　[2]杳冥：天之高遠處。宋玉《對楚王問》："鳳凰上擊九千里，絕雲霓，負蒼天，翱翔乎杳冥之上。"

　　[3]高樓：《全唐詩外編》作"高城"，誤。

〔4〕四山：黃鶴樓方圓數十里內，山巒衆多，未詳具體所指。三峽：長江三峽，位於今重慶奉節至湖北宜昌之間。唐王勃《滕王閣》："畫棟朝飛南浦雲，朱簾暮捲西山雨。""碧雲"二句由此化出。

〔5〕西州：《説文》云"水中可居曰州"。又引《詩·周南·關雎》曰："在河之州。"今作"洲"。古通。黃鶴樓以西，唯西南二里許有鸚鵡洲，西州，蓋指此。

〔6〕南浦：《楚辭·九歌》："子交手兮東行，送美人兮南浦。"後多泛指送別之地。《文選·江淹〈別賦〉》："春草碧色，春水淥波。送君南浦，傷如之何？"故下云"遍離情"。

〔7〕一晌：片時。須回首：言不忍久視。

〔8〕却：張相《詩詞曲語辭彙釋》卷一云："却，語助辭，用於動詞之後"，猶"了""罷"。

詩由憑吊古迹入筆，先叙登樓所見之景；"草芳南浦"一轉，由景入情，逗出鄉心。

陸　游

陸游（1125—1210），字務觀，號放翁，宋代山陰（今浙江紹興）人。紹興二十四年（1154）應禮部考試，爲秦檜所黜。孝宗即位，由大理司直遷樞密院編修，并賜進士出身。出爲鎮江、隆興、夔州通判。乾道八年（1172），入四川宣撫使王炎幕府，改除成都府安撫司參議。淳熙五年（1178）召還臨安。曾先後提舉福建、江西茶鹽公事，以忤當道罷歸。十三年，起知嚴州，除軍器少監。光宗立，除朝議大夫禮部郎中，不久去官，家居卒。今存詩九千餘首，氣勢雄放，格力恢宏。與尤袤、楊萬里、范成大并稱南宋四大家。有《劍南詩稿》《渭南文集》。

黄鶴樓[1]

手把仙人緑玉枝，[2]吾行忽及早秋期。蒼龍闕角歸何晚，[3]黄鶴樓中醉不知。江漢交流波渺渺，[4]晋唐遺迹草離離。[5]平生最喜聽長笛，裂石穿雲何處吹。[6]

【校注】

〔1〕本詩載《劍南詩稿》卷十。《黄鶴樓集》作陸龜蒙詩，誤。

〔2〕緑玉枝：謂手杖。李白《廬山謡寄盧侍御虛舟》：“手持緑玉杖，朝別黄鶴樓。”王琦注：“杖，一作枝。”緑玉枝，緑玉杖，蓋同物而異名。

〔3〕蒼龍闕：宮闕名。蒼龍，二十八宿的東方七宿。《三輔黄圖》卷三：“蒼龍、白虎、朱雀、玄武，天之四靈，以正四方，王者制宮闕殿閣取法焉。”《古今注》卷上：“蒼龍闕畫蒼龍，白虎闕畫白虎，玄武闕畫玄武，朱雀闕上有朱雀二枚。”漢代宮闕即以此命名。《三輔黄圖》卷二引《漢宮闕疏》曰：“未央宮有……玄武、蒼龍二闕。”此乃指都城臨安的宮闕，臨安在東，故云蒼龍。詩人離別臨安已多年，五十四歲始召還，故嘆“歸何晚”。

〔4〕江漢：指長江、漢水。

〔5〕晋唐：晋代、唐代。離離：分披繁茂貌。《詩·王風·黍離》：“彼黍離離，彼稷之苗。”

〔6〕裂石穿雲：形容笛聲高揚激昂。《列子·湯問》：秦青“撫節悲歌，聲振林木，響遏行雲”。蘇軾《李季吹笛詩叙》：“呼之使前，則青中紫裘，腰笛而已。既奏新曲，又快奏數弄，嘹然有穿雲裂石之聲。”

淳熙五年，詩人自成都召還臨安，初秋至江夏，作此詩。詩中所表達的是憑吊古迹所生的歷史興亡之感及故國之思，亦寓自嘆身世遭際之意。

范成大

范成大（1126—1193），字致能，號石湖居士，宋代吳郡（今江蘇蘇州）人。紹興二十四年（1154）進士。孝宗時，累官至禮部員外郎。乾道六年（1170），出使金國，歸除中書舍人。出知靜江府，遷四川制置使。召拜參知政事，不久即罷。晚年退居故鄉石湖。以善寫田園詩著稱。與尤袤、楊萬里、陸游并稱南宋四大家。其詩受中晚唐詩人及江西詩派影響較大，然能“約以婉峭，自爲一家”（《四庫全書總目提要》），既“清新嫵媚”，又“奔逸儁偉”（楊萬里《石湖詩序》）。有《石湖詩集》。

鄂州南樓[1]

誰將玉笛弄中秋，黃鶴飛來識舊游。漢樹有情橫北渚，[2]蜀江無語抱南樓。[3]燭天燈火三更市，[4]搖月旌旗萬里舟。却笑鱸鄉垂釣手，[5]武昌魚好便淹留。[6]

【校注】

〔1〕鄂州：州治在今湖北省武漢市。南樓：在黃鶴山上，黃鶴樓之左，未知始建於何時，宋元祐中知州方澤重建，此後屢建屢修，亦曾更名白雲閣、白雲樓。晉庾亮所登之南樓，在武昌縣（今湖北鄂州市），非此。原題作“黃鶴樓”，據《石湖詩集》改。

〔2〕漢樹：即崔顥詩中所謂“漢陽樹”。漢陽位於江之北，故下云“橫北渚”。水邊曰渚。

〔3〕蜀江：長江源于蜀，故稱。

〔4〕燭天：猶照天，耀天。

〔5〕却笑：原作“却問”，據《石湖詩集》改。鱸鄉：鱸魚之鄉，泛指吳地，

作者故鄉。古吳地盛產鱸魚，故稱。此處乃用張翰因思鱸魚，辭官回吳中的典故。見《世說新語·識鑒》。陳堯佐《題松陵》："秋風斜日鱸魚鄉。"垂釣手：指隱者，作者自稱。原作"垂釣叟"，據《石湖詩集》改。

〔6〕武昌魚：孫皓自建業（今江蘇南京）遷都武昌，童謠云："寧飲建業水，不食武昌魚；寧還建業死，不止武昌居。"見《三國志·吳書·陸凱傳》。淹留：滯留，停留。

淳熙四年（1177），作者自四川制置使任上召還臨安，沿江東下，過江夏而作此詩，故有"搖月旌旗萬里舟"之句。雖係舊地重游、仍洋溢着作者對江南名勝之地的喜愛之情。

王十朋

王十朋（1112—1171），字龜齡，號梅溪，宋代溫州樂清（今屬浙江）人。紹興二十七年（1157）進士第一。授紹興府通判，召爲秘書郎，除著作郎。孝宗立，召拜司封郎中，累遷國子司業，除起居郎。屢次上疏，陳恢復大計。張浚北伐失利，十朋復上疏力排和議，出知饒、夔、湖、泉等州。以龍圖閣學士致仕。其詩"渾厚質直，懇惻條暢，如其爲人"（劉珙《梅溪集序》）。《四庫全書總目提要》稱其詩"淳淳穆穆，有元祐之遺風"。有《梅溪集》。

南　樓〔1〕

江漢西來於此會，〔2〕朝宗東去不須分。〔3〕銀濤遥帶岷峨雪，〔4〕烟渚高連巫峽雲。〔5〕鸚鵡洲悲狂處士，〔6〕蛟龍池化故將軍。〔7〕登臨長願如今日，塵靜元規楚不氛。〔8〕

【校注】

〔1〕原題作"黃鶴樓"，據《梅溪集》改。

〔2〕江漢：指長江、漢水。

〔3〕朝宗：謂百川之歸海。

〔4〕岷峨：即峨眉山。岷山北支，其南爲峨眉山，因稱峨眉爲岷峨。一説岷爲青城山，峨爲峨眉山，皆屬岷山山脉。位於蜀地，與楚地相距甚遠。故云"遥帶"。

〔5〕巫峽：長江三峽之一，位於今湖北巴東縣西，與四川巫山縣接界，王勃《滕王閣》："畫棟朝飛南浦雲，朱簾暮捲西山雨。""銀濤"二句由此化出。

〔6〕狂處士：指禰衡。《漢書·异姓諸侯王表》："秦既稱帝，患國之敗，以爲起於處士横議。"顏師古注："處士謂不官于朝而居家者也。"

〔7〕蛟龍句：指三國劉備、周瑜。《三國志·吴志·周瑜傳》載，赤壁之戰後，孫權拜周瑜偏將軍，領南郡太守。以劉備爲左將軍，領荆州牧。周瑜上疏諫曰："恐蛟龍得雲雨，終非池中物也。"

〔8〕元規：晋庾亮字。繼陶侃之後，都督江、荆諸州軍事，鎮武昌。《晋書·王導傳》："時亮雖居外鎮，而執朝廷之權，既據上流，擁强兵，趨向者多歸之。導内不能平，常遇西風塵起，舉扇自蔽，徐曰：'元規塵污人。'""塵污人"，謂其充滿世俗之氣。氛：預示戰亂、灾禍的凶氣。

首四句寫登樓所見之景，五、六句寫登樓所生吊古之情，末二句表達了詩人但願太平之世長存的美好願望。

丁鶴年

丁鶴年（1335—1424），字亦曰鶴年，一字永庚，號友鶴山人，元代西域（今玉門關以西地域）回人。其父官武昌，遂定居於此。元末武昌被兵，奉母走鎮江，避地四明，後歸老武昌山中。《明史》

稱其"自以家世仕元，不忘故國，順帝北遁後，飲泣賦詩，情詞悽惻"。至仁序其詩曰："措辭命意多出杜子美，讀之使人感憤激烈，情注意深。"《四庫全書總目提要》言其"尤長於五七言近體，往往沉鬱頓挫，逼近古人，無元季纖靡之習"。有《鶴年詩集》。

次凷翁中秋詩韵[1]

西風黃鶴舊磯頭，[2]皓月中分此夕秋。烏鵲無依頻繞樹，[3]魚龍有喜競乘流。[4]烟雲盡捲天逾大，河漢低垂地欲浮。[5]擬買桂花陪勝賞，老來佳句恐難酬。[6]

【校注】

〔1〕《黃鶴樓集》題作"黃鶴樓用崔韵"，據《四庫全書》本《鶴年詩集》改。"凷翁"，未詳何人。凷，同"塊"。集中同卷又有《再用前韵》一詩，下注："次年中秋，翁在史館，僕留鄂渚，悠然興懷，復用前韵以寄。"《湖北先正遺書》本《丁鶴年集》題作"次吳翁中秋詩韵"。鶴年另有《黃鶴樓》七言古詩一首，《黃鶴樓集》未收，茲錄之："半空金碧何代樓，仙人駕鶴曾一游。雕欄看雲楚山曉，珠簾捲月湘江秋。樓前雲月長無恙，襧賦崔詩角清壯。西風忽動庾公塵，仙人仍歸九天上。"

〔2〕黃鶴磯：即黃鵠磯，舊時黃鶴樓即坐落其上。

〔3〕烏鵲句：《文選·曹操〈短歌行〉》云："月明星稀，烏鵲南飛，繞樹三匝，何枝可依。"李善注："喻客子無所依托也。"此句乃自謂。

〔4〕魚龍：杜甫《秋興》云"魚龍寂寞秋江冷"。此云"有喜競乘流"，即逢治世而奮進之意。謂凷翁。

〔5〕河漢句：河漢，天上銀河。杜甫《登岳陽樓》："吳楚東南坼，乾坤日夜浮。"

〔6〕酬：酬答，酬和。

　　本詩當爲鶴年晚年之作。詩中描述了登樓所見之壯闊景象，也表達了詩人晚年無所依托的愁苦心境。

陳　孚

　　陳孚（1240—1303），字剛中，元代台州臨海（今屬浙江）人。至元中，以布衣謁選京師，二十九年（1292），任翰林國史院編修官，攝禮部郎中，出使安南。使還，除建德路總管府治中。秩滿，特授奉直大夫，台州路總管府治中。卒於家。《元史》稱其“天材過人，性任俠不羈。其爲詩文，大抵任意即成，不事雕斫”。有《陳剛中詩集》。

鄂渚晚眺[1]

　　黃鶴樓前木葉黃，白雲飛盡雁茫茫。[2]櫓聲搖月歸巫峽，燈影隨潮過漢陽。庾令有塵污簡册，[3]禰生無土蓋文章。[4]闌干祇有當年柳，留與行人記武昌。[5]

【校注】

〔1〕原題作“登黃鶴樓”，據《陳剛中詩集》改。至元二十九年（1292）九月，陳孚奉詔使安南，明年正月至交趾，九月還京師。往來道中得詩百餘首，集爲《交州稿》。本詩乃其中之一。

〔2〕雁茫茫：原作“岸茫茫”，據《陳剛中詩集》改。

〔3〕庾令：指晉庾亮。簡册：指史册。原作“汗簡”，據《陳剛中詩集》改。此句乃用晉王導譏庾亮語。

〔4〕禰生：指禰衡。蓋：覆蓋。

〔5〕闌干二句：《晉書·陶侃傳》云："（侃）嘗課諸營種柳，都尉夏施盜官柳植之於己門前。侃後見，駐車問曰：'此是武昌西門前柳，何因盜來此種？'""祇有"，原作"空有"，"記武昌"，原作"說武昌"，據《陳剛中詩集》改。

首四句寫晚眺所見之景，後四句就有關登臨之地的歷史故事，抒寫所感，表達了詩人對人生的看法：與其有譽於生前，不如無毀於身後。

施　均

施均，明代人。生平未詳。

登黃鶴樓

鸚鵡洲邊倚客舟，憲君邀我上南樓。〔1〕胡床老子三更月，〔2〕鐵笛仙人一曲秋。〔3〕流水白雲吳夏口，西風黃鶴晉磯頭。〔4〕如今盡屬王孫草，〔5〕添得江南幾許愁。〔6〕

【校注】

〔1〕憲君："憲"，魏晉以來御史的別稱。宋置憲司，即諸路提點刑獄公事，負責調查疑難未決的案件，勸課農桑，和代表王室考核官吏等，即後世按察司之職。又，屬吏亦稱上司為憲，如"大憲""臺憲""憲臺"。此未詳具體所指。南樓：清同治《江夏縣志》錄此詩，作"高樓"。南樓有二，一在江夏縣黃鵠山上黃鶴樓之左，一在武昌縣（今湖北鄂州市）。晉庾亮所登之南樓，乃武昌南樓，非江夏南樓。後世多有混淆者。下云"胡床老子三更月"，用晉庾亮登南樓故事，即混二者為一談。

〔2〕胡床句：用《晋書·庾亮傳》庾亮語："亮徐曰：'諸君少往，老子于此處興復不淺。'便據胡床與浩等談咏竟坐。"胡床，一種可以折叠的輕便坐具，也叫交椅、交床，由胡地傳入，故名。老子，自稱之辭，同"老夫"。

〔3〕鐵笛仙人：指吕洞賓吹鐵笛過黃鶴樓事。

〔4〕吳夏口、晋磯頭：互文見義，一如唐王昌齡《出塞》之"秦時明月漢時關"。吳曾建都武昌，夏口故城即孫權所築；又武昌乃晋時江南重鎮，陶侃、庾亮皆曾坐鎮於此，故云。

〔5〕王孫草：《楚辭·招隱士》云："王孫游兮不歸，春草生兮萋萋。"故下云"添得江南幾許愁"。

〔6〕幾許：若干，多少。

詩以鶴樓歷史情事與眼下景况作比，追昔撫今，抒發出作者千古興亡之慨，以及宦游中的幾許哀愁。

汪廣洋

汪廣洋（？—1379），字朝宗，明代高郵（今屬江蘇）人。元末進士。明太祖渡江，召爲元帥府令史，累官江西參政。洪武元年（1368）召還，三年，遷右丞，爲楊憲所忌，徙海南。憲誅，召還。官至右丞相。十二年，爲胡惟庸案所牽連，被誅。《明史》稱其"工爲詩歌"；《詩藪》謂其"開爽"，自成一家；《四庫全書總目提要》譽其詩"清剛典重，一洗元人纖媚之習"，"不愧一代開國之音"。有《鳳池吟稿》。

癸卯秋，大軍圍武昌，予極欲一登黃鶴樓，不數日復命還建業，莫遂所懷，乃賦七言以寄予興[1]

武昌城頭黃鶴樓，爽塏迥挹西南州。[2]嶓江岷江於此合，[3]古人今人無限游。天際一帆懸宿雨，[4]雲邊萬木下高秋。[5]賦詩橫槊慷慨事，[6]笑指闌干近斗牛。[7]

【校注】

〔1〕原題作“登黃鶴樓”，據《鳳池吟稿》改。癸卯，爲元至正二十三年（1363）。是年八月，張定邊等至武昌，立陳理爲帝，改元德壽。九月，太祖親征陳理於武昌。是時廣洋當在軍中。建業，今江蘇南京市。

〔2〕爽塏：高曠明亮之處。《左傳》昭公三年：“初，景公欲更晏子之宅，曰：‘子之宅近市，湫隘囂塵，不可以居，請更諸爽塏者。’”杜預注：“爽，明；塏，燥。”迥挹：迥，遠；挹，舀，酌取。《詩·小雅·大東》：“維北有斗，不可以挹酒漿。”迥挹，原作“迥接”，據《鳳池吟稿》改。西南州：州與“洲”通。西南州，指黃鶴樓西南的鸚鵡洲。

〔3〕嶓江：指漢江。一稱漢水。其源出陝西寧强縣北嶓冢，初出時名漾水，東經褒城，合褒水，始爲漢水，至漢陽入長江。《書·禹貢》：“嶓冢導漾，東流爲漢。”故稱。岷江：指長江。四川岷山，其一爲巴山山脉，其東爲三峽。《書·禹貢》：“岷山導江。”孔安國傳：“岷山，江所出。”故稱。原作“蜀江”，據《鳳池吟稿》改。

〔4〕宿雨：昨夜之雨。王維《田園樂》：“桃紅復含宿雨，柳緑更帶春烟。”

〔5〕雲邊句：杜甫《登高》云：“無邊落木蕭蕭下，不盡長江滾滾來。”

〔6〕賦詩橫槊：槊，古代兵器，即長矛。元稹《唐故工部員外郎杜君墓係銘并序》：“曹氏父子鞍馬間爲文，往往橫槊賦詩。”蘇軾《赤壁賦》：“方其破荆州，下江陵，順流而東也，舳艫千里，旌旗蔽空，釃酒臨江，橫槊賦詩，固一世之雄也，而今安在哉？”

〔7〕斗牛：二十八宿中的斗宿和牛宿。“近斗牛”，極言其高。

　　本詩通過對黃鶴樓的題咏，表達了作者的慷慨豪邁之情，寫景言事，
皆闊大宏放。

管　訥

　　管訥（1322—?），字時敏，以字行，明代松江華亭（今江蘇
松江）人。洪武九年（1376）以秀才入仕，徵拜楚王府紀善，進左
長史。二十五年（1392）乞致仕歸里，時年七十。楚王禎留居武昌，
禄養終身。《四庫全書總目提要》稱其詩“春容淡雅”“清麗優柔”；
丁鶴年賞其“清俊”（見《明詩紀事》）。有《蚓竅集》。

黃鶴樓[1]

　　黃鶴西飛去不回，青山高棟自崔嵬。[2]當年賣酒人何在，[3]今日
題詩客又來。[4]舟繫城邊官柳發，[5]笛吹江上野梅開。[6]白雲祇在闌
干外，安得乘之遍九垓。[7]

【校注】
〔1〕原題作“登黃鶴樓”，據《蚓竅集》改。
〔2〕自：空自，徒自。杜甫《蜀相》：“映階碧草自春色，隔葉黃鸝空好
音。”崔嵬：高峻貌。
〔3〕賣酒人：指黃鶴樓傳説中沽酒的辛氏。
〔4〕客又來：《蚓竅集》作“客未來”，恐誤。《石倉歷代詩選》亦作“客
又來”。題詩客指崔顥。
〔5〕官柳：官府所植之柳。本《晋書·陶侃傳》陶侃部屬盗植武昌官柳故
事。杜甫《西郊》：“市橋官柳細，江路野梅香。”

〔6〕笛吹句：古笛中曲有《落梅花》故云。

〔7〕九垓：《史記·司馬相如列傳》云："上暢九垓，下沂八埏。"《漢書音義》以爲九垓，乃"九重之天"；八埏，乃"地之八際"。崔顥《黃鶴樓》詩首句，《河岳英靈集》《國秀集》《又玄集》《才調集》及《崔顥集》，皆作"昔人已乘白雲去"，以上二句即由此化出。

詩中所表達的，是憑吊古迹所興發的登仙之想。

夏原吉

夏原吉（1366—1430），明代人，字維喆。其先德興（今屬江西）人，父時敏，官湘陰（今屬湖南）教諭，遂徙於此。洪武中，以鄉薦入太學，擢户部主事。建文初，擢户部右侍郎。成祖即位，進户部尚書。永樂十九年（1421）冬，以忤旨繫獄。仁宗立，復其官。宣宗時，入閣預機務。原吉歷事五朝，多所建樹，爲一代名臣。《四庫全書總目提要》引楊溥序，稱其"詩文平實雅淡，不事華靡"；又曰："吉以政事著，不以文章著"，"然致用之言，疏通暢達，猶有淳實之遺風"。有《夏忠靖集》。

登黃鶴樓

黃鶴高樓郡城外，〔1〕黃鶴去後曾來不？〔2〕江山萬古復萬古，草木一秋仍一秋。崔顥有詩人和少，〔3〕仲宣無事何多憂。〔4〕呼童携我船内酒，來此邀取仙人謳。〔5〕

【校注】

〔1〕郡城：指武昌城。武昌，漢高帝六年置郡，曰江夏。三國吳孫權築城。

明時置府。

〔2〕不：同“否”。《史記·項羽本紀》：“不者，若屬皆且爲所虜。”又《晁錯列傳》：“上問曰：‘道軍所來，聞晁錯死，吳楚罷不？’”

〔3〕崔顥：顥，《黃鶴樓集》《夏忠靖集》皆作“灝”。徑改。

〔4〕仲宣：三國魏王粲之字。王粲早年依荆州劉表，表以粲貌醜體弱通脱，不甚重，粲不得志，作《登樓賦》，賦曰“登兹樓以四望兮，聊暇日以銷憂”云云。

〔5〕謳：歌。

詩意是説，江山萬古，人世匆匆，人生當以樂觀爲懷，何必無事多憂。

趙　弼

趙弼，字輔之，號雪航，明代巴縣（今重慶市巴南區）人，一作南平（唐貞觀四年分巴縣置南平縣）人。曾任漢陽縣學教諭，有墓在縣治西十里，嘉靖元年（1522）爲立墓石。

登黃鶴樓

昔人騎鶴去仙鄉，翼翼危樓幾夕陽。[1]鴉閃晴光歸古堞，雁拖暝色下横塘。[2]一林楓葉深添赤，兩岸蒹葭淡著黄。[3]何處漁舟歸棹晚，[4]數聲羌笛和滄浪。[5]

【校注】

〔1〕翼翼：莊嚴雄偉貌。《詩·大雅·緜》：“縮版以載，作廟翼翼。”危：高。幾夕陽：謂歷經多少歲月。

〔2〕堞：城上如齒狀的矮墙。暝色：暮色。横塘：本建康（今江蘇南京）堤名，三國吳時所築，此借指武昌江堤。此二句言鴉飛於夕陽之下，身帶晴光，

歸於古堞；雁飛於黃昏之時，尾拖暮色，落於橫塘。

〔3〕蒹葭：水草名。蒹，荻；葭，蘆葦。

〔4〕棹：劃水行船曰棹，也指歸船的工具。謝靈運《登臨海嶠與從弟惠連》：“隱汀絕望舟，鷁棹逐驚流。”故又指代船。歸棹，即命棹而歸。

〔5〕羌笛：古吹奏樂器，原出古羌族，故名。滄浪：《楚辭·漁父》：“漁父莞爾而笑，鼓枻而去，歌曰：‘滄浪之水清兮，可以濯吾纓；滄浪之水濁兮，可以濯吾足。’遂去，不復與言。”滄浪，水名，即漢水。《書·禹貢》：“嶓冢導漾，東流爲漢，又東爲滄浪之水。”

本詩通過對登臨黃鶴樓所見黃昏景物人事的描繪，表達出詩人擺脱凡塵喧囂，向往自在閑適生活的情趣。

孟 洋

孟洋，字望之，一字有涯，明代信陽（今屬河南）人。弘治十八年（1505）進士。曾官監察御史、湖廣僉事。《四庫全書總目提要》謂其“詩格多效何景明，而才則不逮”。《藝苑卮言》言其詩“如貧措大置酒，寒酸淡泊，然不至腥羶”；《國雅品》則稱其詩“調雅詞綺，高響奇絕”，皆有偏失。要而言之，其詩時有警句，而詩境却失於淺。有《孟有涯集》。

重陽前一日登黃鶴樓[1]

黃鶴仙游翔八溟，[2]層樓高結入青冥。[3]浮雲薄日垂江漢，[4]落木清秋下洞庭。[5]夢渚祇餘雙鳥白，[6]楚天不斷萬峰青。明朝況是黃花節，發興憑虛倒玉瓶。[7]

【校注】

〔1〕重陽：農曆九月九日。古以九爲陽數，九月而又九日，故稱重陽。《荊楚歲時記》："九月九日……佩茱萸，食餌，飲菊花酒。"重陽登高、佩茱萸、飲菊花酒之習俗，由來已久，且非地限荊楚，中原皆然。菊花，又稱黃花。因賞菊、飲菊戒酒，故又稱重陽節爲黃花節。

〔2〕八溟：猶八方，八極。

〔3〕青冥：青天。《楚辭·九章·悲回風》："據青冥而攄虹兮，遂儵忽而捫天。"

〔4〕薄：逼近，靠近。李白《登金陵鳳凰臺》："總爲浮雲能蔽日，長安不見使人愁。"

〔5〕落木句：《楚辭·九歌·湘夫人》："嫋嫋兮秋風，洞庭波兮木葉下。"

〔6〕夢渚：指雲夢澤。《元和郡縣圖志》："雲夢澤，在（安陸）縣南五十里。《史記·司馬相如傳》云：'楚有七澤，其小者名雲夢，方九百里。'《左傳》云'邙子之女，弃子於夢中'，無'雲'字。'楚子濟江入雲中'，復無'夢'字。以此推之，則雲、夢二澤，本自別矣。而《禹貢》及《爾雅》皆曰雲夢者，蓋雙舉二澤而言之，故後代以來，通名一事，《左傳》曰'敗於江南之雲夢'，是也。"劉禹錫《松滋渡望峽中》："夢渚草長迷楚望。"雙鳥白：指雙白鷗。白鷗多生南方江河湖澤間。

〔7〕憑虛：猶倚高。玉瓶：玉製之瓶，以盛酒。

本詩所抒發的，是作者逢佳節、登名樓所興起的閑適情趣，寫景亦高遠有致。

沈南叔

沈南叔，明代人。生平未詳。

登黃鶴樓

飛樓遍倚壯懷開，欲賦還慚李白才。[1]山月半窗仙已去，天風兩袖客重來。[2]醉招黃鶴停歌板，[3]笑捲銀河入酒杯。便可凌雲游汗漫，[4]不愁弱水隔蓬萊。[5]

【校注】

〔1〕還慚：謂慚無李白之才。

〔2〕天風：高天之風。

〔3〕歌板：打擊樂器，即拍板，用以定歌曲的節拍。杜牧《八月十二日得替後移居雩溪館因題長句四韵》："萬家相慶喜秋成，處處樓臺歌板聲。"

〔4〕汗漫：指茫茫天際。《淮南子·俶真》："甘瞑於溷澖之域，而徙倚於汗漫之宇。"

〔5〕弱水：舊題漢東方朔《十洲記》云："鳳麟洲在西海之中央，……洲四面有弱水繞之，鴻毛不浮，不可越也。"蓬萊：山名，傳爲仙人所居。《史記·封禪書》："自威、宣、燕昭使人入海求蓬萊、方丈、瀛洲。此三神山者，其傳在勃海中。"

詩所表述的是作者登高樓，袖天風，醉招黃鶴，笑捲銀河所生的凌雲仙游之想。

邵　寶

邵寶（1456—1527），字國賢，號二泉，明代無錫（今屬江蘇）人。成化二十年（1484）進士。授許州知州。弘治七年（1494），入爲戶部員外郎，歷郎中，遷江西提學副使，倡修白麓書院。遷浙江右布政使，進湖廣左布政使。正德四年（1509），擢右副都御史，總督漕運，爲劉瑾所忌，勒令致仕歸。瑾誅起官，拜南京禮部尚書，上疏辭免，請終養歸。世宗即位，起前官，復以母老懇辭。邵寶出李東陽之門，故其詩文皆宗法東陽。《四庫全書總目提要》稱其文"典重和雅"，詩"清和淡泊，尤能抒寫性靈"。有《容春堂集》。

登黃鶴樓[1]

百尺高樓望楚東，今日眼界昔人同。地當江漢朝宗處，[2] 身在乾坤俯仰中。[3] 返鶴有心杯漾月，[4] 落梅無迹笛橫風。[5] 濟川久負登臨興，[6] 春水滔滔去不窮。

【校注】

〔1〕本詩《容春堂集》未載。其後集卷九另有《寄題黃鶴樓》詩，《黃鶴樓集》題作"登黃鶴樓步韵"，見後。又續集卷三有《分題黃鶴樓送少參丁元德赴湖南》，詩云："大夫能賦愛登樓，五月雲帆到鄂州。廣漢長江俱萬里，白雲黃鶴已千秋。吳人獵遠兼蒼野，夏后祠荒帶碧洲。他日甘裳應此是，有詩須向壁間留。"《黃鶴樓集》未收，特錄於此。

〔2〕地當句：江漢二水於此地會合，東流入海，故云。

〔3〕身在句：杜甫《登岳陽樓》："吳楚東南坼，乾坤日夜浮。"

〔4〕返鶴有心：謂希冀仙人駕鶴歸來。漾：蕩漾。"杯漾月"，言月影映於杯中，酒蕩而月漾。

〔5〕落梅：即《落梅花》，又名《梅花落》，笛曲名。李白《與史郎中欽聽黃鶴樓上吹笛》："黃鶴樓中吹玉笛，江城五月落梅花。"

〔6〕濟川：渡江。

本詩爲作者任湖廣布政使時所作。詩寫景尚屬闊大，而言情稍淺，不過說江南名樓，久負登臨之興，有負春光，有負勝景。

林　俊

　　林俊（1452—1527），字待用，號見素，明代莆田（今屬福建）人。成化十四年（1478）進士。除刑部主事，進員外郎。弘治元年（1488），擢雲南副使進按察使。五年，調湖廣按察使。九年，引疾歸。久之，起南京僉都御史。十四年，巡撫江西，尋以母憂歸。正德四年（1509），起撫四川，以平定民變有功，進右副都御史。六年，被劾致仕。世宗即位，起官至工部、刑部尚書，尋引疾致仕。《四庫全書總目提要》謂其爲文“大都奇崛博奧”，其詩“多學山谷、後山兩家，頗多隱澀之詞，而氣味頗能遠俗”。《藝苑卮言》亦以爲其詩“如太湖中頑石，非不具微致，無乃癡重何”。有《見素文集》。

登黃鶴樓[1]

　　碧烟芳樹漢陽城，晴日江豚拜浪生。[2]鸛轉畫樓帆過影，[3]鶴歸仙管笛飛聲。[4]古今獨讓崔郎句，[5]廊廟同懸范老情。[6]醉擊珊瑚撫長劍，[7]倚天孤嘯一峰橫。

【校注】

　　〔1〕本詩《見素文集》不載。其集卷七另有《黃鶴樓贈別詩序》，《黃鶴樓集》未收，兹録之：“黃鶴樓名天下，山延袤數百里，趣鄂城，距大江，名曰黃鶴山。山盡處，石礨然崛起，石之上樓也，杰棟峥嶸，層薨飛舞，偉然湖南一奇觀，岳陽、滕王不及也。予嘗評斯樓，有君子道焉。屹立天南，下瞰八極，俯岷峨，倚星漢，而不知其高；納洞庭，吞雲夢，而不知其大。洪濤弗驚，疾風無靡；寒期暑候，與時偕行；陰慘陽舒，憂樂同態；喧而能寂，特立而不隘，斯其大凡也。登斯樓者，其亦將無取乎？有是江山有是樓，無是人其不孤乎？登斯樓者，其將能無負乎？進士金沙馮君時濟，樸直沈晦，好問學善，記古今事，頹然儒者。奉使岐藩，

道經武昌，憲副沈先生，思古暨諸君子，飲餞之黃鶴樓，繪圖賦詩爲別。俊序
其勝，與其所以登者如此。君固取斯樓哉？樓不孤哉？君固能無負哉？异時翹
楚士夫，洸赫閭井，振耀古今，如斯樓擅名湖南，等而上之，其必君也。若曰：
憑高眺遠，把酒臨風，旅烟霞，親魚鳥，樂斯樂矣，殆非諸君子之意，亦非所
以贈君子也。"

〔2〕江豚：鯨類，我國長江中有之。《文選·郭璞〈江賦〉》："魚則江
豚海狶。"李善注："《南越志》曰：'江豚似猪。'"許渾《金陵懷古》："石
燕拂雲晴亦雨，江豚吹浪夜還風。"

〔3〕鷁：船。古畫鷁首於船頭，故稱船爲鷁或鷁首。

〔4〕鶴歸句：指黃鶴樓仙人駕鶴吹笛的傳說。

〔5〕崔郎句：指唐代詩人崔顥《黃鶴樓》詩。

〔6〕廊廟：古代帝王和大臣用以議論政事的地方，後因稱朝廷爲廊廟。范
老：指范仲淹。其《岳陽樓記》云："居廟堂之高，則憂其民；處江湖之遠，
則憂其君。"

〔7〕醉擊句：《世説新語·汰侈》："石崇與王愷争富，并窮綺麗以飾輿服。
武帝，愷之甥也，每助愷。嘗以一珊瑚樹高二尺許賜愷，枝柯扶疏，世罕其比。
愷以示崇；崇視訖，以鐵如意擊之，應手而碎。"邊讓《章華臺賦》："惘焉若醒，
撫劍而嘆。慮理國之須才，悟稼穡之艱難。"

本詩當爲作者任湖廣按察使時所作。首四句寫景，五、六句言事，
末二句抒情，表達了作者對朝政日非的憂憤心情。

秦　金

登黄鶴樓

白雲黃鶴俱陳迹，突兀乾坤見此樓。山色過江青莽莽，[1]笛聲吹月晚悠悠。[2]巴荊地控無三國，[3]蓬島天連有十洲。[4]一笑清虛同俯仰，[5]漫憑杯酒送閑愁。

【校注】

〔1〕莽莽：廣遠無際貌。

〔2〕悠悠：悠遠無盡貌。

〔3〕巴荊句：巴，蜀地，今四川一帶；荊，楚地，今兩湖一帶。控，控制。“巴荊地控”，即“地控巴荊”，言武昌所處地勢險要。王勃《滕王閣序》：“襟三江而帶五湖，控蠻荊而引甌越。”三國，指魏、蜀、吳三國。“無三國”，舉三國而言之，意謂江山依舊，而人事早非。

〔4〕蓬島句：蓬島，指蓬萊山，相傳爲海上三神山之一。“蓬島天連”，即“天連蓬島”。十洲，爲祖洲、瀛洲、玄洲、炎洲、長洲、元洲、流洲、生洲、鳳麟洲、聚窟洲。相傳此十洲皆在八方大海之中，爲神仙居住之所。舊題漢東方朔所撰《十洲記》，可參閱。“有十洲”，意謂唯有神仙之事永存。

〔5〕清虛：指月宮。譚用之《江邊秋夕》：“七色花虯一聲鶴，幾時乘興上清虛。”

詩於黃鶴樓景物形勝的描述中，表達了作者對歷史興亡、人事滄桑的感慨。

毛伯温

登黃鶴樓

昔年簡讀陽春句，[1]此日真登黃鶴樓。今古荆衡雲杳杳，[2]乾坤江漢水悠悠。萬家烟火晴連屋，千里帆檣晚泊洲。直北長安重回首，[3]楚天燕月總關愁。[4]

【校注】

〔1〕陽春：戰國楚宋玉《對楚王問》云：“客有歌於郢中者，其始曰《下里》《巴人》，國中屬而和者數千人；其爲《陽阿》《薤露》，國中屬而和者數百人；其爲《陽春》《白雪》，國中屬而和者，不過數十人；引商刻羽，雜以流徵，國中屬而和者，不過數人而已。是其曲彌高，其和彌寡。”晋張協《雜詩》之五：“《陽春》無和者，《巴人》皆下節。”“陽春句”，指崔顥《黃鶴樓》詩。夏原吉《登黃鶴樓》云：“崔顥有詩人和少。”

〔2〕荆衡：荆山、衡山，一在今湖北南漳縣西，一在今湖南，爲五岳之南岳。《書·禹貢》：“荆及衡陽，惟荆州。”孔安國傳：“北據荆山，南及衡山之陽。”

〔3〕直北：正北。張相《詩詞曲語辭彙釋》卷一：“直，指示方位之辭。”長安：故城在今陝西西安市西北。自秦至唐，多建都於此，因以長安爲帝都的通稱。李白《金陵》：“晋家南渡日，此地舊長安。”即指金陵（今江蘇南京）爲長安。此云長安，指明都北京。北京位於武昌正北，故詩云“直北”。明代倪祖《登黃鶴樓》亦有句云：“長安直北使人愁。”

〔4〕燕月：北地之月。北京爲古燕地。

本詩當爲作者巡按湖廣時所作。“直北長安重回首，楚天燕月總關愁”，表達了作者君父之思及廊廟之憂。

俞　憲

　　俞憲，字汝成，明代無錫（今屬江蘇）人。嘉靖十七年（1538）進士。曾官湖廣按察使。輯有《盛明百家詩》。

登黃鶴樓

　　誰憐王粲在荆州，[1]千載空悲鸚鵡洲。[2]雲裏舊諳三殿路，[3]春來獨上一層樓。[4]風吹江舸凌晨發，[5]雨暗山衙向晚留。[6]人世去來元不定，欄前看遍水中漚。[7]

【校注】

〔1〕王粲：指王粲《登樓賦》事。原作“王燦”，徑改。

〔2〕千載句：指禰衡於鸚鵡洲被害一事。

〔3〕三殿：唐代麟德殿之別名；明代以皇極殿、中極殿、建極殿爲三大殿，節日慶典，命將出師，殿考朝考皆分別在三殿舉行。此乃泛指朝廷宮殿。

〔4〕春來句：王之渙《登鸛鵲樓》：“欲窮千里目，更上一層樓。”

〔5〕舸：船。

〔6〕山衙：指作者所任湖廣按察使官署。明代湖廣布政使、按察使司官署均在黃鶴山。

〔7〕漚：通“鷗”。《列子·黃帝》：“海上之人有好漚鳥者，每旦之海上，從漚鳥游，漚鳥之至者百住而不止。”陸德明《釋文》：“漚音鷗。漚鳥，水鴞也，今江湖畔形色似白鴿而群飛者是也。”

　　本詩當爲作者官湖廣按察使時所作。“誰憐”二句，即寄寓了作者身世遭際之感；“雲裏”二句，更將舊日情事與眼下景況比照，表達了作者官場不得意之情。

倪　組

倪組，字惟朱，明代人。曾官御史。

登黃鶴樓

遙看漢水隔江流，黃鵠磯頭黃鶴樓。千載白雲仙子老，[1]數峰丹壑客懷秋。[2]乾坤臺榭猶今古，[3]澤國山河自去留。[4]駐馬登臨多感寓，長安直北使人愁。[5]

【校注】

〔1〕仙子：仙人。孟浩然《游精思觀題觀主山房》：“方知仙子宅，未有世人尋。”

〔2〕丹壑：楓林環繞的山谷。趙弼《登黃鶴樓》：“一林楓葉深添赤。”

〔3〕乾坤句：李白《江上吟》：“屈平詞賦懸日月，楚王臺榭空山丘。”此指黃鶴樓。“猶今古”，今古相同。

〔4〕澤國：境多沼澤之意，亦指水鄉。岑參《送王昌齡赴江寧》：“澤國從一官，滄波幾千里。”此指楚地。

〔5〕長安句：杜甫《小寒食舟中作》：“愁看直北是長安。”

“千載”云云，形容人事無常；“乾坤”云云，言惟江山萬古，安能無愁？更何況京都萬里，道路阻隔，正詩之所謂“多感寓”。

周　誥

周誥，明代長沙人。曾官僉書。

登黄鶴樓

層樓孤聳戰風霜，檻外江聲送夕陽。石勢盤虯堆紫翠，[1] 山形凝別鬱青蒼。[2] 烟籠漫草迷鸚鵡，[3] 月滿重湖接鳳凰。[4] 鐵笛不聞仙馭杳，[5] 浮雲流水自茫茫。

【校注】

〔1〕盤虯：盤屈。

〔2〕凝別：或聚或分。

〔3〕漫草：亂草，雜草。鸚鵡：指鸚鵡洲。鵡，原作“武”，逕改。

〔4〕重湖：衆多的湖泊。舊時武昌湖泊甚多，城内即有明月湖、墩子湖、東湖、西湖。鳳凰：山名。在武昌城北二里。相傳吳黃龍元年（229），有鳳凰來集，故名。

〔5〕鐵笛句：指呂洞賓吹鐵笛過黃鶴樓的傳説。

層樓孤聳，烟籠漫草，月滿重湖，仙馭杳然，雲水茫茫，詩所傳達的乃是一種莫名的惆悵之情。

胡有恒

胡有恒，明代山陽人。曾官左參政。

登黄鶴樓

江夏高樓自昔聞，暇來一望謝塵氛。[1] 晴開漢水明蒼浪，[2] 烟入陵園散彩雲。[3] 屏滿詩題饒盛美，[4] 石留仙迹尚餘芬。[5] 翛然獨鶴游何處，[6] 盡日憑闌長憶君。[7]

【校注】

〔1〕謝：辭却。"謝塵氛"，謂超塵脱俗。

〔2〕蒼浪：青蒼之浪。

〔3〕陵園：《武昌府志·古迹》載："明楚昭王墓、莊王墓及嗣王諸墓俱在府城東南六十里靈泉山。"陵園即指此。

〔4〕屏：屏障，屏風。饒：多。

〔5〕石留句：據舊志載，黄鵠磯前石壁舊有吕洞賓遺像，磯上有吕仙賣桃迹，相傳爲吕仙賣桃之處，俗稱仙桃迹。上有三桃迹，痕留石上宛然，故云"尚餘芳"。

〔6〕翛然：自然超脱貌。《莊子·大宗師》："翛然而往，翛然而來而已矣。"陸德明釋文："向（秀）云：'翛然，自然無心而自爾之謂。'"

〔7〕君：指黄鶴仙人。

"暇來一望"，以"謝塵氛"，則作者或在湖廣供職。"憑闌"而"長憶"仙人，表明登樓所見，處處引起仙游之想。

陳　雍

陳雍，字希冉，明代餘姚（今屬浙江）人。曾官都御史。

登黄鶴樓 二首

高懷未愜子長游，〔1〕西楚遐觀有此樓。〔2〕雲夢洞庭天上下，〔3〕白雲黄鶴影沉浮。詩從崔後誰堪繼，〔4〕酒到陶前醉始休。〔5〕登眺底須傷往事，〔6〕共君忘却客邊愁。

其 二

仙馭飛來一鶴黃，至今遺事重茲方。[7]樓頭鐵笛千秋月，江上雲帆幾夕陽。鄂渚清風醒客夢，漢川流水送年光。[8]明朝又是東西別，莫惜當年勸酒觴。

【校注】

〔1〕愜：快心，滿意。子長：司馬遷之字。曾南游江淮，浮沅湘，北涉汶泗，又奉使西至巴蜀以南邛、筰、昆明等地，足迹遍及大半個中國，成《史記》。未愜：未及，未稱。

〔2〕西楚：《史記·貨殖列傳》："夫自淮北沛、陳、汝南、南郡，此西楚也。"張守節正義："言從沛郡西至荊州，并西楚也。"

〔3〕天上下：天倒影於湖澤之中。

〔4〕崔：指崔顥。

〔5〕陶：指晉陶淵明。《晉書·陶淵明傳》："性嗜酒，……造飲必盡，期在必醉。"

〔6〕底須：何須。張相《詩詞曲語辭彙釋》卷一："底，猶何也；甚也。"

〔7〕茲方：此方。

〔8〕漢川：即漢江。

此乃二首送別詩。登樓餞別，往事今愁，紛至沓來，詩曰無須傷往，共忘客愁，一醉方休，勸慰友人，也以自慰。詩中反映了作者東西飄泊的宦游生涯，當爲早期之作。二十年後，作者又寫了《寄題鶴樓》一詩，與秦金等人唱和（見《黃鶴樓集補》），時爲正德九年以後，則此二首當作於弘治中。

王鑒之

　　王鑒之，字明仲，明代山陰（今浙江紹興）人。成化進士。曾官都御史。正德四年（1509）以刑部尚書致仕。

登黃鶴樓

　　獨上江樓望大江，江涵秋影落軒窗。[1]吐吞江漢襟方闊，[2]束縛峨眉氣獨降。[3]黃鶴盤來雲裏隻，[4]白鷗飛起水心雙。消沉事去隨孤鳥，[5]都入長空侑酒缸。[6]

【校注】
〔1〕涵：含，包容。軒窗：長廊之窗，杜牧《九日齊山登高》：“江涵秋影雁初飛。”
〔2〕襟：胸襟。
〔3〕峨眉：山名，在今四川省境内。降：大，通“洪”。《書·大禹謨》：“帝曰：來禹，降水儆予。”孔穎達疏：“降水，洪水也。”
〔4〕黃鶴句：謂雲中盤旋一隻黃鶴。下句則云水中飛起一雙白鷗。
〔5〕消沉句：杜牧《登樂游原》云“長空淡淡孤鳥没，萬古銷沉向此中”。
〔6〕侑：助。“侑酒缸”，言助其酒興。

　　全詩寫景闊大，情辭宏放。末二句言世事消沉流逝，惟眼前景物堪賞，頗有一番豪情。

卞　榮

　　卞榮（1419—1487），字華伯，明代江陰（今屬江蘇）人。正統十年（1445）進士。官至户部郎中。李東陽《麓堂詩話》謂其"在景泰間，盛有詩名，對客揮翰，敏捷無比。近刻爲全集，殆不逮所聞"。《四庫全書總目提要》云："所作大半皆酬贈哀挽之章，亦多淺率，蓋得之太易也。"有《卞郎中詩集》。

登黄鶴樓

青山如鵠欲飛翔，昔有層樓倚翠岡。[1]霄漢遥連星斗近，湖湘俯瞰海天長。[2]千年勝迹傳黄鶴，幾代荒凉對夕陽。柏子陰森舊游徑，[3]一回經過一回香。

【校注】

〔1〕翠岡：指黄鶴山。樓乃舊時之樓，故云"昔有"。

〔2〕湖湘：洞庭湖和湘江地帶。黄庭堅《客自潭府來稱因明寺僧作静照堂求予作》："正苦窮年對塵土，坐令合眼夢湖湘。"

〔3〕柏子：即柏樹。《藝文類聚》卷八十八引《漢武故事》："柏梁臺，高二十丈，悉以柏，香聞數十里。"

勝迹千年，人世滄桑，詩有不勝今昔之感。末二句言"舊游徑""一回經過一回香"云云，表明作者曾不止一次登臨游覽。

翁 溥

翁溥，字德宏，明代諸暨（今屬浙江）人。嘉靖八年（1529）進士。曾任給事御史、都御史，官至南京刑部尚書。有《知白堂稿》，大抵皆應酬之作。

登黃鶴樓識興[1]

湖海數聞黃鶴樓，轉蓬遲暮乍來游。[2]已無丹訣留仙閣，[3]但見蒼烟送客愁。吳苑日斜芳草遍，[4]楚墟雲散大江流。[5]乾坤芻狗終歸盡，[6]徙倚狂歌何所求。[7]

【校注】

〔1〕識：記。

〔2〕轉蓬：隨風飄轉之蓬草，喻飄零。曹植《雜詩》："轉蓬離本根，飄飄隨長風。"遲暮：暮年。何遜《贈諸舊游》："少壯輕年月，遲暮惜光輝。"乍：初，纔。

〔3〕丹訣：道家所謂煉丹成仙的秘訣。

〔4〕吳苑：吳地宮苑。作者吳人，故云。李白《登金陵鳳凰臺》："吳宮花草埋幽徑。"《楚辭·招隱士》："王孫游兮不歸，春草生兮萋萋。"

〔5〕楚墟：楚地故城。謝朓《暫使下都夜發新林至京邑贈西府同僚》："大江流日夜，客心悲未央。"

〔6〕芻狗：草和狗。《老子》："天地不仁，以萬物爲芻狗；聖人不仁，以百姓爲芻狗。"河上公注："天地生萬物，人最爲貴，天地視之如芻草狗畜；……聖人視百姓如芻草狗畜。"一說古代結草爲狗，供祭祀之用，祭後弃去。《莊子·天運》："夫芻狗之未陳也，盛以篋衍，巾以文綉，尸祝齊戒以將之。及其已陳也，行者踐其首脊，蘇者取而爨之而已。"陸德明《釋文》："芻狗，李頤云：'結芻爲狗，巫祝用之。'"此以喻人，言其輕賤，終歸於盡。

〔7〕徙倚：留連徘徊。王粲《登樓賦》："步栖遲以徙倚兮，白日忽其將匿。"

作者宦海飄零，晚年始得登臨黃鶴樓。登樓眺望，故國未遠，江流日夜，深感世事無常，人事有盡，骨子裏有不勝遲暮之感，表面上却以曠達出之。

王 相

王相，明代光山（今屬河南）人。正德三年（1508）進士。官御史。十二年，巡按山東，尋謫高郵判官，未幾卒。

登黃鶴樓識興

層樓壁立峙雲鄉，[1]風景從來屬大方。[2]山色四圍排劍戟，江流一帶奏笙簧。[3]洞庭春暖應無際，鸚鵡才高未足傷。[4]黃鶴仙人知何處，月明千載照壺觴。[5]

【校注】

〔1〕峙：聳立。雲鄉：白雲鄉，指武昌，以崔顥《黃鶴樓》詩"白雲千載空悠悠"之句得名。

〔2〕大方：《莊子·秋水》："吾長見笑於大方之家。"此指詩家。

〔3〕一帶：一條。白居易《別草堂》："三間茅舍向山開，一帶山泉繞舍回。"笙簧：笙，管樂器名；簧，樂器中有彈性的薄片，用以振動發聲。《詩·小雅·鹿鳴》："吹笙鼓簧。"孔穎達疏："吹笙之時，鼓其笙中之簧以樂之。"

〔4〕鸚鵡句：言禰衡曾作《鸚鵡賦》，後以才高被殺。鵡，原作"武"，徑改。

〔5〕月明千載：張若虛《春江花月夜》："人生代代無窮已，江月年年祇相似。"

首四句著筆目前，言景物之堪賞，"洞庭"句一轉，下即追懷往昔，言人事之堪傷（曰"未足傷"，實傷之甚）。以永恒美好的自然與匆匆多憂的人生相比，故結有"月明千載照壺觴"之嘆。

田　淵

田淵，字文淵，明代洛川（今屬陝西）人。曾官御史。

登黄鶴樓識興

觀風乘興上危樓，[1]宛若登仙跨鶴游。風静金鱗浮水沫，[2]浪平白鷺立沙洲。葡萄未醒長庚夢，[3]芳草仍含處士愁。[4]更有杜鵑聲似訴，不須蜀道泪堪流。[5]

【校注】

〔1〕觀風：古指采詩以陳天子，以觀察風俗民情。《禮記・王制》："命太師陳詩以觀民風。"後世因謂奉旨巡查各地爲觀風。

〔2〕金鱗：金魚，金鯽魚。亦泛指魚類。水沫：水面上的泡沫。梁簡文帝《納凉》："游魚吹水沫，神蔡上河心。"

〔3〕葡萄：酒名。漢時來自西域，葡萄也作"蒲陶"。《史記・大宛傳》："其俗土著，耕田，田稻麥。有蒲陶酒。"長庚：即金星，亦名太白、啓明。以其運行軌道所處方位不同而有長庚、啓明之别。昏見者爲長庚，旦見者爲啓明。《詩・小雅・大東》："東有啓明，西有長庚。""長庚夢"，猶夜夢。

〔4〕芳草句：本《楚辭・招隱士》。處士，即隱士。

〔5〕更有二句：杜鵑，鳥名，又名子規，其鳴聲凄厲，能動人愁思，故俗稱斷腸鳥。相傳爲蜀帝杜宇所化。《十三州志》："杜宇稱帝於蜀……自以德薄，乃委國禪鼈冷，號曰開明，遂自亡去，化爲子規。"以蜀地爲最多。李白《蜀道難》："又聞子規啼夜月，愁空山。"《宣城見杜鵑花》："蜀國曾聞子規鳥，宣城還見杜鵑花。一叫一回腸一斷，三春三月憶三巴。"長江中游一帶亦有之。白居易《琵琶行》："其間旦暮聞何物？杜鵑啼血猿哀鳴。""其間"即指江州，今九江一帶。又，水道入蜀，必經三峽。《水經注・江水》："每至晴初霜旦，

林寒澗肅，常有高猿長嘯，屬引凄异，空谷傳響，哀轉久絕。故漁者歌曰：‘巴東三峽巫峽長，猿鳴三聲泪沾裳。’”

　　首句“觀風”云云，疑爲奉使湖廣而作。本欲乘興登樓散心，不意觸處皆愁，牽動詩人縷縷愁絲。是官場失意之情，抑或旅人思歸之思？恐兼而有之。

朱　琉

　　朱琉，明代瀘州（今屬四川）人，正德十一年（1516）進士。曾任副使，官至南京戶部員外郎。

登黄鶴樓識興

　　黄鶴磯前百尺樓，乘雲客去再來不？[1]漢陽有樹春仍綠，鸚鵡無洲水自流。[2]萬頃烟波堪送眼，[3]幾番風雨欲停舟。自傷俗吏無仙骨，[4]不許攀躋到上頭。[5]

【校注】
〔1〕乘雲客：崔顥《黄鶴樓》首句，諸集皆作“昔人已乘白雲去”，現通行作“昔人已乘黄鶴去”。
〔2〕漢陽二句：崔顥詩：“晴川歷歷漢陽樹，芳草萋萋鸚鵡洲。”
〔3〕萬頃句：崔顥詩：“烟波江上使人愁。”送眼，猶放眼。
〔4〕俗吏：世俗之吏。亦指平庸無能的官吏。作者自謂。《漢書·賈誼傳》：“夫移風易俗，使天下回心而鄉道，類非俗吏之所能爲也。俗吏之所務，在於刀筆筐篋，而不知大體。”
〔5〕躋：登，升。

所謂"自傷俗吏無仙骨，不許攀躋到上頭"，表面看來，似乎是感嘆凡人難以登仙，實則爲發泄官運不濟，久不得升遷的牢騷。

呂　盛

呂盛，明代人。曾任建昌知府。

登黃鶴樓識興

樓名黃鶴幾千秋，鶴載仙還竟莫留。景物尚餘前日勝，[1] 經營曾與昔人謀。[2] 風飄桂子香清骨，[3] 浪滾蘆花白滿洲。[4] 更喜漢陽相對峙，隔江疏柳正當樓。

【校注】

〔1〕前日：從前。勝：優美。

〔2〕經營：規劃建造。《詩·大雅·靈臺》："經始靈臺，經之營之。"

〔3〕風飄句：宋之問《靈隱寺》："桂子月中落，天香雲外飄。"

〔4〕浪滾句：孟浩然《鸚鵡洲送王九》："月明全見蘆花白，風起遥聞杜若香。"

詩言鶴樓勝景，俯仰皆可人意。

沈　暎

沈暎，字景明，明代雲和（今屬浙江）人。曾任武昌知府。

登黃鶴樓識興

岳飛食邑武昌郡，[1] 崔顥題詩黃鶴樓。[2] 郡北鵠山常屹屹，[3] 樓前江水近悠悠。凌空萬古山頭樹，過眼千年水上洲。[4] 愧我莫償山水債，不因衰暮祇因愁。

【校注】

〔1〕食邑：卿大夫的封地。收其賦稅而食，故名食邑。《漢書·高帝紀》："其有功者，上致之王，次爲列侯，下乃食邑。"宋時食邑，不過是一種名義。"據《宋史·岳飛傳》，岳飛曾兼權荆湖東路安撫都總管，湖北路、荆、襄、潭州制置使，紹興四年（1134），因功封武昌縣開國子，五年，進封武昌郡開國侯。死後，建廟於鄂，號忠烈，謚武穆。嘉定中，追封鄂王。另據《湖廣武昌府志》，岳王廟在江夏縣有二，一在縣東五里旌忠坊，宋乾道六年（1170）建，明正德十年（1515）布政使周季鳳即舊將臺驛址重建；一在賓陽門青草坡，明萬曆中巡撫李楨建。

〔2〕顥：原作"灝"，徑改。

〔3〕鵠山：即黃鵠山，又名黃鶴山。屹屹：高聳貌。

〔4〕過眼千年：猶閱歷千載，亦含千載轉瞬即過之意。水上洲：指鸚鵡洲。

千古名勝，因怕惹愁情，未敢登臨。衰暮之年，始上黃鶴樓，往事千年，果上心頭。詩中表達了作者千古興亡盛衰之感。

王　鼎

王鼎，明代常熟（今屬江蘇）人。曾官參議。

登黃鶴樓識興 二首

強扶殘醉上層樓，[1]密雪乘風舞未休。狂興向人頻喚酒，暮寒吹面欲添裘。[2]蕭蕭萬木迷青眼，[3]悄悄群山換白頭。[4]明日待晴還命舫，[5]桃花流水覓芳洲。[6]

【校注】

〔1〕扶：猶抱，帶。殘醉：殘存的醉意。白居易《湖亭晚歸》："起因殘醉醒，坐得晚凉歸。"本詩無校。

〔2〕裘：皮衣。

〔3〕蕭蕭：搖動貌。《楚辭·九歌·山鬼》："風颯颯兮木蕭蕭。"青眼：瞳子，猶"青眸"。貫休《天台老僧》："白髮垂不剃，青眸笑更深。"

〔4〕換白頭：謂群山白雪覆蓋。應前"密雪"句。

〔5〕舫：通指船。王粲《贈蔡子篤》："舫舟翩翩，以泝大江。"

〔6〕桃花流水：農曆二、三月桃花盛開時節，水盛，謂之桃花水。杜甫《南征》："春岸桃花水，雲帆楓樹林。"張志和《漁歌子》："桃花流水鱖魚肥。"芳洲：指鸚鵡洲。崔顥《黃鶴樓》："芳草萋萋鸚鵡洲。"

本詩寫雪天登臨黃鶴樓所見之景，并表達了待春天風和日麗，命舫探勝的願望。

其　二

黃鶴樓頭白鷺飛，黃鶴樓上游人稀。碧闌五月楚江好，[1]遠浪三巴烽火微。[2]仙客逍遙騰羽駕，[3]腐儒衰晚著朝衣。[4]月明相約尋詩去，滿酌春醪定不違。[5]

【校注】

〔1〕闌：通"瀾"。大波曰瀾。

〔2〕三巴：《華陽國志》："（劉）璋乃改永寧爲巴郡，以固陵爲巴東，徙(龐)羲爲巴西太守，是爲三巴。"亦泛指蜀地。烽火：古代邊防報警的信號。《史記·廉頗藺相如列傳》："（李牧）日擊數牛享士，習騎射，謹烽火，多間諜，厚遇戰士。"亦指戰爭、戰亂。杜甫《春望》："烽火連三月，家書抵萬金。"微：微茫，隱約模湖。此句意謂遠離蜀地戰事。

〔3〕騰：《楚辭·九嘆》："却騏驥以轉運兮，騰驢羸以馳逐。"王逸注："騰，乘也。"羽駕：指鶴駕。此句謂仙客駕鶴仙游。

〔4〕腐儒：迂腐無用的儒生。杜甫《江漢》："江漢思歸客，乾坤一腐儒。"作者自謂。

〔5〕春醪：酒名。相傳晉河東人劉白墮釀酒香美，北魏永熙中青州刺史費酒至部，路中逢劫盜，飲之皆醉而被擒。時爲語曰："不畏張弓拔刀，唯畏白墮春醪。"見《洛陽伽藍記·城西》。此泛指美酒。

觀"腐儒衰晚著朝衣"句，流露仕途不得志之意。故相約尋詩酌醪，聊且逍遙。

何 炌

何炌，明代江夏人，曾官知縣。餘未詳。

登黃鶴樓識興 二首

重樓倒影落平川，秉燭留連思爽然。[1]嘯引羽觴邀玉兔，[2]醉招黃鶴下青天。舉頭頓覺星辰近，洗耳饒便漢水湲。[3]獨樂愧非天下後，江湖廊廟負前賢。[4]

其 二

尋源散步秋江上，欲賦來登江上樓。四顧遥天空浩浩，萬年此水逝悠悠。[5]静觀籟吹恬虛谷，[6]忽聽商歌起斷洲。[7]會妙有懷無可語，[8]碧雲黃鶴剩生愁。[9]

【校注】

〔1〕秉燭：謂燃燭作長夜之游。秉，執。《古詩十九首·生年不滿百》："生年不滿百，常懷千歲憂。晝短苦夜長，何不秉燭游？"

〔2〕嘯：嘯咏，歌咏。羽觴：酒器。《漢書·班倢仔傳》："顧左右兮和顏，酌羽觴兮銷憂。"顏師古注引孟康曰："羽觴，爵也，作生爵形，有頭尾羽翼。"又，《楚辭·招魂》："瑶漿密勺，實羽觴些。"洪興祖補注："杯上綴羽，以速飲也。"玉兔：傳説月中有玉兔，故稱月爲玉兔。傅玄《擬天問》："月中何有？玉兔搗藥。"李白《月下獨酌》："舉杯邀明月，對影成三人。"

〔3〕洗耳：晋皇甫謐《高士傳》："堯讓天下於許由……由於是遁耕於中岳潁水之陽，箕山之下，終身無經天下色。堯又召爲九州長，由不欲聞之，洗耳於潁水之濱。"後以洗耳喻不願問世事。饒：張相《詩詞曲語詞彙釋》卷一："饒，猶任也；盡也。"湲：水流聲。重言曰"湲湲"。

〔4〕獨樂二句：語出范仲淹《岳陽樓記》。司馬相如《上林賦》："務在獨樂，不顧衆庶。"江湖、廊廟，指在野、在朝。天下後，本《岳陽樓記》語"先天下之憂而憂，後天下之樂而樂"。"愧非"云云，謂自愧弗如，有負前賢。

〔5〕逝：流去。《論語·子罕》："子在川上曰：'逝者如斯夫，不舍晝夜。'"

〔6〕籟吹：指自然界的一切聲響。恬：静。虛谷：空谷。常建《題破山寺後禪院》："萬籟此都寂。"

〔7〕商歌：《文選·王褒〈四子講德論〉》："昔寧戚商歌，以干齊桓。"李善注引許慎曰："商，秋聲也。"《淮南子·道應》："寧戚飲牛車下，望見桓公而悲，擊牛角而疾商歌。"商歌，即悲凉之歌。斷洲：與岸邊無路可通的水洲。

〔8〕會妙：領悟妙諦。

〔9〕剩：張相《詩詞曲語辭彙釋》卷二："剩，甚辭，猶真也；盡也；頗也；多也。"岑參《送張祕書》："鱸鱠剩堪憶，蒪羹殊可餐。"

登樓而樂，以至於嘯引羽觴，醉招黃鶴，然終有"獨樂愧非天下後"之概。欲賦還登，然遥天浩浩，逝水悠悠，虛谷都寂，商歌忽起，會心之際，又不免觸處皆愁了。

蔡　選

蔡選，明代人。生平未詳。

登黃鶴樓識興

一上高樓眼界奢，〔1〕乾坤清碧浩無涯。水邊突出群山小，天外飛來一雁斜。淑氣已將回造化，〔2〕好風竟不起塵沙。闌干十二都憑遍，〔3〕四海而今總一家。

【校注】
〔1〕奢：張大，擴大。《說文解字·大部》："奢，張也。"
〔2〕淑氣：春日溫和之氣。陸機《塘上行》："淑氣與時殞，餘芳隨風捐。"杜審言《和晋陵陸丞早春游望》："淑氣催黃鳥，晴光轉綠蘋。"回造化：自然界氣候轉變。
〔3〕闌干句：樂府古辭《西洲曲》："闌干十二曲，垂手明如玉。"李商隱《碧城》："碧城十二曲闌干。"十二，形容闌干的曲折。

登樓一望，乾坤無涯，春回大地，眼界爲之一寬。末二句闌干倚遍，四海一家，歸結到對王朝的歌頌。

劉 璉

劉璉，明代人。生平不詳。

登黃鶴樓識興

巍巍樓閣勢凌空，占斷湖南萬仞峰。[1]繞檻江涵千頃綠，入簾霞襯八窗紅。雲移山色晴開畫，風送鯨音夜扣鐘。[2]仙弄數聲無孔笛，[3]梅花吹落月明中。[4]

【校注】

〔1〕湖南：洞庭湖之南。此泛指兩湖之地。

〔2〕鯨音：鐘聲。古時刻杵作鯨魚形以撞鐘，故曰鯨音。《後漢書·班固傳》："發鯨魚，鏗華鐘。"李賢注："鯨魚謂刻杵作鯨魚形也。鏗謂擊之也。……薛綜注《西京賦》云：'海中有大魚名鯨，又有獸名蒲牢。蒲牢素畏鯨魚，鯨魚擊蒲牢，蒲牢輒大鳴呼。凡鐘欲令其聲大者，故作蒲牢於其上，撞鐘者爲鯨魚。'"張經《烟寺晚鐘》："鯨音送殘照，敲落楚天霜。"

〔3〕仙弄：仙音。無孔笛：無洞之笛。虞集《寄澄湛堂法師》："寄到竹西無孔笛，吹成動地太平歌。"

〔4〕梅花：指笛中曲《梅花落》，又名《落梅花》。

詩寫登樓見聞，畫則江綠霞紅，夜則鐘音笛聲，詩人登覽的興致，自在其中。

俞振才

俞振才，明代新昌（今屬浙江）人。曾官按察副使。

登黃鶴樓識興

危樓突兀架高城，[1]天籟玲玲坐上生。[2]今古題殘黃鶴景，[3]英雄流盡碧波聲。[4]胸中丘壑欣無恙，[5]物外鳶魚覺有情。[6]倚遍闌干瞻魏闕，[7]鄉關回首白雲橫。

【校注】

〔1〕危：高。本詩無校。

〔2〕天籟：自然之音響，對地籟、人籟而言。《莊子·齊物論》："女聞人籟而未聞地籟，女聞地籟而未聞天籟夫！"玲玲：玉聲。曹攄《述志·賦》："飾吾冠之岌岌，美吾珮之玲玲。"坐：通"座"。

〔3〕今古句：鶴樓之景，古今題咏甚多，故曰"題殘"。

〔4〕英雄句：蘇軾《念奴嬌·赤壁懷古》："大江東去，浪淘盡，千古風流人物。"即此意。

〔5〕丘壑：深山幽谷，常指隱者所居。《晋書·謝安傳》："放情丘壑。"謝靈運《齋中讀書》："昔余游京華，未嘗廢丘壑。""胸中丘壑"，指游放山水之情。無恙：猶言無違，無損。

〔6〕鳶魚：鳶，鷙鳥名，俗稱鷂鷹、老鷹。《詩·大雅·旱麓》："鳶飛戾天，魚躍於淵。"《世説新語·言語》："簡文入華林園，顧謂左右曰：'會心處不必在遠，翳然林水，便自有濠濮間想也，覺鳥獸禽魚自來親人。'"

〔7〕魏闕：指朝廷。《莊子·讓王》："身在江湖之上，心居乎魏闕之下。"陸德明釋文："象魏觀闕，人君門也。"

雖性好丘壑，興寄鳶魚，終不免心存魏闕，繫情鄉關，未能超然物外。《黃鶴樓集》中除本詩外，尚録有《夏日登黃鶴樓聯句》及《避署漫興》，當俱爲任職湖廣時所作。

劉 綬

劉綬，明代江夏人，舉人。餘未詳。

次邵二泉公韵[1] 二首

黃鶴一去西復東，憑欄談笑偶相同。鑿開江漢洪荒後，[2]留此樓臺宇宙中。今古獨推崔子句，[3]雌雄難辨楚王風。[4]蘋花洲上烟波渺，[5]欲寄相思奈道窮。[6]

其 二

與客登城看古碑，白雲芳草正離披。[7]空中樓閣今方見。[8]天下江上此最奇。捶碎以來猶有迹，[9]品題而後似無詩。[10]江城一曲梅花調，[11]試借仙人玉笛吹。

【校注】

〔1〕邵二泉公：邵寶，號二泉，有《登黃鶴樓》詩。本詩其一所次韵即此。

〔2〕洪荒：混沌蒙昧的狀態。《莊子·應帝王》："南海之帝爲儵，北海之帝爲忽，中央之帝爲渾沌。儵與忽時相與遇於渾沌之地，渾沌待之甚善。儵與忽謀報渾沌之德，曰：'人皆有七竅以視聽食息，此獨無有，嘗試鑿之。'日鑿一竅，七日而渾沌死。"後以渾沌無竅，爲天地初開之蒙昧狀態，而以鑿破渾沌爲開啓文明。鑿開洪荒即此意。

〔3〕崔子：指崔顥。

〔4〕雌雄句：宋玉《風賦》有"大王之雄風"與"庶人之雌風"之説。見《文選》卷十三。

〔5〕蘋：又名田字草，生淺水中，夏秋開小白花。泖渾《江南曲》："汀洲采白蘋，日暖江南春。"

〔6〕道窮：猶言道路阻隔遥遠。

〔7〕離披：宋玉《九辯》：“白露既下百草兮，奄離披此梧楸。”洪興祖補注：“離披，分散貌。”崔顥《黄鶴樓》：“白雲千載空悠悠。”又云：“芳草萋萋鸚鵡洲。”

〔8〕空中樓閣：指海市蜃樓奇觀。《夢溪筆談·异市》：“登州四面臨海，春夏時，遥見空際有城市樓臺之狀，土人謂之海市。”此處指黄鶴樓。

〔9〕捶碎句：本李白詩“我且爲君捶碎黄鶴樓，君亦爲吾倒却鸚鵡洲”。

〔10〕品題句：指崔顥題詩黄鶴樓事。

〔11〕梅花調：即笛中曲《梅花落》。此句及下句本李白詩“黄鶴樓中吹玉笛，江城五月落梅花”。

　　詩中説古道今，稱贊黄鶴樓空前絶後，似海市奇觀；推崇崔顥詩古今獨步，後無來者，表達了詩人對千古名勝的贊賞之情。

梁　寅

　　梁寅，號竹村，明代鄞縣（今屬浙江）人。餘未詳。

登黄鶴樓

　　一樓雄構跨南封，〔1〕乘暇高登喜後從。落日馮欄空醉眼，〔2〕清風飛鳥散吟踪。〔3〕白吞吴楚臨秋漲，〔4〕翠接岷峨挹晚峰。〔5〕欲賦《遠游》心有會，〔6〕渚雲洲樹對從容。〔7〕

【校注】

〔1〕封：封域，封疆。“南封”，猶南地。

〔2〕馮：憑之古字。今作凭。空：廓大。“空醉眼”，使醉眼爲之一空。

〔3〕飛舄：舄，鞋。東漢王喬，明帝時爲鄴令。每月朔自縣詣臺。帝异其數來而無車騎。偵知其臨至時，輒有雙鳧從東南飛來。因伏伺鳧來，舉羅張之，但得一雙舄。見《後漢書·王喬傳》、干寶《搜神記》。後沿用爲縣令的典故。

〔4〕白：指江水之白。

〔5〕翠：指山色。岷峨：即峨眉山，在今四川省境内，因其爲岷山北支，故稱岷峨。一説岷爲青城山，峨爲峨眉山。挹：通“揖”。《荀子·議兵》：“拱挹指麾，而强暴之國莫不趨使。”又《富國》“挹”作“揖”。

〔6〕遠游：《楚辭》篇名。王逸注：“《遠游》者，屈原之所作也。屈原履方直之行，不容於世。上爲讒佞所譖毁，下爲俗人所困極，章皇山澤，無所告訴。乃深惟元一，修執恬漠。思欲濟世，則意中憤然，文采鋪發，遂叙妙思，托配仙人，與俱游戲，周歷天地，無所不到。”“欲賦”云云，欲效《遠游》而賦之。

〔7〕渚雲：水洲上的雲。崔塗《孤雁》：“渚雲低暗度，關月冷相隨。”洲樹：指鸚鵡洲的樹木。

詩中有“乘暇後從”“飛舄吟踪”之語，作者時當爲江夏縣令。觀詩意，作者仕途似有不得意處，故賦《遠游》而心有所感。

陳　璚

陳璚（1440—1495），字玉汝，一字玉如，明代長洲（今江蘇蘇州市）人。成化十四年（1478）進士。曾官給事中，南京左副都御史。工詩及古文。

登黄鶴樓

目窮千里眺重樓，[1]滿地江湖日月浮。[2]黄鶴白雲空有望，[3]青山綠酒自相留。[4]漫尋吕叟游方外，[5]不許崔詩在上頭。[6]行樂及時真一快，[7]我來叨宴正逢秋。

【校注】

〔1〕目窮句：王之渙《登鸛雀樓》："欲窮千里目，更上一層樓。"

〔2〕滿地句：曹操《觀滄海》："秋風蕭瑟，洪波涌起。日月之行，若出其中；星漢粲爛，若出其裏。"杜甫《登岳陽樓》："吳楚東南坼，乾坤日夜浮。"

〔3〕黃鶴句：本崔顥詩"黃鶴一去不復返，白雲千載空悠悠"。

〔4〕綠酒：碧綠色的酒。陶淵明《諸人共游周家墓柏下》："清歌散新聲，綠酒開芳顏。"

〔5〕呂叟：即呂洞賓。方外：世俗之外。《莊子·大宗師》："孔子曰：'彼游方之外者也，而丘游方之內者也。'"

〔6〕崔詩：指崔顥《黃鶴樓》詩。句本李白詩"眼前有景道不得，崔顥題詩在上頭"。

〔7〕行樂句：《古詩十九首·生年不滿百》："晝短夜苦長，何不秉燭游。爲樂當及時，何能待來茲。"

　　秋日作者過江夏，應友朋之邀宴集鶴樓，故有此詩。詩中慨嘆仙游之事無憑，終不如及時行樂，談笑吟咏，與古今詩人一較短長。

徐　源

　　徐源，字仲山，號椒園道人。明代長洲（今江蘇蘇州市）人。成化進士。曾官左布政使。文章博雅，書法有米芾父子之風。

登黃鶴樓

江風吹撼漢陽城，[1]岳震山搖萬籟鳴。[2]黃菊雨過重九節，[3]紅樓人飲故鄉情。[4]龍潭奮勇三千浪，鵬翮橫翻九萬程。[5]日暮酒酣扶不定，恍疑鰲背立蓬瀛。[6]

【校注】

〔1〕撼：搖動。孟浩然《望洞庭湖贈張丞相》："氣蒸雲夢澤，波撼岳陽城。"本詩無校。

〔2〕萬籟：指自然界的一切聲響。杜甫《玉華宮》："萬籟真笙竽，秋色正蕭灑。"

〔3〕重九節：即重陽節。

〔4〕紅樓：此指黃鶴樓。

〔5〕龍潭二句：《莊子·逍遥游》"鵬之徙於南冥也，水擊三千里，搏扶摇而上者九萬里"。翮，鳥翼。

〔6〕恍疑句：《楚辭·天問》："鰲戴山抃，何以安之？"王逸注："鰲，大龜也。擊手曰抃。《列仙傳》曰：'有巨靈之鰲，背負蓬萊之山而抃舞，戲滄海之中，獨何以安之乎？'"又見《列子·湯問》。蓬瀛，即蓬萊瀛洲，皆山名，相傳爲仙人所居。

初飲鶴樓，而生龍奮三千、鵬翻九萬的豪想，待日暮酒酣，則有"恍疑鰲背立蓬瀛"的幻覺。可謂豪情逸興。詩云"紅樓人飲故鄉情"，當爲吳中故人邀集鶴樓，感而有作。

李應禎

李應禎（1431—1478），字貞伯，明代長洲（今江蘇蘇州市）人。景泰中舉鄉試。成化間以善書選爲中書舍人。弘治初，歷太僕少卿。善文詞，甚負時譽。

登黃鶴樓

　　荆州倦客賦登樓，〔1〕不似吾今在鄂州。〔2〕遠地豈無鄉土念，佳時難得故人游。青山老去從今日，〔3〕黃鶴歸來定幾秋？還約鳳凰臺上伴，〔4〕臨風釃酒更椎牛。〔5〕

【校注】

　　〔1〕荆州：漢末劉表牧荆州，治所在今湖北襄陽。荆州倦客句，指王粲《登樓賦》事。

　　〔2〕鄂州：隋置。黃鵠磯上三百步有鄂渚，隋立鄂州，以渚故名。明初改爲武昌府，治所在今湖北武昌。

　　〔3〕青山老去：謂歸老青山。杜牧《懷紫閣山》：“人道青山歸去好，青山曾有幾人歸？”

　　〔4〕鳳凰臺：在今湖北鄂州東。相傳三國吳主孫權因鳳凰現，遂築臺于此。

　　〔5〕釃酒：猶斟酒。椎牛：殺牛。《史記·馮唐列傳》：“五日一椎牛，享賓客軍史舍人。”《後漢書·馬援傳》：“援乃擊牛釃酒，勞享軍士。”蘇軾《前赤壁賦》：“釃酒臨江，橫槊賦詩。”

　　异鄉逢故人，而故人又行將歸老青山，故樓上置酒餞別，共約异日鳳凰臺之游。

薛　綱

　　薛綱，字之綱，明代山陰人，曾中進士。歷官監察御史、提學副使、雲南布政使。

登黄鶴樓[1]

樓上有樓登復登，古今登者幾人曾？要觀天地三千界，[2]須盡危顛第一層。對景祇疑身蛻骨，[3]憑虛無用手携藤。[4]問渠黄鶴歸何處，[5]惟見江鷗立斷冰。

【校注】

〔1〕《石倉歷代詩選》卷三九一《明詩次集》卷二五，選録其詩凡三十九首，中有五言古詩《登黄鶴樓》，《黄鶴樓集》未收，今録於兹："憑欄瞰碧流，拍手招黄鶴。黄鶴去不來，白雲滿城郭。悵望鸚鵡洲，狂生不可作。曹瞞尚忌才，黄祖奚堪托。文高竟殺身，身後名寂寞。祇遺舊江山，千載恒如昨。"

〔2〕三千界：佛教語，即三千世界，三千大千世界。《釋氏要覽·界趣》："此山（指須彌山，處世界之中央）有八山繞外，有大鐵圍山，周回圍繞，并一日月晝夜回轉，照四天下，名一國土；積一千國，名小千世界；積千個小界，名中千世界；積一千中世界，名大千世界。以三積千，故名三千大千世界。"白居易《春日題乾元寺上方最高峰亭》："危亭絕頂四無鄰，見盡三千大世界。"

〔3〕蛻骨：道家所謂脱去凡骨，孟郊《終南山下作》："因思蛻骨人，化作飛桂仙。"

〔4〕憑虛：升空，凌空。蘇軾《前赤壁賦》："浩浩乎如憑虛御風。"藤：藤杖。杜甫《呈楊綰》："兼將老藤杖，扶汝醉初醒。"

〔5〕渠：他。此無定指。

全詩極言黄鶴樓之高，以及登高所生的幻覺。"問渠"二句所抒發的則是鶴去樓空的感慨。

周　南

　　周南，字文化，明代縉雲（今屬浙江）人。成化十四年（1478）
進士。授六和知縣，擢御史。弘治中，歷江西布政使，擢右副都御史，
巡撫大同。正德三年（1508），爲劉瑾所構，免官爲民。正德六年，
起督南贛軍務、南贛巡撫，曾會同總督陳金先後平定江西、廣東境
內民變。九年，進右都御史，總督兩廣軍務。

登黃鶴樓

　　鶴去樓空歲月長，延袤山勢伏還昂。[1]秀襄雉堞當簷外，[2]碧浸
晨辰落檻旁。望遠不禁增感慨，登高聊可察氛祥。[3]武昌形勝斯爲最，
都入輿圖屬帝王。[4]

【校注】
　〔1〕延袤：南北長曰袤。延袤，即連綿、伸展之意。《史記·蒙恬列傳》：
“築長城……起臨洮，至遼東，延袤萬餘里。”
　〔2〕襄：縮圍。《漢書·司馬相如傳》：“襞積襄縐。”顏師古注：“張揖曰：
‘襄，縮也。’”雉堞：城牆長三丈廣一丈爲雉；堞，女牆，即城上端凸凹叠
起之牆。泛指城牆。“秀襄雉堞”，謂秀色聚於雉堞。白居易《贈楚州郭使君》：
“山圍雉堞月當樓。”
　〔3〕氛祥：《國語·楚語》：“故先王之爲臺榭也，榭不過講軍實，臺不
過望氛祥。”韋昭注：“凶氣爲氛，吉氣爲祥。”
　〔4〕輿圖：即輿地圖，版圖。

　　詩主要描繪黃鶴樓四周形勝。作者登高望遠，不禁發出“武昌形勝斯
爲最”的感嘆，贊美鶴樓秀色之情溢於言表。末句歌頌海內一統，自在意中。

王朝卿

王朝卿，字升之，明代南昌（今屬江西）人。曾任安陸知州。

登黃鶴樓 二首

黃鶴仙人上九天，五雲樓閣自年年。[1] 疏疏籬落芭蕉雨，[2] 漠漠江門楊柳烟。[3] 尊酒壯懷天地外，[4] 片帆歸興白鷗前。[5] 長江萬里乾坤夜，皇恐芳魂一醉眠。[6]

其 二

黃鶴樓前靄翠霏，[7] 水花含笑水雲飛。聲聲羌管風前斷，[8] 點點輕帆天上歸。[9] 寒雁下時芳草暮，[10] 鷓鴣啼處夕陽微。[11] 樓中仙子今何在？鐵笛江門事已非。[12]

【校注】

〔1〕五雲：謂鶴樓聳立五雲之中，極言其高，戴叔倫《題天柱山圖》：“拔翠五雲中，擎天不計功。”年年：猶年復一年。

〔2〕籬落：即籬笆。《抱朴子·自叙》：“貧無僮僕，籬落頓决。”徐凝《宿冽上人房》：“更聞寒雨滴芭蕉。”林逋《宿洞霄宮》：“此夜芭蕉雨，何人枕上聞。”

〔3〕漠漠：彌漫貌。韓愈《同水部張員外曲江春游寄白二十二舍人》：“漠漠輕陰晚自開，青天白日映樓臺。”江門：當指大江爲龜、蛇二山所挾處。

〔4〕尊：同“樽”，酒器。天地外：王維《漢江臨眺》：“江流天地外，山色有無中。”

〔5〕片帆句：指隱者自樂，不以世事爲懷。陸游《舟中作》：“娥江西路石帆東，身寄鷗波浩蕩中。”

〔6〕皇恐：即“惶恐”。芳魂：吳師道《子昂蘭竹圖》：“湘娥清泪未曾

消，楚客芳魂不可招。"

　　〔7〕靄：雲氣。陶淵明《時運》："山滌餘靄。"霏：飛散。《詩·邶風·北風》："北風其喈，雨雪其霏。"靄翠霏，謂山間雲氣紛飛。

　　〔8〕羌管：即羌笛。溫庭筠《題柳》："羌管一聲何處曲，流鶯百囀最高枝。"

　　〔9〕點點句：江流遠眺，似上雲天，故視江舟，有"天上歸"之感。李白《黃鶴樓送孟浩然之廣陵》："孤帆遠影碧空盡，唯見長江天際流。"

　　〔10〕寒雁：經秋大雁南飛，故稱。杜牧《秋浦途中》："爲問寒沙新到雁，來時還下杜陵無？"

　　〔11〕鷓鴣：鳥名，其鳴聲甚哀，俗以爲極似"行不得了哥哥"。鄭谷《鷓鴣》："雨昏青草湖邊過，花落黃陵廟裏啼。游子乍聞征袖濕，佳人纔唱翠眉低。相呼相應湘江闊，苦竹叢深日向西。"

　　〔12〕鐵笛：用呂洞賓吹鐵笛過黃鶴樓典故。

　　詩以雨打芭蕉，烟籠楊柳，羌管聲斷，鷓鴣悲啼等凄涼之景，抒寫鶴去樓空，昔是今非之慨；字裏行間，流露出羈旅之思，歸隱之念。

謝　純

　　謝純，字伯一，一字梅岐，明代甌寧（今福建建甌）人。正德間舉人。餘未詳。

登黃鶴樓

　　黃鶴磯邊獨上臺，春襟遙逐楚江開。〔1〕山分大別狂波逝，〔2〕雲净長安極目回。〔3〕芳草怨空鸚鵡舊，〔4〕碧崗靈合鳳皇來。〔5〕斜陽不盡東南客，〔6〕滾滾帆檣雪浪摧。

【校注】

〔1〕楚江：指長江。李白《陪族叔刑部侍郎曄及中書賈舍人至游洞庭五首》之一：“洞庭西望楚江分，水盡南天不見雲。”

〔2〕大別：山名。《元和郡縣圖志》：“魯山，一名大別山，在（漢陽）縣東北一百步。其山前枕蜀江，北帶漢水。”

〔3〕長安：自秦至唐多建都於長安，因以長安爲帝都之通稱。此指京師北京。

〔4〕芳草句：傷禰衡。

〔5〕靈合：靈氣聚集。鳳皇來：江夏縣北有鳳凰山，相傳三國吳黃龍元年（229）有鳳凰來集，故名。

〔6〕東南客：作者自指。作者乃嶺南人，故云。

李白《登金陵鳳凰臺》詩云：“總爲浮雲能蔽日，長安不見使人愁。”寓有對朝政的譏諷和詩人自己的憂憤。觀本詩“雲淨長安”云云，蓋反李詩之意。

劉　績

劉績，字用熙，號蘆泉，明代江夏人。弘治三年（1490）進士。官至鎮江府知府、吏部郎中。

登黃鶴樓 二首

上下江流萬里長，山巔樓出際天翔。[1]剛風盡掃世間穢，[2]地氣直躋水底涼。[3]雲夢指揮分畛陌，[4]蜀吳盱望識舟航。[5]馮夷莫遣風濤惡，[6]飄泊孤臣已斷腸。[7]

其 二

黄鵠磯當江夏口，黄鵠樓因山得名。〔8〕半空不起塵埃障，千里光聞風雨聲。老樹毗留知過客，〔9〕白龍幻化集塵氓。〔10〕古今共寶崔郎句，〔11〕獨信紛紛駕鶴真。〔12〕

【校注】

〔1〕際：至，接近。《漢書·嚴助傳》："稱三代至盛，際天接地，人迹所及，咸盡賓服。"

〔2〕剛風：高處的風，勁風。《抱朴子》："去地四千里，風力猛壯，有剛風世界。"蘇軾《紫團參寄王定國》："剛風披草木，真氣入苕穎。"也作"罡風"。朱熹《理氣》："問天有形質否，曰，祇是個旋風，下軟上堅，道家謂之剛風，即罡風。"

〔3〕地氣：《禮記·月令》："孟春之月，天氣下降，地氣上騰。"躋：升。

〔4〕畛陌：田間的道路。《詩·周頌·載芟》："千耦其耘，徂隰阻畛。"疏："畛，謂地畔之徑路也。"《史記·商君列傳》："爲田開阡陌封疆。"張守節正義："南北曰阡，東西曰陌。"

〔5〕盱望：張目而望。盱通"吁"。柳永《八聲甘州》："想佳人、妝樓顒望，誤幾回、天際識歸舟。"

〔6〕馮夷：河神名。《莊子·秋水》："於是焉河伯欣然自喜。"陸德明釋文："河伯，姓馮名夷，一名冰夷，一名馮遲。"

〔7〕孤臣：失勢無援之臣。柳宗元《入黄溪聞猿》："孤臣淚已盡，虛作斷腸聲。"

〔8〕鵠：同"鶴"。

〔9〕老樹句：典出《佛本行經》："佛於舍婆城，於其中間有一大樹，名尸奢波，其樹陰下多有一切諸婆羅門止息其下。諸婆羅門遥見阿難來，欲到邊，各相告言：'汝輩當知，此是沙門瞿曇弟子，於諸聰明多聞之中最第一者。'作是語已，阿難便至。白言：'仁者今請觀此樹合有幾葉？'爾時阿難觀其樹已，

而報彼言，東枝合有若干百葉，若干千葉。如是南枝、西枝、北枝，皆言合有若干百葉，若干千葉，遂即捨去。爾時彼諸婆羅門輩，阿難去後，取百數葉隱藏一邊。阿難回已，諸婆羅門於是復問。……爾時阿難仰觀樹已，即知婆羅門等所摘藏葉若干百數，彼即報彼婆羅門言：……作是語已，即便過去。"過客即指此。老樹當指黃鶴樓前老棗樹。毗留，即剥落，毗與"剥"通。朱駿聲《説文通訓定聲》："毗，假借爲剥。"剥落，指樹葉剥落。《爾雅·釋詁》："毗劉，暴樂也。"陸德明釋文："毗音剥，樂音洛。"邢昺疏："木枝葉稀疏不均爲暴樂。"

〔10〕白龍幻化：《説苑·正諫》："昔白龍下清泠之淵，化爲魚，漁者豫且射中其目。"按，明代武昌府治内舊有白龍泉。廛氓：市内居民。《荀子·王制》："順州里，定廛宅。"楊倞注："廛謂市内百姓之居，宅謂邑内居也。"《孟子·滕文公上》："（許行）自楚之滕，踵門而告文公曰：'遠方之人聞君行仁政，願受一廛而爲氓。'"此句謂江漢乃魚龍幻化之處，今已聚居爲市肆。

〔11〕崔郎句：指崔顥《黃鶴樓》詩。

〔12〕駕鶴真：駕鶴仙人。

首篇登高望遠，抒發宦途漂泊、孤臣腸斷之情；次篇叙黃鶴樓一帶的變遷，流露了仙游世外之思。

朱　翰

朱翰，字漢翔，一字漢樵，明代嘉興（今屬浙江）人。成化中布衣。《明詩綜》引湯新之語云，其"爲詩温厚和平，渾然天成，而無雕琢藻繪之迹"。《石倉歷代詩選·明詩次集》選録其詩四十一首。

登黃鶴樓

城頭山色晚崔嵬，^{〔1〕}往事驚心首重回。仙子已乘黃鶴去，古樓空對

白雲開。漢江秋水連天碧，楚客征帆逐鳥來。[2]莫向滄洲賦鸚鵡[3]，
禰衡自是古今才。

【校注】

〔1〕崔嵬：高聳貌。

〔2〕鳥：指鷗鳥。"征帆逐鳥來"，指忘機自樂的隱者之趣。

〔3〕滄洲：濱水之處，古稱隱者所居。南朝齊謝朓《之宣城出新林浦向板
橋》："既歡懷禄情，復協滄洲趣。"此指鸚鵡洲。

詩中抒寫往事驚心、不堪回首的感慨，以及遺世外物，忘機自樂的
隱者情趣。末二句借禰衡自喻，表達了才高被弃、仕途失意的悵惘。

羅　練

羅練，明代江夏人。餘未詳。

登黃鶴樓

春早樓臺共客臨，風光占斷此山林。[1]孤尊岩壑分高興，[2]一笛
江城入朗吟。[3]南浦碧雲連樹影，[4]東風黃鳥隔花音。[5]醉來笑拍闌
干外，斜日天涯望轉深。[6]

【校注】

〔1〕占斷：猶占盡。

〔2〕孤尊句：此句言興之所至，一在酒，一在山水。高興，言興致之高。
杜甫《北征》："青雲動高興，幽事亦可悅。"

〔3〕一笛句：李白《與史郎中欽聽黃鶴樓上吹笛》："黃鶴樓中吹玉笛，

江城五月落梅花。"朗吟，高聲吟咏李白詩句。

〔4〕南浦：在湖北武昌縣南，爲商旅停泊之處。

〔5〕黃鳥：即黃鶯，又名黃鸝。杜甫《蜀相》："映階碧草自春色，隔葉黃鸝空好音。"

〔6〕望轉深：言暮色漸濃，景物轉暗。李覯《鄉思》："人言落日是天涯，望極天涯不見家。已恨碧山相阻隔，碧山還被暮雲遮。"

　　春日之晨，作者與客共登黃鶴樓，賞玩春景。四周景色，風光占盡；飲酒吟詩，興致更濃，不覺流連到傍晚。醉中望極天涯，又勾起了主客二人的懷人之情。

楊　慎

　　楊慎（1488—1559），字用修，號升庵，明代新都（今屬四川）人。正德六年（1511）進士第一，授翰林修撰。十二年八月，移疾歸。世宗嗣位，起充經筵講官。嘉靖三年（1524），召爲翰林學士。因力諫起用桂蕚、張璁，謫戍雲南永昌衛。其記誦之博，著作之富，爲明代第一。有《升庵集》。《四庫全書總目提要》謂"其詩含吐六朝，於明代獨立門户"。

登黃鶴樓〔1〕

　　江上高樓海內名，登臨此地古今情。風前估客蒲帆影，〔2〕夜半仙人玉笛聲。〔3〕雪水春消巴子國，〔4〕烟波晴接漢陽城。東南暇日多嘉會，〔5〕西北浮雲望太清。〔6〕

【校注】

〔1〕本詩《升庵集》未載。

〔2〕估客：販貨的行商。估，通“賈”。蒲帆：蒲草編成的船帆。李肇《國史補》：“揚子、錢塘二江者，則乘兩潮發棹，舟船之盛，盡於江西。編蒲爲帆，大者或數十幅。”

〔3〕夜半句：指吕洞賓吹笛的傳説。

〔4〕雪水春消：《武昌府志》《江夏縣志》皆作“春水雪消”。巴子國：古國名，轄今四川南充、達縣和重慶奉節、彭水、涪陵等地。此泛指蜀地。長江源於蜀，故云。

〔5〕東南：三國吳據江南，有今除蜀地外的長江南部及部分北部與閩粵等地。相對中原而言，稱東南。此指江漢一帶。《世説新語·賞譽》：“張華見褚陶，語陸平原（機）曰：‘君兄弟龍躍雲津，顧彦先（榮）鳳鳴朝陽，謂東南之寶已盡，不意復見褚生。’”劉孝標注引《褚氏家傳》：“司空張華與陶書曰：‘二陸龍躍於江漢，彦先鳳鳴於朝陽，自此以來，常恐南金已盡，而復得之於吾子。’”陸氏兄弟及顧榮、褚陶皆吳地才人，故稱“東南寶”“南金”。

〔6〕西北浮雲：蓋以喻客子而自指。曹丕《雜詩》：“西北有浮雲，亭亭如車蓋。惜哉時不遇，適與飄風會。吹我東南行，行行至吳會。吳會非我鄉，安得久留滯。弃置勿復陳，客子常畏人。”西北，《武昌府志》作“笑捐”，誤。《江夏縣志》作“笑指”。太清：天空。《楚辭·九嘆·遠游》：“譬若王僑之乘雲兮，載赤霄而凌太清。”

　　詩人與東南俊彦之士初春登臨海内名樓，不僅引起懷古之情，更勾起客子的鄉思旅愁。

金　皐

　　金皐，字鶴卿，明代綿州（今屬四川）人。曾官編修。

登黄鶴樓 二首

黄鶴高樓感昔賢，幾追舊事亦茫然。百年城郭從今日，[1]千古江流有斷烟。[2]天外落霞飛遠嶂，[3]簷前紫氣接平川。[4]漢陽樹色知多少？滿目浮雲若個邊。[5]

其　二

城上高樓俯碧湍，[6]樓前空翠撲朱丹。[7]盈盈素練寒江净，[8]采采璚華白露搏。[9]吳楚故墟頻在眼，古今清賞幾憑闌。開筵冬日還多暇，具美風流不盡歡。[10]

【校注】

〔1〕從今日：猶言留迹於今。

〔2〕斷烟：猶殘烟，孤烟。賈島《雪晴晚望》："野火燒岡草，斷烟生石松。"

〔3〕天外句：王勃《滕王閣序》："落霞與孤鶩齊飛，秋水共長天一色。"

〔4〕紫氣：祥瑞之氣。劉向《列仙傳》："老子西游，關令尹喜望見有紫氣浮關，而老子果乘青牛而過也。"

〔5〕浮雲：李白《送友人》："浮雲游子意，落日故人情。"若個：哪個。張相《詩詞曲語辭彙釋》卷三："若個，疑問辭。"沈佺期《初達驩州》："雨露何時及，京華若個邊。""若個邊"，哪是邊，猶言漫無邊際。

〔6〕碧湍：碧色的急流。

〔7〕空翠：清翠的山色。王維《山中》："山路元無雨，空翠濕人衣。"朱丹：紅色。此代指黄鶴樓。王勃《滕王閣序》："飛閣流丹，下臨無地。"

〔8〕盈盈：清澈貌。《古詩十九首·迢迢牽牛星》："盈盈一水間，脉脉不得語。"素練：形容大江。

〔9〕采采：盛貌。《詩·秦風·兼葭》："兼葭采采，白露未已。"傳："采采，猶萋萋也。"璚華：同"瓊華"，仙境中瓊樹之花。司馬相如《大人賦》："呼吸沆瀣兮餐朝霞，咀噍芝英兮嘰瓊華。"此喻山中花樹之美好。搏：通"團"，

圓。《楚辭·九章·桔頌》：“曾枝剡棘，圓果摶兮。”注：“摶，圜也。”

〔10〕具美：王勃《滕王閣序》：“四美具，二難并。”四美，指良辰、美景、賞心、樂事。風流：指名士氣派。《世說新語·品藻》：“（韓康伯）居然有名士風流。”《晉書·王獻之傳》：“少有盛名，而高邁不羈……風流爲一時之冠。”

二詩一言愁，一言歡，情因景異，景隨情遷。首篇懷古感懷，兼寓游子之思。次篇寫冬日多暇，開筵鶴樓，四美具備，誠爲一時風流。作者當曾任職湖廣。

盧　雍

盧雍，字師邵，明代長洲（今江蘇蘇州市）人。正德六年（1511）進士。曾官湖廣監察御史。出爲四川按察使，後遷提學副使。

登黃鶴樓

黃鶴樓頭鐵笛風，[1] 樓前形勝古今同。登臨此日情無盡，捶碎何人氣獨雄？[2] 千里雲帆漢江闊，萬家烟樹楚天空。憑闌莫恨鄉關遠，猶喜岷峨一望通。[3]

【校注】

〔1〕鐵笛：指呂仙事。

〔2〕捶碎句：指李白《江夏贈韋南陵冰》詩。

〔3〕岷峨：岷山與峨眉山。

觀詩意，當係作者出爲四川按察使時過江夏而作。“登臨”二句，情懷無盡，感慨係之。從此鄉關雖遠，猶喜一望相通，故云“莫恨”，自慰之辭。

藍　智

　　藍智，字明之，一字性之，明代崇安（今屬福建）人。洪武十年（1377）以明經舉，官廣西按察司僉事，有廉聲。《明詩紀事》引《筆精》，謂其“俊逸，雅有唐風”。《四庫全書總目提要》稱其詩“清新婉約，足以肩隨其兄（仁）。五言結體高雅，翛然塵外，雖雄快不足，而雋逸有餘。七言頓挫瀏亮，亦無失唐人矩矱”。有《藍澗集》。

夜泊武昌城下[1]

蒼山斜枕漢江流，自古東南重上游。[2]巫峽秋聲連戍角，[3]洞庭月色在漁舟。白雲黃鶴悠悠思，落木啼烏渺渺愁。[4]獨夜悲歌形勝地，燈前呼酒看吳鈎。[5]

【校注】

〔1〕原題作“登黃鶴樓”，據《藍澗集》改。《石倉歷代詩選·明詩初集》選此，題亦作“夜泊武昌城下”。

〔2〕自古句：武昌爲上游軍事重鎮。三國爭衡，爲吳之要害，吳常以重兵鎮之。魏司馬懿稱之爲“敵之心喉”。陶侃、謝安、庾翼等，皆嘗重兵鎮此。

〔3〕巫峽：長江三峽之一，在今湖北巴東縣至重慶巫山縣之間。戍角：邊防軍中角聲。角，古樂器，出於西北地區游牧民族，後多作軍用。

〔4〕落木：杜甫《登高》：“無邊落木蕭蕭下，不盡長江滾滾來。”啼烏：啼鴉。

〔5〕吳鈎：鈎，兵器，形似劍而曲。據《吳越春秋·闔閭內傳》載，吳王闔閭命國中作金鈎，有人殺掉自己的兩個兒子，以血塗鈎，鑄成二鈎，獻給吳王。

後泛稱利劍爲吳鈎。辛弃疾《水龍吟·登建康賞心亭》："落日樓頭，斷鴻聲裏，江南游子。把吳鈎看了，欄干拍遍，無人會，登臨意。"

玩詩意，似作於元末。時群雄紛起，戰亂頻仍，詩中表達了作者效力疆場，建功立業而不得的苦悶心情，辭氣悲慨。

張時敏

張時敏，字潤雲，明代鄞縣（今屬浙江）人。曾官檢討。餘未詳。

登黄鶴樓

欲跨闌干摘斗牛，[1]西風寒灑髻颼颼。[2]仙於何處乘黄鶴，人向江天倚白頭。萬里眼空雲夢景，八紘襟納洞庭秋。[3]相逢盡説波濤險，日日東流見客舟。

【校注】
〔1〕斗牛：二星宿名。《説苑·辨物》："所謂二十八星者……北方曰斗、牛……"
〔2〕髻：同"鬢"，鬢角。范成大《次韵嚴子文旅中見贈》："海浦寸心空共月，京華雙髻各凋年。"颼颼：清寒貌。杜牧《洛中送冀處士東游》："論今星燦燦，考古寒颼颼。"
〔3〕八紘：原作"八絃"，誤，徑改。八紘，猶八極。《淮南子·地形》："九州之外，乃有八殥。……八殥之外，而有八紘。"高誘注："紘，維也。維落天地而爲之表，故曰紘也。"司馬相如《大人賦》："遍覽八紘而觀四方兮。"襟納：環抱。

白頭倚樓，又正值西風寒颷，心境之蒼凉可知。末二句兼喻仕途艱險，游子飄零。

尹東郊

尹東郊，明代人。生平未詳。

登黃鶴樓

二月春波生楚江，[1]回欄西眺歷淙淙。[2]仙人岩近花猶醉，[3]石鏡亭連笛換腔。[4]隔岸晴烟來几席，[5]倚天星斗落軒窗。坐留白髮峨眉客，[6]漫寄行踪鶴一雙。

【校注】

〔1〕楚江：指長江。

〔2〕歷：分明。左思《嬌女》："口齒自清歷。"淙淙：流水聲。陶淵明《寄從弟敬遠文》："淙淙懸溜，曖曖荒林。"

〔3〕仙人岩：世傳黃鶴樓附近呂洞賓仙迹有二：一在山上，石鏡亭下，有洞賓題詩石壁；一在山下，黃鶴磯上，有洞賓遺像石壁，傳洞賓曾鬻桃於此，桃痕猶留石上。

〔4〕石鏡亭：一名石照亭，在黃鶴樓西，臨崖舊有石如鏡，石色蒼澀，無异凡石，每夕陽倒射，則炯然發光。後人爲亭以表之。明末石失亭廢，清康熙四十三年（1704）重建。

〔5〕几席：古代設於座側以便憑倚的小桌稱几，以莞蒲織成供坐卧鋪墊之具叫席。几席，猶言座間。

〔6〕坐：通"座"。峨眉客：作者自指。

作者自云"峨眉客"，當爲蜀人。詩叙仲春二月，作者與友人游覽黃鶴樓勝迹。岩邊花下，亭上窗前，盤桓終日，直至星斗滿天。景色雖美，無奈白髮客子何。憑欄西眺，望極故國；飄泊行踪，漫無所寄，作者身世，於此亦可窺見一斑。

徐　璉

徐璉，字宗器，明代朝邑（今陝西大荔）人。弘治十二年（1499）進士。官户部郎中，出爲袁州知府。寧王宸濠之亂，從王守仁討平叛亂，以功遷江西右參政。爲當事者所忌，嘉靖二年（1523），廢於家。

登黃鶴樓

黃鶴仙岩草色青，[1]層樓翠枕入圖形。[2]漢江隔岸吞雲夢，楚月穿窗照洞庭。雨歇磯頭歌棹響，[3]笛吹欄外落梅馨。[4]幽藏謝朓風騷景，[5]斷送游人幾醉醒。[6]

【校注】

〔1〕仙岩：即前詩所云仙人岩。

〔2〕翠枕：喻黃鶴磯草色青綠，橫於江頭，猶如翠枕。入圖形：猶言入畫。《宋書·禮志》："自漢興以來，小善小德，而圖形立廟者多矣。"

〔3〕磯：指黃鶴磯。歌棹：即棹歌，船工行船所歌。張志和《漁父歌》："青草湖中月正圓，巴陵漁夫棹歌連。"

〔4〕落梅：笛中曲《落梅花》，又名《梅花落》。馨：香。

〔5〕謝朓（464—499）：南朝齊詩人。曾任宣城太守，世稱謝宣城。其詩多描寫自然景色，風格清麗，時出警句，沈約以爲"二百年來無此詩"。風騷：《詩經》與《楚辭》的并稱，後用以泛指詩文。高適《同崔員外綦毋拾遺》："晚

晴催翰墨，秋興引風騷。”謝朓有《和伏武昌登孫權故城》詩，所謂“謝朓風騷景”，措謝詩中所描繪的景物。朓，原誤作“眺”，徑改。

〔6〕斷送：作弄，引逗。張相《詩詞曲語辭彙釋》卷五：“斷送，猶云逗引也；亦猶云發付也。”劉過《天仙子》：“斷送煞人山與水。”

鶴樓四周景色入畫，磯頭棹歌，欄外笛韵，逗引游人幾度醉醒。直至楚月穿窗，尚不願離去。全詩表現了作者閑適自得的情趣。

牟 斌

牟斌，字益之，明代人。弘治中官錦衣衛指揮。正德初，以忤劉瑾，謫沔陽衛百户。瑾誅，復其官。後以忤中官，爲東廠所構，奪職置武昌，以疾卒。

登黄鶴樓

黄鶴不知何處去，大書黄鶴壯空樓。魏名應與龜山久，〔1〕遺愛難隨漢水流。〔2〕滿壁唐音光畫棟，〔3〕一簾庚月動高秋。〔4〕及時正好供清玩，〔5〕幾度昏鴉噪宿愁。〔6〕

【校注】

〔1〕魏名：猶高名，大名。龜山：在武漢市漢陽東北，長江之濱，與武昌的蛇山隔江相望，今有長江大橋相連。

〔2〕遺愛：指黄鶴樓的遺風流韵。

〔3〕唐音：唐人之詩。姜夔《贈范石湖》：“頗喜唐音近，寧論漢道遥。”又元楊士宏編《唐音》，所收皆唐人之詩。此泛指前人題咏黄鶴樓的詩賦。光畫棟：使畫棟生輝。

〔4〕庾月：本晉庾亮玩月南樓之典。然庾樓乃指武昌（今湖北鄂州市）南樓，非謂江夏南樓。胡曾《上路相公啓》："文高庾月，詞峻謝山。"

〔5〕及時：得時，合時。清玩：清賞。

〔6〕昏鴉：猶暮鴉。宿愁：久鬱心中的愁情。

本詩當爲作者徙居武昌後所作。觀"遺愛""幾度"諸句，作者似有滿腹的鬱憤和不平。

陳　金

登黃鶴樓

情歡共醉江邊酒，興發同登山上樓。鶴駕仙飛成杳杳，迹隨名在水悠悠。萬家烟瑣晴川樹，千里雲連芳草洲。〔1〕無限英雄今古事，清流不盡此中愁。〔2〕

【校注】

〔1〕萬家二句：瑣，通"鎖"。二句本崔顥《黃鶴樓》："晴川歷歷漢陽樹，芳草萋萋鸚鵡洲。"

〔2〕清流：清澈的流水，指長江。辛弃疾《南鄉子·登京口北固亭懷古》："千古興亡多少事？悠悠。不盡長江滾滾流。"

"情歡"二句，似閑適之至，"鶴駕""無限"諸句，則又不勝世事滄桑、今古興亡之慨。疑爲嘉靖初致仕家居所作。

柳應辰

柳應辰，字拱之，明代巴陵（今湖南岳陽）人。曾官副都御史。正德初，劉瑾亂政，應辰時爲天津巡撫，與金獻民等械繫詔獄，斥爲民。

登黃鶴樓

鶴去樓成不記秋，[1]憑闌消盡古今愁。雲烟漠漠無常態，[2]江漢悠悠是故流。野色遥連山外寺，市聲近隔水中洲。[3]登高便有仙家趣，何待求仙始上樓。

【校注】

〔1〕不記秋：不記年代。

〔2〕無常態：没有固定的形態，指雲烟之景，時有變幻。

〔3〕市聲：城市喧鬧之聲。江夏縣境有頭陀、鐵佛、黃龍等寺，鸚鵡、白沙、金沙諸洲，所謂"山外寺""水中洲"，蓋無定指。

憑欄爲消盡古今之愁，登高爲追尋仙家之趣。作者心境，於此亦可思而得之。

劉 珂

劉珂，字公佩，明代興國（今湖北陽新）人。曾官太僕寺丞。

登黃鶴樓

黃鶴仙人何所之，^{〔1〕}古今題遍幾多詩。風濤如許相衝激，^{〔2〕}棟宇屹然無改移。但願清風延世賞，^{〔3〕}何妨流俗重民疑。^{〔4〕}江湄萍蓼年年換，不見樓前鐵笛吹。^{〔5〕}

【校注】

〔1〕之：往。

〔2〕如許：如此，這樣。

〔3〕延世賞：謂清風鶴樓，延綿無盡，世代得供清賞。

〔4〕民疑：當指民間許多有關黃鶴樓的傳聞故事。

〔5〕江湄二句：江湄，江邊。《詩·秦風·蒹葭》：“所謂伊人，在水之湄。”萍蓼：皆水草名。呂岩《題黃鶴樓石照》：“黃鶴樓前吹笛時，白蘋紅蓼滿江湄。衷情欲訴誰能會，惟有清風明月知。”

詩言仙事終歸茫茫，惟有黃鶴樓清風明月之景，纔是真實可信，世代供人清賞。

陳洪謨

陳洪謨，字宗禹，號高吾子，明代武陵（今湖南常德）人。弘治九年（1496）進士。正德中，知漳州，累官雲南按察使。嘉靖初，巡撫西江，官至兵部左侍郎。《四庫全書總目提要》謂“其詩音節諧暢，而意境不深”。

登黄鶴樓[1]

　　笑領西風上鶴樓，[2]滿前光景坐中收。[3]山連故郢形還勝，水繞寒城勢欲浮。[4]才薄自今葭倚玉，[5]情深何止酒如油。[6]憑闌不盡臨觀興，渺渺烟波有釣舟。[7]

【校注】

　　〔1〕《石倉歷代詩選》卷四七五《明詩次集》卷一〇九選録陳洪謨七言古詩《黄鶴樓次西涯閣老韻簡中丞秦公》。西涯閣老，即李東陽；中丞秦公，即秦金。東陽詩《寄題黄鶴樓簡秦開府》，秦金詩《次李西涯閣老韻見寄》，《黄鶴樓集》均收録在卷，毛伯温、聶賢、謝廷柱、陳金、張璧等人所次東陽及秦金韻，亦同時收録在卷，唯遺洪謨之詩，今録於兹："細雨江城秋澹泊，一樽何處堪携鶴。選勝重來近十年，虛樓視昔還恢廓。兩山矗立誰疏鑿，萬壑驚趨猶脉絡。壯勢平吞白帝城，寒光遠帶湘妃閣。雕甍綉闥俯蒼峰，水波搖曳芙蓉宮。兒家弦管廛居密，千里舟航貢道通。鐵笛聲孤時對月，蒲帆影亂晚隨風。迎門花鼓來仙客，入畫青襄羨釣翁。把袂同游皆國彦，錦席高張叨我半。憑欄觸景各抽豪，摛詞誰復過王翰。楣間高扁少師章，海若天吳駭吾見。中丞更續郢中歌，玉斝瓊杯照人面。況説綏懷動隱憂，民情吏治精而練。二公聲望將無同，屹屹斯樓并霄漢。"同卷又選録其《黄鶴樓次韻》七言律詩一首，《黄鶴樓集》亦未收録，并録於後："幾年不到層樓上，此日重修喜落成。細雨城中車馬迹，夕陽江上棹歌聲。晴川芳草詩應好，玉笛梅花興獨清。一目乾坤萬餘里，開筵寧厭酒重行。"

　　〔2〕領：領受。

　　〔3〕滿前光景：謂景物滿前。光景，風光景物。

　　〔4〕故郢、寒城：同指武昌故城，即夏口城。三國吳置郢州，治江夏，孫權依黄鶴山築城，名夏口。故云。王維《漢江臨眺》："郡邑浮前浦，波瀾動遠空。"

　　〔5〕葭倚玉：《世説新語·容止》："魏明帝使后弟毛曽與夏侯玄共坐，時人謂蒹葭倚玉樹。"意爲兩人相比，美醜不相稱。此以葭喻微賤，作者自喻，

以玉樹喻友人。

〔6〕酒如油：謂酒濃，喻情之濃。

〔7〕渺渺句：杜甫《秋日題鄭監湖亭》："磨滅餘篇翰，平生一釣舟。"

"渺渺"云云，猶"入畫青簑羨釣翁"之意，表達了作者欣然自樂的情趣。觀"才薄"二句，知本詩乃與友人同登黄鶴樓而作。

沈 鍾

登黄鶴樓 二首

武昌形勝雄天下，有此江山有此樓。開創元來憑造物，〔1〕登臨近復屬名流。詫聞仙洞棋聲響，〔2〕笑指烟波泡影浮。〔3〕忽憶禰衡《鸚鵡賦》，漫將杯酒酹荒洲。〔4〕

其 二

黄鶴樓高俯大江，此江剛被此樓降。〔5〕重簷倒影平臨岸，〔6〕逆浪飛花直打窗。訪古漫呼蒼樹問，凌空會借白雲扛。〔7〕一從崔顥題詩後，〔8〕名在乾坤孰與雙？

【校注】

〔1〕元：通"原"。憑造物：謂黄鶴樓形勝乃自然造化之功，非人力所成。

〔2〕詫聞句：仙洞，指吕公洞，在黄鶴山石鏡亭下，黄鶴磯上，世傳吕洞賓題詩處。附近有仙人岩、吕仙亭。相傳吕洞賓曾與太守王綸弈於此；一説太守與小吏弈於此。忽一人至，云太守弈敗，已而果然。隨於樓前吹笛，太守循

聲迹之，失所在，惟見題詩一首，末書吕字。參閱本集宋民望《仙棗亭記》《黃鶴樓雜紀》。

〔3〕泡影：虛幻的事物。此指水中倒影。

〔4〕酹：以酒灑地，表示祭奠。荒洲：指鸚鵡洲。

〔5〕此江句：鶴樓臨江高聳，大江正在其俯瞰之下，故云。剛，張相《詩詞曲語辭彙釋》卷二："剛，猶偏也；硬也。"白居易《惜花》："可憐夭艷正當時，剛被狂風一夜吹。"

〔6〕重檐：猶層檐。重叠的屋檐。

〔7〕會：張相《詩詞曲語辭彙釋》卷一："會，猶當也；應也。"李白《行路難》："長風破浪會有時，直挂雲帆濟滄海。"扛：舉。此句意謂當藉白雲之力而凌空。

〔8〕顥：原作"灝"，徑改。

以上二詩撫今追昔，感慨禰衡才高被殺，欽慕崔顥詩名千秋；烟波泡影，白雲凌空，寄寓了作者出世之思。"有此江山有此樓""此江剛被此樓降"諸語，出語不凡，頗有氣勢。觀"登臨近復屬名流"之句，作者自置於"名流"之外，疑爲致仕後作。

黃鶴樓感興 四首

浪拍闌干萬馬飛，〔1〕高樓佳會未應稀。願謀斗酒歡重合，〔2〕祇恐詩才老更微。冉冉山光青擁髻，〔3〕英英雲氣白成衣。〔4〕偏師直擬當勍敵，〔5〕誰道齊師肯我違。〔6〕

【校注】

〔1〕萬馬飛：言浪濤如萬馬奔騰。

〔2〕斗酒：斗，酒器。斗酒，指少量的酒。《古詩十九首·青青陵上柏》：

“斗酒相娛樂，聊厚不爲薄。”歡重合：指與友人重新歡聚。

〔3〕冉冉：形容山光流動之貌。山光：山景。沈約《泛永康江》：“山光浮水至，春色犯寒來。”髻：髮髻。青擁髻，言青峰叠嶂，遠望如美人髮髻。陸龜蒙《報恩寺南池聯句》：“遠峰青髻并。”皮日休《縹緲峰》：“似將青螺髻，撒在明月中。”

〔4〕英英：雲起貌。《詩·小雅·白華》：“英英白雲，露彼菅茅。”

〔5〕偏師：指全軍的一部分，以别於主力。作者自謂。勍敵：强敵，勁敵。指友人。此乃以軍事强弱喻詩才高低。

〔6〕齊師：强齊之師。齊爲春秋五霸之一，喻指作者詩友。違：避開。《左傳》成公十六年：“有淖於前，乃皆左右相違於淖。”杜預注：“違，辟也。”“我違”，即違我。此句意謂，誰説詩友們因我老來才微，而避開我，不願與我爲伍，同試詩才呢？

本篇乃作者晚年與友人同登黄鶴樓所賦。“偏師”二句，表明作者雖已老邁，但豪興不减當年，故有“高樓佳會未應稀”之約。

其　二

黄鶴西南峙此樓，[1]重陽登眺眷清秋。[2]山横蒼莽栖雲樹，[3]人立烟波弄釣舟。宇宙尚遺千古迹，君民都屬寸心憂。[4]年逾知命星霜屢，[5]剛算三宜衹是休。[6]

【校注】

〔1〕黄鶴句：黄鶴樓位於武昌城西南黄鶴山上，故云。

〔2〕眷清秋：眷，顧視。辛弃疾《水龍吟·登建康賞心亭》：“楚天千里清秋。”

〔3〕雲樹：高聳入雲之樹。王維《送崔興宗》：“塞闊山河净，天長雲樹微。”

〔4〕君民句：范仲淹《岳陽樓記》：“居廟堂之高，則憂其民；處江湖之

遠，則憂其君。"

〔5〕逾：過。知命：《論語·爲政》："五十而知天命。"後因以知命爲五十歲之代稱。星霜：指白髮。

〔6〕剛：正，恰。算：謀劃。三宜休：《新唐書·司空圖傳》："圖本居中條山王官谷，有先人田，遂隱不出。作亭觀素室，悉圖唐興節士文人，名亭曰休休，作文以見志曰：'沐，美也，既休而美具。故量才，一宜休；揣分，二宜休；耄而聵，三宜休；又少也墮，長也率，老也迂，三者非濟時用，則又宜休。'"休，致仕歸隱。

其　三

峻嶒千仞叠層樓，[1] 管領江山億萬秋。草樹參差橫斷野，帆檣上下亂行舟。乘雲尚憶仙人去，[2] 懷國誰甘屈子憂。[3] 擬爲黃花酬令節，[4] 霜空蕭瑟且歸休。

【校注】

〔1〕峻嶒：嶒，原作"嶍"，非，徑改。《文選·張協〈七命〉》："既乃瓊爢嶒崚，全岸峓嵃。"呂向注："嶒崚、峓嵃，險高貌。"

〔2〕乘雲：崔顥《黃鶴樓》詩首句，諸本皆作"昔人已乘白雲去"。今通行作"昔人已乘黃鶴去"。

〔3〕屈子：屈原，名平，又名正則，字靈均，戰國楚人。初事懷王，甚見信任，官左徒、三閭大夫。後以忠信見疑，遭人讒毀，放逐江南。因見楚國政治腐敗，無力挽救，遂投汨羅江而死。

〔4〕黃花：菊花。令節：佳節，指重陽節。梁昭明太子《陶淵明傳》："嘗九月九日出宅邊菊叢中坐，久之，滿手把菊，忽值弘送酒至，即便就酌，醉而歸。"

其　四

雙足凌空倦始休，江湖仍繫廟堂憂。[1] 花前謾駐重陽節，[2] 天際遙橫野渡舟。[3] 冷炙殘杯供半醉，[4] 白雲黃鶴寄千秋。[5] 不知四海登臨者，何處還能有此樓。

【校注】

〔1〕江湖句：語本范仲淹《岳陽樓記》“處江湖之遠，則憂其君”。廟堂，指朝廷。

〔2〕謾：通“漫”。駐：停留。

〔3〕天際句：韋應物《滁州西澗》：“春潮帶雨晚來急，野渡無人舟自橫。”

〔4〕炙：烤肉。此泛指肴饌。杜甫《奉贈韋左丞丈二十二韵》：“殘杯與冷炙，到處潛悲辛。”

〔5〕寄千秋：猶言留迹千秋。

以上三詩均作於同時。時作者五十餘歲，致仕未久，適逢重陽，登臨感賦。此時作者的心境是矛盾的：一方面心懷國憂，反復咏嘆，不能自已；一方面自傷衰暮，追求隱居世外，自甘淡泊的田園生活。曰“祇是休”，曰“且歸休”，曰“倦始休”，皆是這種矛盾心情的集中反映。

三首詩中，前兩首韵脚用字相同，第三首則將前兩首韵脚用字倒過來用。

庚戌元日，元勛猝問曰，近曾登樓否，既而與之以詩三首〔1〕

別君三月廢登樓，黃鶴何知或我尤。〔2〕塵世幾隨滄海變，〔3〕仙軿漫被白雲留。〔4〕夢回故國頻千里，〔5〕老嘆流年又一周。〔6〕慚愧耽吟詩癖在，〔7〕新正試筆占當頭。〔8〕

【校注】

〔1〕庚戌：作者爲天順四年（1460）進士，庚戌年當爲弘治三年（1490）。

元日：農曆正月初一。元勛：未詳，蓋爲作者友人。猝：突然。

〔2〕尤：責怪，歸咎，怪罪。"我尤"，即尤我。

〔3〕滄海變：即滄海桑田之意，喻世事變化之大。滄海，東海的別稱。葛洪《神仙傳·王遠》："麻姑自説云：'接待以來，已見東海三爲桑田。'"

〔4〕仙軿：仙人所駕之駢車。軿，有帷蓋的車。顧況《梁廣畫花歌》："王母欲過劉徹家，飛瓊夜入雲軿車。"

〔5〕夢回句：言屢屢夢回千里之外的故鄉。岑參《春夢》："枕上片時春夢中，行盡江南數千里。"

〔6〕流年：光陰，年華，因易逝如流水，故稱。一周：猶一年。《淮南子·道應》："留於秦，周年不得見。"

〔7〕耽吟：沉溺於詩。詩癖：嗜詩成癖。《梁書·簡文帝紀》："七歲有詩癖，長而不倦。"

〔8〕新正：正月，一年之始。嚴維《歲初喜皇甫侍御至》："湖上新正逢故人，情深應不笑家貧。"占當頭：占先。新正題詩，一歲之首，故云。

　　據本詩，作者乞休致仕當在弘治二年（1489），時年五十餘。前三首重陽詩，當爲是年九月所作，距庚戌（弘治三年）新正，恰有三月，故有"别君三月廢登樓"之句。新正試筆，感慨人世滄桑，多年流寓異鄉，故借詩抒寫"夢回故國""老嘆流年"之情。

其　二

　　黃鶴仙人招不返，小軒盤礴當登樓。〔1〕雪花臘去還繚亂，〔2〕世故年來頗繆悠。〔3〕堪怪流光催白髪，〔4〕屢將吾道寄滄洲。〔5〕朋簪年合尊罍磬，〔6〕更藉詩篇一散愁。〔7〕

【校注】

〔1〕小軒：指黃鶴樓的小小回廊。盤礴：猶盤旋，上下回旋。金昌協《自萬瀑洞至摩訶衍記》："盤礴其下，餘沫時時來吹面。"

〔2〕臘：臘月，即農曆十二月。

〔3〕世故：世間的一切事故。嵇康《與山巨源絕交書》："機務纏其心，世故繁其慮。"繆悠：謬妄無稽。同"謬悠"。《新唐書·宗室傳贊》："（李百藥）詆曹元首（冏）、陸士衡（機）之言爲繆悠。"

〔4〕流光：光陰，以其易逝，故稱流光。李白《古風》之十一："逝川與流光，飄忽不相待。"

〔5〕道：猶志。滄洲：濱水之處，古稱隱者所居。"道寄滄洲"，猶言寄意隱逸。謝朓《之宣城出新林浦向板橋》："既歡懷禄情，復協滄洲趣。"

〔6〕朋簪：《易·豫》："由豫，大有得，勿疑朋盍簪。"孔穎達疏："盍，合也；簪，疾也。"意謂群朋合聚而疾來。後因稱朋友爲朋簪。戴叔倫《卧病》："滄洲詩社散，無夢盍朋簪。"尊、罍：皆酒器。《爾雅·釋器》："罍，器也。"邢昺疏："罍者，尊之大者也。"罄：器中空爲罄。

〔7〕藉：借。

臘去年來，無奈世故繆悠，流光之催白髮，故與友人登樓飲酒消憂，借詩篇而散愁。

其　三

險韵哦詩頗亦艱，[1]脚多欠穩即須删。[2]景開罨畫當春媚，[3]天剩恩私特地頒。[4]風柳鶯簧歌百曲，[5]烟樓仙侶濕雙鬢。[6]擬劖姓字顛崖上，[7]斧鑿何堪老石頑。[8]

【校注】

〔1〕險韵：艱僻難押的詩韵。李清照《念奴嬌》："險韵詩成，扶頭酒醒，別是閑滋味。"哦：《説文·口部》："哦，吟也。"梅堯臣《招隱堂寄題樂郎中》："日哦招隱詩，日誦歸田賦。"

〔2〕脚：指韵脚。

〔3〕罨畫：雜的彩色圖畫。白居易《芍藥》："凝香薰罨畫，似泪着胭

脂。”“景開苲畫”，謂景色雜彩紛呈。媚：美好。

〔4〕剩：多。特地：張相《詩詞曲語詞彙釋》卷四：“特地，又猶云特爲或特意也。”頒：布。連上句，謂春景明媚，乃天恩布於大地。

〔5〕鶯簧：即鶯聲，謂其婉轉如笙簧。温庭筠《舞衣曲》：“蟬衫麟帶壓愁香，偷得鶯簧鎖金縷。”邵雍《共城十吟》之八：“風觸鶯簧健，烟舒柳葉匀。”

〔6〕烟樓：烟霧籠罩的高樓。指黃鶴樓。李嶠《韋嗣立山莊應制》：“烟樓半紫虛。”仙侶：指歌女。鬟：環形的髮髻。

〔7〕劙：劙。姓字：猶姓名。《韓詩外傳》卷二：“變易姓之字。”

〔8〕頑：頑鈍，强硬。

鶴樓景物如此優美，詩人吟哦險韵，字斟句酌，可謂“耽吟詩癖”。興之所至，欲留名勝迹，却無奈老石何。

章　拯

章拯，《黃鶴樓集》作章極，云官工部尚書，乃爲章拯之誤。章拯，字以道，明代蘭溪（今屬浙江）人。弘治十五年（1502）進士，爲刑部主事。正德初，忤劉瑾，謫梧州府通判。瑾誅，擢南京兵部郎中。嘉靖中累官工部尚書，坐事落職歸。久之，復官，致仕卒。

招燕黃鶴樓輒用鄙句寄意 [1]

胸吞雲夢未須誇， [2] 勝會偏驚楚望賖。 [3] 頗喜鳳凰當艮岳， [4] 却憐鸚鵡是金沙。 [5] 秋陽江漢猶千古， [6] 戎狄荆舒正一家。 [7] 有客題詩滿黃鶴，何人吹笛袖青蛇。 [8]

【校注】

〔1〕燕：宴飲。《詩·小雅·鹿鳴》："我有旨酒，嘉賓式燕以敖。"孔穎達疏："我有旨美之酒，與此嘉賓，用之燕飲以遨游也。"

〔2〕胸吞句：本司馬相如《子虛賦》："吞若雲夢者八九，於其胸中曾不蒂芥。"

〔3〕楚望賒：謂楚地江漢諸水，一望無際。古代諸侯祭祀境内山川，謂之望，即遥望而祭之意。江漢諸水在楚界，故謂之楚望。《左傳》哀公六年："（楚昭）王曰：三代命祀，祭不越望。江、漢、睢、漳，楚之望也。"杜預注："諸侯望祀境内山川星辰也。四水，在楚界者也。"《文選·顏延之〈始安郡還都與張湘州登巴陵城樓作〉》："江漢分楚望，衡巫奠南服。"賒，遠。

〔4〕鳳凰：即江夏縣北二里的鳳凰山。艮岳：宋徽宗政和七年（1117），於東京汴梁（今河南開封）景龍山側築土山，以象餘杭之鳳凰山。山周圍十餘里，分東西山峰，最高峰九十尺。以在都城之艮方（東北方），故名"艮岳"。其舊址約在開封鐵塔上方寺左右。

〔5〕憐：愛。鸚鵡：即鸚鵡洲。金沙：金色的沙，言沙洲之美。杜甫《陪王使君晦日泛江》："有徑金沙軟，無人碧草芳。"

〔6〕秋陽：農曆五六月間的太陽。《孟子·滕文公上》："秋陽以暴之。"趙岐注："秋陽，周之秋，夏之五六月，盛陽也。"

〔7〕戎狄：《禮·王制》："西方曰戎。"《書·仲虺之誥》："初征自葛，東征西夷怨，南征北狄怨。"西戎北狄，泛指我國北方邊地的少數民族。荆舒：荆，古楚國名，以其原建國於荆山一帶，故名；舒，春秋國名，故地在今安徽舒城縣。荆舒泛指我國南方。《詩·魯頌·閟宮》："戎狄是膺，荆舒是懲。"

〔8〕青蛇：指笛。張翥《鐵笛》："年多化作青蛇色，夜靜吹如彩鳳聲。"此句本吕洞賓黄鶴樓前吹笛故事。

全詩贊美楚地形勝，頌揚四海一家。作者招燕者即爲下述唱和的朱廷聲、張禄、朱衣、楊旦、戴金諸人。下首所言"樸庵"，當爲作者別號。

朱廷聲

朱廷聲，字克諧，明代進賢（今屬江西）人。弘治十二年（1499）進士。正德初官御史，爲劉瑾所劾而罷。嘉靖七年（1528）官巡撫湖廣都御史，終刑部右侍郎。

次樸庵韵[1]

有山翼翼臨江郭，[2]山卓樓高四望賒。[3]隔岸淡烟籠野寺，[4]平湖淺水漾秋沙。[5]個中風景浮三島，[6]天下車書混一家。[7]長笛一聲人去遠，[8]萬年形勝壯龜蛇。[9]

【校注】

〔1〕樸庵：當爲章拯號。本詩及下收張禄、朱衣、楊旦、戴金諸詩，所次皆章拯《招燕黃鶴僂輒用鄙句寄意》詩韵。

〔2〕翼翼：雄偉貌。《詩·大雅·緜》："縮版以載，作廟翼翼。"

〔3〕卓：高。

〔4〕隔岸句：黃鶴樓隔江相望，爲舊漢陽府。所謂"野寺"，蓋無定指。

〔5〕平湖句：舊武昌城西南角黃鶴山下，有平湖門，門外有白沙洲，故云。

〔6〕個中：猶此中。三島：《史記·秦始皇本紀》："齊人徐市等上書，言海中有三神山，名曰蓬萊、方丈、瀛洲，仙人居之。"三島即指此。

〔7〕車書句：《禮記·中庸》："今天下車同軌，書同文。"後以"車書"二字泛指國家體制制度。杜牧《江南懷古》："車書混一業無窮，井邑山川今古同。"

〔8〕長笛句：趙嘏《長安晚秋》"長笛一聲人倚樓"。

〔9〕龜蛇：指龜、蛇二山。

詩次章拯《招燕黄鶴樓輒用鄙句寄意》詩韵，并和其意。疑爲嘉靖中作者巡撫湖廣時所作。章拯詩及諸人和詩，亦作於同時。

張 禄

張禄，字原學，明代平原（今屬山東）人。嘉靖中官御史。

次樸庵韵

城頭突兀仙人閣，〔1〕客子登臨四望賒。山斷漢流回鄂渚，〔2〕天低湘樹暗長沙。〔3〕臨風聽笛三秋思，〔4〕捲幔看雲萬里家。〔5〕消索宦情何處是？〔6〕江鄉豺虎酒杯蛇。〔7〕

【校注】

〔1〕仙人閣：指黄鶴樓。

〔2〕漢流：漢江。

〔3〕天低句：孟浩然《宿建德江》："野曠天低樹，江清月近人。"長沙，暗寓西漢賈誼。賈誼遭讒毁，出爲長沙王太傅。

〔4〕三秋思：言思慕之切。《詩·王風·采葛》："一日不見，如三秋兮。"

〔5〕幔：帳幕。萬里家：家鄉遥遠之意。

〔6〕消索：散盡。《論衡·死僞》："夫死者精魂消索，不復聞人之言。"宦情：仕宦之情。

〔7〕江鄉豺虎：喻宦途險惡，豺虎當道。酒杯蛇：《風俗通·怪神記》載，杜宣飲酒，見杯中似有蛇，酒後胸腹作痛，多方醫治不愈。後知爲壁上所懸赤弩照於杯中，形如蛇，病即愈。《晋書·樂廣傳》亦有類似記載。此乃以杯弓蛇影喻世事虚幻。

諸作中當以此詩爲不平之鳴。疑爲作者以御史游宦湖廣時所作。詩中抒發了客子鄉愁和宦途失意之情。末句爲憤激之辭，似有所指。

朱 衣

朱衣，字子宜，明代漢陽人。正德進士。嘉靖初官御史，以忤張璁，罷職家居。撰《漢陽府志》二十卷。

次樸庵韵

山峰縹緲樓臺出，翼野憑凌象緯賒。[1]但見白雲穿石洞，[2]不聞黃鶴下金沙。[3]天空形勝蟠雙郭，[4]市遠烟光動萬家。[5]即使平成非禹績，[6]至今江漢走龍蛇。[7]

【校注】

[1]翼野：翼，二十八宿之一，南方朱雀七宿中的第六宿。古以天上星宿的位置，劃分地面相應的區域，叫"分野"。翼野，翼、軫二星之間，當楚地分野。《史記·天官書》："翼爲羽翮，主遠客。"張守節正義："翼二十二星，軫四星，長沙一星，轄二星，各軫七星皆爲鶉尾，於辰在巳，楚之分野。"憑凌：侵凌。謂鶴樓之高，直逼九霄。李白《大鵬賦》："燀赫乎宇宙，憑陵乎昆侖。"象緯：謂日、月及金、木、水、火、土五星。泛指日月星辰。杜甫《游龍門奉先寺》："天闕象緯逼，雲臥衣裳冷。"

[2]但：祇。

[3]金沙：言沙之美。舊武昌城南有金沙洲。

[4]天空：天際空闊。貫休《送僧歸天台寺》："天空聞聖磬，瀑細落花中。"蟠：盤伏。雙郭：指武昌府城及東北古夏口城城郭。

[5]烟光：謂人烟。

〔6〕即使：猶倘若，假使。《三國志·陳思王植傳》注引《魏略》："丁
掾（晏），好士也，即使其兩目盲，尚當與女，何況但眇！"平成：即地平天成，
謂水土得治，五行得調。《書·大禹謨》："地平天成。"孔傳："水土治曰平，
五行叙曰成。因禹陳九功而嘆美之。"孔穎達疏："《釋詁》云：'平，成也。'
是平成義同。"禹績：《詩·大雅·文王有聲》："豐水東注，維禹之績。"
謂大禹治水的功績。按，黄鶴山對岸，舊漢陽府漢陽縣治東北大別山東有禹功磯，
磯上有禹王廟，元世祖時立。故詩言"禹績"。

〔7〕至今句：意謂江漢之水，如未治理，則至今仍漫流無際，不可收拾。
孟郊《初於洛中選》："碧水走龍蛇，蜿蜒繞庭除。"

　　前六句叙眼前景物，末二句一筆宕開，追懷先賢，頌揚大禹治水、
開啓洪荒的偉績。

楊 旦

次樸庵韵

　　樓開南北乾坤正，目散江湖感慨賒。二水風濤空赤壁，[1] 三湘烟
雨吊長沙。[2] 白雲丹竈仙人窟，[3] 青殿朱弦帝子家。[4] 全楚地靈天下
望，[5] 山川何必問龜蛇。[6]

【校注】
〔1〕二水：指長江、漢水。赤壁：山名。有三，均在今湖北省境内：一在
赤壁市，爲三國古戰場，周瑜破曹操之所；一在武漢市江夏區，又名"赤磯""赤
圻"；一在黄岡市，又名"赤鼻磯"，蘇軾作賦之所。
〔2〕三湘：或以湘江之瀟湘、蒸湘、沅湘三支流爲三湘，或以瀟湘、資湘、

沅湘爲三湘，或以湘潭、湘鄉、湘陰爲三湘，均在今湖南省境内。此泛指今洞庭湖南北，湘江流域一帶。吊長沙：西漢賈誼，上疏陳政事，言時弊，爲大臣所忌，出爲長沙王太傅，渡湘水，作賦以吊屈原。《史記·屈原賈生列傳》索隱述贊云：“屈平行正，以事懷王。瑾瑜比潔，日月争光。忠而見放，讒者益章。賦《騷》見志，懷沙自傷。百年之後，空悲吊湘。”

〔3〕丹竈：道士煉丹之竈。江淹《别賦》：“守丹竈而不顧，煉金鼎而方堅。”

〔4〕青殿：猶青宮，太子所居。孔稚珪《讓詹事表》：“太子霞騫青殿，日光春宫。”此指明代楚王宫殿。朱弦：朱色絲弦，喻樂器質地貴重。《禮記·樂記》：“清廟之瑟，朱弦而疏越。”帝子：皇帝子女的通稱。明代建國，封太祖庶六子楚昭王楨于武昌。自洪武三年（1370）至嘉靖三十年（1551），楨、孟烷、季堄、季淑、均鈋、顯榕等相繼封就藩於楚。故云。

〔5〕地靈：謂其地靈秀。王勃《滕王閣序》：“人傑地靈，徐孺下陳蕃之榻。”望：景仰。

〔6〕龜蛇：指龜、蛇二山。以上兩句謂全楚皆靈秀之地，何必僅問龜蛇二山。

全詩感慨古今，歸美楚地之人杰地靈。

戴　金

戴金，字純甫，一作純夫，明代漢陽（今屬湖北）人。正德九年（1514）進士。嘉靖中擢御史，獨立敢言，與黄梅（今屬湖北）石金，同表儀朝署，時人目之曰：“楚有二金，臺中錚錚。”官至兵部尚書。有《三難軒質正》。

次樸庵韵

崔嵬雄峙當江出，坐久令人興轉賒。崖樹牽風懸雨翠，[1]江濤浴日漾晴沙。仰觀雲鳥幾無我，[2]俯瞰堪輿欲共家。[3]千百年來形勝在，英雄幾輩嘆龍蛇。[4]

【校注】

〔1〕雨翠：翠色欲滴，故稱“雨翠”。王維《山中》：“山路元無雨，空翠濕人衣。”

〔2〕無我：《莊子·齊物論》：“今者吾喪我，汝知之乎？”郭象注：“吾喪我，我自忘矣，我自忘矣，天下有何物足識哉！故都忘外内，然後超然俱得。”謂忘却自我的存在，而融我於物，達到物我兩忘的精神境界。雲鳥：雲中鷗鳥，本《列子·黃帝》中海上之人從鷗鳥游的故事。《文選·江淹〈雜體詩三十首〉》其十八：“物我俱忘懷，可以狎鷗鳥。”

〔3〕堪輿：天地之稱。堪爲高處，輿爲低處。《漢書·揚雄傳上》引《甘泉賦》：“屬堪輿以壁壘兮。”顏師古注引張晏曰：“堪輿，天地總名也。”共家：猶言天下一統，四海一家。

〔4〕龍蛇：喻非常之人。《左傳》襄公二十一年：“深山大澤，實生龍蛇。”杜預注：“言非常之地，多生非常之物也。”

本詩兼有以上諸詩意，既嘆賞鶴樓景色之勝，使人物我兩忘；又贊美楚地地靈人杰，英雄輩出，稱頌南北一統，天下一家。

程　信

程信（？—1472），字彥實，祖籍休寧（今屬安徽），明洪武中家河間（今屬河北）。正統七年（1442）進士。授吏部給事中。景泰間，進左給事中，出爲山東右參政，後任四川參政。天順元年（1457），擢太僕卿，坐事降南京太僕少卿。五年，召爲刑部右侍郎。成化元年（1465），進兵部尚書，提督四川軍務。六年，改南京兵部。七年致仕，次年卒。

登黃鶴樓

月滿秋江霜滿天，提兵夜上武昌舡。[1]山川依舊環千里，戰伐空餘史一編。霸主賦詩雄异代，[2]仙人乘鶴去何年？吟餘起視青萍劍，[3]一道晴虹貫斗邊。[4]

【校注】

〔1〕提兵句：據《明史》本傳，成化元年，四川戎縣山都掌蠻舉事，程信與襄城伯李瑾率大軍征伐，當指此事。舡，船。

〔2〕霸主：指曹操。元稹《唐故工部員外郎杜君（甫）墓係銘并序》："建安之後，天下文士遭罹兵戰，曹氏父子鞍馬間爲文，往往橫槊賦詩。"蘇軾《前赤壁賦》："方其破荆州，下江陵，順流而東也，舳艫千里，旌旗蔽空，釃酒臨江，橫槊賦詩，固一世之雄也。"

〔3〕青萍劍：《抱朴子·博喻》："青萍、豪曹，剡鋒之精絶也，操者非羽、越，則有自傷之患焉。"

〔4〕晴虹：指劍光。斗：星名，即北斗。《詩·小雅·大東》："維北有斗，不可以挹酒漿。"

查詩意，本篇當爲作者於成化元年（1465）提督四川軍務，入蜀鎮壓民變，道經武昌時所作，表達了作者對前代雄才霸主的仰慕，與平息蜀亂的軍威和豪情。

王　臣

王臣，字世賞，明代廬陵（今江西吉安）人。官春坊庶子。

登黃鶴樓

天開圖畫遣登臨，[1]真覺奇觀愜壯心。四面烟雲呈綺色，半空風雨作龍吟。洲邊樹影還高下，江上山形自古今。定有仙人騎鶴過，呂翁亭在楚城陰。[2]

【校注】
〔1〕遣：使，令。李白《勞勞亭》：“春風知別苦，不遣柳條青。”
〔2〕呂翁亭：即呂仙亭。初名仙棗亭，相傳呂洞賓過此，故改名呂仙亭。明景泰四年重建。在黃鶴樓東。陰：背陽曰陰。呂仙亭在城西，故云。

鶴樓奇觀，壯心愜懷，信其傳說之真，意亦在言其美好。

陳　贊

陳贊，明代餘姚（今屬浙江）人。曾官太常少卿。《石倉歷代詩選·明詩次集》選其詩一卷，凡一百九十一首，多沿用唐人詩題，尤以沿用杜牧詩題爲多。

登黃鶴樓

仙人騎鶴去丹丘，[1]千載空遺江上樓。樓下烟波長渺渺，人間歲月漫悠悠。雁行應渡瀟湘渚，[2]雲氣遥連夢澤洲。[3]翹首咸秦音信杳，[4]

倚樓多少故鄉愁。

【校注】

〔1〕丹丘：神話中的仙地。《楚辭·遠游》："仍羽人於丹丘兮，留不死之舊鄉。"王逸注："丹丘，晝夜常明也。"

〔2〕瀟湘：湘水的舊稱。湖南衡陽南有衡山，衡山七十二峰之一名回雁峰，峰勢如雁回轉，相傳雁至衡陽而止，遇春而回。故云。

〔3〕夢澤洲：雲夢澤中陸地。

〔4〕咸秦：戰國時秦孝公建都咸陽，故址在今陝西長安東渭城故城。後世因稱古秦地爲咸秦。此借指明都北京。

本詩用崔顥《黃鶴樓》詩韵，詩意也大體相同，祇是於世事茫茫之感、羈旅思鄉之情外，多了一層仕途不得意的愁悶。

徐 縉

徐縉，字子榮，一作子容，明代吳縣（今屬江蘇）人。弘治十八年（1505）進士。歷侍讀、翰林學士。嘉靖八年（1529）官吏部侍郎，遭誣坐除名。

登黃鶴樓

湖南忽遇青驄客，〔1〕江上同登黃鶴樓。萬古乾坤餘壯觀，千年詞賦屬名流。漢陽樹色和烟晚，夏口山容帶雨秋。〔2〕回首長安天極北，〔3〕南窗并倚不勝愁。

【校注】

〔1〕湖南：洞庭湖之南省。青驄：毛色黑白相間之馬。喻馬之名貴。《古詩爲焦仲卿妻作》："躑躅青驄馬，流蘇金縷鞍。"

〔2〕夏口：指武昌之夏口。《武昌府志·古迹》："夏口城在城西黄鵠山，孫權所築。城依山負險，周二三里。"

〔3〕長安：借指明都北京。天極：指天極星，即北極星。《史記·天官書》："中宫天極星，其一名者，太乙常居也。"古以天極或北極指帝京或帝王所居。

同是宦游失意之人，故并倚南窗，回首京都，有不勝之愁。疑詩或作於削職之後。

張　璧

陸中丞譚總戎陳侍御小集黄鶴樓留題二首〔1〕

白雲黄鶴幾千秋，城上樓開天際頭。岷江湘川水分派，〔2〕古往今來人壯游。歲晚魚龍翻濁浪，〔3〕霜寒雁鶩滿晴洲。〔4〕坐邀凉月軒裳共，〔5〕徙倚闌干數散愁。〔6〕

其　二

畫閣瑶窗拂曙開，〔7〕傍岩樓觀正崔嵬。憑欄望渺平沙樹，〔8〕拂袖疑酣北海杯。〔9〕一帶江山開畫障，萬重烟樹護層臺。同游賓客俱豪勝，落日長歌首重回。

【校注】

〔1〕中丞：明初設都察院，副都御史相當漢以來之御史中丞。又明常以副

都御史出任巡撫，故巡撫亦稱中丞。總戎：明代各省設總兵官、副總兵官。而後軍務日繁，總兵官統軍鎮守，遂成一方武官之重職。總戎蓋總兵官之別稱。侍御：侍御史通常省稱爲侍御。此指監察御史。以上三人未詳。

〔2〕岷江：指長江。湘川：即湘水，又名湘江，流經今湖南省，匯合瀟、蒸、沅水，入洞庭，至岳陽入長江。分派：河道分流。

〔3〕魚龍：杜甫《秋興八首》之四：“魚龍寂寞秋江冷。”

〔4〕鶩：野鴨，亦稱舒鳧。

〔5〕軒裳：大夫之服，借指身居高位之人。以所與之人，皆朝廷大臣，故云。沈佺期《洛陽道》：“白日青春道，軒裳半下朝。”皮日休《三羞詩》：“利則侶軒裳，塞則友松月。”李白《月下獨酌》：“舉杯邀明月。”

〔6〕徙倚：留連徘徊。王粲《登樓賦》：“步棲遲以徙倚兮，白日忽其將匿。”

〔7〕拂曙：同“拂曉”。北周庾信《對燭賦》：“蓮帳寒繁窗拂曙，筠籠熏火香盈絮。”

〔8〕平沙：平坦之沙灘。何遜《慈姥磯》：“野岸平沙合，連山遠霧浮。”

〔9〕北海杯：孔融，字文舉，東漢獻帝時爲北海相，世稱孔北海。性嗜酒，而好士。及退閑職，賓客日盈門，常嘆曰：“坐上客常滿，尊中酒不空，吾無憂矣。”蕭穎士《山莊夜月》：“未奏東山妓，先傾北海樽。”

詩叙同僚歲晚共登鶴樓賞景，豪飲長歌，由夕達旦，又由拂曉而落日，真乃達官之游。詩所謂“散愁”，不過是閑愁而已。

顧　璘

顧璘（1476—1547），字華玉，明代吳縣（今屬江蘇）人，一說上元（今江蘇南京）人。弘治九年（1496）進士。授廣平知縣，擢南京吏部主事、郎中。正德四年（1509），出爲開封知府，謫全州，復遷台州知府。歷浙江左布政使、山西、湖廣巡撫，遷吏部右侍郎，改工部，官至南京刑部尚書。初與同里陳沂、王韋，號金陵三俊，後朱應登繼起，稱四大家。其詩矩矱唐人，以風調勝。有《浮湘集》《山中集》《憑几集》《憑几集續編》《息園存稿》《緩慟集》，今存。

黃鶴樓飲後作[1]

黃鶴仙人身姓誰，空傳崔顥舊題詩。[2]雲荒赤壁周瑜壘，[3]江繞青山夏禹祠。[4]浮世古今堪灑泪，高臺歌舞幾銜卮。[5]天寒月白孤鴻遠，徙倚闌干送目遲。

【校注】

〔1〕本詩未見集載。《憑几集》卷三附録，有《黃鶴樓野望》，詩云："黃鶴樓高玉笛哀，江聲長繞碧窗回。孫劉去後空殘壘，夏鄂登來有壯懷。重鎮旌旄虛竊禄，荒洲詞賦獨憐才。鄉關衹在烟波外，何日扬帆破浪回。"又《憑几集續編》卷一有《秋日同總鎮二公飲黃鶴樓三首》，其一云："虎帳同分聖主憂，時平聊共賦高秋。江經神禹多平土，山去仙人有故樓。風起魚龍還自駭，醉來弦管欲生愁。亭前石鏡知何在，明月依然照白頭。"其二云："高樓騁望楚天寬，千古閑情一倚闌。黃孟史家稱最孝，孫劉王業恨偏安。休憐往事成翻掌，且對秋風一正冠。説與幽人應愧殺，漁歌遥起蓼花灘。"其三云："樓前野色散秋容，樓下浮烟晚更濃。江漢水深龍窟宅，衡廬天遠楚提封。兼葭白露愁歸客，禾黍黃雲慰老農。賓從滿筵笳鼓急，庚公那得任疏慵。"皆正德中官湖廣巡撫時所作。《黃鶴樓集》未收，今并録於兹。

〔2〕顥：原作"灝"，徑改。

〔3〕壘：軍營墙壁或防守工事。蘇軾《念奴嬌·赤壁懷古》："故壘西邊，人道是，三國周郎赤壁。"

〔4〕夏禹祠：在舊漢陽府漢陽縣治東北，大別山東禹功磯上，黃鶴樓對岸。相傳爲大禹治水功成之所，故後人立祠以祀。

〔5〕巵：酒器。銜巵，即飲酒。

詩俯仰今古，不勝浮世之嘆。當作於湖廣巡撫任內。

廖道南

廖道南（？—1547），字鳴吾，號玄素子。明代蒲圻（今屬湖北）人。正德十六年（1521）進士。嘉靖中歷官中允、翰林院侍講學士。

登黃鶴樓留別許督學伯誠[1]

千仞飛樓凌紫烟，重城閣道入青天。樽前日月低紅樹，檻外星辰拂綺筵。石鏡秋懸黃鶴夢，[2]金沙春起白龍眠。[3]已從北極瞻南斗，[4]更望中臺接上玄。[5]

【校注】

〔1〕督學：提督學政之省稱。明正統二年（1437）始設，爲地方最高教育行政長官，主管所屬州縣學校和教育行政。伯誠：許宗魯字，嘉靖初官湖廣學政。

〔2〕石鏡：即石鏡亭，爲黃鶴樓古迹之一。

〔3〕金沙：洲名，在舊武昌城南，與白沙洲對，河水自中出，明時爲百貨雲集、商舟湊泊之所。白龍：明隆慶前，武昌府治內有白龍泉、白龍寺。劉績《登黃鶴樓》詩其二亦云："白龍幻化集塵氓。"

〔4〕北極：星名。《晋書·天文志》："北極五星，鈎陳六星，皆在紫宮中。北極，北辰最尊者也。"南斗：星名。南斗星，即斗宿。"北極"，喻指京都、朝廷；南斗，《星經》云，主宰相爵禄之位，喻伯誠仕途得意，亦謂伯誠由京都南來，督學湖廣。

〔5〕中臺：即尚書省。唐時尚書省曾更名中臺。明時不設尚書省，此沿襲

舊稱，指中央行政機關。上玄：天，指皇帝。

本詩當作於嘉靖初許宗魯視湖廣學政之時。作者供職翰林，過江夏與故人登黃鶴樓作詩留別。友人仕路通達，暗寓己之落寞。

郭鳳儀

郭鳳儀，明代祥符（今河南開封）人。嘉靖五年（1526）進士。累官按察副使。

黃鶴樓眺望

孤城危堞抱層樓，^[1]縹緲疑從霄漢游。雲樹回看全楚盡，烟波橫俯大江流。丹砂未就驚身老，^[2]紫綬新懸報主憂。^[3]黃鶴仙人何處覓？笛聲鴻影思悠悠。^[4]

【校注】

〔1〕危堞：堞，城上如齒狀的矮牆。危，高。

〔2〕丹砂：又稱丹沙、硃砂。道家所謂長生不老之藥。《史記·武帝紀》："少君言於上曰：'祠竈則致物，致物而丹沙可化爲黃金；黃金成，以爲飲食器，則益壽；益壽而海中蓬萊仙者可見。'"《抱朴子·金丹》："凡草木燒之即燼，而丹砂燒之成水銀，積變又還成丹砂，故能令人長生。"

〔3〕紫綬：紫色絲帶，用作印組。《漢書·百官公卿表》："相國、丞相，皆金印紫綬。"《明史·輿服志》：明時五品以上，綬用黃、綠、赤、紫四色，六、七品無紫，八、九品無紫、赤。詩云"紫綬新懸"，官階當在五品以上。

〔4〕鴻影：鴻雁之影。陸龜蒙《坐》："偶避蟬聲來隙地，忽隨鴻影入遼天。"

詩中反映了作者出世和入世的矛盾。欲從仙游，以求長生，無奈紫綬新懸，身不由己。

葉子奇

葉子奇（？—1378），字世杰，號静齋，明代龍泉（今屬浙江）人。明初以薦官巴陵主簿。所著詩文凡三十六卷，另有《範通元理》《齊東野語》等，今惟存《太玄本旨》及《草木子》。

黄鶴樓眺望 二首

黄鶴樓前江水流，隔江遥見漢陽洲。[1]洲邊草色回鸚鵡，客裏年華付白鷗。[2]鄂渚樓臺非故國，[3]巴陵風雪待行舟。[4]若爲唤取回仙笛，吹散烟波一段愁。

其 二

拍手闌干最上頭，謫仙豪氣少陵愁。[5]江山好處無多景，天地分時有此樓。[6]雲氣常涵江閣雨，[7]月光先占海門秋。[8]仙家鶴背如鵬背，借我扶摇九萬游。[9]

【校注】

〔1〕漢陽洲：指鸚鵡洲。故下句云"草色回鸚鵡"。鵡，原作"武"，徑改。

〔2〕客裏句：謂寄意隱逸，不以世事爲懷。"付白鷗"，用《列子·黄帝》海上之人與鷗鳥游的典故。

〔3〕鄂渚：相傳在今湖北武昌黄鶴山上游三百步長江中。《楚辭·九章·涉江》："乘鄂渚而返顧兮，欸秋冬之緒風。"王逸注："鄂渚，地名。"洪興

祖補注：“鄂州，武昌縣地是也。隋以鄂渚爲名。”

〔4〕巴陵：今湖南岳陽。漢下雋縣巴丘地。傳說后羿斬巴蛇於洞庭，蛇骨堆積如丘陵，故名。

〔5〕謫仙：謫居世間的仙人，指李白，其詩以豪氣勝。李白《對酒憶賀監詩序》：“太子賓客賀公（知章），於長安紫極宮一見余，呼余爲謫仙人，因解金龜換酒爲樂。”後世稱李白爲謫仙，謂其才行高邁，非人間所有。少陵：杜甫居杜陵，在少陵原東，自稱杜陵布衣、少陵野老。身處唐由盛轉衰的安史戰亂年代，其詩多寫家國之愁。

〔6〕天地句：言鶴樓之久。

〔7〕涵：包容。江閣：指黃鶴樓。

〔8〕海門：海口。王昌齡《宿京江口期劉眘虛不至》：“霜天起長望，殘月生海門。”長江東流入海，故云先占海門秋色。

〔9〕扶搖：盤旋而上的暴風。《莊子·逍遥游》：“鵬之徙於南冥也，水擊三千里，摶扶搖而上者九萬里。”唐李白《上李邕》：“大鵬一日同風起，扶搖直上九萬里。”

詩云“巴陵風雪待行舟”，當爲作者赴巴陵主薄任過江夏而作。二詩表達了詩人欲擺脱世事羈絆，志在逍遥的情趣。

張　耀

張耀，字汝晦，明代人。生平未詳。

黃鶴樓眺望

樓聳江城百仞孤，勢凌三楚氣吞吳。[1]金沙鳥語供絲竹，[2]南浦雲容寫畫圖。[3]紀勝墨花香石壁，[4]憑軒胸次湛冰壺。[5]烟波千頃無

人管，着我輕蓑一釣徒。〔6〕

【校注】

〔1〕三楚：戰國楚地，從黃淮至湖南一帶，有西楚、東楚、南楚之分。《史記·貨殖列傳》以淮北、沛陳、汝南、南郡爲西楚；彭城以東，東海、吳、廣陵爲東楚；衡山、九江、江南、豫章、長沙爲南楚。《漢書·高帝紀》注引孟康以江陵爲南楚，吳爲東楚，彭城爲西楚。

〔2〕金沙：洲名，在舊武昌城南。

〔3〕南浦：在武昌縣南。

〔4〕墨花：猶墨迹。

〔5〕湛：澄清。冰壺：南朝宋鮑照《白頭吟》："直如朱絲繩，清如玉壺冰。"王昌齡《芙蓉樓送辛漸》："洛陽親友如相問，一片冰心在玉壺。"皆喻人的品格情操。

〔6〕烟波二句：唐張志和隱居江湖，自稱烟波釣徒，有《漁父歌》，歌云："西塞山前白鷺飛，桃花流水鱖魚肥。青箬笠，緑蓑衣，斜風細雨不須歸。"

詩由眼前景物着筆，末始結出歸隱江湖、漁釣江上的生涯。作者當亦爲隱逸一流人物。

尹 覺

尹覺，明代嘉定（今屬上海）人。曾官武昌府通判。

黃鶴樓眺望

一從黃鶴著樓名，極眺誰忘今古情。曾謂仙人過已遠，吹殘玉笛杳無聲。漢陽草樹半江水，鄂浦帆檣初晚成。慚倚曲闌星斗下，覺來詩夢助凄清。

　　本詩蓋作於官武昌府通判之時。詩云"慚倚"，似乎感慨久居下僚，有辜負年光，愧對勝景之意。

林　光

　　　　林光，字緝熙，明代東莞（今屬廣東）人。成化舉人。曾官襄府長史。

黃鶴樓眺望

　　危樓千尺勢嵯峨，[1]黃鶴仙翁舊此過。鐵笛橫時江水闊，夕陽紅處楚山多。漢陽樹帶前朝色，鸚鵡洲深粵客歌。[2]倚遍闌干如一夢，白雲秋思滿滄波。[3]

【校注】
〔1〕嵯峨：高峻貌。《楚辭·招隱士》："山氣龍嵷石嵯峨。"
〔2〕粵客：作者廣東人，故自稱"粵客"。鵡：原作"武"，徑改。
〔3〕滄波：江河之波。《文選·王儉〈褚淵碑文〉》："鼓棹則滄波振蕩。"又漢水名滄浪，滄波，滄浪之波。《楚辭·漁父》："滄浪之水清兮，可以濯吾纓；滄浪之水濁兮，可以濯吾足。"

　　所謂粵客秋思，蓋游子相思，宦游失意，兼而有之。倚闌夢醒，思滿滄波，似有寄意隱逸之趣。

丁子奇

丁子奇，明代人。生平未詳。

黄鶴樓眺望

坐覽山川興欲飄，吟身渾訝在重霄。[1]半天空翠迷丹嶂，[2]滿樹風聲送晚潮。鶴去樓虛明月在，仙游塵幻白雲消。來朝更欲扶殘醉，萬仞峰頭聽紫簫。[3]

【校注】

〔1〕吟身：詩人之身，作者自指。渾：簡直，幾乎。張相《詩詞曲語辭彙釋》卷二："渾，猶全也；直也。"杜甫《春望》："白頭搔更短，渾欲不勝簪。"

〔2〕空翠：此處指高大的綠樹。王維《山中》："山路元無雨，空翠濕人衣。"劉長卿《陪元侍御》："香氣空翠中，猿聲暮雲外。"丹嶂：赤色崖壁。

〔3〕紫簫：紫竹所製之簫。《列仙傳》載：弄玉於鳳臺吹簫作鳳鳴，鳳凰來止其屋，後與蕭史同隨鳳凰仙去。"聽紫簫"，即有與仙人同游之意。

登樓而疑置身重霄，鶴去樓空，仙事茫茫，終屬塵幻，然而來朝仍欲追尋仙踪，以盡游興。

馮世雍

馮世雍，字子和，明代江夏人。嘉靖二年(1523)進士。歷官臨安、徽州知府。後任巡按御史、工部主事等職。爲人倜儻疏散，以才名。有《三石集》。

黃鶴樓眺望

　　諸公暇日坐銷憂，[1]携壺直上黃鶴樓。[2]亂雲襄浪鳥長去，[3]流霞落日情無休。金樽酌客不知數，白眼望天寧自由。[4]夜深燈火下樓去，恍疑歸路凌雲浮。

【校注】

　　[1]諸公句：王粲《登樓賦》："登茲樓以四望兮，聊暇日以銷憂。"坐：張相《詩詞曲語辭彙釋》卷四："坐，猶聊也；且也。"孟浩然《登安陽城樓》："群公暇日坐銷憂。"

　　[2]携壺：杜牧《九日齊山登高》："江涵秋影雁初飛，與客携壺上翠微。"

　　[3]襄浪：猶叠浪，層浪。《漢書·司馬相如傳》："襞積襄縐。"顏師古注："張揖曰：襄，縮也。"

　　[4]白眼：《世説新語·簡傲》注引晋《百官名》："（阮）籍能爲青白眼，見凡俗之士，以白眼對之。"後以白眼表示鄙薄厭惡。杜甫《飲中八仙歌》："舉觴白眼望青天。"寧：豈。

　　人世多煩憂，宦海多風波，故詩有"白眼望天寧自由"之嘆。詩當爲逗留湖廣時所作。

郭　詡

　　郭詡，明代泰和（今屬江西）人，自號清狂。弘治中以善畫被徵。寧王宸濠召之，辭不應，遂間道走武昌，入德安，不知所終。

黃鶴樓眺望

雲净長空獨倚闌，隔江一帶好青山。漁舟出没風波裏，鐵笛依稀霄漢間。[1]景物久遺塵外想，[2]髩毛亦任鏡中班。[3]停杯且待深更月，時有仙人跨鶴還。

【校注】

〔1〕鐵笛：指吕洞賓吹笛故事。依稀：仿佛，不清晰。謝靈運《行田登海口盤嶼山》："依稀采菱歌，仿佛含嚬容。"

〔2〕塵外：世外。《晋書·謝安傳論》："文靖始居塵外，高謝人間，嘯咏山林，游泛江海。"

〔3〕髩：同"鬢"。班：通"斑"。《楚辭·離騷》："紛總總其離合兮，班陸離其上下。"陸游《書憤》："塞上長城空自許，鏡中衰鬢已先斑。"

登樓眺望，漁舟鐵笛，使人頓生塵外之想。"停杯"云云，即有與仙人遨游世外之意。詩當作於作者走武昌之時。

張　寬

張寬，字栗甫，明代江夏人。餘未詳。

黃鶴樓眺望

此樓雄枕此江頭，此日乘閑續舊游。仙子奇踪天地老，[1]詞人佳句古今留。風生赤壁浪花曉，[2]霜點金沙蘆葉秋。[3]笑拍闌干呼紫酒，[4]欲招黃鶴馭神州。[5]

【校注】

〔1〕仙子：仙人。唐孟浩然《游精忍觀題觀主山房》："方知仙子宅，未有世人尋。"李賀《金銅仙人辭漢歌》："天若有情天亦老。"本詩無校。

〔2〕浪花曉：謂清晨風吹浪花叠起。

〔3〕金沙：即金沙洲。

〔4〕紫酒：紫色之酒。譚用之《江邊秋夕》："千鍾紫酒薦菖蒲，松島蘭舟漱灩居。"

〔5〕馭：駕。謂駕黃鶴遍游神州。

　　詩言鶴去樓空，惟留詞人佳句；往事如烟，徒見風生赤壁，有不勝古今盛衰、人世滄桑之慨。故結有"欲招黃鶴馭神州"的仙游之想。

張　憲

　　張憲，字振卿，明代江都（今江蘇揚州）人。曾官户部郎中。

黃鶴樓眺望 二首

　　勝游星聚愧當筵，〔1〕督餉南征此息肩。〔2〕聖世輿圖非昔楚，〔3〕乾坤界脉自西川。〔4〕氣吞湖海古今句，手摘星辰咫尺天。黃鶴一聲江上棹，〔5〕山高月小浪痕圓。〔6〕

其　二

　　江上層樓敞四筵，〔7〕仙梯峭級聳吟肩。〔8〕北通漢漾來嶓冢，〔9〕南匯岷沱迤蜀川。〔10〕鐵笛聲中鸚鵡賦，〔11〕斗牛躔外洞庭天。〔12〕清風一棹揚州路，〔13〕黃鶴歸時月正圓。

【校注】

〔1〕星聚：喻群賢聚集。劉敬叔《异苑》載，東漢陳寔與諸子侄造訪荀淑父子，於時德星聚，太史奏：“五百里内有賢人聚。”王勃《滕王閣序》：“雄州霧列，俊采星馳。”

〔2〕督餉：督糧。明時於各省置督糧道，掌督運漕糧。《明史·職官表》：“督糧道十三，布政司各一員，俱駐省城。”征：《詩·小雅·小宛》：“我日斯邁，而月斯征。”鄭玄箋：“邁、征，皆行也。”《楚辭·離騷》：“濟沅湘以南征兮，就重華而陳辭。”息肩：休息。《左傳》襄公二年：“鄭子駟請息肩於齊。”

〔3〕輿圖：疆域。

〔4〕自：自是，當然是。西川：西來的大江，指長江。

〔5〕黄鶴句：本蘇軾《後赤壁賦》“適有孤鶴，横江東來。……戞然長鳴，掠予舟而西也”之句。

〔6〕山高句：蘇軾《後赤壁賦》：“江流有聲，斷岸千尺，山高月小，水落石出。”

〔7〕敞：開，張。原作“廠”，徑改。

〔8〕峭級：陡峭的階級。吟肩：詩人之肩。

〔9〕漢漾：二水名。源出陝西寧强縣北蟠冢山。初出山時名漾水，東南經沔縣爲沔水，東經褒城縣，合褒水，始爲漢水。流經陝西南部，湖北西北部和中部，至武漢漢陽入長江。《書·禹貢》：“嶓冢導漾，東流爲漢。”

〔10〕岷沱：《書·禹貢》：“岷山導江，東別爲沱。”岷江，源出四川松潘縣北岷山，經樂山，納入大渡河，至宜賓并入長江。沱，舊説以爲岷江之支流郫江。

〔11〕鸚鵡賦：即禰衡所作賦。

〔12〕斗牛：二星宿名。躔：星辰運行的軌迹。漢劉歆《西京雜記》：“躔度運行，陰陽以正。”洞庭：《莊子·天下》：“帝張咸池之樂於洞庭之野。”成玄英疏：“洞庭之野，天地之間，非太湖之洞庭也。”

〔13〕揚州：李白《黄鶴樓送孟浩然之廣陵》：“故人西辭黄鶴樓，烟花三月下揚州。”

詩云"督餉南征此息肩"，又云"清風一棹揚州路"，當爲督糧江淮路經武昌時作。作者江都人，故有"黃鶴歸時月正圓"之句。二詩贊美鶴樓勝景，以德星會聚喻友朋邀約，可見與游者皆爲名士。

張　維

張維，明代石首（今屬湖北）人。舉人。餘未詳。

黃鶴樓眺望 二首

黃鶴仙人去幾霜，[1]空餘樓閣嶂江鄉。[2]草連芳徑迷鸚鵡，樹接青山逼漢陽。[3]去國常懸千里夢，[4]携觴嬴得片時狂。[5]檻流不盡英雄恨，[6]一度登臨一感傷。

其　二

城上秋山開翠屏，[7]樓前長笛響空冥。[8]白雲黃鶴渺何在，漢水巴江流不停。[9]天際風檣隨雁落，雨餘沙草帶龍腥。[10]憑誰道眼窺衡岳，[11]擬借仙槎過洞庭。[12]

【校注】
〔1〕幾霜：猶幾年，幾秋。《正字通·雨部》："歷年曰霜。"賈島《渡桑乾》："客舍并州已十霜。"
〔2〕嶂：謂樓閣高聳如屏障。
〔3〕草連二句：迷，彌漫。杜甫《送靈州李判官》："血戰乾坤赤，氛迷日月黃。""迷鸚鵡"，謂鸚鵡洲芳草迷漫。逼：迫近。二句本崔顥《黃鶴樓》："晴川歷歷漢陽樹，芳草萋萋鸚鵡洲。"
〔4〕去國：離開故國，離開故土。謝朓《冬緒羈懷示蕭諮議虞田曹劉江二

常侍》："去國懷丘園，入遠滯城闕。"

〔5〕觴：酒器。贏：同"贏"。

〔6〕檻流：檻外之江流。王勃《滕王閣》："檻外長江空自流。"

〔7〕翠屏：山色青翠，勢如屏障，故云。

〔8〕空冥：天空。冥，天之高遠處。

〔9〕巴江：來自巴地之江，指長江。

〔10〕龍腥：形容雨。梅堯臣《新霽望岐笠山》："斷虹迎日盡，飛雨帶龍腥。"

〔11〕道眼：佛家語。猶謂明眼、法眼。《楞嚴經》："發妙明心，開我道眼。"
衡岳：南岳衡山，在今湖南省。

〔12〕槎：竹、木筏。仙槎，仙人所乘舟。《博物志》："年年八月，有
浮槎去來不失期。"庾信《楊柳歌》："流槎一去上天池。"

觀二詩，或爲作者游宦湖南過江夏而作，故有羈旅之思。詩中感傷
人世無常，今古遺恨，流露出仕途失意之情。

徐　鈺

徐鈺，字用礪，明代江夏人。弘治九年（1496）進士。官御史。
正德初，以忤劉瑾罷官。終四川左布政使。

黃鶴樓眺望

勝迹當年半杳冥，幾勞杖屨叩遺氓。[1]白龍歸去乾坤老，[2]黃鶴
飛來海月清。兩岸帆檣沿浦合，[3]幾家燈火對江明。當時吹笛人何在，
徙倚寒梅嗅落英。[4]

【校注】

〔1〕杖屨：扶杖漫步。杜甫《祠南夕望》："興來猶杖屨，目斷更雲沙。"

叩：問，詢問。遺氓：《戰國策·秦策》："彼固亡國之形也，而不憂民氓。"高誘注："野民曰氓。"遺氓，即遺民，猶遺老。

〔2〕白龍句：李白《登敬亭山南望懷古贈竇主簿》："白龍降陵陽，黃鶴呼子安。"清王琦注："《水經注》：水出陵陽山，下經陵陽縣，西爲旋溪水。昔縣人陽子明釣得白龍處。後三年，龍迎子明上陵陽山，山去地千餘丈。……後二十年，子安死山下，有黃鶴栖其冢樹，常鳴呼子安。"舊武昌府治內有白龍泉、白龍寺。明劉績《登黃鶴樓》詩其二云："白龍幻化集塵氓。"廖道南《登黃鶴樓留別許督學伯誠》云："金沙春起白龍眠。"

〔3〕浦：水濱。

〔4〕落英：初生的花。《楚辭·離騷》："朝飲木蘭之墜露兮，夕餐秋菊之落英。"

　　勝迹千年，仙事杳冥，故杖屨而叩遺老，詢白龍黃鶴之事。"當時"云云，慨嘆古之仙人不可得見，不免有人世孤寂之感。

彭　飛

　　彭飛，字□溟，明代沅陵（今屬湖南）人。餘未詳。

黃鶴樓眺望

　　雄枕高城楚大觀，波光浮日上雕闌。白雲斷處漢陽出，〔1〕仙子去時黃鶴閑。前輩風流江漢遠，〔2〕後生仰止斗山難。〔3〕馮虛一笑下樓去，〔4〕九月洞庭湖水寒。

【校注】
〔1〕斷處：盡處。

〔2〕江漢遠：謂如江漢之流遠。

〔3〕後生：後輩。《論語・子罕》：“後生可畏，焉知來者之不如今也。”仰止：仰望，敬仰。《詩・小雅・車舝》：“高山仰止，景行行止。”斗山：北斗和泰山。樓鑰《送張定叟尚書鎮襄陽》：“南軒傳聖學，後進斗山仰。”

〔4〕馮虛：猶凌空。蘇軾《前赤壁賦》：“浩浩乎，如馮虛御風，而不知其所止。”

本詩當爲作者游江夏後將歸湖南所作，表達了作者仰慕先賢之意。

劉 煒

劉煒，明代江夏人。餘未詳。

黃鶴樓眺望

每入春來望不窮，登樓一笑楚天空。隔江亂擁晴川樹，[1] 短鬢空餘鐵笛風。[2] 鸚鵡恨埋芳草綠，[3] 闌干醉倚夕陽紅。不禁過眼多更變，[4] 擬向滄浪學釣翁。[5]

【校注】

〔1〕晴川樹：本崔顥《黃鶴樓》詩。

〔2〕短鬢：年老髮稀。楊萬里《易允升畫像贊》：“疏髯撚欲無，短鬢搔已禿。”鐵笛風：本呂仙吹笛事。

〔3〕鸚鵡句：指禰衡被殺埋於鸚鵡洲事。鵡，原作“武”，徑改。

〔4〕不禁：經受不起。杜甫《舍弟觀赴藍田取妻子到江陵喜寄》：“巡簷索共梅花笑，冷蕊疏枝半不禁。”過眼：轉瞬即過。蘇軾《寶繪堂記》：“譬之烟雲之過眼，百鳥之感耳，豈不欣然接之，去而不復念也。”“過眼”云云，

謂世事更變之疾之頻。

〔5〕滄浪：水名，即漢水。《書·禹貢》："嶓冢導漾，東流爲漢，又東爲滄浪之水。"釣翁：指隱者。《楚辭·漁父》："滄浪之水清兮，可以濯吾纓；滄浪之水濁兮，可以濯吾足。"王逸注："漁父避世隱身，釣魚江濱，欣然自樂。"

感慨人世滄桑，白髮更短，故而寄意江湖，意欲歸隱山水之間，"短髦""鸚鵡"二句，蘊含着多少文士失意的悵恨！

雷　賀

雷賀，字時雍，明代豐城（今屬江西）人。嘉靖二十年（1541）進士。曾巡撫廣東。輯有《雷中丞律選》《粵藩稿》，已佚。

春口宴集黃鶴樓

鶴去何年尚有樓，芳辰風景趁奇游。〔1〕晴沙遠帶春花媚，〔2〕雲閣高懸夜月幽。萬里江山稱壯麗，百年冠蓋叙綢繆。〔3〕青霄一望長安近，豈是浮雲白鷺洲。〔4〕

【校注】

〔1〕芳辰：猶良辰。謝靈運《擬魏太子鄴中集詩序》："天下良辰、美景、賞心、樂事，四者難并，今昆弟友朋，二三諸彦，共盡之矣。"

〔2〕晴沙：晴日下的沙。媚：美。

〔3〕冠蓋：官吏的服飾和車乘，借指官吏。班固《西都賦》："冠蓋如雲，七相五公。"百年冠蓋，謂久於宦途的朝廷大員。綢繆：情意殷勤。吳質《答東阿王書》："發函伸紙，是何文采之巨麗，而慰喻之綢繆乎？"

〔4〕青霄二句：長安，借指京都。李白《登金陵鳳凰臺》："三山半落青

天外，一水中分白鷺洲。總爲浮雲能蔽日，長安不見使人愁。"白鷺洲，原爲南京西南長江中的一個沙洲，因江流西移，今已與陸地相連；浮雲，喻指奸佞之人。抒寫詩人對朝政的譏諷和自身的憂憤。本詩反其意而言之。

詩言冠蓋相與，宴集黃鶴樓，賞佳麗之景，叙綢繆之情，共贊時政清平。宦途得意之情，溢於言表。

張鍾靈

張鍾靈，字白湖，明代武昌（今湖北鄂城）人。弘治十一年（1498）鄉試第一。舉進士不第，遂不屑以利禄干進，放情山水以終。

鶴樓別意送王參軍[1]

短琴長劍起江東，[2]武略文韜滿腹中。[3]捫虱昔談當世務，[4]飛鳧今奏濟時功。[5]石洪在鎮兵機妙，[6]韓愈歸朝幕府空。[7]裘賜紫貂他日獨，[8]樓登黃鶴幾時重。[9]

【校注】

〔1〕參軍：官名。東漢末有參軍事之名，即參謀軍務，簡稱參軍，職任頗重。晋以後軍府和王國始置參軍，如諮議、記室、録事及諸曹參軍等。沿至隋唐，兼爲郡官。明於通政司、都察院及各省布政使司、按察使司置經歷，掌出納文移，亦稱參軍。王參軍，未詳，當在湖廣供職。

〔2〕琴、劍：古代文士常以隨身，引爲風雅。薛能《送馮温往河外》："琴劍事行裝，河關出北方。"江東：泛指江南。鍾靈武昌人，故云。

〔3〕武略文韜：古兵書有六韜三略，後因以韜略指用兵謀略。"武略文韜"，言其文武兼備。

〔4〕捫虱：摸捉虱子，形容名士放達任性。《晉書·王猛傳》："桓温入關，猛被褐而詣之，一面談當世之事，捫虱而言，旁若無人。"

〔5〕飛鳧：《後漢書·王喬傳》載，王喬，明帝時爲葉縣令，"每月朔望，常自縣詣臺朝。帝怪其來數而不見車騎，密令太史偵伺望之，言其臨至，輒有雙鳧從東南飛來。於是候鳧至，舉羅張之，但得一隻舃焉"。沈約《和謝宣城》："王喬飛鳧舃，東方金馬門。"

〔6〕石洪：字濬川，中唐時人。曾以明經爲黃州録事參軍。後烏重胤鎮河陽，求賢者以自重，乃具書幣邀辟。遂爲重胤幕僚，佐其鎮河陽。見《新唐書·石洪傳》。

〔7〕韓愈：中唐時人。貞元進士。及第後曾爲宣武節度使董晋、武寧節度使張建封幕府推官。後裴度以宰相節度彰義軍，宣慰淮西，奏愈爲行軍司馬，佐裴度平淮西有功，遷刑部侍郎。見《新唐書·韓愈傳》。石洪、韓愈，皆以喻王參軍。

〔8〕紫貂：紫貂爲貴重的服飾。

〔9〕重：再度，再次。

王參軍原在湖廣幕府，是時赴京供職，故詩有飛鳧、歸朝之喻，"裘賜紫貂"之祝。通篇贊王參軍的文韜武略、濟時之功，皆虛譽之辭。

何宗理

何宗理，字宗治，明代襄陽（今屬湖北）人。曾官山西副使。

登黃鶴樓

霜寒潦盡水痕收，〔1〕簾捲西風何處樓？〔2〕漢水北吞雲夢入，〔3〕洞庭南送楚江流。〔4〕棋敲殘月千山冷，笛落孤亭萬里秋。〔5〕大醉倚闌呼

費禕，〔6〕蒹葭萍蓼漫成憂。〔7〕

【校注】

〔1〕潦：積水。王勃《滕王閣序》："潦水盡而寒潭清，烟光凝而暮山紫。"

〔2〕簾捲句：李清照《醉花陰》："莫道不消魂，簾捲西風，人比黄花瘦。"

〔3〕雲夢：雲夢澤古地理位置，歷來説法不一，一説本二澤，雲在江北，夢在江南；一説雲夢實爲一澤，可單言雲或夢。此云"漢水北吞"，蓋以其位處江北。

〔4〕洞庭句：洞庭湖於岳陽注入長江。以其在長江南，故云"南送"。

〔5〕棋敲二句：舊傳吕洞賓與太守弈，又吹笛過黄鶴樓，留詩而去，故云。孤亭，指吕仙亭。

〔6〕費禕：字文偉，傳説中人物。《太平寰宇記》："昔費文偉登仙，每乘黄鶴於此樓憩駕。"黄鶴樓亦因此得名。

〔7〕蒹葭、萍蓼：皆水草名。《詩·秦風·蒹葭》："蒹葭蒼蒼，白露爲霜。所謂伊人，在水一方。"舊傳吕洞賓《題黄鶴樓石照》云："黄鶴樓前吹笛時，白蘋紅蓼滿江湄。衷情欲訴誰能會？惟有清風明月知。"

秋日登樓，觸目皆愁。仙迹冷落，更增懷古之思。

汪　賜

汪賜，明代仁和（今浙江杭州）人。正德中官副使。

登黄鶴樓

樓臺天下此稱雄，高枕江流百折中。極目長安烟樹渺，〔1〕回頭天漢斗牛通。〔2〕白雲不返千年鶴，鐵笛時傳五夜風。〔3〕撫景暫紓公暇樂，〔4〕

不妨踏遍夕陽紅。

【校注】

〔1〕長安：指京都。

〔2〕天漢：即銀河。《詩・小雅・大東》："維天有漢，監亦有光。"毛傳："漢，天河也。"斗牛：二星宿名。此句極言鶴樓之高。

〔3〕五夜：古以一夜分甲、乙、丙、丁、戊五段，即五更。《文選・陸倕〈新刻漏銘〉》："六日無辨，五夜不分。"李善注引《漢書儀》："晝夜漏起，省中用火，中黃門持五夜。五夜者，甲夜、乙夜、丙夜、丁夜、戊夜也。"

〔4〕紓：通"舒"。《集韵・魚韵》："紓，通作舒。"

詩敘公暇登樓撫景之樂，當爲任職湖廣時所作。"極目長安"，有思遷之意。

詹文光

詹文光，明代江夏人。進士出身，曾任知府。

登黃鶴樓

直上高樓思正茫，喜逢今日此徜徉。[1]望迷霄漢心俱遠，詩領乾坤酒更狂。[2]舊日梅花空月夜，[3]眼前雲物自年光。[4]江湖廊廟應吾分，憂樂誰知總一場。[5]

【校注】

〔1〕徜徉：徘徊。

〔2〕領：受取。謂詩意取法自然。

〔3〕梅花：指笛中曲《梅花落》。本李白詩："黃鶴樓中吹玉笛，江城五

月落梅花。"

〔4〕雲物：景物。《文心雕龍·比興》："圖狀山川，影寫雲物。"自：空，徒自。年光：猶年月，時光。楊炯《騫右丞省中暮望》："年光搖樹色，春氣繞蘭心。""自年光"，言時光流逝，景物未改。

〔5〕江湖二句：本范仲淹《岳陽樓記》語："居廟堂之高，則憂其民；處江湖之遠，則憂其君。是進亦憂，退亦憂。然則何時而樂耶？其必曰：'先天下之憂而憂，後天下之樂而樂歟！'噫！微斯人，吾誰與歸？"分：職分，本分。

直上高樓，思緒茫茫，景物自美，詩酒興狂。然而徜徉之餘，壯心未已。"江湖"云云，正感慨己之憂國憂民之心無人知曉。

朱廷立

朱廷立，字子禮，號兩崖，明代通山（今屬湖北）人。嘉靖二年（1523）進士。巡順天，督修河道。四川土裔舉事，廷立領兵平定之。旋督北畿學政，以禮部右侍郎致仕。卒年七十有五。

登黃鶴樓

乘鶴仙人已窈冥，〔1〕登樓予亦若生翎。〔2〕朝宗襟抱隨江漢，〔3〕燕集衣冠近日星。〔4〕郢邸望仍天子氣，〔5〕別山會識夏王靈。〔6〕朋游何必辭杯酌，萬里風吹醉易醒。

【校注】
〔1〕窈冥：言久遠莫測。
〔2〕翎：鳥羽。
〔3〕朝宗句：《書·禹貢》："江漢朝宗於海。"百官以朝廷爲宗，猶百

川之歸於海，故云。襟抱，懷抱。

〔4〕衣冠：指官吏。王維《和賈舍人早朝大明宮之作》："九天閶闔開宮殿，萬國衣冠拜冕旒。"日星：日與星，喻鶴樓之高。

〔5〕郢邸：指古夏口城。三國吳置郢州，治江夏，并於黃鶴山築夏口城，依山傍江，十分險要。天子氣：《隋書·天文志》："天子氣，內赤外黃。天子欲有游往處，其地先發此氣。"孫權曾都郢州，故云。

〔6〕別山：指大別山。會：當。夏王：指夏禹。大別山在舊漢陽府漢陽縣治東北，山東有禹功磯，相傳爲大禹治水成功之所，元時立禹祠於石磯之上，歲時致祭。

詩叙官場宴集，自是臣僚口吻。末云"萬里風吹"，疑爲奉使西川過江夏而作。

何　遷

何遷（1501—1574），字益之，一字懋益，明代德安（今屬江西）人。嘉靖二十年（1541）進士。官至南京刑部侍郎。有《何刑侍集》，一作《吉陽山房稿》。

登黃鶴樓

西山落日佳氣來，〔1〕東閣白雲飄滿臺。野老獨游河漢杪，〔2〕仙源疑在瀟湘隈。〔3〕故邀月色净琴瑟，〔4〕誰遣江光浮酒杯。〔5〕孤清對此發長嘯，〔6〕峴首牛山胡爾哀。〔7〕

【校注】

〔1〕佳氣：陶淵明《飲酒》之五："山氣日夕佳，飛鳥相與還。"

〔2〕野老：村野老人。作者自謂。丘遲《旦發漁浦潭》："村童忽相聚，野老時一望。"何遷晚年官至南京刑部侍郎，似乎不得自稱"野老"。然白居易《拜表回閣院》有云："晨興拜表稱朝士，晚去游山作野人。"作者自稱"野老"，意蓋同此。杪：末端。

〔3〕隈：曲深處。陶淵明作《桃花源記》，言其地在武陵，今湖南常德。仙源當指桃源，故下云"疑在瀟湘隈"。《湖廣武昌府志》錄此詩，"仙源"作"仙人"。

〔4〕故邀句：李白《月下獨酌》："舉杯邀明月，對影成三人。"此句意謂月光如水，洗滌琴音。

〔5〕江光：江水返照之光。

〔6〕孤清：指孤寂清冷之景。陳子昂《感遇》之十三："林居病時久，水木淡孤清。"

〔7〕峴首：又名峴山，在今湖北襄陽城南。晋羊祜鎮守襄陽，有政績，死後，襄陽百姓於峴山祜平生游憩之所，建碑立廟，歲時致祭。望其碑者莫不流涕。杜預名其碑爲墮淚碑。見《晋書·羊祜傳》。孟浩然《與諸子登峴山》："羊公碑尚在，讀罷泪沾襟。"牛山：在今山東淄博市東。《晏子春秋·内篇諫上》："齊景公游於牛山，北臨其國城而流涕曰：'若何滂滂去此而死乎？'"杜牧《九日齊山登高》："古往今來祇如此，牛山何必獨沾衣。"胡爾：爲何這樣。《湖廣武昌府志》作"空爾"。

詩感慨人世之不永，盛衰之無常，却故以達觀出之。曰"胡爾哀"，實哀之深。疑爲作者晚年所作。

羅洪先

羅洪先（1504—1583），字達夫，號念庵，明代吉水（今屬江西）人。嘉靖八年（1529）進士第一，授修撰。十八年，召拜春坊左贊善。

次年冬，以忤旨除名。隆慶初卒。有《念庵文集》。《四庫全書總目提要》言其"初效李夢陽，既而厭之，乃從唐順之等相講磨，晚乃自行己意"。《列朝詩集小傳》稱其詩文"托寄可觀，深於致情，易於感興"。

望黃鶴樓〔1〕

黃鶴樓前秋水長，江天北望遠蒼蒼。白雲千載歸何處，此日孤吟自夕陽。萍蓼又圍新睥睨，〔2〕汀洲猶見舊艅艎。〔3〕誰家短笛城頭起，不爲烟波有故鄉。〔4〕

【校注】

〔1〕詩載《念庵文集》卷二十二，爲《旅懷六首》之三。

〔2〕萍蓼：二水草名。舊傳呂洞賓《題黃鶴樓石照》有"白萍紅蓼滿江湄"之句。睥睨：車杠。又作"俾倪"。《急就篇》："蓋轑俾倪柂縛棠。"顏師古注："俾倪，持蓋之杠，在軾中央，環爲之，所以止蓋，弓之前隙也。"此指游人之車。

〔3〕汀洲：水中小洲。《楚辭·九歌·湘夫人》："搴汀洲兮杜若，將以遺兮遠者。"艅艎：船名。一種極華麗的船。《抱朴子·博喻》："艅艎鷁首，涉川之良器也。"《文選·左思〈吳都賦〉》："比鷁首之有裕，邁艅艎於往初。"張銑注："鷁首、艅艎，皆船之極麗者。"

〔4〕不爲句：崔顥《黃鶴樓》："日暮鄉關何處是，烟波江上使人愁。"連上句意謂，城頭短笛自起，全不念及游子望鄉之愁。

游子鄉思。"江天北望"，極目帝都，此日孤吟，觸處生愁，流露了宦游失意之情。當爲作者早年游宦之作。

顯 槐

顯槐(？—1590)，楚王朱楨五世孫。雅善文墨，尤好詩歌。有《少鶴山人集》。

黃鶴樓宴集

突兀高樓正壓城，倚闌長嘯楚天橫。千年棟宇留仙迹，萬里帆檣趁客程。[1]滿目江山揮灑興，[2]一時冠蓋盍簪情。[3]狂來共折梅花嗅，仿佛城頭起笛聲[4]。

【校注】

〔1〕趁：逐，趕。杜甫《題鄭縣亭子》："巢邊野雀欺群燕，花底山蜂遠趁人。"

〔2〕揮灑：揮筆灑墨，指作詩。杜甫《寄薛三郎中璩》："賦詩賓客間，揮灑動八垠。"

〔3〕盍簪：盍，合；簪，插入髮髻或連冠於髮的長針。指衣冠會合，友朋聚首。《易·豫》："勿疑，朋盍簪。"杜甫《杜位宅守歲》："盍簪喧櫪馬，列炬散林鴉。"

〔4〕狂來二句：本李白詩"黃鶴樓中吹玉笛，江城五月落梅花"。

本篇當爲顯槐就國武岡前所作。詩叙冠蓋聚首登樓之興，風格豪邁，頗有王者氣度。

柳 震

柳震，明代懷寧（今屬安徽）人。嘉靖十四年（1535）襲安遠侯。二十九年協守南京，隆慶五年（1571）領南京左府，萬曆十一年（1583）

官南京中府僉事。

次　韻[1]

忝銜策命寄長城，[2]一上名樓瑞氣橫。偃憩貔貅歸戟閫，[3]喜聯龍鳳宴雲程。[4]蛇峰別領相連勢，[5]京國幽燕總繫情。[6]況復登臨真絕頂，笙簧風送紫簫聲。[7]

【校注】

〔1〕次韻：本詩乃次顯槐《黃鶴樓宴集》詩韻。

〔2〕忝：自謙之詞。策命：以策書命官曰策命。《周禮·春官·內史》："凡命諸侯及孤卿大夫，則策命之。"銜命，即受命，奉命。《禮·檀弓》："銜君命而使。"長城：喻事物之最可依賴者。《宋書·檀道濟傳》："初，道濟見收，脫幘投地曰：'乃復壞汝萬里之長城。'"此喻武岡王朱顯槐。"寄長城"者，謂寄身於其下。是時作者蓋供職於武岡王府。

〔3〕偃憩：猶安息。李白《感時留別從兄綠王延年從弟延陵》："北宅聊偃憩，歡愉恤惸嫠。"此謂天下太平。貔貅：猛獸名。喻猛士，勇猛之軍。《晉書·熊遠傳》："今順天下之心，命貔貅之士，鳴橄前驅，大軍後至。"戟閫：軍營。天下太平，故貔貅歸於戟閫。

〔4〕龍鳳：喻賢才。《南齊書·王僧虔傳》："於時王家門中，優者則龍鳳，劣者則虎豹。"雲程：陸游《答發解進士啟》："萬里搏風，莫測雲程之遠。"鶴樓高聳，故云"宴雲程"。

〔5〕蛇峰：指蛇山。領：通"嶺"。《漢書·嚴助傳》："輿轎而隃領，挖舟而入水。"別領，指大別山、小別山。與武昌蛇山隔江相望，故云"相連勢"。

〔6〕京國：京都。明建都北京。幽燕：《爾雅·釋地》："燕曰幽州。"即今河北北部及遼寧一帶。此泛指北地。繫情：關情，牽繫情懷。

〔7〕笙簧：《詩·小雅·鹿鳴》："吹笙鼓簧，承筐是將。"疏："吹笙

之時，鼓其笙中之簧以樂之。”紫簫：紫竹所製之簫。

本篇爲作者赴朱顯槐黃鶴樓宴集的和詩。首二句點明作者的屬官身份，次二句言天下太平，群賢宴集，五、六句言繫情京國，心切皇室，末二句寫笙簫伴隨，敘登臨之樂事。通篇不出應制之作的格局。

費尚伊

　　費尚伊（1555—？　），字國聘，號似鶴，明代沔陽（今屬湖北）人。萬曆五年（1577）進士。歷兵科給事中、陝西按察使僉事。年三十即拂衣歸，日與友人酣飲唱酬、至老不衰。有《市隱園集》。

登黃鶴樓[1] 二首

　　澤國烟波迥不分，[2] 高樓一望倍氤氳。[3] 簾飛巴徼三峨雪，[4] 檻落蒼梧萬里雲。[5] 湖上郎官遥載酒，[6] 洲邊處士舊能文。[7] 流光逝水俱堪惜，[8] 獨倚危欄悵夕曛。[9]

【校注】

〔1〕詩載《市隱園集》卷十。《黃鶴樓集》作陳墀詩，首二句作“黃鶴孤騫迥不群，空江樓閣氣氤氳”，據《市隱園集》改。

〔2〕澤國：境多沼澤之國。楚地多沼澤，故稱。

〔3〕氤氳：雲烟彌漫貌。張九齡《湖口望廬山瀑布》：“靈山多秀色，空水共氤氳。”

〔4〕徼：邊，界。“巴徼”，即指巴地，今四川一帶。宋之問《留別之望舍弟》：“西馳巴嶺徼，東去洛陽濱。”三峨：西川峨眉山，有大峨、中峨、小峨三峰，故名。范成大《凌雲九頂》：“江搖九頂風雷過，雲抹三峨日夜浮。”

〔5〕蒼梧：山名，又名九疑，在今湖南寧遠縣境。

〔6〕湖：指郎官湖。故址在舊漢陽府城南。原名南湖，李白流放夜郎過此，與尚書郎張謂等秋夜泛舟飲酒於湖上，因郎官張謂愛此水，請李白標以嘉名，遂號曰郎官湖。

〔7〕洲：指鸚鵡洲。處士：指禰衡。

〔8〕流光：光陰，時光，因其易逝，故稱。逝水：《論語·子罕》"子在川上曰：'逝者如斯夫，不舍晝夜。'" 李白《古風》之十一："逝川與流光，飄忽不相待。"

〔9〕夕曛：落日餘輝。謝靈運《晚出西射堂》："曉霜楓葉丹，夕曛嵐氣陰。"

詩遙懷郎官載酒、處士能文，復嘆惜時光易逝，即有一番才華未展，壯志未酬，而又時不我待的感慨。當爲作者早年之作。

其 二^[1]

不上江樓二十年，憑欄風物尚依然。^[2]青螺忽送君山雨，^[3]白馬長連震澤烟。^[4]漠北軍聲紛羽檄，海東祲氣盛戈船。^[5]空矜彩筆高能賦，無奈憂時泪欲懸。^[6]

【校注】

〔1〕詩載《市隱園集》卷十一，題作"登黃鶴樓二首"，此爲其二，其一云："積霧蒸雲跨彩虹，岧嶤一半插晴空。山開寶嶂堪呼月，水湛金波欲駕風。隍鹿夢醒惟酒盞，江鴻愁渺半詩筒。千秋割劇俱陳迹，獨有殘碑志禹功。"卷十三又有《登黃鶴樓有感時故交零落殆盡》，《黃鶴樓集》未收，亦録於茲："不到江樓近十年，參差人壽重凄然。心懷酒侶兼文侶，腸斷歌筵并舞筵。門冷久荒揚子宅，家貧半鬻寢丘田。誰憐無限山陽痛，都入梅花笛裏傳。"

〔2〕首二句：《黃鶴樓集》作"不到高樓二十年，江空木落轉堪憐"，據《市隱園集》改。

〔3〕君山：又名湘山，在洞庭湖中。《水經注》："（洞庭）湖中有君山……是山湘君之所游處，故曰君山矣。"劉禹錫《望洞庭》："遥望洞庭山水翠，白銀盤裏一青螺。"謂君山青翠，處湖中，如銀盤裏一青螺。

〔4〕白馬：湖名，在今江蘇寶應縣西北。震澤：湖名，即今江蘇太湖。《書·禹貢》："三江既入，震澤底定。"《元和郡縣圖志》卷二十五："太湖，在（吳）縣西南五十里，《禹貢》謂之震澤，《周禮》謂之具區。"

〔5〕漠北二句：漠北，古泛稱蒙古高原大沙漠以北地區。羽檄，軍事文書，插鳥羽以示緊急。《史記·陳豨列傳》："吾以羽檄徵天下兵，未有至者。"裴駰集解："推其言，則以鳥羽插檄書，謂之羽檄，取其急速若飛鳥也。"祲氣，不祥之氣。《左傳》昭公十五年："吾見赤黑之祲，非祭祥也，喪氣也。"萬曆年間，漠北、海東戰事頻繁，俺答、倭寇南北騷擾，二句當指此。"軍聲""祲氣"，《黃鶴樓集》作"氈裘""鼙鼓"，據《市隱園集》改。

〔6〕矜：自負。末二句，《黃鶴樓集》作"孤臣剩有憂時泪，回首風波重惘然"，據《市隱園集》改。

本詩當作於拂衣歸隱後。作者雖寄情山水，以詩酒爲侶，然孤臣憂國傷時之情，仍不能自已。

瞿文英

瞿文英，明代人。生平未詳。

黃鶴樓漫興

重城盤壓古南樓，〔1〕來往登臨歲月悠。鐵笛雲深聞別洞，〔2〕石渠水涸見沉流。青虬事主無朝野，〔3〕黃鶴因人有去留。日暮風烟天比極，〔4〕歌斜長帽幾回頭。〔5〕

【校注】

〔1〕南樓：指黃鶴樓旁的南樓。

〔2〕鐵笛句：意謂歲月流逝，往事如烟，仙人吹笛黃鶴樓已不可復聞。

〔3〕青虹：青龍，喻豪杰俊彥之士。

〔4〕比：《荀子·不苟》：“天地比。”楊倞注：“比，謂齊等也。”此句謂風烟與天極齊，即風烟漫天之意。

〔5〕長帽：長形之帽。

千古興亡之感，客子羈旅之悲。玩詩意，作者似爲布衣一流人物。

黄鶴樓集卷中

七言律

張居正

　　張居正（1525—1582），字叔大，號太岳，明代江陵人。嘉靖二十六年（1547）進士。授編修，累遷侍講學士。隆慶時與高拱并相，萬曆初代拱爲首輔。前後主政十年，勇於任事，卒謚文忠。有《張太岳先生集》。

望黄鶴樓〔1〕

　　楓霜蘆雪净江烟，〔2〕錦石游鱗清可憐。〔3〕賈客帆檣雲裏見，〔4〕仙人樓閣鏡中懸。〔5〕九秋槎影横清漢，〔6〕一笛梅花落遠天。〔7〕無限滄洲漁父意，〔8〕夜深高咏獨鳴弦。〔9〕

【校注】

〔1〕《張太岳先生集》作“泊漢江望黄鶴樓”，《明詩綜》《明詩別裁》作“舟泊漢江望黄鶴樓”。

〔2〕楓霜蘆雪：《明詩綜》《明詩別裁》作“楓林霜葉”，《張太岳先生集》作“楓霜蘆橘”。

〔3〕錦石：有紋理之美石。鱗：《明詩綜》《明詩別裁》作“魚”。可憐：

可愛。

〔4〕賈客：商人。裹：《張太岳先生集》作“外”。

〔5〕仙人樓閣：相傳仙人嘗乘黃鶴過此，故稱黃鶴樓爲仙人樓閣。鏡中懸：謂樓影倒映水中，仿佛懸空一般。

〔6〕九秋：《初學記》卷三梁元帝《纂要》：“秋……亦曰三秋、九秋。”槎影：船影。張華《博物志》：“近有人居海渚者，年年八月有浮槎去來不失期，人有奇志，乘槎而去，十餘月至一處，有城郭狀，宮中有織婦，見一丈夫牽牛渚次飲之，因問此處是何處，答曰：‘訪嚴君平則知之。’因還，至蜀，問君平，曰：‘某年某月，有客星犯牽牛宿。’計其年月，正是此人到天河時也。”清漢：謂漢水，亦暗喻銀河。

〔7〕一笛：本李白詩：“黃鶴樓中吹玉笛，江城五月落梅花。”

〔8〕滄洲句：喻歸隱，本屈原《漁父》：“漁父莞爾而笑，鼓枻而去，歌曰：‘滄浪之水清兮，可以濯吾纓；滄浪之水濁兮，可以濯吾足。’”

〔9〕弦，《張太岳先生集》作“舷”。

詩前六句叙景，岸上紅楓白蘆，水中錦石游魚，雲際飄浮之帆檣，江中搖曳之樓閣，上下相映，色彩清麗；槎影橫于清漢，笛聲散入蒼穹，動靜互襯，悠然自得；末二句抒懷，透露出欲求隱逸之意，表現出長年忙於機務而暫得閑暇時之寧靜與喜悦心情。

王世貞

王世貞（1526—1590），字元美，號鳳洲，又號弇州山人。明代太倉（今屬江蘇）人。嘉靖二十六年進士。授刑部主事，累遷員外郎、郎中。出爲青州兵備副使，以訟父冤解官。隆慶中，歷官浙江右參政，山西、湖廣按察使，廣西右布政使等職。萬曆二年，以右副都御史撫治鄖陽。因不親附張居正，曾兩度被劾罷官。居正歿，起南京兵部右侍郎，擢南京刑部尚書，移疾歸。

世貞詩文與李攀龍齊名，世稱"王李"，同爲"後七子"領袖。
有《弇州四部稿》。

登黃鶴樓

縹緲高憑崔氏樓，[1]依微西眺禰生洲。[2]天容孤鶴排空上，[3]水
合雙龍抱郡流。[4]一代真成春雪唱，[5]千年誰識歲星愁。[6]老夫聊玩
人間世，[7]任遣浮雲黯不收。

【校注】

〔1〕縹緲：高遠隱約貌。李白《天門山》："參差遠天際，縹緲晴霞外。"
崔氏樓：謂黃鶴樓，以崔顥有《黃鶴樓》詩故名。

〔2〕依微：隱約、依稀。韋應物《自鞏洛舟行入黃河即事寄府縣僚友》："寒
樹依微遠天外，夕陽明滅亂流中。"禰生洲：謂鸚鵡洲，以禰衡有《鸚鵡賦》故名。

〔3〕孤鶴：謂黃鶴樓。排空：凌空，升空而上。白居易《長恨歌》："排
空馭氣奔如電，升天入地求之遍。"

〔4〕雙龍：謂江、漢二水。

〔5〕春雪：陽春白雪。宋玉《對楚王問》："客有歌於郢中者，其始曰下里、
巴人，國中屬而和者數千人；其爲陽阿、薤露，國中屬而和者數百人；其爲陽春、
白雪，國中屬而和者不過數十人；引商刻羽，雜以流徵，國中屬而和者不過數
人而已。是其曲彌高，其和彌寡。"唱：《弇州四部稿》作"倡"。此以陽春
白雪喻崔顥《黃鶴樓》詩。

〔6〕歲星愁：歲星，即木星，古代用以紀年。《太平廣記》卷六："（東
方）朔未死時，謂同舍郎曰：'天下無能知朔，知朔者惟太王公耳。'朔卒後，
武帝得此語，召太王公問之，曰：'爾知東方朔乎？'公對曰：'不知。''公
何所能？'曰：'頗善星歷。'帝問諸星皆具在否，曰：'諸星具在，獨不見
歲星十八年，今復見耳。'帝仰天嘆曰：'東方朔在朕旁十八年而不知是歲星哉！'"

此以喻禰衡。

〔7〕老夫：謂年老。聊玩：姑且品味。人間世：即人世間。

此詩前四寫景，言登樓所見。後四抒情，言登樓所感。詩當爲晚年所作。

黄鶴樓奉別省中諸公〔1〕

差池霜色鬢毛侵，〔2〕三月移藩已滯淫。〔3〕惜別故人分手泪，〔4〕思歸傲吏折腰心。〔5〕頳魚下水猶堪溯，〔6〕黄鶴摩天不易尋。〔7〕回首莫論萍梗事，〔8〕古來天地有浮沉。

【校注】

〔1〕黄鶴樓：《弇州四部稿》作“武昌”。省中：指湖廣行省官署。

〔2〕差池：不齊貌。《詩·邶風·燕燕》：“燕燕于飛，差池其羽。”鬢毛：鬢髮。

〔3〕三月移藩：據《明史·王世貞傳》云：“萬曆二年九月，（世貞）以右副都御史撫治鄖陽。”當即此時。滯淫：久留。《國語·晉語四》：“底箸滯淫，誰能興之，盍速行乎？”韋昭注：“滯，廢也；淫，久也。”

〔4〕故人：謂省中諸公。

〔5〕傲吏：《文選·郭璞〈游仙詩〉》：“漆園有傲吏，萊氏有逸妻。”李善注云：“《史記》曰：莊子者，蒙人也，名周，嘗爲蒙漆園吏。楚威王聞莊周賢，使使厚幣迎，許以爲相。莊周笑謂楚使者曰：‘亟去，無污我。’”折腰：據《晉書·陶潛傳》載，潛嘗爲彭澤令，郡遣督郵至，吏告當束帶迎謁，潛嘆曰：“吾不能爲五斗米折腰，向鄉里小人！”

〔6〕頳魚：《初學記》卷七載：“廬山記曰：山頂有一窮湖，湖足頳鯉（《佩文韵俯》作“出頳鯉”）鬐皆傷剥，而又有一故楄槽，崇山峻遠，非舟楫所游，豈深谷爲陵，此物不與之而遷乎？”白居易《首夏南池獨酌》：“緑

萍散還合，頳鯉跳復沉。"

〔7〕摩天：李白《古風五十九首》之三十三："吾觀摩天飛，九萬方未已。"

〔8〕萍梗：浮萍泛梗，喻居處不定。許渾《晨自竹徑至龍興寺崇隱上人》："客路隨萍梗，鄉國失薜蘿。"

　　此詩爲奉別之作。鬢毛霜侵，移藩邊陲，抒離別之情，述思歸之念，深感宦途沉浮，人事難料。末二句故作達觀，有自慰自寬之意。

黃鶴樓餞別蔡使君景明〔1〕

　　柏臺高卧白雲秋，〔2〕静者由來有蔡侯。〔3〕識我姓名真倒屣，〔4〕念君離合重登樓。〔5〕中天日傍長安出，〔6〕薄暮雲生大别愁。〔7〕倘是五羊能見憶，〔8〕莫辭雙鯉向吴洲。〔9〕

【校注】

〔1〕蔡景明：即蔡一槐，字景明，明代晋江（今屬福建）人。嘉靖進士。曾官廣東參議。善書畫，解任後遨游江湖，年八十餘卒。

〔2〕柏臺：即御史臺。漢御史府中列植柏樹，常有野烏數千栖宿其上，後因稱御史臺爲柏臺。事見《漢書·朱博傳》。

〔3〕静者：指追求老莊清静之旨者。杜甫《送孔巢父》："蔡侯静者意有餘，清夜置酒臨前除。"

〔4〕倒屣：《三國志·魏志·王粲傳》："蔡邕才學顯著，貴重朝廷，常車騎填巷，賓客盈座。聞粲在門，倒屣迎之。"屣，鞋。此狀熱情迎客之貌。

〔5〕離合：此指離别。杜甫《垂老别》："人生有離合，豈擇衰盛端。"

〔6〕中天：天空之中。詩句本《世説新語·夙惠》晋明帝對元帝語："舉目見日，不見長安。"

〔7〕大别：即大别山。

〔8〕五羊：廣州的别名。傳説古代有五個仙人乘五色羊執六穗秬（一説五

羊衝穗）來廣州，因以得名。景明時任廣東參議，故云。

〔9〕雙鯉：《文選·古樂府》"客從遠方來，遺我雙鯉魚，呼兒烹鯉魚，中有尺素書。"又《漢古詩》云："尺素如霜雪，叠成雙鯉魚。"明楊慎謂漢世書札相遺，成以絹素叠成雙魚之形，故後以雙鯉指書信。吳洲：作者故鄉江蘇古爲吳地，故稱。

此詩爲送別之作。前半寫蔡景明的高人情致及與作者傾蓋如故的情誼；後半說別後一在羊城，一在吳洲，兩地相隔，一種情思。"中天"二句，表達了對帝京的向往，當爲早期之作。

徐學謨

將之荆南雨夜黃鶴樓獨眺作〔1〕

破暝扳躋磴道懸，〔2〕朱甍綉嶺颯蒼然。〔3〕天空無處招黃鶴，夜静何人躡紫烟。〔4〕江勢浮空吞二夢，〔5〕雨聲連峽暗三川。〔6〕難教勝處無題句，千古風流笑謫仙。〔7〕

【校注】
〔1〕荆南：即荆州府，唐代爲荆南節度使治所在地。
〔2〕破暝：天初黑。扳躋：扳，引，猶謂攀躋、攀登。磴道：石階之路。謝靈運《入華子崗是麻源第三谷》："銅陵映碧潤，石磴瀉紅泉。"
〔3〕朱甍：朱紅色屋脊。綉嶺：美麗如綉的山嶺。
〔4〕何人：指仙人。紫烟：紫色烟雲，仙人所乘。郭璞《游仙詩》："赤松臨上游，駕鴻乘紫烟。"
〔5〕二夢：指雲夢澤。或謂雲澤在江北，夢澤在江南；或謂雲夢實爲一澤，

可單稱"雲""夢"。故以"二夢"稱之。又《太平寰宇記》卷一一三："雲夢澤，半在江南，半在江北。"

〔6〕峽：三峽，即瞿塘、巫峽、西陵。三川：唐代以劍南西、劍南東及山南西三道爲三川。《新唐書·杜甫傳》："禄山亂，天子入蜀，甫避走三川。"

〔7〕謫仙：指李白。

作者於嘉靖中出知荆州府，詩即作於此時。此詩爲雨夜登黃鶴樓之作。首聯寫雨夜登臨及所見樓閣之風采；頷聯化用仙人黃鶴故事傳説，虛擬一筆；頸聯摹寫登樓所見壯闊雨景；尾聯歸至謫仙"有景道不得"之佳話。

集黃鶴樓感賦

晚山横酒酒滿卮，[1]仙人騎鶴今安之？風塵滿眼歌欲放，天地何人占此奇？梁邸不聞韓史議，[2]漢廷終益賈生悲！[3]醉看白日中原下，渺渺江雲自對垂。[4]

【校注】

〔1〕横酒：置酒。卮：酒器。

〔2〕梁邸：漢代梁孝王的府第，故址在今河南商丘市。《漢書·文三王傳》載，梁孝王大治宮室，"招延四方豪杰，自山東游士莫不至"。韓史：指韓安國。安國（？—前127），字長孺，漢代梁國成安（今河南臨汝）人。初爲梁孝王中大夫，以屢諫梁孝王有功，拜梁内史，故云"韓史"。

〔3〕賈生悲：賈誼《新書·治安策》云："臣竊惟事勢，可爲痛哭者一，可爲流涕者二，可爲長太息者六，若其它背理而傷道者，難遍以疏舉。"

〔4〕渺渺：遠貌。

此詩寫登黃鶴樓所感。中五句皆其所感之語：仙人駕鶴不知所之，感於斯樓之故事；"風塵"二句則感於斯樓之勝迹；"梁邸"二句於醉中有感於古之忠正賢良，以寓己之落寞情懷；末二句承首句，寫醉眼所見江上景象，結語沉重。

與臬司諸公登黃鶴樓觀漲[1]

觀水還登水上樓，白雲黃鶴故悠悠。晴川酒散千山雨，巫峽帆乘萬里流。蒼樹没來迷鳥道，孤烟生處近漁舟。不堪南紀重回首，[2]漢吏曾分瓠子憂。[3]

【校注】

〔1〕臬司：明代置提刑按察司，主管一省刑名按劾之事，亦稱臬司。

〔2〕南紀：《詩·小雅·四月》："滔滔江漢，南國之紀。"鄭玄箋："江也，漢也，南國之大水，經紀衆川，使不壅滯。"故後以指南方。江淹《王侍中爲南蠻校尉詔》："必能贊政南紀，播惠西夏。"

〔3〕瓠子憂：瓠子，在今河南濮陽縣南，亦名瓠子口。《史記·河渠書》載："今天子（武帝）元光中（三年），而河決於瓠子，東南注鉅野，通於淮泗。於是天子使汲黯、鄭當時興人徒塞之，輒復壞。……天子使汲仁、郭昌發卒數萬人塞瓠子決。於是天子……還自臨決河，沈白馬玉璧於河，令群臣從官自將軍以下皆負薪寘（填）決河。"

此詩爲登樓觀江水之作。作者扣題入筆，極寫"觀漲"，或雄奇壯觀，或浩漫輕盈；最後以懷古抒其憂民之懷。當爲作者任湖廣按察副使時所作。

酌同年白伯倫光禄黃鶴樓感舊[1]

高樓撥愁愁未空，黃鶴大別森巃嵸。[2]悠悠岐路竟何適，[3]落落清尊誰復同？[4]鸚鵡草深連渚碧，黿鼉日射翻波紅。[5]坐説先朝供

奉事，〔6〕披襟江漢生雄風。〔7〕

【校注】

〔1〕同年：謂同年登第。白伯倫：其人不詳，伯倫乃字。光禄：官名。明代沿置光禄寺，掌膳食之事。伯倫，當爲其屬官。

〔2〕大別：大別山。龍嵸：树木叢集貌。杜甫《乾元中寓居同谷縣作歌》之七：“南有龍兮在山湫，古木龍嵸兮枝相樛。”

〔3〕適：往。

〔4〕落落：孤獨，寂寞。左思《咏史》詩：“落落窮巷士，抱影守空廬。”清尊：尊同樽，酒樽。

〔5〕黿鼉：黿，大鱉；鼉，揚子鰐。《國語·晋語九》：“黿鼉魚鱉，莫不能化，唯人不能。”

〔6〕先朝：當指正德朝。正德十四年（1519），武宗南巡，至江南一帶，沿途供奉，所費不貲。

〔7〕披襟句：宋玉《風賦》：“有風颯然而至，王乃披襟而當之曰：‘快哉此風！寡人所與庶人共者邪？’宋玉對曰：‘此大王之風耳。庶人安得共之？……清清泠泠，愈病析酲，發明耳目，寧體便人，此所謂大王之雄風也。’”

此詩爲作者任職湖廣，登樓感舊而作。起句好，登樓、感舊二者兼及；繼以感懷，歧路何適，清樽誰同，流露出失意頹喪之情。後半首寫景雄渾壯闊，觀之使人胸際豁朗，一掃愁緒。

重陽日諸寮集黃鶴樓值雨〔1〕

長年九日十秋晴，〔2〕風雨今年颯滿城。兩岸帆檣收暝色，千家砧杵急寒聲。〔3〕冥冥白鳥窺簾近，〔4〕漠漠蒼波捲幔清。〔5〕更歷層巔雙眼闊，〔6〕江山應解客游情。

【校注】

〔1〕重陽日：即九月九日。《續齊諧記》曰："汝南桓景隨費長房游學。長房謂之曰：'九月九日，汝南當有大災厄，急令家人縫囊盛茱萸繫臂上，登高飲菊酒，此禍可消。'景如言，舉家坐山，夕還，見鷄犬一時暴死，長房曰：'此可代之。'今世人九月九日登高是也。"又《荆楚歲時記》曰："九月九日，士人并藉野飲宴。"值雨：遇雨。

〔2〕長年：猶年年。十秋：岑參《過緱山王處士黑石谷隱居》："別來逾十秋，兵馬日紛紛。"

〔3〕砧杵：杵，原作"矹"，誤，徑改，棒槌。《樂府詩集·子夜四時歌·秋歌》之一："佳人理寒服，萬結砧杵勞。"

〔4〕冥冥：高遠貌。《法言·問明》："飛鴻冥冥，弋人何篡焉。"白鳥：白羽之鳥。《詩·大雅·靈臺》："白鳥翯翯。"

〔5〕漠漠：彌漫貌。韓愈《同水部張員外曲江春游寄白二十二舍人》："漠漠輕陰晚自開，青天白日映樓臺。"蒼波：浩渺江波。杜甫《桃竹杖歌》："江心蟠石生桃竹，蒼波噴浸尺度足。"

〔6〕更歷：再登、更上。層巔：謂鶴樓之巔頂。

此詩乃作者任職湖廣時九日登樓所作。起扣題面，遺憾之意盡出；中二聯寫所見雨中景象，遠近交映，富於層次感，遠景闊而淒清，近景綺麗多情。末寫游子客思，憂傷、失意之情頗深。

劉景韶

劉景韶，字子成，明代崇陽人。嘉靖二十三年（1544）進士。授潮陽令，擢刑部主事，遷職方郎；出爲貴州僉事。倭寇犯淮陽，轉海防副使，禦戰淮海，大捷，晋撫鳳陽，以内艱歸。始景韶爲郎時，以詩文聲聞王李七子間，晚益好學，著述不輟。

黃鶴樓漫興

城上飛樓壓武昌，仙人黃鶴兩茫茫。洲橫芳草迷鸚鵡，山捲晴烟出鳳凰。[1]玉笛一聲湘月冷，江流千古楚天長。憑闌不盡登臨興，五色雲邊是帝鄉。[2]

【校注】
〔1〕鳳凰：即鳳凰山，在湖北武昌北。
〔2〕五色雲：古以五色雲彩爲祥瑞。《舊唐書·鄭肅傳》："仁表（肅孫）文章尤稱俊拔，然恃才傲物……嘗曰：'天瑞有五色雲，人瑞有鄭仁表。'"此指帝都之瑞。

此詩爲作者登樓所發之興。由近及遠，層層拓展，摹寫登樓所見之風物，融古今於一端，感嘆故楚往事而不着痕迹。末二句別開望京之意，抒發企羨從政情懷，當爲早期之作。

何 彦

何彦，明代廣東人。曾任太僕卿。

黃鶴樓漫興

黃鶴樓前幾度游，景色依依似昨秋。一嘆浮名知我拙，十年行迹與心謀。波間烟雨藏鷗鷺，[1]眼底風塵逐馬牛。[2]驚起洞仙飛鐵笛，[3]浩歌擊楫大江流。[4]

【校注】

〔1〕鷗鷺：暗用《列子》寓言鷗鷺忘機之典，喻隱逸之志。

〔2〕逐馬牛：《左傳》僖公四年：“君處北海，寡人處南海，唯是風馬牛不相及也。”此喻眼前世事與己無關，已無仕途之念。

〔3〕洞仙：指呂洞賓。

〔4〕浩歌：長歌、放歌。《楚辭·九歌·少司命》：“望美人兮未來，臨風悅兮浩歌。”擊楫：敲打船槳。《晉書·祖逖傳》：“（逖）仍將本流徙部曲百餘家渡江，中流擊楫而誓曰：‘祖逖不能清中原而復濟者，有如大江。’”

此詩爲作者重游黃鶴樓之作。首聯寫幾度臨覽，景色依舊；頷聯嘆己之行迹與心迹；頸聯寫景，暗寓世事紛紜，超然物外而不可得；尾聯慷慨悲歌，抑鬱不平之情，溢於言表。

陳大經

陳大經，明代徽州（今屬安徽）人。嘉靖中曾任戶部侍郎。

黃鶴樓漫興

水面樓臺百尺高，登臨一望興偏豪。天邊有字題黃鶴，海上何人醉碧桃。[1]短劍也曾携上國，[2]長風今喜拂仙袍。等閑不敢橫吹笛，怕有魚龍駭怒濤。

【校注】

〔1〕碧桃：仙人所食之桃實。《尹喜內經》：“老子西游，省太真王母，共食碧桃、紫梨。”許渾《洛陽城》：“可憐緱嶺登仙子，猶自吹笙醉碧桃。”

〔2〕短劍：古代文士出外常以琴劍隨身，故云。上國：帝京。劉長卿《客舍贈別韋九建赴任河南》：“頃者游上國，獨能光選曹。”

詩寫登樓之豪興，以仙鶴、仙桃狀此樓之奇，以長風、怒濤狀此樓之雄，處處引起豪興。作者雖曾游歷上國，所見亦多，仍爲眼前之景驚嘆不已。

陳 省

黃鶴樓晚照用志韵

青霄樓閣白雲鄉，[1] 漢樹蒼蒼百水陽。[2] 東去諸天銷震澤，[3] 西來斜照倒瞿塘。[4] 江心暝見龍宮赤，[5] 沙嘴時驚鶴羽黃。[6] 惆悵吹簫人已遠，[7] 空聞歌咏滿滄浪。[8]

【校注】

〔1〕青霄：杜甫《畫鶻行》：“側腦看青霄，寧爲衆鳥没。”猶言青空。白雲鄉：謂武昌，以崔顥詩有“白雲千載空悠悠”之句，故稱。

〔2〕漢樹：漢陽之樹木。崔顥詩有“晴川歷歷漢陽樹，芳草萋萋鸚鵡洲”之句。蒼蒼：樹木茂盛貌。《詩·秦風·蒹葭》：“蒹葭蒼蒼，白露爲霜。”毛傳：“蒼蒼：盛也。”百水：謂漢水，以其支流衆多，有牧馬河、洄河、堵水、均水、淯水、涓水、灃水諸水，故有是稱。陽：水之北，即漢水之北漢陽。

〔3〕諸天：李白《答族侄僧中孚贈玉泉仙人掌茶》：“朝坐有餘興，長吟播諸天。”王琦注：“佛書言，三界共有三十二天，自四天王天至非有想非無想天，總謂之諸天。”震澤：即今江蘇太湖。《尚書·禹貢》：“震澤底定。”此句謂雲天溶於太湖之中，謂倒影。

〔4〕斜照：夕陽。瞿塘：瞿塘峽，爲長江三峽之首，位於重慶奉節縣東，又名廣溪峽、夔峽。

〔5〕暝見：韓愈《春雪》：“暝見迷巢鳥，朝逢失轍車。”龍宮：喻江中。

此句謂滿天晚霞，江心赤紅。

〔6〕沙嘴：皇甫松《浪淘沙》：“宿鷺眠鷗飛舊浦，去年沙嘴是江心。”猶謂沙渚、沙洲。此指鸚鵡洲。時驚：猶頻驚。

〔7〕吹簫人：劉向《列仙傳》：“蕭史者，秦穆公時人，善吹簫，能致孔雀白鶴。穆公女弄玉好之，公妻焉，其後隨鳳去。”此指仙人。

〔8〕滄浪：即漢水。《尚書·禹貢》：“嶓冢導漾，東流爲漢，又東爲滄浪之水。”此句本《楚辭·漁父》之滄浪歌。

此詩咏斜照中登鶴樓所見：遠望江流東去，溶諸天於震澤；夕陽西至，照倒影於瞿塘，景象壯闊無垠。近觀江心霞紅，沙洲鳥渡，筆調婉轉輕盈。末二句即景生情，抹上了一層淡淡愁思。詩當爲作者巡撫湖廣時所作。

重游黃鶴樓東夏民部〔1〕

十載重開百尺樓，〔2〕武昌寒色挂城頭。崔公佳句誰堪和，黃鶴當年去不留。天近雲霞倚坐榻，〔3〕風回汀渚狎盟鷗。〔4〕多君傾蓋殷勤甚，〔5〕肯學盧敖汗漫游。〔6〕

【校注】

〔1〕民部：即户部。唐代避太宗諱，改民部爲户部。夏民部，未詳。

〔2〕重開：言樓因遭火灾，後修而復開。原注曰：“樓灾復構，予時巡楚，與聞末議。”

〔3〕倚：原誤作“琦”，逕改。坐榻：狹長而低的坐卧用具。《釋名·釋床帳》：“人所坐卧曰床，長狹而卑曰榻。”

〔4〕盟鷗：謂與鷗鳥爲友。後以喻隱居爲樂，不以世事爲懷。陸游《夙興》：“鶴怨憑誰解，鷗盟恐已寒。”朱熹《過蓋竹》之二：“浩蕩鷗盟久未寒，征驂聊此駐江干。”

〔5〕多：看重。《韓非子·五蠹》："以其犯禁也罪之，而多其有勇也。"傾蓋：蓋，車蓋，謂行道相遇，停車而語，車蓋相近，以喻初交相得，一見如故。鄒陽《獄中上書》："諺曰：'有白頭如新，傾蓋如故。'何則？知與不知也。"蘇軾《臺頭寺送宋希元》："相從傾蓋祇今年，送別南臺便黯然。"

〔6〕盧敖、汗漫：《淮南子·道應訓》："盧敖游於北海，經乎太陰，入乎玄闕，至乎蒙穀之上。見一士焉，深目而玄鬢，泪注而鳶肩，豐上而殺下，軒軒然方迎風而舞，顧見盧敖……若士者齤然而笑曰：'……吾與汗漫期于九垓之外，吾不可以久駐。'"高誘注："盧敖，燕人，秦始皇召爲博士，使求神仙，亡而不反也。"李白《廬山謠寄盧侍御虛舟》："先期汗漫九垓上，願接盧敖游太清。"

此詩爲隆慶、萬曆間作者巡撫湖廣時所作。新樓重建，作者曾"與聞末議"，此番重游，倍感欣悦。坐倚雲霞，臨渚狎鷗，十分逍遥自得。尾聯感夏民部初交情厚，希望他异日登臨鶴樓，作世外之游。

陳文燭

陳文燭，字玉叔，明代沔陽人。嘉靖進士。授大理寺評事，累遷大理卿致仕。有《二酉園詩文集》。

黃鶴樓 二首

古今樓頭幾醉醒，不堪踪迹問山靈。〔1〕梅花雨氣飛江漢，青草波光接洞庭。徙倚恨無黃鶴翼，臨峰空有白雲亭。〔2〕莫言好景渾難賦，〔3〕鸚鵡愁從笛裏聽。〔4〕

【校注】

〔1〕山靈：山神。《文選·班固〈東都賦〉》："山靈護野，屬御方神。"

〔2〕白雲亭：此當指黄鶴樓，以崔顥詩有"白雲"句，故稱。

〔3〕渾：全。

〔4〕鸚鵡句：用禰衡《鸚鵡賦》及李白詩"黄鶴樓中吹玉笛，江城五月落梅花"。

此詩乃作者登樓抒懷之作。起句衹説"幾醉醒"，懷古感今，不道破情懷；中言恨無黄鶴衝天長翼，不得高接白雲；末以禰衡、李白事寓意，失意情懷始流露無遺。

其　二

仙人乘鶴何年去，冉冉烟雲護碧窗。〔1〕鴻雁汀洲堪砥柱，〔2〕龜蛇山色遠橫江。〔3〕秋風吹落寒生笛，明月呼來酒滿缸。誰問上頭詩更好，醉中光景衹無雙。

【校注】

〔1〕冉冉：柔弱輕盈貌。曹植《美女篇》："柔條紛冉冉，落葉何翩翩。"碧窗：碧綠色的紗窗。杜甫《江陵節度陽城郡王新樓成》："碧窗宿霧濛濛濕，朱栱浮雲細細輕。"

〔2〕砥柱：即三門山，原在今河南三門峽市東北黄河中。因山見水中若柱，故名砥柱。《水經注·河水》："砥柱，山名也。昔禹治洪水，山陵當水者鑿之……河水分流，包山而過，山見水中，若柱然，故曰砥柱也。"此言秋江水落，汀洲突起猶如砥柱之狀。

〔3〕龜蛇：龜蛇二山，龜山在江北漢陽，蛇山在江南武昌。

此詩亦爲登樓覽勝之作。詩寫鶴樓秋景：洲如砥柱，山色橫江；烟雲護窗，秋風生寒，空靈中透出一段愁思。末叙鶴樓題詩，本舊傳李白詩"眼前有景道不得，崔顥題詩在上頭"而加以發揮，大有壺中自有日月之趣。

大中丞梅墩邵公招登黃鶴樓^{〔1〕}

平生登覽好樓居，黃鶴丹梯接太虛。^{〔2〕}湘浦峰回衡岳雁，^{〔3〕}君山秋老洞庭魚。^{〔4〕}聽來鐵笛仙風舊，^{〔5〕}醉倒金沙客髩疏。^{〔6〕}今昔長安無遠近，^{〔7〕}鄉關落日渺愁予。^{〔8〕}

【校注】

〔1〕梅墩邵公：未詳。梅墩爲字。其人蓋爲副都御史，故稱中丞。

〔2〕太虛：天空。孫綽《游天台賦》："太虛遼闊而無閡，運自然之妙有。"

〔3〕湘浦：指衡陽浦。王勃《滕王閣序》："漁舟唱晚，響窮彭蠡之濱；雁陣驚寒，聲斷衡陽之浦。"峰回：回雁峰在湖南衡陽市南，爲衡山七十二峰之一，峰勢如雁回轉，相傳雁至衡陽而止，遇春而回。

〔4〕君山：即洞庭湖中湘山。洞庭魚：謂洞庭鮒，即鯽魚。《吕氏春秋》："魚之美者，洞庭之鮒。"崔駰《七發》："洞庭之鮒，灌水之鰩。"

〔5〕鐵笛仙風：指吕洞賓吹笛故事。

〔6〕金沙：即沙洲，指鸚鵡洲。

〔7〕長安：指京都。愁予：《楚辭·九歌·湘夫人》"帝子降兮北渚，目渺渺兮愁予"。

〔8〕渺：杳遠貌。此句化用崔顥詩："日暮鄉關何處是，烟波江上使人愁。"

詩首聯承題起，極寫鶴樓之高；領聯寫登樓所見所想，切時切地；頸聯寫鐵笛依稀，恍遇仙人，客髩斑白，興喜醉狂；尾聯抒發宦情旅思，流露失意之感。

吳國倫

　　吳國倫，字明卿，明代興國（今屬江西）人。嘉靖二十九年（1550）
進士。由中書舍人擢兵科給事中。以忤嚴嵩，謫江西按察知事。量
移南康推官，調歸德，不久弃官。嚴嵩敗，起建寧同知，累遷河南
左參政，忤旨罷歸。國倫爲後七子之一，才氣横放，好客輕財。歸
田後聲名藉甚，求名之士，不東走大倉，則西走興國。萬曆時，王
世貞既没，國倫猶無恙，在七子中最爲高壽。有《甔甀洞稿》。

登黄鶴樓[1]二首

　　層樓極目楚天孤，[2]騎鶴仙人漫有無？城郭萬家羅勝地，[3]江山
千載見雄圖。風生秋水兼葭亂，[4]日落晴沙鸛雀呼。[5]白首不禁懷古意，
一軒明月坐冰壺。[6]

【校注】

〔1〕《甔甀洞稿》中不載此詩。

〔2〕楚天孤：謂鶴樓孤聳。

〔3〕羅：分布，排列。勝地：《文選·王巾〈頭陀寺碑文〉》“東望平皋，
千里超忽，信楚都之勝地也”。

〔4〕兼葭：水草名。泛指蘆葦。《詩·秦風·蒹葭》：“蒹葭蒼蒼，白露
爲霜。”

〔5〕鸛雀：水鳥名。《詩·豳風·東山》：“鸛鳴於垤。”高亨《詩經今
譯》注：“鳥名，形似鶴亦似鷺，大型涉禽，食魚。”

〔6〕冰壺：鮑照《白頭吟》“直如朱絲繩，清如玉壺冰”，李周翰注：“玉
壺冰，取其潔净也。”比喻月光。

　　詩首聯寫登樓極目遠望而發遐想；頷聯贊武昌城郭之繁庶，地勢之險要；頸聯敘秋水兼葭、晴沙鳴鶴，於蕭瑟景象中露出一股生機；尾聯發思古之嘆，不寫所想者何，祇寫所思之態，逗人玩味。此詩及下一首疑爲罷歸後作。

其　二[1]

　　黃鶴仙人去不回，漢濱樓閣迴崔嵬。[2]千帆雨色當窗過，萬里江聲動地來。雲夢天低湘女怨，[3]洞庭葉下楚臣哀。[4]當時玉笛今寥落，獨有梅花泛客杯。[5]

【校注】

〔1〕《甌甄洞稿》題作"登黃鶴樓"。

〔2〕崔嵬：高峻貌。《詩·小雅·谷風》："習習谷風，維山崔嵬。"迴：《武昌府志》作"自"。

〔3〕湘女怨：張華《博物志》云："舜死，二妃泪下，染竹即斑，妃死爲湘女神。"二妃，指娥皇、女英。周弘正《咏斑竹掩團扇》："將申湘女悲，宜并班姬怨。"

〔4〕洞庭葉下：《楚辭·九歌·湘夫人》："裊裊兮秋風，洞庭波兮木葉下。"楚臣：屈原，楚大夫，故稱楚臣。屈原事懷王，遭誣陷遠謫江南，志不得申，作《離騷》抒其憤懣之情，遂自投汨羅。

〔5〕當時二句：李白詩："黃鶴樓中吹玉笛，江城五月落梅花。"此化用李白詩意。

　　詩首聯寫仙人不回，樓閣歸然獨存，是爲後世游覽之勝；頷聯敘樓上所見壯觀景象；後四句以帝子之怨、屈子之哀抒懷，懷古傷今，以昔之興盛比今之寥落，襯托客中愁苦，切合罷歸後的情懷。

韓世能

　　韓世能，字存良，明代長洲（今蘇州市）人。隆慶二年（1568）進士。由庶吉士授編修，充經筵日講官。歷官侍讀、祭酒、禮部侍郎（萬曆十二年去）、教習庶吉士。

封楚使事畢黃鶴樓赴王中丞見峰公招〔1〕

　　黃鶴樓高雄楚都，〔2〕江流峽峙共逶紆。〔3〕白雲飛傍中丞鉞，〔4〕紅日曛留使者繻。〔5〕名勝天開供宴賞，〔6〕登臨身欲入虛無。〔7〕興亡千古何須問，極目汀洲長綠蕪。

【校注】

　　〔1〕王中丞見峰：其人不詳，見峰爲字。封楚事，《明史·諸王傳》："（楚恭王）隆慶五年薨，子華奎幼，萬曆八年（1580）始嗣爵。"封楚當指此。

　　〔2〕楚都：指武昌。

　　〔3〕峽峙：言龜蛇二山如兩峽對峙。逶紆：亦作"逶迂"。李德裕《知止賦》："度雙闕之蒼翠，若天漢之逶迂。"彎曲不斷貌。

　　〔4〕鉞：《詩·商頌·長發》："武王載旆，有虔秉鉞。"本古兵器，狀如大斧，後用爲儀仗。王中丞時巡撫湖廣，故儀仗甚盛。

　　〔5〕曛：落日的餘輝，孫逖《下京口逮夜行》："寒浦落紅曛。"繻：使者出入關隘的符信，以帛邊爲之。《漢書·終軍傳》："步入關，關吏予軍繻。"顏師古注引張晏曰："繻，符也，書帛裂而分之，若券契矣。"

　　〔6〕天開：天工開物之意，謂非人力所成。

　　〔7〕虛無：天空，虛無之境。司馬相如《大人賦》："乘虛亡而上遐兮，超無有而獨存。""亡"，同"無"。

此詩當爲萬曆八年作者以禮部侍郎使楚而作。詩首聯以楚都點題；領聯極寫作者與中丞游覽鶴樓儀從之盛；頸聯謂登樓宴賞，令人有飄飄欲仙之感；尾聯慨嘆古今興亡無定，惟汀洲雜草，長年青綠。

蕭良有

蕭良有，字以占，號漢沖。明代漢陽人。萬曆中舉會試第一，進修撰，領國子祭酒。在局十五年，自閣部卿寺以至臺省，凡關國家大事，無不咨詢。後言官劾良有侵六部權，遂再章乞歸。

與朱民部泛舟望鶴樓[1]

風鳴落木楚江秋，江上逢君興轉幽。[2]往事蕭朱能結綬，[3]今來李郭更同舟。[4]崔生得句驚黃鶴，野老忘機馴白鷗。[5]最是匣開雙劍迴，[6]樓邊紫氣接天浮。[7]

【校注】

〔1〕民部：即户部。朱民部，其人不詳。

〔2〕幽：謂興致之深濃。

〔3〕蕭朱：《漢書·蕭望之傳》附“蕭育”：“少與陳咸朱博爲友，著聞當世。往者有王陽、貢公。故長安語曰：‘蕭朱結綬，王貢彈冠。’言其相薦達也。”此暗指作者與朱民部。結綬：繫結綬帶。喻仕宦。《文選·顏延年〈秋胡〉》：“脫巾千里外，結綬登王畿。”李善注：“巾，處士所服；綬，仕者所佩。今欲官於陳，故脫巾而結綬也。”

〔4〕李郭：《後漢書·郭泰傳》：“泰，字林宗，游於洛陽，始見河南尹李膺，膺大奇之，遂相友善，於是名震京師。後歸鄉里，衣冠諸儒，送至河上，車數千兩，林宗唯與李膺同舟而濟，衆賓望之，以爲神仙焉。”陸倕《以詩代書別後寄贈》：

"李郭或周舟，潘夏時方駕。"潘夏，謂潘岳與夏侯湛。

〔5〕忘機：謂忘却機心。此句本《列子·黄帝》海上之人與鷗鳥游的故事。

〔6〕雙劍：古代傳説春秋時吴王闔閭令干將在匠門鑄劍，鐵汁不下，其妻莫邪自投鑪中，鐵汁乃出。遂成兩劍，雄劍名干將，雌劍名莫邪。干將進雄劍於吴王，而藏雌劍。雌劍思念雄劍，常於匣中悲鳴。參見《吴越春秋·闔閭内傳》。鮑照《贈故人馬子喬》之六："雙劍將離别，先在匣中鳴。烟雨交將夕，從此遂分形。"

〔7〕紫氣：《晋書·張華傳》："斗牛之間，常有紫氣。豫章人雷焕，妙達緯象，以爲寶劍之精上徹於天。華即補焕爲豐城令。焕到縣，掘獄屋基，入地四丈餘，得一石函，中有雙劍，并刻題，一曰龍泉，一曰太阿。送一劍與華，一劍自佩。華報焕書曰：'詳觀劍文，乃干將也。莫邪何復不至？雖然，天生神物，終當合耳。'華誅，失劍所在。焕卒，子華爲州從事，持劍行經延平津，劍忽於腰間躍出墮水。使人没水取之，不見劍，但見兩龍，各長數丈，蟠縈有文章。没者懼而反，於是失劍。"

此詩爲與友人泛舟眺望黄鶴樓之作。首聯言作者與朱民部楚江偶遇，游興更濃；頷聯以漢之蕭育、朱博、郭泰、李膺事喻己與朱民部相得甚歡；頸聯寫泛舟江上所感，充滿閑適之趣；尾聯以寶物必當合，寫樓之靈异，亦暗寓與朱相遇之幸。

江曉望黄鶴樓用故相張太岳先生舊韵有感[1]

黄鶴樓頭擁暮烟，白雲深處倍堪憐。[2]雙江送浪波光涌，萬井浮空塔影懸。[3]芳草千秋鸚鵡賦，[4]落梅五月鷓鴣天。[5]浮沉漫問人間世，回首西風獨扣舷。

【校注】

〔1〕張太岳：張居正號。此詩乃用張居正《望黄鶴樓》七律詩韵。

〔2〕堪憐：可憐，可愛。

〔3〕萬井：地方萬里。《漢書·刑法志》："地方一里爲井……一同百里，提封萬井。"

〔4〕芳草千秋：化用崔顥詩"芳草萋萋鸚鵡洲"。鵡，原作"武"，徑改。雙江：指漢江與長江。

〔5〕落梅五月：化用李白詩"江城五月落梅花"。鷓鴣天：詞牌名。據《詞譜》十一，其調爲雙調，五十五字，前後各三平韵，前片三四句與過片三言兩句多作對偶。

此亦爲江中望鶴樓之作。首聯暮烟升騰、白雲繚繞，使鶴樓平添幾許情趣，爲"望"中獨有；頷聯亦望中之景，波光塔影，渾然一片，煞是可觀；頸聯贊稱正平之賦、揚李太白之詞；尾聯感嘆，問而不答，所感至深。當爲乞歸後作。

穆文熙

穆文熙，字敬甫，明代東明（今屬山東）人。曾任吏部員外郎。有《逍遥園集》。

登黄鶴樓 八首

今上龍飛御極秋，〔1〕使臣銜詔歷重郵。〔2〕遠從全楚探奇迹，〔3〕更向三分憶壯猷。〔4〕樓上雲停仙客駕，江邊草蔓襯衡洲。〔5〕登臨矯首驚時代，目斷長江不盡流。

【校注】

〔1〕今上：不詳指明代何帝。龍飛：《易·乾》："飛龍在天，利見大人。"

孔穎達疏："若聖人有龍德飛騰而居天位。"張衡《東京賦》："我世祖忿之，乃龍飛白水，鳳翔參墟。"薛綜注："龍飛鳳翔，以喻聖人之興也。"御極：登基。《文心雕龍·時序》："明帝秉哲，雅好文會。升儲御極，孳孳講藝。"

〔2〕銜詔：猶傳旨。重郵：重重驛站。《廣雅·釋詁四》："郵，驛也。"《漢書·薛宣傳》："橋梁郵亭不脩。"顏師古注："師古曰：郵，行書之舍，亦如今之驛及行道館舍也。"

〔3〕全楚：言全楚之地。劉長卿《長沙館中與郭夏對雨》："雲橫全楚地，樹暗古湘洲。"奇迹：謂黃鶴樓勝迹。

〔4〕三分：謂吳、蜀、魏三分天下。杜甫《咏懷古迹》："三分割據紆籌策，萬古雲霄一羽毛。"壯猷：《詩·小雅·采芑》："方叔元老，克壯其猷。"毛傳："壯，大；猷，道也。"亦作"壯猷"。魏源《古微堂集·默觚下》"詒篇"七："何爲壯猷？非常之策，陳湯不奏於公卿；破格之功，班超不謀於從事；出奇冒險，不拘文法，不顧利害者是也。"

〔5〕禰衡洲：洲，原作"州"，誤，徑改。指鸚鵡洲。

　　此爲作者登黃鶴樓組詩之一。首聯言新帝登基，作者携詔來此故楚之地；頷、頸兩聯探勝懷古，由黃鶴樓之勝迹緬懷三國紛爭之歷史，仙客駕鶴之傳説，禰衡悲劇之遭遇；尾聯由懷古而感今，慨嘆時代更迭，如長江流水，綿綿無盡。

其　二

　　萬里行來意未休，武昌城上坐銷憂。〔1〕山形宛轉王孫第，〔2〕草樹凄迷庾亮樓。〔3〕杯外鶯花詞客賦，〔4〕江中簫鼓女郎游。〔5〕回風仿佛聞吹笛，〔6〕定有仙人下十洲。〔7〕

【校注】

〔1〕武昌句：王粲《登樓賦》："登兹樓以四望兮，聊暇日以銷憂。"

〔2〕王孫第：王孫之甲第。指楚王府。

〔3〕庾亮樓：晋庾亮鎮武昌（今湖北 鄂州市），曾登南樓與僚屬談咏，後世遂名樓爲庾公樓。此乃指江夏之南樓，非庾亮樓。

〔4〕詞客：猶詞人。

〔5〕簫鼓：簫笛與鼓。《文選·鮑照〈出自薊北門行〉》："簫鼓流漢思。"女郎游：《詩·周南·漢廣》："漢有游女，不可求思。"

〔6〕回風：旋風，《楚辭·九章·悲回風》："悲回風之搖蕙兮，心冤結而內傷。"

〔7〕十洲：爲神仙所居之處。《十洲記》云："漢武帝聞王母說巨海之中有祖洲、瀛洲、玄洲、炎洲、長洲、元洲、流洲、生洲、鳳麟洲、聚窟洲，有此十洲，乃人迹稀絕處。"

此詩敘登江夏城樓所見所感。首聯即抒發宦游旅思；頷聯即景懷古；頸聯寫樓上詞客，江中游女，狀眼前之景；尾聯敘風中聞笛，飄飄欲仙，以鶴樓之勝作結。

其　三

樓勢江烟黯不開，攀躋誰不詫奇哉！眶中顧盼三湘盡，〔1〕座裏風雲九郡來。〔2〕諸葛謀深原上相，〔3〕周郎氣盡詎凡才。〔4〕千年事往遺踪在，〔5〕到此令人意自摧。〔6〕

【校注】

〔1〕眶中：猶謂眼中。三湘：泛指湖南一帶。崔湜《襄陽》："江山距七澤，烟雨接三湘。"

〔2〕九郡：泛指嶺南一帶。《漢書·五行志》："武帝元鼎五年秋，蛙與蝦蟆群鬥。是歲四將軍衆十萬征南越，開九郡。"顏師古注："九郡：南海、蒼梧、鬱林、合浦、交趾、九真、日南、珠崖、儋耳。"

〔3〕上相：宰相的尊稱。《史記·陸賈列傳》："足下位爲上相，食三萬侯。"諸葛亮曾任蜀丞相，故稱。

〔4〕周郎：指周瑜。氣盡：喻死亡。《三國志·吳志·周瑜傳》載，建安十三年，曹操率軍南下，瑜與劉備、諸葛合兵，大敗操兵於赤壁。後進軍取蜀，

"瑜還江陵爲行裝，而道于巴丘病卒，時年三十六"。詎：豈。

〔5〕遺踪：指赤壁。

〔6〕摧：謂傷痛。《文選》蘇武詩之二："長歌正激烈，中心愴以摧。"

首聯即言樓勢之奇；頷聯言登樓所見遠景，極目南眺，三湘九郡，眼底風雲；頸、尾兩聯登斯樓而感三國往事，自傷不遇。

其　四

耽玩湖光坐日曛，〔1〕大藩風物總紛紜。〔2〕江流不轉千年恨，石勢常含八陣雲。〔3〕山到鄖襄秦界合，〔4〕星回翼軫楚天分。〔5〕興亡我欲探前代，折簡湘靈未可聞。〔6〕

【校注】

〔1〕耽玩：留連玩賞。日曛：落日餘輝。謝靈運《晚出西射堂》："曉霜楓葉丹，夕曛嵐氣陰。"

〔2〕大藩：猶言大國。湖廣武昌爲明代楚王封藩，故云。杜牧《送中丞鎮江西》："惟帝憂南紀，搜賢與大藩。"紛紜：《文選・班固〈東都賦〉》："千乘雷起，萬騎紛紜。"呂延濟注："紛紜，多也。"

〔3〕江流二句：杜甫《八陣圖》："功蓋三分國，名成八陣圖。江流石不轉，遺恨失吞吳。"《三國志・蜀志・諸葛亮傳》："推演兵法，作八陣圖。"《水經注・沔水》："有亮所造八陣圖，東跨故壘，皆壘細石爲之。自壘西去聚石八行，行間相去二丈，因曰八陣。"

〔4〕鄖襄：謂鄖陽府、襄陽府，今皆屬湖北，與陝西接壤，故云"秦界合"。

〔5〕翼軫：二星名，在楚之分野。

〔6〕折簡：猶寄書。《三國・魏志・王凌傳》："凌至項，飲藥死。"裴松之注引《魏略》曰："凌知見外，乃遙謂太傅（司馬懿）曰：'卿直以折簡召我，我當敢不至邪？'"古人以竹簡作書，簡長二尺四寸，短者半之。漢制，簡長二尺，短者半之。折簡者，折半之簡，言其不敬。湘靈：湘水之神。《楚辭・遠游》：

“使湘靈鼓瑟兮，令海若舞馮夷。”

此詩亦寫登樓遠眺。

其　五

振衣來上楚江樓，擘畫河山一目收。[1]綺疏倒懸滄海日，[2]檐牙低壓漢陽流。[3]仲宣思苦寧懷土，[4]宋玉愁深不爲秋。[5]往事無須重問訊，夕陽正自下群鷗。

【校注】

〔1〕擘畫：籌畫，指點。《淮南子·要略》：“《齊俗》者……擘畫人事之終始者也。”

〔2〕綺疏：雕飾花紋的窗户。陸機《贈尚書郎顧彥先》之二：“玄雲拖朱閣，振風薄綺疏。”

〔3〕檐牙：檐際翹出如牙的建築裝飾。杜牧《阿房宫賦》：“廊腰縵回，檐牙高啄。”

〔4〕仲宣：王粲之字。先依劉表，未被重用。曾作《登樓賦》，抒其不遇之意：“雖信美而非吾土兮，曾何足以少留！遭紛濁而遷逝兮，漫逾紀以迄今。情眷眷而懷歸兮，孰憂思之可任。”寧：豈。

〔5〕宋玉：《楚辭·九辯》：“悲哉！秋之爲氣也！”王逸注：“《九辯》者，楚大夫宋玉之所作也。……宋玉者，屈原之弟子也。閔惜其師忠而放逐，故作《九辯》以述其志。”

此詩乃直寫鶴樓形勝。前半首寫鶴樓窗懸海日，檐壓江流，氣勢雄偉壯觀；後半首以王粲、宋玉才子失意喻己之宦情落寞，并流露出隱逸滄洲、與鷗鳥爲伴的意願。

其　六

吳蜀山河蔓草萊，感時詞客重悲哀。樓船萬里益州下，鐵鎖千尋建業開。^[1]滾滾江流依日轉，搖搖帆影自天來。當年渾濬堪一笑，^[2]自有當陽上將材。^[3]

【校注】

〔1〕樓船二句：《晋書·王濬傳》載王濬爲廣漢太守，“夜夢懸三刀於卧屋梁上，須臾又益一刀。濬驚覺，意甚惡之。主簿李毅再拜賀曰：‘三刀爲州字，又益一者，明府其臨益州乎！’及賊張弘殺益州刺史皇甫晏，果遷濬爲益州刺史。……武帝謀伐吳，詔濬修舟艦。濬乃作大船連舫，方百二十步，受二千餘人；以木爲城，起樓櫓，開四出門，其上皆得馳馬來往。……吳人於江險磧要害之處，并以鐵鎖橫截之”。劉禹錫《西塞山懷古》即咏其事：“王濬樓船下益州，金陵王氣黯然收。千尋鐵鎖沉江底，一片降幡出石頭。……”

〔2〕渾濬：指王渾與王濬。《晋書·王渾傳》載，王渾領豫州刺史，大舉伐吳，渾率師出橫江，吳人大震，孫皓送印節詣渾降。“既而王濬破石頭，降孫皓，威名益震；明日渾始濟江，登建業宮，醼酒高會，自以先據江上，破皓中軍，案甲不進，致在王濬之後，意甚愧恨，有不平之色。”後渾奏濬不受節制及其他罪狀，爲時人所譏。

〔3〕當陽上將材：《三國志·蜀書·張飛傳》：“曹公之荆州，先主奔江南，曹公追之，一日一夜及於當陽之長坂，先主聞曹公卒至，弃妻子走，使飛將二十騎拒後，飛據水斷橋，嗔目橫矛曰：‘身是張益德也，可來共決死。’敵皆無敢近者，故遂得免。”當陽：《讀史方輿紀要·湖廣安陸府·荆門州》：“當陽縣，漢縣，屬南郡，後漢因之。建安十三年，曹操下荆州，先主將其衆，過襄陽南至當陽，爲操所追處也。”

詩咏懷古迹，叙晋破吳之事。首聯以昔日吳蜀山河，今日草萊蔓蕪發嘆；頷聯叙晋吳之戰，樓船萬里，鐵鎖千尋，大江爲之生色；頸、尾兩聯慨嘆時异事非，江流依舊，千秋功過，留待後人評説。

其　七

　　赤壁當年頓虎貔，[1] 猶然倚醉賦新詩。[2] 可知明月酣吟處，[3] 正是東風欲動時。[4] 千里舳艫成斷焰，[5] 二喬銅雀負前期。[6] 坡仙瀟灑餘風在，讀罷雄文有所思。[7]

【校注】

〔1〕頓：停留、駐扎。《史記·淮陰侯列傳》："今將軍欲舉倦弊之兵，頓之燕堅城之下，欲戰恐久力不能拔。"虎貔：《書·牧誓》："如虎如貔，如熊如羆。"孔傳："貔，執夷，虎屬也。"虎貔皆猛獸，故以喻勇士及軍隊。岑參《陪狄員外早秋登府西樓因呈院中諸公》："階下貔虎士，幕中鴛鷟行。"

〔2〕賦新詩：蘇軾謫居黄州，嘗游赤壁而賦《念奴嬌·赤壁懷古》。

〔3〕明月：蘇詞有"人生如夢，一樽還酹江月"句，劉永濟《唐五代兩宋詞簡析》評曰："而以'酹江月'作結，蓋此游至月上時也。"

〔4〕東風：《三國志·吳志·周瑜傳》裴松之注引《江表傳》叙赤壁之戰云："時東南風急，因以十艦最著前，中江舉帆……去北軍二里餘，同時發火，火烈風猛，往船如箭，飛埃絶爛，燒盡北船。"

〔5〕千里句：蘇軾《赤壁賦》："方其（曹操）破荆州，下江陵，順流而東也，舳艫千里，旌旗蔽空，釃酒臨江，橫槊賦詩，固一世之雄也……"

〔6〕二喬：《三國志·吳志·周瑜傳》："喬公兩女，皆國色，（孫）策自納大喬，瑜納小喬。"銅雀：《三國志·魏志·武帝紀》："建安十五年冬，作銅雀臺。"故址在今河北省臨漳縣西南。杜牧《赤壁》："東風不與周郎便，銅雀春深鎖二喬。"此反其意，謂赤壁一戰，曹操不能得志於吳。

〔7〕雄文：指蘇軾《赤壁賦》。

此詩爲咏懷赤壁古迹而作。首聯謂坡公當年於赤壁倚醉賦詩，怡然自適；頷聯揉合東坡吟詩與赤壁破曹兩事叙寫，曲盡其妙；頸聯慨嘆赤壁之戰，曹操敗北，前期盡付流水；尾聯贊東坡詞章，彪炳千古，至今耐人思索。

其　八

板輿南下信飛蓬，[1]經過荒城盡楚宮。[2]巫峽雲深藏暮雨，[3]章華臺古自悲風。[4]武安客盡三千俠，[5]司馬文餘七澤雄。[6]我亦周南作賦者，[7]抽毫指顧不勝恫。[8]

【校注】

〔1〕板輿：《北堂書鈔》卷一百四十：“傅櫃足疾，板輿上殿。”亦作版輿，古時老人的一種代步工具。信：誠然。飛蓬：飄蕩無定的蓬草，喻詩人南行無定。

〔2〕楚宮：楚國宮殿。杜甫《咏懷古迹》之二：“最是楚宮俱泯滅，舟人指點到今疑。”

〔3〕巫峽句：本宋玉《高唐賦》：“妾在巫山之陽，高丘之阻，旦爲朝雲，暮爲行雨，朝朝暮暮，陽臺之下。”

〔4〕章華臺：《左傳》昭公七年：“楚子（靈王）成章華之臺，願與諸侯落之。”杜預注云：“臺在今華容城內。”今湖北潛江市西南。悲風：曹植《雜詩》六首之一：“高臺多悲風。”

〔5〕武安：即漢武安侯田蚡。田蚡（？—前131），長陵（今陝西咸陽東北）人。武帝初，封武安侯。《史記》本傳謂其“卑下賓客，進名士家居者貴之”。張華《游俠篇》：“翩翩四公子，濁世稱賢明。食客三千餘，門下稱豪英。”

〔6〕司馬：司馬相如。漢武帝時因獻賦被任命爲郎。著有《子虛》《上林》《大人》諸賦，鋪張揚厲，文字華美。七澤：《子虛賦》云：“臣聞楚有七澤，嘗見其一，未見其餘也。臣之所見，蓋特其小小者耳，名曰雲夢。”此指楚地。

〔7〕周南：《詩·國風》有周南篇，朱熹《詩集傳》注：“周，國名；南，南方，諸侯之國也。……蓋其得之國中者，雜以南國之詩，而謂之周南。”作賦者：

謂己奉使至楚，亦有觀風、采風之責。

〔8〕抽毫：猶抽筆。指顧：手指目視，猶顧盼。恫：惶恐。

此詩緬懷故楚遺迹。前半首感慨昔日楚宮，今已一片荒蕪，巫峽暮雨、章華古臺，引起懷古之思；後半首以武安好士，相如獻賦的千古佳話喻楚地人文之盛，己雖司采風之職，然搦筆之間，恫懼不已，以應首篇奉旨使楚題旨。

郭正域

黃鶴樓

黃鶴高飛去不留，丹梯縹緲鎖丹丘。[1]遥連瀛海三千界，[2]似接神仙十二樓。[3]滿眼帆檣飛漠漠，一天烟樹晚悠悠。却嫌李白少情思，不肯題詩在上頭。

【校注】

〔1〕縹緲：高遠貌。李白《天門山》："參差遠天際，縹緲青霞外。"丹丘：神話中神仙之地，晝夜長明。《楚辭·遠游》："仍羽人於丹丘兮，留不死之舊鄉。"

〔2〕瀛海：謂大海。《論衡·談天》："九州之外，更有瀛海。"傳説中神仙之山瀛州、蓬萊、方壺皆居海中，故以瀛海爲神仙所居。三千界：即佛語之三千大千世界。據《智度論》七《釋氏要覽·界趣》，以須彌山爲中心，以鐵圍山爲外郭，是一小世界；一千小世界合則爲小千世界；一千小千世界合則爲中千世界；一千中千世界合則爲大千世界，總稱三千世界。白居易《春日題乾元寺上方最高峰》："危亭絶頂四無鄰，見盡三千大世界。"

〔3〕十二樓：《漢書·郊祀志》："方士有言黃帝時爲五城十二樓，以候

神人於執期，名曰迎年。"又《十洲記》："昆侖山下狹上廣，故名曰昆侖，山三角。其一角正東，名昆侖宮，其一角有積金爲天塘城，而方千里，城上安金臺五所、玉樓十二所。"

詩首二句謂黃鶴仙去，遂留此仙樓立於丹丘靈界；頷聯承上寫此樓與其他仙境遥遥相接，可與之媲美；頸聯爲眼前景象，帆檣漠漠，晚樹悠悠，"滿眼""一天"，謂所見皆是；尾聯以太白未曾題詩上頭爲憾事，亦爲贊嘆風物之佳，鶴樓之勝。

雨中張郡丞李別駕李司理招飲 二首[1]

晴川漠漠雨垂垂，雨滿江干酒滿巵。神女雲來行晝夜，大王風起鬥雄雌。[2]千家烟火依沙渚，萬里帆檣過水湄。信有酒人能畫鶴，[3]一尊何日可栖遲。[4]

【校注】

〔1〕郡丞：秦于郡守下置郡丞，以輔佐郡守。後遂稱州府佐屬爲郡丞。此當指武昌府同知。別駕：漢制，爲州刺史之佐吏，亦稱別駕從事史。刺史巡視轄境時，別駕乘驛車隨行，故名。隋唐曾改別駕爲長史，後復原名。宋改置諸州通判，以職守相同，故通判亦有別駕之稱。此當指武昌府通判。司理：宋太祖開寶六年設置諸州司寇參軍，後改爲司理參軍，主管獄訟。簡稱司理，又寫作司李。元廢，明時亦稱推官爲司理。此當指武昌府推官。

〔2〕神女二句：前一句本宋玉《高唐賦》，後一句本宋玉《風賦》所謂"大王之雄風"與"庶人之雌風"之説。

〔3〕畫鶴：指傳説中江夏辛氏酒肆仙人橘皮畫鶴酬酒債故事。

〔4〕尊：同樽。栖遲：游息、居住。

此詩爲作者雨中登鶴樓所作之一，當爲作者早年之作。首聯寫雨中登樓；頷聯用宋玉賦中事寫雨中游雲疾風；頸聯叙雨中洲渚烟火，水湄帆檣；尾聯以酒人畫鶴傳説作結，應題中"招飲"。

其 二

樓閣層層上苑墻，昔人於此醉爲鄉。[1]烟橫巫峽千山暮，雨過瀟湘一水長。[2]依舊晴川雲盡白，不知塵世鶴曾黃。從教玉笛頻吹徹，[3]祇恐神仙亦渺茫。

【校注】

〔1〕醉爲鄉：唐王績有《醉鄉記》，後世遂喻醉中之境界爲醉鄉。

〔2〕瀟湘：泛指湘水。

〔3〕從：任憑。張相《詩詞曲語詞彙釋》卷一："從，猶任也，聽也。"

詩首聯登臨而飲，思及"古人"曾以此爲醉鄉，應前詩起；頷聯以烟橫巫峽，雨過瀟湘，寫鶴樓所見雨中闊大景象；頸聯化用崔顥詩，今見晴川雲白，故曰"依舊"，未睹塵世鶴黃，故曰"不知"，實則咏樓；尾聯用李白鶴樓聽吹玉笛詩，以退爲進，謂神仙縹緲，不可探求。

金學曾

金學曾，字子魯，明代錢塘（今杭州市）人。曾任按察使。

同郭美秩任白甫梅伯陽諸孝廉登黃鶴樓[1]

天闊烟空樓閣開，山橫樹轉漢江回。十年重到疑吾土，[2]一日相從盡楚材。[3]便有雄風來大國，[4]蕭然落照滿高臺。[5]登臨欲問千秋事，感慨何人更舉杯。

【校注】

〔1〕郭美秩：即郭正域，字美命，亦稱美秩。任白甫：任家相之字。梅伯陽：梅開先之字。江夏縣舉人。孝廉：明代稱舉人爲孝廉。

〔2〕吾土：王粲《登樓賦》："雖信美而非吾土兮，曾何足以少留。"猶謂吾鄉。

〔3〕楚材：《左傳》襄公二十六年："雖楚有材，晋實用之。"此指郭、任、梅三孝廉。

〔4〕雄風：本宋玉《風賦》："此所謂大王之雄風也。"大國：謂楚。

〔5〕高臺：謂黄鶴樓也。

詩爲携諸孝廉登樓而作，當作於萬曆間。首聯寫登樓所見；頷聯寫十載重游，俊彥相從，頗有故土之感；頸聯以"雄風""落照"，裝點鶴樓蒼茫雄姿；尾聯謂千秋故事，不堪問尋，感慨自深。

王 儼

王儼，字民望，明代華容人（一作蒲圻人）。成化進士。歷成都、武昌知府，擢陜西右布政，累官户部左侍郎。後以忤劉瑾戍遼東。瑾誅，赦還卒。

别黄鶴樓

五載悠悠滯鄂州，〔1〕賓朋暇日幾登樓。三分割據今誰在，江漢朝宗萬古流。尊酒移時成往事，乾坤到處泛虛舟。〔2〕題詩遣興聊爲别，莫作羊公片石留。〔3〕

【校注】

〔1〕鄂州：春秋屬楚，秦屬南郡，漢爲江夏郡，隋廢郡，改置鄂州。煬帝初改爲江夏郡，唐復置鄂州，宋因之。元置鄂州路，後改武昌路。明初改爲武昌府，屬湖廣。

〔2〕虛舟：空舟。《淮南子‧詮言》："方船濟乎江，有虛舟從一方來，觸而覆之，雖有忮心，必無怨色。"陶淵明《五月旦作和戴主簿》："虛舟縱逸棹，回復逐無窮。"

〔3〕羊公：謂羊祜。《晋書‧羊祜傳》載：晋武帝時，羊祜都督荆州諸軍事，達十年之久，及卒，"襄陽百姓於峴山祜平生游憩之所建碑立廟，歲時饗祭焉。望其碑者，莫不流涕。杜預因名爲墮淚碑"。

此詩當爲作者離武昌赴陝西所作。首聯回顧往昔，眷眷情懷，深深不已；頷聯懷古，感嘆人事不久，江漢長流；末二聯暢抒別情，深感宦海茫茫，如乾坤虛舟，故題詩乃爲贈別，非慕羊公之浮名。

李應祥

秋日甘侍御招飲 二首[1]

一上層樓俯大荒，四山晴色曉蒼蒼。[2]樓頭鶴去人俱遠，檻外江流天共長。[3]樹著寒烟迷漢口，雁橫秋影過衡陽。知君柱下元仙吏，[4]到此能無八翼翔。[5]

【校注】

〔1〕甘侍御：不詳。侍御，侍御史的別稱。明代亦稱監察御史爲侍御。甘

侍御當以監察御史分司湖廣。

〔2〕四山：謂四方之山。杜甫《乾元中寓居同谷縣歌》：“四山多風溪水急，寒雨颯颯枯樹濕。”

〔3〕檻：欄杆。王維《漢江臨泛》：“江流天地外，山色有無中。”

〔4〕柱下：即柱下史，周秦官名，掌藏書室；漢以後爲侍御史的別稱。以其所掌及侍立常在殿柱之下，故名。《史記·張丞相列傳》：“張丞相蒼者……秦時爲御史，立柱下方書。”後遂爲御史的代稱。仙吏：張子容《陪潤州邵使君登北固山》：“梅福慚仙吏，羊公賞下僚。”

〔5〕八翼：《晋書·陶侃傳》：“（陶侃）又夢生八翼，飛而上天，見天門九重，已登其八，唯一門不得入，閽者以杖擊之，因墜地，折其左翼。”後都督八州。

詩前六句皆寫景：首聯爲登樓所見曉色；頷聯上句遐想，黃鶴仙人俱去，杳杳無迹；下句憑檻遠望，江流入天，浩浩蕩蕩；頸聯應題“秋日”，寒烟挂樹，籠蓋漢口，雁影橫渡，經過衡陽；尾聯應題“甘侍御”，以贊譽作結。

其　二

丹梯百尺起重闈，〔1〕登眺真令眼界新。石上獨齊崔顥句，〔2〕空中不著武昌塵。〔3〕最堪宴賞江山色，可奈關愁草樹春。〔4〕日暮憑欄不成醉，劇因烽火望三秦。〔5〕

【校注】

〔1〕重闈：城曲重門。楊烱《和劉長史答十九兄》：“鼓鼙鳴九城，烽火集重闈。”

〔2〕齊：《淮南子·原道訓》：“齊靡曼之色。”高誘注：“齊，列也。”

〔3〕武昌塵：《世説新語·輕詆》：“庾公（亮）權重，足傾王公（導）。庾在石頭，王在冶城，坐大風揚塵，王以扇拂塵曰：‘元規塵污人。’”庾亮

曾鎮武昌，故云。

〔4〕關愁：化用崔顥詩：“日暮鄉關何處是，烟波江上使人愁。”

〔5〕劇：極、甚。三秦：《史記·高祖本紀》：“項羽三分關中，立秦三將章邯爲雍王，司馬欣爲塞王，董翳爲翟王。”故後稱關中爲三秦。此借指明代京師及附近一帶。明正德、嘉靖間，韃靼小王子、俺答汗屢次侵邊，騷擾内地，直抵今河北北部，威脅京師，嗣後北地烽火連綿，鮮有安寧。詩中所云，當指此。

首聯謂登眺所見令人眼界一新，承前啓後；頷聯以崔顥、庾亮故實點綴佳勝；頸聯抒鄉愁，江山景色雖堪宴賞，然鄉關之愁亦令人感傷；尾聯寫國憂，自曉至暮，却不成醉，遥望三秦烽火，不免興范公之憂。

沈 鈇

沈鈇，字繼揚，明代詔安（今屬福建）人。曾任知府。

春日偕李克蒼比部登鶴樓晚過武當宮漫興八首〔1〕

徙倚危樓客興孤，謾尋黃鶴轉虛無。〔2〕山連衡岳雲中見，〔3〕春入鈎輈樹裏呼。〔4〕萬里蓬萊瞻魏闕，〔5〕千年形勝壯宏圖。相將我欲浮槎去，〔6〕何處風波非畏途。

【校注】

〔1〕李克蒼：不詳，克蒼爲其字。比部：魏晉以後尚書有比部曹，隋唐以比部屬刑部，稱比部侍郎、郎中。明代以比部爲刑部司官之通稱。武當宮：黃鶴樓建築群建築之一。《明一統志》卷五九“武昌府”：“武當宮，在府治西南，黃鶴樓東。”

〔2〕謾：通漫，猶漫尋，言遍尋。

〔3〕衡岳：衡山。

〔4〕鈎輈：鷓鴣鳴聲。《唐草本》："鷓鴣生江南，形似母雞，鳴云鈎輈格磔。"李德裕《斑竹筆管賦》："鷓鴣起兮鈎輈，白猿悲兮斷續。"

〔5〕蓬萊：仙境，喻黃鶴樓。魏闕：古代宮門外巍然高出的樓觀，其下爲懸布發令之處。《淮南子・俶真》高誘注："魏闕者，王者門外，闕所以懸教象之書於象魏也。巍巍高大，故曰魏闕。"故用以指朝廷。《莊子・讓王》："身在江海之上，心居乎魏闕之下。"

〔6〕相將：相隨。張相《詩詞曲語辭彙釋》卷三："相將，猶云相與或相共也。"

首聯即點明客興之孤，黃鶴之杳，爲組詩立調；頷聯上句寫登樓所見，衡岳千里，本極難見，而以"雲中"虛摹；下句寫登樓所聞，春至江南，鷓鴣爭鳴，而以"樹裏"狀其依約；頸聯言己身在蓬萊，仍心存魏闕；尾聯慨嘆仕途風波，流露世外之念。

其　二

玄岳飛來一畝宮，〔1〕翠微高峙楚江東。〔2〕天懸蜃閣真圖畫，〔3〕地折祥柯似杳濛。〔4〕人世雨雲翻有態，〔5〕波流古今竟何窮。登臨一笑翛然別，〔6〕黃鵠凌風思更雄。

【校注】

〔1〕玄岳：指武當山。明代永樂中稱此山爲太岳，嘉靖中又稱玄岳，以山頂祀真武帝君，又名玄武，故稱此山爲玄岳。一畝宮：指武當宮。謂此宮乃從武當山飛來。

〔2〕翠微：謂青山。庾信《和宇文内史春日游山》："游客值春輝，金鞍上翠微。"此指龜蛇二山。

〔3〕蜃閣：即蜃樓。楊巨源《供奉定法師歸安南》："鷺濤清梵徹，蜃閣化城重。"此喻鶴樓。猶海中蜃樓。

〔4〕牂牁：牁，亦作柯。據《漢書·地理志上》，漢武帝元鼎六年置牂牁郡，治且蘭，今貴州凱里西北。轄境包括貴州大部及雲南東境和廣西北境之一部。按，明代湖廣地區曲折至西南與廣西、貴州連界，故云。

〔5〕人世句：杜甫《貧交行》："翻手作雲覆手雨，紛紛輕薄何須數。"

〔6〕儵然：無拘無束。《莊子·大宗師》："儵然而往，儵然而來而已矣。"陸德明釋文："向（秀）云：儵然，自然無心而自爾之謂。郭（象）崔（譔）云，往來不難之貌。"

此詩寫過武當宮。首聯即浮想聯翩，以武當宮與武當山相聯；頷聯屋閣天懸，應屬幻事，却以"真"字肯定，牂牁地折，實爲真事，而以"似"字疑之，竭力表現其強烈印象；頸聯感嘆人世如雲雨翻騰無常，波流則古今無變，延綿至今，有情者無情，無情者有情；尾聯有悟黃鶴之高志，心竊慕之。

其 三

輕風吹送躡仙梯，〔1〕檻外波濤樹杪齊。〔2〕漁父棹歌烟渺渺，〔3〕王孫鄉夢雨凄凄。〔4〕晴川睥睨當樓入，〔5〕鄂渚微茫帶草迷。〔6〕遥望蓬瀛三島近，碧雲飛過楚天低。

【校注】

〔1〕躡：攀登。

〔2〕樹杪：猶樹梢。

〔3〕漁父句：指《楚辭·漁父》所歌《滄浪歌》，喻隱士。

〔4〕王孫：《楚辭·招隱士》："王孫游兮不歸，春草生兮萋萋。"

〔5〕睥睨：斜視。《後漢書·仲長統傳》："逍遥一世之上，睥睨天地之間。"

〔6〕鄂渚：在武昌西長江中。微茫：隱約模糊。

首聯寫登樓，以狀鶴樓之高，一覽檻外，江中波濤，渚上樹杪，皆爲等齊；頷聯借《楚辭》寫眼中之景，歸隱之志，色彩淒迷；頸聯實寫晴川、鄂渚景色；尾聯以"三島近""楚天低"，仍歸結鶴樓之高。

其　四

百丈丹梯紫翠重，洞仙吹雪濕芙蓉。[1]捫蘿客有滄洲興，[2]柱杖樽開北海從。[3]供奉祇看還李白，[4]北山早已檄周顒。[5]酒闌沉醉忘歸路，坐聽菩提樹裏鐘。[6]

【校注】

〔1〕洞仙：泛指仙人。吹雪：《拾遺記》："周靈王起昆明之臺，召諸方士……一人能以歌召雪。於是引氣一噴，雲起雪飛，坐者皆凜然。"此喻江濤似吹雪。

〔2〕捫蘿客：《酉陽雜俎·天咫》："太和中，鄭仁本表弟，不記姓名，嘗與一王秀才游嵩山，捫蘿越澗，境極幽夐，遂迷歸路。"後遇月中之精，乃得出。滄洲興：隱逸之志。

〔3〕北海：《後漢書·孔融傳》載，孔融爲北海相，好士，喜誘掖後進，賓客日盈其門，常笑曰："座上客常滿，尊中酒不空，吾無憂矣！"世稱孔北海。

〔4〕供奉：在皇帝左右供職之官。李白曾任供奉之職，後賜金放還，重歸江湖。

〔5〕北山：鍾山。周顒：字彥倫，南齊汝南（今屬河南）人。嘗與孔稚珪隱居鍾山，後出任海鹽令，秩滿晉京，再過鍾山，稚珪乃作《北山移文》絕之。

〔6〕菩提樹：又名摩訶菩提。《大唐西域記·摩揭陁國上》："菩提樹者，即畢鉢羅之樹也。昔佛在世，高數百丈，屢經殘伐，猶高四五丈。佛坐其下，成等正覺，因而謂之菩提樹焉。莖幹黃白，枝葉青翠，冬夏不凋，光輝無變。"此謂佛寺。

詩首聯承樓；頷聯以山泉之興、北海之豪喻作者胸襟；頸聯以李白放還、稚珪移文抒發高卧雲山之願；尾聯承其意，歸路已迷，坐聽寺鐘，皈依之意可見。

其　五

幾載狂歌學楚狂，[1] 憑高吊古獨沾裳。洲前賦就愁鸚鵡，[2] 樓上聲吹引鳳凰。[3] 羽鶴遙傳天際去，[4] 屠龍寧向匣中藏。[5] 萍踪此會真難遇，[6] 指點津頭望故鄉。[7]

【校注】

〔1〕楚狂：《論語·微子》："楚狂接輿歌而過孔子。"邢昺疏："接輿，楚人，姓陸名通，字接輿也。昭王時，政令無常，乃披髮佯狂不仕，時人謂之楚狂也。"後指狂士。李白《廬山謠寄盧侍御虛舟》："我本楚狂人，鳳歌笑孔丘。"

〔2〕賦就：指禰衡之賦《鸚鵡賦》，後以名洲。

〔3〕樓上句：《列仙傳》云，蕭史善吹簫，作鸞鳳之音，與弄玉居鳳臺，一夕吹簫引鳳凰至，遂升天而去。

〔4〕羽鶴：仙鶴。

〔5〕屠龍：屠龍之劍，以喻寶劍。《呂氏春秋·知分》載，春秋楚勇士佽非（一作次非），得寶劍涉江，遇二蛟龍夾繞其船，佽非拔寶劍赴江刺蛟，殺之而復上船。

〔6〕萍踪：踪迹飄泊，如萍無定。

〔7〕津頭：渡頭。朱放《早發龍且館》："津頭却望後湖岸，別處已隔東山雲。"

前四句吊古：首聯以楚狂自謂，然登臨之際，仍不免泪沾衣裳，"獨"字最著深情；頷聯吊古，禰生之賦，鸞鳳之音，均足發人愁思。後四句抒懷：頸聯以仙鶴、寶刀，喻友人仕途騰達；尾聯叙聚會之難，共抒思鄉之情。

其 六

楚澤春深尚作寒，^[1]俯看銀海共憑欄。^[2]臨風自笑貂裘敝，^[3]對酒空歌蜀道難。^[4]雲繞琳宮迷往迹，^[5]鶴窺丹井拂輕翰。^[6]一聲鐵笛空中響，怳遇仙人駕紫鸞。^[7]

【校注】

〔1〕楚澤：指江漢之水。

〔2〕銀海：喻江水在陽光下閃爍銀光。陸游《月夕》：“天如玻璃鐘，倒覆濕銀海。”

〔3〕貂裘敝：《戰國策·秦策一》：“（蘇秦）説秦王書十上，而説不行，黑貂之裘敝，黃金百斤盡，資用乏絶，去秦而歸。”

〔4〕蜀道難：本樂府古題，李白有《蜀道難》一詩，備言蜀道之艱險。此亦喻人世之艱難。

〔5〕琳宮：《初學記》卷二十三《空洞靈章經》：“衆聖集琳宮，金母命清歌。”仙人所居之處，亦爲道院的美稱。此指武當宮。

〔6〕丹井：朱砂井，道家煉丹所用。劉長卿《過包尊師山院》：“漱玉臨丹井，圍棋訪白雲。”

〔7〕紫鸞：紫色鸞鳥。李商隱《海上謡》：“紫鸞不肯舞，滿翅蓬山雪。”仙人：指吕洞賓，用其吹鐵笛而過鶴樓故事。

首聯點明登樓正值春寒；頷聯叙己之落拓及仕途艱險，“自笑”“空歌”皆是無可奈何之語；頸聯寫武當宮，雲迷往迹，鶴窺丹井，仙境縹緲，在似有若無之間；尾聯用吕仙之事作結，突出世外之思。

其 七

竭來佳氣滿玄關，^[1]贏得尋幽鎮日閑。^[2]路入藤蘿侵老衲，^[3]壺傾竹葉破愁顏。^[4]誰將神斧開迢徑，^[5]更喜連鑣重雪山。^[6]讀罷殘碑

還遠眺，那知身世隔塵寰。〔7〕

【校注】

〔1〕曷來：何來。曷，通“盍”。司馬相如《大人賦》：“回車曷來兮，絕道不周，會食幽都。”玄關：佛家語，謂入道的門户，借指寺院。此指武當宫。岑參《丘中春卧寄王子》：“田中開白室，林下閉玄關。”

〔2〕尋幽：李白《春陪商州裴使君游石娥溪》：“尋幽殊未歇，愛此春光發。”謂尋覓幽雅之處。鎮日：猶整日。尹洙《和河東施待制》：“威嚴少霽猶知幸，誰信芳樽鎮日開。”

〔3〕老衲：戴叔倫《題横山寺》：“老衲供茶碗，斜陽送客舟。”僧服謂衲衣，故稱老僧爲老衲。此指武當宫道士。

〔4〕竹葉：酒名，即竹葉青。《文選·張協〈七命〉》：“乃有荆南烏程，豫北竹葉。”

〔5〕迢徑：指通向武當宫的高遠的小徑。

〔6〕連鑣：連騎并進。《世説新語·捷悟》：“王東亭（珣）作宣武主簿，嘗春月與石頭兄弟乘馬出郊，時彦同游者，連鑣俱進。”鑣，爲馬嚼子露出口外兩邊的部分。重雪山：杜甫《贈左僕射鄭國公嚴公武》：“公來雪山重，公去雪山輕。”

〔7〕塵寰：人世間。李群玉《送隱者歸羅浮》：“自此塵寰音信斷，山川風月永相思。”

首聯寫武當宫尋幽；頷聯寫宫内景象；頸聯直寫與友人宫外尋幽探勝；尾聯以嘆作結，“隔塵寰”，一則贊其地靈，一則回應首句“佳氣滿玄關”。

其　八

淮南佳樹意同游，〔1〕此日相携江上樓。海内締交真意氣，〔2〕眼前得失總浮漚。〔3〕謾持白璧悲冰鑒，〔4〕且對青山典鷫裘。〔5〕醉和滄浪成一噱，〔6〕肯容崔顥擅風流。

【校注】

〔1〕淮南佳樹：《楚辭·招隱士》："桂樹叢生兮山之幽。"喻隱者所居。因乃淮南王劉安所作，故稱。李白《寄淮南友人》："復作淮南客，因逢桂樹留。"

〔2〕意氣：志趣。杜甫《贈王二十四侍御契四十韻》："由來意氣合，直取性情真。"

〔3〕浮漚：水上泡沫，喻世事無常。蘇軾《龜山辨才師》："羨師游戲浮漚間，笑我榮枯彈指內。"

〔4〕白璧：賈誼《新書·連語》："梁嘗有疑獄，半以爲當罪，半以爲不當。梁王曰：'陶朱之叟，以布衣而富侔國，是必有奇智。'乃召朱公而問之……朱公曰：'臣鄙人也，不知當獄。然臣家有二白璧，其色相如也，其徑相如也，其澤相如也。然其價也，一者千金，一者五百金。……側而視之，其一者厚倍之，是以千金。'"冰鑒：喻知人之明。江淹《謝開府辟召表》："臣謬贊國機，職宜冰鑒。"

〔5〕鷫裘：鷫鸘羽所製之裘。《西京雜記》卷二："司馬相如初與卓文君還成都，居貧愁懣，以所著鷫鸘裘就市人陽昌貰酒，與文君爲歡。"

〔6〕噱：《説文·口部》："噱，大笑也。"

本詩總括組詩之旨，寫與李比部交游之情。首聯謂兩人均懷隱逸之趣，同游鶴樓；頷聯言意氣之重，得失之輕，謂與李比部結交情重；頸聯慨嘆友人雖有白璧之智、冰鑒之明，然無由施展；尾聯醉而賦詩，效漁父而歌滄浪，收束全詩。

葉春及

葉春及，字化甫，明代歸善（今廣東惠陽）人。隆慶初由鄉舉授教諭，遷惠安令。尋引歸，以太常卿艾穆薦，起鄖陽同知，入爲户部郎中、卒。工詩文，有《石洞集》。

除夕前二日武昌孫太守李別駕韓節推
招飲黃鶴樓席上口占[1]

欲乘黃鶴鶴不來，黃鶴仙人安在哉！雪深樓閣客腸斷，[2]歲暮江湖
老鬢催。[3]蝸角誤我葛洪洞，[4]駿骨欺人郭隗臺。[5]澤畔那能
歌獨醒，[6]爲君一飲三百杯。[7]

【校注】

〔1〕孫太守：即武昌知府孫承榮。李別駕：指武昌府同知李臣之。韓節推：
《石洞集》作“韓司刑”，即武昌府推官韓魏。推官本爲節度使屬官，故稱節推；
因掌管一府刑獄，故亦稱司刑。招飲：《石洞集》作“置酒”。

〔2〕深：《石洞集》作“飛”。

〔3〕暮：《石洞集》作“莫”。

〔4〕蝸角：《莊子·則陽》：“有國於蝸之左角者，曰觸氏；有國於蝸之
右角者，曰蠻氏。時相與争地而戰，伏尸數萬，逐北旬有五日而後反。”喻極
小之境地、官職微小之甚。葛洪洞：葛洪（284—364），字稚川，晋代句容（今
屬江蘇）人。少好神仙導養之法，從鄭隱學煉丹術。聞交趾出丹砂，求爲勾漏令，
至廣州，止羅浮山煉丹，後卒於山中。

〔5〕駿骨句：《戰國策·燕策一》載：燕王求賢，郭隗對曰：古之國君以
千金求千里馬，三年不能得；後使者以五百金買千里馬骨歸，不期年，千里之
馬至者三。今王欲致士，請從隗始。於是燕王爲郭隗改築宫而師事之，賢士争
集燕國。《文選·孔融〈論盛孝章書〉》：“燕君市駿馬之骨，非欲以騁道里，
乃當以招絶足也。……昭王築臺以尊郭隗。”

〔6〕澤畔：《石洞集》作“澤上”。《楚辭·漁父》：“屈原既放，游於
江潭，行吟澤畔，顔色憔悴，形容枯槁。漁父見而問之曰：‘子非三閭大夫與？

何故至於斯？'屈原曰：'舉世皆濁，我獨清；衆人皆醉，我獨醒，是以見放。'"

〔7〕三百杯：李白《襄陽歌》："百年三萬六千日，一日須傾三百杯。"

詩當作於萬曆間作者任郇陽同知時。前兩聯寫歲暮思歸，嘆老至無成；頸聯以蝸角、駿骨相對，深感懷才未遇，仕途失意；尾聯以屈原行吟自喻，借狂放豪飲以澆胸中塊壘。

任家相

藩參金宗師登黄鶴樓偕諸孝廉集作〔1〕

仙人樓閣枕山腰，十月梅花笛裏飄。江繞孤城橫大別，〔2〕秋殘芳草問前朝。〔3〕玄都再入桃先種，〔4〕石鏡曾窺迹未遥。〔5〕俯盡中原成感慨，兵戈群盜幾時銷。〔6〕

【校注】

〔1〕金宗師：即金學曾。學曾以按察副使主持學政，故稱藩參。

〔2〕大別：大別山。

〔3〕前朝：指崔顥詩"芳草萋萋鸚鵡洲"。

〔4〕玄都：劉禹錫《再游玄都觀》序云："余貞元二十一年爲屯田員外郎時，此觀未有花。是歲出牧連州（廣東連縣），尋貶朗州司馬。居十年，召至京師。人人皆言，有道士手植仙桃滿觀，如紅霞，遂有前篇（謂《元和十年自朗州承召至京戲贈看花諸君子》詩），以志一時之事。旋又出牧。今十有四年，復爲主客郎中，重游玄都觀，蕩然無復一樹，惟兔葵、燕麥動揺於春風耳。因再題二十八字，以俟後游。時大和二年三月。"詩曰："百畝庭中半是苔，桃花净盡菜花開。種桃道士歸何處？前度劉郎今又來。"此處指黄鶴樓附近仙桃嶺。

〔5〕石鏡：原黃鶴樓後有石如鏡，曰石鏡亭。《方輿勝覽》卷二十八 "石鏡亭"： "在黃鶴樓西，臨崖有石如鏡，爲西日所照，則炯然發光。"

〔6〕此句後原注： "時有東西之警。"《明史·神宗紀》： "（萬曆）九年春正月庚午，敕邊臣備警。"

金學曾有《同郭美秩、任白甫、梅伯陽諸孝廉登黃鶴樓》詩，本詩作於同時。詩首聯寫鶴樓，以李白詩點時令；領聯寫登黃鶴樓所見武昌城形勝：江繞其周，山橫其前，鸚鵡洲上，芳草秋殘，引起吊古之情；頸聯以劉禹錫詩爲喻，敘重游黃鶴樓仙桃嶺、石鏡亭諸古迹所感；尾聯推開，感慨中原兵戈不息，國勢日衰。

登黃鶴樓

鶴馭仙踪杳未歸，江邊樓閣勢騫飛。〔1〕千峰似挾靈妃雨，〔2〕萬派同朝帝子磯。〔3〕石壁繡痕涵晚照，汀洲芳杜亂春暉。〔4〕天空一碧浮雲净，不使長安望欲微。〔5〕

【校注】

〔1〕騫飛：飛舉貌。

〔2〕靈妃：指湘妃。湘水之神。

〔3〕派：古水名。《説文·水部》： "派水起雁門葰人戍夫山，東北入海。"此泛指江水。帝子磯：指洞庭湖中湘山。相傳舜妻娥皇、女英葬此，爲湘水之神，故稱帝子磯。按，湘、資、沅、澧諸水皆匯於洞庭，故云萬派。《文選·謝朓〈新亭渚別范零陵〉》： "洞庭張樂地，瀟湘帝子游。"

〔4〕芳杜：即杜若，香草名，生於楚地山中。《楚辭·九歌·湘君》： "采芳洲兮杜若，將以遺兮下女。"

〔5〕天空二句：李白《登金陵鳳凰臺》： "總爲浮雲能蔽日，長安不見使

人愁。"此處反其意而用之。

　　詩首聯寫鶴樓氣勢，一虛擬，一實寫；頷聯登樓遠眺山川之勝，氣象雄偉；頸聯寫石鏡亭、鸚鵡洲春日晚照，景色迷人；尾聯反用李白詩意，抒發翹望長安、渴求仕進之情。

鄒迪光

　　鄒迪光，字彥吉，號愚谷，明代無錫人。萬曆進士。歷官湖廣學政，罷官時，年尚壯，卜築錫山下，極園亭歌舞之盛，畫山水脫盡時俗，一樹一石，必求精妙，兼工詩文。年七十餘卒。有《鬱儀樓集》。

登黃鶴樓

　　憑陵矯首大荒浮，〔1〕萬里蒼梧接漢丘。〔2〕夜氣半銜三楚闊，〔3〕天風長帶九疑愁。虛聞仙子乘雲去，似有靈均鼓瑟游。〔4〕最是晴川烟水滑，片帆漠漠下揚州。〔5〕

【校注】
　〔1〕憑陵：迫近。李白《大鵬賦》："燁赫乎宇宙，憑陵乎昆侖。"大荒：《山海經》有大荒之山，因喻極邊遠之地。柳宗元《登柳州城樓寄漳汀封連四州》："城上高樓接大荒，海天愁思正茫茫。"
　〔2〕蒼梧：即九嶷山。相傳舜葬於蒼梧之野，在今湖南寧遠縣境。《初學記》卷八："《山海經》曰：蒼梧之丘，九疑之山，舜所葬也。"《武昌府志》卷十作"蒼茫"。漢丘：指龜蛇二山。
　〔3〕三楚：泛指楚地。
　〔4〕靈均：屈原之字。《楚辭·離騷》："皇覽揆余初度兮，肇錫余以嘉

名。名余曰正則兮，字余曰靈均。”鼓瑟：《楚辭·遠游》：“使湘靈鼓瑟兮，
令海若舞馮夷。”

〔5〕下揚州：李白《黃鶴樓送孟浩然之廣陵》：“故人西辭黃鶴樓，烟花
三月下揚州。”作者爲無錫人，故云。

此詩前四句寫登樓極目所見景象之遠闊，則樓之高亦不言而喻；後
四句寫鶴樓：頸聯虛擬傳説、歷史，意境縹緲空靈；尾聯化用李白詩意
寫晴川烟水，“滑”字寫水最是傳神；末句思鄉之情，流露筆底，當爲
萬曆間官湖廣學政時作。

鄒觀光

鄒觀光，字孚如，明代雲夢人。萬曆進士。爲吏部郎，公平廉
正，門無私謁。曾藏書數千卷於學宫，俾士就讀。建尚行書院講學，
學者多從之。與吉安鄒元標齊名，時稱“二鄒先生”。官至太僕卿。
有《鄒孚如集》。

登黃鶴樓 四首

馮虛雕閣鬱崔嵬，南紀滔滔四望開。[1]烟樹霏微懸日月，[2]河山
縹緲護樓臺。祇餘詞客名千古，恍憶仙人戲九陔。[3]惆悵總知成幻迹，
登臨聊爲一銜杯。

【校注】
〔1〕南紀：指江漢。四望：王粲《登樓賦》：“登兹樓以四望兮，聊暇日
以銷憂。”
〔2〕霏微：雲烟細密之貌。白居易《草堂記》：“霏微如雨露。”

〔3〕九陔：同“九垓”，謂天空極高遠處。

詩首聯寫鶴樓之崔嵬、開敞；頷聯敘登樓所見景象；頸聯憶崔顥詩名、仙人傳說，憑吊古迹；尾聯感慨往事如幻，故而銜杯以瀉惆悵。

其　二

朱簾畫棟敞層樓，俯瞰長江萬里流。接地風雲生大澤，拍天波浪擁孤舟。〔1〕桃花飛雨過晴浦，蘭葉含烟逗晚洲。〔2〕欲向楚宮論往事，夕陽不盡古今愁。

【校注】

〔1〕接地二句：化用杜甫《秋興八首》“江間波浪兼天涌，塞上風雲接地陰”。

〔2〕桃花二句：李白《鸚鵡洲》“烟開蘭葉春風暖，夾岸桃花錦浪生”。

首聯上句仰觀黄鶴樓，下句登臨鳥瞰長江；中二聯敘登樓所見江天風雲、洲渚烟雨；尾聯懷古添愁，立盡夕陽。

其　三

未論游仙事有無，即看浩蕩亦蓬壺。〔1〕談天帝座通差近，〔2〕把酒星杓莽欲趨。〔3〕羽獵秋窺雲夢野，咸池夜聽洞庭湖。〔4〕況逢四海升平日，好作磯邊老釣徒。〔5〕

【校注】

〔1〕蓬壺：蓬萊山。《拾遺記》：“三壺則海中三山也。一曰方壺，則方丈也；二曰蓬壺，則蓬萊也；三曰瀛壺，則瀛洲也，形如壺器。”

〔2〕帝座：星名。《晋書·天文志上》：“帝座一星在天市中，光而潤，則天子吉。”

〔3〕星杓：即斗柄，北斗柄。《詩·小雅·大東》："維北有斗，不可以挹酒漿。"莽：廣，大。

〔4〕咸池：古樂名。

〔5〕磯：黃鵠磯。

首聯以傳説起，贊鶴樓形勝；頷聯以北斗、帝座喻樓之高；頸聯叙樓接雲夢、洞庭，狀楚地江湖原野之廣闊；末二句露隱栖意。

其　四

青雲十載賦雄飛，〔1〕謁帝重來事已非。北極天高違曉佩，〔2〕南陔日迴泣春暉。〔3〕卜居欲近瓊瑶圃，〔4〕懷古仍裁薜荔衣。〔5〕縱是牢騷那可怨，〔6〕醉呼黃鶴與同歸。

【校注】

〔1〕青雲：《南史·衡陽元王道度傳》附蕭鈞傳云"身處朱門，而情游江海；形入紫闥，而意在青雲"，謂隱逸。雄飛：《後漢書·趙興傳》："兄子溫初爲京兆郡丞，嘆曰：'大丈夫當雄飛，安能雌伏？'遂弃官去。"

〔2〕北極天高：謂帝京遙遠。北極，又名北辰，星名。喻天子所居。曉佩：古代大臣上朝，均以佩玉爲飾。曉佩指早朝。

〔3〕南陔：指人子侍養父母。蘇軾《送程建用》："空餘南陔意，太息北堂冷。"迴：遠也。春暉：孟郊《游子吟》："誰言寸草心，報得三春暉。"此二句指作者丁父憂家居。

〔4〕瓊瑶圃：仙境。此指黃鶴樓。瓊瑶：美玉。

〔5〕薜荔衣：《楚辭·離騷》："擥木根以結茝兮，貫薜荔之落蕊。"王逸注："薜荔，香草也，緣木而生。"以製衣，喻避俗。

〔6〕那：《集韵》："那，何也。"

作者於萬曆中丁父憂，辭官家居；此詩爲再度入京過江夏而作。首聯即感嘆十載隱居，重來人事已非；頷聯述己久違朝班，長泣春暉，有負君親之恩；頸聯憑弔懷古，觸景生情，頓生卜居隱逸之念；尾聯一轉，縱有牢騷亦未可發，結得委婉含蓄。

徐一忠

徐一忠，字良甫，明代慈溪（今屬浙江）人。曾任知府。

登黄鶴樓

黄鶴千秋去不回，獨留飛觀表崔嵬。[1]江流曲自三巴下，[2]山勢遙從五嶺來。[3]明月吹簫高赤壁，[4]雄風作賦勝蘭臺。[5]憑欄一嘯空今古，試取汀鷗對酒杯。

【校注】

〔1〕飛觀：曹植《東征賦》："登城隅之飛觀兮，望六師之所營。"謂高聳的宮闕，此指黄鶴樓。表：標。

〔2〕三巴：泛指四川一帶。《華陽國志》："（劉）璋乃改永寧爲巴郡，以固陵爲巴東，徙（龐）羲爲西巴太守，是謂三巴。"《輿地紀勝》載《三巴紀》云："閬、白二水東南流，曲折三回如巴字，故曰三巴。"永寧在今四川巴縣至忠縣一帶，固陵郡在今重慶雲陽、奉節等地，巴西郡即四川閬中縣地。

〔3〕五嶺：即嶺南一帶。《廣州記》："大庾、始安、臨賀、桂陽、揭陽爲五嶺。"杜甫《野望》："雲山兼五嶺，風壤帶三苗。"仇兆鰲注："舒曰：秦始皇略定揚越，謫戍五方，南守五嶺。塞上嶺一也，騎歸嶺二也，都龐嶺三也，略緒嶺四也，越城嶺五也。自北徂南，入越之道，必由嶺焉。"

〔4〕明月句：蘇軾《赤壁賦》"清風徐來，水波不興。舉酒屬客，誦明月之詩，歌窈窕之章。……客有吹洞簫者，依歌而和之。其聲嗚嗚然，如怨如慕，

如泣如訴，餘音裊裊，不絕如縷”。

〔5〕蘭臺：戰國楚臺名。宋玉《風賦》云：“楚襄王游於蘭臺之宮，宋玉景差侍。有風颯然而至。宋玉曰：‘……此所謂大王之雄風也。’”

詩首聯謂黃鶴去而不歸，留得其名與此樓立於乾坤間；頷聯暢想，眼前之江流、山勢，皆遠自三巴流下，自五嶺奔來，山水之勝可與樓匹敵；頸聯懷古，謂古之赤壁、蘭臺皆有名，然東坡、宋玉賦作之令名遠勝其所賦；尾聯嘆今，寄情酒杯，與鷗爲友，以遣其愁。

張文光

秋仲同丁元甫、任山甫、王行甫、俞羨長、游登之登黃鶴樓[1]

黃鵠磯頭黃鶴樓，黃龍江水古今流。[2]清尊與客邀凉月，[3]長笛何人弄晚秋。[4]大別自橫青玉案，[5]郡城雙控白蘋洲。[6]夜闌一嘯凌霄漢，似共乘槎犯斗牛。[7]

【校注】

〔1〕丁元甫、任山甫、王行甫、俞羨長、游登之：任山甫，疑即任家相；游登之，名天衢，江夏人；其餘丁元甫等不詳。

〔2〕黃龍：《淮南子·精神訓》“禹南省方濟於江，黃龍負舟”。《文選·郭璞〈江賦〉》：“駭黃龍之負舟，識伯禹之仰嗟。”

〔3〕邀凉月：李白《月下獨酌》：“舉杯邀明月，對影成三人。”

〔4〕長笛：趙嘏《長安秋望》：“長笛一聲人倚樓。”

〔5〕大別：大別山。青玉案：古時貴重的食器。案，承杯箸之盤。張衡《四

愁詩》之四："美人贈我錦綉段，何以報之青玉案。"

〔6〕郡城：武昌城。白蘋洲：長滿白蘋的洲渚。柳惲《江南曲》："汀洲采白蘋，日暖江南春。"

〔7〕斗牛：二十八宿中的斗宿和牛宿，位於北方。

詩作於萬曆間。首聯謂鶴樓矗立於黃鵠磯頭，長江之濱；頷聯叙諸人晚秋同游；頸聯爲登臨所見形勝之地；尾聯疑乘槎直抵斗牛之間，以喻鶴樓如同仙境。

黄鶴樓呈郡大夫孫公〔1〕

騎鶴仙踪夐絶塵，〔2〕層樓千載壓城闉。風從下界諠鈴鐸，〔3〕月自東方涌鏡輪。〔4〕吳楚山河看不極，〔5〕南東羽檄正愁人。〔6〕旬宣召伯能蘇涸，〔7〕一笛梅花萬户春。

【校注】

〔1〕孫公：即武昌知府孫承榮。因其爲郡守，故稱郡大夫。大夫乃對高級官員的尊稱。

〔2〕夐：遠。《字彙》："夐，同‘迥’。"

〔3〕下界：白居易《曲江醉後贈親故》"中天或有長生藥，下界應無不死人"，指人間。鈴鐸：大者爲鈴，小者爲鐸。此指樓角所懸風鈴。《宋史·禮志四》："門不設戟，殿角皆垂鈴。"

〔4〕鏡輪：謂月。駱賓王《秋月》："雲披玉繩净，月滿鏡輪圓。"

〔5〕不極：無盡。

〔6〕南東：《詩·小雅·信南山》："我疆我理，南東其畝。"毛傳："或南或東。"此指東南。《明史·神宗紀》："（九年）倭寇温州。"此處即指倭寇入侵。羽檄：《史記·韓信盧綰列傳》附陳豨傳"吾以羽檄徵天下兵，未有至者"。裴駰集解："推其言，則以鳥羽插檄書，謂之羽檄，取其急速若飛

鳥也。"後以喻戰事急迫。左思《咏史》："邊城苦鳴鏑，羽檄飛京都。"

　　〔7〕旬宣：宣布王命。《詩·大雅·江漢》："王命召虎，來旬來宣。"
朱熹集傳："言王命召虎來此江漢之滸，遍治其事，以布王命。"召伯：即召虎，
亦稱召公。喻孫承榮。蘇涸：猶言解除民困。

　　此詩亦爲萬曆中作。詩首聯言鶴樓爲千載勝迹，直壓府城；頷聯寫景，
風從下界吹來，月自東方涌至，極寫鶴樓之高；頸聯寫時事；尾聯乃頌
揚之詞，謂孫公如周之召伯能解民困苦，使萬户皆春。

梅開先

　　梅開先，字伯陽，明代江夏人。萬曆進士。萬曆二十三年（1595）
曾任固始知縣。

秋杪陪金宗師大參登黃鶴樓〔1〕

　　搖落江湖倍感新，〔2〕樓頭尊酒向誰親。雲生鵠嶺迷青磴，〔3〕風逐
鼻波破綠蘋。〔4〕剩有籃輿扶弟子，〔5〕空聞鐵笛下仙人。羽書頻極天
涯目，〔6〕那得桐江理釣綸。〔7〕

【校注】

　　〔1〕秋杪：亦曰杪秋，言暮秋九月。《楚辭·宋玉〈九辯〉》："靚杪秋
秋遥夜兮，心繚悷而有哀。"金宗師：即金學曾。大參：即參政。
　　〔2〕搖落：宋玉《九辯》"悲哉秋之爲氣也，蕭瑟兮草木搖落而變衰"，
謂凋謝、零落。
　　〔3〕鵠嶺：黃鵠山。青磴：青色石階。王勃《游梵宇三覺寺》："杏閣披
青磴，瑪臺控紫岑。"

〔4〕鳧波：《楚辭·卜居》："寧昂昂若千里之駒乎？將泛泛若水中之鳧，與波上下，偷以全吾軀乎？"鳧：野鴨。

〔5〕剩有：盡有。籃輿：竹轎。原作"藍輿"，徑改。梁蕭統《陶淵明傳》："淵明有脚疾，使一門生二兒舉藍輿。"此喻金學曾。

〔6〕羽書：即羽檄，喻戰事。此亦指明萬曆中倭寇入侵。

〔7〕桐江：在今浙江桐廬縣北，合桐溪爲桐江，源出天目山，流入浙江。東漢嚴光（字子陵）曾隱居於此。理釣綸：垂釣，謂隱居。

詩首聯點題，上句言秋，下句言金宗師；頷聯寫景，一爲山上，一爲江中；頸聯以陶淵明事喻諸孝廉陪宗師登臨游覽；尾聯抒懷，謂干戈未止，不得論隱居之事。此詩與金學曾、任家相詩作於同時。

秋日同友人登黃鶴樓晚眺分韵得玄字〔1〕

徜徉空色蕩江天，〔2〕仙閣憑臨北斗懸。遠渚魚龍翻白浪，近城燈火雜蒼烟。登樓雅致千秋後，作賦風流二妙先。〔3〕指點吾廬深樹裏，却令人愧子雲玄。〔4〕

【校注】

〔1〕分韵：白居易《花樓望雪命宴賦詩》"素壁聯題分韵句，紅爐巡飲暖寒盃"。言數人相約賦詩，選定數字爲韵，由各人分拈，并依所拈之韵賦詩。

〔2〕徜徉：徘徊、彷徨。張衡《思玄賦》："會帝軒之未歸兮，恨徜徉而延佇。"

〔3〕二妙：《晉書·衛瓘傳》："瓘爲尚書令，與尚書郎索靖俱善草書，時人號爲'一臺二妙'。"此指友人。

〔4〕子雲玄：揚雄（前53—公元18），西漢蜀郡成都人，字子雲。少好學，長於辭賦，多仿司馬相如。《甘泉》《河東》《羽獵》《長楊》四賦最有名；

又仿《易經》《論語》，作《太玄》《法言》。愧子雲玄，《法言·吾子》：“或問：吾子少而好賦？曰：然。童子雕蟲篆刻。俄而曰：壯夫不爲也。”

詩前四句寫景：首聯仰視，天空、樓高；頷聯俯瞰，一遠一近。後四句的叙分韵之事：頸聯贊友人所賦，千秋之後定有佳話流傳；尾聯寫己深愧於揚雄所謂“雕蟲篆刻，壯夫不爲”之語。

周 申

周申，明代蘄水（今湖北浠水）人。餘不詳。

寄題重建黃鶴樓新成

江城舊落梅花笛，[1]仙客新成壯觀堂。明月招呼黃鶴返，芳樽醉倚碧霄傍。窗開還帶波光入，簾捲仍分山色長。[2]定有青蓮抽彩筆，[3]不將風景讓崔郎。[4]

【校注】
〔1〕江城句：李白詩“黃鶴樓中吹玉笛，江城五月落梅花”。
〔2〕簾捲句：王勃《滕王閣》“朱簾暮捲西山雨”。
〔3〕青蓮：李白號“青蓮居士”。
〔4〕崔郎：崔顥。

鶴樓於嘉靖末毀於火，隆慶五年（1571）重建。詩當作於此時。首聯謂新樓落成，蔚爲壯觀；頷聯想象友人登臨，詞客重集；頸聯贊鶴樓重建，與波光山色融爲一體；尾聯寫新樓落成，定有詩人抽毫賦詩，與前賢媲美。全詩句句不離題旨。

朱期至

朱期至，字子得，明代蘄水人，進士。餘不詳。

黃鶴樓

黃鶴樓前漢水流，舊傳鸚鵡襯生洲。[1]白雲芳草迷晴渚，玉笛梅花落早秋。[2]興罷騷人乘月往，[3]日斜神女弄珠游。[4]曹瞞黃祖俱塵土，[5]獨倚滄浪問釣舟。

【校注】

[1]鸚：原作"武"，徑改。

[2]白雲二句：化用崔顥、李白詩意。

[3]騷人：蕭統《文選序》"又楚人屈原，含忠履潔……臨淵有懷沙之志，吟澤有憔悴之容，騷人之文，自茲而作"。指詩人。

[4]弄珠游：指鄭交甫漢皋遇神女故事。《文選·張衡〈南都賦〉》："耕父揚光於清泠之泉，游女弄珠於漢皋之曲。"李善注引《韓詩外傳》曰："鄭交甫將南適楚，遵彼漢皋臺下，乃遇二女，佩兩珠，大如荊雞之卵。"

[5]曹瞞：曹操小字。《三國志·武帝紀》裴松之注："《曹瞞傳》曰：太祖一名吉利，小字阿瞞。"黃祖：東漢人，曾任江夏太守。

詩首聯咏樓前漢水及鸚鵡洲；頷聯化用崔顥、李白詩句敘景；頸聯以騷人、神女咏江漢故事；尾聯以鸚鵡洲之典作結，與首聯呼應。

馮時可

馮時可，字敏卿，號元成，又號與川，明代松江華亭（今上海松江）

人。隆慶五年進士。累官湖廣布政使參政。以文名。

登黄鶴樓

高城飛閣俯山岬，〔1〕詞客登來勝自知。水合雙龍流不盡，〔2〕天橫孤鶴去何之？晴川已混前朝樹，芳草偏多故國思。一片白雲塵外趣，〔3〕馮軒徙倚夕陽移。〔4〕

【校注】

〔1〕山岬：山坡。

〔2〕水合句：謂江漢二水，至此匯合。

〔3〕塵外：猶世外。《晉書·謝安傳論》："文靖始居塵外，高謝人間。"

〔4〕馮：憑。徙倚：《文選·司馬相如〈長門賦〉》"閑徙倚於東廂兮，觀夫靡靡而無窮"。呂向注："徙倚，立也。"

首聯概言樓閣之勝，登而方知；次聯寫長江、漢水，喻以"雙龍"，黃鶴飛去，本屬傳聞，而問"何之"，化虛爲實；頸聯寫景，上寓懷古之意，下句化用崔顥詩句，抒思鄉之情；尾聯有思隱之心，"夕陽移"，正見思"塵外趣"之久。

任文定

任文定，字兆麐，明代蒲圻（今屬湖北）人。以儒士舉隆慶元年（1567）鄉薦。屢試進士不第，謁選得南陽府丞。文定幼穎敏，作詩賦、古文辭，提筆立就。喜繪山水人物，自成一家；書法鍾王，好蓄古名書墨迹，其書畫人多寶之。

再登黃鶴樓

岸幘憑欄一泛卮，^[1]重來已是倦游時。逃名祇合投泉石，^[2]抗志何須問鼎彝。^[3]山色几筵供笑傲，^[4]風聲寥廓自雄雌。^[5]高秋不必悲搖落，^[6]正有梅花笛裏吹。

【校注】

〔1〕岸幘：孔融《與韋休甫書》"閑僻疾動，不得復與足下岸幘廣坐，舉杯相於，以爲邑邑"。幘，頭巾，言推起頭巾，露出前額，形容衣着簡率不拘。

〔2〕泉石：指山水風景。喻隱逸。《梁書·徐摛傳》："（朱异）遂承閑問高祖曰：'摛年老，又愛泉石，意在一郡，以自養怡。'高祖謂摛欲之，乃召摛曰：'新安大好山水，任昉等并經爲之，卿爲我卧治此郡。'"

〔3〕抗志：《六韜·文韜·上賢》："士有抗志高節，以爲氣勢，外交諸侯不重其主者，傷王之威。"謂堅持平素志向。此指隱逸之志。鼎彝：《文選·任昉〈王文憲集序〉》："或功銘鼎彝，或德標素尚。"呂延濟注："鼎、彝皆器也。有大功者銘之於上，以示後世也。"

〔4〕几筵：筵席。《國語·周語上》："設桑主，布几筵。"笑傲：《詩·邶風·終風》："謔浪笑敖，中心是悼。"孔穎達疏："笑，心樂也；敖，意舒也。"敖，通傲。

〔5〕風聲句：本宋玉《風賦》雌雄二風之典，大王之風謂之雄風，庶人之風謂之雌風。

〔6〕高秋句：本宋玉《九辯》："悲哉秋之爲氣也，蕭瑟兮草木搖落而變衰。"

此詩爲作者倦游歸來重登鶴樓所作。首聯言倦游，已寓隱逸之志；頷聯承"倦游"，抒發欲歸林下之意，流露出功名失意的不平；頸聯摹寫其笑傲泉石的意趣；尾聯反用宋玉悲秋之意，并以笛中梅花作結，進一步抒寫其曠達放浪的情懷。

王守成

王守成，明代江夏人。曾任同知。餘未詳。

登黃鶴樓

危樓百尺出層城，[1] 鶴去雲飛空自名。春草連天烟樹杳，江流浴日浪花平。同傾尊酒渾忘世，徙倚闌干覺有情。長嘯一聲山谷響，恍疑身在小蓬瀛。[2]

【校注】

〔1〕層城：古代神話指昆侖山巔太帝所居。此處喻高大的城闕。《世說新語·言語》："遥望層城，丹樓如霞。"

〔2〕小蓬瀛：仿照蓬萊仙境建造的山水樓閣。

詩首聯寫樓勢之高、樓名之由；頷聯寫景，洲渚春色，江流日照，寫景闊大；頸聯叙己面對眼前景色，忘世與有情心態的交織；尾聯以鶴樓勝境作結。

沈 渠

沈渠，字維川，明代人。餘不詳。

同趙司農鄉丈飲黃鶴樓[1]

仙樓高聳鵠山隈，遥望渾疑接上台。[2] 江闊月穿波影動，天空雲静鶴飛來。詩賡珠玉留岩壑，[3]笛弄梅花落酒杯。好景滿前勾雅興，馮虛戀賞共徘徊。

【校注】

〔1〕趙司農：不詳。司農，官名，主管錢糧，漢爲九卿之一。北齊置司農寺，歷代因之，明代廢。俗亦稱户部屬官爲司農。鄉丈：猶鄉長，謂同鄉之長者。

〔2〕上台：星名。上台、中台、下台合稱三台，共六星，兩兩相比。《晋書·天文志上》："兩近文昌二星曰上台，爲司命，主壽。"

〔3〕賡：續。珠玉：指前人咏鶴樓詩。

詩首二句謂鶴樓高聳山上，似與上台相接；頷聯"波影動"却道"月穿"，雲静不動却疑仙鶴重來，一實一虛，一動一静，寫景輕盈；頸聯承題"飲"酒，下句用通感，化聽覺形象爲視覺形象；尾聯叙登臨雅興及留戀之情。

五言排律

李　白

送儲邕之武昌[1]

黃鶴西樓月，長江萬里情。春風三十度，[2]空憶武昌城。送爾難爲別，銜杯惜未傾。湖連張樂地，[3]山逐泛舟行。諾謂楚人重，[4]詩傳謝朓清。[5]滄浪吾有意，[6]寄入棹歌聲。[7]

【校注】

〔1〕儲邕：生平不詳。李白尚有《別儲邕至剡中》一詩，乃唐玄宗天寶元年（742）秋游會稽過廣陵而作。本詩爲唐肅宗乾元三年（760）春自零陵歸至巴陵時作，可見儲邕的游踪遍及吳楚一帶。武昌：今湖北鄂州市。唐代爲武昌節度使治所。

〔2〕春風句：李白初游武昌在唐玄宗開元十八年（730）前居安陸時，時年三十左右，距作此詩已三十年。

〔3〕湖連句：湖指洞庭湖，在巴陵（今湖南岳陽）南。張樂，奏樂。《莊子·天下》：“帝張咸池之樂於洞庭之野。”《文選·謝朓〈新亭渚別范零陵〉》：“洞庭張樂地，瀟湘帝子游。”

〔4〕諾謂句：諾，然諾，猶言信用。楚人，指西漢季布。季布本楚人，爲項羽將。項羽滅，劉邦召拜爲郎中，任河東守。季布尚氣任俠，重於然諾。《史記·季布列傳》：“楚人諺曰：‘得黃金百斤，不如得季布一諾。’”

〔5〕詩傳句：謝朓，字玄暉，南朝齊著名詩人。世以謝靈運、謝朓并稱大謝、小謝。《南齊書·謝朓傳》云：“朓善草隸，長五言詩。沈約常云：‘二百年來無此詩也。’”李白對他十分推崇。《宣州謝朓樓餞別校書叔雲》詩云：“蓬萊文章建安骨，中間小謝又清發。”謝朓曾任宣城太守，古屬楚地。

〔6〕滄浪句：滄浪，古謂漢水支流。《書·禹貢》：“嶓冢導漾，東流爲漢。又東爲滄浪之水。”《楚辭·漁父》：“漁父莞爾而笑，鼓枻而去，乃歌曰：‘滄浪之水清兮，可以濯我纓；滄浪之水濁兮，可以濯我足。’遂去，不復與言。”後世遂以滄浪喻歸隱之志。

〔7〕棹歌：指《楚辭·漁父》中的滄浪歌，也泛指舟子漁夫之歌。

李白自夜郎赦還，漫游楚地。乾元二年（759）五月“還憩江夏”，是年秋經巴陵赴零陵。次年春歸至巴陵，送儲邕之武昌。不久，李白也至江夏，再至尋陽，寓居豫章。

詩人早年曾漫游江夏及楚地，三十年後長流夜郎，往返又數度過此，對這一帶充滿了眷念之情。首四句概括了詩人大半生的生涯和情懷；“湖連張樂地"四句，由江夏一帶擴展到對兩湖及全楚的贊美。結尾兩句，表達了詩人歷經滄桑後寄意山水、終老林泉的意願。

徐禎卿

　　徐禎卿（1479—1511），字昌谷，一字昌國，明代吳縣（今屬江蘇）人。弘治十八年（1505）進士。授大理寺左寺副。坐失囚，降國子監博士。少與祝允明、唐寅、文徵明齊名，號吳中四才子。登第後與李夢陽、何景明等游，并稱"前七子"。早年爲詩，喜愛白居易、劉禹錫；後雖受前七子"文必秦漢，詩必盛唐"的復古思潮影響，但仍保留着早期清朗自然的風格，故李夢陽批評他"守而未化"。《明史》稱其詩"熔煉精警，爲吳中詩人之冠"。有《迪功集》。

與江夏尹餞于舍人[1]

　　未有干戈地，能令棟宇全。[2]乾坤餘壯觀，[3]荆楚鬱山川。[4]鶴唳寥天迥，[5]江深禹廟前。[6]舟檣控南北，節鎮此句宣。[7]令尹乘時暇，[8]使君同祖筵。[9]炎蒸飄不到，[10]虛爽境何偏。[11]乃繼登臨迹，空懷作者賢。[12]風烟一回首，[13]今古共凄然。握手將安適，經秋未擬旋。[14]迢迢沙際月，遥憶桂陽船。[15]

【校注】

　　〔1〕《迪功集》作"與江夏尹餞于舍人於黃鶴樓"。江夏尹，指江夏縣令。元、明時州縣長官亦稱尹。于舍人，不詳。明代設中書舍人，掌繕寫文書。又貴族子弟未居官者亦稱舍人。

　　〔2〕未有二句：意謂江夏自古爲兵家必争之地，干戈迭起，棟宇難以保全完好。

〔3〕乾坤句：意謂唯有黃鶴樓歷代屢毀屢建，得以保持壯觀。

〔4〕鬱山川：謂有山川之勝。

〔5〕鶴唳句：意謂太空遠遠傳來鶴鳴之聲。

〔6〕禹廟：夏禹之廟，遺址在今四川忠縣。濱臨長江，東即三峽。

〔7〕節鎮：本指節度使，明代巡撫總督爲地方大員，亦稱節鎮。江夏爲明代湖廣行省及武昌府治所。

〔8〕令尹：明代對縣令的別稱。時暇：暇時。

〔9〕使君：對州郡長官的尊稱。此處當指武昌知府或按察使等。祖筵：送別之宴。

〔10〕炎蒸：酷暑。

〔11〕虛爽：空曠涼爽。

〔12〕作者：指歷代咏黃鶴樓詩的作者。

〔13〕風烟：喻世路風塵。

〔14〕握手二句：首句乃于舍人問作者行踪；下句爲作者所答，意謂歸期未卜。

〔15〕桂陽：指今湖南桂陽、郴縣一帶，在桂水附近，當爲于舍人所往之地。

　　作者炎蒸時節已在江夏，一直要呆到秋天以後再作歸計（“經秋未擬旋”）。疑此詩爲作者出使湖廣而作。詩中描述黃鶴樓的歷史變遷及山川形勝，緬懷前賢登臨吟咏的盛事，遙憶友人別後的迢迢征程，今古遐思，諸種情懷，熔鑄於一詩，深得“熔煉精警”之妙。

劉景宇

　　劉景宇，字參之，明代南溪（今屬四川）人。曾任監察御史。

春日鶴樓宴集

偶得青陽暇，[1] 招尋黃鶴樓。[2] 封疆交翼軫，[3] 沿革溯殷周。[4] 夏汭歸秦郡，[5] 沙羨入漢疇。[6] 吳名因武治，[7] 梁隸實新洲。[8] 形勝乾坤俊，華夷水陸由。[9] 江山自宇宙，花鳥序春秋。披闉崇卑曠，[10] 憑欄遠近遒。[11] 感時驚壯志，雄覽納吟眸。[12] 長憶千途緒，淵思萬載悠。[13] 沱潛重霧合，[14] 漢沔細嵐哀。[15] 浦隔瀟湘竹，帆通島嶼榴。洞庭迤匯派，[16] 夢澤畈潴陬。[17] 華岳芙蓉削，[18] 衡峰柱杖尤。[19] 匡廬紉疊嶂，[20] 嶓冢接層丘。[21] 鵠嶺楓樨亘，[22] 雞岡杞杜稠。[23] 一清環動靜，[24] 品彙雜剛柔。[25] 鷺逐衝磯瀨，[26] 鳧窺帶葦漚。[27] 回飆翻語燕，[28] 苦嘆聽鳲鳩。[29] 魚躍滄波汎，[30] 鷴啼細柳洲。[31] 鶺鴒追鸒鵯，[32] 魍魎避螭蚪。[33] 朱紫連村苗，[34] 蒼黃夾岸抽。[35] 疏筤深道院，[36] 叢桂翳傳郵。[37] 桃李閭閻圃，[38] 槐枌巷陌溝。[39] 闉闍軒騎輳，[40] 壕塹荇蕪流。[41] 雲鎖禪僧閣，風聞劇稚篍。[42] 井烟昕夕爨，[43] 川霽罟叢游。[44] 傍水降龍寺，依崖駕雀舟。[45] 城中懸磬戶，[46] 郭外跳梁鏃。[47] 白首干戈戍，[48] 朱衣錦綉裘。[49] 街衢臨惑彗，[50] 壺室隱螟蝥。[51] 巨匠揮斤斧，[52] 神醫用勃溲。[53] 尚能完結構，[54] 還可却瘦瘤。[55] 都督贏餘屑，[56] 將軍坦率裘。[57] 元禎昭懋績，[58] 崔鄖建徽猷。[59] 兵旅譜公綽，[60] 經綸見武侯。[61] 琮璜含趙璞，[62] 驌驦服燕輈。[63] 銛穎辭囊橐，[64] 羈翎脫紲鞲。[65] 三年栖樹鳥，[66] 千里縱溟鰍。[67] 駸駸昂霄興，[68] 硎刀動衆謳。[69] 徵祥伏鷲鷟，[70] 朝莫陌蜉蝣。[71] 委曲隨寒燠，[72] 光華定斗牛。高明循漸達，[73] 卑暗豈甘休。世好輕剡狗，[74] 凡趨視棘猴。[75] 相逢憐鮑叔，[76] 談笑對離妻。[77] 仍有希文樂，[78] 應無子美愁。[79] 藉閑塵篆冗，[80] 聊及令辰游。[81] 半日登高會，平生宿願酬。絳霄喧鼓吹，[82] 粉蝶蔽旌游。[83] 林樾圍厨幕，[84] 軒臺析從騶。[85] 襄楄供饌品，[86] 楚筍出庖羞。[87] 俎豆殊方致，[88] 鬺鐺內法修。[89] 斝盉文几坐，[90] 釁鞮博爐浮。[91] 璖碗金芽沸，[92] 磁甌玉液篘。[93] 雅聲聽管籥，[94] 俗韵厭箜篌。[95] 覆射幽明數，〔96〕壺將勝負籌。〔97〕形骸姿放浪，〔98〕儀度卒淹留。〔99〕崔李詞篇麗，蘇張議論搜。〔100〕殘碑扠醉眼，〔101〕細讀漫搔頭。梓谷杯觴侈，〔102〕蘭亭禊事幽。〔103〕暢懷同鑒賞，思古共夷猶。〔104〕莫謂歸時晚，餘暉在箔鈎。〔105〕

【校注】

〔1〕青陽：春天。《爾雅·釋天》："春爲青陽。"

〔2〕招尋：相招探勝尋幽。駱賓王《夏日游德州贈高四》："虛室狎招尋。"

〔3〕翼軫：二十八宿的翼宿與軫宿，古以爲二宿當楚地分野。《漢書·地理志下》："楚地，翼軫之分野也。"

〔4〕沿革句：據《史記·楚世家》，楚始祖季連，傳至殷商，逐漸衰落。周文王時，封季連苗裔熊繹於楚，始立國。

〔5〕夏汭句：《左傳》昭公四年："楚沈尹射奔命於夏汭。"杜預注："夏汭，漢水曲入江，今夏口也。"即今湖北武漢市。楚頃襄王二十年（前279），秦取西陵，夏口亦屬秦郡。

〔6〕沙羨句：沙羨，漢置縣，屬江夏郡。即夏口。《漢書·地理志上》："江夏郡：縣十四……沙羨。"

〔7〕吳名句：吳指三國孫吳政權。魏文帝黃初二年（221），孫權都鄂，改名武昌，置武昌郡，不久改江夏郡。吳黃武二年（223），築夏口城。

〔8〕梁隸句：南朝梁武帝時，全國共置一百零七州，分爲五品，鄂州治夏口。

〔9〕華夷句：謂江夏乃中外水陸所經之處。

〔10〕披闔句：意謂推開黃鶴樓殿門望去，山水高低在目，十分空曠。

〔11〕遠近遒：遠近景物，聚於眼前。遒，聚。

〔12〕雄覽句：意謂縱覽黃鶴樓形勝，盡入詩人眼底。吟眸，詩人眼目。

〔13〕淵思：沉思。

〔14〕沱潛句：謂江漢二水霧中會合於此。沱水爲長江支流，潛水爲漢水支流。《爾雅·釋水》："水自江出爲沱，漢爲潛。"《書·禹貢》："沱潛既尋。"

〔15〕漢沔句：謂漢沔二水在烟靄中聚合。沔水爲漢水支流。《爾雅·釋

詁》："衷，聚也。"

〔16〕匯派：匯聚的支流。洞庭湖匯湘資沅澧諸水，東北入長江。

〔17〕潴陬：指雲夢澤的邊隅。《廣韵‧魚韵》："潴，水所停也。"

〔18〕華岳句：華山中峰名蓮花峰，故稱芙蓉。《水經注‧渭水》："華岳有三峰，在上數千仞，基廣而峰峻，叠秀於嶺表，有如削成。"

〔19〕衡峰句：衡山有七十二峰，最大者五，天柱峰即其一。

〔20〕匡廬：廬山的別稱。《後漢書‧郡國志四》李賢注引釋慧遠《廬山記略》云："有匡俗先生者，出殷周之際，隱遁潛居其下，受道於仙人而共嶺，時謂所止爲仙人之廬而命焉。"紉：連接。

〔21〕嶓冢：山名，在古梁州境，漢水源出於此。《書‧禹貢》："導嶓冢，至於荆山。"蔡沈注："嶓冢，即梁州之嶓也。山形如冢，故謂之嶓冢。"層丘：重叠的山巒。

〔22〕鵠嶺：高聳的山嶺。檉：檉柳。

〔23〕鶏岡：矮小的山岡。杞杜：杞柳與棠梨樹。

〔24〕一清：清澄的江水。《拾遺記》："黃河千年一清。"

〔25〕品彙：品類。此處指長江四時風光各异。

〔26〕衝磯瀨：衝擊黃鶴磯的急流。

〔27〕帶葦漚：長滿蘆葦的沼澤地。

〔28〕回飆句：謂燕子在狂風中回旋。燕子呢喃似人語，故稱語燕。

〔29〕苦暵：苦旱。鳲鳩：布谷鳥。

〔30〕沚：水中小塊陸地。

〔31〕鶊：鶬鶊，即黃鶯。

〔32〕鶻鷖：鶻，隼類。鷖，古代傳説中的水鳥，似鶴而大。《詩‧小雅‧白華》："有鷖在梁。"鶪鵁：鶪，古代傳説中的候鳥，也叫老扈。《左傳》昭公十七年孔穎達疏引賈逵曰："老扈鶪鵁，趣民收麥，令不得晏起者也。"鵁，即鸕鶄，俗稱紫鴛鴦。

〔33〕螭蚪：傳説中龍之幼小者。

〔34〕朱紫：指花。

〔35〕蒼黃：指樹。

〔36〕疏筠：疏竹。

〔37〕傳郵：驛站。

〔38〕閭閻：指民家。閭，里門；閻，里中之門。《史記·李斯列傳》："斯以閭閻歷諸侯，入事秦。"《文選·班固〈西都賦〉》："内則街衢洞達，閭閻且千。"

〔39〕枌：白榆。

〔40〕闉闍：城門。《詩·鄭風·出其東門》："出其闉闍，有女如雲。"軒騎：車馬。輳：聚集。

〔41〕荇蕪：荇，荇菜，生於水中。蕪，雜草。

〔42〕劇稚：玩耍的兒童。篍：吹奏的竹管。

〔43〕井烟：民家的炊烟。昕：明亮貌。夕爨：夕炊。

〔44〕罟：網取。叢游：成群的游魚。

〔45〕駕雀舟：即雀舟，又稱青雀舟、鷁舟。鷁：别名青雀，是一種水鳥。古代貴者所乘之舟常在船首畫青雀之形。《方言》卷九郭璞注："鷁，鳥名也。今江東貴人船前作青雀，是其像也。"古樂府《孔雀東南飛》："青雀白鵠舫，四角龍子幡。"

〔46〕懸磬户：赤貧户。懸磬，亦作"懸罄"。《左傳》僖公二十六年："室如懸罄，野無青草，何恃而不恐？"磬中空，喻空無所有。

〔47〕跳梁鏃：指明代湖廣一帶的兵戈戰亂。跳梁，喻叛亂。鏃，箭矢。

〔48〕白首句：謂百姓白首猶征戍作戰。

〔49〕錦繡裘：即蜀江錦，貴者所服。費著《蜀錦譜》："有盤毬錦、大窠馬大毬錦、真紅雪花毬露錦。"

〔50〕惑彗：皆星名。惑，即熒惑，火星的别名。彗，俗稱掃帚星。古代以爲二星見則有刀兵等灾禍。

〔51〕壺室句：當指民衆舉事起義。壺室，家室，内室。蜮蟊，皆害蟲，喻惡人。

〔52〕巨匠：能工巧匠，喻平定戰亂的武臣。

〔53〕神醫：喻治理湖廣的大臣。勃溲：即牛溲馬勃。牛溲，車前草的別名。馬勃，菌類植物。二者均可入藥。韓愈《進學解》：“玉札丹砂，赤箭青芝，牛溲馬勃，敗鼓之皮，俱收并蓄，待用無遺者，醫師之良也。”

〔54〕完結構：謂城郭建築賴以保全。

〔55〕癭瘤：腫瘤，喻首惡。

〔56〕都督句：《史記·孫子吳起列傳》：“起之爲將，與士卒最下者同衣食，臥不設席，行不騎乘，親裹贏糧，與士卒分勞苦。”

〔57〕將軍句：《晋書·庾亮傳》：“亮在武昌，諸佐吏殷浩之徒乘秋夜往共登南樓。俄而不覺亮至，諸人將起避之，亮徐曰：‘諸君少住，老子於此處興復不淺。’便據胡床與浩等談咏竟坐。其坦率行己，多此類也。”

〔58〕元禎句：元禎，北魏時拜南豫州刺史，招撫太湖山民歸附，置歸義坊居之。以功遷都牧尚書。懋績，大功。績，原作“蹟”，徑改。

〔59〕崔郾句：崔郾（772—841），唐文宗時任鄂、岳、安、黄等州節度觀察使。《新唐書·崔郾傳》：“自蔡人叛，鄂、岳常苦兵，江湖盜賊顯行。郾修治鎧仗，造蒙衝，駛追窮躡，上下千里，歲中悉捕平。……治號以寬，經月不笞一人。及莅鄂，則嚴法峻誅，一不貸。或問其故，曰：‘陝土瘠而民勞，吾撫之不暇，猶恐其擾。鄂土沃民剽，雜以夷俗，非用威莫能治。政所以貴知變者也。”徽猷，良好的謀略。《詩·小雅·角弓》：“君子有徽猷，小人與屬。”

〔60〕兵旅句：公綽，即柳公綽（767—832），唐憲宗元和八年（813）任鄂州刺史、鄂岳觀察使。《舊唐書·柳公綽傳》載，公綽善治軍，伐蔡州吳元濟時，“鄂軍既在行營，公綽時令左右省問其家，如疾病、養生、送死，必厚稟給之。軍士之妻冶容不謹者，沉之於江。行卒相感曰：‘中丞爲我輩知家事，何以報效？’故鄂人戰每剋捷”。

〔61〕武侯：諸葛亮卒謚忠武侯，故稱武侯。以上四句贊頌巡撫湖廣的文武大員的文治武功。

〔62〕琼璜：寶玉，古代以爲禮器。趙璞：即和氏璧。璞，未加工的玉石。春秋時楚人卞和得玉璞於楚山中，獻於厲王、武王，均以爲石，卞和因此被砍去雙足。楚文王立，卞和抱璞哭於楚山之下，文王聞之，乃使玉人治璞，果得

寶玉，命名爲和氏之璧。後爲趙惠文王所得，故稱趙璞。

〔63〕騕褭：古代傳説中的良馬。《廣韵·筱韵》："騕褭，神馬，日行千里。"《淮南子·齊俗訓》："待騕褭飛兔而駕之，則世莫乘車。"高誘注："騕褭，良馬；飛兔，其子。褭、兔走蓋皆一日萬里也。"服：駕馭。燕輈：燕地之車。

〔64〕銛穎句：謂脱穎而出。銛穎，鋭利的錐尖。《史記·平原君列傳》："平原君曰：'夫賢士之處世也，譬若錐之處囊中，其末立見。……'毛遂曰：'臣乃今日請處囊中耳。使遂早得處囊中，乃穎脱而出，非特其末見而已。'"

〔65〕韝翎句：指箭離弦而發。箭受控於弓弦，不射即不得出，故稱韝翎。紲，護弓之器。韝，皮製的袖套，射箭時所戴。

〔66〕三年句：《史記·楚世家》："（伍舉）曰：'有鳥在於阜，三年不蜚不鳴，是何鳥也？'莊王曰：'三年不蜚，蜚將沖天；三年不鳴，鳴將驚人。'"蜚，古同"飛"。

〔67〕千里句：《莊子·逍遥游》："北冥有魚，其名爲鯤。鯤之大，不知其幾千里也。"以上一段喻才智之士得到重用。

〔68〕嶷嶷句：指黃鶴樓高入雲霄。《文選·揚雄〈甘泉賦〉》："崇丘陵之嶷嶷。"李善注："嶷嶷，高大貌。"興，起。

〔69〕砰訇句：形容江水奔騰之聲，如衆口合唱。砰訇，象聲詞。

〔70〕徵祥：祥瑞的徵兆。伏：誠，實。鸑鷟：古代傳説中的神鳥。《説文·鳥部》："鸑鷟，鳳屬，神鳥也。春秋《國語》曰：'周之興也，鸑鷟鳴於岐山。'江中有鸑鷟，似鳧而大，赤目。"

〔71〕朝莫句：《詩·曹風·蜉蝣》："蜉蝣其羽，衣裳楚楚。"毛傳："蜉蝣，渠略也，朝生夕死。"莫，同"暮"。陋，鄙視。

〔72〕委曲：形容江水曲折之貌。寒燠：寒暑。

〔73〕高明：指黃鶴樓高而明亮之處。

〔74〕芻狗：草和狗，喻至賤之物。《老子》第五章："天地不仁，以萬物爲芻狗。聖人不仁，以百姓爲芻狗。"

〔75〕凡趨句：意謂普通人多信荒誕無稽的事物。《韓非子·外儲説左上》

云，宋人言於燕王，謂能於棘刺尖端雕刻母猴。後知其虚妄，乃殺之。

〔76〕鮑叔：即鮑叔牙，春秋時齊人。少與管仲交游，同至南陽經商，知管仲賢而貧，常多分與財物。後薦管仲於齊桓公，終成霸業。世稱篤於友誼者爲管鮑。

〔77〕離婁：古之明目者。《孟子·離婁上》趙岐注："離婁，古之明目者，黄帝時人也。黄帝亡其元珠，使離朱索之。離朱即離婁也，能視於百步之外，見秋毫之末。"此處指智慧之士。

〔78〕希文樂：希文，范仲淹之字。范仲淹有"先天下之憂而憂，後天下之樂而樂"之語。

〔79〕子美愁：子美，杜甫之字。杜甫《自京赴奉先縣咏懷五百字》："窮年憂黎元，嘆息腸内熱。"

〔80〕塵篆：公務。篆指官印，也指官府之事。塵篆猶言俗務。

〔81〕令辰：良辰。

〔82〕絳霄：紅霞照耀的天空。

〔83〕旌游：旌旗之類。游，同"斿"，旌旗下端所垂的飾物。鼓吹、旌游皆爲官員出行的儀仗。

〔84〕林樾：林蔭。《玉篇·木部》："楚謂兩樹交陰之下曰樾。"

〔85〕析從驪：將隨從及車馬分别安置。

〔86〕襄鯿：漢江中的鯿魚。漢江亦稱襄江。

〔87〕庖羞：猶珍羞。

〔88〕俎豆句：謂食具皆從异域引進。

〔89〕鬵鐺句：謂鬵鐺等器物皆按宫廷規矩製造。鬵，鼎之小者。鐺，溫酒之器。

〔90〕氍毹：地毯。文几：飾有花紋的小几。

〔91〕靉靆：形容烟靄繚繞，似雲彩之狀。《廣韵·代韵》："靉靆，雲狀。"博爐：香爐名，即博山爐。以飾有山巒重疊的花紋而得名。

〔92〕瑊碗：玉碗。金芽：初生嫩葉，指新茶。

〔93〕磁罌：磁製酒器，小口大腹。玉液：酒漿。篘：竹製濾酒器。引申

爲濾取。《唐詩紀事》卷六五："新酒竹籆籆。"

〔94〕管籥：管樂器的通稱。《孟子·梁惠王下》："今王鼓樂於此，百姓聞王鐘鼓之聲，管籥之音，舉疾首蹙頞而相告。"趙岐注："管，笙。籥，簫。或曰，籥若笛短而存三孔。"可見管籥多演奏宮廷雅樂。

〔95〕箜篌：樂器名。《舊唐書·音樂志二》云："今按其形，似瑟而小，七弦，用撥彈之，如琵琶。豎箜篌，胡樂也，漢靈帝好之。體曲而長，二十有二弦，豎抱於懷，用兩手齊奏，俗謂之掰箜篌。"漢樂府相和曲辭有"箜篌引"，即俗樂。

〔96〕覆射：即射覆，古代一種近似占卜的游戲。其法置物於器下，占卜測之，射中者勝。射，猜測。《漢書·東方朔傳》："上嘗使諸數家射覆，置守宮盂下，射之，皆不能中。朔自贊曰：'臣嘗受易，請射之。'乃別蓍布卦而對曰：……"幽明數：幽明的定數。《易·繫辭上》："仰以觀於天文，俯以察於地理，是故知幽明之故。"

〔97〕壺將句：古禮，宴飲有投壺之戲。其制設特製壺具，賓主依次投矢其中，中多者勝，負者罰飲。《禮記·投壺》："投壺之禮，主人奉矢，司射奉中，使人執壺，主人請曰：'某有枉矢哨壺，請以樂賓。'"將，攜帶。籌，籌碼，即壺矢。

〔98〕形骸句：謂友朋之間不拘形迹，縱情游樂。王羲之《蘭亭集序》："夫人之相與，俯仰一世，或取諸懷抱，晤言一室之内；或因寄所托，放浪形骸之外。"

〔99〕儀度句：意謂玩得高興，忘記了時間。儀度，古代天文學名詞，指渾天儀量度日月星辰的度數。《後漢書·明帝紀》："朕奉郊祀，登靈臺，見史官，正儀度。"李賢注："儀謂渾儀，以銅爲之，置於靈臺，王者正天文之器也。度謂日月星辰之行度也。史官即太史掌天文之官也。"此處指時光。

〔100〕蘇張：即蘇秦、張儀，戰國時縱橫家，以善議論著名。此句及上句均喻在座諸人。

〔101〕扙：擦拭。

〔102〕梓谷：即梓澤，一名金谷。晋石崇曾築園於此，世稱金谷園。王勃《滕王閣序》："蘭亭已矣，梓谷丘墟。"

〔103〕蘭亭句：王羲之《蘭亭集序》云："永和九年（353），歲在癸丑，暮春之初，會於會稽山陰之蘭亭，修禊事也。群賢畢至，少長咸集。"古俗三月上巳於水濱洗濯宴飲，祓除不祥，謂之禊。

〔104〕夷猶：亦作夷由。徘徊不去。《楚辭·九歌·湘君》："君不行兮夷猶，蹇誰留兮中洲。"

〔105〕箔鉤：簾鉤。

　　作者以監察御史任職湖廣，春日之暇，與上司及同僚宴集黃鶴樓，因而有此長篇紀事之作。詩中還從一個側面，揭示了湖廣一帶連年干戈、百姓塗炭的史實。

王鼎　俞振才　章玄應

　　章玄應，即章元應，《明史》避康熙諱改名。玄應爲樂清（今屬浙江）人，成化中禮部侍郎章綸之子，以父蔭爲鴻臚典簿。後舉進士，任南京給事中。官終廣東布政使。

夏日登黃鶴樓聯句

　　山川餘舊迹，感慨問遺灰。王鼎高倚星河近，遐觀海宇恢。〔1〕俞振才雲迷湘水曲，樹繞漢江隈。章玄應帆遠心應折，〔2〕天高望始回。〔3〕王細香寒墮竹，嘉蔭暑消槐。俞載酒須千榼，〔4〕攜箋可萬枚。〔5〕章瀲光浮琥珀，〔6〕幽響震瓊瑰。〔7〕王翠擁屏間畫，蛟翻檻外雷。〔8〕俞雪堂蘇子夢，〔9〕風範庾公頹。〔10〕章春色堂堂去，衰顏故故催。〔11〕王足煩飛閣道，〔12〕手倦亂書堆。俞上界鴻濛判，〔13〕遺基厚地培。〔14〕章龍騰驚寶劍，〔15〕羽化笑銀杯。〔16〕王挂幘扶桑杪，〔17〕看蓮太華嵬。〔18〕俞膠投歡易洽，〔19〕玉立醉難推。〔20〕章佳景頻游豁，〔21〕窮愁一笑開。王要

存前輩拙，[22] 無使後人哀。俞駸逸聊攀轍，[23] 凌虛漫記臺。[24] 章氛
埃歸掃蕩，[25] 風月得兼該。[26] 王謝本三公器，[27] 龐非百里才。[28] 俞乘
槎曾此去，[29] 題柱有誰來？[30] 章旭草由神縱，[31] 交梨滿腹栽。[32] 王長
吟空澗誚，[33] 慳飲被花猜。[34] 俞静篤蟲忘蟄，[35] 虚涵蚌孕胎。[36] 章雅
歌閑度曲，幽想獨支腮。王瓜液分香乳，桃瓤掰絳孩。[37] 俞霞横綃漠漠，
浪滾雪皚皚。章小童收筆硯，狂客了尊罍。[38] 王紫橡澄新粉，[39] 紅鮮漬
舊醅。[40] 俞鳳團分顧渚，[41] 麟脯送天台。[42] 章自覺心如洗，[43] 誰云暍
致災。[44] 王良辰聊復耳，此會亦難哉！俞孤塔撑寥廓，窮碑斷草萊。章
句應遺斧鑿，[45] 景不假穿裁。[46] 王殷室方思道，[47] 虞弦正阜財。[48] 俞
疏簾清捲雪，[49] 細簟翠凝苔。章歸馬斜陽裹，江城笛弄梅。[50] 王

【校注】

〔1〕恢：闊大。

〔2〕帆遠句：謂心隨遠帆而曲折婉轉，即心馳神往之意。

〔3〕天高句：謂回眸仰視天空。

〔4〕榼：酒杯。

〔5〕萬枚：猶萬張。

〔6〕灩光：指酒漿的波光。琥珀：琥珀製的酒杯。

〔7〕瓊瑰：似玉的美石。此處指腰間的佩玉。《詩·秦風·渭陽》："何
以贈之，瓊瑰玉佩。"

〔8〕蛟翻句：意謂屏風上所繪蛟龍翻騰的畫圖，引起檻外雷聲。

〔9〕雪堂句：雪堂，蘇軾貶黃州時所建，曾作記。故址在今湖北黃岡市黃
州區東。蘇軾《後赤壁賦》："是歲十月之望，步自雪堂，將歸於臨皋。"陸游《入
蜀記》："東坡地勢平曠，東起一壟，頗高，有屋三間，曰居士亭。亭下面一堂，
有東坡像，是爲雪堂。"

〔10〕風範句：庾公，指庾亮。《世説新語·容止》載，庾亮鎮武昌，登
南樓與僚屬吟咏笑謔，竟歡而罷。後王羲之與丞相王導言及此事，"丞相曰：'元
規爾時風範，不得不小頹。'右軍答曰：'唯丘壑獨存。'"

〔11〕春色二句：張相《詩詞曲語辭彙釋》卷五："堂堂，公然不客氣之義。"又，卷四："故，猶云故意或特意也。故故亦同義。"薛能《春月使府寓懷》："青春背我堂堂去，白髮欺人故故生。"

〔12〕飛閣：高閣。

〔13〕上界句：古謂渾沌初分以爲天。鴻濛，一作鴻蒙，古代指自然元氣，即宇宙形成以前的渾沌狀態。闕名《天賦》："初鴻濛以質判，漸輕清而體圓。"

〔14〕厚地：大地。以上二句謂黃鶴樓之上爲高空，下爲大地。

〔15〕龍騰句：《晋書・張華傳》載，雷煥爲豐城令，掘地得一石函，中有雙劍，一名龍泉，一名太阿。煥送一劍與張華，留一自佩。"華誅，失劍所在。煥卒，子華爲州從事，持劍行經延平津，劍忽於腰間躍出，墮水。使人没水取之，不見劍，但見兩龍各長數丈，蟠縈有文章。没者懼而反。須臾，光彩照人，波浪驚沸，於是失劍。"

〔16〕羽化句：《新唐書・柳公權傳》："嘗貯杯盂一笥，縢識如故而器皆亡，奴妄言叵測者，公權笑曰：'銀杯羽化矣！'不復詰。"

〔17〕扶桑：傳説中樹名，日出其下。杪：樹梢。

〔18〕看蓮句：華山最高峰名蓮花峰，"看蓮"即指此。以上二句極喻黃鶴樓之高。

〔19〕膠投：喻友誼的堅固。《古詩十九首》其十八："以膠投漆中，誰能别離此。"

〔20〕玉立句：《世説新語・容止》："山公曰：'嵇叔夜（康）之爲人也，岩岩若孤松之獨立；其醉也，傀俄若玉山之將崩。"

〔21〕豁：豁然開朗之意。

〔22〕前輩：指作者自己，乃對後人而言。

〔23〕聊攀轍：即聊步後塵。

〔24〕凌虛句：曹植《節游賦》："建三臺於前處，飄飛陛以凌虛。"凌虛，凌空。三臺，指建安中曹操所建銅爵、金虎、冰井三臺。

〔25〕氛埃：塵埃。

〔26〕兼該：兼備。

〔27〕謝本句：謝指東晋謝安（320—385）。孝武帝時爲宰相，加司徒，以破苻堅有功，進拜太保。卒贈太傅。三公，古以司馬、司徒、司空爲三公。又，太師、太傅、太保亦稱三公。

〔28〕龐非句：龐指東漢末年劉備帳下謀士龐統（179—214），字士元，襄陽人。《三國志·蜀志·龐統傳》："先主領荆州，統以從事守耒陽令，不治，免官。吴將魯肅遺先主書曰：'龐士元非百里才也，使處治中、別駕之任，始當展其驥足耳！'"以上二句分別借喻章玄應、王鼎。

〔29〕乘槎句：指仙人乘黄鶴來去的傳説。

〔30〕題柱句：指曾在黄鶴樓題詩作記的人。《成都記》："司馬相如初西去，過升仙橋，題柱曰：'不乘高車駟馬，不過此橋。'"

〔31〕旭草句：唐代詩人張旭善草書，世稱草聖。《新唐書·文藝傳》："（旭）嗜酒，每大醉，呼叫狂走，乃下筆，或以頭濡墨而書，既醒自視，以爲神，不可復得也。"

〔32〕交梨：傳説中的仙果。《真誥》："交梨火棗，此則騰飛之藥，不比於金丹也。"

〔33〕空澗誚：徒爲澗流所譏。

〔34〕猜：猜疑。

〔35〕静篤：沉寂。

〔36〕虚涵：形容江水深廣。蚌孕胎：舊説珠生於蚌内，如人懷孕，故稱蚌胎或珠胎。《文選·左思〈吴都賦〉》："蚌蛤珠胎，與月虧全。"

〔37〕絳孩：絳色桃核。孩，借作"核"。

〔38〕狂客：《新唐書·賀知章傳》："知章晚節尤誕放，遨嬉里巷，自號'四明狂客'。"了：盡。

〔39〕紫橡：紫色橡實，磨成粉可製食品。此句當指凉粉一類。

〔40〕紅鮮：魚。《文選·潘岳〈西征賦〉》："紅鮮紛其初載，賓旅竦而遲御。"孟浩然《峴潭作》："纖手膾紅鮮。"

〔41〕鳳團：印有鳳紋的茶餅，以爲貢茶。《石林燕語》卷八："故事，建州歲貢大龍鳳團茶各二斤，以八餅爲斤。蔡君謨知建州，始別擇茶之精者爲

小龍團十斤以獻，斤爲十餅。"顧渚：山名，在今浙江長興縣西北，唐宋時爲
貢茶産地。

〔42〕麟脯句：《列仙傳》："王方平住胥門蔡經家，召麻姑至，各進行
厨，掰脯而食之，云是麟脯。"天台，當指天台山，在今浙江天台縣城北。

〔43〕自覺句：《易·繫辭上》："聖人以此洗心，退藏於密。"

〔44〕暍：中暑。《説文·日部》："暍，傷暑也。"

〔45〕句應句：指斷碑所遺詩文殘句。

〔46〕景不句：意謂景出自然，不假人工穿鑿裁剪。

〔47〕殷室句：指天子得良臣輔佐。殷室，殷商王朝。《書·説命上》：
"王庸作書以誥曰：'以台正於四方，台恐德弗類，兹故弗言，恭默思道，夢
帝賚予良弼，其代予言。'"

〔48〕虞弦句：《孔子家語·辯樂解》："昔者舜彈五弦之琴，造南風之詩，
其詩曰：'南風之薰兮，可以解吾民之愠兮！南風之時兮，可以阜吾民之財兮！'"
後遂用來喻太平盛世。阜，多。

〔49〕疏簾句：謂疏簾清如雪洗。

〔50〕江城句：李白《與史郎中欽聽黃鶴樓上吹笛》："黃鶴樓中吹玉笛，
江城五月落梅花。"

三位作者均爲成化、弘治間人，又是知交。王、俞尚有《登黄鶴樓識興》
《避暑漫興》等咏四時之景的詩作，故知二人當在湖廣任參議、按察副
使之職。玄應於弘治後任廣東布政使，夏日過江夏，三人深感聚會之難，
故而同登黃鶴樓，聯句以助興。三人之中，王鼎官職較低，故有"窮愁
一笑開"之句及"龐非百里才"之嘆。玄應在三人中官職最高，故有
"謝本三公器"之譽。

七言排律

沈　暉

沈暉，字時暘，明代宜興（今屬江蘇）人。天順四年（1460）進士。累官右副都御史，巡撫河南。

登黃鶴樓

黃鶴西飛幾度秋，江邊猶有舊時樓。高凌霄漢三千丈，俯視湖湘二百州。往事已隨流水逝，吾徒今得及春游。雪消巴蜀江波闊，雲散荆潭楚樹稠。柳陌花村南北岸，風帆烟棹往來舟。野田草長驅長犢，〔1〕淺渚沙明戲白鷗。丙穴魚肥共玉膾，〔2〕宜城酒熟瀉金甌。〔3〕醉翁雅共滁人樂，〔4〕范老兼懷天下憂。〔5〕詔賜雙龍慚自忝，〔6〕棟危五鳳倩誰修。〔7〕眼前有景還堪賦，莫道崔詩在上頭。〔8〕

【校注】

〔1〕長犢：牛群。

〔2〕丙穴句：丙穴，古地名，在今陝西省略陽縣東南，與勉縣接境。《文選·左思〈蜀都賦〉》："嘉魚出於丙穴，良木攢於褒谷。"劉逵注："丙穴在漢中沔陽縣北，有魚穴二所，常以三月取之。丙，地名也。"

〔3〕宜城句：宜城，故址在今湖北宜城市南。揚雄《酒賦》："其味有宜城醪醴，蒼梧縹清。或秋藏冬發，或春醖夏成。"

〔4〕醉翁句：醉翁，宋歐陽修（1007—1072）的別號。歐陽修爲滁州（今安徽滁州市）刺史時，自號醉翁，名州西南琅玡山之亭爲醉翁亭，寫有著名散文《醉翁亭記》，記與滁人同樂之事。

〔5〕范老：指范仲淹。

〔6〕詔賜句：庾信《賀傳位於皇太子表》：“豈直雙龍再賜，九雉重飛而已哉？”《山海經·海外西經》：“大樂之野，夏后啓於此舞《九代》，馬乘兩龍。”此處當指樂舞。

〔7〕棟危句：古代喻能文之士爲“造五鳳樓手”，此句乃作者自謙不能爲文。曾慥《類説》引《談苑》：“韓浦、韓洎咸有詞學，洎嘗輕浦，語人曰：“吾兄爲文，譬如繩樞草舍，聊庇風雨。予之爲文，如造五鳳樓手。’浦聞，作詩寄曰：‘十樣蠻箋出益州，寄來新自浣紗頭。老兄得此全無用，助爾添修五鳳樓。’”

〔8〕眼前二句：李白詩云：“眼前有景道不得，崔顥題詩在上頭。”此二句反其意用之。

這首詩當爲作者任右副都御史時在江夏所作，故詩中以醉翁、范老自喻。結尾亦頗有氣度。

沈　鍾

黃鶴樓次朱升之進士〔1〕

一上危樓望不窮，江流森森雨濛濛。雲端黃鶴凌層漢，地底驪龍守故宮。〔2〕玉兔金烏占旦暮，〔3〕扶桑弱水限西東。〔4〕梯航玉帛文明世，〔5〕人物衣冠太古風。登眺賓筵陳海錯，〔6〕品題詞藻綴雕蟲。〔7〕乾坤有景夫何異，彼我無聲不可同。〔8〕坐擁清談兼白戰，〔9〕迹隨去雁與來鴻。四郊噴霧埋玄豹，〔10〕萬里開晴挂蝃蝀。〔11〕偶使楚藩窺勝概，〔12〕幸逢虞舜仰重瞳。〔13〕神仙厭見虛三島，〔14〕職務分釐寄百工。〔15〕渙汗號頒紛祝頌，〔16〕配天澤覃荷幠幪。〔17〕彙征茅茹均連拔，〔18〕瑞應天人迭感通。〔19〕象齒塞途交趾貢，〔20〕布帆下峽蜀川舸。〔21〕矢題黃甲登高第，〔22〕

會向清朝策大功。〔23〕酣酒悲歌增慷慨，鬥鷄起舞互怦忡。〔24〕吟腸繞腹軀全瘦，〔25〕怒髮衝冠髻半鬆。盤磚高低消百步，〔26〕扶携左右夾雙童。操心直擬頭垂白，沾醉何妨臉暈紅。管取張羅門悄悄，〔27〕信教炙手勢烘烘。〔28〕剩儲列庋書千卷，〔29〕聊伴幽齋竹數叢。旅夢乍驚淹使節，〔30〕鄉心倏動駕征牋。〔31〕館儒祇合師班馬，〔32〕閫帥還應薦霍种。〔33〕世路嶮巇防物議，〔34〕封章稠疊啓宸聰。〔35〕驅除請托懲朋比，〔36〕輸寫肝腸效樸忠。比歲蹇予甘解組，〔37〕兹鄉避地謬稱翁。〔38〕首丘安忍遺吳壠，〔39〕華胄惟知認葉公。〔40〕苟活枯魚離涸轍，〔41〕孤飛野鶩脫樊籠。〔42〕斯文不鄙頻瞻顧，〔43〕令德何知解信崇。〔44〕敢信恢恢天不漏，懶將咄咄字書空。〔45〕賡歌方竟分襟遽，〔46〕回首河梁別恨中。〔47〕

【校注】

〔1〕朱升之：即朱應登，升之乃其字。明代寶應（今屬江蘇）人。弘治進士。

〔2〕驪龍：黑龍。故宮：指神話傳説中水底龍宮。

〔3〕玉兔：月。金烏：日。《春秋元命苞》："日中有三足烏。"

〔4〕扶桑句：神話傳説中的扶桑在東海，弱水在西海，故云"限西東"。

〔5〕梯航：登山航海。此處指湖廣的水陸交通。

〔6〕海錯：水産品。水産品種繁多，故稱海錯。《書·禹貢》："厥貢鹽絺，海物唯錯。"

〔7〕雕蟲：作者對所作詩文的自謙之辭。揚雄《法言·吾子》："或問：'吾子少而好賦？'曰：'然，童子雕蟲篆刻。'俄而曰：'壯夫不爲也。'"

〔8〕彼我句：《易·乾》："同聲相應，同氣相求。"此句謂自然景物不能與人互相感應。

〔9〕白戰：指作禁體詩，即詩中限定禁用某些字。詩以體物爲工，禁而不用，故稱禁體，乃避熟就生，因難見巧之法，猶人不持器械，徒手相搏，故謂之"白戰"。此體始於歐陽修，其《雪》詩自注云："時在潁州作。玉、月、梨、梅、練、絮、白、舞、鵝、鶴、銀等事，皆請勿用。"蘇軾《聚星堂雪詩》："當時號令君聽取，白戰不許指寸鐵。"

〔10〕四郊句：《文選·謝朓〈之宣城出新林浦向板橋〉》："雖無玄豹姿，終隱南山霧。"李善注引《列女傳》云："妾聞南山有玄豹隱霧而七日不食，欲以澤其衣毛，成其文章。"此句形容四郊烟靄彌漫。

〔11〕蝃蝀：《詩·鄘風·蝃蝀》："蝃蝀在東，莫之敢指。"毛傳："蝃蝀，虹也。"

〔12〕偶使句：指作者曾任湖廣提學副使。

〔13〕幸逢句：《史記·項羽本紀贊》："吾聞之周生曰，舜目蓋重瞳子。"重瞳，目有二瞳子。

〔14〕神仙句：意謂神仙亦留戀太平盛世，蓬萊三島，爲之一空。

〔15〕職務句：分釐，分別治理。百工，百官。《書·舜典》："允釐百工，庶績咸熙。"孔傳："釐，治。工，官。"

〔16〕渙汗句：《易·渙》："九五，渙汗其大號。"後遂以渙汗喻帝王詔令，意謂帝王頒布號令，令出必行，如人身上的汗水，一發而不可收回。《舊唐書·狄仁傑傳》："則天曰：'朕好生惡殺，志在恤刑。渙汗已行，不可更返。'"

〔17〕澤覃：謂帝王恩澤廣布。帡幪：庇護，覆庇。

〔18〕彙征句：彙征，以類相從而行。茅茹，同類互相牽引。《易·泰》："初九，拔茅茹，以其彙，征吉。"王弼注："茅之爲物，拔其根而相牽引者也。茹，相牽引之貌也。"孔穎達疏："彙，類也，以類相從。征吉者，征，行也。"引申爲同類相引，進用賢能之義。

〔19〕瑞應句：意謂天降祥瑞以應人君之德，天人之際，迭相感應。董仲舒《對賢良文學之士策三》云："以此見人之所爲，其美惡之極，乃與天地流通而往來相應，此亦言天之一端也。"陳子昂《諫政理疏》："天人相感，陰陽相合。"

〔20〕象齒句：交趾即古交州地（今屬越南），土貢有象齒、犀角等。

〔21〕舺：木船。《廣雅·釋水》："舺，舟也。"王念孫疏證："《初學記》引周遷《輿服雜事》云：'欲輕行則乘海舺。舺，合木船也。'"

〔22〕黃甲：科舉甲科進士及第者，用黃紙書其名，稱黃甲。《山堂肆考》云："黃甲由省中降下，唱名畢，以此升甲之人附於卷末，用黃紙書，故稱黃甲。"

此句指朱升之新舉進士。

〔23〕會：張相《詩詞曲語辭彙釋》卷一："會，猶當也；應也。"清朝：清明的朝廷。

〔24〕鬥鷄句：意謂鬥鷄展翅起舞，使人心情激動。怦忡：心動。

〔25〕吟腸句：謂因苦吟而消瘦。吟腸，詩腸。

〔26〕盤礴句：指盤旋而上鶴樓，約需百步。

〔27〕管取句：管取，管教。《史記·汲鄭列傳》："太史公曰：'始翟公爲廷尉，賓客闐門；及廢，門外可設雀羅。'"

〔28〕信教句：崔顥《長安道》："莫言炙手手可熱，須臾火盡灰亦滅。"

〔29〕剩：張相《詩詞曲語辭彙釋》卷二："剩，甚辭，猶真也；盡也；頗也；多也。"剩儲，貯藏頗多之意。列庋：列架。

〔30〕旅夢句：作者自謂奉派湖廣任職，遂淹留至今。

〔31〕征戌：猶征棹。戌，木製駕舟之具。王周《志峽船具詩序》云："岸石壁立，潰之忽作，篙力難制，以其木之堅韌竿直，戟其首以竹納護之者，謂之戌。"

〔32〕館儒：指幕僚。班馬：班固、司馬遷，漢代著名文學家、史學家。按，作者所任提學副使，爲按察使司屬官，分管所屬州縣學政，故有此語。

〔33〕閫帥：唐代指鎮守邊防的節度使，此指湖廣總督、巡撫等最高地方長官。霍种：漢代名將霍去病、种暠。霍去病（前140—前117），武帝時爲驃騎將軍，曾六擊匈奴，威震朔方。种暠（103—164），東漢桓帝時爲度遼將軍，匈奴、烏桓等望風歸順，邊地晏然無警。

〔34〕崎嶇：喻世途艱險。李白《古風》五十九："世途多翻覆，交道方崎嶇。"

〔35〕宸聰：帝聰。聰，聽察。

〔36〕驅除句：請托，以人情關係私相求請。朋比，朋黨比周，即結黨營私，排斥异己。《荀子·臣道》："朋黨比周，以環主圖私爲務。"

〔37〕比歲句：指作者乞休一事。比歲，近年。寒，發語詞。解組，猶解綬。辭官。韋應物《簡寂觀西澗瀑布下作》："解組傲雲林，茶果邀真侶。"

〔38〕茲鄉句：指作者乞休後定居江夏。避地：隱居或避亂而寄居他鄉。
《後漢書·許劭傳》："王室將亂，吾欲避地淮海，以全老幼。"

〔39〕首丘句：意謂死後欲歸葬故園。《楚辭·九章·哀郢》："鳥飛返
故鄉兮，狐死必首丘。"吳壠，指作者故鄉的墳塋。應天古爲吳地。

〔40〕華胄句：葉爲春秋時楚邑。沈諸梁，字子高，食邑於葉，因稱葉
公。《左傳》哀公十六年載，楚國白公叛亂，葉公進兵郢都，"及北門，或遇
之曰：'君胡不胄？國人望君，如望慈父母焉。盜賊之矢若傷君，是絕民望
也。若之何不胄？'乃胄而進。又遇一人曰：'君胡胄？國人望君，如望歲
焉。日日以幾，若見君面，是得艾也。民知不死，其亦夫有奮心，猶將庇君以
徇于國，而又掩面以絕民望，不亦甚乎！'乃免胄而進"。此句意謂楚地地方
官深得民心，故作者欲終老於此。

〔41〕苟活句：《莊子·外物》："莊周忿然作色曰：周昨來，有中道而
呼者，周顧視車轍中有鮒魚焉。周問之曰：'鮒魚來，子何爲者耶？'對曰：'我
東海之波臣也，君豈有升斗之水而活我哉？'周曰：'諾。我且南游吳越之王，
激西江之水而迎子，可乎？'鮒魚忿然作色曰：'吾失我常與，我無所處。吾
得斗升之水然活耳。君乃言此，曾不如早索我於枯魚之肆。'"

〔42〕野鶩：野鴨。

〔43〕斯文句：指朱升之頻頻探望作者。

〔44〕令德：美德。信崇：信仰崇敬。此句乃作者自謙之辭。

〔45〕懶將句：《世説新語·黜免》："殷中軍被廢，在信安，終日恒書
空作字。揚州吏民尋義逐之，竊視，唯作咄咄怪事四字而已。"

〔46〕賡歌：詩歌唱和。分襟：分別。

〔47〕河梁：橋梁。《文選·李陵〈與蘇武詩三首〉》之三："携手上河梁，
游子暮何之？"後遂指別離之地。

朱升之新中進士，過江夏時，與作者登黃鶴樓唱和，這首詩便是作
者的和詩。這時作者辭官不久，在江夏過着"剩儲列庋書千卷，聊伴幽
齋竹數叢"的閑適生活。朱應登舉進士在弘治十二年（1499），則作者

此詩，亦當作於同時。詩中流露了作者對世路險惡、朝政日非的憤慨心情，可見他致仕江夏，也是自有其難言的苦衷的。

五言絕

王十朋

黃鶴樓

雲鎖呂公洞，[1]月明黃鶴樓。抱關非故卒，誰見羽衣游。[2]

【校注】

〔1〕呂公洞：黃鶴樓前舊有呂公洞，蘇軾《李公擇求黃鶴樓詩，因記舊所聞于馮當世者》一詩，記呂公洞傳說甚詳。

〔2〕月明三句：蘇軾詩："黃鶴樓前月滿川，抱關老卒飢不眠。夜聞三人笑語言，羽衣著屐響空山。"

這首詩乃作者據蘇軾詩尋覓舊迹，有感而作。與其《黃鶴樓》七律，當作於同時。

七言絶

吕　岩

　　吕岩，即吕洞賓，又號純陽子，道家傳説中人物。相傳爲唐代京兆人。會昌中（841—846），兩舉進士不第，年已六十四歲。因浪游江湖，初隱終南山修道，後移居鶴嶺，自謂得道，乃游歷江淮兩湖兩浙間，自稱回道人。後不知所終。宋元以來有關他的神話傳説很多，道家號爲純陽祖師，世稱吕祖，民間傳説爲八仙之一。

題黄鶴樓石照〔1〕

　　黄鶴樓前吹笛時，〔2〕白蘋紅蓼滿江湄。〔3〕衷情欲訴無人會，〔4〕祇有清風明月知。〔5〕

【校注】

〔1〕題原缺，據《全唐詩》補。

〔2〕黄鶴句：傳説吕洞賓曾吹笛過黄鶴樓，并題詩石照亭，即指此詩。本書卷中《黄鶴樓雜記》云："樓旁有石照亭，不知何妄男子題詩窗間，遽相傳曰：此吕洞賓所書。"石照亭，又名石鏡亭，在黄鶴樓西，今廢。

〔3〕白蘋、紅蓼：皆爲水草。江湄：江邊水、草相連之地。《詩·秦風·蒹葭》："在水之湄。"《爾雅·釋水》："水草交爲湄。"

〔4〕無人：《全唐詩》作"誰能"。

〔5〕祇有：《全唐詩》作"唯有"。

　　這首詩顯係後人附會之作，故首句即點明傳説中吹笛之事。

李 白

與史郎中欽聽黃鶴樓上吹笛[1]

一爲遷客去長沙，[2]西望長安不見家。黃鶴樓中吹玉笛，江城五月落梅花。[3]

【校注】

〔1〕題原作"聽黃鶴樓吹笛"，據《李太白全集》改。史欽，不詳。

〔2〕一爲句：西漢賈誼（前200—前168）於文帝時被貶爲長沙王太傅，李白南流夜郎，途經洞庭，故以賈誼自況。

〔3〕落梅花：樂府笛中曲有《梅花落》。此處形容笛聲優美悦耳。

乾元二年二月，李白於南流夜郎途中遇赦得還，還憩江夏，寫下了不少詩歌，這首詩即作於是年五月。四句概括了從流放到赦歸的艱難歷程，却不失詩人清新明快、流暢自然的藝術風格。

黃鶴樓送孟浩然之廣陵[1]

故人西辭黃鶴樓，[2]烟花三月下揚州。[3]孤帆遠影碧空盡，[4]唯見長江天際流。

【校注】

〔1〕題原作"送孟浩然之廣陵"，據《李太白全集》改。廣陵：今江蘇揚州市。

〔2〕故人句：廣陵在江夏以東，故云西辭。

〔3〕烟花：春景。

〔4〕碧空：《李太白全集》作“碧山”。陸游《入蜀記》云：“太白登此樓送孟浩然詩云：‘征帆遠映碧山盡，唯見長江天際流。’蓋帆檣映遠山尤可觀，非江行久不能知也。”

詹鍈訂此詩爲唐玄宗開元十六年（728）以前之作。孟浩然從江夏乘船赴廣陵，時李白留居安陸，在黃鶴樓爲故人送行。末二句寫詩人佇立遠眺，依依惜別的情景，表達了對孟浩然的深情厚誼。

李群玉

李群玉，字文山，唐代澧州（今湖南澧縣）人。性曠逸，不樂仕進，專以吟咏自適。裴休觀察湖南，延致郡中，鼓勵他進京求取功名。宣宗大中八年（854），赴京上表獻詩，并得到宰相裴休的推薦，授弘文館校書郎。不久即歸湘中，歲餘而卒。

李群玉詩多登山臨水、懷人送歸之作，曲盡羈旅情懷。此外也有一些干求權貴的投贈之作。《唐才子傳》評其詩“詩筆遒麗，文體豐妍”，概括了詩人的藝術風格。《全唐詩》有詩三卷。

黃鶴樓[1]

江上花樓灝氣間，[2]滿簾春景見群山。[3]青嵐綠水將愁去，[4]深入吳雲遂不還。[5]

【校注】

〔1〕《全唐詩》題作“漢陽太白樓”。

〔2〕花樓：《全唐詩》作“層樓”。灝氣：清净之氣。柳宗元《始得西山

宴游記》："悠悠乎與灝氣俱，而莫得其涯。"《全唐詩》作"翠靄"。

〔3〕春景見群山：《全唐詩》"春水滿窗山"。

〔4〕青嵐綠水：《全唐詩》作"青楓綠草"。將：携。

〔5〕深入：《全唐詩》作"遠人"。遂：《全唐詩》作"暝"。吳雲：吳地雲天，當爲作者友人所在之處。

這首詩從詩題到詩句與《全唐詩》所載多不相同，當爲後人改托爲登臨黃鶴樓之作。劉永濟謂"群玉詩多寫烟水微茫景象"，此詩可見一斑。

張　愈

張愈，字少愚，宋代益州郫（今四川郫都區）人。屢舉不第。仁宗寶元初（1038—1039），上書言邊事，除試秘書省校書郎，請以官職改授其父。後朝廷六召不赴，隱居青城山白雲溪，自號白雲先生。遂游歷兩湖、兩浙一帶，歸而杜門著書，未竟而卒。

黃鶴樓 二首

城上新開百尺樓，〔1〕白雲人伴白雲留。〔2〕山川半倚三吳勝，〔3〕江漢常吞七澤流。〔4〕

煉就金丹鶴羽黃，空遺樓閣楚天長。世間幻事知多少，常使人心日夜忙。

【校注】

〔1〕百尺樓：指黃鶴山頂的南樓，又稱白雲樓。《輿地紀勝》："南樓，在郡治正南黃鵠山頂，後改爲白雲閣。元祐間知州方澤重建，復舊名。"《武

昌府志·古迹》："南樓在黃鵠山嶺，名白雲樓，宋元祐知州方澤建，非武昌
庾亮之南樓。"

〔2〕白雲人：作者自謂。

〔3〕三吴：泛指吴地山水。

〔4〕七澤：雲夢七澤。此處泛指楚地湖澤。

《宋史》本傳載：張愈"樂山水，遇有興，雖數千里，輒盡室往。
遂浮湘沅、觀浙江、升羅浮、入九疑，買石載鶴以歸"。這兩首詩即爲
東游時過江夏而作。

陳　陶

　　陳陶，字嵩伯，唐代鄱陽（今屬江西）人。一説劍浦（今福建
南平市）人。舉進士不第，遂不求仕進，恣游名山，自稱"三教布衣"。
唐宣宗大中間，避亂入洪州西山學道，後不知所終。一説隱居西山
在南唐升元（937）時，似不可信。

　　陳陶詩于晚唐詩人中，頗得衝和之旨。《唐才子傳》評其詩"無
一點塵氣"。但亦有《隴西行》等感時傷亂之作。後人輯有《陳嵩伯集》。
《全唐詩》録其詩二卷。

黃鶴樓〔1〕

黃鶴春風二千里，山人相期碧江水。〔2〕携琴一醉楊柳堤，日暮龍沙
白雲起。〔3〕

【校注】

〔1〕原題李陶作，誤。《全唐詩》題作"送謝山人歸江夏"。

〔2〕相期：《全唐詩》作“佳期”。碧江水：指黄鶴樓前的江水。

〔3〕龍沙：指洪州（今江西南昌市新建區）北的沙洲，名龍沙。《水經注·贛水》：“又北徑龍沙西，沙甚潔白，高峻而阤，有龍形，連亘五里中，舊俗九月九升高處也。”

詩集中贈人之作，有不少是寫給山人、羽士一流人物的，從中可以窺見詩人交游及游踪的某些軌迹。這首詩爲隱居西山時送友人歸江夏而作。詩中雖寓惜別之情，意境却顯得衝和平淡，恬静清遠。

馮世雍

黄鶴樓 六首

春明黄鵠綺筵開，〔1〕風雨驚從海上來。却訝陰晴無定局，水波飛撼吕仙臺。〔2〕

其　二

危樓千尺散波湍，〔3〕雲樹離披水殿寒。〔4〕欲采瑶華春又晚，〔5〕一川風雨暗江潭。

其　三

漢陽城郭帶青山，十里帆檣水浪間。風雨蘼蕪春欲暮，〔6〕豪吟遥對野鷗閑。

其　四

雨收雲散暮天開，燈火城西客夜回。〔7〕花露滿身沾濕好，共疑挤

醉曲江來。〔8〕

其　五

波心小艇出還没，浪裏雙鷗去復來。倚杖閑觀清轉劇，〔9〕呼童且進掌中杯。

其　六

南樓步屧趁高情，〔10〕佛閣磯危遠浪明。〔11〕徙倚石闌縱吟眺，〔12〕漢陽雲樹一舟橫。

【校注】

〔1〕春明：春日。綺筵：盛筵。

〔2〕吕仙臺：即吕仙亭，在黄鶴樓東。

〔3〕湍：水流急。

〔4〕離披：散亂，分散。《楚辭·九辯》：“白露既下降百草兮，奄離披此梧楸。”

〔5〕瑶華：仙花。《楚辭·九歌·大司命》：“折疏麻兮瑶華。”王逸注：“瑶華，玉華也。”洪興祖補注：“瑶華，麻花，其色白，故比於瑶。服食可致長壽，故以爲美。”此處指珍异花卉。

〔6〕蘼蕪：一種香草。《本草綱目·草部三》：“其莖葉靡弱而繁蕪，故以名之。”

〔7〕城西：黄鶴樓在府城西，故云。

〔8〕拚：張相《詩詞曲語辭彙釋》卷五：“判，割捨之辭；亦甘願之辭。自宋以後多用拚字或拚字，而唐人則多用判字。”拚醉，猶盡醉。曲江：即曲江池，在長安東南。唐代進士登科，賜宴於此。李肇《國史補》：“既捷，列書其姓名於慈恩寺塔，謂之題名會。大宴於曲江亭子，謂之曲江會。”

〔9〕清：指江水清澈。

〔10〕南樓：指黄鶴山頂的南樓。步屧：散步。《南史·袁湛傳》附袁

綮傳：“又嘗步屧白楊郊野間。”杜甫《遭田父泥飲美嚴中丞》：“步屧隨春風，村村白花柳。”高情：高遠的情致。

〔11〕佛閣：指黃鶴磯頭的觀音閣。危：高。

〔12〕徙倚：徘徊倚立。《文選·司馬相如〈長門賦〉》：“閑徙倚於東厢兮，觀夫靡靡而無窮。”呂向注：“徙倚，立也。”

　　暮春的一天，作者與友朋登黃鶴樓宴飲，正逢上一川風雨。欣賞鶴樓雨景，使他們游興更濃，吟興更豪，直到萬家燈火，方纔挂着一身夜露，盡醉而歸。作者是江夏人，喜愛故鄉的山川草木，表現了濃鬱的生活情趣。

張　璧

憶江夏故人

　　黃鶴樓頭看竹時，多情同咏武公詩。[1]空餘三十年前夢，[2]漢水梁山勞遠思。[3]

【校注】

〔1〕武公：不詳。按，唐代詩人武元衡有《鄂渚送友》詩，詩云：“雲帆森森巴陵渡，烟樹蒼蒼故郢城。江上梅花無數落，送君南浦不勝情。”

〔2〕空餘句：作者云三十年前與江夏故人話別，當在正德六年（1511）登第之前。

〔3〕梁山：以梁山爲名者甚多，此處疑指安徽當塗、和縣之間的梁山，可由此順流長江，直達江夏。李白寫有《梁山銘》。

　　詩中回憶三十年前與故人在江夏分別的情景，當爲嘉靖中作。這時作者或在外任，故有"漢水梁山"之思。

王　格

夢登黃鶴樓有作，寤而續成 六首

武昌城外漢江頭，萬古乾坤萬古流。可笑孫郎魚不食，年年血戰取荊州。[1]

清江泄泄石粼粼，[2] 月照當年幕府賓。誰向胡床誇興廢，[3] 西風塵起却污人。[4]

鸚鵡洲前草色青，[5] 白頭浪裏見揚舲。[6] 請看石棹何人骨，夜夜江聲打不醒。[7]

磯頭江水浪層層，磯上樓高不可登。何事當時陳少主，西風一夜過金陵。[8]

昔時曾勒碑間字，[9] 今日還登江上樓。二十餘年如瞬息，傷心城下水東流。

黃鶴仙人去不歸，獨留高閣枕漁磯。路旁多少談玄客，[10] 縱有鶴來誰解飛。

【校注】

〔1〕可笑二句：《三國志·吳志·孫權傳》載，孫權自建安十九年（214）

起連年討蜀，索還荆州。建安二十四年敗蜀關羽，遂取荆州，領荆州牧。次年自公安都鄂州（今湖北鄂州市），改名武昌。鄂州樊口盛産團頭魴，亦名團頭鯿，俗稱武昌魚，味甚鮮美。《三國志・吳志・陸凱傳》引童謡云：“寧飲建業水，不食武昌魚。”

〔2〕泚泚：形容江水清澈。《説文・水部》：“泚，清也。”石粼粼：謂水中之石清澈可見。《詩・唐風・揚之水》：“揚之水，白石粼粼。”毛傳：“粼粼，清澈也。”

〔3〕月照二句：晋庾亮鎮武昌時，秋夜登南樓，據胡床與幕僚吟咏談論，傳爲佳話。南樓，又名玩月樓，故址在今湖北鄂州市南。非指黃鶴山上的南樓。

〔4〕西風句：本晋王導譏庾亮語。《世説新語・輕詆》：“庾公權重，足傾王公。庾在石頭，王在冶城。坐大風揚塵，王以扇拂塵曰：‘元規塵污人。’”元規，庾亮字。

〔5〕鸚鵡：原作“鸚武”，徑改。

〔6〕舲：小船。《淮南子・俶貞訓》：“越舲蜀艇，不能無水而浮。”高誘注：“舲，小船也。”

〔7〕請看二句：東漢末，禰衡爲黃祖所殺，埋於此洲，因禰衡曾作《鸚鵡賦》，後世遂名此洲爲鸚鵡洲。

〔8〕何事二句：陳少主，即陳後主（553—604），名叔寶。隋兵南下，後主恃長江天險，不加防備。後主禎明三年（589），隋將韓擒虎等渡江入金陵，後主被俘，陳亡。

〔9〕昔時句：據許宗魯《鶴樓題名記》云，嘉靖四年（1525）湖廣鄉試畢，曾仿唐代進士題名雁塔之例，於黃鶴樓前勒石題名。作者之名當亦在其中。

〔10〕談玄客：談論玄理的人。指道家者流。

據詩中“二十餘年如瞬息”句，當作於嘉靖中作者任河南僉事時。六首詩多爲咏懷之作，借以抒發二十餘年來宦海沉浮的感慨。

毛一公

毛一公，字震卿，號明齋，明代遂安（今浙江淳安）人。萬曆進士。官至工科給事中。以事罷歸，里居二十餘年。光宗立，復被起用，歷官南光祿少卿。其兄一鷺，爲宦官魏忠賢黨羽，一公乃輯歷代閹宦事迹爲《歷代內侍考》，大旨褒少而貶多。

登黃鶴樓 四首

澄江如練挹清風，[1]樓捲真珠挂曉虹。[2]登眺不須懷往事，白雲飛盡楚天空。

十里江城入望來，[3]晴川烟樹面江開。[4]等閑折盡寒堤柳，此際何堪更落梅。[5]

世事滔滔逝若流，磯頭水落洞庭秋。[6]強開笑口招黃鶴，慵把機心訊白鷗。[7]

華表曾來丁令威，仙人跨鶴幾時歸？[8]白雲似解山翁意，[9]飛到樓前也不飛。

【校注】

〔1〕澄江句：《文選·謝朓〈晚登三山還望京邑〉》："澄江靜如練。"

〔2〕真珠：即珍珠，指珍珠簾。

〔3〕入望來：收入眼底。

〔4〕晴川句：本崔顥詩："晴川歷歷漢陽樹。"

〔5〕等閑二句：《折楊柳》《落梅花》皆笛中曲。

〔6〕磯頭句：意謂黃鶴磯頭的江水直落洞庭。

〔7〕強開二句：李白《江上吟》："仙人有待乘黃鶴，海客無心隨白鷗。"
《列子·黃帝》："海上之人有好漚（鷗）者，每旦之海上，從漚鳥游，漚鳥
之至者百住而不止。其父曰：'吾聞漚鳥皆從汝游，汝取來吾玩之。'明日之海上，
漚鳥舞而不下也。"機心，世俗機詐之心，指捉取鷗鳥的企圖。駴，同"駭"。
《莊子·外物》："聖人之所以駴天下。"成玄英疏作"駭"。

〔8〕華表二句：指傳説中仙人丁令威化鶴歸遼東，落於城門華表柱上的故事。

〔9〕山翁：作者自稱。

詩中自稱山翁，當爲萬曆中罷歸作。作者此番是舊地重游，故有"登
眺不須懷往事"的慨嘆。詩中交織着仕途失意的惆悵和超然塵外的向往。

陶 □

陶□，名不詳。明代人。

黃鶴樓

江水橫烟遠樹低，〔1〕荒樓城角草凄凄。〔2〕停雲楚練來彭澤，〔3〕讀
罷崔詩擬和題。〔4〕

【校注】

〔1〕烟：原作"烔"，徑改。

〔2〕凄凄：蕭瑟之貌。

〔3〕停雲：寓懷念親友之意。陶淵明《停雲詩》序云："停雲，思親友也。"
楚練：楚江，指長江。彭澤：又稱彭蠡、彭湖。即今江西省北部的鄱陽湖。湖
水北經湖口入長江。按，陶淵明曾任彭澤令，世以彭澤稱之。詩句是説，見江

上停雲，憶淵明《停雲》詩，勾起思親之念。

〔4〕崔詩：指崔顥詩。

詩中描寫的黃鶴樓，尚是未經修復的荒樓。景物蕭瑟，更勾起作者思親之情。

金大聲

金大聲，不詳。明代人。

黃鶴樓

辛氏遺踪百尺樓，〔1〕登茲銷日不銷愁。〔2〕江山平遠難爲畫，應接蒼茫歲月秋。〔3〕

【校注】

〔1〕辛氏句：指舊記所載沽酒辛氏於仙人駕鶴升天處修建黃鶴樓的傳説。

〔2〕登茲句：《文選·王粲〈登樓賦〉》：“登茲樓以四望兮，聊暇日以銷憂。”

〔3〕江山二句：蘇軾《郭熙畫秋山平遠》：“離情短幅開平遠，漠漠疏林寄秋晚。”按，郭熙《林泉高致》云：“山有三遠，自山下而仰山巓，謂之高遠；自山前而窺山後，謂之深遠；自近山而望遠山，謂之平遠。”

詩前兩句本《登樓賦》，後兩句化用東坡論畫詩，雖云切題，但缺乏實感。

陶　□

陶□，不詳。疑與前《黃鶴樓》詩作者爲同一人。

黃鶴樓

不是陽臺是楚樓，[1] 醉仙何代昔曾游。[2] 祇見朝來多擁蓋，暮時回去賦江流。

【校注】

〔1〕陽臺：《文選·宋玉〈神女賦〉》："妾在巫山之陽，高丘之岨，旦爲朝雲，暮爲行雨，朝朝暮暮，陽臺之下。"

〔2〕醉仙：當指呂洞賓，俗傳爲八仙之一。

詩中羨慕達官貴人擁蓋泛舟，臨眺吟咏，作者或爲布衣俗流一類人物。

雜　體

顧　況

顧況，字逋翁，唐代蘇州人。據傅璇琮考證，顧況約生於唐玄宗開元間，卒於憲宗元和初。肅宗至德二載（757）進士。德宗建中、貞元間，曾在鎮海軍節度使韓滉幕中任節度判官。貞元三年（787），由宰相柳渾、李泌先後引薦，徵爲校書郎，遷著作郎。貞元五年，貶饒州司户。貞元十年秋，弃官歸隱茅山。

顧況詩汲取吴楚民歌的營養，形成了通俗坦易、狂放新奇的獨特詩風。嚴羽《滄浪詩話》云："顧況詩多在元、白之上，稍有盛唐風骨處。"對中唐以後的詩歌發展，產生了不可忽視的影響。有《顧華陽集》。《全唐詩》録其詩四卷。

黄鶴樓歌送獨孤助[1]

故人西去黄鶴樓，[2]西江之水天上流，[3]黄鶴杳杳江悠悠。黄鶴徘徊故人離，[4]別壺酒盡清弦絶。[5]緑嶼没餘烟，白沙連夜月。[6]

【校注】

〔1〕獨孤助：不詳。

〔2〕故人句：李白詩："故人西辭黄鶴樓。"西去，亦西辭之意。

〔3〕西江句：西江，即長江。今江蘇南京至江西九江一段長江，古多稱西江。李白《夜泊牛渚懷古》："牛渚西江夜。"

〔4〕故人離：《全唐詩》作"故人別"。

〔5〕別壺句：《華陽集》"清弦"作"清絲"。《全唐詩》作"離壺酒盡清絲絶"。

〔6〕夜月：《全唐詩》作"曉月"。

故人將辭黄鶴樓東行，西江或爲其所經之路，故詩中離情別緒猶如悠悠江水，雖酒盡弦絶而不能止。全詩意致高遠，清朗流暢，一氣呵成。

孟浩然

送王九游江左〔1〕

昔登江上黃鶴樓，遥愛江中鸚鵡洲。〔2〕洲勢透迤繞碧流，鴛鴦鸂
鶒滿灘頭。〔3〕灘頭日落沙磧長，金沙耀耀動飆光。〔4〕舟人牽錦纜，〔5〕
浣女結羅裳。〔6〕月明全見蘆花白，〔7〕風起遥聞杜若香，〔8〕君行采采莫
相忘。〔9〕

【校注】

〔1〕原題孟郊作，非。《全唐詩》題作"鸚鵡洲送王九之江左"。王九：
即王迥，九爲排行。號白雲先生。隱居襄陽鹿門山，爲作者好友。孟集中尚有《白
雲先生王迥見訪》等詩。江左：古指吳地，今江蘇一帶。

〔2〕江中：原作"江邊"，據《全唐詩》改。

〔3〕灘頭：原作"沙頭"，據《全唐詩》改。《全唐詩》注："一作沙。"
下句"灘頭"，原亦作"沙頭"。

〔4〕耀耀：《全唐詩》作"熠熠"，注："一作耀耀。"飆光：閃光、
飛光。

〔5〕舟人：原誤作"舟中"，據《全唐詩》改。

〔6〕浣女：洗衣的少女。原作"兒女"，據《全唐詩》改。

〔7〕月明句：江總《贈賀左丞蕭舍人》："蘆花霜外白，楓葉水前丹。"

〔8〕杜若：一種香草。《楚辭·九歌·湘君》："采芳洲兮杜若，將以遺
兮下女。"

〔9〕采采：摘取。

王迥是孟浩然同鄉好友，也是隱逸一類人物。這首詩雖是送別詩，
但兩人并未沉浸在離愁之中，而是飽覽眼前的山川秀色。孟浩然曾不止

一次登臨黃鶴樓，但以往對鸚鵡洲祇是遥望、"遥愛"。現在身歷其境，感受更加真切。詩人筆下的鸚鵡洲，色彩鮮明，形象飛動，表現了孟浩然山水詩"文彩豐茸"、清新活潑的藝術特色。

廖道南

登黄鶴樓寄童太史士疇 [1]

　　有樓嵬崔兮江之陽，[2] 檜楣芝榜兮星河光。[3] 穹窿顒顥，[4] 挂飛蜺兮絡天梁，[5] 綺疏朱綴兮敞都房。[6] 鵠山龍嵸以連蜷兮，[7] 大別對峙，崿峴峑峇而環障。[8] 江漢沅澧、沱潛洞湘走其下兮，風霆怒號而噏張。[9] 噫吁嘻！黃鶴來翔兮歲欲暮，吾欲高駞而軒翥兮天之路，[10] 招襧衡於鸚鵡兮歌桂樹。[11] 枝繚兮蚴蟉，[12] 明河燭湍兮牛女綢繆。[13] 仙人不來，怊佗儌兮憾彌留。[14] 噫吁嘻！黃鶴欲去兮奈爾樓。[15]

【校注】

　　〔1〕童太史：即童承叙，字漢臣，又字士疇，明代沔陽人。正德進士。歷任編修、國子司業。明代亦稱編修爲太史。

　　〔2〕嵬崔：高峻貌。

　　〔3〕檜楣：檜樹之木做的橫梁。芝榜：繪有芝草的扁額。

　　〔4〕穹窿：指黃鶴樓的圓頂。顒顥：高而深邃。《廣雅·釋詁四》："顒，高也。"顥，本爲深目，引申爲深邃。

　　〔5〕飛蜺：飛虹。天梁：星名。《晉書·天文志一》："北方南斗六星，天廟也。南斗二星魁，天梁也。"以上二句謂樓的圓頂上繪有彩虹及星宿。

　　〔6〕綺疏：刻縷花紋的窗户。江淹《靈丘竹賦》："綺疏閑而停日，朱簾開而留風。"都房：高大的花房。《文選·宋玉〈九辯〉》："竊悲夫蕙房之

曾敷兮，紛旖旎乎都房。"劉良注："都，大；房，花房也。"

〔7〕鵠山：黃鶴山。巃嵸：高峻貌。《玉篇·山部》："巃嵸，嵯峨貌。"《文選·司馬相如〈上林賦〉》："巃嵸崔巍。"李善注："皆高峻貌也。"

〔8〕岊峼：一作嶙峋。山高。《集韵·屑韵》："嶙，山貌。或從室，亦省（作岊）。"又，"峋，嶙峋，山高。或作峼"。峉峇：山石險峻不齊。《玉篇·山部》："峉峇，山貌。"《文選·嵇康〈琴賦〉》："玄嶺巉岩，峉峇嶇崟。"劉良注："并山峻不齊貌。"

〔9〕噏張：忽收忽放，時閉時開。此處形容風勢。噏，原作"熻"，誤，徑改。

〔10〕高駝句：意謂欲乘黃鶴而登天。高駝，指黃鶴將其高高駄起。軒翥，飛舉。《楚辭·遠游》："鸞鳥軒翥而翔飛。"洪興祖補注引《方言》："翥，舉也。楚謂之翥。"軒，高。

〔11〕鸚鵡：指鸚鵡洲。桂樹：指傳説中的月宮。俗謂月中桂樹。

〔12〕枝繚句：《楚辭·淮南小山〈招隱士〉》："桂樹叢生兮山之幽，偃蹇連蜷兮枝相繚。"蚴，原作"蚼"，誤，徑改。蚴繚，一作蚴虯，蜿蜒之貌。《廣韵·黝韵》："蚴蟉，龍貌。"《文選·司馬相如〈上林賦〉》："青龍蚴蟉於東廂。"

〔13〕明河燭湍：指銀河明亮的急流。宋之問有《明河篇》。牛女：牛郎織女。

〔14〕忳佗傺：憂愁失意之貌。《楚辭·離騷》："忳鬱邑余佗傺兮，吾獨窮困乎此時也。"憾彌留：遺恨長久。

〔15〕奈爾樓：謂黃鶴樓其將奈何。

這是一首仿騷體的歌行。作者對黃鶴樓的宏偉巨制及山川形勝進行了誇張的描繪，表現了作者遨游天外的浪漫情懷。作者與童士疇同爲正德十六年（1521）進士。此詩當爲嘉靖間作。

張于籍

　　張于籍，不詳。明代人。

登黃鶴樓歌

　　有客有客從東來，手持碧玉歌莫哀。黃鵠磯頭嘯明月，長江萬里浮雲開。乃從半夜上黃鶴，天吳叱浪蛟龍駭。[1]蛟龍駭，山鬼泣，千騎萬騎來悲風，漢陽兩岸濤聲急。珊瑚敲起黃鶴回，翩翩走上凌仙臺。[2]命黃鶴，爾欽哉！[3]爲我東海之東、西海之西、南海之南、北海之北，真人仙子一一來此樓。海若陽侯莫惶惑，[4]各持徑尺明月之神珠，[5]江籬芳芷供其側。[6]須臾真人習習黃鶴鳴，景雲紫霧樓下生。[7]但見霓裳羽服綽約之仙子，三五西來擁翠旌。祝融南至駕火龍，[8]大姑小姑盛妝飭，[9]珠鐺佩玉鳴琮琤。[10]登樓握手轉更深，萬籟不作天宇清。江水平，馮夷捧出澄水帛，[11]君山父老吹紫笙。[12]湘君折有瑤草枝，龍綃裁服霞爲裙。[13]盈盈相見湘君喜，唱和鈞天廣樂之新聲。[14]風傳淅淅月如霜，[15]西池王母行瓊漿。大姑小姑顏色揚，砷碌雲母妝衣裳。[16]起立俱兮琴羽張，[17]相將鼓舞和琳琅。[18]短笛嘈嘈起黃鵠，聲清調急良可傷。倚臺望極無所見，海天慘淡江雲凉。真人仙子於是悵然下樓去，欲行不行仍徜徉。[19]仍徜徉，留且歌，東西南北奈若真人仙子何！乃駕長風送之望之，而復立於江之沱。[20]黃鶴爾歸去，黃鵠多狂波。[21]人有登樓問踏歌，[22]云在華山采薜蘿，[23]月明夜半當來過。[24]

【校注】
　　〔1〕天吳：傳說中的水神。《山海經·海外東經》："朝陽之谷，神曰天吳，是爲水伯。"
　　〔2〕凌仙臺：喻黃鶴樓的高臺。

〔3〕欽哉：告戒之辭，語出《尚書》。《書·舜典》："欽哉欽哉，刑之恤哉！"

〔4〕海若：傳說中的海神。《楚辭·遠游》："使湘靈鼓瑟兮，令海若舞馮夷。"王逸注："海若，海神名也。"陽侯：傳說中的大波之神。相傳古陽陵國君溺死于水，而爲水神，能興大波，謂之陽侯波。《楚辭·九章·哀郢》："凌陽侯之泛濫兮，忽翱翔之焉薄。"《文選·左思〈吳都賦〉》："揖天吳與陽侯。"

〔5〕明月之神珠：即明月珠，又名夜光珠。《神异經》："西北金闕上，有明月珠，徑三寸，光照千里。"

〔6〕江蘺芳芷：皆爲香草。江蘺，即蘼蕪；芳芷，即白芷。《楚辭·離騷》："扈江蘺與辟芷兮，紉秋蘭以爲佩。"

〔7〕景雲紫霧：傳說中神仙出行，必伴以祥雲紫霧。景雲，瑞雲。

〔8〕祝融句：祝融，上古傳說中的火神，也被奉爲南方之神及夏神。《禮記·月令》："孟夏之月……其帝炎帝，其神祝融。"《管子·五行》："祝融辨乎南方。"王轂《苦熱行》："祝融南來鞭火龍，火旗焰焰燒天紅。"

〔9〕飭：整理，打扮。

〔10〕珠瑵：耳珠。《孔雀東南飛》："腰若流紈素，耳着明月瑵。"琤玲：玉石相碰發出的聲音。象聲詞。

〔11〕馮夷：傳說中水神河伯的名字。《廣雅·釋天》："河伯，謂之馮夷。"《莊子·大宗師》："馮夷得之，以游大川。"陸德明釋文引司馬彪云："《清泠傳》曰：華陰潼鄉堤首人也。服八石，得水仙，是爲河伯。"澄水帛，一種可以消暑的絹帛，相傳爲唐代同昌公主所用。《杜陽雜編》卷下："暑氣將盛，公主命取澄水帛，以水蘸之，挂於南軒。良久，滿座皆思挾纊。澄水帛，長八、九尺，似布而細，明薄可鑒，云其中有龍涎，故能消暑毒也。"

〔12〕君山：即湘山，在洞庭湖中。相傳爲湘君所游之處。

〔13〕龍綃：即傳說中的鮫綃，相傳爲海中鮫人所織。韋應物《神女歌》："的爍龍綃雜瓊佩。"

〔14〕鈞天廣樂：指天上的音樂。《列子·周穆王》："清都紫微，鈞天廣樂。"《文選·張衡〈西京賦〉》："昔者大帝悦秦繆公而覲之，饗以鈞天

廣樂，帝有醉焉。”

〔15〕風傳：風傳送。岑参《宿關西客舍》：“雲送關西雨，風傳渭北秋。”

〔16〕硨磲：一作“車渠”，似玉的美石。《廣雅·釋地》：“硨磲，石之次玉。”魏文帝《車渠椀賦》序云：“車渠，玉屬也，多纖理縟文，生於西國，其俗寶之。”

〔17〕琴羽：羽爲五音之一，琴羽即琴音中的羽音。此處指琴聲。《文選·江淹〈別賦〉》：“琴羽張兮簫鼓陳，燕趙歌兮傷美人。”

〔18〕鼓舞：擊鼓而舞。《易·繫辭上》：“鼓之舞之以盡神。”琳琅：象聲詞。此處形容舞蹈時玉佩等相碰的聲音。

〔19〕徜徉：《廣韵·陽韵》：“徜徉，猶徘徊也。”《文選·張衡〈思玄賦〉》：“悵徜徉而延佇。”

〔20〕江之沱：長江支流。喻相送之遠。《説文·水部》：“沱，江別流也。”

〔21〕黃鵠：指黃鵠磯。

〔22〕踏歌：連袂而歌，歌時以足踏地，以爲節奏。李白《贈汪倫》：“李白乘舟將欲行，忽聞岸上踏歌聲。”

〔23〕薜蘿：薜荔與女蘿，皆爲植物名。薜荔，又名木蓮。女蘿，即松蘿。《楚辭·九歌·山鬼》：“若有人兮山之阿，披薜荔兮帶女蘿。”

〔24〕過：訪問。以上兩句點明仙人的去向。

這首長篇歌行虛構了作者與衆仙歡會黃鶴樓，共作超然物外之游的幻境。詩中黃鶴翩翩而來，飄然而去，伴隨作者度過了難忘之夜。從首句看，作者當爲江左一帶人。

周　冲

周冲，明代江夏人。曾任知縣。

登黄鶴樓

黄鶴齊雲兮畫棟璇題，[1]謫仙遜避兮崔顥能詩。[2]洪濤巨浪上接洞庭兮，東之秣陵者日夕如斯。[3]古今人物皆相若，[4]跌宕風流應可學。神仙杳茫最難求，寂寞寬閑聊自樂。草衣木石兮碧海高秋，[5]還丹何在兮遺迹惟留。[6]九疑聯綿兮湘水悠悠，石城重建兮捶碎之樓。[7]新沙環帶兮踢翻舊洲，渭涇清濁兮末路同流。[8]六朝三國兮芳草含愁，登臨眺望兮慷慨夷猶。達人大觀兮飄瓦虚舟，[9]縱浪風塵兮無局束，[10]流連韶景兮憑芳醑。[11]理樂蓬窗誰在目，[12]清商楚鳳聊成曲。[13]洛中豪貴誇金谷，[14]羅綺繁華驕未足。杰觀崔峩天半蠹，[15]習氣不忘仙亦俗。孰幻非直千載促，[16]浮雲聚散陵爲谷。[17]後人誰不模前躅。[18]

【校注】

〔1〕璇題：樓宇椽頭的玉飾。蕭統《七契》："璇題昭晰，珠簾彪焕。"

〔2〕謫仙句：指李白見崔顥詩擱筆一事。崔顥，原作"崔灝"，徑改。

〔3〕東之句：秣陵，金陵的別稱。在黄鶴樓之東。原作"秣陵"，誤。《論語·子罕》："子在川上曰：'逝者如斯夫，不舍晝夜！'"

〔4〕相若：相似。

〔5〕草衣木石：謂仙人以草爲衣，與木石共處。

〔6〕還丹：道家煉丹成，復取九轉之丹再煉，久之還原成丹砂，謂之還丹。《抱朴子·金丹》："若取九轉之丹，内神鼎中，即化爲還丹。取而服之，一刀圭即白日升天。"遺迹：指吕仙留下的遺迹。

〔7〕石城句：此句及下句本李白詩："我且爲君捶碎黄鶴樓，君亦爲我倒却鸚鵡洲。"

〔8〕渭涇句：渭、涇指渭水和涇水，在陝西高陵縣境合流。《詩·邶風·谷風》："涇以渭濁，湜湜其沚。"毛傳："涇渭相入而清濁异。"陸德明釋文："涇，清水也；渭，濁水也。"此句喻江、漢二水在夏口合流。

〔9〕達人句：達人大觀，意謂通達之人見解透徹，不爲世俗之見所累。

《文選·賈誼〈鵩鳥賦〉》："達人大觀兮，物無不可。"飄瓦，飄落之瓦。《莊子·達生》："雖有忮心者，不怨飄瓦。"成玄英疏："爲瓦是無心之物。"虛舟，空舟。《莊子·列禦寇》："飽食而遨游，泛若不繫之舟，虛而遨游者也。"成玄英疏："唯聖人泛然無繫，泊爾忘心，譬彼虛舟，任運道遙。"意謂達人胸襟如飄瓦虛舟，無心而坦蕩。

〔10〕縱浪風塵：放浪於人間。陶淵明《神釋》："縱浪大化中，不喜亦不懼。"局束：拘束。

〔11〕韶景：春景。梁元帝《纂要》："春曰青陽……景曰媚景、和景、韶景。"芳醑：美酒。《廣韵·燭韵》："醑，美酒。"王融《修理六根篇頌》："肥馬輕裘，蕙肴芳醑。"

〔12〕理樂：演習樂曲。原作"理藥"，誤。《漢書·張禹傳》："後堂理絲竹管弦。"顏師古注引如淳曰："今樂家五日一習樂，爲理樂。"

〔13〕清商楚鳳：清商，即清商樂，古代南方民歌，包括流傳在江南一帶的中原舊曲及江南吳歌、荆楚西聲等南音，總謂之清商樂。楚鳳，《尹文子·大道》載："楚人擔山雉者，路人問何鳥也，擔雉者欺之曰：'鳳凰也。'路人曰：'我聞有鳳凰，今直見之。汝販之乎？'曰：'然。'則十金弗與，請加倍，乃與之。將欲獻楚王，經宿而鳥死，路人不遑惜金，唯恨不得以獻楚王。國人傳之，咸以爲真鳳凰。"後遂以野鷄假充鳳凰的典故喻仿製的贋品。此處指仿清商古曲所製的俗曲。

〔14〕金谷：金谷園，晋石崇所築，故址在今河南洛陽市西北。

〔15〕杰觀：高大的樓觀，指黃鶴樓。《艮岳記》："飛樓杰觀。"崔峨：高峻。

〔16〕孰幻句：意謂世事如夢幻，千載亦短促易逝。

〔17〕陵爲谷：《詩·小雅·十月之交》："高岸爲谷，深谷爲陵。"猶言滄海桑田，以喻世事的巨大變遷。

〔18〕模：遵循。前躅：前人的足迹。《集韵·燭韵》："躅，迹也。"

詩題雖云登眺，實際上是借黃鶴樓抒發作者的虛無出世之想。作者甚至認爲，根據仙人黃鶴的傳說修建此樓，也是世俗之見。從詩中"寂寞寬閑""理樂蓬窗"等語來看，作者在仕途上似不甚得意，這也可能是他勘破世事、縱浪風塵的原因。

英 煤

英煤，釋名懷智，明代人。楚王宗室。

黃鶴樓歌

二月江城春色好，何處追游堪醉倒。黃鵠山西漢水頭，白雲擁出黃鶴樓。朱甍碧檻高千尺，雄冠江南二百州。重城閣道東風滿，[1]散步臨風縱登覽。石鏡題詩歲月悠，[2]瑣窗呼酒烟霞暖。[3]景物爭奇雙眼明，荀公費公何處尋。[4]神仙已矣豪華盡，唯見長江流古今。鳳凰鸚鵡青不了，[5]高唐大別空芳草。[6]烟雨新晴湘水春，孤帆影落巴陵道。[7]北極遥瞻王氣舒，[8]五雲深護玉皇居。[9]會須乞得純陽鶴，[10]鐵笛吹風朝太虛。[11]

【校注】

〔1〕重城：猶層城。高大的城闕，指夏口古城。閣道：樓閣之間的復道。《史記·秦始皇本紀》："（阿房）周馳爲閣道，自殿下直抵南山。"

〔2〕石鏡句：指傳說中吕洞賓吹鐵笛過鶴樓，於石鏡亭題詩一事。

〔3〕瑣窗：刻縷花紋的窗户。《文選·鮑照〈玩月城西門廨中詩〉》："蛾眉蔽珠櫳，玉鈎隔瑣窗。"

〔4〕荀公費公：指荀叔偉、費文偉。《太平寰宇記》載，文偉登仙，曾乘黃鶴來此處休息，故號爲黃鶴樓。任昉《述異記》則謂駕鶴之賓乃荀叔偉。

〔5〕鳳凰句：鳳凰，指武昌西北的鳳凰山。原作"鳳皇"，徑改。鸚鵡，

即鸚鵡洲。原作"鸚武"，徑改。青不了，謂一片青緑，綿延不盡。杜甫《望岳》：
"岱宗夫如何？齊魯青未了。"

〔6〕高唐、大別：高唐，即高唐觀，古代楚國著名的臺觀。相傳在古
雲夢澤。《文選·宋玉〈高唐賦〉序》："昔者楚襄王與宋玉游於雲夢之臺，
望高唐之觀，其上獨有雲氣。"大別，指漢陽縣東北的大別山。

〔7〕巴陵：今湖南岳陽市。

〔8〕北極：北極星，又名北辰。《晋書·天文志上》："北極五星，鈎陳
六星，皆在紫宫中。北極，北辰最尊者也。"後遂喻帝王或京都。

〔9〕玉皇居：喻帝王所居。

〔10〕純陽鶴：指傳説中吕洞賓所乘黄鶴。純陽，吕洞賓的别號。

〔11〕太虚：天界。此處指帝都。

英㷖爲明太祖之子楚王楨第七代孫，當爲嘉靖、萬曆間人。他以宗
室之尊皈依佛道，詩中仍流露出較濃厚的貴族氣息，風格亦灑脱豪放。
結尾數句對帝京的崇敬與向往，進一步表明了自己的皇族身份。

賦

陳　孚

黄鶴樓歌〔1〕

巍巍乎黄鶴之樓兮，突起乎天之東南。〔2〕吾不知其幾百尺兮，踞
石磴而仰望，眩金碧之耽耽。〔3〕手捫星漢如可近，但見天飆吹髮寒鬖
鬖。〔4〕瞿唐三峽之波濤，洶涌訇擊而下兮，雷聲怒撼於江潭。〔5〕忽繞

城以北匯，净若萬頃之清藍。〔6〕楚山數點，鸞騰蛟躍兮，碧影倒浸乎
烟嵐。〔7〕殘霞似落未落兮，蒲獵獵以風偃，柳裊裊以露含。〔8〕武昌
亭臺一千萬，瓦光參差浮梗楠。〔9〕下視十二之衢兮，炫服士女東西行
者，藐蠉蠉之吳蠶。〔10〕

黃鶴之仙人，霓冠青瑶簪。〔11〕御絳旌於列缺倒景兮，偶見我以大
笑，欲駐我征驂。〔12〕攀東溟之博羅曜，折西極之優鉢曇。〔13〕飲我以
蒲萄鴨頭之綠兮，侑以洞庭之蒼柑。〔14〕洞庭帝子鼓軒轅之瑟兮，舞干
戚而撞宮函。〔15〕白也挾赤鯨以旁睨，崔顥怩縮而不敢以談。〔16〕浩浩乎
萬丈之氣兮，長虹橫空夭矯而方酣。〔17〕下蟠黃之興，上幹玄之堪。〔18〕
安得挽招搖以酹元氣兮，妙太極而函三。〔19〕

慨彼在昔，如焚如惔。〔20〕陶司馬之狂悖，庾大令之貪婪。〔21〕鸚鵡
之洲，何罪而戮？〔22〕赤壁之磯，何功而戡？〔23〕吾豈若二三子？〔24〕斫
昆侖之璞兮，輕蹈夫太阿之鐔。〔25〕飛來兮黃鶴，跨汝從兮彭聃。〔26〕

【校注】

〔1〕《黃鶴樓集》作"登黃鶴樓賦"，據《陳剛中詩集》改。本篇收在《交
州稿》，與前録《鄂渚晚眺》，均爲作者至元二十九年（1292）九月至次年九月，
奉使安南往來道中所得之詩。《黃鶴樓集》歸在"賦"類，欠妥，應編入"雜體"。

〔2〕嶪嶪：《文選·何晏〈景福殿賦〉》："峨峨嶪嶪，罔識所屆。"吕
向注曰："峨峨、嶪嶪，高貌。"

〔3〕踞石磴二句：踞，坐。蘇軾《後赤壁賦》："履巉岩，披蒙茸，踞虎
豹，登虬龍。"石磴，石階。謝靈運《入華子崗是麻源第三谷》："銅陵映碧澗，
石磴瀉紅泉。"耽耽，深邃貌。蘇軾《自金山放船至焦山》："金山樓觀何耽耽，
撞鐘擊鼓聞淮南。""眩金碧之耽耽"，言鶴樓金碧輝煌，高聳入雲，深邃難測，
望之令人眼迷目亂。《黃鶴樓集》"金碧"上奪一"眩"字，據《陳剛中詩集》補。

〔4〕天飆：高天之風。鬖鬖：《集韻·談韻》："鬖，亂髮也。"

〔5〕瞿唐三句：瞿唐，峽名，在重慶奉節縣東，又名廣溪峽、夔峽，爲長
江三峽之首。"瞿唐三峽"，通常指瞿唐峽、巫峽、西陵峽。《黃鶴樓集》"唐"

作“塘”。訇，象大聲。李白《夢游天姥吟留别》：“洞天石扇，訇然中開。”“訇擊”，猶言咆哮撞擊，水勢迅猛。又《蜀道難》：“飛湍瀑流争喧豗，砯崖轉石萬壑雷。”江潭，江之深淵。《楚辭·九章·抽思》：“長瀨湍流，泝江潭兮。”王逸注：“潭，淵也。楚人名淵曰潭。”

〔6〕清藍：原作“青藍”，據《陳剛中詩集》改。

〔7〕鸞騰蛟躍：形容楚山起伏之姿。“騰”，《黄鶴樓集》作“驚”，據《陳剛中詩集》改。烟嵐：江面水氣，指江面。

〔8〕蒲獵獵二句：蒲，蒲柳，即水楊，生於水邊。獵獵，風吹動蒲柳所發出的聲音。釋道潛《臨平道中》：“風蒲獵獵弄輕柔。”偃，倒伏。“以風偃”，因風而偃。裊裊，細長柔弱貌。原作“依依”，據《陳剛中詩集》改。魏收《晦日汎舟應詔》：“裊裊春枝弱，關關新鳥呼。”露含，狀柳枝蒼翠欲滴貌。

〔9〕武昌二句：一千萬，極言其多。原作“一十萬”，據《陳剛中詩集》改。楩、楠，皆木名。《文選·司馬相如〈子虚賦〉》：“其北則有陰林巨樹，楩枏橡章。”李善注：“楩音便，又音步田反，即今黄楩木也。楠音南，今所謂楠木。”此指用精良木料建造的亭臺。秦觀《春日》：“霽光浮瓦碧參差。”

〔10〕下視二句：衢，四通八達的道路。此指縱横交錯的街道。炫服，盛服。炫，形容服飾之鮮美。《黄鶴樓集》作“袨”。藐，小。蠕蠕，蠶蟲蠕動貌。吴蠶，古吴地盛養蠶，故稱。此句言，下視街道上來往的人群，藐小得像蠕動着的蠶蟲。

〔11〕霓：虹。“霓冠”，以霓爲冠。瑶：美玉。“瑶簪”，用美玉做的簪。

〔12〕御絳旌三句：絳旌，紅色旗幟。原作“烽旌”，形近而誤，據《陳剛中詩集》改。“御絳旌”，謂導以絳旌。列缺、倒景，皆指高空。《楚辭·遠游》：“上至列缺兮，降望大壑。”洪興祖補注：“《陵陽子明經》云：‘列缺去地一千四百里。’”《漢書·郊祀志》：“登遐倒景。”顔師古注：“如淳曰：在日月之上，反從下照，故其景倒。”《黄鶴樓集》“景”作“影”，同。偶，遇，值。綦毋潛《春泛若耶溪》：“幽意無斷絶，此去隨所偶。”原作“隅”，據《陳剛中詩集》改。駐，止住，停住。征驂，遠行之車。驂，駕車的馬。王勃《春夜桑泉别王少府序》：“高林静而霜鳥飛，長路曉而征驂動。”

〔13〕攀東溟二句：東溟，東海。博羅曜，即"曜博羅"，爲梵語"優鉢羅"的別一種音譯。優鉢羅，音譯又作"烏鉢羅""漚鉢羅""優鉢剌"，義譯爲青蓮花、黛花、紅蓮花。《法苑珠林》："諸山中間皆是海水，皆有優鉢羅花、鉢頭摩花、拘牟陀花等諸妙香物遍覆於水。"故此云"攀東溟之博羅曜"。《黃鶴樓集》"博"作"愽"，據《陳剛中詩集》改。西極，極西之地。優鉢曇，當作"優曇鉢"，無花果樹的一種，梵語音譯，又作"優曇""優曇鉢羅""烏曇跋羅""優曇波羅""優曇婆羅"，義譯爲瑞應，或作祥瑞花，簡稱曇花。佛經中常取以喻稀有者。《長阿含經·游行經》："如來時時出世，如優曇鉢花時一現耳。"

〔14〕飲我二句：蒲萄，《黃鶴樓集》作"葡萄"，同。"蒲萄鴨頭綠"，如鴨頭之綠的葡萄酒。李白《襄陽歌》："遥看漢水鴨頭綠，恰似葡萄初撥醅。"侑，勸。蒼柑，猶鮮柑。洞庭一帶盛産柑，故云。

〔15〕洞庭二句：洞庭帝子，指堯之二女，舜之二妃娥皇、女英。相傳舜帝南巡，死於蒼梧，二妃尋至南方，死於江湘間，爲湘水女神。《文選·謝朓〈新亭渚別范零陵詩〉》："洞庭張樂地，瀟湘帝子游。"鼓，彈奏。軒轅，即黃帝。瑟，樂器名。相傳爲宓羲所作，原爲四十五弦。應劭《風俗通》引《黃帝書》："泰帝使素女鼓瑟而悲，帝禁不止，故破其瑟爲二十五弦。"稱"軒轅之瑟"，蓋本此。干戚，盾與斧，皆古兵器。古時樂舞有文舞、武舞之分，文舞執羽旄，武舞執干戚。舞干戚，即操干戚而舞。宮函，宮，爲古樂五音之一；函，即函鐘，又稱林鐘，爲古樂十二律之一。此泛指音樂。撞宮函，即奏樂。

〔16〕白也二句：白，指李白。挾，挾持。旁睨，旁視。斜視曰睨。怩縮，不好意思地退縮一旁。羞慚曰怩，此極狀仙會之盛，氣勢之壯。

〔17〕浩浩二句：浩浩，盛大的樣子。夭矯，舒捲自如貌。

〔18〕蟠：通"盤"，盤伏。斡：旋繞。玄黃、堪輿：皆指天地。蟠黃之輿指地，斡玄之堪指天。揚雄《甘泉賦》："屬堪輿以壁壘兮。"《漢書》注引張晏云，以堪輿爲天地之總名。《文選》注引許慎曰："堪，天道也；輿，地道也。"《易·坤》："夫玄黃者，天地之雜也。天玄而地黃。"

〔19〕安得二句：招搖，星名，即北斗第七星。北斗七星，排列成斗形，

招搖在其杓端。此指代北斗。酌，舀取。《詩‧小雅‧大東》："維北有斗，
不可以挹酒漿。"《楚辭‧九歌‧東君》："援北斗兮酌桂漿。"元氣，天地
間渾沌之氣。妙，小。《廣雅‧釋詁二》："妙，小也。""妙太極"，以太
空爲小。函，包容，容納。三，指天、地、人。函三，涵蓋萬物之意。

〔20〕如焚如惔：皆憂愁之貌。惔，意同"焚"。意謂感慨往事，心之憂憤，
如火焚燒。《詩‧大雅‧雲漢》："如惔如焚。"毛傳："惔，燎之也。"原作"懨"，
誤，據《陳剛中詩集》改。

〔21〕陶司馬：指晉陶侃，官至大司馬，故稱。狂悖：狂妄背理。陶侃爲
晉代名將，嘗鎮武昌，都督江、荊等州軍事。因其據上流，握強兵，潛有窺覦
之志，包藏之心，史稱其"悖矣"。見《晉書‧陶侃傳》。庾大令：指晉庾亮，
官至中書令。其弟繹之子冰，累官中書監（晉因魏制，中書令、監并掌機要），
故稱亮爲大令。晉成帝時，庾亮以帝舅之尊，與王導共輔朝政，武斷專橫，動
輒殺戮親近。蘇峻亂後，亮出爲豫州刺史，後移鎮武昌，繼陶侃都督江、荊等
州軍事。其雖居外，仍遥執朝政。見《晉書‧庾亮傳》。

〔22〕罪：《黃鶴樓集》作"辜"，意同。此句深慨禰衡無辜被殺。

〔23〕戡：《黃鶴樓集》作"勘"。謂刻石記功，傳名後世。此句針對周
瑜赤壁破曹而發。

〔24〕若：象。二三子：指上述諸人。

〔25〕斫昆侖二句：璞，未經雕琢加工的玉。《尹文子‧大道》："鄭人
謂玉未理者爲璞。"原作"棄"，誤，據《陳剛中詩集》改。太阿，即"泰阿"，
古寶劍名。鐔，劍鼻。輕蹈云云，謂不顧艱險采璞。

〔26〕彭聃：彭祖與老聃，皆古代傳説中有道長壽之人。《荀子‧修身》：
"扁善之度，以治氣養生，則後彭祖。"楊倞注："彭祖，堯臣，經虞、夏、商、
周，壽七百歲。"老聃，即老子，春秋戰國時人，道家學派的創始人。相傳孔
子年十七學禮於老聃，聃時年二百餘歲。見《老子銘》。晉嵇紹《贈石季倫》：
"遠希彭聃壽，虛心處衝默。"

　　本歌首段，描述黃鶴樓雄偉之姿，以及登樓所見壯觀之景。接着騁

其浪漫主義遐思，寫與黃鶴仙人同游的盛況。末段慨嘆往昔，抒發跨鶴登仙之想。筆力健舉，氣豪思逸。

田汝耔

田汝耔，字勤甫，明代祥符（今屬河南開封）人。弘治末進士。累官湖廣副使，後乞歸，以力田養母，以經籍自娛。

登黃鶴樓賦 有序

自莅夏口，三易星霜，登樓數矣。乃今辛巳之秋，[1]何爲漫興？其以時物更變，旅客值逢，能不感激？[2]切意君子處世，[3]宜乘時建立，竟識退藏，[4]以永終譽，豈真可以覬覦神仙之術哉？[5]

撫天運之旋斡兮，時序忽茲高秋。[6]白雲紛其旖旎兮，余適升此危樓。[7]聞昔人之超伸兮，騎黃鶴而浮游。[8]夫羽翼其不可見兮，遺踪迹於蓬丘。[9]猗與美哉！[10]飛甍崢嶸兮，突刺乎窮霄；[11]啓櫺軒兮，橫光射夫斗牛。[12]渾淪崔巍兮，舍化工之機括；[13]方圓盤鬱兮，象天地之區周。[14]憑臨恣覽覷兮，中惝怳而綢繆。[15]神營營其隕越兮，魂黯黯而彌留。[16]披紛颯沓兮，瀉洞庭之逸波；[17]俄而汹涌潚湃兮，朝江漢之奔流。[18]信夫"秋之爲氣也，蕭瑟兮草木搖落而變衰；燕翩翩其辭歸兮，蟬寂寞而無聲；雁雝雝而南游兮，鵾鷄啁哳而悲鳴"。[19]此宋玉之遺音，而協余之衷情。[20]憶隙駒之言邁兮，惜朝華之難挹[21]。對物情之彷彿兮，良怵惕而於邑。[22]念人生之有涯兮，孰長年之能執。[23]時飄忽其不再兮，老荏苒而將及。[24]顧世俗之骯髒兮，恬辟穀以絕粒。[25]思至人於寞寞兮，抱玄精於咽吸。[26]內展轉以旁求兮，辨真元於黑白。[27]

倏假寐以夷猶兮，遇靈修於九陌。[28]指子安之故廬兮，造叔偉之攸宅。[29]理余髮於秫節兮，浴余體於蘭湯。[30]陟玉臺之嶙峋兮，排閶闔而履上方。[31]朝太乙於九重兮，睹綽約於中央。[32]質要渺以委蛇兮，復降至於扶桑。[33]駕青龍之蜿蜒兮，建蒼螭之文旗。[34]揭干旄之晶晶兮，下蕤綏其陸離。[35]承輕焱之清芬兮，灑零雨之垂雲。[36]謁東皇以來歆兮，疑若授余以綸詞。[37]叩炎帝於正陽兮，驂鸞鳥以驂鷖。[38]服朱雀以騰驤兮，駢騑騑以按度。[39]賴前驅之捷徑兮，曰余憒憒其始悟。[40]計岐貳之枉投兮，却中道而反顧。[41]來翩翩以迅速兮，恐白日之云暮。[42]樹金華以為蓋兮，采荃蕙以為裾。[43]飲兌澤而漱淪陰兮，余將詣少昊之所居。[44]蓐收位而宰闓兮，霜霰肅斂邪氣除。[45]諏吉良用庚辛兮，告享具禮容舒。[46]左熊羆守關兮，右白虎蹲當問。中懷愴恨戒悚息兮，似踟躇而踟躕。[47]大道砥平知矢直兮，皇步踾踖而趨趨。[48]斯須定靜知止極兮，始安寧而容與。[49]撫光景之逍遙，迂玄冥於中庭。[50]文昌為余先驅兮，玄武為余揚靈。[51]遍多方以竟禮兮，言旋歸而嬉娱。[52]

頓驚覺以惺發兮，依然身在乎故都。[53]吁嗟！神仙伊何所兮，吾不知其渺茫。[54]彼人道之罔修兮，又奚為乎荒唐。[55]黃河澄清兮，豈曰尋常？[56]慶雲迭見兮，其世之禎祥。[57]北辰奠位兮，列星共鄉。[58]輔弼當道兮，攙搶滅光。[59]繆糾解紛兮，綱維斯張。[60]汙濁潛消兮，漣漪清揚。[61]夫往者其不可追兮，來者吾可以自强。[62]鳳凰鳴於高岡兮，感梧桐於朝陽。[63]菊違時而弗競兮，是亦何貴夫才良。[64]策駑駘之偃蹇兮，齊騏驥於康莊。[65]勇信邁以長征兮，毋遭迍而沮喪。[66]維夜寐以夙興兮，竭余力之方剛。[67]念生鞠之罔極兮，揚休烈之輝光。[68]守狷介以廉潔兮，歷九死而不忘。[69]保貞一以永締兮，雖經百折以無妨。[70]功成名立而身退兮，余將跨黃鶴而高翔。[71]

【校注】

〔1〕辛巳：按作者進士年推算，當為正德十六年（1521）。是時，作者在湖廣副使任內。

〔2〕何爲四句：漫興，謂興之所至，率然而作。此指乘興作賦。時物，四時景物。旅客，羈旅。感激，感慨。

〔3〕切：當作“竊”。竊，謙詞。

〔4〕竟：終。

〔5〕覬覦：非分之冀望或企圖。《左傳》桓公二年：“是以民服事其上，而下無覬覦。”杜預注：“下不冀望上位。”

〔6〕旋斡：猶運轉。斡，亦旋。

〔7〕旖旎：盛貌。

〔8〕超伸：猶超升，謂超脱塵世，飛升登仙。浮游：漫游。《莊子·在宥》：“浮游不知所求，猖狂不知何往。”《楚辭·離騷》：“欲遠集而無所止兮，聊浮游以逍遥。”

〔9〕蓬丘：《十洲記》：“蓬丘，蓬萊山是也。”李白《越中秋懷》：“何必探禹穴，逝將歸蓬丘。”

〔10〕猗與：嘆美之詞。《詩·周頌·潛》：“猗與漆沮，潛有多魚。”

〔11〕飛甍：高聳的屋脊。《左傳》襄公二十八年：“猶援廟桷，動於甍。”杜預注：“甍，屋棟。”孔穎達疏：“今俗謂之屋脊。”

〔12〕檻軒：有窗格的長廊。曹植《贈徐幹》：“春鳩鳴飛棟，流焱激櫺軒。”橫光：即光。橫與光通。《説文通訓定聲》：“橫，假借爲光。”《淮南子·墜形訓》：“玉橫維其西北之隅。”高誘注：“橫，光也。”

〔13〕渾淪：渾然一片。舍：猶藏。化工：造化之工。《文選·賈誼〈鵩鳥賦〉》：“天地爲爐兮造化爲工。”李商隱《今月二日……輒復五言四十韵一章獻上……》：“固是符真宰，徒勞讓化工。”機括：原義爲弩上發箭的機件，此猶機巧之意。

〔14〕盤鬱：曲折繁盛之貌。《酉陽雜俎·玉格》：“至此山，廓然宮殿盤鬱，樓臺博敞。”區周：即“區陬”，角落。《文選·張衡〈東京賦〉》：“目察區陬，司執遺鬼。”薛綜注：“區陬，隅隙之間也。”

〔15〕中：胸中，内心。怊悗：失意貌。《楚辭·遠游》：“步徙倚而遥思兮，怊惝悗而乖懷。”綢繆：《詩·唐風·綢繆》：“綢繆束薪，三星在天。”毛傳：“綢繆，猶纏綿也。”謂憂思集結不解。

〔16〕營營：往來馳逐貌。《莊子·庚桑楚》："無使汝思慮營營。"《楚辭·九章·抽思》："願徑逝而未得兮，魂識路之營營。"隕越：顛墜，跌落。黯黯：昏亂沮喪貌。彌留：《書·顧命》："病日臻，既彌留。"蔡沈集傳："病日至，既彌甚而留連。"此謂神魂喪亂，久而益甚。

〔17〕披紛：即紛披，散亂。北周庾信《枯樹賦》："紛披草樹，散亂烟霞。"颯沓：衆盛貌。鮑照《咏史》："賓御紛颯沓，鞍馬光照地。"披紛颯沓，即紛至沓來意。逸波：奔涌無羈之波。

〔18〕澎湃：即澎湃，形容波浪互相撞擊。朝江漢：謂江漢之朝宗。《書·禹貢》："江漢朝宗於海。"

〔19〕秋之爲氣也六句：用《楚辭·宋玉〈九辯〉》成句，故下云"此宋玉之遺音"。《楚辭》"寂莫"作"寂漠"，一作"寂寞"，同。雝雝，和鳴聲。鵾鷄啁哳，《楚辭補注》："鵾鷄似鶴，黄白色。啁哳，聲繁細貌。"

〔20〕協：相同，相合。《國語·周語》："實有爽德，協於丹米。"

〔21〕隙駒：《莊子·知北游》："人生天地之間，若白駒之過隙。"後以隙駒喻光陰易逝。言：助詞，無義。邁：往，過。朝華：喻青春之美好年華。挹：取得。《文選·陸機〈嘆逝賦〉》："恨朝霞之難挹。"

〔22〕物情：事物的情景。此指眼前景物。彷彿：用《九辯》"柯彷彿而萎黄"句意，言物情衰歇。良：甚，很。怵惕：《九辯》："心怵惕而震蕩兮，何所憂之多方。"《楚辭補注》："五臣云：怵惕，震蕩自驚動也。"於邑：憂悒鬱結，哽咽。《楚辭·九章·悲回風》："傷太息之愍憐兮，氣於邑而不可止。"

〔23〕有涯：《莊子·養生主》："吾生也有涯，而知也無涯。"執：把握。《文選·陸機〈嘆逝賦〉》："孰長年之能執？"

〔24〕時飄忽二句：飄忽，迅疾貌。《文選·陸機〈嘆逝賦〉》："時飄忽其不再，老晼晚其將及。"《楚辭·離騷》："老冉冉其將至兮。"

〔25〕辟穀：古稱行導引之術，不食五穀，可以長生，謂之辟穀。道家方士乃附會爲神仙入道之術。《史記·留侯世家》："（張良）乃學辟穀，道引輕身。"此謂避世修道。

〔26〕至人：道德修養達到最高境界的人。《莊子·逍遥游》："至人無己，

神人無功，聖人無名。”玄精：人體之元氣、精氣。陶弘景《真誥》：“《上清真人馮延壽口訣》：‘……玄精不傾，然後可以存神服霞，呼吸二景耳。’”咽：原作“喱”，誤，徑改。咽吸，吞吸。

〔27〕真元：人之元氣。元稹《韋氏館與周隱客杜歸和泛舟》：“時物欣外獎，真元隨内修。”黑白：佛家語，即善惡之意。《俱舍論》：“諸不善業一向名黑，染污性故。色界善業一向名白，不離惡故。”

〔28〕夷猶：猶豫，遲疑。《楚辭·九歌·湘君》：“君不行兮夷猶。”靈修：神明。《楚辭·離騷》：“指九天以爲正兮，夫唯靈修之故也。”王逸注：“靈，神也。修，遠也。”九陌：城中大道。駱賓王《帝京篇》：“三條九陌麗城隈，萬户千門平旦開。”此指武昌府城。

〔29〕子安：仙人名，傳其曾騎黄鶴游憩於黄鶴樓。《名勝志》：“漢陽渡上有黄鶴樓，晋仙人黄子安騎黄鶴游憩於此。”叔偉：即荀叔偉。一作叔褘、又作叔瑋。任昉《述异記》謂駕鶴登仙之人乃荀叔偉，而非費文偉。攸宅：所居。攸，亦宅，居住之所。《詩·大雅·韓奕》：“爲韓姞相攸，莫如韓樂。”鄭玄箋：“攸，所也。……視其所居，韓國最樂。”

〔30〕秫節：疑爲“沐櫛”之誤。《莊子·天下》：“腓無胈，脛無毛，沐甚雨，櫛疾風。”此用其意，謂洗梳頭髮於風雨之中。蘭湯：有香味的熱水。《楚辭·九歌·雲中君》：“浴蘭湯兮沐芳。”洪興祖補注：“皆潔濯之謂也。”

〔31〕陟：升。玉臺：《楚辭·九思·傷時》：“登太一兮玉臺，使素女兮鼓簧。”王逸注：“太一，天帝所居，以玉爲臺也。”嶙峋：重叠高聳之貌。揚雄《甘泉賦》：“增宫參差，駢嵯峨兮，嶺嶒嶙峋，洞亡崖兮。”排：開。閶闔：《楚辭·離騷》：“吾令帝閽開關兮，倚閶闔而望予。”王逸注：“閶闔，天門也。”上方：天上仙界。温庭筠《宿雲居寺》：“圓月上方明。”

〔32〕太乙：同“太一”，也作“泰一”。《史記·封禪書》：“天神貴者太一。”司馬貞索隱：“宋均云：天一、太一，北極神之别名。”又《天官書》：“中宫天極星，其一明者，太一常居也。”張守節正義：“泰一，天帝之别名也。劉伯莊云：泰一，天神之最尊貴者也。”綽約：柔美貌。謂仙子。白居易《長恨歌》：“其中綽約多仙子。”中央：天之中央，天帝所居。

〔33〕要渺：渺，當作"眇"。《楚辭·遠游》："質銷鑠以汋約兮，神要眇以淫放。"洪興祖補注："眇與妙同。要眇，精微貌。"委蛇：亦作委迤、委佗。《爾雅·釋訓》："委委佗佗，美也。"郭璞注："皆佳麗美艷之貌。"《詩·鄘風·君子偕老》："委委佗佗，如山如河。"陸德明釋文："韓詩云：德之美貌。"扶桑：《楚辭·離騷》："飲余馬於咸池兮，總余轡乎扶桑。"王逸注："扶桑，日所拂木也。"洪興祖補注引《山海經》云："黑齒之北，曰湯谷，有扶木，九日居下枝，一日居上枝，皆戴烏。"又引《十洲記》云："扶桑在碧海中，葉似桑樹，長數千丈，大二千圍，兩兩同根，更相依倚，是名扶桑。"

〔34〕螭：《楚辭·九章·涉江》："駕青虬兮驂白螭。"洪興祖補注："五臣云：虬、螭，皆龍類。"文旗：有文彩的旗。蒼螭之文旗，即繪有蒼螭圖案的旗幟。

〔35〕揭：舉。干旄：旗的一種。干，通"竿"；旄，犛牛尾。干旄，即用犛牛尾裝飾旗竿之旗。《詩·鄘風·干旄》："孑孑干旄，在浚之郊。"晶晶：鮮明貌。蓤綏：盤曲升騰貌，形容旌旗儀仗蜿蜒而行。《文選·揚雄〈甘泉賦〉》："蠖略蓤綏。"李善注："龍行之貌也。"陸離：色彩斑斕。《楚辭·離騷》："紛總總其離合兮，斑陸離其上下。"

〔36〕輕猋：輕風。猋，《說文通訓定聲》云："爲猋（飆）之誤字。"王褒《九日從駕詩》："輕飆颯颯涼。"零雨：微雨。《詩·豳風·東山》："零雨其濛。"垂雲：低垂之雲。《文選·何晏〈景福殿賦〉》："若仰崇山，而戴垂雲。"

〔37〕東皇：即東皇太一，天神名。屈原《九歌》首篇即《東皇太一》。《楚辭補注》："五臣云，……太一，星名，天之尊神。祠在楚東，以配東帝，故云東皇。"來歆：來享，謂神來享供品。《文選·張衡〈東京賦〉》："神歆馨而顧德。"薛綜注："歆，享也。"綸詞：猶綸言，綸音。《禮·緇衣》："王言如絲，其出如綸；王言如綸，其出如綍。"後因以綸言、綸音稱皇帝的詔書。此指天神東皇的綸音。

〔38〕炎帝：《漢書·魏相傳》："南方之神炎帝，乘離執衡司夏。"正陽：《楚辭·遠游》："餐六氣而飲沆瀣兮，漱正陽而含朝霞。"王逸注引《陵陽子明經》："正陽者，南方日中氣也。"此指南方。鸞鳥：神鳥名，即鸞。《山

海經·西山經》："（女牀之山）有鳥焉，其狀如翟而五采文，名曰鸞鳥。"《離騷》："鸞皇爲余先戒兮，雷師告余以未具。"騁騖：馳騁，奔走。《楚辭·九歌·湘君》："朝騁騖兮江皋，夕弭節兮北渚。"

〔39〕服：古代一車駕四馬，居中兩匹稱服，兩旁之馬稱驂。《荀子·哀公》："兩驂列，兩服入厩。"楊倞注："兩服，馬在中；兩驂，兩服之外馬。"此用作動詞，猶駕，御。朱雀：又名朱鳥。《太平御覽·河圖》："南方赤帝，神名赤熛怒，精爲朱鳥。"騰驤：奔躍，超越。《文選·張衡〈西京賦〉》："乃奮翅而騰驤。"駢：兩馬并駕爲駢。嵇康《琴賦》："雙美并進，駢馳翼驅。"騑騑：馬行不止貌。《詩·小雅·四牡》："四牡騑騑，嘽嘽駱馬。"按度：徐行貌。

〔40〕捷徑：謂取近便之路以求速達。惽惽：迷糊不清。

〔41〕岐：岔道。貳：差錯。岐貳，謂錯投岔道。故下云"枉投"。中道：中途。《離騷》："羌中道而改路。"

〔42〕翩翩：輕疾貌。《詩·小雅·四牡》："翩翩者鵻，載飛載下。"

〔43〕金華：作裝飾用之金花。《後漢書·蔡邕傳》："公（董卓）奉引車駕，乘金華青蓋，爪畫兩轓，遠近以爲非宜。"荃蕙：香草名。《離騷》："蘭芷變而不芳兮，荃蕙化而爲茅。"

〔44〕兌澤：潤澤；光澤。兌亦澤。《易·説卦》："兌爲澤。"淪陰：指晚霞。《楚辭·遠游》："漱正陽而含朝霞。"王逸注引《陵陽子明經》："春食朝霞，朝霞者，日欲出時黃氣也。秋食淪陰，淪陰者，日没以後赤黃氣也。"少昊：也作"少皥""少皓"。《楚辭·遠游》："遇蓐收乎西皇。"王逸注："西方庚辛，其帝少皓，其神蓐收。西皇，即少昊也。《離騷經》曰：'召西皇使涉予。'知西皇所居，在於西海之津也。"

〔45〕宰閽：守門。《楚辭·離騷》："吾令帝閽開關。"注："閽，主門者也。"宰，亦主管之意。

〔46〕諏吉良：謂選擇吉日良辰。潘岳《籍田賦》："廟祧有事，祝宗諏日。"庚辛：《吕氏春秋·孟秋紀》："其日庚辛，其帝少皥。"高誘注："庚辛，金日也。"《淮南子·時則訓》："其日庚辛。"高誘注："庚辛，金也。"

金，五行之一，方位爲西，季節爲秋，干支爲庚辛。位於西方，時逢秋季，故取庚辛之日爲祭。告享：告祭。容舒：祭祀時容顏舉止莊重安祥。

〔47〕中：心中。愴恨：悲傷。班彪《北征賦》："游子悲其故鄉兮，心愴恨以傷懷。"戒：肅然恭敬。悚息：惶恐喘息。踧踖：局促不安貌。《後漢書·東平憲王蒼傳》："每會見，踧踖無所措置。"踟蹰：來回走動。《詩·邶風·静女》："愛而不見，搔首踟蹰。"

〔48〕砥：磨石。"砥平"，如砥之平。矢：箭。"矢直"，知矢之直。《詩·小雅·大東》："周道如砥，其矢如直。"皇步：謂恐懼而行。皇，通"遑""徨"。踽踳：踽，曲身，彎腰；踳，小步行路。謂小心戒懼而行。趑趄：欲進不前。

〔49〕定静：安静。定亦静。止極：停止，終了。《吕氏春秋·制樂》："聖人所獨見，衆人焉知其極。"注："極，猶終。"容與：安逸自得貌。《楚辭·九歌·湘夫人》："聊逍遥兮容與。"

〔50〕光景：日月之光。《楚辭·九章·悲回風》："借光景以往來。"迓：迎。玄冥：北方之神，稱黑帝，故亦指黑暗。《後漢書·祭祀志》："立冬之日，迎冬於北郊，祭黑帝玄冥，車旗服飾皆黑。"

〔51〕文昌、玄武：皆神名。《楚辭·遠游》："後文昌使掌行。"王逸注："顧命中宫，敕百官也。天有三宫，謂紫宫、太微、文昌也。"洪興祖補注："史遷《天官書》云：'斗魁戴匡六星曰文昌宫。'……《晋·天文志》：'文昌六星，在北斗魁前。'"又："召玄武而奔屬。"王逸注："呼太陰神使承衛也。"洪興祖補注："二十八宿，北方爲玄武。"揚靈：謂揚己之精誠。《楚辭·九歌·湘君》："望涔陽兮極浦，横大江兮揚靈。"注："靈，精誠也。"

〔52〕竟禮：盡禮。

〔53〕悝發：猶醒悟。

〔54〕伊：助詞，無義。何所：何方。

〔55〕人道：人倫之道。《莊子·在宥》："何謂道，有天道，有人道。無爲而尊者，天道也；有爲而累者，人道也。"疏："司職有爲，事累繁擾者，人倫之道。"罔修：不修人倫之道，指神仙。奚爲：爲何。

〔56〕黃河澄清：古稱黃河千年一清，因以河清爲太平祥瑞的象徵。《左傳》襄公八年引逸詩："俟河之清，人壽幾何！"《文選·李康〈運命論〉》："夫黃河清而聖人生。"

〔57〕慶雲：《漢書·天文志》："若烟非烟，若雲非雲，鬱鬱紛紛，蕭索輪囷，是謂慶雲。喜氣也。"禎祥：《禮記·中庸》："國家將興，必有禎祥。"孔穎達疏："禎祥，吉之萌兆。"

〔58〕北辰：北極星。鄉，通"向"，朝向。《論語·爲政》："爲政以德，譬如北辰，居其所而衆星共之。"

〔59〕輔弼：佐助，指宰臣。《國語·吳語》："昔吾先王世有輔弼之臣，以能遂疑計惡，以不陷於大難。"當道：謂執政。攙搶：彗星名，即天攙、天搶。古以爲凶兆。《史記·司馬相如列傳》："攬攙搶以爲旌。"張守節正義引《天官書》："天攙長四丈，末鋭；天搶長數丈，兩頭鋭。其形類彗也。"《文選·左思〈吳都賦〉》："攙搶暴出而相屬。"李周翰注："攙搶，妖星也。"

〔60〕繆糾：絞結，纏結。解紛：排解紛亂。《史記·滑稽列傳》："談言微中，亦可以解紛。"綱維：《管子·禁藏》："法令爲維綱。"尹知章注："維綱所以張也。"

〔61〕漣漪：水面微波。漪，亦作"猗"。《詩·魏風·伐檀》："坎坎伐檀兮，寘之河之干兮，河水清且漣漪。"此謂世道清平。

〔62〕追：補救。《孟子·盡心下》："往者不追。"强：勉力。《淮南子·修務》："名可務立，功可强成。"

〔63〕鳳凰句：《詩·大雅·卷阿》："鳳凰鳴矣，于彼高岡。梧桐生矣，于彼朝陽。"朱熹集傳："山之東曰朝陽。鳳凰之性，非梧桐不栖，非竹實不食。"《世説新語·賞譽》"顧彦先鳳鳴朝陽"，喻賢才遇時而起。

〔64〕競：猶争勝。此句意謂，良才遇時始能有爲，失時則不能争勝。

〔65〕駑駘：劣馬。偃蹇：困頓。齊：相并。騏驥：良馬。康莊：四通八達的大道。《爾雅·釋宫》："五達謂之康。六達謂之莊。"《楚辭·九辯》："却騏驥而不乘兮，策駑駘而取路。"此以"策駑駘"自謂，以"騏驥"喻賢才。

〔66〕信邁：任意行進。毋：《黃鶴樓集》原作"母"，誤，徑改。邅迤：

喻處境不順當。

〔67〕夜寐夙興：謂辛勞。《詩·衛風·氓》："夙興夜寐，靡有朝矣。"方剛：《漢書·東平王傳》："朕唯王之春秋方剛。"顏師古注："言其年少血氣盛。"寐，原誤作"寂"，徑改。

〔68〕生鞠：指父母。鞠，養育，撫育。罔極：無窮無盡。《詩·小雅·蓼莪》："父兮生我，母兮鞠我。"又："欲報之德，昊天罔極。"後常稱父母之恩爲罔報之恩。休烈：盛美的事業。《史記·秦始皇本紀》："皇帝休烈，平一宇内，德惠修長。"

〔69〕狷介：嚴謹自守。《國語·晉語》："小心狷介，不敢行也。"《離騷》："亦余心之所善兮，雖九死其猶未悔。"

〔70〕貞一：專一，守一。締：締結。《楚辭·九章·悲回風》："氣繚轉而自締。"洪興祖補注："締，結，不解也。"

〔71〕功成句：《老子》第八章："功成名遂身退，天之道。"

本賦爲正德十六年作者湖廣副使任内所作。序云"三易星霜"，則始任副使在正德十三年。作者登樓而感，感而夢，夢而覺，依次寫來，其體式脱胎於楚辭，結構上則明顯受李白《夢游天姥吟留別》的影響，但主旨却異。賦雖以主要篇幅寫出世之夢游，但主旨却在入世，追求建功立業。"君子處世，宜乘時建立，竟識退藏，以永終譽，豈真可以覬覦神仙之術哉？"賦之大意在此。

蕭　溥

蕭溥，明代江夏人。曾官知縣。餘未詳。

招黄鶴樓賦[1]

歲舍游兆，辰旅大梁，庚申維日，夜未渠央。[2]忽鐘鳴梵宫，譁震閭里。[3]已而欵烜旁周，爆劃匝耳。[4]余正冠而出，北向仰視。歸乎如歸墟之東，蓬壺之山，曜靈初輝，混合渾函，殆自暘谷而下，遍人寰也。[5]邈乎如清微之都，上帝攸居，通明之華，目不及旴，真鬱羅之玉京，紅雲之奥區也。[6]又如化人之游，妙高朗於塊蘇；[7]蜃氣之結，幻光景於須臾。[8]噫嘻！此鶴樓之灾也。夫樓據鵠山之巔，俯瞰大江，中匯七澤，勝概實甲天下。[9]由隋唐而至今，歷歲綿邈，顧有此變耶？[10]吁！成虧生滅，天道也。而余又何异乎！或曰：占角感乎，太史不廢。[11]請試聽之：往者嘯梁有聲，爲呻爲嚘，詰曲莫辨，若含嗔恚。[12]癸亥秋，火雷入中，殘其九處。[13]傳曰："鬼有所歸，乃不爲厲。"[14]又曰："石不能言，有神憑焉。"[15]且曰：君獨不見周釐王之廟之灾乎？[16]兹樓之殃得無所趯與？[17]余齲然而笑曰：有是哉！[18]乃述而吊之曰：

粵文偉之得道兮，乘黄鶴而來游。[19]若弭節而容與兮，睇靈岩而少留。[20]遂建樓以紀勝兮，閱千餘載之春秋。繄神仙之好樓居兮，有吕岩客之復優游。[21]榴皮寫真兮，依然崖壁；[22]種棗如瓜兮，林樾猶昔；[23]弄鐵笛兮長而清越，降靈巫兮詩工律格。[24]諒哉！[25]地靈而人杰兮，超物外者爲愈奇。[26]吾每登危而舒嘯兮，恍乎寓縹緲之清虛。[27]忘子建兮《七哀》，慰伯鸞兮《五噫》。[28]仰崔老之絶唱兮，驚謫仙於擱筆；[29]去金陵而有題兮，猶規隨於甲乙。[30]適簪裳照乎尊罍兮，豈徒娱心目於糜終。[31]極北望以感奮兮，將必勵酬報之赤忠。[32]或求疑獄於閑燕兮，寄遠志於冥鴻。[33]或導明月之真詮兮，延九天使節之清風。[34]且諦瞻王氣於郢都兮，蜿蜒慶靈長之福祚。[35]觀雲物之紀微兮，鞠歲事乎枚卜。[36]抑叢桂之招隱兮，藉館餐於東閣。[37]又脱文彦之精誠兮，下青藜於天禄。[38]胡迫陽九之厄兮，隨大化而歸盡。[39]頃鬱攸之騰熾兮，繼烈焰而泐爨。[40]奇哉昆岡之升炎兮，無何杳仙踪而燼煨。[41] 嗟嗟！吾楚之偉觀兮，詎弁幘之喪首。[42] 造物者固奪吾人之好兮，抑亦尤物自不能以遏久。[43] 曩者漫稱曰已摧碎兮，悼仙人之無依。[44] 顧今寔焦土兮，仙與鶴而安歸？[45] 或仍羽儔於丹丘兮，餐玄圃之金芝。[46] 羌新情之替故兮，必弃余而若遺。[47]

　　復申辭以招之曰：黃鶴仙人兮早歸來，吾楚勝迹兮渠樓爲魁。[48] 中興普淖兮穲稄含胎，民生浸蘇兮若吹寒灰。[49] 貞百度兮上有法臺，神明太守兮吏畏民懷。[50] 政通人和兮議鼎建。[51] 雲甍霧瑣兮丹融碧澗，會計停審兮斟酌株寸。[52] 舉廢固存兮，良有關乎治論。[53] 文杏爲梲兮桂爲梁，被以桃茢兮塗以椒芳。[54] 時一宴會兮儔濫觴，神交氣求兮偕徜徉。[55] 仙稅駕兮白雲鄉，鶴弄影兮明月光。[56] 汝當擅東南之美兮，永鄭重於吾邦。[57]

【校注】

〔1〕疑題衍一“樓”字。

〔2〕歲：即太歲，古星名。舍：居。猶言位於。游兆：即柔兆，天干中丙的別稱。《爾雅·釋天》：“太歲在丙曰柔兆。”辰：指日月交會之所。即夏曆一年十二個月的月朔時，太陽所在的位置。《左傳》昭公七年：“日月之會，是謂辰。”大梁：十二星次之一。日月一年十二會，故有十二次，各有專名。《爾雅·釋天》：“大梁，昴也。”《禮記·月令》鄭玄注：“季春者，日月會於大梁而斗建辰之辰。”即夏曆三月。庚申：記日干支。未渠央：即未遽央，指未匆促完結。渠，通“遽”，促；央，盡，完結。《詩·小雅·庭燎》：“夜如何其，夜未央。”鄭玄箋：“夜未央，猶言夜未渠央也。”

〔3〕梵宮：即梵宇。本指梵天的宮殿，此指佛寺。閭里：指平民所居。

〔4〕欻：忽然。《玉篇》：“欻，忽也。”烜：火。《周禮·秋官》有司烜氏，因以烜爲火。旁周：旁、周，皆遍、廣之義。劃：裂物聲。蘇軾《後赤壁賦》：“劃然長嘯，草木震動。”匝耳：猶遍耳，充耳。

〔5〕巋：高聳獨立之貌。喻黃鶴樓被焚之狀。歸墟：指大海最深處。《列子·湯問》：“渤海之東，不知幾億萬里，有大壑焉，實唯無底之谷。其下無底，

名曰歸墟。"蓬壺：即蓬萊仙山。因形如壺器，故稱。曜靈：《楚辭·天問》：
"角宿未旦，曜靈安藏？"王逸注："曜靈，日也。"渾函：即渾涵。廣遠無際，
籠罩萬物。殆：幾乎。暘谷：傳說中日出之處。《書·堯典》："分命羲仲宅嵎夷，
曰暘谷。"孔安國傳："日出於谷而天下明，故稱暘谷。"《淮南子·天文》：
"日出於暘谷，浴於咸池。"也作"湯谷"。

〔6〕邈：遠。清微之都：清微，道家稱三清之一，指天。《西陽雜俎·玉格》：
"四人天外曰三清：大赤、禹餘、清微也。"此指天府。攸居：居住之所。通明：
傳說中天上玉帝宮殿名。蘇軾《次韻樂著作天慶觀醮詩》："無因上到通明殿，
祗許微聞玉佩音。"盱：張目。目不及盱，謂不能張目直視。鬱羅：蓋即大羅。
道家稱最高之天爲大羅天。《西陽雜俎·玉格》："三清上曰大羅。"朱熹《讀
道書》："鬱羅聳空上，青冥風露淒。"《真誥》："雲闕竪空上，瓊臺聳鬱羅。"
玉京：指天宮。《魏書·釋老志》："上處玉京，爲神王之宗；下在紫微，爲
飛仙之主。"《雲笈七籤·天地部》："《玉京山經》曰：'玉京山冠於八方
諸大羅天。其山自然生七寶之樹，一株乃彌覆一天，八樹彌覆八方大羅天矣。'"
紅雲：《翼聖記》："玉帝所居，常有紅雲擁之。"奧區：深處。劉勰《文心
雕龍·宗經》："洞性靈之奧區，極文章之骨髓者也。"

〔7〕化人句：《列子·周穆王》："周穆王時，西極之國有化人來……居
之幾何，謁王同游。王執化人之祛，騰而上者，中天乃止。暨及化人之宮。化
人之宮構以金銀，絡以珠玉；出雲雨之上，而不知下據，望之若屯雲焉。耳目
所觀聽，鼻口所納嘗，皆非人間之有。王實以爲清都、紫微、鈞天、廣樂，帝
之所居。王俯而視之，其宮榭若累塊積蘇焉。王自以居數十年不思其國也。化
人復謁王同游，所及之處，仰不見日月，俯不見河海。光影所照，王目眩不能
得視；音響所來，王耳亂不能得聽。百骸六藏，悸而不凝，意迷精喪，請化人
求還。"此即所謂"化人之游"。化人，張湛注："化幻人也。"《翻譯名義集·寺
塔壇幢》："周穆王時，文殊、目連來化，穆王從之。即《列子》所謂化人者
是也。"謂神佛變形爲人，以化度衆生者。妙，遠。高朗，猶高明，高敞明亮，
指天。塊蘇，即累塊積蘇，土塊和草堆，此指大地。此二句意謂，黃鶴樓大火景象，
如隨化人遠游於天之高朗處，下視所見，令人目眩耳亂，意迷精喪。

〔8〕蜃氣：濱海地區，常出現由折光所形成的城廓樓宇等幻象，古人常誤以爲蜃所吐之氣而成，俗稱海市蜃樓。《史記·天官書》：“海旁蜃氣象樓臺，廣野氣成宮闕然。”光景：景象，指由折光所形成的幻象。

〔9〕七澤：泛指楚地諸湖泊。司馬相如《子虛賦》：“臣聞楚有七澤，嘗見其一，未睹其餘也。臣之所見，蓋特其小小者耳，名曰雲夢。”勝概：美景，佳景。

〔10〕綿邈：長遠，久遠。顧：豈，難道。

〔11〕占角：猶占星，觀星象以占吉凶。角，星宿名，二十八宿之一。感孚：蓋謂感天命之信。《爾雅·釋詁》：“孚，信也。”太史：官名。掌天文曆法。明則專以天文占候之事歸欽天監。

〔12〕嘯梁：韓愈《原鬼》：“有嘯於梁，從而燭之，無見也，斯鬼乎？”呻囈：《列子·周穆王》：“眠中囈囈呻呼。”殷敬順釋文：“囈囈呻吟，并寐語也。”詰曲：謂聲音難以聽懂。嗔恚：憤怒，怨恨。

〔13〕癸亥：記年干支。指明嘉靖四十二年（1563）。據本集《黃鶴樓雜記》，黃鶴樓於嘉靖丙寅（1566）焚於火，“先是，癸亥秋，大雷火入樓中，殘其脊，云有妖，故擊之，人亦訛言樓中夜聞人聲，或爲樓當毀祥云”。“往者”以下云云，謂此。

〔14〕鬼有二句：見《左傳》昭公七年。厲，害，災。

〔15〕石不二句：《左傳》昭公八年：“八年春，石言於晉魏榆。晉侯問於師曠曰：‘石何故言？’對曰：‘石不能言，或憑焉。’”杜預注：“謂有精神憑依石而言。”

〔16〕周釐王：周之第十六代王，名胡齊，在位五年。

〔17〕翹：啓發。

〔18〕齲然：笑貌。《後漢書·梁冀傳》：“（冀妻孫）壽色美而善爲妖態，作……齲齒笑。”李賢注：“《風俗通》曰：……齲齒笑者，若齒痛不忻忻。”

〔19〕粵：助詞，與“曰”通。《爾雅·釋詁》：“粵，曰也。”《史記·周本記》：“奧詹洛伊，毋遠天室。”文偉：即仙人費文偉。

〔20〕弭節而容與：《楚辭·離騷》：“吾令羲和弭節兮，望崦嵫而勿迫。”

王逸注："弭，按。按節，徐步也。"《文選·司馬相如〈子虛賦〉》："於是楚王乃弭節徘徊，翱翔容與。"容與，安逸自得貌。靈岩：指黃鵠山。

〔21〕繄：助詞，表語氣。《廣韵·齊韵》："繄，辭也。"《左傳》隱公元年："爾有母遺，繄我獨無。"杜預注："繄，語助。"吕岩：即吕洞賓。優游：悠閑自得。

〔22〕榴皮：石榴之皮，其汁如墨，可作書畫之用。《志雅堂雜抄》："凡碾工描玉，用石榴皮汁，則見水不脱。"《群芳譜》："凡使榴皮，根葉無犯鐵器，不計乾濕，皆以水漿浸一夜，取出用之，水如墨汁。"蘇軾詩序云："回先生過湖州東林沈氏，飲醉，以石榴皮書其家東老庵之壁。"回先生，吕洞賓别號。寫真：畫像。《顔氏家訓·雜藝》："武烈太子偏能寫真，坐上賓客，隨宜點染，即成數人，以問童孺，皆知姓名矣。"按《江夏縣志》云："洞賓仙迹有二，一在縣西南黃鵠磯，石壁上有遺像；一在縣東北二里紫荆山西，石壁上有卧迹，今山北石刻洞賓仙迹四字尚存。"依然崖壁：指黃鵠磯石壁上之洞賓遺像。

〔23〕林樾：林陰。《玉篇·木部》："楚謂兩樹交陰之下曰樾。"黃鵠山黃鶴樓東有仙棗亭，相傳亭前有棗數株，忽結實如瓜，太守令小吏往視，小吏竊啖之，遂仙去。後人因建仙棗亭。"種棗如瓜"即指此。後相傳吕岩嘗過此，遂改名吕仙亭。

〔24〕靈巫：猶言神靈。律格：即格律。相傳吕洞賓嘗夜半吹笛黃鶴樓，并題詩於壁云："黃鶴樓中吹笛時，白萍紅蓼滿江湄。衷情欲訴無人會，祇有清風明月知。"詩即指此。

〔25〕諒：的確，確實。《詩·小雅·何人斯》："諒不我知。"鄭玄箋："諒，信也。"

〔26〕地靈人杰：王勃《滕王閣序》："人杰地靈，徐孺下陳蕃之榻。"靈，靈秀。物外：世外。"超物外"，超脱於世事之外。

〔27〕危：高。舒嘯：放聲呼嘯。陶淵明《歸去來辭》："登東皋以舒嘯，臨清流而賦詩。"怳：仿佛。寓：托，謂寄身。清虚：天空。譚用之《江邊秋夕》："七色花虬一聲鶴，幾時乘興上清虚。"

〔28〕子建：三國魏曹植字。有《七哀》詩，見《文選》卷二十三。丁晏《曹

集詮評》："《文選》六臣注，向曰：謂痛而哀、義而哀、感而哀、怨而哀、耳聞目見而哀、口嘆而哀、鼻酸而哀也。……晏案：李冶《古今紸》謂人有七情，今哀戚太甚，喜、怒、樂、愛、惡、欲皆無，唯有一哀，故謂之七哀。與《選》（指《文選》）注不同。何義門（焯）謂情有七，而遍主於哀，從李氏説。向注失之。"伯鸞：漢梁鴻字。《後漢書》有傳，曰："因東出關，過京師，作《五噫之歌》曰：'陟彼北芒兮，噫！顧覽帝京兮，噫！宮室崔嵬兮，噫！人之劬勞兮，噫！遼遼未央兮，噫！'蕭宗聞而非之，求鴻不得。乃易姓運期，名燿，字侯光，與妻子居齊魯之間。"

〔29〕崔老：指崔顥。"絶唱"，指其所作《黃鶴樓》詩。謫仙：指李白。

〔30〕金陵：今江蘇南京。"金陵有題"，指李白於金陵作《登金陵鳳凰臺》詩，詩云："鳳凰臺上鳳凰游，鳳去臺空江自流。吳宮花草埋幽徑，晋代衣冠成古丘。三山半落青天外，二水中分白鷺洲。總爲浮雲能蔽日，長安不見使人愁。"比照崔顥《黃鶴樓》，顯見摹擬之迹，故下文云"猶規隨於甲乙"。規隨：謂按前人程式規制行事。語出揚雄《解嘲》："夫蕭規曹隨，留侯畫策，陳平出奇。"甲乙：《後漢書·馬融傳》："甲乙相伍。"李賢注："甲乙謂相次也。"

〔31〕適：宜。簪裳：猶衣冠，指仕宦。《宋史·樂志》："簪裳如霧集，車騎若雲屯。"尊罍：酒器。靡終：《詩·大雅·蕩》："靡不有初，鮮克有終。"靡，無；終，止。

〔32〕北望：謂望京師。勵：勉。

〔33〕求：探。疑獄：難于判明的案件。《禮記·王制》："疑獄，記與衆共之。衆疑，赦之。"孔穎達疏："疑獄，謂事可疑難斷者也。"燕：燕子。《魏書·李惠傳》："惠長于思察，雍州廳事有燕争巢，鬥已累日。惠令人掩護，命綱紀斷之，并辭曰：'此乃上智所測，非下愚所知。'惠乃使卒以弱竹彈兩燕，既而一去一留。惠笑謂吏屬曰：'此留者自計爲巢功重，彼去者既經楚痛，理無留心。'群下服其聰察。"冥鴻：高飛的鴻雁。李賀《高軒過》："我今垂翅附冥鴻，他日不羞蛇作龍。"

〔34〕導：引。明月之真詮：明月之精。古以月爲陰精之宗。九天使節：天使，即神仙之流。

〔35〕諦瞻：細瞻。《關尹子·九藥》："諦毫末者，不見天地之大。"諦，細察。郢都：指古郢州，今湖北武昌。三國吳曾都此。靈長：謂運祚綿延。《晉書·王敦傳論》："賴嗣君英略，晉祚靈長。"祚，亦福。

〔36〕雲物：古指日旁雲氣之色，用以辨吉凶水旱。《周禮·春官·保章氏》："以五雲之物，辨言凶水旱。"鄭玄注："物，色也。視日旁雲氣之色。"微：徵兆。鞠：告。反訓爲"問"。歲事：泛指一歲中農耕、祭祀諸事。枚卜：逐一占卜。《書·大禹謨》："枚卜功臣，唯吉之從。"孔安國傳："枚，謂歷卜之而從其吉。"

〔37〕抑：嘆詞，表示贊美，通"噫"。《詩·小雅·十月之交》："抑此皇父，豈回不時。"《楚辭·淮南小山〈招隱士〉》："桂樹叢生兮山之幽。"以桂樹喻屈原之忠貞，言其遠去朝廷，隱處山澤。此用其意，謂徵召隱處山林的俊偉之士。藉：借。館餐：《左傳》僖公二十八年："晉師三日館穀，及癸酉而還。"杜預注："館，舍也；食楚軍穀三日。"館餐，猶"館穀"，謂居其館，食其穀，即食禄之意。東閣：也作"東閣"。閣、閣互用。《漢書·公孫弘傳》："時上方興功業，婁舉賢良。弘……數年至宰相封侯，於是起客館，開東閣以延賢人，與參謀議。"顏師古注："閣者，小門也，東向開之，避當庭門而引賓客，以別於掾史官屬也。""館餐"云云，此言隱士入於朝廷。

〔38〕脫：與"娖"通，喜悦。《集韻·泰韻》："娖，一曰，喜也，或從肉。"文彦：謂美士，才德杰出之人。韓愈、孟郊《城南聯句》："祥色被文彦，良才插杉檉。""青藜"句：《三輔黃圖》："天禄閣，藏典籍之所。《漢宮殿疏》云：'天禄、麒麟閣，蕭何造，以藏秘書、處賢才也。'劉向於成帝之末，校書天禄閣，專精覃思。夜有老人著黃衣，植青藜杖，叩閣而進。見向暗中獨坐誦書，老父乃吹杖端，烟然，因以見向，授五行洪範之文。恐詞説繁廣忘之，乃裂裳及紳以記其言。至曙而去。請問姓名，云我是太乙之精，天帝聞卯金之子有博學者，下而觀焉。乃出懷中竹牒，有天文地圖之書，曰：'余略授子焉。'至子歆，從授其術，向亦不悟此人焉。"事亦見《拾遺記》。"青藜"，杖名。此指杖青藜之老者。

〔39〕胡：何，何故。陽九之厄：指天災和厄運。《通雅》："陽九，

百六，有三說。《漢志》所言，一元之中，九度，陽五陰四，陽爲旱，陰爲水。一說，九、七、五、三皆陽卦也，故曰陽九之厄。劉珏表曰："陽九之會，其數四千六百一十七歲爲一元，初入元，百六歲有厄，故曰百六之會。'《董卓傳》：'百六有會，遇剝成灾。'《靈寶適度經》：'三千三百年爲小陽九，小百六也。九千九百年爲大陽九，大百六也。天厄謂之陽九，地虧謂之百六。'洪景盧疑之者，則王湜《大乙時後備檢》云'四百五十六年爲一陽九，二百八十年爲一百六'者也。大抵太乙論陰陽之厄，自是一數，托之陽九、百六，乃付會其名耳。"曹植《漢二祖優劣論》："值陽九無妄之世，遭灾光厄會之運。"大化：謂四時陰陽之變化。《荀子·天論》："四時代御，陰陽大化。"

〔40〕鬱攸：《左傳》哀公三年："濟濡帷幕，鬱攸從之，蒙葺公屋。"杜預注："鬱攸，火氣也。"泐爨：猶言爆裂。《周禮·考工記》："石有時而泐。"鄭玄注："泐，謂石解散也。"爨，亦爲裂開之意。《集韵·震韵》："爨，罅拆也。"

〔41〕昆岡：即昆侖山。山脊曰岡。《書·胤征》："火炎昆岡，玉石俱焚。"無何：無幾何時，不久。燼煨：即"煨燼"，灰燼。《文選·左思〈魏都賦〉》："翼翼京室，耽耽帝宇，巢焚原燎，變爲煨燼。"李善注："《廣雅》曰：煨，燼也……烟也。杜預《左氏傳》注曰：燼，火之餘木也。"

〔42〕詎：何，豈。弁幘：弁，冠名；幘，包頭巾。黃鶴樓爲楚地名勝之冠首，故云。

〔43〕抑：猶或。尤物：珍貴之物。遐久：長久。

〔44〕曩：往昔，從前。李白《江夏贈韋南陵冰》："我且爲君捶碎黃鶴樓，君亦爲吾倒却鸚鵡洲。"

〔45〕寔：是，通"實"。《詩·召南·小星》："寔命不同。"毛傳："寔，是也。"陸德明釋文："《韓詩》作實。"

〔46〕仍：隨。羽儔：即羽人，仙侶。《楚辭·遠游》："仍羽人於丹丘兮，留不死之舊鄉。"王逸注："丹丘，晝夜常明也。……《山海經》言有羽人之國，不死之民。或曰：人得道，身生毛羽也。"洪興祖補注："羽人，飛仙也。"玄圃：也作縣圃、懸圃。傳說中仙人所居，在昆侖山上。《楚辭·離騷》："夕

余至乎縣圃。"王逸注："縣圃，神山，在昆侖之上。"《水經注·河水》："昆侖之山三級：下曰樊桐，一名板桐；二曰玄圃，一名閬風；三曰層城，一名天庭。"金芝：仙草名。《漢書·宣帝紀》："金芝、九莖產於函德殿銅池中。"顔師古注："服虔曰：金芝，色像金也。"

〔47〕羌：助詞，無義。《楚辭·離騷》："羌内恕己以量人兮，各興心而嫉妒。"王逸注："羌，楚人語詞也，猶言卿何爲也。"洪興祖補注："羌，楚人發語端也。《文選》注云：羌，乃也。一曰，嘆聲也。"替：《楚辭·離騷》："謇朝誶而夕替。"王逸注："替，廢也。"

〔48〕渠：彼。《三國志·吳志·趙達傳》："女婿昨來，必是渠所竊。"

〔49〕普淖：指黍稷。《儀禮·士虞禮》："敢用絜牲剛鬣、嘉薦、普淖、香合、明齊、溲酒。"鄭玄注："普淖，黍稷也。普，大也；淖，和也。德能大和，乃有黍稷，故以爲號云。"穉稑：稻名。韋莊《稻田》："綠波春浪滿前陂，極目連雲穉稑肥。"庾信《和李司録喜雨》："嘉苗雙和穎，熟稻再含胎。"浸蘇：謂潤澤復蘇。寒灰：已冷却之灰燼，猶死灰。吹寒灰，謂死灰復燃。《三國志·魏志·劉廙傳》："起烟於寒灰之上，生華於已枯之木。"

〔50〕貞：《易·師》："貞，正也。"百度：百事的節度。《書·旅獒》："不役耳目，百度惟貞。"法臺：執法之臺。神明太守：據本集《黃鶴樓雜記》，黃鶴樓於嘉靖四十五年（1566）火焚後，明穆宗隆慶四年重建，其時郡守吳公。所謂"神明太守"，當指此人。《漢書·黃霸傳》，霸爲潁川太守，吏民"咸稱神明"。李白詩："精明太守再雕飾，新圖粉壁還芳菲。"吏畏民懷：《藝文類聚》卷五十引《東觀漢記》云：朱暉再遷臨淮太守，吏民爲之歌曰"强直自遂，南陽朱季；吏畏其威，民懷其惠"。

〔51〕政通句：范仲淹《岳陽樓記》云"越明年，政通人和，百廢具興，乃重修岳陽樓，增其舊制"。鼎建，新建。《易·雜卦》："鼎，取新也。"此句謂重修鶴樓之舉。

〔52〕甍：屋脊。瑣：刻縷連環圖案的殿門。《楚辭·離騷》："欲少留此靈瑣兮，日忽忽其將暮。"王逸注："瑣，門鏤也。"雲甍霧瑣，喻黃鶴樓之高。溷，《爾雅·釋水》郭璞注云"衆水溷淆"。陸德明釋文："溷，本或作渾，同。"《後漢書·楊震傳》："白黑溷淆，清濁同源。""丹融碧溷"，

謂彩色交錯。會計：《後漢書·靈思何皇后傳》附王美人云"聰敏有才明，能書會計"。李賢注："會計，謂總會其數而算。"停審：謂停當、周詳。株寸：猶言寸木。"斟酌株寸"，謂斟酌精細入微。

〔53〕舉廢固存：《書·仲虺之誥》曰："推亡固存，邦乃其昌。"孔安國傳："有亡道則推而亡之，有存道則輔而固之。王者如此，國乃昌盛。"《左傳》襄公十四年引此云："推亡固存，國之道也。"又《襄公三十年》引此云："推亡固存，國之利也。""舉廢固存"用其意，謂當廢則舉而廢之，當存則興而固之。由樓之"舉廢固存"，推及"推亡固存"之治道，故下云"良有關乎治論"。良，確實。

〔54〕文杏：《文選·司馬相如〈長門賦〉》云"刻木蘭以爲榱兮，飾文杏以爲梁"。李善注："木蘭，似桂木；文杏，亦木名。"祓：《左傳》僖公六年云"武王親釋其縛，受其璧而祓之"。杜預注："祓，除凶之禮。"桃茢：桃枝編的苕帚。俗謂鬼畏桃木，故用以祓除不祥。《左傳》襄公二十九年："乃使巫以桃茢先祓殯。"謂先使巫以桃茢祓除殯之凶邪而行殯禮。塗以椒芳：《楚辭·九歌·湘夫人》："播芳椒兮成堂。"洪興祖補注："《漢官儀》曰：椒房，以椒塗壁，取其溫也。"亦取芳香。

〔55〕濫觴：滿酌而飲。神交氣求：以精神相交，意氣相投，謂交友以道。《晉書·嵇康傳》："康所與神交者，惟陳留阮籍，河內山濤。"《易·乾》："同聲相應，同氣相求。"

〔56〕稅駕：解駕，停車。曹植《洛神賦》："爾乃稅駕乎蘅皋，秣駟乎芝田。"白去鄉：《莊子·天地》："乘彼白雲，游於帝鄉。"指仙鄉。此處指江夏之地，由崔顥《黃鶴樓》詩"白雲千載空悠悠"之句得名。

〔57〕擅：獨占。鄭重：即重。《廣雅·釋詁》："鄭，重也。"

據清康熙《湖廣武昌府志》載，黃鶴樓於明嘉靖末曾毀於火，隆慶五年（1571）都御史劉愨重建。本篇之作，當在此期間。賦中，作者深惜黃鶴樓遭灾被焚，同時又慶幸時當治世，喜黃鶴樓重建有望。

任家相

黄鶴樓賦[1]

維黃鵠之迤逶兮，蟠鄂渚而飲江。[2]鬱兹樓之杰構兮，表荊郢之名邦。[3]奠崇墉以爲基兮，跨層榭以爲房；[4]造太紫以爲宇兮，架虹蜺以爲梁。[5]欒櫨矗叠，甍楄奕張，藻井旖旎，罘罳高驤。[6]控壓三楚，延眺八荒。[7]緬文偉之蜕化，偉苟瑰之仙寮。[8]咸鶴軒以蠆髻，胥游憩而逍遥。[9]胡沽客之譎詼，市辛醸而招邀。[10]縈岩叟兮鐵笛，弄明月兮落梅。[11]火棗傳而實繁，金桃迸而石開。[12]洵仙真之靈迹，歷千古之劫灰。[13]其上則亭名石鏡，閣號奇章。[14]仙祠攸躋，遺像相羊。[15]臺餘涌月之字，岩鑴静春之藏。[16]樹參差而崒兀，石隱嶙以磅磄。[17]烟霞出入於突奥，禽鹿馴擾於朝陽。[18]其下則頭陀故寺，簡栖妙碣。[19]龜趺漫漶而既湮，鴻藻聯翩而猶揭。[20]溯岷峽之巨浸，導洞庭之洪波。[21]吞雲夢之八九，束漢沔之陂陀。[22]澒澒磕磕，澶澶潯潯。[23]粘天浴日，孕蛟蕃黿。[24]挂高帆兮摇曳，棹大艑兮峨嵯。[25]珮感交甫之遭，璧歸穆滿之遺。[26]眷蘅皋而攬纈，睇鮫館以[27]（下缺十四行，凡二百二十四字）儀之嘆音。彼孫吳夏口之築，景宗曲水之城。[28]悵霸圖之安在，怳陵谷之互更。[29]至若證響循聲，獲羽衣之黄鳥；[30]睎光望氣，剖魚腹之青銅。[31]屢駭聞而倪見，志齊諧而難窮。[32]蓋岳陽僻處於巴丘，制不殊乎傖父；[33]仲宣縹緲於荆南，迹猶同乎寓公。[34]孰若兹樓之敞烺宏麗，名都稱雄，[35]依林巒而非寂，鄰囂塵而不訌也。[36]且其經營丹艧兮，人巧備極。[37]甹幪護呵兮，神工是職。[38]在世皇之末造兮，陽九偶值。[39]倏豫章之良材兮，天吴灌沐。[40]班倕兮運斤，離朱兮削墨。[41]拓故宇之棟隆，藉廢宫以雕飭。[42]遂不日而奄成，掩靈光之赫煔。[43]占氛察祲，玄覽獨舒於南戎；[44]言時紀事，人文永誇於絕代。[45]匪土木之視侈，同守邦之重器。[46]晴雲烟景，崔顥豈盡其品題；[47]粉壁新圖，李白何由而捶碎。[48]聊含毫而綴彩，摭寓目之梗概。[49]

【校注】

〔1〕《黃鶴樓集》題下原注："萬曆甲午俞文宗試諸廣文擬作。"萬曆甲午，爲萬曆二十二年（1594）。俞文宗，未詳。明代稱提學爲文宗。李日華《官制備考》："提學，稱大文宗，大宗師。"也泛指試官。明時兩京俱置提學，以御史充之，又以按察使、副使、僉事爲各省之提督學道，巡察學政。廣文，明代稱儒學教官爲廣文。作者時任婺源教諭。

〔2〕黃鵠：指黃鵠山。迤邐：曲折連綿。江淹《哀千里賦》："嶄岩生岸，迤邐成迹。"

〔3〕鬱：盛。表：卓立，特出。

〔4〕奠：定。崇墉：《文選·王延壽〈魯靈光殿賦〉》："崇墉岡連以嶺屬，朱闕岩岩而雙立。"張銑注："崇，高；墉，墙也。"層榭：《楚辭·招魂》："層臺累榭，臨高山些。"洪興祖補注："《説文》曰：臺，觀四方而高者。榭，臺有屋也。"

〔5〕太紫：太微星與紫微星之宮。《文選·班固〈西都賦〉》："據坤靈之正位，仿太紫之圓方。"劉良注："謂學太微、紫微星宮，以爲規矩。"宇：屋檐。

〔6〕欒櫨：柱首承托棟梁之木，曲木爲欒，直木爲櫨。《文選·左思〈魏都賦〉》："欒櫨叠施。"李善注："然欒櫨一也，有曲直之殊耳。"甍牖：屋脊和窗。奕張：高張，盛張。《爾雅·釋詁》："奕，大也。"《廣雅·釋訓》："奕奕，盛也。"藻井：《文選·張衡〈西京賦〉》："蒂倒茄於藻井。"薛綜注："藻井，當棟中交木方爲之，如井幹也。"即繪有文彩狀如井幹形的天花板。罘罳：交疏透孔的窗櫺。程大昌《雍錄》："罘罳者，鏤木爲之，其中疏通，可以透明，或爲方空，或爲連鎖，其狀扶疏，故曰罘罳。"高驤：猶高舉。《文選·左思〈西都賦〉》："列棼橑以布翼，荷棟

桴而高驤。”

〔7〕控壓：控制。白居易《論孫璹張奉國狀》：“控壓隴蜀。”延眺：遠望。《新唐書・韋弘機傳》：“天子乃登洛北絶岸，延眺良久，嘆其美。”八荒：八方極遠之地。賈誼《過秦論》：“（秦孝公）有席捲天下，包舉宇内，囊括四海之意，并吞八荒之心。”

〔8〕緬：追想，遠懷。文偉：即費禕。蜕化：謂蜕去凡骨，羽化登仙。孟郊《終南山下作》：“因思蜕骨人，化作飛桂仙。”荀瑰：瑰，一作“環”，字叔瑋，一作叔偉，又作叔禕，傳其游黄鶴樓遇仙，隨仙駕鶴而去。仙寮：猶仙屋，仙居。

〔9〕咸：皆，都。軒：車駕。“鶴軒”，猶言駕鶴。蜚舉：即飛舉。蜚，通“飛”。胥：皆，都。

〔10〕沽客：原作“估客”，誤，徑改。沽客，沽酒之客。《論語・鄉黨》：“沽酒、市脯，不食。”陸德明釋文：“沽，買也。”譎誑：怪誕不經。市：買。辛釀：謂辛氏之酒。此二句指辛氏沽酒，道士造飲的傳説。

〔11〕繄：助詞，表語氣。岩叟：指吕洞賓，岩爲其名。落梅：即笛中曲《落梅花》。

〔12〕火棗：仙棗，指黄鶴樓仙棗亭的傳説。金桃句：相傳吕仙嘗鬻桃於黄鵠山下石壁旁，桃食之甚甘，可治腹疾，而人多爲妻子購之，鮮遺其父母者，吕仙怒而舉桃擲之，痕留石上。《武昌府志・古迹》：“仙桃迹在黄鵠磯上，有三桃迹。”

〔13〕洵：亦作“恂”，誠然，的確。仙真：仙人，真人，謂得道成仙之人。劫灰：《三輔黄圖》卷四：“（漢）武帝初穿池得黑土。帝問東方朔，東方朔曰：‘西域胡人知。’乃問胡人，胡人曰：‘劫燒之餘灰也。’”佛教本指世界毁滅時劫火的餘灰，後遂指亂世之餘。李賀《秦王飲酒》：“劫灰飛盡古今平。”此謂黄鶴樓古迹歷千載滄桑而至今尚存。

〔14〕奇章：奇章閣，與石鏡亭相鄰，在黄鵠山頂，黄鶴樓後。相傳爲唐牛僧孺宴飲之處。牛於敬宗朝，進封奇章郡公，隨即出爲武昌節度使，鎮江夏五年。

〔15〕攸躋：攸，居所；躋，升，登。《詩・小雅・斯干》：“如跂斯翼，

如矢斯棘，如鳥斯革，如翬斯飛，君子攸躋。”朱熹集傳：“躋，升也。……蓋其堂之美如此，而君子之所升以聽事也。”相羊：即徜徉，漫游、徘徊之意。《楚辭·離騷》：“聊逍遥以相羊。”王逸注：“逍遥，相羊，皆游也。”也作“相佯”。《後漢書·張衡傳》引《思玄賦》：“會帝軒之未歸兮，恨相佯而延佇。”李賢注：“相佯，猶徘回也。”

〔16〕涌月：臺名。在黄鶴樓旁，奇章亭附近。明時僅存一石，雜草莽間，上刻“涌月臺”三字，書法遒美，幾至剥蝕。臺名“涌月”，取杜甫《旅夜書懷》“星垂平野闊，月涌大江流”句意。静春：疑爲閣名，舊志未載。

〔17〕峀兀：高聳突出之貌，亦作“碑兀”。兀，原作“杌”，徑改。隱嶙：原作“隱磷”，徑改。高峻貌。《文選·潘岳〈西征賦〉》：“裁峻陀以隱嶙。”李善注：“隱嶙，絶起貌。”磅礴：同“磅唐”。廣大之貌。《文選·馬融〈長笛賦〉》：“駢田磅唐。”李善注：“磅唐，廣大盤礴也。”

〔18〕窔奥：原作“窔窹”，誤，徑改。幽深之處。《淮南子·道應》：“此猶光乎日月而載列星，陰陰之所行，四時之所生，其比夫不名之地，猶窔奥也。”馴擾：順服。《文選·禰衡〈鸚鵡賦〉》：“矧禽鳥之微物，能馴擾以安處。”李善注：“馴，順也。《漢書音義》應劭曰：‘擾，馴也。’”朝陽：《詩·大雅·卷阿》：“梧桐生矣，于彼朝陽。”朱熹集傳：“山之東曰朝陽。”

〔19〕簡栖：王巾之字。王巾（？—505），字簡栖，南朝梁琅玡臨沂（今屬山東）人。仕齊官至郢州從事、征南記室。曾作《頭陀寺碑》，文詞巧麗，爲世所重。妙碣即指此碑。

〔20〕龜趺：刻作龜形的碑座。漫漶：模糊不可辨别。蘇軾《鳳翔八觀·東湖》：“圖書已漫漶，猶復訪僑郊。”湮：埋没。鴻藻：雄偉的文辭。《文選·班固〈東都賦〉》：“鋪鴻藻，信景鑠。”聯翩：形容連續不斷。陸機《文賦》：“浮藻聯翩，若翰鳥纓繳而墜曾雲之峻。”揭：顯。

〔21〕漇：《文選·宋玉〈高唐賦〉》：“涉漇漇，馳蘋蘋。”李善注：“漇漇：水廣遠貌。”岷峽：岷江之峽。鄭震《郢州南樓》：“浪濤江漢出岷峽，洞庭雲夢天共流。”巨浸：大水。《莊子·逍遥游》：“大浸稽天而不溺。”

〔22〕漢沔：指漢水。漢水上游亦稱沔水。《書·禹貢》：“浮於潛，逾

於沔。"孔安國傳："漢上曰沔。"陂陀：傾斜而下，也作"陂阤""陂陁"。

〔23〕滰滰：水流貌。《文選·左思〈吳都賦〉》："滰滰洲洲。"劉良注："皆水流貌。"磕磕：水聲。《文選·左思〈吳都賦〉》："濞焉洶洶，隱焉磕磕。"李善注："皆水聲也。"澶澶：水漫流貌。《集韵·翰韵》："澶，漫也，縱也。"濘濘：沾濕，濕潤。同"潯"。《說文·水部》："潯，漸濕也。"

〔24〕蕃：生息，繁殖。《左傳》僖公二十三年："男女同姓，其生不蕃。"黿：一名黿龍，俗稱猪婆龍，或稱揚子鰐。

〔25〕棹：劃水行船曰棹。陶淵明《歸去來兮辭》："或命巾車，或棹孤舟。"原誤作"掉"，徑改。艑：一種大船。《一切經音義》卷一："吳船曰艑，晋船曰舳，長二十丈，載六七百人是也。"峨嵳：嵳原作"嵜"，誤，徑改。《字彙·山部》："嵳峨，山貌。"此爲高聳之意。

〔26〕邁：遇。《文選·曹植〈洛神賦〉》："感交甫之弃言兮，悵猶豫而狐疑。"李善注引《神仙傳》："切仙一出游於江濱，逢鄭交甫。交甫不知何人也，目而挑之，女遂解珮與之。交甫行數步，空懷無珮，女亦不見。"穆滿：周穆王。名滿，昭王之子。《藝文類聚·寶玉部下》："《穆天子傳》曰：天子賓於西王母，乃執白珪璧以見之。"又，梁吳筠《檄江神責周穆王璧》曰："昔穆王南巡，自郢徂閩，遺我文璧。"遺，給予，贈予。

〔27〕蘅皋：長香草之澤。《文選·曹植〈洛神賦〉》："爾乃稅駕乎蘅皋，秣駟乎芝田。"李善注："蘅，杜蘅也；皋，澤也。"攬纈：當作"攬擷"，猶挹取。鮫館：鮫人所居之館。張華《博物志》："南海水有鮫人，水居如魚，不廢織績，其眼能泣珠。"郭璞《江賦》："淵客築室於岩底，鮫人構館於懸流。"

〔28〕孫吳夏口：見白居易《行次夏口先寄李大夫》詩下注。景宗句：《元和郡縣圖志》卷二十七云："曹公城，在（江夏）縣東北二里。梁武帝起義，遣將曹景宗所築。""景宗曲水之城"，即指曹公城。曹景宗，字子野，梁武帝時官郢州刺史。《梁書》《南史》均有傳。又《太平寰宇記》："梁邵陵王綸爲（武昌）太守，雅好賓客，樂詩酒，嘗慕王右軍蘭亭流觴曲水之興，故效之（指修曲水池）。"此不稱"曹公城"，而稱"曲水之城"，蓋將曹景宗與蕭綸事混爲一談。

〔29〕怳：忽然。劉伶《酒德頌》：“兀然而醉，怳爾而醒。”陵谷：《詩·小雅·十月之交》：“高岸爲谷，深谷爲陵。”後以喻世事之變化。《後漢書·楊賜傳》：“冠履倒易，陵谷代處。……殆哉之危，莫過於今。”

〔30〕證：徵，驗。“證響循聲”，謂順其聲響而求之。羽衣：指仙道之人。黃鳥：指黃鶴，而非《山海經》所載軒轅之山或巫山之黃鳥。本集《黃鶴樓雜記》引《述異傳》云：“荀叔偉，名瓌，事母孝，妙道術，游黃鶴樓，望西南有物，飄然而來，乃一羽衣虹裳駕鶴而至者。鶴止戶側，仙者就席，賓主款對。已而辭去，跨鶴騰空，眇然烟滅。”

〔31〕睎：望。青銅：古以青銅鑄鏡，故稱鏡爲青銅。唐羅隱《傷華髮》：“青銅不自見，祇擬老他人。”本集《黃鶴樓雜記》：“元相國稹（原作禎，誤）之鎮江夏也，嘗秋夕登黃鶴，遥望漢江之濱，有光若殘星，乃令人棹（原作擢，誤）小舟至江，所詢漁者，云適獲一鯉。其人携鯉而來，登樓，命剖之，腹中得古鏡二，如錢大，面背相合，背隱起雙龍，鱗鬣髯爪悉具。既磨瑩，愈有光耀。公寶之，常置巾箱中。相國終，鏡亦亡去。”

〔32〕佹：同“詭”，奇異。齊諧：《莊子·逍遥游》：“齊諧者，志怪者也。”

〔33〕岳陽：指岳陽樓。巴丘：漢時屬下雋縣，三國吳改爲丘陵縣，自晋以後因之。今湖南岳陽。傖父：謂粗陋，鄙賤。

〔34〕仲宣：三國魏王粲字。曾依荆州劉表，不得志，登樓作賦以抒憂。後世遂稱王粲所登之樓爲仲宣樓。荆南：指荆州。《文選·陸機〈辨亡論〉》：“吳武烈皇帝，慷慨下國，電發荆南。”張銑注：“堅起兵於荆州，故云荆南也。”寓公：本指仕宦之寄居他鄉者，此喻仲宣樓如寓公所居，殊無體制。

〔35〕烺：明貌。

〔36〕囂塵：指鬧市。訌：《增韵》：“訌，亂也。”

〔37〕經營：建造。《詩·大雅·靈臺》：“經始靈臺，經之營之。”丹艧：《書·梓材》：“唯其塗丹艧。”孔穎達疏：“艧是彩色之名，有青色者，有朱色者。”

〔38〕帡幪：帷幄，帳幕。在旁曰帡，在上曰幪。此處喻環繞、屏障。護呵：謂守護。李商隱《驪山有感》：“驪岫飛泉泛暖香，九龍呵護玉蓮房。”

〔39〕世皇：指明世宗。末造：猶末世，末期。“世皇之末造”，指世宗

嘉靖末年。陽九：指災年和厄運。偶：遇，與“值”同義。綦毋潛《春泛若耶溪》：
“幽意無斷絕，此去隨所偶。”黃鶴樓于明嘉靖四十五年（1566）曾遭火焚。“陽
九偶值”，即指此。

〔40〕倏：疾速。豫章：木名。樟類。《左傳》哀公十六年：“抉豫章以
殺人而後死。”杜預注：“豫章，大木。”天吴：水神。《山海經·海外東經》：“朝
陽之谷，神曰天吴，是爲水伯。……其爲獸也，八首人面，八足八尾，皆青黃。”
潅洫：水流貌。《廣韻·賄韻》：“潅，水深貌。”《集韻·職韻》：“洫，涸洫，
水流貌。”據本集《黃鶴樓雜記》，黃鶴遭火焚後，至穆宗隆慶四年（1570），
“父老請治樓而難其材。適有二柟漂江中，人牽輓之不可得。聞於官，郡守吳
公令設祭江滸，木自浮至”，遂用以營治鶴樓。故云“天吴潅洫”。

〔41〕班倕：《後漢書·崔駰傳》引《慰志賦》：“應規矩之淑質兮，過
班倕而裁之。”李賢注：“公輸班，魯人也。倕，舜時爲共工之官。皆巧人也。”
喻指巧匠。斤：斧。離朱：《莊子·駢拇》：“青黃黼黻之煌煌，非乎，而離
朱是已。”《孟子·離婁》作“離婁”。漢趙岐注：“離婁者，古之明目者，
蓋以爲黃帝之時人也。……離朱，即離婁也，能視於百步之外，見秋毫之末。”
墨：繩墨。木工用來校正曲直的墨斗綫。據本集《黃鶴樓雜記》，隆慶四年（1570）
至江中獲二柟木後，即開始重建。“匠人某者，偃臥樓址，精思三日夜，而始
運斤成焉。”

〔42〕宇：屋宇。棟隆：《易·大過》：“棟隆之吉，不橈乎下也。”
孔穎達疏：“下得其拯，猶若所居屋棟隆起，不必下橈。”指屋梁高大厚實。
藉：借。飭：整治。

〔43〕奄：猶盡。掩：盡，遍。靈光：神異之光。赫烠：猶赫赫，紅光
輝耀之貌。原作“赫焜”，誤，徑改。

〔44〕氛祲：皆預示不祥的凶氣。《國語·楚語》：“臺不過望氛祥。”杜預
注：“凶氣爲氛，吉氣爲祥。”《左傳》昭公十五年：“吾見赤黑之祲，非祭祥也，
喪氛也。”玄覽：《老子》：“滌除玄覽，能無疵。”河上公注：“心居玄冥之處，
覽知萬事，故謂之玄覽也。”南戒：即南界，猶南方。戒，通“界”。《新唐書·天
文志一》：“天下山河之象存乎兩戒。”

〔45〕人文：《易·賁》："觀乎人文，以化成天下。"孔穎達疏："言聖人觀察人文，則詩書禮樂之謂，當法此教而化成天下也。"此謂黃鶴樓爲禮儀文化之冠。絕代：久遠的年代。郭璞《爾雅序》："總絕代之離詞，辨同實而殊號者也。"

〔46〕匪：通"非"。謂黃鶴樓之成，其意不在誇示土木之奢華。重器：寶器。《禮記·少儀》："不訾重器。"鄭玄注："重，猶寶也。"指黃鶴樓。

〔47〕晴雲二句：指崔顥所作《黃鶴樓》詩。

〔48〕粉壁二句：李白《醉後答丁十八以詩譏余搥碎黃鶴樓》詩云："神明太守再雕飾，新圖粉壁還芬菲。"

〔49〕聊：且。綴彩：指作文。摭：拾取。寓目：觀看，過目。繁欽《與魏文帝牋》："寓目階庭，與聽斯調。"指登樓所見。梗概：大略，大概。張衡《東京賦》："不能究其精詳，故粗爲賓言其梗概如此。"

本賦作于萬曆二十二年（1594），爲集中寫作年代最晚的一篇，也是集中殘缺最嚴重的一篇（多達十四行，凡二百二十四字）。賦中，作者大力鋪排黃鶴樓的壯麗景色、歷史故事、陳迹以及種種美妙動人的神話傳說，結尾部分叙及黃鶴樓嘉靖末遭灾被焚，隆慶中重建之事，以及本賦的寫作動機。據《湖廣武昌府志》載，黃鶴樓於萬曆十七年遭受過一次火灾，然本賦并未言及，蓋未釀成大灾之故。

記

閻伯理

閻伯理，唐代人。生活於唐代宗永泰前後。《全唐文》作"閻伯瑾"。

黃鶴樓記

州城西南隅有黃鶴樓者，圖經云：費禕登仙嘗駕黃鶴返憩於此，遂以名樓。[1]事列神仙之傳，迹存述异之志。觀其聳構巍峨，高標巃嵸，上倚河漢，下臨江流；[2]重檐翼館，四闥霞敞，坐窺井邑，俯拍雲烟，亦荊吳形勝之最也。[3]何必賴鄉九柱，東陽八咏，乃可賞觀時物，會集靈仙者哉！[4]

刺史兼侍御史、淮西租庸使、荊岳沔等州都團練使河南穆公下車而亂繩皆理，發號而庶政其凝；[5]或逶迤退公，或登車送遠，游必於是，宴必於是，極長沙之浩浩，見衆山之壘壘；[6]王室載懷，思仲宣之能賦；仙踪可挹，嘉叔偉之芳塵。[7]乃喟然嘆曰：黃鶴來時，歌城郭之并是；浮雲一去，惜人世之俱非。

有命抽毫，紀兹貞石。時皇唐永泰元年，歲次大荒落月孟夏日庚寅也。[8]

【校注】

〔1〕州：原作“洲”，據《全唐文》改。圖經：泛指圖書經典。蘇軾《廉州龍眼質味殊絕可抵荔枝》：“圖經未嘗説，玉食遠莫數。”

〔2〕高標：此指黃鶴樓頂端。巃嵸：原爲山勢險峻，此形容樓勢高大，氣象非凡。

〔3〕重檐：謂樓檐重叠華美。館：原作“舒”，據《全唐文》改。翼館，鶴樓左右的房舍，在旁爲翼。四闥：指樓上四周門户。闥，原指宮中小門。霞敞：張翌《潼關賦》：“長墉矗兮雲屯，曾（層）樓赫以霞敞。”謂樓高開闊，雲霞相接。井邑：城鎮，古制八家一井。《周禮・地官・小司徒》注云：“四井爲邑，方二里。”後引申爲人口聚居地。

〔4〕賴鄉九柱：賴鄉，地名，在河南省内，一名厲鄉。《史記・老子列傳》：“老子者，楚苦縣厲鄉曲仁里人也。”張守節正義：“厲，音賴。晋《太康地記》云，苦縣城東有瀨鄉祠，老子所生地也。”九柱：堂立九柱，

喻樓觀之高大。東陽八咏：東陽，郡名，三國吳寶鼎元年置，治所在長山縣，即今浙江金華市。八咏：據《金華志》載："八咏詩，南齊隆昌元年太守沈約所作。題於玄暢樓，時號絶唱，後人因更玄暢樓爲八咏樓。"八咏詩爲《登臺望秋月》《會圃臨春風》《歲暮愍衰草》《霜來悲落桐》《夕行聞夜鶴》《晨征聽曉鴻》《解佩去朝市》《被褐守山東》。靈仙：神仙。孫綽《游天台山賦》："涉海則有方丈、蓬萊；登陸則有四明、天台，皆玄聖之所游處，靈仙之所窟宅。"

〔5〕荊岳沔：《方輿勝覽》作"鄂岳沔"。穆公：《方輿勝覽》於其下有"名寧"二字。《舊唐書·穆寧傳》："穆寧，懷州河內人。……廣德初，加庫部郎中，是時河運不通，漕挽由漢、沔自高山達京師。選鎮夏口者，詔以寧爲鄂州刺史、鄂岳沔都團練使及淮西、鄂岳租庸鹽鐵沿江轉運使，賜金紫。"下車：《禮記·樂記》："武王克殷反商，未及下車而封黃帝之後於薊。"後以稱初即位或至任。亂繩：喻政亂如麻；理，治。

〔6〕登車送遠三句，《全唐文》作"登車遠游，必於是"。極長沙二句，原作"極長沙之浩，見衆山之累"，據《全唐文》改。

〔7〕仲宣：王粲之宇。叔偉：即傳說中駕鶴仙人荀叔偉。

〔8〕貞石：李綽《尚書故實》云"東晉謝太傅（安）墓碑，但樹貞石，初無文字，蓋重難制述之意也"。多爲碑石的美稱。

〔9〕"時皇唐永泰元年，歲次大荒落月孟夏日庚寅也"十九字，據《全唐文》補。《爾雅·釋天》："太歲在巳曰大荒落。"即孟夏四月。

本文乃唐代宗永泰元年（765）作者陪鄂州刺史穆寧登黃鶴樓而作。前半部分記鶴樓勝迹，即無文人賦咏，亦爲吳楚之冠，後半部分述穆公德政卓著，公務之餘，登樓游宴；末以感嘆世事作結。

沈 鍾

重修黃鶴樓記

武昌擬江漢西南上游，楚宗藩奠廠中，鎮撫總巡，屏翰諸司，環布厥左右；[1] 城堞雉連，廛市鱗次；[2] 使軺商舶，川匯林立，實歸然一大都會，他莫之有抗焉者。[3] 厥有黃鵠山迤邐從東來，橫亘城面，頭則直拄江滸，僅尺咫許。粵昔用是枕山而樓，樓高十許尋丈，檐棟槤桷，櫺牖闌楯，縹緲烟雲間，信若所謂"祇有天在上"然者。[4] 往往游觀者躡數十階而登之，一縱目間，凡夫穹壤之崇庫，岩巒之窈窕，波濤之汹涌，草樹烏鳶之隱見出沒，厥景象可納數百千里，尚漫蔑所底止。[5] 欻忽心曠神怡，自不知置身於無何有之鄉也。[6]

舊有黃鶴，嘗來巢厥巔，樓因以黃鶴名。漢神仙費文偉流乘而去不復返，具見於唐詩人崔顥所題，諒非誣者。後呂仙洞賓亦屢過是，吹鐵笛於月夜中，聲與天籟相鏗戛，時爲之構亭樓左，迄今談仙家者競傳爲故事。[7] 二三千載猶一日，茲樓之名，斷斷乎不朽矣！

夫何歷歲滋久，風雨摧剝，勢將就壓，間有欲修之者，顧以歲艱多虞寢止；[8] 比自去年秋歲，偶告登逮。[9] 今年春否傾泰復，民物漸至熙洽，古燕杜公以大中貴適奉璽書而來，苤鎮於茲。[10] 偶見茲樓摧剝就壓之勢，仰而嘆曰："茲藩藉茲樓以壯觀，今而萎薾陳迹，如壯觀何？修之是誠在我。"[11] 爰以是意商諸相與同事群公，群公以爲得我心之所同然。慫恿再四，越翼日，亟損己資，并節公帑、羨餘，諏日云吉，市材鳩工，并手偕作。[12] 且公在禁近時，素以誦習詩書爲事，於是乎仿佛《詩》戒"勿亟"、《書》"勤樸斲，塗丹艧"遺意，殫智畢慮而爲之，僅兩匝月而功告成。[13] 一時茲樓光采炫耀，蕩摩天日，回視曩時，改觀不啻倍蓰，而所謂壯觀者，復奚俟於言哉！[14]

一日，猥以予休老林下，略事鉛槧，特枉即衡廬，屬記諸，盍將以告後之人以似以續云耳，固非以矜能伐功爲也。〔15〕予重違雅眷，竟悉厥大要，詞屢費而意實懇，至若夫改創二仙亭，增肖諸佛像，甃石闌，置鐘鼓，又餘力所及，不暇悉厥所以而覼縷云。〔16〕

【校注】

〔1〕楚宗藩：指楚王府。廠中：高平之地的正中。鎮撫總巡：指湖廣總督、巡撫衙署。屏翰：屏藩、護衛之意。《詩·小雅·桑扈》：“之屏之翰，百辟爲憲。”後遂喻鎮守一方的大員。諸司：指布政，按察等司。

〔2〕廛市：《荀子·王制》：“順州里，定廛宅。”楊倞注：“廛謂市内百姓之居，宅謂邑内居也。”猶云廛里，爲住宅、市肆區域之通稱。

〔3〕使軺：丘遲《與陳伯之書》云：“佩紫懷黃，贊帷幄之謀；乘軺建節、奉疆場之任。”後遂沿用軺爲使者之車。商舶：商船。

〔4〕粤：語助詞。榱桷：《忽就篇》三云“榱桷欂櫨瓦屋梁”。顏師古注：“榱即橡也，亦名爲桷。”櫺牖：指窗户。闌楯：欄干。

〔5〕穹壤：天地。崇庳：高低。漫蔑：猶漫無。《説文通訓定聲》：“蔑，叚借爲弗也。”底止：盡頭。《左傳》宣公三年：“天祚明德，有所底止。”

〔6〕欻忽：迅疾貌。

〔7〕天籟：《莊子·齊物論》：“女聞人籟而未聞地籟，女聞地籟而未聞天籟夫。”謂自然界的音響。鏗憂：象聲詞。

〔8〕滋久：益久，愈加長久。就壓：行將坍塌。寢止：寢，止息，猶言停止作罷。

〔9〕登逮：豐收。

〔10〕熙洽：宋曾鞏《賀元豐三年明堂禮畢大赦表》云：“臣幸逢熙洽，未奉燕間，一違前躍之音，四遇親祠之慶。”謂時世清明和樂。古燕：古代燕地，今河北省一帶。杜公：當指杜茂。《明史·神宗記》：“（二十九年三月）是月武昌民變，殺税監陳奉參隨六人，焚巡撫公署。夏四月乙酉，徵陳奉還，以守備承天中官杜茂代之。”此句及前數句當指此事。大中貴：即中官，宦官

的尊稱。

〔11〕萎薾：萎敗。薾，困頓貌。《莊子·齊物論》："薾然疲役。"成玄英疏："薾然，疲頓貌也。"

〔12〕慫恿：從旁勸説鼓勵。翼日：同"翌日"，明天。《書·金縢》："王翼日乃瘳。"節：節省。公帑：府庫所藏金帛。羨餘：白居易《重賦》："繒帛如山積，絲絮如雲屯，號爲羨餘物，隨月獻至尊。"謂正賦外的無名税收。諏日：《文選·潘岳〈籍田賦〉》云"廟祧有事，祝宗諏日"。謂選擇吉日。市材鳩工：謂購置材料，集聚工匠。

〔13〕禁近：唐元稹《令狐楚衡州刺史制》云"早以文藝，得踐班資，憲宗念才，擢居禁近"。杜茂以中官接近禁中，與皇帝所居相近，故稱禁近。勿亟：勿急。《詩·大雅·靈臺》："經始勿亟，庶民子來。"勤樸斲，塗丹臒：樸，未加工過的木材。丹臒：紅色染料。《書·梓材》："若作梓材，既勤樸斲，惟其塗丹臒。"孔安國傳："梓人治材爲器，已勞力樸治斲削，惟其當塗以漆丹以朱而後成。"陸德明釋文："樸，馬（融）云：'未成器也。'"孔穎達疏："丹臒、塗丹，皆飾物之名，謂塗臒以朱臒。臒是彩色之名，有青色者，有朱色者。"匝月：周月。

〔14〕倍蓰：《孟子·滕文公上》："夫物之不齊，物之情也。或相倍蓰，或相什百，或相千萬。"倍，一倍；蓰，五倍。奚俟：奚，何；俟待，謂不待以言語形容之。

〔15〕猥：謙詞。鉛槧：鉛，鉛粉筆；槧，木板；皆爲古人紀録文字之具。後遂指寫作、校勘之事。韓愈《送無本師歸范陽》："老懶無鬥心，久不事鉛槧。"枉即：屈就。衡廬：猶衡門、衡宇。橫木爲門，喻隱者及寒士所所居。屬：同囑。盍：何。以似以續：謂重建鶴樓與故樓相似及續修之處。

〔16〕二仙亭：謂仙棗、吕仙二亭。覶縷：縷列。白居易《草堂記》："千變萬化，不可覶縷。"

本文當作於萬曆二十九年（1601）。文首叙武昌都會之繁盛，鶴樓所處之形勝；次叙鶴樓命名由來及圍繞鶴樓的古迹傳説；再次叙杜公莅鎮重修鶴樓之意及其經過，闡明鶴樓乃楚地壯觀，故而名垂不朽，屢毀屢新；末叙作《記》之由。

汪道昆

　　汪道昆（1525—1593），字伯玉，明代歙（安徽）人，嘉靖
二十六年（1547）進士。曾任義烏令，教民講武，世稱義烏兵。後
備兵閩海，與戚繼光募義烏兵破倭寇，擢司馬郎。累官兵部侍郎，
乞養歸。嘗與李攀龍、王世貞等倡爲古文辭，世貞稱其爲文簡而有法，
由是名大著。爲後五子之一。有《太函集》。

黃鶴樓記

　　故劉中丞入楚，楚父老請治黃鶴樓。[1]中丞曰："嘻！明詔加惠元元，
始得及於休息。楚病矣！懋何敢議游觀？"[2]父老曰："不然。古者省
方觀民，必有以也。以明天時，則觀雲物；以保地利，則觀山川；以察
人和，則觀謠俗。執政者慎諸此，其孰能廢之？故君子游焉，小人休焉；
君子觀焉，小人比焉。父老望公久矣！"[3]中丞曰："嘻！楚方不歲，
寧詎輕用吾民？顧今近屬不恭，詔從吏訊；荊蠻負固，師老無功。善從
政者以時行，父老姑待我。"[4]
　　明年，遼庶人當不道，廢勿王，有司夷故宮，其材可當大役。[5]
頃之，乘木浮沉湘而下，皆川衡上材，長十仞有奇，足任主器；[6]津
吏以告，轉而致之工師。[7]又明年，荊師獻捷。[8]父老更進曰："楚
故有京觀以表武功，彼封戮餘以爲名，無不祥大矣！乃今野無暴骨，一
舉而俘叛人，罷材官，弛疆事，功之上也。請以樓易觀。"[9]父老帥
諸子弟請畢受功，中丞曰："嘻！以宗廟社稷之靈，師出而獲戎首，懋
幸得免於席稿，疇敢自功。"[10]是役也，力詘舉嬴母，勤父老，於是方
伯、監司若分部相與計曰："材物既具，所不足者，非百工，與諸大夫任
之。"[11]悉發刑徒以佐將作，工舉矣，既得請，計日而畢工。[12]
　　徐大夫中行氏入郢，以中丞之命來告："楚有勿亟之役，賴諸大夫、

國人贊之成。明公儼然在邦域之中，請紀成事。”[13]不佞拜大夫之辱，避席終辭。[14]中丞得代，逾年，不佞自郢來徙，諸大夫立石宇下，請從中丞平生之言，譬則甘棠，其人往矣，其言在耳，不佞寧忍負之。[15]

楚爲南國隩區，首被文德、嗣是伯者代起，厥有雄風，文物聲名，猶可概見：槃游則章華、高唐、蘭臺、石室；[16]辭令則左史倚相、觀射父、屈原、宋玉、唐勒、景差，學士至今誦之，煌煌乎烈矣。[17]黃鶴由酤者顯，載在稗官；[18]考文則不典於先民，程度則不登於舊物，顧千載而下，唯此巋然獨存，揆諸地宜，其得勢然也。[19]彼其該七澤、亘三湘、揭夏門、當大別，視碣石之表東海，不然乎哉！[20]乃若扼吭江漢之間，非師武臣力不守；登樓坐嘯，率倜儻奇偉之士在焉。將固廢之，必有興也。由斯而論，其世汙隆可得而言。[21]自熊繹受封，歷世滋大，迄於問鼎，其張可知；[22]齊侯執言，服江黃以賓楚，即方城、漢水，誰能去兵；[23]其後封疆之臣，守在什二，雖陳樽俎，不廢戈矛，此用武之區，彼一時也。[24]皇祖以六師下楚胙，壯王填之；[25]爰及世宗，楚居首善，當世三公四輔，遞登楚材；[26]文治修明，鞬櫜不用；[27]執政若諸大夫、若諸父老，幸而及此時也，不亦恬愉乎哉！

樓制故庫，不足以稱明德，天意與之更始，而藉手於中丞；[28]徒木呈材，人力容不及此，先事之不墜，非後事者之資乎？顧不佞受成，無能布德意以周境內。[29]乃今歲有水溢，藪有逋逃，民有流亡，士有失職；[30]於天爲愆時，於地爲侵紀，於人爲干和，重爲諸父老之憂，咎在不佞。[31]諸大夫幸而在事，其無弃不佞，而朝夕修之，力此三者，以保有終，無爲故中丞之辱。[32]是役也，由前則諸大夫成之，由後則諸大夫保之。豈惟諸父老之休，不佞幸矣！[33]

【校注】

〔1〕劉中丞：即劉愨，隆慶中以都御史巡撫湖廣。

〔2〕明詔句：指穆宗繼位改元。元元：黎民百姓。愨：劉愨自稱。游觀：揚雄《羽獵賦序》云“游觀侈靡，窮妙極麗”。指供游樂的樓觀，此謂鶴樓。

〔3〕省方觀民：指朝廷派官員巡視各地，觀察民俗。《易·觀》："先王以省方觀民設教。"孔穎達疏："以省視萬方，觀看民之風俗，以設于教。"有以：有因。休：休息。比：偏愛。

〔4〕歲：《左傳》昭公三十二年云"閔閔焉如農夫之望歲"。謂收成、年景；不歲，謂收成不好。近屬不恭：當指下文遼王被廢事。近屬指皇室近親。荆蠻負固：當指湖廣、施州民變。師老：《左傳》宣公十二年云"楚師驟勝而驕，其師老矣"。指軍隊士氣衰退。

〔5〕遼庶人：即遼王憲㸅，封荆州，嘉靖十六年（1537）嗣爵。隆慶元年，爲御史陳省所劾，次年，巡按御史郜光先復劾其大罪十三條，命刑部侍郎洪朝選往勘得實，廢爲庶人。故宫：指遼王宫。

〔6〕乘木：謂木材相叠架。川衡：官名，亦名水虞，爲掌川澤之官。《周禮·地官》："川衡掌巡川澤之禁令而平其守。"有奇：有餘。《漢書·食貨志下》："改作貨布，長二寸五分，廣一寸，首長八分有奇。"顏師古注："奇，謂有餘也。"

〔7〕津吏：管理渡口橋梁的官吏。工師：主管百工之官。《荀子·王制》："論百工，審時事，辨功苦，尚完利，便備用，使雕琢文采不敢專造於家，工師之事也。"

〔8〕荆師獻捷：隆慶中，湖廣施州衛士、覃平等兵變，巡撫劉慤討平之，當指此捷。

〔9〕京觀：古代戰爭，勝者爲了炫耀武功，收集敵人尸首，封土成高冢，稱爲京觀。《左傳》宣公十二年："君盍築武軍，而收晉尸以爲京觀。"杜預注："積尸封土其上，謂之京觀也。"戮餘：罪戮之餘。《左傳》襄公二十一年："若弃書（欒武子）之力，而思厲（欒桓子）之罪，臣戮餘也，將歸死於尉氏，不敢還矣。"無不祥大矣：没有比這更不祥的了。材官：勇武之卒。《史記·申屠嘉列傳》："以材官蹶張從高帝擊項籍，遷爲隊卒。"疆事：戰事。《左傳》桓公十七年："夏，及齊師戰於奚，疆事也。"杜預注："争疆界也。"易：换。謂以修樓代替京觀。

〔10〕席稿：《史記·范睢列傳》"應侯席稿請罪"。以禾杆編成的席爲稿，坐卧稿上是古人表示請罪之舉。原作"藁"，誤，徑改。疇：誰。《書·堯典》："疇咨若時登庸。"孔安國傳："疇，誰。"

〔11〕力詘：力量不够。嬴母：猶云資金。勤父老：令百姓出資。方伯：《禮記·王制》："千里之外設方伯。"爲一方諸侯之長，後遂泛稱地方長官爲方伯。此指湖廣巡撫劉愨。監司：明時各省按察使司司監察之職，亦稱監司。

〔12〕刑徒：囚犯。將作：古代爲掌管宗廟、宮室、陵園土木營建的官署，明代改爲營繕司，屬工部。

〔13〕徐大夫中行：時徐中行以御史任湖廣僉事，故稱大夫。郢：郢陽，明置府，今屬湖北。作者時任職郢陽。勿亟之役：此言修鶴樓之舉。語本《詩·大雅·靈臺》"經始勿亟"之句，謂百姓樂于成其事，不召自來。明公：對長官的尊稱。儼然：莊重之貌。《論語·子張》："望之儼然。"邦域之中：國中，指楚地。《論語·季氏》"且在邦域之中矣"。成事：重修鶴樓之事。

〔14〕不佞：自稱，謙詞。避席：古人席地而坐，避席即離開座位，以示敬意。《戰國策·燕策三》："田先生坐，左右無人，太子避席而請曰：'燕秦不兩立，願先生留意也。'"

〔15〕得代：謂逝世。徙：指調任。甘棠：《詩·召南》有《甘棠》篇，相傳周武王時，召伯（奭）巡行南國，曾憩甘棠樹下，後人思其德，因賦《甘棠》詩，以示懷念。

〔16〕隩區：指可定居之地。《文選·班固〈西都賦〉》："防御之阻，則天下之隩區焉。"伯者：霸者。楚國春秋時爲五霸之一，戰國時爲七雄之一。槃游：游樂。《後漢書·楊震傳》附楊賜上疏："又聞數微行出幸苑囿，觀鷹犬之執，極槃游之荒，政事日墜，大化陵遲。"李賢注："槃，樂也。"章華：臺名。《左傳》昭公七年："楚子成章華之臺，願與諸侯落之。"春秋時楚靈王造，在今湖北潛江市西南。高唐：楚觀名。宋玉《高唐賦序》："昔者楚襄王與宋玉游於雲夢之臺，望高唐之觀，其上獨有雲氣。"蘭臺：宋玉《風賦》云"楚襄王游於蘭臺之宮，宋玉、景差侍，有風颯然而至"。戰國楚臺名。傳說故址在今湖北鍾祥市東。石室：在武陵（今湖南常德市）南山中，山窟前石羊、石獸等古迹甚多，傳說爲高辛氏時槃瓠所居。

〔17〕左史倚相：春秋楚人。《左傳》昭公十二年云："左史倚相趨過，王曰：'良史也。子善視之。是能讀三墳、五典、八索、九丘。'"周代史官分左史和右史，

左史記行動，右史記語言，故稱左史倚相。觀射父：《國語·楚語下》云："王孫圉曰：'楚之所寶者曰觀射父，能作訓辭，以行事于諸侯，使無以寡君爲口實！'"宋玉、景差、唐勒：《史記·屈原列傳》："楚有宋玉、唐勒、景差之徒者，皆好辭而以賦見稱。然皆祖屈原之從容辭令，終莫敢直諫。"煌煌：熾盛貌。

〔18〕由酤者顯：指江夏郡辛氏沽酒遇仙的傳説。酤者：買酒者。稗官：謂野史小説。

〔19〕典於先民：謂不載于先民典籍。程度：考校格式標準。舊物：指前代的典章制度。《左傳》哀公元年："祀夏配天，不失舊物。"杜預注："物，事也。"地宜：土地之宜，指地理環境。

〔20〕該七澤：該，總攬。司馬相如《子虛賦》："臣聞楚有七澤，嘗見其一，未睹其餘也。臣之所見，蓋特其小小者耳，名曰雲夢。"亙三湘：亙，連接；三湘，泛指洞庭湖南北、湘江流域一帶。揭夏門：揭，舉；夏門，即夏口。大別：大別山。碣石：山名。《書·禹貢》："夾右碣石，入於海。"曹操《步出夏門行》："東臨碣石，以觀滄海。"因山頂有巨石，其形如柱，故名。在今河北昌黎西北。表：樹立標志。

〔21〕汙隆：高下，喻鶴樓之盛衰。

〔22〕熊繹：周代楚國始封之祖。周文王時有鬻熊，其後以熊爲氏，至成王時封熊繹於楚，姓芈氏，居丹陽，爲春秋楚國之始。問鼎：《左傳》宣公三年："楚子伐陸渾之戎，遂至於洛，觀兵於周疆。定王使王孫滿勞楚子，楚子問鼎之大小輕重焉。"鼎爲傳國寶器，問鼎示欲逼周取天下。張：强大。

〔23〕江、黃：古國名，嬴姓。江，在今河南正陽西南，公元前623年滅於楚；黃，在今河南潢川西，公元前648年爲楚所滅。《春秋》僖公二年："齊侯、宋公、江人、黃人盟於貫。"傳："服江黃也。"《僖公十二年傳》："黃人恃諸侯之睦于齊也，不供楚職，曰：'自郢及我九百里，焉能害我！'夏，楚滅黃。"方城、漢水：方城，山名，春秋時楚地。今河南葉縣南。《左傳》僖公四年載，齊侯伐楚，"楚子使屈完如師。師退，次於召陵。齊侯陳諸侯之師，與屈完乘而觀之。……齊侯曰：'以此衆戰，誰能禦之？以此攻城，何城不克？'對曰：'君若以德綏諸侯，誰敢不服？君若以力，楚國方城以爲城，漢水以爲池，雖

衆無所用之。’”

〔24〕什二：謂後之楚地，僅及春秋戰國時十分之二，極言其小。樽俎：宴席。

〔25〕皇祖：明太祖朱元璋。六師：即六軍。《詩·大雅·常武》：“整我六師，以修我戎。”胙：即胙土。帝王以土地分封諸侯，謂之胙土。《左傳》隱公八年：“胙之土而命之氏。”此指楚國封地。壯王：大王，指楚王。《爾雅·釋詁》：“壯，大也。”填：通“鎮”。

〔26〕世宗：朱厚熜，即嘉靖皇帝，在位四十五年。

〔27〕鞬囊：鞬爲盛弓之器，囊爲盛箭之器。

〔28〕稱：適稱。

〔29〕周：遍及。

〔30〕水溢：水災。藪：大澤，此指藏身之處。逋逃：逃亡的罪人。《書·武成》：“爲天下逋逃主，萃淵藪。”

〔31〕愆時：失時。侵紀：干犯天道。紀指歲、月、日、星辰、曆數之理。《書·胤征》：“俶擾天紀。”

〔32〕力：努力。三者：指前所云天、地、人。

〔33〕休：福。

據府志載，黃鶴樓於明代嘉慶末毀于火，隆慶五年（1571），都御史劉愨重建。劉愨去世逾年，汪道昆由鄖陽調湖廣撫署，遂爲之記。則此記當作於萬曆間。此文前半寫劉愨主持修黃鶴樓：先叙楚父老請治鶴樓而中丞以其非時未允；次叙江浮川衡上材，又值荆師獻捷，乃得修治鶴樓，計日畢工。中以作記之由爲過渡，展開記文後半：先叙故楚文德之盛大，武昌形勢之險要，及於有明一代，文治修明，才人迭出，故中丞修樓，意在弘揚明德，以符天意。末叙已受成之餘，朝夕修省的心情。上半以對話爲主，下半以叙述爲主，然中丞之形象、作者之心迹，皆躍然紙上。

許宗魯

鶴樓題名記

嘉靖乙酉秋，湖廣鄉試，既宴鹿鳴之明日，侍御王公秀晋、藩臬諸寮言曰："予昔宦長安，觀雁塔唐進士題名，猶斑斑可識也。故事美稱，耳目在兹。兹予來楚，親蒞選舉，掄材獲人，彦髦彙征，固非唐士可敵；而鶴樓雄勝，豈直雁塔儔哉！方以題名垂於永世，自我作祖，庶亦可以紹往而風來乎！"[1]於是藩伯林公庭棉暨其藩寮余公祜、許公路、王公淮、王公棟咸曰："事以義作，勝由人肇。今兹之舉，唐固不得顓美也。"[2]已，臬伯徐公贊與其臬屬程公昌、鄭公琬曰："夫士之不興，名弗植也；名之弗植，風不振也；君子侈其名以振人，士斯興矣！今兹之舉，其風被楚人也遠乎哉。"[3]閫帥孫顯祖曰："允如諸公言也。"[4]

維九月甲子，張宴於樓，官寮畢集，諸士來同。[5]武昌知府郭仕鳳戒匠氏采石備需，宴禮既，侍御公乃命書人題諸士之名於石，匠氏鑱焉。[6]謂宗魯於諸當有申辭，宗魯晋曰："於戲！諸士聽哉！愚聞先訓有言：太上無名，中世尊名。無名之化，邈哉邈矣，不可復見矣！尊名之教，其可忽諸？夫名不幸致，惟基乃致。基崇者名光，基庳者名索。譬之屋然，棟楹森錯，然靡基弗植也。故潢潦之流，學者所病；不虞之譽，君子弗躬，懼無基也。孔子曰：'君子疾没世而名不稱焉。'又曰：'四十五十無聞焉，斯亦不足畏也已。'聖人豈導人崇末哉！亦欲其懋德植名爾矣。是故名者，士之所當植也。君子思植其名而弗令德之圖，名焉攸植？溯求楚之先人而有徵焉：陳良説聖賢之道，屈平摛忠憤之辭，濂溪開理學之源，南軒衍斯文之派，而胡文定父子奮羽翼之功，雖其所詣不同，百世之下，令名不改。傳曰：'有基無壞'，其斯之謂歟？是故君子之名，所自植也。夫古人之於名，雖無所風，尤自圖以植之。今兹之舉，既已

風諸士矣，而若猶弗植焉，則非愚所知也。宗魯家於曲江，往來雁塔，
與觀題名，自裴晉公三數人外，餘多泯泯，甚哉，名之不易植也！諸士
由茲以前植名之期也，懋建爾德，以植爾名，使後之人登斯樓，讀斯石者，
歷數其名，灼知其人曰：‘是以忠名，是以孝名，是以儒名，是以宰輔名，
是以循良名。’靡不思齊，慨慕如諸士於楚先；無或如唐諸人之泯泯然，
則王公之風被也遠矣！於戲，懋哉！懋哉！”〔7〕

【校注】
〔1〕嘉靖乙酉：嘉靖四年，公元1525年。鄉試：科舉時代，每三年，各
省集士子於省城，朝廷選派正副主考官，試四書、五經、策問、八股文章等，
謂之鄉試。中者爲舉人。鹿鳴：《詩·小雅》篇名，爲宴會賓客時所奏樂歌。
《詩·序》曰：“《鹿鳴》，宴群臣嘉賓也。”王公秀晋：其人不詳，秀晋乃字。
藩臬：明謂布政司，按察司。《品字箋》：“今布按二司，世稱藩臬者，藩言
能藩屏王家，臬言所報如臬之堅，堅執不移也。”雁塔：大雁塔。在今陝西西
安市南。唐高宗永徽四年建，僧玄奘以藏梵本佛經。初設五層，武后長安中倒
塌，尋重建，增爲十層。今塔爲七層。初名慈恩寺塔，又以佛教故事有菩薩化
身爲雁捨身布施故事，故稱爲大雁塔。《聖教序碑》在此塔下，即唐進士題名
處。李肇《國史補》：“既捷列，書其姓名于慈恩寺塔，謂之題名會。”掄材：
選拔人才。崔致遠《桂苑筆耕集》七：“昔年掌貢，搜海岳以皆空；今日掄材，
酌淄澠而不混。”彥髦：皆指才德杰出之人。《爾雅·釋言》：“髦，俊也。”
邢昺疏：“毛中之長毫曰髦，士之俊選者借譬爲名焉。”彙征：指進用賢者。
作祖：首創。紹往風來：繼承古風，影響後代。風，教化。
〔2〕林庭㭆：字利瞻，明代閩縣人。弘治十二年（1499）進士。嘉靖初歷
湖廣左右布政使。仕至吏部尚書。余祐：字子積，明代鄱陽人。弘治十二年進士。
官南京刑部員外郎，以事忤劉瑾落職。再起歷福州知府，徐州兵備副使，復先
後爲中官所扼，逮獄謫官。嘉靖初官終雲南布政使。許路：字由之，明代平山
（今屬河北）人。弘治進士。任刑部郎中。嘉靖中遷陝西兵備副使。改廣西兵備，
以病歸。王淮：生平不詳。王棟：生平不詳。勝：勝迹，名勝。肇：始。顥美：

謂唐雁塔題名不得獨擅其美。

〔3〕臬伯：明時置提刑按察司，主管一省刑名按劾之事，稱臬司，按察使稱臬伯。徐贊：生平不詳。程昌：生平不詳。鄭琬：生平不詳。

〔4〕閫帥：統兵在外的將帥。此指湖廣督撫。孫顯祖：生平不詳。允：確，信。

〔5〕張宴：猶設宴。

〔6〕郭仕：生平不詳。夙戒：夙，早；戒，令。鑱：斫、刻。

〔7〕太上：遠古。無名：不重聲名。《莊子·逍遙游》：“神人無功，聖人無名。”中世：中古。化：化境，入化之境。遜：遠。《書·牧誓》：“遜矣西土之人。”索：寂寞。潢潦：路上、溝中所積之水。不虞之譽：意外的榮譽。《孟子·離婁上》：“有不虞之譽，有求全之毀。”弗躬：謂不接近，不接受。君子句：語出《論語·衛靈公》。正義曰：“勸人修德也。”疾，猶病也。言君子病其終世而善不稱也。四十句：語出《論語·子罕》。正義曰：“勸學也。……言少年時不能積學成德，至於四十五十而令名無聞，雖欲强學，終無成德，故不足畏也。”攸：所。陳良：戰國時楚人，悅慕周公、仲尼之道，北學于中國，從學者有陳相、陳辛之徒。見《孟子·滕文公上》。濂溪：周敦頤（1017—1073），字茂叔，宋代道州人。居廬山，築室名濂溪書堂。著《太極圖說》及《通書》四十卷，采道家之說，以太極爲理，陰陽五行爲氣，對宋明理學影響甚大。世稱濂溪先生。南軒：張栻（1133—1180），宋代綿竹人，遷於衡陽。字敬夫，號南軒。青年時從父參贊軍務。後官至吏部侍郎、右文殿修撰。曾從胡宏學，與朱熹、呂祖謙等爲講學之友，時稱“東南三賢”。宣揚“禮者天之理”“明理居敬”等理學觀點。著有《太極圖說》《經世編年》《南軒集》等。衍：推廣、擴大。斯文之派：謂濂溪理學。胡文定：胡安國，字康侯，宋代崇安人。紹聖進士。擢太學博士。高宗時除中書舍人，兼侍講。生平篤志於位，著有《春秋傳》。卒諡文定。養子胡寅，字明仲，宣和進士。官至徽猷閣道學士。從楊時學，學者號致堂先生。風：微言示意。曲江：即曲江池，在今陝西西安市東南，有河水水流曲折，故名。唐開元中更加開鑿，爲都人中和、上巳等盛日游賞勝地。裴晉公：裴度（765—839），字中立，唐代聞喜人。貞元初，擢進士第。憲宗時，淮蔡不奉朝命，諸軍進戰數敗，朝臣争請罷兵，度力請討伐，即授門下侍郎平

章事,督諸軍進兵,擒攝蔡州刺史吳元濟。以功封晉國公,入知政事。**灼知:**
清楚地知道。**是:**猶謂某人、此人。**循良:**《北史·房謨傳論》:"房謨忠勤
之操,始終若一,恭懿循良之風,可謂世有人矣!"謂奉公守法。**靡不:**無不。
思齊:《論語·里仁》:"子曰:見賢思齊焉。"注引包咸曰:"思與賢者等。"
慨慕:感慨思慕。**楚先:**楚之先人。**無或:**無人。**懋哉:**勉勵之意。《書·舜典》:
"惟時懋哉!"

此文首記鶴樓題名之由,題名由仿唐進士雁塔題名而起,旨在植士
之名,振士之風,以紹往而風來;次叙作者之論,名固當植,然當自植
其名,當建德以植名,如是則可風被後人,不然,雖勒虛名於石,亦將
如唐之題名者湮滅無聞。

宋民望

宋民望,元代人,生平不詳。

仙棗亭記

按郡志:黃鶴樓左舊有石鏡、仙棗二亭。今鏡雖昏,棗尚存。吕仙亭
者,二亭之遺址也。仙亭遺事多在武當宮未立之前,武當立,仙靈益著,
近年尤著。[1]橘齋史右丞夙病眉瘤,初至,館樓上,夢仙拭面而
瘤脱。[2]問仙何館,曰:"鄰人。"史謁亭,物色如所見。史夫人留江
陵思歸,夢仙報,翼午船至,及期,伻來如夢。[3]史由是白官,給亭外
餘地歸武當宮。

今榮禄大夫平章公忽剌鰥亦館樓也,夫人禿滿倫氏因頭風病目,夜
起,望仙求安,已而有聞笛聲者。[4]且,戍兵問笛所由起,皆曰:"仙
笛也。"公曰:"仙有靈,當再聞。"及夜,笛聲起墙外。自是夫人起

居如初。有童子奪仙笛三而病，命童子禱謝而愈。歲旱，公禱雨，雨降。因捐中統鈔五定付武當，甃亭基於是。[5]滄洲居士喜曰："此亭數百年矣！傳太守王綸將與倅弈，仙忽至，問姓名，不對，求弈，守才布八子，仙曰：'守敗矣！'問何故遽敗，曰：'吾子已當要路。'守果敗，連弈皆敗。仙出，報吹笛，郡前不見，隨笛聲所在，東追西奔，踪迹至樓上，惟見石鏡題詩云云，末書呂字。而此呂仙亭所從始也。今非以石易木、以鉛陶瓦，不能當八風以不朽。"[6]

即從提點羅大震、提舉賈宗貴經始其事，礱堅砥頑、轉山浮漢，於南樓重建之日，無何，梁四柱、壁三周，琅玕屹立，牖南嚮，璧玉玲瓏，重檐碧壘，綉拱采椽，宛然道家石室也。[7]室縱橫各丈有奇，復爲屋其側以居臨祀者，崔巍覆壓，遂欲與南樓爭高。[8]是役也，用中統鈔若干、滄洲暨諸方助費者過半，餘并出武當常住。[9]

既竣事，請記。或曰："以回仙未離人間歟？城南老樹，婆娑久矣！已離境歟？橫江孤鶴，胡爲乎來哉！"[10]曰："氣形造化，聚散何常？道德性命，天地同久。仙者人所爲也，則吾身乃仙佛鬼神會，而人不悟吾夫子不語神怪，時時語門人以周公之夢。夢亦吾心神明所爲，而物從之。是蘧蘧栩栩之靈，煉之五百載而雲從劍合，非尸假之聖賢歟？由古今仙壽推之，回翁周旋人間，尚何疑哉！"[11]或曰："回翁弃進士，從異術：學長生，悟禪悦法，身所在綿邈清退，安能鬱鬱江漢之上？"曰："武昌，城市之山林；黃鶴，仙人之舊館。河華之雲居雖遠，廬山之雪迹如新。徘徊江湖，弭節中路，皆幽明情事所同有。遇無妄之疢、藥以吾智；遇不時之旱，雨以吾仁；托諸幽感者，氣類之從；見諸明效者，機用之妙也。藐姑射之山，物無疵癘，庚桑楚之尸祝社稷，尚何疑哉！於此繅藉，廛隱於此，而羽翼琳宮，豈丹青、木石、芻蕘、時會所能仿佛哉！"[12]

腔月笛之梅花，冰霜已晚；[13]檐滄洲之瑶草，春日正長。[14]老我淹留，庶幾一遇焉爾。[15]扶搖浩蕩，庸綴芳期。[16]滄洲鄭氏名璧，字國瑞；[17]助費者姓名，具載碑陰。

【校注】

〔1〕武當宫：《武昌府志·壇祠》："武當宫，黃鶴山下平湖門内。"

〔2〕橘齋史右丞：即史杠，字柔明，號桔齋道人。元代永清（今屬河北）人。官至湖廣行省右丞。

〔3〕翼午：翌午。伻：使者。《書·洛誥》："伻來，以圖及獻卜。"《爾雅·釋詁》："伻，使也。"

〔4〕平章公忽刺觲：元代各省設丞相一員，平章二員，爲從一品，左、右丞各一員，爲正二品。忽刺觲，生平不詳。

〔5〕中統鈔：中統，元世祖中統年間所發行的紙幣。定：同"錠"。甃亭基：以磚砌亭基。

〔6〕滄洲居士：即文末之鄭璧，字國瑞，元代人。王綸：不詳。八風：八方之風。

〔7〕提點：官名。元代中央及上都（今内蒙古多倫北之石別蘇木）的專管機構，如管理皇帝飲食的尚食局、管理軍器的利器庫，均以提點爲長官，寓有提舉、檢點之意。羅大震：其人不詳。提舉：官名，原意爲管理。宋代以後設立主管專門事務的職官，即以提舉命名。賈宗貴：其人不詳。無何：不久。琅玕：似玉的美石。牖：窗户。霤：屋檐滴水處。

〔8〕有奇：有餘。

〔9〕暨：及、與。常住：佛家語，指僧寺的財産。

〔10〕回仙：指吕洞賓。老樹：指仙棗樹。橫江孤鶴：蘇軾《後赤壁賦》云"適有孤鶴，橫江東來"。

〔11〕氣形：猶形神。《文子·守弱》："形者生之舍也，氣者生之元也。"古人以爲人爲精氣所鑄，氣聚則生，氣散則亡。夫子：孔子。不語神怪：《論語·述而》："子不語怪、力、亂、神。"周公之夢：《論語·述而》云："久矣吾不復夢見周公！"蘧蘧：《莊子·齊物論》："昔者莊周夢爲胡蝶，栩栩然胡蝶也。……俄然覺，則蘧蘧然周也。"雲從劍合：謂尸解升天而成仙。雲從，指升天時儀從之盛。劍合，道家尸解之法。《酉陽雜俎·玉格》："真人用寶劍以尸解者，蟬化之上品也。"尸假：即尸解，道家語。謂弃其形骸

而登仙。

〔12〕河華：謂黃河與華山。《後漢書‧班固傳》："東薄河華，西涉歧雍。"
《唐書‧天文志》："自鶉首逾河戒東曰鶉火，其分野自河華之交，東接祝融
之墟，北負河，南及漢，蓋寒燠之所均也。"弭節：緩行。屈原《離騷》："吾
令羲和弭節兮，望崦嵫而勿迫。"幽明：無形之界與有形之界，猶謂人神。無妄：
必然。《戰國策‧楚策四》："朱英謂春申君曰：'世有無妄之福，又有無妄
之禍，今君處無妄之處，以事無妄之主，安不有無妄之人乎？'"鮑彪注："灾
無妄，言可必。"疢：《説文》注"熱病也"。此指灾病之類。機用：機巧之
意。范傳正《李白墓志銘》："千均之弩，一發不中，則當摧幢折牙，而永息
機用。"藐姑射：《莊子‧逍遥游》云"藐姑射之山，有神人居焉。……其神凝，
使物不疵癘而年成熟"。疵癘：灾害疫病。庚桑楚：《莊子‧庚桑楚》中人物，
戰國楚人，稱作老子弟子，亦作亢桑子。爲虛構的代表老莊思想的至人。尸祝：
尸爲神主。立尸而祝禱之，爲立社稷宗廟，表示崇敬。《庚桑楚》四："子胡
不相與尸而祝之，社而稷之乎？"以上二句謂，道家傳説，當可徵信無疑。繅藉：
猶繅席，墊玉之物。《周禮‧秋官‧大行人》："上公之禮，執桓圭九寸，繅
藉九寸。"此處喻隱居。廛隱：謂隱居于廛里市肆。羽翼：《吕氏春秋‧舉難》：
"然而名號顯榮者，三士羽翼之也。"高誘注："羽翼，佐之。"琳宫：道院
之美稱，此謂黃鶴樓。此句謂仙棗亭位於鶴樓之側，猶如羽翼。焄蒿：《禮記‧祭
義》："衆生必死，死必歸土……其氣發揚於上爲昭明，焄蒿凄愴，此百物之
精也，神之著也。"鄭玄注："焄，謂香臭也；蒿，謂氣蒸出貌也。"焄，同熏。
焄蒿指祭祀死者時祭品香氣蒸發之貌，因以喻死亡。蘇軾《潮州韓文公廟碑》：
"焄蒿凄愴，若我見之。"時會：會無常期，此指死生無常。

〔13〕腔月笛句：謂月下吹笛中曲《梅花落》。

〔14〕襬滄洲句：謂以滄洲之瑤草爲裙。

〔15〕淹留：久留。庶幾：期望之辭。

〔16〕扶揺浩蕩：謂春色爛漫。庸：乃。綴：結。芳期：佳期。

〔17〕鄭璧：其人不詳。

　　仙棗亭即呂仙亭，創自元代，宋民望爲之記。前二段記呂仙亭傳説種種，極爲奇妙；中叙修亭始末及重建後的雄姿，言辭簡略；後半部分抒發感慨，以“或曰”發端，辨呂仙之有無，論幽明之异同；尾抒己之隱逸情懷，以記捐助者作結。

郭正域

仙棗亭記

　　舊志載：武昌黃鵠山故有棗數株，千餘年不實，一日結實，大如瓜。太守以小吏往，竊食之，即日仙去，後人遂亭焉。嗚呼！棗爲小吏出邪？吏以棗仙邪？棗何物，吏何緣邪？

　　顓頊時，閬河有紫桂成林，其實如棗，食之，後天而老；[1]周穆王時，西王母進陰岐棗與甜雪、素蓮、冰桃、碧藕；[2]尹喜共老子西游省太真，食玉文之棗，實如瓶；[3]西王母以崍嶸山細棗獻漢武，萬年一實，咋之膏可燃燈；[4]河中蘇氏女食無核棗，不食五穀，五十如處女，寧即此棗乎？[5]

　　亭去黃鶴樓僅百步，樓下黃鵠磯，人言有呂仙賣桃迹；嶺上之棗，即磯前之桃耶？夫鵠之於鶴爲一類，則樓當以磯得名，是黃鶴，“黃鵠”訛也。而黃鶴故事，或曰王子安，或曰費褘，今人乃盡歸之呂仙。夫鶴樓以崔詩顯，崔開元人，而呂仙以麟德得道，崔詩已有昔人之稱；又鵠山下有費褘洞，則跨鶴客爲費褘無疑。[6]而山下又有呂公磯，或曰“禹功磯”訛也。今世譚仙踪，惟呂公最著；[7]而呂仙石亭創自元人，碑文出宋民望手，載史丞既禿滿夫人事甚奇，又復有題詩呂字之説，則歸之呂仙，不爲無據。豈江漢之區，山水靈异，而此磯、此樓、此亭、此桃、此棗，真仙固時爲來往而搏弄耶？詎知乘鶴而去者，不復乘鶴而來乎？

又詎知賣桃者，非即種棗者乎？

亭廢且百餘年，萬曆戊子，土人復以請於諸司。[8]即故址石亭前重建一亭，凡八楹，周以綺疏；[9]大江自南來，千里而折，憑欄而望，萬瓦皆伏，令人有超八瀛而餤靈苗之想。[10]亭四圍故多老棗，前一株修鱗古幹，半榮半枯，似爲仙靈所鍾。[11]嗚呼！寧復有實大如瓜者乎？是皆宇宙神奇事，不可使磨滅也。是爲記。

【校注】

〔1〕顓頊：古五帝之一，傳説爲黃帝之孫，昌意之子。年二十登帝位，在位七十八年而崩，號高陽氏。閬河：《拾遺記》：“閬河之北，有紫桂成林，其實如棗。”又韓終《采藥》詩：“閬河之桂，實大如棗，得而食之，後天不老。”

〔2〕周穆王：周昭王子，名滿，曾西擊犬戎，東征徐戎。《穆天子傳》因以演述穆王乘八駿西行見西王母故事。參閱《史記·周本紀》。西王母：神仙中的女神。《穆天子傳》：“吉日甲子，天子賓于西王母，乃執白圭玄璧以見西王母。”注曰：“西王母如人，虎齒、蓬髮、戴勝、善嘯。”陰岐棗：《拾遺記》：“穆王東巡大騎之谷，西王母與王共玉帳高會，進陰岐黑棗。”甜雪、冰桃、碧藕：《拾遺記》：“穆王集方士春霄宮，設鳳腦雲燈、螭膏之燭，西王母進洞淵紅花、嶕山甜雪、萬歲冰桃、千年碧藕。”素蓮：《拾遺記》：“穆王時西王母，進昆侖素蓮，一房百子，凌冬而茂。”

〔3〕尹喜：《尹喜內傳》曰：“老子西游，省太真王母，共食玉文棗，其實如瓶。”

〔4〕嶗嵠細棗：《初學記》卷二十八引郭子橫《洞冥記》曰：“元鼎元年，起招仙閣，進嶗嵠細棗。此棗出嶗嵠山，臨碧海上，萬年一實，子如今嫩棗，迮（咋）之有膏，膏可然燈。”

〔5〕無核棗：《神仙傳》云“永樂有無核棗，道士侯道華獨得之”。河中蘇氏：不詳。

〔6〕費褘洞：《武昌府志·山川》：“費祠（褘）洞，在黃鵠山陰。”

〔7〕譚：同“談”。

〔8〕萬曆戊子：即明神宗萬曆十六年（1588）。

〔9〕八楹：八柱。楹指廳堂前柱。

〔10〕皆伏：亭高屋低，故瓦如伏狀。餤靈苗：餤，同"啖"；靈苗，仙草。《拾遺記》："神芝發其异色，靈苗擢其嘉穎。"

〔11〕鍾：鍾愛。

此文作於明萬曆間。文首叙仙棗亭之來由；次叙有關仙棗的傳説，以證仙棗之説，由來已久；再歷叙黃鵠磯、黃鶴樓、吕仙亭、仙桃嶺諸多傳説與仙棗的關係，更增撲朔迷離之感；末記仙棗亭重建後作者憑欄眺望所見所感，以此作結。

序

方孝孺

方孝孺（1357—1402），字希直，一字希古，明代寧海（今屬浙江）人。洪武二十五年（1392），授漢中教授。惠帝時，遷侍講學士。燕王朱棣起兵，朝廷詔檄多出其手。燕兵入京師（今南京），棣命孝孺草即位詔，孝孺不從，被殺，宗族親友坐誅者數百人。福王時追謚文正。學者稱正學先生。工文章，醇深雄邁，每一篇出，海内争相傳頌。著有《遜志齋集》。

書黃鶴樓卷後〔1〕

奇偉絶特之觀，固無與於人事，然於其廢興，可以知時之治亂焉。〔2〕夫黃鶴樓以壯麗稱江、湘間。〔3〕當天下盛時，舟車旌蓋之來游，考鐘鼓，肆管弦，燕會於其上者，踵相接也。[4]元末諸侯之相持，武昌莽爲盜區，屠傷殺戮至於鷄犬，求尺木寸垣于頽城敗壘間而不可得，天下之亂極矣！[5]及乎真人既一海内，建親王鎮楚，以其地爲國都，旄頭屬車往來乎其上者，四時不絶。[6]盛世之美，殆將稍稍復睹。余恨不獲見之。

而是貌其狀甚悉，雲濤烟樹，咫尺千里，夏口、漢陽，蒼蒼如目睫。[7]展卷而卧閲之，恍然如乘扁舟出入洞庭、彭蠡之上，而與李白、崔顥輩同游也。今四方日就治平，而江、湘尤予所願游者。他日苟或一登，爲之賦咏，以追踪於古之作者，或者其始諸此乎！

【校注】

〔1〕《黃鶴樓集》題作“黃鶴樓詩卷序”，據《遜志齋集》改。

〔2〕絶特：卓异，超乎尋常。原作“紀特”，形近而誤，據《遜志齋集》改。無與句：謂與人事無關。

〔3〕《黃鶴樓集》于“鶴樓”前奪一“黃”字，據《遜志齋集》補。

〔4〕考：擊。《詩·唐風·山有樞》：“弗鼓弗考。”毛傳：“考，擊也。”肆：列。踵相接：接連不斷，一個緊跟一個。踵，脚後跟。

〔5〕諸侯：原作“諸雄”，據《遜志齋集》改。莽：亂貌。

〔6〕真人：謂帝王。《史記·秦始皇本紀》：“吾慕真人，自謂‘真人’，不稱‘朕’。”此指明太祖。此句《黃鶴樓集》作“大統既一海内”，據《遜志齋集》改。親王：皇族中封王者稱親王。洪武三年（1370），明太祖朱元璋封皇子朱楨爲楚王。十四年（1381）朱楨就國武昌。旄頭：即旄頭騎，指爲儀仗前導的騎士。《後漢書·光武帝紀》：“賜東海王强虎賁旄頭鍾虡之樂。”李賢注：“《漢官儀》曰：‘舊選羽林爲旄頭，被髮先驅。’魏文帝《列异傳》曰：‘秦文公時，梓樹化爲牛，以騎擊之。騎不勝，或墮地髻解被髮，牛畏之，入水。故秦因是置旄頭騎，使先驅。’”屬車：指楚王的侍從之車。

〔7〕而是：於是。貌：描摹，圖繪。杜甫《丹青引贈曹將軍霸》：“即今漂泊干戈際，屢貌尋常行路人。”此句《黃鶴樓集》作“兹焉睹其狀”，據《遜志齋集》改。咫尺句：形容在短小的畫幅内，能畫出寥廓深遠的景物。彦悰《後

畫録》："（宋展子虔）尤善樓閣人馬，亦長遠近山川，咫尺千里。"

　　本篇題書黄鶴樓畫卷，劈頭却由"於其廢興，可以知時之治亂"發慨，述以時之治亂與名樓興廢的關係，表達作者歷元末亂後喜慶明初世治的快慰心情。與北宋李格非《書洛陽名園記後》比讀，二文雖主旨不一，彼憂患世亂，此慶幸世治，然於名勝之興廢以見世之治亂的機杼則同。末尾始結出覽畫而欲一登的願望。

雜　記

黄鶴樓雜記

　　《通志》云，樓在黄鵠山，一名黄鶴山，自南朝已著，因山得名。世傳仙人王子安乘黄鶴過此；又云費文偉登仙駕黄鶴返憩於此；或引梁任昉《記》所謂駕黄鶴之賓乃苟叔偉，非文偉也。〔1〕又《報恩録》載：江夏郡辛氏沽酒爲業，有一先生魁偉藍縷入座，謂辛氏曰："有好酒飲吾否？"〔2〕辛飲以巨杯。明日復來，辛不待索而與之，如此半載，辛無倦意。一日謂辛曰："多負酒債，無錢酬汝。"取籃中橘皮畫鶴於壁，謂："客來飲酒，但令拍手歌之，其鶴必舞。將此酬酒債。"後客至，如其言，鶴果翩躚而舞，回旋宛爾，浪浪音律。〔3〕爲橘皮所畫，色黄，故人謂之黄鶴，莫不异之，欲觀者輒遺之金。十年間，家富巨萬。一日，先生至曰："向飲酒所答薄否？"辛謝曰："賴先生畫鶴，今至百倍，如少留，當舉家供備以謝先生。"先生笑曰："吾豈爲此。"取笛吹數弄，須臾，白雲自空飛來，先生跨所畫鶴，乘空而去。辛氏於飛升處建樓焉。

　　又廣漢張敬夫辨黄鶴樓以山而得名也。〔4〕唐圖經何自而爲怪説，謂費文偉仙去，駕鶴憩於此，閻伯理《記》中乃實其事；〔5〕或又引梁任昉

《記》，謂駕鶴之賓乃荀叔偉，非文偉。此皆因黃鶴之名而妄爲之説。樓旁有石照亭，不知何妄男子題詩窗間，遽相傳曰："此吕洞賓所書。"而蘇子瞻亦載馮當世之説，有"羽衣著屐"之詩。[6]嗚呼！寧有是理哉！大都世俗之好怪也。

　　按古字"鵠"與"鶴"通用，如"鵠不日浴而白""黃鵠之一舉兮"之類，皆鶴也。[7]故黃鵠山即黃鶴山，樓因以名，所從來遠矣！雖神仙之説固多窈冥，然天地之大，何所不有，存而不論可也，而遽謂之烏有，無亦信理之過乎！[8]《述异傳》云：荀叔瑋名環，事母孝，妙道術。游黃鶴樓，望西南有物飄然而來，乃一羽衣虹裳，駕鶴而至者。鶴止戶側、仙者就席，賓主款對，已而辭去，跨鶴騰空，眇然烟滅。[9]

　　樓後度吕仙亭而上，有石鏡亭，謂岩際石出，日照炯然，故名。[10]世傳郡太守與倅弈，忽一人至，云："太守弈敗。"[11]已而果然。隨於樓前吹笛，聲甚凄楚，太守迹之，遂失所在，惟見題一詩於亭，末書"吕"字。[12]又有奇章亭，爲牛僧孺宴處；[13]有壓雲亭，爲元世祖嘗駐蹕處。[14]二亭今廢，一石有"涌月臺"三字，書法遒美，雜草莽間，幾至剥蝕，吊古者惜之。

　　樓下有十盤亭，舊刻云："東有亭，西有庵，路十盤而上。"故名。宋慶曆間建，監茶柳應辰，蔡餘慶記。[15]今亭與刻皆廢。

　　夏口西南因磯爲墉，枕流而峙，曰黃鵠磯。磯上今爲觀音閣，云即古頭陀寺，然簡栖寺碑稱，南則大川浩汗，北則層峰削成，西眺城邑，東望平皋，而不及兹樓，豈樓制猶在其後邪？[16]

　　吕仙亭一在樓後，一在山下，皆以祠洞賓。《志》稱山下石壁上有吕仙像，又傳仙翁曾於此鬻桃，桃食之甚甘，可已腹疾；而人多爲妻子市，鮮遺其父母者，仙舉桃擲之，痕留石上宛然。[17]仙棗亭在武當宮後，是鵠山之巔，亦傳有吕仙迹，見舊記中。

　　《南遷録》云：江夏吕公洞前，有軍巡夜，見三人衣冠甚古，遺黃金數片，携以歸，光發，人争取之。訟於官，金遂化爲石，藏軍資庫。東坡鶴樓詩，全用此事。[18]

崔司封題鶴樓詩，李白見之，曰："眼前有景道不得，崔顥題詩在上頭。"[19]乃去而作《金陵鳳皇臺》詩。然說者猶謂崔詩前二聯不類律體。李詩無論鳳凰臺之作，當爲勁敵，即《鸚鵡洲》詩，格律清絶，未易軒輊。今集中有《望黄鶴樓》古詩，其他贈送諸作及此樓者獨多，一時推服之語，豈真閣筆乎！[20]

"一拳捶碎黄鶴樓，一脚踢翻鸚鵡洲"，人以爲非太白語，乃一禪僧用白前服崔詩事，綴二語於上，成一偈云；傍一僧亦舉前二語而續之曰："有意氣時消意氣，不風流處也風流。"又一僧云："酒逢知己，藝壓當行。"皆借用耳。然太白集實有"我已爲君捶碎黄鶴樓，君亦爲吾踢翻鸚鵡洲"等語。何物浮屠，乃爾舞文。[21]

元相國積之鎮江夏也，嘗秋夕登黄鶴，遥望漢江之濱，有光若殘星。[22]乃令人櫂小舟至江所，詢漁者，云："適獲一鯉。"其人携鯉而來。登樓，命剖之，腹中得古鏡二，如錢大，面背相合，背隱起雙龍，鱗鬣髯爪悉具，既磨瑩，愈有光耀。公寶之，常置巾箱中，相國終，鏡亦亡去。

王欽若父仲華侍其祖鬱官鄂，母李將免娠，一夕水大漲，遷黄鶴樓居焉，欽若遂生。[23]元威順王墓當樓前，爲小塔，用胡禮也。[24]雄據勝地，樵牧不及，憑欄撫景，憾不剗却！[25]

黎狀元淳，少有特操，俗傳樓中故多祟，諸生偕公省試登樓，戲謂之曰："若能於此宿，請爲若釀飲。"[26]公欣然留宿，至夜半，有物伺之，公起危坐，若有驚避，相訝呼"狀元"者云，又謂有置具於公前而去者，信然是公大魁之兆，不特花底呼姓名者矣！[27]

樓舊制下隆而上銳，望之如笋立，甚聳秀。嘉靖丙寅春，忽毀於火。[28]先是，癸亥秋，大雷火入樓中，殘其脊，云有妖，故擊之，人亦訛言樓中夜聞人聲，或爲樓當毀祥云。[29]今規制宏麗，稍加於舊矣。

隆慶庚午，父老請治樓，而難其材。[30]適有二楠漂江中，人牽挽之不可得，聞於官，郡守吳公令設祭江滸，木自浮至，遂任，未幾折除國諸名材益之，匠人某者偃卧樓址，精思三日夜，而始運斤成焉。[31]

鸚鵡洲以禰衡顯，顧江水渺漫，往不恒見，讖云：“州出郡中，當有高第。”灞陵橋亦然。[32]今水落沙明，州蟺蜿如偃月，灞陵橋時露故址，好事者間携酒游其上，大爲鶴樓增勝。[33]

【校注】

〔1〕任昉（460—508）：南朝梁博昌（今山東壽光）人，字彦升，仕宋、齊、梁三代。梁武帝時爲黃門侍郎，出爲義興、新安太守。擅長表、奏等各體散文，時有“任筆沈詩”之稱。有《述異記》二卷，似出後人依托。

〔2〕藍縷：亦作“襤褸”。《左傳》宣公十二年：“篳路藍縷，以啓山林。”杜預注：“藍縷，敝衣。”孔穎達疏：“《方言》云：楚謂凡人貧，衣破醜敝爲藍縷。服虔云：言其縷破藍藍然。”

〔3〕浪浪：形容音律節奏流暢。

〔4〕廣漢：縣名，漢置，屬廣漢郡。今屬四川省。張敬夫：即張栻，宋代廣漢人，居衡陽，世稱南軒先生。孝宗時，歷知撫州、嚴州，累官吏部侍郎兼侍講。復出知袁州、静江府。後任荆湖北路轉運副使，改知江陵府。卒年四十八。

〔5〕圖經：泛指圖書文籍。

〔6〕“羽衣著屐”詩：指蘇軾《李公擇求黃鶴詩因紀舊所聞於馮當世者》詩，中有“羽衣著屐響空山”之句。

〔7〕鵠不日浴二句：《莊子·天運》云：“夫鵠不日浴而白，烏不日黔而黑。”《楚辭·賈誼〈惜誓〉》：“黃鵠之一舉兮，知山川之紆曲；再舉兮，睹天地之圜方。”

〔8〕窈冥：深遠、奧妙。《淮南子·覽冥》：“得失之度，深微窈冥，難以知論，不可以辯説也。”

〔9〕款對：親切會晤。

〔10〕吕仙亭：《武昌府志》卷一“古迹”：“吕仙亭，即仙棗亭遺址，明景泰四年重建。”石鏡亭：《武昌府志》同上：“石鏡亭在黃鶴樓西，臨崖，舊有石如鏡，宋賀鑄後人爲亭以表之。今亭廢石亡。”烱然：明亮貌。

〔11〕倅：古時地方佐貳副官叫丞、倅。

〔12〕迹：追踪。

〔13〕牛僧孺（779—847）：唐代鶉觚（今甘肅靈臺）人，字思黯。貞元元年（785）進士。憲宗時累官御史中丞。穆宗時任吏部侍郎同平章事。敬宗時，出爲武昌軍節度使，封奇章郡公。與李宗閔、楊嗣復結爲朋黨，排斥异己，權震天下，時人稱爲“牛李”。新、舊《唐書》有傳。

〔14〕壓雲亭：《武昌府志》卷一“古迹”云“壓雲亭，在黄鵠山，元世祖嘗駐此，至正間建”。元世祖（1215—1294）：蒙古汗國成吉思汗之孫，名忽必烈。1260年繼其兄蒙哥即大汗位，建號中統，定都燕京（後改稱大都，即今北京）。至元八年（1271），定國號爲元。至元十六年滅宋。在位三十五年。駐蹕：帝王出巡，中途暫停，謂之駐蹕。蹕，原作驛，徑改。指帝王車駕。左思《吳都賦》：“于是弭節頓轡，齊鑣駐蹕。”

〔15〕慶曆：北宋仁宗趙禎年號（1041—1048）。監茶：宋代有提舉茶鹽之官，監茶爲其屬官。柳應辰、蔡餘慶：生平不詳。

〔16〕頭陀寺：王巾《頭陀寺碑文》云“頭陀寺者，沙門釋慧宗之所立也。南則大川浩汗，雲霞之所沃蕩；北則層峰削成，日月之所回薄；西眺城邑，百雉紆餘；東望平臬，千里超忽，信楚都之勝地也”。簡栖：王巾字。《輿地紀勝》：“鄂州；頭陀寺在清遠門外黄鵠山上，宋大明五年建。自南齊王巾作寺碑，遂爲古今名刹。”

〔17〕市：買。鮮：少。

〔18〕東坡鶴樓詩：見注〔5〕。

〔19〕崔司封：即崔顥。顥曾任司勛員外郎。司封乃司勛之誤。

〔20〕閣：同“擱”。

〔21〕浮屠：《後漢書·楚王英傳》云“晚節更喜黄老，學爲浮屠齋戒祭祀”。李賢注：“浮屠，佛也，西域天竺國有佛道焉。”此指僧人。

〔22〕元相國稹：稹原作“禎”，徑改。元稹（779—831），字微之，唐代河南人。長慶中，曾知制誥，拜同中書門下平章事。大和中，拜武昌軍節度使，卒。元稹獲鏡事載柳公權《小説舊聞録》；《三水小牘》題作“元稹烹鯉得鏡”。

〔23〕王欽若（962—1025）：宋代新喻（今江西新餘）人，字定國。

官至司空、門下侍郎、同平章事，封冀國公。欽若生于黃鶴樓之説，見《宋史》本傳。

〔24〕威順王：《元史·寬徹普化傳》云："寬徹普化，世祖雲孫，鎮南王脱歡子也。泰定三年，封威順王，鎮武昌，賜金印。"

〔25〕剗却：鏟掉。《戰國策·齊策一》："剗而類，破吾家。"

〔26〕黎狀元淳：即黎淳，字太樸，明代華容人。天順元年（1457）進士第一。成化中，官左庶子。後以南京禮部尚書致仕。釃：《禮記·禮器》云"《周禮》其猶醵與"。鄭玄注："合錢飲酒爲醵。"

〔27〕大魁：即狀元。陸游《老學庵筆記》九："四方舉人集京都，當入見，而宋公（宋郊）姓名偶爲衆人之首……然其後卒爲大魁。"

〔28〕嘉靖丙寅：嘉靖四十五年（1566）。

〔29〕癸亥：嘉靖四十二年（1563）。祥：徵兆，吉凶之兆。

〔30〕隆慶庚午：明穆宗隆慶四年（1570）。

〔31〕吴公：不詳。任：采用。

〔32〕灞陵橋：故址在鸚鵡洲中。

〔33〕蟺蜎：屈曲盤旋。《説文》："蟺，宛蟺也。"《文選》嵇康《琴賦》："瀄汩澎湃，蜎蟺相糾。"注："蜎蟺，展轉也。"

雜記大多據稗官小記，或析黄鶴之名，或究樓名之由，或載巷間傳聞，或述史事舊説。雖爲稗官之類，然叙事記人，多栩栩如生，新人耳目，可資參考。

黄鶴樓集卷下

黄鶴樓集補紀事

宇内以樓名者，蓋無如黄鶴樓云，而集故不傳。郡侯孫公始輯之，搜采亦既勤已；[1]乙未春，不佞偕計都門，友人黄可聖市書長安肆中，一散帙殘漫，僅可讀曰："黄鶴樓集。"[2]可聖售視余曰："樓故有集乎？"余閲之，則正德中憲副鄆公巘爲錫山秦中丞及西涯先生倡和諸作集之，因稍稍裒次，大較在郡公集者過半，其他多旁出蕪雜，猶之乎無集也。[3]余歸述之於公，公曰："余嚮劇簿書而操文墨，謂是集創爲耳，兹即非善本，曷參訂之？"[4]遂索之可聖，所取未備者，屬游生書，而不佞爲校舛訛。[5]會鄒吏部傳本寧太史詩至，公亟命録，乃李獻吉、何仲默二先生樓中無專題，見之次漢陽二詩。[6]余因請之公曰："此當代崔李也，可不藉之重乎？"公唯唯。刻成，公題之曰《黄鶴樓集補》。

余不佞謂山川以景物著，而景物以賦咏章，兩者常相待以爲勝，非是則宇宙刍狗耳，安所稱鉅麗也！[7]且文林藻士，送目嘔心，豈盡流連光景，無亦其憂生憤世之懷，欲發舒無從而聊寓之延眺，故登臺愁嘆，憑軒涕流，新亭、峴首之慨，後先一揆而已。[8]如必以爲是疥壁，是覆瓿，不盡欲關諸品題者口，令宇宙刍狗乎？[9]甚矣！人之好慧也。夫扶輿不能盡鑱山川之嵚岑谽壑者，而夷爲墳衍；山川不能盡易樓臺之聳特挺秀者，而降爲蓬堵，勝有所鍾也。[10]即兹樓毁而愈新，造物亦若陰護之，以勝吾楚。何樓之待以爲勝者，率堙弃之不少惜，甚矣！人之好慧也。

　　公既輯是集，復拾殘漫、掇遺逸如不及，真抽揚小善，不啻若已有哉！〔11〕集中如南樓、北榭雖圮廢，而魯直諸作者詩，公尚附之，曰："吾不欲其廢也。"〔12〕惟禰正平《鸚鵡賦》暨《吊鸚鵡洲》賦咏，不佞間請之公，公愀然曰："姑舍是，是非余輯鶴樓集指也。"〔13〕嗚呼！公之意念深遠矣！安得起正平輩於九京而與公遇也。〔14〕公刻有《楚紀》《武昌郡志》，皆列在文苑。可聖名養正；游生名天衢，江夏人。

　　萬曆丙申歲仲春望日，郡治後學任家相頓首謹書。〔15〕

【校注】

〔1〕孫公：即武昌府知府孫承榮。

〔2〕乙未：即明萬曆二十三年（1595）。不佞：《左傳》成公十三年："君若不施大惠，寡人不佞，其不能（以）諸侯退矣。"猶不才，此爲己之謙稱。偕計：猶計偕，指舉人參加會試。柳宗元《開國伯柳公（渾）行狀》："開元中舉汝州進士，計偕百數，公爲之冠。"都門：《漢書·王莽傳》："兵從宣平城門入，民間所謂都門也。"顏師古注："長安城東出北頭第一門。"此指京都。

〔3〕正德：明武宗朱厚照年號。憲副：指湖廣按察副使。鄆公巘：即鄆巘，生平不詳。秦中丞：即湖廣按察使秦金。西涯先生：李東陽之號。裒次：彙集編輯。

〔4〕劇：苦於。簿書：文書。《漢書·禮樂志》："而大臣特以簿書不報期會爲故。"顏師古注："簿，文簿也。故爲大事也。言公卿但以文案簿書報答爲事也。"曷：何不。

〔5〕游生：名天衢，江夏人。當爲作者弟子。

〔6〕鄒吏部、寧太史：不詳。李獻吉：李夢陽字。何仲默：何景明字。

〔7〕章：著名。鉅：通"巨"，大。《禮記·三年問》："創鉅者其日久，痛甚者其愈遲。"

〔8〕新亭：詳前注。峴首：即峴山，亦名峴首山，在今湖北襄陽市南。《晉書·羊祜傳》："祜樂山水，每風景必造峴山，置酒言咏，終日不倦。嘗

慨然嘆息，顧謂從事中郎鄒湛等曰：‘自有宇宙，便有此山，由來賢達勝士，登此遠望如我與卿者多矣！皆煙滅無聞，使人悲傷！如百歲後有知，魂魄猶應登此也。’”一揆：《孟子·離婁下》：“先聖後聖，其一揆也。”

〔9〕疥壁：《酉陽雜俎·語資》：“大曆末，禪師玄覽住荊州陟岵寺……張璪嘗畫古松於齋壁，符載贊之，衛象詩之，亦一時三絶。覽悉加塈焉。人問其故，曰：‘無事疥吾壁也。’”謂壁上所題書畫如疥瘢。覆瓿：《漢書·揚雄傳贊》：“而鉅鹿侯芭常從雄居，受其《太玄》《法言》焉。劉歆亦嘗觀之，謂雄曰：‘空自苦！今學者有禄利，然尚不能明《易》，又如《玄》何？吾恐後人用覆醬瓿也。’”醬瓿，醬罐子，喻其無價值。

〔10〕扶輿：《楚辭·九懷·昭世》云：“登羊角兮扶輿，浮雲漠兮自娱。”嶔岑：高險貌。谽壑：形容山谷空深之貌。夷：平。墳衍：肥沃平曠的土地。

〔11〕抽揚：謂選出以表揚。謝朓《拜中軍記室辭隨王箋》：“褒采一人，抽揚小善。”

〔12〕魯直諸作：指黃庭堅七絶《鄂州南樓書事四首》。

〔13〕指：宗旨。

〔14〕九京：《禮記·檀公下》云：“是全要領以從先大夫於九京也。”鄭玄注：“晋卿大夫之墓地在九原，京蓋字之誤，當爲原。”後遂以稱墓地。

〔15〕萬曆：明神宗朱翊鈞年號。丙申：即萬曆二十四年（1596）。

　　文首記《補集》得之偶然；次述孫公參訂校勘之勞；中間一大段爲作者議論，所謂“山川以景物著，而景物以賦咏章”之論堪稱卓見；又賦咏之中必有憂生憤世之懷，感嘆流涕之狀，乃人情蓄之於胸而感於山川之勝，亦自然之理；末述孫公纂輯是集之旨及抽揚小善之功，贊其用心之深。

黃鶴樓集補

五言古

李　白

江夏寄漢陽輔録事〔1〕

　　誰道此水廣，〔2〕狹如一匹練。〔3〕江夏黃鶴樓，青山漢陽縣。〔4〕大語猶可聞，故人難可見。君草陳琳檄，〔5〕我書魯連箭。〔6〕報國有壯心，龍顏不回眷。〔7〕西飛精衛鳥，東海何由填。〔8〕鼓角徒悲鳴，樓船習征戰。〔9〕抽劍步霜月，夜行空庭遍。〔10〕長吁結浮雲，〔11〕埋没顧榮扇。〔12〕他日觀軍容，〔13〕投壺接高宴。〔14〕

【校注】

　　〔1〕輔録事：即輔翼，時在鄂州刺史幕中任録事參軍，爲作者好友。《泛沔州城南郎官湖》序有“席上文士輔翼、岑静以爲知言”等語。李白尚有《贈漢陽輔録事二首》，知輔翼於唐肅宗上元元年（760）罷官去。録事，即録事參軍，亦稱録事參軍事，掌管文簿。唐代爲州刺史屬官。

　　〔2〕誰道句：《詩·周南·漢廣》：“漢之廣矣，不可泳思。”

　　〔3〕狹如句：狹如，原作“復如”，據李白集改。李白《秋浦歌十七首》之十二：“水如一匹練，此地即平天。”

　　〔4〕青山句：青山，指漢陽縣東北的大別山，與江夏郡城東南的黃鶴樓隔水相對。陸游《入蜀記》：“鄂州西與漢陽相對，止隔一水，人物草木可數。”

〔5〕陳琳檄：陳琳（？—217），字孔璋，三國魏廣陵（今江蘇揚州市）人。曹操以爲司空軍謀祭酒，管記室，軍國書檄，多爲其所作，世稱陳記室。《三國志·陳琳傳》裴松之注引《典略》曰：“琳作諸書及檄，草成呈太祖。太祖先苦頭風，是日疾發，卧讀琳所作，翕然而起曰：‘此愈我病。’”

〔6〕魯連箭：魯連，即魯仲連，戰國時齊人。燕將攻占齊國聊城，因被讒不敢回燕國。齊國圍攻聊城，歲餘不下。仲連作致燕將書，繫於箭上，射往城中。燕將見仲連書，進退維谷，乃自殺，齊國收復聊城。魯仲連屢建奇功，功成身退，不肯做官，李白非常崇拜他。《古風五十九首》其十云：“齊有倜儻生，魯連特高妙。明月出海底，一朝開光耀。却秦振英聲，後世仰末照。意輕千金贈，顧向平原笑。吾亦澹蕩人，拂衣可同調。”

〔7〕回眷：眷顧。

〔8〕西飛二句：《山海經·北山經》云：“炎帝之少女，名曰女娃。女娃游於東海，溺而不返，故爲精衛，常銜西山之木石，以堙於東海。”

〔9〕鼓角二句：指輔録事參與組織軍事演習。樓船，大船。

〔10〕抽劍二句：作者自謂報國心切，夜不能寐。

〔11〕長吁句：意謂長吁之氣，上升凝結爲浮雲。

〔12〕顧榮扇：顧榮（？—312），字彥先，晋吳郡吳縣（今屬江蘇）人。歷官尚書郎、太子中舍人，遷廷尉正。惠帝時，授散騎常侍，以世亂不應詔，遂還吳。廣陵相陳敏起兵割據，以顧榮爲右將軍、丹陽内史。不久，顧榮與甘卓密謀起兵討陳敏，陳敏率萬餘人迎戰，不得渡江。顧榮以白羽扇指揮，叛軍潰散，陳敏被殺。

〔13〕觀軍容：唐制，刺史領軍開府，始設録事參軍，故謂拜訪輔翼爲觀军容。

〔14〕投壺句：《後漢書·祭遵傳》云：“遵爲將軍，取士皆用儒術，對酒設樂，必雅歌投壺。”高宴，盛宴。原作“高晏”，徑改。

這首詩爲李白南流夜郎遇赦歸江夏而作。詩人慨嘆自己和友人空有滿腹韜略和報國壯心，汲汲於王事，但因得不到皇帝賞識，長被埋沒，詩人自己也遭遠謫。不平之氣，直衝雲霄。

楊　基

　　楊基（1326—？ ），字孟載，號眉庵，明代吳縣（今屬江蘇）人。元末隱居赤山，曾入張士誠幕爲記室。明太祖洪武二年（1369）任滎陽知縣，後薦爲江西行省幕官，以事削職。洪武六年起官，奉使湖廣。歷官兵部員外郎、山西按察使。被讒奪官，謫輸作，卒於工所。

　　楊基爲明初著名詩人，與高啓、張羽、高貴合稱吳中四杰。有《眉庵集》。

招鶴詞爲薛復善賦[1]

　　朝放黃鶴去，暮招黃鶴歸。翩翩兩黃鶴，朝暮相隨飛。朝飛向三山，[2]暮歸向遼海。[3]雖云城郭是，但覺人民改。[4]曾邀王子晋，去謁浮丘公。[5]丹霞映碧水，萬里瑤臺風。瑤臺十二樓，[6]琪樹珠花繞。[7]時與五色鸞，[8]雙飛啄瑤草。[9]天風一飄蕩，瞬息三千春。[10]回首清淺波，沸沸揚清塵。[11]青鸞既退飛，[12]丹鳳亦高舉。獨招黃鶴歸，静對黃鶴語。黃鶴如有意，起舞春風前。一笑上黃鶴，逍遙凌紫烟。[13]

【校注】

　　〔1〕原題作“招鶴爲薛復善賦”，據《眉庵集》改。薛復善，不詳，疑爲騷人羽士之流。

　　〔2〕三山：指神話傳説海中三神山：蓬萊、方丈、瀛洲。

　　〔3〕暮歸：原作“暮飛”，據《眉庵集》改。遼海：即遼東。以其地近渤海，故亦稱遼海。

〔4〕雖云二句：語本丁令威化鶴歸遼東的傳説。《搜神記》卷一："鶴乃飛，徘徊空中而言曰：'有鳥有鳥丁令威，去家千年今始歸；城郭如故人民非，何不學仙冢纍纍。'"

〔5〕曾邀二句：王子晋、浮丘公皆爲古代傳説中仙人。王子晋，亦稱王子喬。《太平廣記》卷四引《列仙傳》云："王子喬者，周靈王太子也。好吹笙作鳳凰鳴，游伊、洛之間，道士浮丘公接以上嵩山。三十餘年後，求之於山，見桓良曰：'告我家，七月七日，待我於緱氏山頭。'果乘白鶴駐山嶺，望之不到，舉手謝時人，數日而去。"

〔6〕瑶臺句：瑶臺，傳説中神仙所居。李商隱《無題》："如何雪月交光夜，更在瑶臺十二層？"

〔7〕琪樹句：《文選·孫綽〈游天台山賦〉》云："琪樹璀璨而垂珠。"吕延濟注："琪樹，玉樹。"

〔8〕五色鸞：古謂鳳凰之屬，赤色五彩。

〔9〕瑶草：仙草。

〔10〕三千春：王世貞《爲林子騰茂才題桃源圖壽》云："祝君度索三千春，有子仍爲金丹珍。"

〔11〕回首二句：波，《眉庵集》作"處"。沸沸，原作"拂拂"，非。二句本《神仙傳》，喻世事的重大變遷。《太平廣記》卷六十引《神仙傳》云，東漢桓帝時，神仙王遠，字方平，降於蔡經家。麻姑亦至。"麻姑自説云：'接侍以來，已見東海三爲桑田。向到蓬萊，水又淺於往者，會時略半也，豈將復還爲陵陸乎？'方平笑曰：'聖人皆言海中復揚塵也。'"

〔12〕青鸞：鳳屬。古謂多赤色者爲鳳，多青色者爲鸞。遐飛：《眉庵集》作"西飛"。

〔13〕逍遥：原作"招摇"，據《眉庵集》改。紫烟：紫雲，瑞雲。《文選·郭璞〈游仙詩〉》："赤松臨上游，駕鴻乘紫烟。"

詩題爲招鶴詞，寫鶴而非寫樓。全詩表現了對游仙學道的向往與追求，而在這背後，流露出世事丕變、滄海桑田的慨嘆。作者入明以後所寫詩，多有懷念元王朝之作，疑此詩爲明初所作。

葉子奇

葉子奇，字世杰，號靜齋，又號草木子，明初浙江龍泉人。早年與處士王毅交游，倡導以静爲主的修身治學方法。入明以後，曾授巴陵主簿，以事牽連下獄，仍堅持著述。著有《草木子》四卷。

南　樓[1]

秋夜尋笛聲，徘徊上南樓。南樓何峭麗，下瞰大江流。昔王事宴賞，[2]往往乘清秋。七十二女娥，雙雙發秦謳。[3]爲樂苦未央，[4]明月滿上頭。豈知慢藏多，[5]骨肉散不收。雕墻雨久蝕，繪壁苔空稠。尚有松柏風，吹聲落岩幽。[6]我來憑其墟，北望古神州。[7]

【校注】

〔1〕南樓：即武昌黃鶴山頂之南樓。宋民望《重建南樓記》云：“南樓在楚觀右，黃鶴樓左。非重屋而謂之樓者，因山而梯也。登梯而望，前鸚洲後北榭，大別山其西，鳳凰山其東，蜀江之水南來而西注。”樓於元英宗至治二年重建，後因年久失修，至明初已凋敝不堪。

〔2〕昔王：前代王侯貴戚。

〔3〕秦謳：《列子·湯問》云：“薛譚學謳於秦青，未窮青之技，自謂盡之，遂辭歸。秦青弗止，餞於郊衢，撫節悲歌，聲振林木，響遏行雲。”張湛注：“二人并秦國之善歌者。”後遂泛稱樂歌爲秦謳。

〔4〕未央：未盡。

〔5〕慢藏：守財不謹。《易·繫辭上》："慢藏誨盜，冶容誨淫。"此句及下句意謂昔王之後不能守成，致使家室衰敗，骨肉不收。

〔6〕吹聲句：意謂風吹松柏之聲，傳至岩底幽深之處。

〔7〕神州：指京師北京。

南樓自宋代以來，屢建屢修，爲東南登臨樓閣之冠。後以年久失修，加以戰亂頻仍，遂日益凋敝。作者登臨憑吊，緬懷前代王孫的勝游清賞，不勝今昔之嘆。

北　榭〔1〕

北榭憑回風，〔2〕嶪岌古城隈。〔3〕瓊窗映綺户，〔4〕出入相褰開。〔5〕向爲何王宮，而今安在哉？獨有檐外花，隨風散瓊瑰。〔6〕苟尚存此居，孰使行人來？〔7〕空階落桂子，〔8〕點點令人哀。

【校注】

〔1〕北榭：臺榭名，在南樓之後。李廌《鄂州重修北榭記》云："鄂渚之勝，以南樓北榭并稱"，"宏敞翬翼，與南樓巋然相望"。

〔2〕回風：旋風，大風。

〔3〕嶪岌：一作"岌嶪"，高大雄偉之貌。《文選·張衡〈西京賦〉》："狀崬峨以岌嶪。"張銑注："岌嶪，高壯貌。"

〔4〕瓊窗：玉窗。綺户：猶云繡户。

〔5〕出入句：意謂窗簾、門簾，依次捲起。褰，提起，捲起。

〔6〕隨風句：意謂白色花朵，如珠玉散落。

〔7〕苟尚二句：意謂北榭尚存，就會吸引游人前來游覽。

〔8〕空階句：宋之問《靈隱寺》："桂子月中落，天香雲外飄。"

這也是一首登臨懷古之作。北榭於南宋時曾重修，歲久荒蕪。作者憑吊前王遺迹，唯有檐外落花，空階桂子，伴人幽思。

七言古

楊　基

黃鶴樓看雪[1]

黃鶴樓前水平岸，春雪當空舞繚亂。東風知有客登樓，[2]助以瓊瑤作奇觀。[3]昔人黃鶴去不回，[4]我騎白鳳橫江來。遙看歷歷漢陽樹，[5]一色盡是梨花開。[6]人間何處稱奇絕，[7]百尺欄干滿江雪。氣壓滕王閣上雲，[8]興高庾亮樓中月。[9]瀛洲只尺非難到，[10]鶴背琪花落紗帽。[11]載酒誰能問謫仙，[12]題詩未必無崔顥。江山得此清無敵，頃刻銀蟾蕩瑤碧。[13]更着仙人紫綺裘，[14]臥聽呂岩吹鐵笛。

【校注】
〔1〕《眉庵集》詩前有序云：“洪武癸丑臘月十一日夜抵武昌。是夜風雪交作，向曉雪深二尺，因登樓賦此。”
〔2〕東風句：《眉庵集》作：“東風知我欲登樓。”
〔3〕瓊瑤：喻雪潔白似珠玉。
〔4〕昔人句：本崔顥“昔人已乘黃鶴去”詩句。
〔5〕遙看句：本崔顥“晴川歷歷漢陽樹”詩句。
〔6〕一色句：岑參《白雪歌送武判官歸京》云：“忽如一夜春風來，千樹萬樹梨花開。”

〔7〕稱奇絶：《眉庵集》作"最佳絶"。

〔8〕閣上雲：《眉庵集》作"閣下雲"。

〔9〕興高句：晉庾亮鎮武昌，乘秋月登南樓與僚屬談咏，故名樓爲庾亮樓，亦稱玩月樓。故址在今湖北鄂州市南。

〔10〕瀛洲：喻黄鶴山。

〔11〕琪花：琪花瑶草，皆指仙界花草。紗帽：《眉庵集》作"烏帽"。

〔12〕謫仙：指李白。

〔13〕銀蟾：月亮。瑶碧：碧水，指江水。

〔14〕紫綺裘：據《金坡遺事》載，李白居金陵時，着紫綺裘，烏紗巾，與酒客棹歌秦淮河上。

　　洪武六年（1373）歲暮，作者奉使湖廣，此首及下一首即作於此時。作者時初起官，但詩中毫無世俗的沉浮之嘆，而是滿腔豪興，登臨欣賞黃鶴樓雪景奇觀。在作者筆下，眼前的滿樹梨花滿江雪，再現出人間仙景，作者的心又與仙人相通了。

雪中再登黃鶴樓

　　平生不願萬戶侯，亦不願識韓荊州。[1]但願武昌連日雪，日日醉登黃鶴樓。樓前絶景冠今古，況有繽紛雪花舞。玉樹參差認漢陽，瀛洲浩蕩迷鸚鵡。[2]江頭兒女走欲顛，[3]謂我似是騎鶴仙。白雲飛盡黃鶴去，[4]此景不見今千年。我拍闌干爲招手，世上神仙亦何有？桃李非無頃刻花，江湖盡是逡巡酒。[5]他日重來五百春，[6]樓前花草一番新。相逢不識純陽子，何用重尋回道人。[7]

【校注】

〔1〕平生二句：李白《與韓荊州書》："生不用封萬户侯，但願一識韓荊

州。"韓荆州，即韓朝宗，唐代京兆長安人。曾任荆州長史。

〔2〕瀛洲：喻鸚鵡洲。鵡，原作"武"，徑改。

〔3〕走欲顚：跑時幾乎跌倒。

〔4〕白雲句：本崔顥"黃鶴一去不復返，白雲千載空悠悠"詩句。

〔5〕桃李二句：韓湘《言志》云："解造逡巡酒，能開頃刻花。"逡巡亦頃刻之意，謂頃刻釀成之酒。

〔6〕五百春：以五百年爲一春，言壽命之長。《莊子·逍遙游》："楚之南有冥靈者，以五百歲爲春，五百歲爲秋。"冥靈，神話傳說中樹木名。成玄英疏："冥靈五百歲而花生。"

〔7〕相逢二句：純陽子、問道人，皆爲呂洞賓的別號。此處乃作者自喻。

　　詩中表現了作者淡泊功名，醉心於山水的志趣，以對游仙的寄托與向往，來表現作者對現實的背離與超越。這也是作者對新王朝的政治態度的某種流露。

倪　敬

　　倪敬，字汝敬，明代無錫人。正統十三年（1448）進士。景泰初，以監察御史巡按山西、福建，所至有聲。景泰六年（1455），以上疏諫事，謫廣西宜山典史。天順初，改授祥符知縣，復遷都督府都事，隨安遠侯柳溥西征。次年師還卒。有《倪汝敬集》。

黃鶴樓

　　黃鶴高樓幾千載，黃鶴高樓今尚在。黃鶴仙人不復回，空餘江水東流海。[1]江水東流春復秋，昔人感慨今人愁。憑高日暮望鄉國，碧天空闊雲悠悠。[2]

【校注】

〔1〕空餘：《倪如敬集》作“惟餘”。

〔2〕碧天句：《倪如敬集》作“碧雲天遠空悠悠”。

全詩本崔顥《黃鶴樓》詩意，敷演而成。當然，詩中也流露出作者懷古思鄉的淡淡愁思。

俞振才

避暑漫興

大塊混淪開此境，〔1〕白雲繚繞登斯樓。長嘯坐疑銀漢響，〔2〕狂歌醉覺青山浮。恍見仙人跨黃鶴，羽衣鐵笛隨風流。面面松篁鎖晴翠，〔3〕芙蕖苒苒香初柔。〔4〕老龍倏忽放新雨，南薰薦爽烟埃收。〔5〕長梯願食華峰藕，〔6〕赤壁好弄坡翁舟。〔7〕落落層冰水晶府，〔8〕皚皚積雪昆侖丘。洞然八極在方寸，〔9〕萬斛一洗生平愁。〔10〕龍蛇縱橫筆底陣，花鳥構結吟邊讎。〔11〕三山青青眼中小，〔12〕携手臣鰲頭上游。〔13〕

【校注】

〔1〕大塊句：謂宇宙未分，即有此勝境。大塊，宇宙。《莊子·大宗師》：“夫大塊載我以形，勞我以生。”混淪，宇宙混沌未分之時，亦作“渾淪”。《列子·天瑞》：“氣形質具而未相離，故曰渾淪。渾淪者，言萬物相渾淪而未相離也。”

〔2〕銀漢響：銀河水響。

〔3〕松篁：松竹。

〔4〕芙蕖：荷花。茬苒：柔弱貌。慧琳《一切經音義》卷八："茬苒，草弱貌也。"

〔5〕南薰：和風。相傳虞舜有《南風》詩，詩云："南風之薰兮，可以解吾民之慍兮。"南薰即木此。薦爽：猶送爽。

〔6〕華峰藕：華峰，華山中峰的蓮花峰，相傳上生千葉蓮花。

〔7〕坡翁：指蘇軾。蘇軾有《赤壁賦》，記泛舟赤壁之事。

〔8〕落落：堅硬之貌。《晏子春秋·問下》："堅哉石乎落落。"此句及下句謂作者因避暑而聯想到水宮層冰、昆崙積雪。

〔9〕洞然句：意謂八荒之地均了然於胸。方寸，内心。

〔10〕萬斛：指萬斛酒。古十斗爲一斛。

〔11〕龍蛇二句：意謂作者提筆抒懷，筆底如龍蛇縱橫；吟咏之處，花鳥交相輝映。儷，匹敵。

〔12〕三山：此處當指傳説中海中三神山。《史記·秦始皇本紀》："齊人徐市等上書，言海中有三神山，名曰蓬萊、方丈、瀛洲，仙人居之。"

〔13〕携手句：《列子·湯問》載，渤海之東有五神山，一曰岱輿，二曰員嶠，三曰方壺，四曰瀛洲，五曰蓬萊。五山之根，無所連着，常隨波濤上下往還。天帝乃令巨鰲舉首戴山，五山始峙。詩稱臣鰲，乃對天帝而言。臣，誤，當爲"巨"。

　　此詩當爲作者任湖廣按察副使時所作。詩的前半部分寫黄鶴樓夏景，果爲避暑勝地。後半部分漫想感興，亦處處與消暑相關。作者狂歌醉吟，筆底龍蛇，表現了豪放的詩人氣質。

劉　丙

　　劉丙，字文焕，明代安福（今屬江西）人。成化末進士。以御史巡按雲南，歷福建、四川副使，遷四川左布政使。正德六年（1511），以右副都御史巡撫湖廣，出兵鎮壓貴州等處苗民，官至工部右侍郎。
兩年後，犯風痹，得疾卒。

鳳山約游鶴樓，阻雨不果，即舊院對酌 [1]

橫江風雨舟難泊，空擬登樓醉黃鶴。物情何處不撩人，[2] 細入纖毫
渺虛廓。乾坤萬象誰斧鑿，吳楚一隅自聯絡。康莊聊爾試霜蹄，[3] 枳棘
焉能留阿閣。[4] 回頭濕翠擁群峰，仿佛身在蓬萊宮。急呼斗酒供戲謔，[5]
笑指鴻毛付窮通。[6] 青天故墮杯中月，[7] 白羽時生醉後風。[8] 友道寥
寥今如此，君方盛年我已翁。平生交游多俊彥，達者幾人存者半。[9] 夜
慚故舊却關西，[10] 秋入蒓鱸憶張翰。執手槎頭話別難，[11] 江空帆遠
天邊見。柏古還持歲晏心，[12] 桃紅欲破春光面。直教海晏與河清，肯
使三江獨如練。[13] 歌殘雨歇客燈孤，嘹唳鶴聲在雲漢。[14]

【校注】

〔1〕鳳山：即秦金。舊院：指湖廣撫院舊署。按，撫院及布政使、按察使
司舊署均在黃鶴山。

〔2〕物情：景物，風物。此句及下句謂遠景、近景，皆撩人情思。

〔3〕康莊：四通八達的大道。《爾雅·釋宮》：“五達謂之康，六達謂之
莊。”《晏子春秋·問下》：“异日，君過於康莊，聞甯戚歌，止車而聽之。”
霜蹄：駿馬之蹄。杜甫《韋諷録事宅觀曹將軍畫馬圖引》：“霜蹄蹴踏長楸間，
馬官廝養森成列。”

〔4〕枳棘：枳、棘皆多刺，故以喻惡木。阿閣：樓閣有四柱者謂之阿閣。
《文選·古詩十九首》之五：“交疏結綺窗，阿閣三重階。”李善注：“《周書》
曰：‘明堂咸有四阿。’然則閣有四阿者謂之阿閣。”此處指黃鶴樓。

〔5〕急呼句：李白《將進酒》：“陳王昔時宴平樂，斗酒十千恣歡謔。”

〔6〕窮通：困窮與顯達。《莊子·讓王》：“子貢曰，古之得道者，窮亦

樂，通亦樂，所樂非窮通也。"此句謂視窮通之途如鴻毛，不以爲意。

〔7〕青天句：李白《把酒問月》云："青天有月來幾時？我今停杯一問之。"

〔8〕白羽：白羽扇。

〔9〕達：指仕途通達。

〔10〕却：辭，離去。關西：本指函谷關以西，此處當指秦嶺以南巴蜀之地。作者由四川左布政使遷湖廣，故云。

〔11〕槎頭：船頭。

〔12〕柏古句：本《論語·子罕》："歲寒然後知松柏之後凋也。"歲晏，歲暮。

〔13〕三江：泛指長江衆水流。

〔14〕嘹唳：形容鶴聲嘹亮凄清。

　　作者與秦金正德中先後巡撫湖廣，此詩步韵李東陽、秦金唱和之作，當作於正德九年以後。時秦金不滿四十，作者已入暮年。詩中描寫作者珍視友道，緬懷故舊，付窮通於鴻毛，秉氣節如松柏。《明史》説他"操履清介"，不爲無據。

陳　雍

寄題鶴樓

　　萍梗長年嘆漂泊，忽詫姿容同海鶴。[1]胸中丘壑未足論，眼底山川自恢廓。[2]江漢合流非禹鑿，黄鵠東來勢聯絡。[3]仙人騎鶴去不返，千載令人仰樓閣。此是湖南第一峰，東海那有蓬萊宮！[4]危梯直上復直上，[5]人語似與丹霄通。當年我獨快登此，[6]肘腋不覺生清風。[7]鐵笛亭邊醉欲倒，[8]接䍦倒着如山翁。[9]別來每憶同時彦，存殁榮枯强相半。〔10〕多情知有樓頭月，夜夜流光照詞翰。〔11〕我今重來近廿載，〔12〕望望斯樓不可見。樓兮樓兮幾度新，無乃相忘舊人面。欲賦微詞紀今昔，〔13〕目睇江雲手披練。〔14〕雙江一點朝宗心，〔15〕日夜東馳附江漢。

【校注】

〔1〕姿容：當指黃鶴樓的山川形勝。

〔2〕胸中二句：黃庭堅《題子瞻枯木》：“胸中元自有丘壑，故作老木蟠風霜。”丘壑，指繪畫的構思。此二句意謂畫家的構思布局遠不及眼前的山川氣勢闊大。

〔3〕黃鵠：指黃鶴山。山自東南蜿蜒而來，故云東來。

〔4〕此是二句：首句指黃鶴山，次句喻黃鶴樓。詩中以湖南泛指兩湖一帶。

〔5〕危梯：高梯。

〔6〕快：愉快。

〔7〕肘腋句：盧仝《謝孟諫議新茶》：“唯覺兩腋習習清風生。”

〔8〕鐵笛亭：即黃鶴樓東的呂仙亭。

〔9〕接䍦句：接䍦，帽名。一作“接籬”。《世説新語·任誕》：“山季倫（簡）爲荆州，時出酣暢，人爲之歌曰：‘山公時一醉，徑造高陽池。日暮倒載歸，酩酊無所知。復能乘駿馬，倒着白接䍦。’”山公，即山簡，此乃作者自喻。

〔10〕榮枯：喻得失盛衰。曹植《贈丁翼》：“積善有餘慶，榮枯立可須。”

〔11〕流光：月光。曹植《七哀詩》：“明月照高樓，流光正徘徊。”詞翰：自注云：“曾與鄧户部倡和有詩。”

〔12〕近廿載：此詩作於正德九年後，則作者初登黃鶴樓當在弘治十年（1497）前後。

〔13〕微詞：委婉之辭。

〔14〕手披練：以手撥弄江水。

〔15〕雙江：李白《寄當塗趙少府炎》：“晚登高樓望，木落雙江清。”

　　此詩亦步韻東陽、秦金唱和之作，當作於正德九年之後。二十年前作者曾登臨黄鶴樓，有本集中七律二首可證。前二首云"東西别"，此首又云"東馳"，則作者兩度所赴之地當在江夏以西。此番"重來"，未能重游江夏舊地，心馳神往，懷想之情，如江水不絶。

吴廷舉

　　吴廷舉，字獻臣，明代梧州（今屬廣西）人。成化二十三年（1487）進士。授順德知縣。弘治十年（1497），遷成都同知。弘治十四年後，以廣東用兵，擢廣東僉事，從總督潘蕃平定境内民變。正德初，歷廣東副使，以事戍雁門，旋赦還，擢江西右參政。正德七年（1512），佐總督陳金用兵江西有功，遷廣東右布政使，擢右副都御史。正德十二年八月，奉旨賑湖廣饑。嘉靖初，召爲兵部右侍郎，改南京工部，復遷右都御史，巡撫應天。嘉靖三年（1524），以南京工部尚書致仕。

登黄鶴樓步韵

　　磯頭往歲曾漂泊，恍惚層空舞孤鶴。[1]皇華照眼今登樓，[2]步屧軒昂意開廓。[3]主人本屬杜陵豪，[4]玉壺載酒青絲絡。[5]鄂渚城中十萬家，望我如在通明閣。[6]峻極於天祝融峰，[7]焕乎有文太和宫。[8]合與此樓爲三杰，地位稍遠地脉通。老夫家住蒼梧郡，欲歸奈阻洞庭風。[9]朝駕白雲暮即到，安得仙術如回翁？[10]憑高訪古求鄉彦，[11]朝市山林各居半。[12]孟郭前朝老隱淪，[13]善邑父子流詞翰。[14]方今作者有蘆泉，[15]誰謂古人不可見！狂吹鐵笛聲撼天，曲罷梅花飛滿面。[16]江山無語謝發揮，民物有情誰綜練。[17]主人毋浮我太白，[18]渴我思欲吞江漢。

【校注】

〔1〕層空：高空。

〔2〕皇華：《詩·小雅·皇皇者華》序云：“君遣使臣也，送之以禮樂，言遠而有光華也。”後遂以皇華爲天子使臣的代稱。《文選·王融〈永明十一年策秀才文〉》：“歌皇華而遣使，賦膏雨而懷賓。”

〔3〕步屧句：謂步履軒昂，意氣豪邁。

〔4〕杜陵豪：杜陵在今陝西西安市西南，古爲豪俠聚居之地。

〔5〕青絲絡：以青絲擊壺。

〔6〕通明閣：即通明殿，神話傳説中玉帝所居。蘇軾《次韻樂著作天慶觀醮詩》：“無因上到通明殿，祇許微聞玉佩音。”

〔7〕祝融峰：衡山最高峰，上有青玉壇及望日、望月二臺。

〔8〕焕乎：《論語·泰伯》云：“焕乎，其有文章。”何晏集解：“焕，明也。”太和宫：湖北境内武當山，亦名太和山，上有太和宫，備極宏麗。

〔9〕老夫二句：梧州古爲蒼梧郡，洞庭湖爲去梧州必經之地。

〔10〕回翁：即吕洞賓。

〔11〕鄉彦：指當地名流。

〔12〕朝市：朝廷與市肆。《周禮·考工記·匠人》：“左祖右社，面朝後市。”《左傳》襄公十九年：“婦人無刑，雖有刑，不在朝市。”山林：指隱居。

〔13〕孟郭：孟浩然及郭翻，皆爲前代隱逸之士。孟浩然，唐代襄陽人，隱居鹿門山，世稱孟襄陽。郭翻，字長翔，東晉武昌人。隱居以漁獵自娱。庾亮薦爲公車博士，不就，卒於家。隱淪：隱士。祖咏《清明宴司勛劉郎中別業》：“何必桃源裏，深居作隱淪。”

〔14〕善邕：唐代李善、李邕父子。李善（630—689），江都（今江蘇揚州）人。爲《文選》注，居汴鄭間講授，諸生傳其業，號文選學。子邕（678—747），曾任北海太守，文名著於天下，世稱李北海。按，襄陽南有文選樓，爲梁昭明太子蕭統所建，“流詞翰”指此。

〔15〕蘆泉：劉績之號。劉績，字用熙，號蘆泉，明代江夏人。時人稱西江先生。

〔16〕梅花：指笛中曲《落梅花》。

〔17〕江山二句：意謂江山無意於詩人着意發揮，民物民情却有待人們去熟習掌握。綜練，熟練。

〔18〕浮太白：即浮以大白之意。浮，罰人以酒。太白，即大白，亦省稱白，酒杯。《淮南子·道應》："寒重舉白而進之，曰：'請浮君。'"高誘注："舉白，進酒也。浮，罰也。"《説苑·善説》："魏文侯與大夫飲酒，使公乘不仁爲觴政，曰：'飲不釂者，浮以大白。'"

　　作者爲梧州人，往歲途經江夏，曾登臨黃鶴樓。此詩爲步韵東陽、秦金唱和之作，當作於正德十二年間。作者時以右副都御史奉使湖廣，皇華照眼，步驟軒昂，氣象自是不同。而杜陵豪俠一流的主人，當然是指秦金了。"江山無語"二句，表明作者在臨眺山川之勝的同時，仍不忘民物民情，亦屬難能可貴。

伍 全

　　伍全，字思謹，明代安福（今屬江西）人。曾任郎中。

登黃鶴樓步韵

　　扁舟短棹從飄泊，〔1〕孤懷落落橫江鶴。〔2〕登樓具眼縱奇觀，〔3〕萬里乾坤净寥廓。峭壁懸崖誰斧鑿，長川斷港如絲絡。畫棟參差倚雲開，丹梯崒嵂憑虛閣。〔4〕岡勢高擎天柱峰，〔5〕磯頭下壓馮夷宫。〔6〕自信仙凡已懸隔，由來上下相流通。〔7〕便欲乘槎泛斗極，〔8〕何當化羽凌天風。〔9〕機心勘破漢陰叟，〔10〕得失都歸塞上翁。〔11〕迂疏豈是邦家彦，〔12〕汗漫行踪天下半。〔13〕區區俗吏不能文，往往逢人羞染翰。〔14〕東風花柳莫深愁，南浦烟波等閑見。〔15〕坐來皓魄正當空，〔16〕醉後紅光偏入面。自笑吾生別有涯，〔17〕敢云世故曾更練。〔18〕徙倚危欄舒長嘯，丈夫意氣衝霄漢。

【校注】

〔1〕從：任憑。張相《詩詞曲語辭彙釋》卷一："從，猶任也；聽也。"

〔2〕落落：孤獨貌。《文選·左思〈咏史詩〉》："落落窮巷士。"橫江鶴：蘇軾《後赤壁賦》："適有孤鶴，橫江東來。"此乃作者自喻。

〔3〕具眼：猶明眼，謂有眼力。陸游《冬夜對書卷有感》："萬卷雖多當具眼，一言惟恕可銘膺。"

〔4〕丹梯：漆成紅色的階梯。崒嵂：高聳貌，亦作"嵂崒"。《史記·司馬相如列傳》："其山則盤紆弗鬱，隆崇嵂崒。"虛閣：指黃鶴樓空曠的高閣。

〔5〕天柱峰：喻黃鶴樓如天柱峰高矗於黃鶴山頂。

〔6〕磯頭句：謂黃鶴磯頭鎮住江中水神之宮。

〔7〕由來：謂黃鶴樓高與天通。由來，原來。

〔8〕斗極：北斗與北極二星，喻天宮。《爾雅·釋地》："北戴斗極爲空桐。"邢昺疏："斗，北斗也。極者，中宮天極星。……北斗拱極，故云斗極。"

〔9〕何當：張相《詩詞曲語辭彙釋》卷三："何當，猶云安得也。"杜甫《彭衙行》："何當有翅翎，飛去墮爾前。"化羽：猶羽化，飛升登仙。何遜《日夕望江山贈魚司馬》："誰能一羽化，輕舉逐飛浮。"

〔10〕機心句：語本《莊子·天地》。子貢南游於楚，過漢陰，遇一老人灌溉園圃，鑿隧入井，抱甕而灌，用力多而功效微。子貢教老人鑿木爲機械，抽水灌溉，老人忿然作色曰："吾聞之吾師，有機械者必有機事，有機事者必有機心。……吾非不知，羞不爲也。"機心，機巧之心。

〔11〕得失句：語出《淮南子·人間》："近塞上之人，有善術者，馬無故亡而入胡，人皆吊之，其父曰：'此何遽不爲福乎？'居數月，其馬將胡駿馬而歸，人皆賀之，其父曰：'此何遽不能爲禍乎？'家富良馬，其子好騎，墮而折其髀，人皆吊之，其父曰：'此何遽不爲福乎？'居一年，胡人大入塞，丁壯者引弦而戰，近塞之人，死者十九，此獨以跛之故，父子相保。故福之爲禍，禍之爲福，化不可極，深不可測也。"

〔12〕迂疏：迂闊。

〔13〕汗漫行踪：行踪漫無邊際，猶言萍踪浪迹。

〔14〕染翰：執筆。以上四句作者自謂。

〔15〕南浦：泛指江南水浦。烟波：烟靄迷茫的江面。等閑：張相《詩詞曲語辭彙釋》卷四："等閑，猶云平常也；隨便也。"以上二句謂眼前江南春景隨處可見。

〔16〕皓魄：明月。

〔17〕自笑句：《莊子·養生主》："吾生也有涯，而知也無涯。"此句謂生活中別有追求，不同於流俗。

〔18〕練：歷練，諳練。

　　此詩亦當作於正德九年後。雖爲官場唱和，却是咏懷之作。從詩中看，作者以一介俗吏，孤懷落落，行踪汗漫，一任飄泊，頗多仕途失意之感。作者表面上歸之於生性迂闊，不諳世故，却又倚欄長嘯，不平之氣，直衝雲霄。

陸　禮

　　陸禮，字節之，明代無錫人。曾任户部郎中。

登黄鶴樓步韵

　　孤舟夜向江頭泊，月明何處尋黄鶴。萬里雲霄一奮飛，六翮翩然入寥廓。〔1〕江水粼粼石鑿鑿，〔2〕鶴去人來影聯絡。鳳山先生濟世才，〔3〕也曾放鶴登仙閣。〔4〕榮戟光搖黄鵠峰，〔5〕文章色映驪龍宫。〔6〕三湘月浸冰壺瑩，〔7〕五嶺雲開節制通。〔8〕封豕長蛇逞餘毒，〔9〕虎頭豸角生雄風。〔10〕出車於牧親吊伐，〔11〕垂髫戴白迎兒翁。〔12〕弊書前後羅群彦，〔13〕整頓乾坤思過半。〔14〕桓桓元老時鷹揚，〔15〕烈烈貔貅若飛翰。〔16〕雷轟電掣南征日，〔17〕召公、休父兩驚見。〔18〕先謀奪人劍倚天，〔19〕長鯨授首狐革面。〔20〕纖雲不動微波晏，〔21〕潑眼湖光明素練。〔22〕黄鶴之歌且休按，〔23〕請依周《雅》歌《江漢》。〔24〕

【校注】

〔1〕六翮：健羽。《韓詩外傳》六：“夫鴻鵠一舉千里，所恃者六翮爾。”

〔2〕鑿鑿：明晰可見。《詩·唐風·揚之水》：“揚之水，白石鑿鑿。”

〔3〕鳳山先生：指秦金。

〔4〕也曾句：謂秦金也曾駕鶴登臨鶴樓，喻巡撫湖廣。

〔5〕棨戟：古代大員出行的儀仗。以木爲戟，塗以紅黑色油漆，或以繒帛爲戟套。《古今注·輿服》：“棨戟，殳之遺象也。《詩》所謂‘伯也執殳，爲王前驅’，殳，前驅之器也，以木爲之。後世滋僞，無復典刑，以赤油韜之，亦謂之油戟，亦謂之棨戟，王公以下通用之，以前驅。”

〔6〕文章：指車服旌旗等出行儀仗。《左傳》隱公五年：“昭文章，辨等列，順少長，習威儀也。”杜預注：“車服旌旗也。”驪龍宮：謂江中龍宮。驪龍，黑色之龍。以上二句謂秦金巡撫湖廣時儀從之盛。

〔7〕三湘：指湖南。冰壺瑩：喻爲政清明。《宋史·李侗傳》：“鄧迪謂其人如冰壺秋月，瑩澈無瑕。”

〔8〕五嶺：泛指兩廣之地。節制：指揮管轄之意。湖廣行省包括湖南道，南與兩廣接壤，以上兩句贊秦金巡撫湖廣聲威所及。

〔9〕封豕長蛇：喻元凶首惡。《左傳》定公四年：“申包胥如秦乞師，曰：‘吳爲封豕長蛇，以薦食上國，虐始於楚。’”封，大。此處喻民變首領。

〔10〕虎頭句：指秦金。虎頭，喻公侯之相。《後漢書·班超傳》謂超燕頷虎頭，“此萬戶侯之相也。”豸角，獬豸之角。古以爲神羊，其角能别曲直，故御史亦稱豸史。生雄風，陸雲《南征賦》：“猛將起而虎嘯，商飆肅其來應。”

〔11〕出車句：出車于牧，謂奉命征討。《詩·小雅·出車》：“我出我車，于彼牧矣。”牧，郊野，指戰場。吊伐，吊民伐罪，即安撫百姓，討伐有罪。

此句指秦金用兵平定民變。

〔12〕垂髫戴白：垂髫，垂髮，指兒童；戴白，白髮，指老人。《後漢書·鄧禹傳》："禹所止，輒停車住節，以勞來之。父老童稚，垂髮戴白，滿其車下，莫不感悦。"李賢注："垂髮，童幼也。戴白，父老也。"兒翁：爲民父母之意。

〔13〕弊書：即幣書，征討時繳獲的幣帛文書。弊，朱駿聲《説文通訓定聲·履部》："弊，假借爲幣。"羅群彦：謂秦金麾下俊彦甚多。

〔14〕整頓句：秦金歷官河南、山東、湖廣，屢次用兵，故有是語。

〔15〕桓桓：《詩·魯頌·泮水》："桓桓于征，狄彼東南。"毛傳："桓桓，威武貌。"鷹揚：謂勇武如雄鷹飛翔，古指將帥。《詩·大雅·大明》："維師尚父，時維鷹揚。"毛傳："鷹揚，如鷹之飛揚也。"

〔16〕烈烈：《詩·小雅·黍苗》云："烈烈征師，召伯成之。"鄭玄箋："烈烈，威武貌。"貔貅：猛獸名，喻勇猛之師。飛翰：飛鳥，喻行軍迅速。陸機《擬西北有高樓》："思駕歸鴻羽，比翼雙飛翰。"

〔17〕南征：指秦金於正德九年巡撫湖廣。

〔18〕召公：名奭，姬姓。周文王時，食邑於召，故稱召公或召伯。休父：即程伯休父，周代諸侯。程伯爲封爵，休父乃字。《詩·大雅·常武》："王謂尹氏，命程伯休父。"召公、休父爲周室大臣，有德政於民，故以喻秦金。

〔19〕先謀奪人：謂運籌帷喔于敵之先，故能克敵制勝。劍倚天：倚天長劍。

〔20〕長鯨：喻首惡。楊炯《唐右將軍魏哲神道碑》："戮封豕而斬長鯨，雄圖不測。"授首：斬首。狐革面：狐，喻小人。革面，改過。《易·革》："君子豹變，小人革面。"此句當指秦金平定湖廣之事。

〔21〕晏：平静。

〔22〕潑眼句：謂湖光水色，涌入眼簾。

〔23〕按：按歌，倚調合節而歌。

〔24〕請依句：《詩·大雅》有《江漢》篇，頌周宣王命召公平淮南之夷。此句贊秦金用兵湖廣，平定民變。

　　作者與秦金是同鄉，當亦爲其僚屬，故詩中對秦金極盡歌功頌德之能事。《明史》載，秦金參政河南、山東，曾破趙鐩等衆，并於亂後安撫百姓。特別是正德九年以右副都御史巡撫湖廣，先後招降賀璋、羅大洪部，討平桂陽，"斬首二千餘級"，受到朝廷嘉獎。作者對秦金的宦績，大加讚頌，甚至譽爲召公、休父再生。詩中寫了秦金湖廣用兵及其勝利，當作于正德九年以後，秦金被召入京之前。

費　宏

　　費宏（1467—1535），字子充，明代鉛山（今屬江西）人。成化二十三年（1487）舉進士第一，授修撰。弘治中歷左贊善、左諭德，直講東宮。正德二年（1507），拜禮部右侍郎。五年，進尚書。六年冬，先後兼文淵閣、武英殿大學士，進戶部尚書，參與機務。爲奸人所構，乞休歸。世宗立，起官，復委以首輔之職。嘉靖六年（1527），以被誣致仕。十四年召還，尋卒。有《費文憲集選要》。

登黃鶴樓步韵

　　吾宗老仙此栖泊，[1]煉得身形似黃鶴。一時羽化喜流傳，萬古樓居占空廓。[2]星辰歷歷祇平臨，[3]城郭茫茫總聯絡。白波九道來雪山，[4]翠巘千重橫劍閣。[5]靈瑟遥聞江上峰，[6]鼓聲近出馮夷宮。[7]乘鸞騎鳳嘯儔侶，[8]十洲三島疑相通。[9]何人醉後欲捶碎，謫仙非仙猶仙風。[10]横江孤飛感奇夢，後來復有東坡翁。[11]禰衡、崔顥俱英彦，景物牢籠已强半。[12]中丞有興時登臨，[13]欲起諸公校詞翰。[14]高歌寄到和最難，大抵百聞輸一見。扁舟何日倚樓前，晴樹芳洲應識面。[15]却愁地主已非公，[16]當寧股肱須老練。[17]何心騎鶴上揚州，[18]自合乘槎溯天漢。[19]

【校注】

〔1〕吾宗句：指傳説中乘鶴仙人費文偉，因與作者同姓，故稱“吾宗”。

〔2〕一時二句：謂費文偉登仙，駕黃鶴憩於此，故號爲黃鶴樓。

〔3〕星辰句：謂樓與天近，故平眺星辰，歷歷可數。

〔4〕白波句：李白《廬山謠寄盧侍御虛舟》：“黃雲萬里動風色，白波九道流雪山。”九道，猶九派，長江支流。雪山，謂白波涌起，高如雪山。

〔5〕翠巘：翠峰。劍閣：即劍閣道，在今四川省劍閣縣大、小劍山之間，古爲川、陝間主要交通棧道，形勢十分險峻。

〔6〕靈瑟句：錢起《省試湘靈鼓瑟》云“曲終人不見，江上數峰青”。

〔7〕鼓聲句：曹植《洛神賦》：“馮夷鳴鼓，女媧清歌。”

〔8〕翳鳳：以鳳羽爲華蓋，指仙人出游的儀仗。嘯儔侶：謂仙人召喚同伴。

〔9〕十洲三島：傳説中神仙所居，皆在大海中。十洲爲祖、瀛、玄、炎、長、元、流、生、鳳鱗、聚窟十洲；三島即蓬萊三島。

〔10〕何人二句：指李白詩“我且爲君捶碎黃鶴樓，君亦爲吾倒却鸚鵡洲”之句。

〔11〕橫江二句：本蘇軾《後赤壁賦》：“時夜將半，四顧寂寥。適有孤鶴，橫江東來，翅如車輪，玄裳縞衣，戛然長鳴，掠予舟而西也。須臾客去，予亦就睡。夢一道士，羽衣蹁躚，過臨皋之下，揖予而言曰：‘赤壁之游樂乎？’問其姓名，俯而不答。嗚呼噫嘻！我知之矣，疇昔之夜，非子也耶？道士顧笑，予亦驚寤。”

〔12〕牢籠：包羅。謂黃鶴樓景物，前人詩中多已涉及。

〔13〕中丞：指秦金。

〔14〕欲起句：謂秦金約請諸詩家切磋酬唱黃鶴樓詩。

〔15〕晴樹芳洲：爲崔顥詩“晴川歷歷漢陽樹，芳草萋萋鸚鵡洲”的省略。

〔16〕却愁句：大概此時秦金已召爲吏部右侍郎，行將離湖廣之任，故有此語。地主：主人。

〔17〕當寧句：意謂朝廷需要秦金這樣幹練的大臣，以爲輔佐。寧，宮殿門、

屏之間，爲天子視朝所立之處，後因以“當寧”指朝廷或天子。《禮記·曲禮下》：
“天子當寧而立。諸公東面，諸侯西面，曰朝。”令狐楚《賀西幸改期狀》：“當
寧動色，再降德音。”股肱，大臣。

〔18〕騎鶴上揚州：喻仕宦、財富、神仙兼而有之。《殷蕓小說》：“有
客相從，各言所志：或願爲揚州刺史，或願多貲財，或願騎鶴上升。其一人曰：
‘腰纏十萬貫，騎鶴上揚州。’欲兼三者。”辛弃疾《山間競傳諸將有下棘寺者》：
“去年騎鶴上揚州。”

〔19〕天漢：天河。

這首詩作於正德九年以後，秦金將離湖廣任時。這時作者已致仕家
居數年，秦金將自己與東陽黃鶴樓唱和詩寄給了他，於是他寫下了這首
和詩。由於自己從未登臨黃鶴樓，故作者在詩中深有“百聞輸一見”之感，
表達了想親眼看看這萬古一樓和晴樹芳洲的願望。

邵　寶

登黃鶴樓步韵[1]

片雲不向琴臺泊，[2]鄂渚飛來共黃鶴。黃鶴千年尚未歸，惟見高
樓倚寥廓。有磯巉嶂非人鑿，[3]磯上臨觀何繹絡。[4]長史杯緣庾老
停，[5]謫仙筆爲崔郎閣。[6]内方迤邐大別峰，遠樹中開夏后宫。[7]
朝宗江漢直趨海，天津地脉應流通。[8]登高能賦亦餘事，天子有使將觀
風。[9]西涯老作動千古，[10]白首載歌還沈翁。[11]都臺駐節吾邦彦，[12]
五十功名猶未半。[13]不轉常持匪石心，[14]無涯每出如流翰。[15]匡廬
雲隱具區濤，[16]我放扁舟君不見。清秋貽我洞庭歌，[17]手墨新題溢
緘面。[18]君詩原是社中人，[19]吏在漢庭稱老練。[20]憑君莫向棟邊

懸，〔21〕恐露精光射星漢。〔22〕

【校注】

〔1〕《容春堂後集》題作"寄題黃鶴樓"，小序云："秦中丞國聲以涯翁長句索和，用韻爲復。時沈休翁亦以和篇寄呈。"

〔2〕琴臺：亦稱伯牙臺。故址在今湖北武漢市漢陽城北。相傳伯牙鼓琴，鍾子期知音，即在此。

〔3〕磯：黃鶴磯。巉嵲：高峻貌。一作"巉嵼"，嵲，同"嵼"。《文選·司馬相如〈上林賦〉》："九嵕巉嵼，南山峨峨。"郭璞注："巉嵼，高峻貌也。"

〔4〕繹絡：猶絡繹，謂舟船往來不絕。

〔5〕長史句：指晉庾亮登南樓與僚屬談咏故事，以喻秦金。長史，古爲州刺史屬官。

〔6〕謫仙句：指李白見崔顥《黃鶴樓》詩擱筆故事。閣，同"擱"。

〔7〕夏后宮：禹封於夏，其地即今河南禹縣。後受舜禪，國號爲夏后，稱夏后氏。

〔8〕天津：天河。

〔9〕觀風：古采詩以陳天子，觀察風俗民情。《禮記·王制》："命太師陳詩以觀民風。"此句意謂東陽、秦金諸人詩作乃爲天子采風。

〔10〕西涯：李東陽之字。

〔11〕沈翁：即沈鍾。按，沈鍾於弘治間致仕，此時自然是白首老翁了。

〔12〕都臺句：指秦金。秦金爲都察院副都御史，故尊稱都臺。吾邦彦，作者與秦金同鄉，故云。《容春堂後集》作"吾鄉彦"。

〔13〕五十句：正德九年以後，秦金已五十左右。言功名未半，是頌祝之辭。

〔14〕不轉句：語出《詩·邶風·柏舟》："我心匪石，不可轉也。"喻秦金立朝堅毅，不隨時俗轉移。

〔15〕無涯句：喻秦金文思無窮，筆底酣暢如行雲流水。

〔16〕匡廬句：謂廬山爲雲霧所遮，四周江山環繞。

〔17〕洞庭歌：楚歌。《楚辭》有"洞庭波兮木葉下"之句，故亦稱楚地

之歌爲洞庭歌。此句謂秦金寄去與東陽唱和之作。

〔18〕手墨：手迹。緘面：封面。

〔19〕社中人：謂詩社中的同道。

〔20〕吏在句：謂秦金深諳吏治。漢庭，喻明代朝廷。

〔21〕憑君句：意謂秦金爲朝廷棟梁之臣。憑，張相《詩詞曲語辭彙釋》卷五："憑，猶煩也；請也。"

〔22〕精光：光芒。喻聲名的顯赫。《晉書·陳敏傳》："金聲振于江外，精光赫于揚楚。"星漢：星河。

此詩作於正德九年之後。這時，作者已辭官歸養，故有"匡廬雲隱具區濤，我放扁舟君不見"之句。作者在故鄉收到秦金新録詩作，十分高興。作爲同鄉老友，作者對秦金的文才吏治，深爲贊賞，并對他行將入朝輔政，寄予了厚望。

陳鳳梧

陳鳳梧，字文鳴，明代泰和（今屬安徽）人。弘治進士。歷任湖廣提學僉事、河南按察使。嘉靖中，累擢右副都御史，巡撫應天十府。罷歸卒。

登黃鶴樓步韵

磯頭水急舟難泊，〔1〕雲外盤旋舞孤鶴。弃舟走上樓之頭，萬里風烟沈寥廓。〔2〕天上勝景非人鑿，兩山夾岸猶連絡。〔3〕巨濤聲撼岳陽樓，飛檐勢壓滕王閣。瀟湘屹立十二峰，〔4〕下瞰貝闕分珠宮。〔5〕世人可望不可到，蓬萊弱水遙相通。〔6〕神仙一去渺何許，數聲鐵笛鳴長風。〔7〕風清月白誰與會，〔8〕忘機時有滄浪翁。〔9〕走昔湖南領群彦，〔10〕三湘五澤行應半。壯懷每欲歌杜陵，[11]奇才尚未識王翰。[12]鳳山先生絶代豪，景星瑞草世希見。[13]激揚之暇試登臨，[14]到處山川開便面。[15]岳麓雲橫翠作屏，[16]湘潭水浄寒拖練。[17]文章事業兩争高，[18]千古兹樓俯江漢。

【校注】

〔1〕磯頭：黃鶴磯頭。

〔2〕萬里句：意謂萬里晴空，風烟俱浄。沉寥廓，即沉寥，空曠虚静。

〔3〕兩山：指黃鶴山與大別山隔江對峙，今稱龜、蛇二山。

〔4〕瀟湘句：言瀟湘二水所經之地，山峰林立。十二峰言境内山峰之多。

〔5〕下瞰句：貝闕、珠宫，以珠貝爲宫闕，爲水神所居。《楚辭·九歌·河伯》："魚鱗屋兮龍堂，紫貝闕兮珠宫。"

〔6〕蓬萊句：蓬萊在東海，弱水在西海，故云"遥相通"。

〔7〕神仙二句：指傳説中吕洞賓吹鐵笛過黃鶴樓事。

〔8〕風清句：蘇軾《後赤壁賦》："月白風清，如此良夜何！"

〔9〕忘機句：忘機，忘却機心，超脱世俗。滄浪，本爲漢水支流，後遂泛指江漢之水。《楚辭·漁父》："漁父莞爾而笑，鼓枻而去，歌曰：'滄浪之水清兮，可以濯我纓；滄浪之水濁兮，可以濯我足！'"後世以滄浪翁指漁父或隱士。

〔10〕走昔句：走，自稱的謙詞，意謂供驅使的人，猶自稱"僕"。《小爾雅·廣言》："走，我也。"《文選·張衡〈東京賦〉》："走雖不敏，庶斯達矣！"薛綜注："走，公子自稱走使之人，如今言僕矣。"作者曾任湖廣提學僉事，分巡湖南學政，爲湖廣按察使司屬官，故有此語。群彦，指衆學子。

〔11〕壯懷句：謂自己懷有杜甫"致君堯舜上，再使風俗淳"的抱負。杜甫曾居長安杜陵，自稱杜陵布衣。

〔12〕王翰：字子羽，唐代晋陽（今山西太原）人，景雲元年（710）進士，官仙州别駕。《唐才子傳》云："翰工詩，多壯麗之詞。文士祖咏、杜華等，嘗與游從。"杜甫《奉贈韋左丞丈二十韵》亦云："李邕求識面，王翰願卜鄰。"

今傳詩以《凉州詞》最著名。

〔13〕景星瑞草：皆祥瑞之兆。《史記·天官書》："景星者，德星也，其狀無常，常出於有道之國。"瑞草，如靈芝之類。

〔14〕激揚之暇：爲政之暇。激揚，激濁揚清的省略語，即懲惡揚善，古乃爲政之道。

〔15〕到處句：意謂眼前山川，如打開的扇面上的畫幅，盡收眼底。便面，亦稱"屏面"，摺扇、團扇之類。《漢書·張敞傳》："（敞）使御史驅，自以便面拊馬。"顏師古注："便面，所以障面，蓋扇之類也，不欲見人，以此自障面，故曰便面，亦曰屏面。"

〔16〕岳麓：南岳衡山。

〔17〕湘潭：湘江。

〔18〕文章句：謂秦金文章事業均有成就。

此詩爲正德九年後作，作者時在河南按察使任上。詩中回憶起往昔分巡湖南學政的情景，對三湘五澤的山山水水十分留戀。詩題雖爲黃鶴樓，詩中却着力描寫了瀟湘水净、岳麓峰翠的三湘景觀。從詩中看，作者此番并未重游鶴樓，而是與秦金寄簡酬唱的。

朱應登

朱應登，字升之，明代寶應（今屬江蘇）人。弘治十二年（1499）進士。除南京户部主事，遷知延平府。歷官陝西提學副使、雲南布政司右參政。以恃才傲物，爲人所譖，罷歸卒。

應登爲詩，主法漢唐，詩調高古，與李夢陽、何景明等稱十才子。有《朱升之集》。

登黃鶴樓步韵〔1〕

　　樓船浮空向空泊，坐對江樓咏孤鶴。杲日晶晶目仍遠，〔2〕澄波森森心先廓。〔3〕大別曾經神禹鑿，〔4〕洞庭彭蠡相聯絡。黿緣七澤入溟海，〔5〕控引群山俯飛閣。飛閣西來千萬峰，鈞天九奏敞龍宮。〔6〕虛傳雲樹書能達，〔7〕實詫桃源路可通。〔8〕靈洲處處聞芳杜，〔9〕商舶時時乘便風。風波歲月坐超忽，〔10〕回首朱顏成老翁。我生蹇劣慚時彥，〔11〕踪迹天涯已强半。〔12〕春草幽憂泣楚纍，〔13〕秋風歸夢懷張翰。〔14〕支離徙倚如轉蓬，〔15〕廿載兹樓且三見。〔16〕感慨長歌崔老篇，〔17〕登臨省識回仙面。〔18〕兹來景物尤絕奇，江水江花净如練。〔19〕報詩中丞興不淺，〔20〕更擬乘槎入銀漢。〔21〕

【校注】

〔1〕《朱升之集》題作"和西涯閣老寄題黃鶴樓韵兼呈鳳山中丞"。

〔2〕杲日：初升的太陽。《詩·衛風·伯兮》："杲杲出日。"陳奂傳疏："杲杲，日出之貌。"

〔3〕澄波：謂心似澄波，寬廣無垠。

〔4〕曾經：《朱升之集》作"曾聞"。

〔5〕黿緣：蜿蜒順流。

〔6〕鈞天句：言江中龍宮傳來天樂。

〔7〕雲樹：喻天邊極遠之處。王維《送崔興宗》："塞闊山河净，天長雲樹微。"

〔8〕實詫：《朱升之集》作"實少"。

〔9〕靈洲：猶芳洲。芳杜：芳香的杜若。

〔10〕超忽：此處爲迅疾之意。

〔11〕蹇劣：喻己之無才。

〔12〕踪迹句：作者宦途奔波，歷官南京、陝西、雲南等地，故有此語。

〔13〕春草幽憂：《楚辭·淮南小山〈招隱士〉》："王孫游兮不歸，春草生兮萋萋。"楚纍：即湘纍。作者以屈原被逐自喻。《漢書·揚雄傳》引揚

雄《反離騷》云："因江潭而汜記兮，欽吊楚之湘纍。"顏師古注引李奇曰："諸
不以罪死曰纍……屈原赴湘死，故曰湘纍。"

〔14〕歸夢：《朱升之集》作"歸思"。

〔15〕支離徙倚：飄泊離散。徙倚，《朱升之集》作"歲月"。轉蓬：隨
風飄轉的蓬草。《文選·曹植〈雜詩六首〉》之二："轉蓬離本根，飄颻隨長風。"
此句喻作者宦途飄零。

〔16〕廿載句：作者於弘治十二年登進士第曾游鶴樓，并與沈鍾唱和爲詩；
中間還有一次，連這次重游，共是三次。廿乃約數之詞。茲、且，《朱升之集》
作"斯""已"。

〔17〕崔老：崔顥。

〔18〕省識：認識。杜甫《咏懷古迹五首》之三："畫圖省識春風面。"
回仙：呂洞賓。

〔19〕江水句：杜甫《哀江頭》："人生有情淚沾臆，江水江花豈終極。"

〔20〕報詩：回贈和詩。中丞：指秦金。

〔21〕入銀漢：《朱升之集》作"上霄漢"。

這首詩爲正德九年後作者由雲南罷歸過江夏而作。近二十年間，作
者已是三見鶴樓，頗有不堪回首之感。當年作者初登進士，與沈鍾鶴樓
唱酬"況題黃甲登高第，會向清朝策大功"，意氣多麼豪邁！然而歲月
易逝，仕途多舛，"回首朱顏成老翁"，作者也身如轉蓬，形如楚纍，
孑然而歸。

唐　錦

　　唐錦，字士絅，明代上海人。弘治九年（1496）進士。除知東明縣，
入爲兵科給事中，累官江西提學副使。正德十四年（1519），寧王
宸濠叛亂，唐錦集城中士民，馳請王守仁入城破敵。不久落職免官。

登黄鶴樓步韵〔1〕

　　扁舟鄂渚連霄泊，一樽聊伴城樓鶴。月光照人如鏡明，水色涵空更澄廓。樓背小亭白石鑿，〔2〕裂處似有藤蘿絡。欲將勝致付毛生，〔3〕掌中酒杯權且閣。凌晨歷覽周遭峰，村歌野曲鳴商宮。〔4〕官清萬口詫奇遇，〔5〕民隱九重偏易通。〔6〕戰馬千群卧芳草，山川百二皆春風。〔7〕瀕江小歉亦偶爾，〔8〕全活正賴青州翁。〔9〕中臺大夫南國彦，〔10〕胸中石渠有其半。〔11〕經綸餘瀝灑秋風，〔12〕流水行雲看染翰。〔13〕名樓秀句兩争雄，千載崔詩今再見。〔14〕憑欄獨抱廟堂憂，〔15〕舉頭懶識江山面。〔16〕酒酣携笛傍梅花，〔17〕吹徹楚雲飛碎練。不須高語驚星辰，聲名久已登霄漢。

【校注】

〔1〕《石倉歷代詩選·明詩次集》題作“題黄鶴樓次西涯少師韵寄鳳山中丞”。

〔2〕樓背句：指黄鶴樓後的吕仙亭。

〔3〕勝致：勝景。毛生：即毛穎，指毛筆。

〔4〕商宮：即宮商。謂村曲野歌，皆合于五音。

〔5〕萬口：萬民之口。謂秦金的官聲有口皆碑。詫，《石倉歷代詩選》作“托”。

〔6〕民隱句：謂百姓疾苦能上達朝廷。民隱，民間疾苦。《國語·周語上》：“是先王非務武也，勤恤民隱而除其害也。”韋昭注：“隱，痛也。”九重：指天子。

〔7〕山川百二：語本《史記·高祖本紀》：“秦形勝之國，帶河山之險，懸隔千里，持戟百萬，秦得百二焉。”謂秦得百分之二，即足以當數倍之敵。後遂以百二喻山川險要之地。陸機《齊謳行》：“孟諸吞楚夢，百二侔秦京。”以上二句謂湖廣自古本兵家必争之地，戰亂平息，一片太平景象。百二，《石倉歷代詩選》作“二百”，誤。

〔8〕小歉：小灾，小有歉收。

〔9〕青州翁：當指漢代東海于公。東海古屬青州，故稱青州翁。據《漢書·于定公傳》，東海于公爲縣獄史決曹，決獄公平，郡人爲之立生祠，號曰于公祠。東海有孝婦，被誣冤死，郡中枯旱三年。于公爲孝婦伸冤，天立大雨，歲熟，郡人由此更加敬重于公。此乃以于公喻秦金。

〔10〕中臺大夫：明代都察院即前代之御史臺，爲三臺之一。中臺本指尚書臺，用以尊稱御史。此處指秦金。

〔11〕石渠：即石渠閣，爲漢代著名的藏書閣。《三輔黃圖》卷六："石渠閣，蕭何造，其下礱石爲渠以導水，若今御溝，因爲閣名。所藏入關所得秦之圖籍，至於成帝，又於此藏秘書焉。"此句喻秦金胸藏經綸。

〔12〕餘瀝：殘酒。謂秦金以經綸之餘學，發而爲詩。《石倉歷代詩選》作"餘滴"。

〔13〕流水行雲：喻文思流暢，無所挂礙。蘇軾《答謝民師推官書》："所示書教及詩賦雜文，觀之熟矣，大約如行雲流水，初無定質，但常行于所當行，常止于不可不止。"

〔14〕崔詩：《石倉歷代詩選》作"鶴詩"。

〔15〕廟堂憂：憂國憂民，謂秦金。范仲淹《岳陽樓記》："居廟堂之高，則憂其民；處江湖之遠，則憂其君。"廟堂，指朝廷。

〔16〕舉頭句：蘇軾《後赤壁賦》云："曾日月之幾何，而江山不可復識矣！"此句謂秦金對此地江山形勝十分熟悉。慵識，猶慵識。

〔17〕梅花：笛中曲《落梅花》。

作者在江西提學副使任中，過江夏黃鶴樓與秦金等人唱和，而作此詩。時在正德九年之後。詩中記叙了作者登臨黃鶴樓，從月夜流連到凌晨的情景。作者筆下，湖廣經歷戰亂之後，官清民樂，一派升平，對秦金的治績、才學和聲望，作了高度贊揚，成爲這首官場酬唱之作的主旨。

蕭　淮

　　蕭淮，字東之，明代桂林人。正德進士。由行人擢御史。嘉靖中，歷僉都御史，巡撫延綏卒。

登黃鶴樓步韵

　　粵船夜傍春江泊，[1]江上高臺扁黃鶴。[2]黃鶴西去湘雲孤，青樓千載涵江廓。斷磯湮水橫白鑿，[3]疏簾鈎雨垂朱絡。[4]好山欲渡楚門來，[5]飛翠絪絪籠曉閣。[6]遺恨高懸赤壁峰，[7]寒波夜漱鄂王宫。[8]巴蜀雪消洞庭闊，蒼茫直與天河通。月明江上鐵笛起，素懷頓覺生長風。巫山雲雨空寂寞，孤崖殘火宿漁翁。[9]咏游總付乾坤彦，鮫室珠璣傾過半。[10]崔郎由賞謫仙人，騷壇今古驚詞翰。[11]登樓感物鄉思生，回首蒼梧渺不見。[12]萬花射日天宇澄，[13]清尊且對廬山面。觀風督府東吳豪，[14]海潤芳胸平若練。[15]玉壺皎皎劍光寒，毒嵐瘴霧清江漢。[16]

【校注】

〔1〕粵船：由粵地開來的船，指作者所乘。

〔2〕扁黃鶴：扁額上書“黃鶴樓”三字。

〔3〕斷磯句：謂黃鶴斷磯的白石湮没在江水中，清晰可見。白鑿，即《詩·唐風·揚之水》“白石鑿鑿”。磯，原誤作“機”，徑改。

〔4〕垂朱絡：形容雨絲如垂網。

〔5〕楚門：楚境。

〔6〕絪絪：猶“茵茵”，翠色濃鬱。

〔7〕遺恨句：赤壁大戰以吳蜀聯軍的勝利而告終，但劉備後來不采納諸葛亮聯吳伐魏之策，急於吞并東吳，卒致失敗。杜甫《八陣圖》：“江流石不轉，

遺恨失吞吴。"

〔8〕漱：衝刷剝蝕。鄂王宫：據《史記·楚世家》載，春秋時楚王熊渠封次子紅爲鄂王，居夏口，即今武昌。鄂王宫指此。

〔9〕巫山二句：意謂江崖僅漁翁夜宿，巫山神女當覺寂寞。

〔10〕鮫室句：《博物志》卷二云："南海有鮫人，水居如魚，不廢織績，其眼能泣珠。"此句意謂古今題咏黄鶴樓詩作字字珠璣。鮫室，鮫人居住之處，原作"蛟"，徑改。

〔11〕騷壇：詩壇。

〔12〕蒼梧：作者爲桂林人，古屬蒼梧郡。

〔13〕射日：耀日。

〔14〕觀風句：指秦金。古代天子派使臣赴各地觀察風俗，謂之觀風。督府，對巡撫的尊稱。

〔15〕海潤句：譽秦金胸懷坦蕩如海水。

〔16〕皎皎二句：謂秦金平定戰亂，掃清霧靄。

　　此詩當爲作者奉使粤中歸泊江夏而作，作於正德九年以後。詩中寫黄鶴樓及遠近形勝，頗有氣勢。登臨回首，洞庭水闊，蒼梧雲渺，一縷鄉愁，油然而生。詩末歸結到贊頌秦金的文治武功，也是這類唱酬詩通常的路數。

夏　言

　　夏言（1482—1548），字公瑾，明代貴溪（今屬江西）人。正德十二年（1517）進士。授行人，擢兵科給事中。世宗立，夏言頻上諫疏，以强直敢言自負，屢遷兵科都給事中、侍讀學士。嘉靖十年（1531），官至禮部尚書。十五年，進武英殿大學士，入參機務。十七年冬，入爲首輔執政。後嚴嵩漸用事，夏言屢遭排擠，於嘉靖二十一年被免官。二十四年召還，嚴嵩復誣以受賄，二十七年初再次罷職放歸，十月被殺。

　　夏言未相時以詞曲擅名。《四庫全書總目提要》謂其“詩文宏整而平易，猶明中葉之舊格”。有《桂洲集》。

登黄鶴樓步韵

　　武昌城頭夜船泊，城上高樓起黄鶴。銀榜孤懸逼太清，[1]朱甍下瞰臨寥廓。[2]參差石勢傍岩鑿，控帶城闉連井絡。[3]磯下潭深蛟杵鳴，[4]檻前水落漁舠閣。[5]青天飛來鳳凰峰，[6]赤霞掩映仙人宫。烟濤微茫溟海接，雲氣翕忽蓬萊通。[7]四時簾捲楚天雨，萬里帆開巫峽風。杖鉞欣逢鳳山老，[8]題詩忽憶西涯翁。[9]登臨暇日盡才彦，授簡揮毫酒行半。自慚銜命事奔走，[10]敢爲升堂掃詞翰。[11]白雲黄鶴向來聞，晴樹芳洲今始見。天開壯觀自千古，地擁雄都當一面。已看黎庶樂升平，近喜强兵休訓練。多暇來游又一時，[12]轉見高情屬江漢。[13]

【校注】

〔1〕銀榜：銀字扁額。太清：天空。

〔2〕朱甍：紅色屋脊。寥廓：指江漢之水。

〔3〕控帶句：謂黄鶴山環繞城郭，上接星辰。闉，城門外的曲城。井絡，星名。《文選・左思〈蜀都賦〉》：“岷山之精，上爲井絡。”

〔4〕蛟杵：傳説中龍宫兵器。

〔5〕漁舠：漁舟。《集韵・豪韵》：“舠，小船也。”閣：同“擱”。

〔6〕鳳凰峰：指黄鶴山峰。

〔7〕翕忽：迅疾。

〔8〕仗鉞句：指秦金奉命巡撫湖廣，鎮守一方。

〔9〕題詩句：東陽死於正德十一年（1516），故作者睹詩憶人。

〔10〕自慚句：作者初授行人，奉使奔走，故云。

〔11〕掃詞翰：揮毫作詩。

〔12〕多暇句：謂秦金暇日同作者又作一時之游。

〔13〕高情：厚情。

　　作者於正德十二年登進士，授行人，奉使湖廣，登江夏黃鶴樓與東道主秦金等唱酬，步東陽舊韵而成此詩。時東陽去世未久，故有憶涯翁之語。詩的前半部分寫黃鶴樓壯觀，雄奇闊遠；後半部分爲酬酢之詞。作者初入仕途，而身衡王命，故詩中謙恭而不失身份。

伍文定

　　伍文定（？—1530），字時泰，明代松滋（今屬湖北）人。弘治十二年（1499）進士。授常州推官。正德初，爲劉瑾所構，被斥爲民。瑾敗，起官嘉興，因平定民變有功，歷遷河南、吉安知府。正德十四年（1519），佐王守仁平定寧王宸濠之亂，擢江西按察使。嘉靖初，進右副都御史，提督操江。六年，召拜兵部右侍郎，擢右都御史，代掌院事。七年，雲、貴土著舉兵圍雲南，進文定兵部尚書，調兵遠征。不久召還，以好大喜功、傷財動衆獲罪，乃令致仕。九年七月，卒於家。

登黃鶴樓步韵

　　樓邊幾度舟曾泊，俗子何緣能賞鶴。〔1〕故人遠贈鶴樓篇，〔2〕披誦令人心孔廓。〔3〕風景依然非夢鑿，龜蛇鸚鵡紛聯絡。〔4〕白雲縹緲自青山，黃鵠逶迤崇畫閣。〔5〕闤闠遥連蜃市峰，〔6〕舳艫輻輳馮夷宫。〔7〕南都北闕雙瞻切，〔8〕東海西岷一葦通。〔9〕古今題咏偕金石，〔10〕瓦缶那容鳴下

風。[11]況膺戎伍倥傯務，[12]中夜惺惺愧主翁。[13]褰衣裹足隨名彥，
蠻山瘴水行將半。[14]偶平惡孽暇投戈，效顰霜押聊揮翰。[15]固無佳句
壯登臨，吾楚江山真一見。[16]慨時既乏濟艱才，[17]揣分應慚知己面。
買舟便合訪垂綸，[18]萬頃滄浪舒卷練。[19]試仰群公紆廟謨，[20]一
時勳業昭雲漢。

【校注】

〔1〕俗子：作者自稱。

〔2〕故人句：指秦金以鶴樓唱和詩遠贈作者索和。

〔3〕心孔廓：即茅塞頓開之意。

〔4〕龜蛇句：指龜、蛇二山及鸚鵡洲均聯絡相通。鸚，原作“武”，徑改。

〔5〕黃鵠：黃鵠山。畫閣：指黃鶴樓。

〔6〕闤闠：街市。闤，市巷；闠，市井之門。《文選·左思〈魏都賦〉》：
“班列肆以兼羅，設闤闠以襟帶。”呂向注：“闤闠，市中巷。”蜃市峰：即
江海中的海市蜃樓。

〔7〕輻輳：聚集。

〔8〕南都北闕：指南京及京師北平。瞻：瞻依。

〔9〕西岷：即岷江，在四川省中部，爲長江上游的支流。一葦：小舟。
《詩·衛風·河廣》：“誰謂河廣，一葦杭（航）之。”

〔10〕金石：鐘鼎碑碣之類。

〔11〕瓦缶句：瓦缶，瓦器，喻庸才，乃作者自謙之詞。亦作“瓦釜”。《楚
辭·卜居》：“黃鐘毀棄，瓦釜雷鳴。”王逸注：“黃鐘，樂器，喻禮樂之士。
瓦釜，喻庸下之人。”下風，《左傳》僖公十五年：“群臣敢在下風。”

〔12〕倥傯：緊張忙碌。

〔13〕惺惺：清醒無眠。主翁：主人，指秦金。

〔14〕蠻山句：據《明史》載，文定曾先後討平江西姚源、永豐、大茅山、
桶岡、橫水等處民變，均爲窮山惡水之地。下句“惡孽”即指此。

〔15〕霜押：猶“霜署”，御史臺別稱。指秦金。

〔16〕一見：即絕無僅有之意。

〔17〕濟艱：拯濟艱難之世。

〔18〕垂綸：垂釣者，喻隱士。杜甫《奉寄章十侍御》："勿云江漢有垂綸。"

〔19〕萬頃句：意謂萬頃滄浪猶如展開捲起的素絹。

〔20〕紆廟謨：施展治國的謀略。

詩作於正德九年之後。作者時知江西吉安府，與秦金乃知交。故人以黃鶴樓唱和詩作遠贈，作者於投戈之暇寫了這首和詩。作者在詩中記叙了自己戎馬倥傯的軍旅生涯，表達了對故國江山的思念，對時局艱危的慨嘆。

李 麟

李麟，字仲仁，明代鄞縣（今屬浙江）人。曾任副使。

登黃鶴樓步韵

樓居仙子虛舟泊，〔1〕一去流傳跨黃鶴。餐霞骨相本身輕，〔2〕飄然羽化翔寥廓。椽筆誰題樓上頭，〔3〕白石烏絲碧紗絡。〔4〕峴首平臨沉水碑，〔5〕長安屹向朝元閣。〔6〕西山簾捲青來峰，〔7〕雲飛縹緲襄王宮。〔8〕香霧空中下神女，精靈直與星河通。銀屏月懶渾疑水，〔9〕錦帳春偏不受風。〔10〕角聲驚起梅花落，鶴背絕倒仙人翁。〔11〕觀察慚予殿群彥，〔12〕頭顱不分霜華半。〔13〕采真何處許參同，〔14〕笑倩圖南雙鵷翰。〔15〕還從此老學無生，〔16〕黃鶴前身坐相見。〔17〕聞説靈均亦仙蛻，〔18〕爲問仙翁曾識面。我欲因之一寄聲，哀郢江頭濯如練。〔19〕終始君恩誓不移，百煉鋼腸真鐵漢。〔20〕

【校注】

〔1〕樓居仙子：指傳説中憩於黃鶴樓的仙人。虛舟：空舟。

〔2〕餐霞：服食日之霞氣，爲古代道家修煉之術。《漢書·司馬相如傳》引《大人賦》：“呼吸沆瀣兮餐朝霞。”顔師古注引應劭曰：“朝霞者，日始欲出赤黄氣也。”《文選·顔延之〈五君咏——嵇中散〉》：“中散不偶世，本自餐霞人。”李周翰注：“餐霞，仙者之流。”骨相：骨格。

〔3〕椽筆：大筆。

〔4〕烏絲：卷册上畫以墨綫格子，便於書寫，謂之烏絲欄，亦稱烏絲。陸游《東窗遣興》：“欲寫烏絲還懶去，詩名老去判悠悠。”此處指白石碑碣上鎸以黑字。碧紗絡：石上題字以碧紗籠罩，以示尊貴。

〔5〕峴首：峴首山，亦稱峴山，在湖北襄陽市南。沉水碑：《晉書·杜預傳》云：“預好爲後世名，常言‘高岸爲谷，深谷爲陵’。刻石爲二碑，一沉萬山之下，一立峴山之上，曰：‘焉知此後不爲陵谷乎！’”萬山在襄陽西北，沉水碑即指沉於萬山潭中的石碑。

〔6〕朝元閣：唐代道觀，在長安東北驪山，以祀老子。

〔7〕西山：當指江西南昌市新建區西之西山。王勃《滕王閣》：“珠簾暮捲西山雨。”青來峰：翠緑的山峰。語本王安石《書湖陰先生壁》：“兩山排闥送青來。”

〔8〕雲飛句：宋玉《高唐》《神女賦》記楚襄王游於雲夢之臺、高唐之觀，與巫山神女夢遇故事，此句及下句即指此。

〔9〕月懶：月淡。

〔10〕春偏：春風不到。以上二句叙襄王宫中襄王與神女相會。

〔11〕絶倒：笑得前仰後合。

〔12〕觀察句：作者自謙居於群彦之後，當爲秦金僚屬。觀察，指秦金。唐代曾改按察使爲觀察使，故稱。

〔13〕霜華：白髮。

〔14〕采真句：意謂順應自然，與自然合而爲一。采真，返璞歸真，不拘形迹。《莊子·天運》：“古之至人，假道於仁，托宿於義，以游逍遥之虛，

食於苟簡之田，立於無貸之圃。逍遥，無爲也；苟簡，易養也；不貸，無出也。古者謂是采真之游。”成玄英疏：“謂是神采真實而無假僞，逍遥任適而隨化遨游也。”參同，參驗合同。

〔15〕笑倩句：意謂欲附鷁鳥之翼而逍遥遨游。倩，同“請”。《莊子·逍遥游》：“有鳥焉，其名爲鵬。背若泰山，翼若垂天之雲，摶扶摇羊角而上者九萬里，絶雲氣，負青天，然後圖南。”圖南，圖度南海。

〔16〕此老：指莊子。無生：無生命知覺。《莊子·至樂》：“察其始而本無生；非徒無生也，而本無形；非徒無形也，而本無氣。”

〔17〕黃鶴句：《莊子·齊物論》云，莊周曾夢見自己變成了蝴蝶，“不知周之夢爲胡蝶與？胡蝶之夢爲周與？”此句亦謂，己之前身或爲黃鶴，曾與仙人所乘黃鶴相見遨游。坐，張相《詩詞曲語辭彙釋》卷四：“坐，猶自也。”

〔18〕靈均：屈原之字。仙蜕：仙化，登仙。《史記·屈原列傳》張守節正義引《續齊諧記》云：“漢建武中，長沙區回白日忽見一人，自稱三閭大夫，謂回曰：‘聞君常見祭，甚善。但常年所遺，并爲蛟龍所竊，今若有惠，可以練楝葉塞，上以五色絲轉縛之，此物蛟龍所憚。’”

〔19〕哀郢：《楚辭·九章》篇名。

〔20〕百煉句：《文選·劉琨〈重贈盧諶〉》：“何意百煉剛，化爲繞指柔。”李善注引應劭《漢書》注曰：“説者以金取堅剛，百煉不耗。”以上二句指屈原忠貞不屈。

作者曾任副使，當爲秦金屬官，故詩中有“觀察慚予殿群彦”之句。這首和詩亦作於正德九年以後。作者在詩中描繪了黃鶴仙人、巫山神女虛無縹緲的形象，宣揚老莊無生無爲的思想，并將屈原也寫成登仙一流人物，可見作者受道家思想影響很深。

張 含

張含，字愈光，明代永昌衛（今雲南保山）人。正德二年（1507）
舉雲南鄉試，遂不復試，以書史吟咏終其身。少與楊慎同學，能詩。《明
詩綜》引楊用修云：愈光詩"工於求古，昧與適俗"；引任少海云：
"愈光詩險怪詰屈，不必皆中繩墨。"有《張禺山集》。

登黃鶴樓步韵

鄂渚帆檣三日泊，三日登樓望黃鶴。黃鶴不見已千年，寂寞高樓倚
空廓。翠壁丹崖誰所鑿，趨伏兹樓勢環絡。[1]兹樓峻灑插青霄，[2]無
謝梁朝瓦官閣。[3]飛霞彩錯九十峰，[4]中有幽人栖九宫。[5]波濤噴薄
幾萬里，根源定與蓬萊通。神仙往來日不歇，能令六月生涼風。瑶琴一
曲者誰子，玉笛數聲何處翁。[6]狂吟李白真詩彥，壯懷摧碎慚過半。[7]
醉月看雲不下樓，可憐懶慢曾揮翰。[8]江花江鳥總關情，地角天涯猶夢見。
中丞咏語絕世奇，[9]我輩紛紛俱北面。[10]想因多暇乃有此，豈廢兵戎
之訓練。即教勛業翊今皇，[11]勿訝詞華傾兩漢。

【校注】
〔1〕趨伏句：謂黃鶴山趨伏環繞黃鶴樓四周。
〔2〕峻灑：清峻。
〔3〕無謝：不讓，謂無遜色，張相《詩詞曲語辭彙釋》卷五："謝，猶讓
也。"瓦官閣：瓦官寺閣，高二十五丈，晋哀帝時建。在故金陵鳳凰臺。
〔4〕飛霞句：謂九宫山四周群山塗遍彩霞。彩，五彩之色。錯，施以文彩。
〔5〕九宫：即九宫山，在湖北通山縣東南。《讀史方輿紀要·湖廣二·
武昌府·通山縣》："九宫山，縣東南八十里。廣八十里，高四十里。……山
來自南岳長沙、九江廬阜，九十九峰之數。千岩萬壑，崎嶇盤折，奇勝非一。

宋張道清住此，建欽天瑞慶宮於上。”

〔6〕瑶琴二句：上句指伯牙琴臺彈琴事，下句指吕洞賓吹笛過黄鶴樓的傳説。

〔7〕壯懷句：指李白“捶碎黄鶴樓”詩句。全句意謂自己同李白一樣，半生壯懷，已經破滅。

〔8〕醉月二句：指作者以往曾登樓賦詩。

〔9〕中丞：指秦金。

〔10〕北面：執弟子禮。《漢書·于定國傳》：“定國乃迎師學《春秋》，身執經，北面執弟子禮。”

〔11〕翊：輔佐。今皇：指明武宗。

詩作於正德九年以後。從詩中看，作者以往曾登黄鶴樓醉中揮毫作詩，别後處海角天涯，仍不忘情於楚地的江花江鳥，所以這次鄂渚停泊，又作三日之游。作者未登進士，但早有詩名，與海内名士亦有交游，故與秦金諸人唱和之作，贊頌之中，不乏灑脱詼諧的情趣。

彭 澤

彭澤（？—1532），字濟物，明代蘭州人。弘治三年（1490）進士。歷刑部郎中，出爲徽州知府，以父喪歸。正德初起官，歷任浙江副使、河南按察使。正德七年至九年（1512—1514），累進左、右都御史，總督軍務，先後用兵河南、四川及吐魯番，平定民變。十年，召還理院事。十一年，提督三邊軍務，兵罷乞休歸，以吐魯番用兵不善，免官爲民。世宗立，起兵部尚書，復爲言官所劾，致仕歸。嘉靖七年（1528），再度奪職爲民，鬱鬱以卒。

登黃鶴樓步韵

使舟昔向荆襄泊，懷古思鄉望黃鶴。轉首於今二十年，[1]湖天極目成空廓。當年神禹勞疏鑿，雲土夢乂猶相絡。[2]詎知後世溺仙禪，鶴樓高倚觀音閣。衡山翠映巫山峰，[3]江雲碧湛湘妃宮。[4]蛟龍雷雨中霄作，翼軫光芒下界通。[5]樓影橫波留夜月，笛聲裂石來天風。憂樂多情思范老，虛無何地尋回翁。鳳山拔自南畿彥，[6]道義交游天下半。文武全才政教兼，不獨毫端擅詞翰。鑾坡紫闥昔追隨，[7]懸瓠梁園曾再見。[8]一從移節鎮東藩，[9]光霽無由覲顔面。[10]陽春寄我真絕奇，[11]欲和難追句徒練。病中夢想繞湘潭，萬里昭回仰霄漢。[12]

【校注】

〔1〕二十年：由正德十二年上溯二十年，爲弘治十年，時作者當有使楚之行。

〔2〕雲土夢乂：即雲夢澤。《書·禹貢》："雲土夢作乂。"孔傳："雲夢澤在江南。"

〔3〕巫山峰：疑指湖南境内的巫山，在城步縣東，爲巫水發源之地。《讀史方輿紀要·湖廣·寶慶府·城步縣》："巫水，在縣東，源出巫山。"

〔4〕湘妃宮：即黃陵廟，爲舜的二妃娥皇、女英的陵廟。故址在湖南湘陰縣北。《水經注·湘水》："湖水西流經二妃廟南，世謂之黃陵廟也。言大舜之陟方也，二妃從征，溺於湘江。……故民爲立祠於水側焉。"

〔5〕翼、軫：皆星名，屬二十八宿。王勃《滕王閣序》："星分翼軫，地接衡廬。"

〔6〕南畿：猶南國。秦金爲無錫人，地近南京，故稱"南畿"。

〔7〕鑾坡：《石林燕語》卷五云："俗稱翰林學士謂坡。蓋唐德宗時，嘗移學士院於金鑾坡上，故亦稱鑾坡。……諫議大夫亦稱坡，此乃出唐人之語。"此處乃指作者與秦金先後登進士，在朝任職。

〔8〕懸瓠：亦作"懸壺"。以城形若垂瓠，故名。古爲軍事要地。今屬河南汝南縣。梁園：亦稱梁苑，又名兔園，漢梁孝王所築，古爲游賞勝地。故址

在今河南開封市東南。作者與秦金均曾在河南爲官，故云。

〔9〕東藩：指湖廣。

〔10〕光霽句：謂二人此後再無由見面。光霽，光風霽月的省語。以雨後的和風明月，喻人物清朗灑脱的風致。《宋史·周敦頤傳》："人品甚高，胸懷灑落，如光風霽月。"

〔11〕陽春：喻秦金等人詩作如陽春白雪，調高難和。

〔12〕昭回：《詩·大雅·雲漢》云："倬彼雲漢，昭回於天。"毛傳："回，轉也。"鄭玄箋："昭，光也，精光轉運於天。"本指銀河之光，此處喻秦金的道德文章，光焰萬里。

此詩作于正德十二年（1517）間，時作者引疾家居。作者二十年前曾使楚，楚地風光，至今猶歷歷在目。秦金寄來黃鶴樓詩作，使他回憶起兩人多年來的交游，秦金移官湖廣，他們從此就再没有機會見面了。詩末表達了對老友"夢想繞湘潭"的思念之情。

吴彰德

吴彰德，明代人。餘不詳。

登黃鶴樓步韵

猗兹仙人何栖泊，[1]上下青天惟隻鶴。翱翔萬里曾須臾，回視寰區邈寥廓。[2]離形黜智遺穿鑿，[3]玉壺倒挂真珠絡。[4]醉來枕藉白雲眠，愛此當空好樓閣。人間無地無奇峰，安得如此神仙宫。開簾祇許鶴來往，有路那與塵埃通。塵埃不通景自异，一襟一帶含剛風。[5]江山滿前容不改，歲月磨人頭漫翁。[6]登臨曾約清時彦，[7]此身頓在天之半。圖南有志憐未酬，[8]欲向層霄托毛翰。[9]也知勝地難逗留，黃鶴寧須輕一見。^[10]子夜披衣延月娥，倏然如覿仙人面。^[11]仙人可慕不可親，空見長江碧如練。高飛有鳥橫度樓，鳴聲戛戛徹晴漢。^[12]

【校注】

〔1〕猗：感嘆詞。《主篇·犬部》："猗，嘆辭也。"

〔2〕寰區：猶寰宇。

〔3〕離形句：《莊子·大宗師》云："墮肢體，黜聰明，離形去智，同於大通，此謂坐忘。"意謂無思慮，物我兩忘。此句是説山川乃造化穿鑿之功，非人力所爲。

〔4〕玉壺句：謂黃鶴樓形似玉壺倒挂，綴以珠絡。

〔5〕一襟一帶：謂黃鶴樓倚江環水，如人之有襟帶。王勃《滕王閣詩序》："襟三江而帶五湖。"剛風：亦稱"罡風"，天空極高處吹來的風。

〔6〕頭漫翁：頭髮漸白而衰老。

〔7〕清時彦：清明朝代選拔的俊彦。

〔8〕圖南：南飛，語出《莊子》。此處當有壯志未酬之意。

〔9〕層霄：高空，雲霄。毛翰：羽翼。

〔10〕黃鶴句：意謂黃鶴仙人豈能不讓一見。

〔11〕覿：見。

〔12〕晴漢：晴空。

此詩係正德九年以後，作者偶過江夏而作。通篇未及秦金諸人，或爲即興步韵，非主客唱酬之作。從詩中看，作者似有壯志未酬、仕途失意的落寞之感。

五言律

吴克敏

吴克敏，元代人。餘不詳。

泊舟黃鶴樓下與伯京先生別[1]

登高賦《鸚鵡》，[2] 不放酒杯停。城入漢江黑，樓吞荊樹青。[3] 乾坤事爭戰，[4] 南北感漂零。去路萬餘里，明朝過洞庭。[5]

【校注】

〔1〕伯京：元代邊武之字。武，京兆人，工書畫。

〔2〕《鸚鵡》：指漢禰衡《鸚鵡賦》。鵡，原作"武"，徑改。

〔3〕城入二句：首句謂暮色中夏口城與江水渾成一片；下句謂黃鶴樓爲綠樹包圍。荊樹，荊楚之樹。

〔4〕乾坤句：元代至正中，戰亂頻仍，農民起義風起雲涌，元室統治，搖搖欲墜。作者當爲元末人，故深感南北飄零之苦。

〔5〕去路二句：作者當有嶺外之行，故云"萬餘里"。

詩中作者眼見乾坤皆爲戰場，自己南北飄零，故應作於元末。首句即賦《鸚鵡賦》，結尾云去路又在萬餘里之遙的嶺外，則作者身世的坎坷多艱，也就可以仿佛一二了。

沈　渠

初夏同杜岳南諸公登仙棗亭即席限韵[1]

披襟尋古迹，載酒入仙家。座上人如玉，亭前棗似瓜。擎杯吞海島，揮塵弄烟霞。小吏今何在，哦詩紀歲華。

【校注】
〔1〕杜岳南：即杜一山。

仙棗亭本傳說中遺址，元代始就遺址建呂仙亭，在黃鶴樓東。明景泰四年（1453）重建。郭正域《仙棗亭記》云："亭廢且百餘年，萬曆戊子（十六年，1588），土人復以請于諸司，即故址石亭前重建一亭。"則此首及下首似應作於同時或稍後。全詩係根據舊志敷陳而作。

杜一山

杜一山，字岳南，明代人。餘不詳。

飲仙棗亭次沈維川韵

仙踪留酒肆，[1]崔句壓詩家。解綬猶存菊，[2]投閑學種瓜。[3]金丹能駐日，[4]緑蟻醉流霞。[5]漫笑回頭晚，勞勞兩鬢華。

【校注】

〔1〕仙踪句：指辛氏酒肆中仙人畫鶴飛升的傳說。

〔2〕解綬句：指晉陶淵明辭官事。解綬，辭官。梁蕭統《陶淵明傳》云：淵明爲彭澤令，“歲終，會郡遣督郵至，縣吏請曰：‘應束帶見之。’淵明嘆曰：‘我豈能爲五斗米，折腰向鄉里小兒！’即日解綬去職，賦《歸去來》”。淵明《飲酒》詩云：“采菊東籬下，悠然見南山。”

〔3〕投閑句：指漢初隱士召平東陵種瓜事。投閑，空閑。《史記·蕭相國世家》：“召平者，故秦東陵侯。秦破，爲布衣，貧，種瓜于長安城東，瓜美，故世俗謂之東陵瓜。”

〔4〕駐日：延年益壽之意。

〔5〕綠蟻：酒面泛起綠色泡沫，形狀似浮蟻，故酒亦稱綠蟻。《文選·謝朓〈在郡臥病呈沈尚書〉》：“嘉魴聊可薦，綠蟻方獨持。”張銑注：“綠蟻，酒也。”流霞：傳説中仙酒名。《論衡·道虛》：“日飢欲食，仙人輒飲我以流霞一杯。”

詩中以淵明、召平自喻，作者似亦有感於世路艱險，故無心於仕進，轉而追尋隱逸高致。

七言律

武元衡

武元衡（758—815），字伯蒼，唐代河南緱氏（今河南偃師）人。建中四年（783）進士。累拜比部員外郎。貞元二十年（804），遷御史中丞。憲宗立，進户部侍郎。元和二年（807），拜門下侍郎、同中書門下平章事，兼判户部事。後出爲劍南西川節度使。元和八年，召還秉政。十年，爲藩鎮割據勢力所謀害。《舊唐書》本傳云："元衡工詩，好事者傳之，往往被於管弦。"

送田端公還鄂渚使府[1]

孤雲迢遞戀滄洲，勸酒梨花對白頭。南陌送歸車騎合，東城怨別管弦愁。青油幕裏人皆玉，[2]黃鶴樓中月并鉤。君去庾公應獨在，[3]馳心千里大江流。

【校注】

〔1〕田端公：不詳。端公，即侍御史。《通典·職官·侍御史》："侍御史之職有四，臺內之事悉主之，號爲臺端，他人稱之端公。其知雜事者，謂之雜端，最爲雄劇。"《全唐詩》題作"送田三端公還鄂州"。

〔2〕青油幕：以青綢爲帳幕。劉禹錫《酬浙東李侍郎越州春晚即事》："青油畫卷臨高閣，紅旆晴翻繞古堤。"原作"清油"，誤，據《全唐詩》改。

〔3〕庾公：指晉庾亮。

田氏以侍御史任職湖廣，由京師重返武昌使府，作者以詩送別。詩當作於作者任御史中丞時。首聯寫田端公對楚地山川的懷念；頷聯敍別意；頸聯推想田公返鄂渚後携佳麗暢游鶴樓的情景；尾聯以歸心急切作結。

戴式之

戴式之（1167—?），名復古，宋代天台（今屬浙江）人。家於石屏山下，因號石屏。賀方回跋其詩，稱其"清健輕快，自成一家"。有《石屏集》。

鄂渚烟波亭[1]

倚遍南樓更鶴樓，小亭瀟灑最宜秋。接天烟浪來三峽，隔岸樓臺又一洲。豪杰不生機事息，[2]古今無盡大江流。憑欄日暮懷鄉國，崔顥詩中舊日愁。

【校注】

〔1〕烟波亭：漢陽縣東北有白沙灣，舊名烟波，旁有亭名烟波亭。《輿地紀勝》：“（烟波）在漢陽縣東北三十里。唐崔顥詩：‘日暮鄉關何處是，烟波江上使人愁。’旁有里曰烟波里，亭曰烟波亭。”

〔2〕機事：機巧之事，《莊子·天地》：“有機械者，必有機事，有機事者，必有機心，機心存於胸中，則純白不備。”

此詩爲作者咏烟波亭之作。首聯謂亭較南樓、鶴樓，最宜賞秋；頷聯叙景，寫亭上所觀秋色；頸聯感嘆世事紛擾，有老莊“絕聖弃智”之意；尾聯抒發鄉國之思。

薩天錫

薩天錫（1272—？），名都剌，號直齋，先世爲蒙古族，祖父以勛留鎮雲、代，遂爲雁門（今山西代縣）人。元泰定四年（1327）進士。歷官京口録事司達魯花赤，閩海、福建道肅政廉訪使知事，河北廉訪經歷。文詞雄健，詩流麗清婉，最長於情；尤喜游歷山水，嘗登安慶司空山太白樓，嘆曰：“此老真山水精！”遂結廬其下。有《雁門集》。

和同年觀志能還自武昌咏[1]

　　短衣匹馬走江漢，山川歷歷何雄哉。漢陽風緊鼓角動，洞庭水深鴻雁來。雪消巴蜀浪翻屋，黃鶴磯下聲如雷。是時立馬夜呼渡，清江苦竹猿聲哀。[2]

【校注】

〔1〕觀志能：生平不詳。志能爲字。

〔2〕苦竹：竹之一種，杆短節長，四月抽筍，苦不堪食。李白《勞勞亭》："苦竹寒聲動秋月，獨宿空簾歸夢長。"

　　此詩爲作者賡和觀志能還自武昌一詩而作。首聯承題，短衣匹馬，歷盡山川，仕途之坎坷可知；下六句皆爲揣想觀志能離武昌時的情景，領聯、頸聯寫景，緊迫而雄壯；尾聯實寫渡江而還，蒼茫而淒迷。

游　似

　　游似，字景仁，宋代南充（今屬四川）人。嘉定十四年（1221）進士。歷官大理寺丞、太常丞、秘書丞等職，累遷至禮部尚書兼給事中，轉吏部尚書，入侍經幄。嘉熙三年（1239），拜端明殿學士、知樞密院事兼參知政事。五年，拜右丞相兼樞密使。七年，特授觀文殿大學士兼侍讀。十一年致仕。《黃鶴樓集》作游侶，誤。

登黃鶴樓

　　長江巨浪拍天浮，城郭相望萬景收。漢水北吞雲夢入，蜀江西帶洞庭流。[1]角聲交送千家月，帆影中分兩岸秋。黃鶴高樓人不見，却隨鸚鸕過汀洲。

【校注】

〔1〕蜀江：即長江。

詩寫登樓所見風物。首聯叙長江、城郭，氣象萬千；頷聯承“長江”，寫江漢之水含納七澤百川；頸聯承“城郭”，寫兩岸角聲帆影、月色秋光，輕盈動蕩；尾聯應題寫樓，鶴樓、汀洲，一筆帶過。

曹　節

曹節，字時中，明代松江華亭（今上海市松江區）人。成化進士。授刑部主事，歷雲南僉事。弘治中，遷浙江副使。工詩及書。《黃鶴樓集》作“曹時”，誤。

登黃鶴樓 二首

山下長江江上城，城樓風景四時生。白雲飛去渾無迹，黃鶴歸來似有聲。形勝變爲行樂地，賡歌難盡古今情。[1]險艱弘濟思舟楫，[2]望入安流祇漫橫。[3]

【校注】

〔1〕賡歌：作詩唱和。

〔2〕弘濟：《書·顧命》云“弘濟於艱難”，謂廣泛救助。

〔3〕望入：猶望中，視綫之内。安流：《楚辭·九歌·湘君》云“令沅湘兮無波，使江水兮安流”，平緩的水流。漫橫：空橫。

　　詩首聯言鶴樓所處山川形勝，風景四時各异；頷聯虛擬黃鶴白雲故事；頸聯叙己游樂、賡和之事；尾聯抒情，雖有濟弘之懷，然爲時勢所拘，不免悵然。

其 二

　　武昌城頭黃鶴樓，虛名慚爲主人收。千年勝迹多題咏，萬里孤帆早罷休。鐵笛不聞花自落，漢江猶在水空流。白雲本是無心物，[1]七澤三江任去留。[2]

【校注】

　　〔1〕無心物：陶淵明《歸去來辭》云"雲無心以出岫，鳥倦飛而知還"。

　　〔2〕三江：《初學記》卷六"江"引《漢書·地理志》注曰"岷江爲大江，至九江爲中江，至徐陵爲北江，蓋一源而三目"。復引鄭玄、孔安國注曰："左合漢爲北江，會彭蠡爲南江，岷江居其中，則爲中江。故《書》稱東爲中江者，明岷江至彭蠡與南北合，始得稱中也。"

　　據此詩首聯"主人"及前詩"賡歌"意，此二詩當爲客中同主人登樓所作；詩中二聯皆上句咏鶴樓，下句咏江水；尾聯以白雲自喻，透露放浪江湖之意。

王　臣

登黃鶴樓

　　白雲縹緲誰所樓，歷盡寰中無此洲。[1]來日翻思往日事，古人亦似今人游。晴川一帶鳥邊樹，晚笛數聲天外秋。安得朗吟遍八極，[2]東騎黄鵠西青牛。[3]

【校注】

〔1〕寰中：猶言宇內、天下。

〔2〕八極：八方極遠之地。《淮南子·地形》："八紘之外，乃有八極。"

〔3〕青牛：《關中記》云"老子度關，令尹喜敕門吏曰：'若有老翁從東來，乘青牛薄板車者，勿聽度關。'其日果來，吏白之，喜曰：'道今來矣！'"又《初學記》卷二十五載："《關令內傳》曰：尹嘗登樓四望，見東南極有紫氣西邁，喜曰，應有聖人經過京邑。果見老君乘青牛車來。"

　　詩首聯贊鶴樓及鸚鵡洲；領聯懷古；頸聯詠汀洲鶴樓暮色秋景；尾聯以乘黃鶴、青牛得仙作結，應題黃鶴仙人事。

龔　澤

　　龔澤，明代人，餘不詳。

次崔韻

　　仙人跨鶴歸何處，崔顥題詩在此樓。勝概至今當地闊，[1]高風終古與天悠。[2]彭湖曉色來新霽，[3]衡岳晴芬落遠洲。鐵笛一聲秋萬頃，滄桑都付楚雲愁。

【校注】

〔1〕勝概：美麗的景色。杜甫《奉留贈集賢院崔于二學士》："故山多藥物，勝概憶桃源。"

〔２〕高風：指鶴樓的風範規模。

〔３〕彭湖：彭蠡湖。《括地志》：“彭蠡湖在今江州潯陽縣東南五十二里。”

　　此詩爲次崔顥《黃鶴樓》詩韵而作。首聯點崔詩；領聯謂鶴樓勝迹久遠，當與天終古；頸聯寫登樓臨眺湖山遠景；尾聯飽含古今滄桑的慨嘆。

張時敏

登黃鶴樓 二首

　　茫茫仙鶴去無音，留得名樓壯古今。吳楚百川歸吐納，乾坤萬象屬登臨。哀歌已逐鳴榔散，〔１〕霸業都隨折戟沉。〔２〕惟有天然圖畫景，前人吟過後人吟。

【校注】

〔１〕鳴榔：指漁人以長木擊船舷，驚魚入網。榔，亦作桹。

〔２〕折戟：杜牧《赤壁》云“折戟沉沙鐵未銷，自將磨洗認前朝”。

　　詩首聯謂鶴樓得名之由；領聯説登臨方知百川吐納之狀，乾坤紛紜之象；頸聯懷古，感嘆往事皆成浮漚；尾聯由此肯定鶴樓勝迹之永恒。

其　二

　　欲攀欄干摘斗牛，〔１〕西風寒灑鬢颼颼。仙於何處乘黃鶴，人向江天倚白頭。千里眼空雲夢景，八紘襟納洞庭秋。〔２〕相逢盡説波濤險，日月東流見客舟。

【校注】

〔1〕斗牛：星名。蘇軾《赤壁賦》："月出於東山之上，徘徊於斗牛之間。"

〔2〕八紘：天地之極限。《淮南子·地形》："九州之外，乃有八殥……八殥之外，而有八紘。"高誘注："紘，維也。維落天地而爲之表，故曰紘也。"

詩首聯喻樓之高危，點明時令；頷聯抒己之情懷，獨倚江天，人已白頭，宦情鄉思，情何以堪；頸聯睹眼前之景，境界闊大，襟懷爲之一展；尾聯謂風波雖險，客舟仍是東去不已。

侯啓忠

侯啓忠，字汝弼，明代長寧（今屬四川）人。曾任參政。

登黃鶴樓 二首

黃鶴樓高江水深，江邊風日此登臨。〔1〕無情秋色魚龍夜，〔2〕不盡烟波河漢陰。〔3〕豐稔歲時仍羽檄，〔4〕蕭騷城闕急霜砧。〔5〕年來彈鋏思歸客，〔6〕留滯他鄉且自吟。

【校注】

〔1〕此登臨：杜甫《登樓》云"萬方多難此登臨"。

〔2〕魚龍夜：杜甫《秦州》："水落魚龍夜，山空鳥鼠秋。"仇兆鰲注："《水經注》：'沔水，出沔縣西山，世謂之小龍山。其水東北流，歷澗注以成淵，潭漲不測，出五色魚，俗以爲龍而莫敢采捕，因謂魚龍水，亦謂之魚龍川。'……《西溪叢語》：'魚龍本水名。'又《水經》言魚龍以秋日爲夜，一句中合用兩事。"魚龍夜即秋夜。

〔3〕河漢：本喻銀河，此指江漢。陰：《說文》："陰也，水之南，山之北也。"

〔4〕豐稔：豐年。羽檄：指兵戈戰亂。

〔5〕蕭騷：淒涼。羅隱《經耒陽杜工部墓》："奠君江畔雨蕭騷。"此象秋砧之聲。

〔6〕彈鋏：《史記·孟嘗君傳》云"馮驩彈其劍而歌曰：'長鋏歸來乎！食無魚。'"此喻幕府客居。

此詩當爲客居江夏時作。首聯即寫登臨；頷聯寫秋夜烟波，景色迷離；頸聯上感世亂，下傷時暮；尾聯抒發羈旅思歸之情。

其　二

宦轍西南有底忙，〔1〕幸陪群彦共徜祥。樓名黃鶴真仙迹，天近紅雲是帝鄉。臺省喜爲清暇樂，〔2〕湖山寧厭老懷狂？〔3〕鼓鼙聲裏江城暮，〔4〕一點漁燈起漢陽。

【校注】

〔1〕宦轍：猶宦途。底忙：何忙。韓愈《曲江寄白舍人》："有底忙事不肯來。"

〔2〕臺省：古代以三省（尚書省、中書省、門下省）及御史臺合稱臺省，故以臺省泛指朝廷大員。杜甫《醉時歌贈廣文館學士鄭虔》："諸公袞袞登臺省，廣文先生官獨冷。"

〔3〕寧厭：豈厭。老懷：年老的情懷。

〔4〕鼓鼙：戰鼓，因以喻戰事。

此詩爲奉陪臺省諸公登鶴樓而作。云"西南"，大約作者曾在西南地區爲官。首聯即叙宦游奔波；頷聯言臺省諸公來自帝鄉，視己之飄零，不勝欽慕；頸聯述客之清暇與己之老狂；末點明時事，以江城漁火作結。

柯拱北

柯拱北，字斗南，明代莆田（今屬福建）人。進士及第，曾任楚王府長史。

登黄鶴樓

黄鶴仙人天上游，幾時爲創此高樓？檐牙高啄吞江漢，[1]棟宇翬飛接斗牛。[2]江漢兩流相蕩漾，乾坤萬古自沉浮。笛聲何處尋仙侶，縹緲白雲天際頭。

【校注】

〔1〕檐牙：杜牧《阿房宫賦》云"廊腰縵回，檐牙高啄"。指檐際翹出如牙狀的裝飾。

〔2〕翬飛：翬，原作"暈"，逕改。《詩·小雅·斯干》："如鳥斯革，如翬斯飛。"孔穎達疏："言檐阿之勢，似鳥飛也。"

首聯以問句點明鶴樓；頷聯寫鶴樓高峻壯麗，檐牙遠出，欲吞江漢，棟宇升飛，似接斗牛；頸聯寫景與咏史相融合，江流蕩漾、古今沉浮，其揆一致；尾聯以吕仙笛聲作結，餘韵悠遠。

周　因

周因，明代人。餘不詳。

登黃鶴樓

　　春早樓臺共客臨，風光占斷此山林。[1]孤尊巖壑分高興，[2]一笛江城入朗吟。[3]南浦碧雲連樹影，東風黃鳥隔花音。[4]醉來笑拍闌干外，斜日天涯望轉深。

【校注】
　　〔1〕占斷：獨占。吳融《杏花》：“粉薄紅輕掩斂羞，花中占斷得風流。”
　　〔2〕高興：高雅的興致。《文選·殷仲文〈南州桓公九井作〉》：“獨有清秋日，能使高興盡。”杜甫《北征》：“青雲動高興，幽事亦可悅。”
　　〔3〕一笛江城：指李白《聽黃鶴樓上吹笛》詩。
　　〔4〕黃鳥：黃鸝，也叫黃鶯。杜甫《蜀相》：“映階碧草自春色，隔葉黃鸝空好音。”

　　詩首聯寫鶴樓四周山林風光之勝；頷聯謂登樓痛飲而誦太白之詩，極寫登臨雅興；頸聯進一步描繪樓外迷人春色；尾聯以醉拍闌干，凝望天涯作結，顯得深沉有致。

莊　昶

　　莊昶，字孔陽，明代江浦（今屬江蘇）人。成化二年（1466）進士，改庶吉士，授翰林檢討。以疏諫忤旨，謫桂陽州判官，尋改南京行人司副。居三年，母憂去；繼丁父憂，喪除不復出。卜居定山二十餘年，學者稱定山先生。有《莊定山集》。

登黃鶴樓〔1〕

晉風唐雅幾南州，〔2〕木鐸天還與勝游。〔3〕孤舫漢江真有月，老拳黃鶴定無樓。〔4〕放豪天地公才大，〔5〕兀坐山林我病休。〔6〕出處雖非心尚在，〔7〕短歌休負釣魚舟。〔8〕

【校注】

〔1〕《定山集》不載此詩。

〔2〕晉風唐雅：猶晉唐風雅。幾：《莊子·齊物論》云："三子之知幾乎？"郭象注："幾，盡也。"南州：《楚辭·遠游》："嘉南州之炎德兮，麗桂樹之冬榮。"泛指南方之地。

〔3〕木鐸：《周禮·天官·小宰》："徇以木鐸。"鄭玄注："古者將有新令，必奮木鐸以警衆，使明聽也。木鐸，木舌也。文事奮木鐸，武事奮金鐸。"賈公彦疏："鐸，皆以金爲之，以木爲舌則曰木鐸，以金爲舌則曰金鐸也。"此謂登樓之客乃奉使南行，故以木鐸贊之。

〔4〕老拳：《晉書·石勒載記下》："初，勒與李陽鄰居，歲常爭麻地，迭相毆擊……（及爲趙王）乃使召陽。既至，勒與酣謔，引陽臂笑曰：'孤往日厭卿老拳，卿亦飽孤毒手。'"此句化用李白"搥碎黃鶴樓"詩句之意。

〔5〕公：指登樓之客。

〔6〕兀坐：宋之問《自洪府舟行直書其事》云："愚以卑自衛，兀坐去沉滓。"謂獨自端坐，此指獨處山林。

〔7〕出處：《易·繫辭上》："君子之道，或出或處。"指出仕與隱退。

〔8〕短歌：樂府相和歌辭《平調曲》有《短歌行》，晉崔豹《古今注·音樂》："長歌、短歌，言人生壽命長短分定，不可妄求也。"

此詩當爲作者辭官歸隱後過湖廣所作。首聯言江夏之地盡得晉唐風雅，今還幸得陪友人暢游；頷聯寫江漢月色及鶴樓故典；頸聯以友人仕途之通達與己之病休山林作比；尾聯結以歸隱之志。

李應禎

李應禎，名甡，以字行，更字貞伯，長洲人。景泰癸酉（1453）
舉人。授中書舍人，歷南太僕寺少卿。有《李氏遺集》。

登黃鶴樓

黃鶴高樓日再登，古人好事亦何曾。[1]西來江漢流千里，南接衡巫
翠幾層。[2]此地勝游盈杯酒，平生高興一枝藤。[3]滿天明月未歸去，
要看銀河水作冰。

【校注】
〔1〕何曾：未曾，謂古人亦未曾一日而再登鶴樓。
〔2〕衡巫：衡山與巫山。
〔3〕一枝藤：李商隱《青蘿》云“獨敲初夜磬，閑倚一枝藤”。李洞《送
人之天台》：“行李一枝藤，雲邊曉和冰。”謂一根藤杖。

詩首聯謂一日之中，再登鶴樓，豪興勝於古人；頷聯言登臨遠眺，
西來江漢之水，南接衡巫之峰，山川蔚為壯觀；頸聯敘己生平游興，唯
以杯酒藤杖為伴；尾聯敘己流連至夜，忽發銀河結冰的奇想，而久久不
願離去。

董　樸

董樸，字汝淳，明代麻城人。成化進士。授行人，後知重慶府，
歷參政，所至稱廉直，薄田散廬以終老。為詩仿淵明，時稱“董五言”。

登黄鶴樓

今古人多悦此樓，湖湘勝概可全收。吴山遠與楚山會，[1]漢水始同江水流。夢想每嫌塵俗擾，登臨猶有廟廊憂。[2]眼中最喜金陵客，[3]欲占風光却早休。

【校注】

〔1〕吴山：泛指吴地之山。

〔2〕廟廊：朝廷，《戰國策·秦策》："今君相秦，計不下席，謀不出廊廟，坐制諸侯。"范仲淹《岳陽樓記》："居廟堂之高，則憂其民；處江湖之遠，則憂其君。"

〔3〕金陵客：謂李白。李白曾逗留金陵，有《登金陵鳳凰臺》《金陵城西樓月下吟》《金陵酒肆留別》諸什。

詩首聯言今古之人多喜登此樓以覽勝；頷聯展叙"湖湘勝概"；頸聯述志；尾聯以太白山水之興喻作者襟懷，與首聯照應。

李維禎

李維禎（1547—1626），字本寧，明代京山人。隆慶進士。萬曆間遷提學副使，浮沉外僚幾三十年。天啓初，以布政使居家，年七十餘，召修神宗實録，累官禮部尚書。博聞强記，文章弘肆，頗負盛名，然多率意應酬之作。

登黄鶴樓

江漢縈回鄂渚磯，[1]先朝樓閣已全非。暫携老子胡床坐，[2]一聽仙人鐵笛歸。洲樹新含鸚鵡綠，山雲舊作鳳凰飛。^[3]樓頭攀鶴來游者，可是蘇耽與令威？^[4]

【校注】

〔1〕縈回：王勃《滕王閣詩序》云"鶴汀鳧渚，窮島嶼之縈回；桂殿蘭宮，列岡巒之體勢"。旋繞轉折貌。鄂渚磯：即黃鶴磯。

〔2〕胡床：《後漢書·五行志一》云"靈帝好胡服、胡帳、胡床……"此句本晋庾亮登南樓據胡床與僚屬談咏之典。

〔3〕洲樹二句：上句指鸚鵡洲，下句指江夏縣北鳳凰山，相傳三國吳時有鳳凰來集，故名。

〔4〕蘇耽：傳說中仙人，相傳爲漢末人。《水經注·耒水》："蘇耽，郴州縣人。少孤，養母至孝。忽辭母云：'受性應仙，當違供養。'後見蘇耽乘白馬還山中，百姓爲立祠，因名爲馬嶺山。"又葛洪《神仙傳》云，蘇耽又稱蘇仙公，桂陽人。一日，有白鶴數十降於門，耽遂升雲漢而去。後有白鶴來止郡城東北樓上，人或挾彈彈之，鶴以爪攫樓板，似漆書云："城郭是，人民非，三百甲子一來歸，吾是蘇君彈何爲！"令威：即傳說中仙人丁令威。

　　詩以鶴樓"已全非"起，起語獨特；頷聯寫己簡率豪放之狀，躍然紙上；頸聯寫景，古今交融，今之新綠，今之山雲，皆仿佛爲昔日之鸚鵡、鳳凰；尾聯以問作結，更顯出作者曠達的情懷。

李夢陽

　　李夢陽（1473—1530），字天賜，又字獻吉，號空同子，明代慶陽（今屬甘肅）人。弘治七年（1494）進士。授户部主事，遷郎中。武宗立，以忤宦官劉瑾下獄。瑾誅，遷江西提學副使。復因忤當道，閑住於家。寧王宸濠謀反誅，夢陽被劾黨逆，削籍卒。夢陽工詩文，尤長七古，以復古自命，提倡"文必秦漢，詩必盛唐"，與何景明等號稱"前七子"。有《空同集》。

登黃鶴樓[1]

武昌城北大江流，沱水夾城鸚鵡洲。[2]楚蜀帆檣風欲趁，蛟龍濤波暮堪愁。[3]青烟自没漢陽郭，新月故懸黃鶴樓。無限往來傷赤壁，三分輕重本荆州。

【校注】

〔1〕《空同集》題爲"武昌"。

〔2〕沱水：《書·禹貢》云"沱潛既道"。孔安國傳："沱，江別名。"孔穎達疏："《釋水》云：'水自江出爲沱。'"沱水，泛指江水的別流。此指漢水。鸚，本作"武"，據《空同集》改。

〔3〕濤波：《空同集》作"濤浪"。

此詩爲咏武昌城之作。首聯寫武昌城形勝，江漢二水，夾城而過；頷聯叙長江風濤之險；頸聯以遠處的漢陽城郭與身邊的黃鶴故樓并寫；尾聯感傷三國故事，謂三國鼎立之輕重本繫於荆州，而武昌之要害，則不言而明。

何景明

何景明（1483—1521），字仲默，明代信陽（今屬河南）人。弘治十五年（1502）進士。授中書舍人。正德初，宦官劉瑾專權，乃謝病歸。瑾誅，起故官。久之，進吏部員外郎，尋擢陝西提學副使。嘉靖初，引疾歸卒。景明早年與李夢陽等倡導詩文復古運動，兩人

爲詩文，初相得甚歡，名成之後，互相詆毀，夢陽主摹仿，景明則
主創造，各不相下，世以"何李"并稱。有《大復集》。

登黃鶴樓[1]

使客舟從漢口來，武昌城對漢陽開。千年洲在空流水，百尺樓高鎖
舊臺。太白未輕崔顥句，老瞞元妬禰生才。[2]山川不盡豪華興，落日烟
江思轉哀。

【校注】
〔1〕《大復集》題作"舟次漢陽"。
〔2〕老瞞：即曹操，小字阿瞞。

此詩爲舟次漢陽望武昌黃鶴樓而作，時作者蓋奉使南行。首聯言漢口、
武昌、漢陽三地隔江相望；頷聯敘江上所見之芳洲、鶴樓，不勝感慨；
頸聯懷古，上承樓，下承洲；尾聯述豪興未盡，轉入沉思，一"哀"字
使今昔之感盡在不言中。

吳伯深

吳伯深，明代人。餘不詳。

登黃鶴樓

誰騎黃鶴去何年，獨是層樓尚翼然。[1]登眺願償悲鄂主，[2]牽纏
障在愧岩仙。[3]焚焚金碧江頭寺，[4]隱隱帆檣漢口船。把酒憑闌增感慨，
不勝豪興欲孤騫。[5]

【校注】

〔1〕翼然：歐陽修《醉翁亭記》："峰回路轉，有亭翼然臨於泉上者，醉翁亭也。"欲飛之貌。

〔2〕鄂主：當指三國時入主鄂州的孫權。

〔3〕牽纏：《陳書·姚察傳》："遺書云：'自入朝以來，又蒙恩渥，既牽纏人世，素志弗從。'"謂羈留、拖累。障：障礙。岩仙：指呂洞賓。

〔4〕江頭寺：指頭陀寺，即觀音閣，位於黃鶴磯邊。

〔5〕孤騫：孤飛。

詩首聯以問句起；頷聯抒懷，謂既悲古人建功立業的素志未酬，又愧己之牽纏俗務而不得超然物外；頸聯寫景，江頭之寺與對岸舟影，一近一遠；尾聯因感嘆而增豪興，似欲升騰而去。

七言絶

杜 牧

　　杜牧（803—853），字牧之，唐代京兆萬年（今陝西西安市）人。大和二年（828）進士。授弘文館校書郎，試左武衛兵曹參軍。尋出爲江西、宣歙、淮南觀察，節度使府幕僚。大和九年，召爲監察御史，分司東都。開成初，入宣歙觀察使幕，爲團練副官、殿中侍御史。三年（838），擢左補闕、史館修撰，轉膳部、比部員外郎。會昌初，出爲黃州刺史，復轉池州、睦州刺史。大中初，遷司勳員外郎，轉吏部員外郎，出爲湖州刺史。復擢考功郎中、知制誥，轉中書舍人，尋卒。

　　晚唐詩人中，杜牧與李商隱齊名，世以李杜并稱。但兩人詩風并不相同。劉熙載《藝概》云："杜樊川詩雄姿英發，李樊南詩深情綿邈。"可謂中肯之論。有《樊川文集》。

夏　　口[1]

溶溶漾漾白鷗飛，[2]綠净春深好染衣。南去北來人自老，夕陽長送釣船歸。

【校注】

〔1〕《樊川詩集》題作"漢江"。

〔2〕溶溶漾漾：水波蕩漾。

開成三年（838）冬，詩人遷左補闕、史館修撰；次年春，由宣州至潯陽，再由潯陽溯長江、漢水，轉赴京師長安供職。詩即作於此時。

杜牧絕句歷來爲人稱道。沈德潛《唐詩別裁》云："牧之絕句，遠韵遠神。"許學夷《詩源辨體》則謂"開成以後，當爲獨創"。這首七絕描繪水綠鷗白、夕陽扁舟的春江晚景，輕倩秀艷，俊爽雋永，實爲寫景佳什。

寄牛相公[1]

漢水橫衝蜀浪分，[2]危樓點的拂孤雲。[3]六年仁政謳歌去，[4]柳繞春堤處處聞。[5]

【校注】

〔1〕牛相公：即牛僧孺。相公，對宰相的尊稱。牛僧孺（779—847），字思黯，唐代鶉觚（今甘肅靈臺）人。穆宗時，拜户部侍郎同平章事。敬宗立，

進封奇章郡公。寶曆元年（825），以檢校尚書同平章事充武昌軍節度使。大和四年（830）召還，任兵部尚書同平章事。武宗時，貶循州長史。大中初召還，病卒。

〔2〕漢水句：漢水南流至漢陽北，橫注於江，故稱"橫衝"。長江經蜀地入楚，故云"蜀浪"。

〔3〕危樓：高樓，指黃鶴樓。點的：鮮明，分明。

〔4〕六年句：僧孺於寶曆元年出鎮武昌，大和四年正月召還，凡六年。

〔5〕柳繞：《樊川詩集》作"柳遠"。

大和四年春，杜牧在洪州江西觀察使幕，聞牛僧孺入相，遂作此詩贈之。可見在此以前已有交游。後牛僧孺爲淮南節度使，辟杜牧入幕，杜牧更有終身知遇之感。

這首詩不同於一般的應酬之作，而是寓情入景，含蓄委婉，清新別致。

黄庭堅

黄庭堅（1045—1105），字魯直，號涪翁，又號山谷道人。宋代洪州分寧（今江西修水）人。治平進士。授葉縣尉。熙寧初，舉四京學官、北京國子監教授，後知太和縣。哲宗立，召爲校書郎、《神宗實録》檢討官。《實録》成，擢起居舍人。後爲秘書丞，兼國史編修。紹聖初，出知宣州，改鄂州。以《實録》獲罪，貶涪州別駕，黔州安置，移戎州。徽宗即位，起監鄂州稅，辭不就，出知太平州，九日而罷。復以事除名，貶宜州卒。

黄庭堅爲蘇門四學士之一，并有"蘇黃"之稱。他被尊爲江西詩派的創始人。爲詩力主"無一字無來處"，喜用典故，詩風奇崛瘦硬，但有時不免流於晦澀枯槁。有《山谷集》。

鄂州南樓書事[1] 四首

四顧山光接水光，憑闌十里芰荷香。[2] 清風明月無人管，[3] 并作南樓一味凉。

畫闌傳觴容十客，透風透月兩明軒。南樓盤礴三百尺，[4] 天上雲歸不足言。[5]

勢壓湖南可長雄，胸吞雲夢略從容。[6] 北船未嘗觀巨麗，[7] 複閣重樓天際逢。[8]

武昌參佐幕中畫，我亦來追六月凉。老子平生殊不淺，諸君少住對胡床。[9]

【校注】

〔1〕鄂州南樓：鄂州，治江夏，今湖北武漢市武昌。南樓，江夏南樓，即白雲樓。

〔2〕芰荷：荷花。

〔3〕清風句：李白《襄陽歌》云："清風朗月不用一錢買。"

〔4〕盤礴：寬闊高大，亦作"磐礴"。《文選·郭璞〈江賦〉》："荆門闕竦而磐礴。"李善注："磐礴，廣大貌。"

〔5〕雲歸：《山谷詩集》作"雲居"，喻天上極高遠之處。

〔6〕胸吞句：《文選·司馬相如〈子虛賦〉》云："吞若雲夢者八九，於其胸中曾不蒂芥。"

〔7〕巨麗：壯麗的建築。《文選·司馬相如〈上林賦〉》："君未睹夫巨麗也。"

〔8〕複閣重樓：王勃《寒夜懷友雜體詩》云："複閣重樓向浦開，秋風明月渡江來。"

〔9〕武昌四句：用晋庾亮登南樓典故。按，庾亮所登樓，乃武昌（今湖北鄂州市）南樓，非江夏南樓，庭堅誤記。《武昌府志·古迹》："南樓，吴安樂宫門，庾亮在武昌與殷浩輩夜登南樓，據胡床談咏竟夕即此。後廢，今建譙樓。"參佐，僚屬。幕中畫，幕府中參與謀畫。《文選·謝瞻〈張子房〉》："婉婉幕中畫。""老子"二句，用庾亮語："諸君少住，老子於此處興復不淺。"老子，猶"老夫"。

按，此詩之後，原尚有王十朋《黃鶴樓》五言絶句一首，與前所收重複，故删。

崇寧元年九月，詩人罷知太平州，管勾洪州玉隆觀，移住鄂州，寓居逾年，於次年十二月貶宜州，此四首詩作於崇寧二年夏。四首皆描寫南樓景物形勝，第一首寫南樓水色山光，清新流暢，傳誦最廣；第二首寫南樓之盤礴；第三首寫南樓之巨麗；末首全用庾亮本事，可謂"無一字無來處"。

記

李 壁

李壁，字季允，宋代丹棱（今屬四川）人。紹熙進士。知常德府，改知夔州。召爲禮部侍郎。以持論侃直，出爲沿江制置副使，兼知鄂州，復與諸司爭曲直，不相能，罷去。壁與乃兄李壁父子皆以文學知名，蜀人比之三蘇。

鄂州重修北榭記〔1〕

鄂渚之勝，以南樓、北榭并稱。南樓繇元祐改作，元符來，修水黃公魯直嘗見於題咏；[2]惟北榭冠子城之顛，在郡公堂之後，不知自何時建立。[3]乾道中，于湖張安國爲大書扁牓，厥後，達官名人稍有爲賦詩者，然距今亦五十餘載矣！[4]

棟宇臨庫，日就圮廢，莫或顧省。[5]一夕，大風震蕩，摧屋山，飄瓦如墜葉舞空，屋隨以傾壓，不可復支。[6]子城亦久弗治，土石墮陁，榛莽蒙翳。[7]狐狸所窟，虺蜴所蟠。[8]于是眆議更葺，先增甓，北隅袤二施，崇三丈有奇，南袤尋有半，崇與北等。[9]遂改建榭屋，闢而大之；敗欄腐桷，悉易以新。[10]既成，宏敞翬翼，與南樓巋然相望，始于一郡面勢爲稱。[11]雖其高無所不矚，而北望尤宜。嘗試相與憑檻遐睎，則烟沙蒼茫，水天無際，西陵、鄖杜、安陸諸山，隱隱出没雲外；[12]雲夢之洸潒，漢沔之縈回，皆可目路而指喻；[13]群鴻匹鶴，飛翔上下，平蕪斷浦，杳杳如髮。[14]暇日尚羊，不涉級數十武而坐得千里絶特之觀，殆前所未有也。[15]

惟漢江夏太守所統疆域至遠，今光、黄、蘄、安、信五郡之地，皆故屬邑。春秋時，吳楚交戰，出師往來之地，水如清發溳澨，山如内方大小別，雖丘邑變遷，而勢勝猶在，與夫孫伯符之所討繫，周公瑾之所摧敗，陶士衡之所平殄，其遺迹猶可諏訪而考求。[16]邾城臨江，故堞宛然，嘗笑其規橅特淺淺耳。[17]庾元規志驕才輕，亦弗克有成。[18]三關九厄之塞，魏梁交攻，或得或弃，南北强弱係焉，以見昔人爭戰之力，不爲無意。[19]夫以地之相距，雖有數百里之遠，而據其要會，實皆在吾環顧規置，卷舒伸縮之中。況郡居全楚上游，與江陵、襄陽實相爲表裏。諸葛忠武，嘗欲舉荆州之軍，以出宛洛；[20]公瑾亦謂據襄陽以蹴操，北方可圖。[21]二人若合符節。[22]而宋何尚之顧言夏口當荆江之中，直通雍梁，實爲津要，豈非以地勢便兵力接故耶！[23]抑嘗據此論之，若昔自南而圖北，則易爲功；自北而入南，則難爲力。故梁末因陸法和之敗，郡雖暫屬高齊，慕容儼死守半歲，雖能拒退侯瑱等，然卒弃之還南。[24]五季杜洪襲據州城，遥附朱梁，以捍淮南之侵，朱梁三遣兵援之，皆至近地，然無救于洪，汔爲淮南將劉存所克，身隕國絶，豈天塹之設，

果足以限南北耶！〔25〕抑或彼或此，亦存乎人之圖回智略如何耳。〔26〕

夫惟俊杰之士，有志于當世，要必討論之素精，計慮之素熟，异時行游坐息，朝思夕惟，未嘗不在于此，故一旦發而見諸施爲，則必卓偉絶人，非臨事隨應、率意而爲之者所可及。傳曰："登高能賦，可以爲大夫。"〔27〕趙孟過鄭，請七子皆賦，以觀其志。〔28〕夫所謂能賦者，豈徒吟咏一時之風物景色哉！必也升高而望遠，游深而謀長，覽山川之形勝，考古今之成敗，究昔人謨議之得失，與今日時措之宜，其所蓄積操存，因感觸而發見，所賦之志于是乎在。王茂弘新亭之感，逸少冶城之諷，大較亦兹意也。〔29〕夫是則高明其居處，緬邈其臨眺，豈但以逸其一身而自適于耳目之間而已哉！

榭之廢興，似未足書。然余改作之意，非游觀之爲，則不可不明著以貽後之同志者，俾得以周覽而繹思焉！〔30〕嘉定甲申三月。〔31〕

【校注】

〔1〕北榭：《武昌府志·古迹》："北榭在府署右，宋元祐間建，黃魯直有詩。"

〔2〕繇：同"由"。元祐：北宋哲宗趙煦年號（1086—1094）。元符：北宋哲宗趙煦年號（1098—1100）。修水：江西修水縣。魯直：宋代黃庭堅（1045—1105）字，修水人。有《鄂州南樓書事》詩。

〔3〕子城：《資治通鑒》唐憲宗元和十四年："子城已洞開，惟牙城拒守。"胡三省注："凡大城謂之羅城，小城謂之子城。又有第三重城以衛節度使居宅，謂之牙城。"

〔4〕乾道：南宋孝宗趙昚年號（1165—1173）。于湖：晋太康三年，分丹陽縣立于湖縣，故城在今安徽當塗縣南。張安國：即張孝祥（1132—1170），字安國，號于湖居士，宋代歷陽（今安徽和縣）人。曾官荆南湖北路安撫使，爲南宋著名詞人。大書扁牓：即大字扁額。樓鑰《先兄嚴州行狀》："下筆輒工，好事者争求扁牓，流傳甚多。"

〔5〕隘庳：狹窄低小。圮廢：荒廢、毀弃。劉禹錫《奏記丞相府論學事》：

“今之膠庠，不聞弦歌，而室廬圮廢，生徒衰少，非學官不欲振舉也。”顧省：
關心省視。《史記·司馬相如傳》：“舜在假典，顧省闕遺。”

〔6〕復支：再加以支撐。

〔7〕墮阤：墮塌。《國語·周語下》：“是故聚不阤崩，而物有所歸。”
高誘注：“大曰崩，小曰阤。”榛莽：雜亂叢生的草木。高適《同群公出獵
海上》：“豺狼竄榛莽，麋鹿罹難虞。”蒙翳：覆蓋。蘇軾《凌虛臺記》：“昔
者荒草野田，霜露之所蒙翳，狐虺之所竄伏，方是時，豈知有凌虛臺耶？”

〔8〕虺蜴：蜥蜴。《詩·小雅·正月》：“哀今之人，胡爲虺蜴。”

〔9〕昉議：始議。《列子·黃帝》：“衆昉同疑。”張湛注：“昉，始也。”
葺：修繕。《左傳》昭公二十三年：“必葺其墻屋。”杜預注：“葺，補治也。”
甓：磚。《廣雅·釋宮》：“甓，磚也。”袤：廣。《文選·張衡〈西京賦〉》：
“于是量徑輪，考廣袤。”李善注：“《説文》曰：南北曰袤，東西曰廣。”施：
尺度名。《管子·地員》：“夫管仲之匡天下也，其施七尺。”尹知音注：“施
者，大尺之名也，其長七尺。”崇：高。《周禮·考工記·匠人》：“堂修七尋，
堂崇三尺。”尋：《詩·魯頌·閟宮》：“是斷是度，是尋是尺。”鄭玄箋：“八
尺曰尋。”

〔10〕楹：《春秋》莊公二十三年：“秋，丹桓宮楹。”杜預注：“楹，柱也。”
謂廳堂前柱。桷：《穀梁傳》莊公二十四年：“刻桓宮桷。”陸德明釋文：“桷，
榱也。方曰桷，圓曰椽。”

〔11〕翬翼：欲飛之貌。巍然：高貌。束晳《玄居釋》：“耽道修藝，巍然山峙。”

〔12〕睎：遠望。原作“晞”，徑改。班固《西都賦》：“于是睎秦嶺，
睋北阜。”西陵：古縣名。故城在今湖北黃岡市黃州區東北。此處指西塞山，
在湖北大冶市東。鄳杜：即冥厄，在今河南信陽市西南，爲楚九塞之一。杜，《小
爾雅·廣詁》：“杜，塞也。”安陸：《漢書·地理志上》：“江夏郡：安陸。”
顏師古注：“橫尾山在東北，古文以爲倍尾山。”以上三地古皆屬江夏郡。

〔13〕泱漭：廣大貌。司馬相如《上林賦》：“徑乎桂林之中，過乎泱
漭之野。”目路而指喻：謂清晰在望，皆可神游。

〔14〕如髮：謂遙望細如髮絲。

〔15〕尚羊：猶徜徉。級：石級。武：步。絕特：獨特。

〔16〕清發：《左傳》定公四年載，"吳從楚師及清發"，爲溳水之別名。溳溠：溳水，源出湖北大洪山，北流繞經隨縣折向南，經安陸分爲二水，東南入漢江（夏水），西入沔者爲溳口；溠水，源出湖北京山縣潼泉山仙女洞，東流至漢川縣，入漢水，亦名三參水，即《禹貢》之"三溠"。大小別：大別山，見前注；小別山，在今湖北漢川市東南，山形如甑，故一名甑山。《左傳》定公四年載，吳伐楚，楚令尹子常渡漢水列陣，從小別至于大別，即此。孫伯符：三國吳孫策之字。《三國志·吳書·孫策傳》云："策乃説（袁）術，乞助（吳）景等平定江東。術表策爲折衝校尉，行殄寇將軍……度江轉鬥，所向皆破，莫敢當其鋒，而軍令整肅，百姓懷之。"討繫：討伐俘獲。公瑾：周瑜字，此謂赤壁破曹操事。陶士衡：衡當作"行"。據《晉書·陶侃傳》，陶侃字士行，鄱陽人。平蘇峻之亂，使持節侍中太尉，封長沙郡公，都督荆、江、雍、梁、交、廣、益、寧八州諸軍事。諏訪：咨問。《新唐書·張建封傳》："馬燧伐李靈耀，軍中事多所諏訪。"

〔17〕邾城：古邑名。楚宣王滅邾，徙其君于此，故名。項羽封吳芮爲衡山王，都邾，即此。故址在今湖北武漢市。規橅：即規模，橅同"模"。《漢書·蕭望之傳》鄭朋奏記："今將軍規橅云若管晏而休，遂行日仄至周召乃留乎？"顏師古注："橅讀模。其字從木。"

〔18〕庾元規：即晉庾亮。

〔19〕三關：《南齊書·州郡志》云"義陽有三關之險"。謂今河南信陽市南之平靖關（西關）、武勝關（東關）、黃峴關（百雁關）三關。九厄：《初學記》卷八載："淮南子曰：何謂九塞？大汾、冥厄、荆苑、方城、豪坂、井陘、令疵、句注、居庸也。"《呂氏春秋·有始》："山有九塞。……何謂九塞？大汾、冥厄、荆阮、方城、殽、井陘、令疵、句注、居庸。"《淮南子·地形》"冥厄"作"澠厄"，"殽"作"殽坂"。魏梁：北魏與南朝梁。

〔20〕諸葛：《三國志·蜀書·諸葛亮傳》云："亮答曰：天下有變，則命一上將將荆州之軍以向宛洛，將軍身率益州之衆出秦川，百姓孰敢不簞食壺漿以迎將軍乎？誠如是，則霸業可成，漢室可興矣。"宛洛：宛邑（今河南南陽）

與洛陽。袁淑《仿曹子建樂府白馬篇》："宛洛富少年。"

〔21〕公瑾：周瑜字。《三國志·蜀書·周瑜傳》："瑜乃詣京見（孫）權曰：'……據襄陽以蹙操，北方可圖也。'"

〔22〕符節：《孟子·離婁下》云："得志行乎中國，若合符節，先聖後聖，其揆一也。"形容二者吻合一致。

〔23〕何尚之（381—460）：字彥德，南朝宋廬江（今屬安徽）人。官至尚書令。《宋書·何尚之傳》："尚之議曰：'夏口在荆江之中，正對沔口，通接雍梁，實爲津要。'"雍梁：《左傳》襄公十八年載："蔿子馮，公子格率銳師侵費滑、胥靡、獻于、雍梁。"杜預注："胥靡、獻于、雍梁皆鄭邑。河南陽翟縣東北有雍氏城。"雍氏即雍梁，陽翟即今河南省禹州市。

〔24〕據《武昌府志》卷三《兵事志》載："敬帝承制四年，司徒陸法和以郢州附于北齊，遣江州刺史侯瑱討之，齊使慕容恃德鎮夏口，瑱攻之，恃德食盡請和。"高齊：即北齊，高洋廢東魏建齊朝，史家以別于蕭道成廢劉宋所建之齊，遂稱高齊。

〔25〕據《武昌府志》卷三《兵事志》載："光啓二年，土人杜洪乘虛入鄂，自爲節度留後，淮南楊行密使李神福、劉存率舟師討之，拔永興，遂圍鄂州。朱全忠遣曹延祚合吳章兵救洪，存擊敗之，城陷，執延祚、洪及汴兵千餘人送廣陵，悉誅之。以存守鄂州。行密死，馬殷遂取其地。"五季：五代。朱梁：朱溫（852—912），唐末宋州碭山人。初參加黃巢起義，後變節降唐，賜名全忠；天復三年入長安，盡殺諸宦官，封梁王；次年殺唐昭宗，立太子祝。天祐四年廢帝自立，改名晃，都汴（今開封），建號梁，旋遷都洛陽。史稱其爲朱梁。汔：庶幾。《詩·大雅·民勞》："民亦勞止，汔可小康。"箋曰："汔，幾也。"隕：通"殞"，死亡。

〔26〕圖回：《荀子》云"圖回天下于掌中"。猶籌畫。

〔27〕傳曰：《漢書·藝文志》云："傳曰：'不歌而頌謂之賦。登高能賦，可以爲大夫。'"

〔28〕趙孟（？—前541）：即趙武，史稱趙文子。春秋時晉大夫，後爲晉國執政。《左傳》襄公二十七年："鄭伯享趙孟于垂隴，子展、伯有、子西、

子產、子大叔、二子石從。趙孟曰：‘七子從君，以寵武也。請皆賦，以卒君貺，武亦以觀七子之志。’”

〔29〕王茂弘：晋王導，茂弘爲王導字。《世説新語·言語》：“過江諸人每至美日，輒相邀新亭，藉卉飲宴。周侯中坐而嘆曰：‘風景不殊，正自有山河之異。’皆相視流泪。唯王丞相（導）愀然變色曰：‘當共戮力王室，克復神州，何至作楚囚相對！’”逸少：王羲之字。《世説新語·言語》：“王右軍與謝太傅（安）共登冶城。謝悠然遠想，有高世之志。王謂謝曰：‘夏禹勤王，手足胼胝；文王旰食，日不暇給。今西郊多壘，宜人人自效，而虛談廢務，浮文妨要，恐非當今所宜。’謝答曰：‘秦任商鞅，二世而亡，豈清言致患邪！’”

〔30〕繹思：尋思，探求。《詩·周頌·賚》：“敷時繹思。”朱熹集注：“繹，尋繹也。繹思，尋繹而思念也。”

〔31〕嘉定：南宋寧宗趙擴年號。甲申：爲嘉定十七年，公元1224年。

首段謂南樓、北榭雖并稱于世，然相較之下，北榭却常遭冷落，命運不濟。次段叙北榭荒殘敗落之狀，復與繕修後寬敞明亮之貌相對照，可與南樓媲美，而北望尤宜。中間一大段叙憑檻望遠，水天一片，千里在目，由此而懷古感今——江夏自古轄境廣大，地處咽喉要衝，歷代戰亂紛爭，必爲兵家爭奪之地，英雄逐鹿之所。又次叙登高臨遠，賦志抒情，古已有之，必當有益于世，非自適耳目而已；末明作記之意。

宋民望

重建南樓記

南邦倚郭鶴山水，昔賢必宅其勝，以便登臨者，欲俾聽政修令之君子退食而居高明，因以擴仁智之達德，不徒具觀美也。[1]南樓在楚觀右、黃鶴樓左，非重屋而謂之樓者，因山而梯也。[2]登梯而望，前鸚洲，後北榭，大別山其西，鳳凰山其東，蜀江之水南來而西注；[3]幬明而席，凡山之如屏如幪者，又皆森列乎几下。[4]斯樓遂足以盡江漢形勝，而蕃翰眉目具焉。[5]

或曰：六通四闢皆我闥，而南何居？[6]曰：樓之建雖在武昌置郡後，南之名已定于岐豐肇夏之初矣！[7]貞女之風，見詠周南；[8]江漢乃十五國風發源之地，是"南"也，"二南"之南也，"王化自北而南"之南也。[9]夫江漢稱南樓則甚切，後人更曰"白雲閣"者妄也。樓去晋唐遠，郡志載庾亮事，異同始終。宋事考之，即元祐中重建，建中靖國初重修，乾道初再建，嘉定中又修。[10]我世祖皇帝己未南征是邦，衙府臺隍，皆在聖圖遠覽之內；[11]及异時內附諸司，潭遷鄂徙靡常，存斯樓成毀于不論。[12]元貞初，官師甫定，付斯樓修復于不急，日凋月敝，來游者如在荒禪敗驛，感慨係之矣！[13]今榮禄大夫、平章政事公忽剌觲，乃兀里養哈觲人民雪白觲官人之孫，益速答兒平章之子也。[14]涖政之明年，慨然曰："當吾世而廢千餘年之勝觀，何以鎮壓二百州之山川哉！"即召屬計功，命本省掾史劉彝、訓蒙古必闍、赤高敬宣使徐復孫、前通城縣達魯花赤馬合謀董役。[15]且曰："營室而智及百年者，材必良材，工必良工，兹樓突兀武當壇靖之上，雲雨風日必先被焉。昔人所以屢建屢修者，以官視南樓，不以家視南樓也。"[16]悉薪其腐材，更梁柱以江陵之柏；夫傭匹直，不會多少，唯精實是圖，兩掖視舊增多，四榮視舊加闢，蓋瓴級甃，垣墻三周，藻梲髹楹，青觳輝映。[17]財粟計鈔五萬，實平章公捐己俸爲倡，創以春季，成以冬孟，度長潔大，遂爲東南登臨樓閣之冠。時總管崔翼繇南康易守武昌，亦相斯事，將紀公成績，垂不朽。[18]公之不朽固不係乎興造之末，然使他日仰其華麗者，知公政事足以澤物；樂其顯敞者，知公胸次足以容衆，即周召事業，亦嚮是彰彰矣！[19]謹述顛末勒諸石，使他有名筆能美山水之形容，極日月之繪畫，則是記也，亦斯樓之副墨子云。[20]至治壬戌日，長至記。[21]

【校注】

〔1〕南邦：《詩·大雅·崧高》云"登是南邦，世執其功"。達德：《禮記·中庸》："知、仁、勇，三者天下之達德也。"謂通行不變的美德。觀美：《孟子·公孫丑下》："古者棺椁無度，中古棺七寸，椁稱之，自天下達于庶人，非直爲觀美也，然後盡于人心。"謂外觀之美也。

〔2〕楚觀：《武昌府志》卷三"古迹"："楚觀樓，布政司前唐牛僧孺奇章閣故處，宋知州陳邦光建，戲彩堂其上，後汪叔詹，更名奇章閣，明弘治中重建譙樓。大學士李東陽有記，明末寇毁。"重屋：重叠之屋，即樓；《説文》："樓，重屋也。"

〔3〕鳳凰山：《嘉慶一統志》卷三三五"武昌府"載，"鳳凰山，在江夏縣北二里。《輿地紀勝》：吳黄龍元年，夏口言鳳凰見，因以名山"。岑參《送貴子歸武昌》："路指鳳凰山北雲，衣沾鸚鵡洲邊雨。"

〔4〕嚮明：《易·説卦》："聖人南面而聽天下，嚮明而治。"謂天將明之時。

〔5〕蕃翰：屏障。

〔6〕六通四闢：《莊子·天道》云"明于天，通于聖，六通四闢于帝王之德者，其自爲也，昧然無不静者矣"。陸德明釋文："六通，謂六氣，陰陽、風雨、晦明；四辟，謂四方開也。"此謂四面八方無不通達。

〔7〕岐豐：皆周之舊邑。岐，即岐山，今陝西岐山縣東北。相傳周古公亶父于此建邑，爲周興之始。豐，在今陝西户縣西。周文王自岐遷都于此，爲西周舊都。肇夏：初夏。此句謂西周之始。

〔8〕貞女之風：謂《詩經·周南》之《關雎》《葛覃》《卷耳》諸什，以其爲后妃所作，而能達"德之厚"，"見其貞静專一之至"，故稱。

〔9〕十五國風：謂《詩經》之周南、召南、邶、鄘、衛、王、鄭、齊、魏、唐、秦、陳、檜、曹、豳十五國之風詩。二南：周南、召南。《詩·小序》曰："關雎、麟趾之化，王者之風，故繫之周公。南，言化自北而南也。"

〔10〕建中靖國：北宋徽宗趙佶年號（1101）。乾道：南宋孝宗趙昚年號（1068—1069）。

〔11〕世祖：元世祖忽必烈。《元史·世祖紀一》："己酉，抵鄂，屯兵教場。庚戌，圍鄂。壬子，登城東北壓雲亭，立望樓，高可五丈，望見城中出兵，趣兵迎之。"

〔12〕潭遷鄂徙：潭，即潭州，今長沙市；鄂：鄂州。

〔13〕元貞：元成宗鐵穆耳年號（1295—1297）。

〔14〕榮禄大夫：官名。金置銀青榮禄大夫，爲二品文散官，元改爲一品。平章政事：官名，元代中書省和行中書省，皆置平章，中書省平章爲宰相之副職，行中書省平章爲地方高級長官。此係後者。

〔15〕掾史：分曹治事的屬史、胥吏。自漢以來，中央及各州縣皆置掾史，如廷掾、獄掾、佐史、令史等。訓蒙：《書·伊訓》云"臣下不匡，其刑墨，具訓于蒙士"。孔穎達疏："蒙謂蒙稚，卑小之稱。"此指教官。達魯花赤：官名。元代每縣置達魯花赤一人，以蒙族人任之，又置縣尹一人，以漢族人任之，同理一縣之事。

〔16〕武當壇靖：指武當宮。壇靖，道場。

〔17〕匹直：指費用。四榮：四翼。《儀禮·士冠禮》："夙興，設洗直于東榮。"鄭玄注："榮，屋翼也。"瓴：磚。甃：以磚砌階。藻棁：畫有藻文的短柱。《論語·公冶長》："臧文仲居蔡，山節藻棁，何如其知也。"髹楹：上了漆的屋柱。青骹：青黑相間的花紋。

〔18〕崔翼：生平不詳。南康：元代爲南康路，屬江西。

〔19〕周召：周公、召公。

〔20〕顛末：始末。副墨子：文字。《莊子·大宗師》："南伯子葵曰：'子獨惡乎聞之？'曰：'聞諸副墨之子。'"

〔21〕至治：元英宗碩德八剌年號。

記文首述南樓之形勝；次爲南樓正名并叙其歷史；再記重修之由，復叙重修之經過；末贊平章公之恩澤，兼述作記之旨。

雜　體

黄庭堅

某以去歲九月至鄂，登南樓嘆制作之美，成長句，久欲寄遠，因循至今，書呈公悦[1]

江東湖面行畫圖，鄂州南樓天下無。高明廣深勢抱合，[2]表裏江山來畫閣。[3]雪筵披襟夏簟寒，[4]胸吞雲夢何足言。[5]庚公風流冷似鐵，[6]誰其繼之方公悦。[7]

【校注】

〔1〕去歲：指宋徽宗崇寧元年（1102）。公悦：即方澤，公悦乃字。生平不詳。

〔2〕抱合：環繞，言山河環抱南樓。

〔3〕表裏江山：謂外河而内山。《左傳》僖公二十八年："若其不捷，表裏山河，必無害也。"潘尼《東武館賦》："表裏山河，出入襟帶。"

〔4〕雪筵：用《文選·謝惠連〈雪賦〉》梁園置筵賞雪之典。披襟：本宋玉《風賦》："王乃披襟而當之。"夏簟寒：《文選·江淹〈別賦〉》："夏簟清兮晝不暮。"

〔5〕胸吞句：《漢書·司馬相如傳》云"吞若雲夢者八九，于其胸中曾不蒂芥"。

〔6〕庚公：指晉庾亮。冷似鐵：杜甫《茅屋爲秋風所破歌》："布衾多年冷似鐵。"比喻南樓夏日甚爲涼爽。

〔7〕誰其繼之：《左傳》襄公三十年："子產而死，誰其嗣之？"此戲謂
公悅當有庾公之風流。

山谷于崇寧元年至鄂州，詩即爲登南樓而作。詩中屢用典故描繪南
樓形勝，雖有空濛之感，然南樓之高敞，山河之抱合，冬暖而夏凉的勝地，
以及詩人風流豪放的情懷，均可于會意處得之。

黃鶴生歌〔1〕

君不見眉山道士徐佐卿，〔2〕化爲黃鶴朝太清。還君金僕姑，〔3〕留
得千載名。又不聞穿窬小仙徐子真，〔4〕翩翩自稱黃鶴生。煉形蓬萊山，鳳
臆紫燕膺。〔5〕千有六百年，飛上白玉京。〔6〕玉京錦貝闕，十二樓玉成。〔7〕
娟娟萬青娥，〔8〕吹笙來相迎。黃鶴生，骨相奇，金衣玄霜裙，〔9〕纖指
面紅髯。〔10〕不飲華池漿，〔11〕不啄青田芝。〔12〕耻被（缺）

【校注】

〔1〕此詩《山谷詩集》未錄。

〔2〕眉山道士徐佐卿：唐薛用弱《集异記》載徐佐卿化鶴事，云爲青
城道士。

〔3〕金僕姑：箭名。《左傳》莊公十一年載："乘丘之役，公以金僕姑射
南宮長萬。"此指徐佐卿化鶴，爲飛矢所中，還箭唐玄宗的傳説。

〔4〕徐子真：不詳。

〔5〕鳳臆：鳳胸。紫燕膺：燕胸。

〔6〕白玉京：指天宮。李白《廬山遥寄盧侍御虚舟》："遥見仙人彩雲裏，
手把芙蓉朝玉京。"

〔7〕十二樓：喻仙人所居。《史記·封禪書》云："黃帝時，爲五城十二樓。"

〔8〕青娥：韋應物《擬古》之二云："娟娟雙青娥，微微啓玉齒。"本指

女子眉毛，此指仙女。

　　〔9〕玄霜：此處指黑白相間的花紋。

　　〔10〕纖指句：此處疑有訛誤。

　　〔11〕華池：傳說爲昆侖山上的仙池。《文選·孫綽〈游天台山賦〉》："挹以玄玉之膏，漱以華池之泉。"

　　〔12〕青田：山名。在浙江青田縣西北，以産青芝聞名，道家以爲三十六洞天之一。

　　此詩《山谷詩集》不載，詩根據化鶴仙人的傳說敷演成篇，風格不類山谷作，疑爲僞托。詩篇不全，姑録之以存原貌。

後　記

　　黃鶴樓爲千古登覽勝地，歷代詩人雅士登樓縱目，觀覽勝景，題咏頗多，可謂佳作如林。明代武昌知府孫承榮等人廣收博輯，得南朝詩人鮑照至明代何景明等詩、文、賦、雜記共四百餘篇，題爲《黃鶴樓集》，於萬曆間由武昌府署刊印，但流傳不廣。1984 年湖北人民出版社據湖北省圖書館珍藏本影印，使這一孤本得現於世，嘉惠學人，其功甚著。惜《黃鶴樓集》錯訛頗多，又未標點，也無注釋，一般讀者難以閱讀欣賞，急需整理、標點、注釋，以便廣大黃鶴樓詩、文愛好者欣賞。前年值重建之黃鶴樓竣工，湖北人民出版社相約整理、注釋《黃鶴樓集》，當即應允，着手校注。因元、明作家中不少人之專集，武漢地區難以尋覓，有關資料也很難找到，不得不至北京查閱，頗費周折，區區此心，幸讀者諒察。

　　《黃鶴樓集》五古、七古、五律、五排、七排、絕句及雜體詩，由張虹同志校注；七律及文、賦、記，由張金海、陳順智兩同志校注。初稿完成後，由張虹同志修改、統稿。王啓興對全部書稿進行審訂。在校注過程中，湖北人民出版社古籍編輯室有關同志給予大力支持，并提出寶貴意見，謹此致謝。限於水平，校注中難免有疏漏、錯誤之處，誠懇希望讀者批評指正。

王啓興　記於珞珈山

1988 年 12 月 20 日

編後記

　　巍峨聳立於武昌蛇山之巔的黃鶴樓，相傳因軍事目的始建於三國時期，後演變爲文人薈萃、吟詩賞景的游覽勝地。崔顥、李白、白居易、賈島、夏竦、蘇軾、陸游等名人都留下了千古流傳的名作，黃鶴樓亦因此聞名遐邇。而黃鶴樓之名的由來，一說是原樓建在黃鵠磯上，後人念"鵠"爲"鶴"，以訛傳訛而成事實。另一說則充滿神异色彩。據《報恩錄》記載，酒樓老闆辛氏爲感謝一位"駕鶴之賓"，就地起樓而取"黃鶴"之名。又，閻伯理引《圖經》云："費禕登仙嘗駕黃鶴返憩於此，遂以名樓。"這些傳說爲黃鶴樓增添了神秘的色彩，爲歷代詩人吟咏黃鶴樓提供了靈感來源。

　　《黃鶴樓集》，收錄了自南朝宋迄明萬曆間二百餘人吟咏黃鶴樓的五言詩、七言詩、賦、記等。初由明代武昌府知府孫承榮等收集編爲兩卷，後萬曆年間任家相等補輯一卷，一共三卷，由武昌府署刊印。此書古代僅有這一明刻孤本，現收藏於湖北省圖書館。後湖北人民出版社於1984年據此孤本影印出版，題爲《明刻黃鶴樓集》，使之得以重顯於世。但其中錯訛頗多，既無標點，也無注釋，不利於讀者閱讀。於是武漢大學王啓興、張虹、張金海、陳順智等學者值黃鶴樓重建竣工之際，應湖北人民出版社之約重新整理《黃鶴樓集》，改正其中錯訛之處，全文標點，進行注釋，於1992年以《明刻黃鶴樓集校注》之書名出版，便利廣大讀者，流傳廣遠。

　　現將《明刻黃鶴樓集校注》以繁體字的形式呈現，參校刻本《黃鶴樓集》，修訂再版，納入《荆楚全書》。

湖北人民出版社

2023 年 10 月